ERWIN STRITTMATTER wurde 1912 in Spremberg als Sohn eines Bäckers und Kleinbauern geboren. Bis zum 16. Lebensjahr Realgymnasium, danach Bäckerlehre. Arbeitete als Bäckergeselle, Kellner, Chauffeur, Tierwärter und Hilfsarbeiter. Im zweiten Weltkrieg Soldat, desertierte er gegen Ende des Krieges. Ab 1945 arbeitete er erneut als Bäcker, war daneben Volkskorrespondent einer Zeitung und seit 1947 Amtsvorsteher in sieben Gemeinden, später Zeitungsredakteur in Senftenberg. Lebte seit 1954 als freier Schriftsteller in Dollgow/Gransee. Er starb am 31. Januar 1994.

Romane: Ochsenkutscher (1951), Tinko (1955), Der Wundertäter I–III (1957/1973/1980), Ole Bienkopp (1963), Der Laden I–III (1983/1987/1992), Erzählungen und Kurzprosa: Pony Pedro (1959), Schulzenhofer Kramkalender (1966), Ein Dienstag im September (1969), 3/4hundert Kleingeschichten (1971), Die Nachtigall-Geschichten (1972/ 1977/1985), Selbstermunterungen (1981), Lebenszeit (1987). Aus Tagebüchern: Wahre Geschichten aller Ard(t) (1982), Die Lage in den Lüften (1990). Dramen: Katzgraben (1953), Die Holländerbraut (1959).

Es würde Land verteilt, hatte die Mutter geschrieben, und Esau Matt ist wieder nach Bossdom gekommen, in jenes Niederlausitzer Heidedorf, in dem man das listige Ponaschemu spricht und Ich bin reene koppvarrickt sagt, wenn die Seele leidet. Um fast zwei Jahrzehnte sind alle älter geworden, und ein Weltkrieg liegt hinter ihnen. Von neuem ist Esau Matts Leben mit dem Geschick des Familienladens verbunden und auf besondere Weise auch mit den Schicksalen der Bossdomer. Denn Esau Matt, gelernter Bäcker und heimlicher Schriftsteller, ist ein Menschenbeobachter und Geschichten-Finder. Und dafür gibt es in der Heide genug Stoff. Hinter all den Geschichten über die heiteren und die dunklen Stunden im Dorfalltag und die Zerwürfnisse und Versöhnungen in der eigenwilligen Familie Matt zeichnen sich die „Spuren und Spürchen" einer Zeit ab, die voller Wirrungen und Hoffnungen war.

Erwin Strittmatter

Der Laden

Roman · Dritter Teil

Aufbau Taschenbuch Verlag

ISBN 3-7466-5409-2

2. Auflage 1994
Aufbau Taschenbuch Verlag GmbH Berlin
© Aufbau-Verlag Berlin und Weimar, 1992
Umschlaggestaltung Bert Hülpüsch
unter Verwendung eines privaten Fotos des Autors
Druck Elsnerdruck, Berlin
Printed in Germany

Für Eva

... so sind die Vorgänge und die Geschichte eines Dorfes und die eines Reiches im Wesentlichen die selben; und man kann am Einen, wie am Andern, die Menschheit studiren und kennen lernen. Auch hat man Unrecht zu meynen, die Autobiographien seien voller Trug und Verstellung. Vielmehr ist das Lügen (obwohl überall möglich) dort viel schwerer, als irgendwo.

Schopenhauer

Nun bin ich wieder hier. Ausgehungert nach der tagelangen Reise und angemästet mit falschen Vorstellungen. Ich weiß noch nicht, daß man kein zweites Mal an denselben Ort kommt. In meinem Rucksack sind Zweige einer Heckenpflanze, Spierstrauch genannt. Das Haus liegt im Nebel. Rechts von der Haustür der Laden und die Backstube, links von der Haustür die Elternwohnung.

Der Junge reißt sich von mir los und rennt ins Haus. Ich lasse den Handwagen mit den Koffern stehn, ich muß erst *Unter Eechen*. Durch die Eichenkronen kriecht träger Novemberwind. Der Nebel macht, daß ich von Baum zu Baum gehen muß. Ich will wissen, ob alle noch da sind: sieben Eichen und zwei Silberpappeln. Ich lege den Bäumen die Hand auf ihre feuchten Rinden: Alle sind, trotz allem, noch da. Also muß noch etwas von meiner Kindheit unter ihnen aufbewahrt sein. – Unter Eechen. Bin ich der Junge geblieben, der sich manches *zurechte sieht*, wie die Mutter von mir sagte?

Es erwartet mich niemand, aber die Leute sind um diese Zeit dran gewöhnt, daß jemand unerwartet aus dem Nebel kommt und da ist.

Im halbdunklen Hausflur ertaste ich große Kannen. Mischgeruch von Metall und Milch fährt mir in die Nase. Ich werfe meinen Rucksack ab, öffne die Küchentür, stehe auf der Schwelle, richte mich auf und sage: Und wir haben doch gesiegt! Ich erinnere mich nicht gern an diese Pose von damals, aber ich will nichts auslassen. Heute weiß ich, daß Siege vorübergehende Einbildungen von einzelnen Menschen und Menschengruppen sind.

In der Küchenmitte sitzt mein Vater, der Halsausschnitt seines Trikothemdes ist mit einem unsauberen Fetzen abgedeckt, damit ihm keine Haare hineinregnen. Bruder Tinko steht halb über den Vater gebeugt und barbiert ihn.

N' Oabend, sagt der Bruder.

N' Oabend ooch, sagt der Vater.

Die Schere klappert, der Bruder tut beschäftigt. Der Vater hat die Augen geschlossen. Er genießt das Haarschneiden. Ich stehe unbewillkommt, wo ich stehe: Auf dem narbigen Zementboden unserer Küche, auf dem in der Kindheit an Sonnabenden neben dem Ofen das Holzfaß stand, wenn wir gebadet wurden. Alle Kinder im selben Wasser. Die Mutter ging sparsam mit dem Badewasser um, es steckte Arbeit drin: Man mußte es aus dem Hofbrunnen schöpfen und in gußeisernen Töpfen erwärmen. Unsere Küche war eine kleine Bühne, auf der das Leben seine Spiele trieb. Sie hat drei Türen. Durch die eine bin ich soeben hereingekommen, eine zweite Tür führt in die Wohnstube, eine dritte hinunter in die Alte Backstube. Ich denke an die Szene, in der mein Vater, voll Wut über mißratene Brötchen, die vier Stufen aus der Fußgrube in die Backstube und aus der Backstube die drei Stufen in die Alte Backstube und von dort die zwei Stufen zur Küche anstieg. Er wollte in den Keller und seine Wut dort mit einer Flasche Bier kühlen. Jemand, der in der Küche hantierte und den Vater nicht anstampfen hörte, schloß ihm die Tür vor dem Angesichte. Der Hausherr trat, seine Wut hatte Gewicht, gegen die Tür, und deren Füllung zerbrach, und das rechte Bein des Zornigen erschien in der Küche.

Meine Mutter schrieb auf ein Stück Packpapier: Dieses ist die Wut meines Mannes. Mit dem Packpapier überklebte sie das Türloch.

Bevor Stellmacher Schestawitscha kommt, reißt der Türenzertreter das Packpapier mit der Inschrift herunter. Stellmacher Schestawitscha will wissen, woführzu und wie es gekommen ist, daß die Füllung aus der Tür flog. Wenn bei

10

uns auf der Heide jemand mit einer Gesichtsgeschwulst, auch eine dicke Backe genannt, befragt wird: Woher das? heißt die Antwort: Von alleene geworn. Und also kriegt Schestawitscha auf seine Frage nach dem Türloch vom Vater zu wissen: Von alleene geworn.

Wie viele Bergarbeiter haben in dieser Küche, wenn sie von der Schicht kamen, umhergestanden und Bier getrunken! Oft trank der Vater mit ihnen, und die Männer stellten die Gefechte des Weltkriegs römisch eins mit gelallten Worten nach: Bei Ypern, was denkste, wie uns die Franzmänner da mit Gas beharkt ham. Und die Erzählungen der Bergleute verfingen sich in den gehäkelten Spitzen, die die Borde im Küchenschrank der Mutter zierten, in den gehäkelten Zierspitzen, die schon wieder da sind, obwohl im Schrank nur noch wenig Geschirr steht und obwohl die Schranktürenscheiben verklebt sind. Alles muß wieder seine Ordnung kriegen, die Zierspitzen sind jedenfalls schon da. Auch zwei Küchenstühle aus dem Heiratsgut der Mutter sind noch da: Einst waren sie graugrün gestrichen, jetzt sind sie oben an den Lehnen abgegriffen bis aufs blanke Holz. Die Farbe ist im Gange der Jahre von dreitausend Händen klein bei klein fortgeschleppt worden, und das Wachstuch, mit dem die Stuhlsitze überzogen waren, ist von dreitausend Bergmanns- und Familien-Ürschen durchgesessen, und die übriggebliebenen Fetzen vom Wachstuch sind von den dreitausend Gesäßen in die graugrüne Stuhlfarbe gedrückt worden und sind mit ihr verschmolzen. Auf einem dieser Küchenstühle sitzt nun mein Vater. Seine Hand mit dem sommersprossigen Rücken kommt langsam unter dem Ersatz-Barbierumhang hervor und erwidert meinen Handdruck mühsam. Der Bruder reicht mir sein Handgelenk, er legt die Schere nicht weg. Mensch, wo kommst du her bei son Nebel? Die Schere des Bruders begleitet den Satz mit Geklipper, ein säuerliches Wiedersehen.

Die Mutter kommt aus der Wohnstube gehinkt. Mein Sohn stützt sie mit angehobener Schulter, bis sie ihre Arme zum Willkommen ausbreitet. Ich sehe, daß ihr der Ehering entkommen ist, und ich neige mich zu ihr nieder, und sie umarmt mich, und sie sagt: Ich dachte schont, du hast dirs überlegt.

Die Mutter ist mager geworden, so mager, daß ihr die Jacke eines beleibten Feldwebels paßt, und sie hat sich diese Jacke in ihrer Art mit einigen Schleifchen gefällig gemacht. Erscht moal bißchen was essen, sagt sie. Kein Besuch, den die Mutter unabgefüttert davonläßt. Sie lud und lädt sich dabei selber auch ein bißchen ein, sie ißt so gern, und jetzt verdrängt sie die Barbiere, und der Vater wird in der Ecke, bei der Eimerbank, weiter enthaart.

In der Wohnstube sitzt Elvira. Weshalb überrascht mich das? Muß sie nicht sein, wo mein Bruder Tinko ist? War sie nicht auch zu ihm, dem Sanitätsgefreiten, an die Neißefront gefahren, um ihm beizustehen? Da sitzt sie mit ihren ewig frischfrisierten Haaren und den großen, etwas starren Puppenaugen, Puppenaugen, die sich schließen, sobald man die Puppe hinlegt. Ich gebe ihr die Hand. Hatte ich erwartet, daß Elviras Batterie zur Erzeugung von Ero-Strom entleert wäre? Bruder Tinko erscheint in der Tür, in einer Hand die Schere, in der anderen den Kamm. Er will erkunden, von welcher Art mein Wiedersehen mit seiner Elvira ist.

Seit seiner Kindheit sind Neid und Eifersucht im Bruder. Sie wachsen in ihm, und er läßt sie wachsen. Man muß befürchten, daß er einmal bei frischester Luft an ihnen erstickt.

Neben der blonden Schwägerin Elvira sitzt Hertchen, die Bruder Heinjak mir anverwandt gemacht hat. Ihre Augen sind schwarz und etwas stumpf, ihr Haar ist schwarz und schlicht gescheitelt. Sie hat verhalten blühende Lippen und hinter den Lippen unversehrte Mädchenzähne. Sie ist mir knisternd neu. Ich bin Esau, sage ich.

Ich kenn dir lange, sagt sie.

Schwägerin Elvira lacht hämisch. Ihre gelackten Locken rascheln. Sie ist Friseuse und *Barbiermeesta* dazu, Hertchen ist für sie eine Unausgeschlafene. So werden in Bossdom Kleinbauerntöchter von solchen Mädchen genannt, die in der Glashütte arbeiten oder in der Stadt *zu Dienste* sind.

Unausgeschlafene werden im Dorf geboren, wachsen im

Dorf auf, bleiben bei Muttern am Ofen hocken, heiraten einen von den Eltern ausgesuchten Burschen aus dem Dorf, kriegen Kinder, ziehen sie auf und sterben.

Was soll schon mit einer sein, die nicht wenigstens in der Stadt *bei feine Leite in Stellung woar, eene,* die nicht mitgekriegt hat, daß man öfter als zu hochen Feiertagen die Stuben gründlich putzt und Staub wischt bis in die Ecken hinein und alles reene auswischt und ausscheuert. Daß ein solches Bauernmädchen, wenn sie den Garten umgräbt, keine Unkrautwurzel unaufgefunden läßt und den Mist auf den Feldern so sauber ausbreitet wie den Zucker-Zimt auf dem Hirsebrei, wird von denen, die sich in der Stadt umgerochen haben, nicht veranschlagt.

Elvira und Hertchen sitzen in der halb schummerigen Wohnstube. Der Schirm der Lampe über ihnen ist von Kriegsbränden versengt. Der alte rot-braune Kachel-Ofen sendet Wärmewellen aus. Die jungen Frauen kleben Papierschnipsel mit Roggenmehlkleister auf Zeitungsbögen. Die bedruckten Schnipsel heißen amtlich Lebensmittelkartenabschnitte, aber die Bossdomer nennen sie Marken, und Elvira und Hertchen kleben eben Marken.

Mir ist, als würden sich von Menschen verfertigte Verhältnisse nach Jahren wiederholen. Auch in der Zeit nach dem Weltkrieg römisch eins mußte Mutter Lebensmittelkartenabschnitte ans Landratsamt liefern, aber damals nicht aufgeklebt wie kleine Briefmarken, sondern, weil sie länger und breiter waren, wie Geldscheine aufeinandergelegt. Um jedes Hundert schlang die Mutter mit ihren Schneiderinnenfingern weißes Nähgarn. Weißes Nähgarn gehörte zu den Arbeitsmaterialien der Mutter, mit ihm umwickelte sie die Rindsrouladen, heftete sie lose Geschäftspapiere zusammen, umwand sie unsere Fingerverbände. Eine Mutter mit eigenen Zähnen lernte ich nicht kennen, dafür jeden Morgen eine Mutter ohne Zähne. Zum Zahnarzt ging sie nie. Sie behauptete, es befänden sich in ihrem Oberkiefer noch einige ureigene Zahnwurzeln, und sie fürchtete, daß der Zahnarzt Lust bekäme, sie herauszuziehen. So was tut doch weh, Kinder! Einmal zerbrach ihre obere Prothese, und ich überraschte sie dabei, wie sie versuchte, die Teile mit weißem Nähgarn zusammenzubinden. Da das Ungemach sie am Mittag vor dem Gesangsvereinsvergnügen überfiel, schob sie das wacklige Gebilde in den Mund und verstummte. Während des Vergnügens verwies sie stumm auf ihren Hals und verpflichtete den Vater, sie auszuweisen. Diphtherie am Ende, erklärte er den Leuten.

Die ewig jungen Hände der Mutter spielten für mich Fingertheater. Sie erahnte meine Bewunderung, wie ein guter Handwerker sich nicht ankennen läßt, wenn man seine Geschicklichkeit stumm bestaunt.

Meine Mutter war eine Fingerakrobatin. Mit der Bewegung von Daumen und Zeigefinger, mit der man sonst Salz und Pfeffer verstreut, schlug sie Knoten in die Enden ihrer Nähfäden. Wir Kinder brauchten dazu beide Hände und *ganz Neegchen* Zeit. Mutter konnte ihren Kleinfinger so in der Faust verstecken, daß seine Spitze aus dem Faustloch zwischen Daumen und Zeigefinger herauslugte und sich bewegte, wie ein Engerling, der versucht, sich aus dem Erddunkel zu winden. Wir versuchten, es ihr nachzutun, es mißglückte, und dann war der Mutter doch eine kleine Genugtuung anzukennen. Es war ihr recht, daß nur sie es konnte.

Wir wissen, daß sie Seeltänzern werden wollte.

Warum biste nicht?

Sie schob Großvater vor. Der wollte sie nich mit die Zigeiner loofen lassen.

Wenns eene Seeltänzerei bloß für Finger gäbte, hätt ich nich erscht lange mußt lernen, wäre ausgerickt und uff Reesen gegangen.

Sie wußte nichts, die naive Mutter, und auch wir wußten nichts von den javanischen Tänzerinnen, die mit ihren grazilen Fingern den Zuschauern über den Gesichtssinn Erlebnisse vermitteln, die sie sonst übers Gehör empfangen.

Der Laden, dieses Goldkalb, dem ich in den Kindheits- und Jugendjahren zu Willen sein mußte, ist also noch vorhanden und gegenwärtig, und sein Zulauf hat sich verdoppelt und verdreifacht. Wieder werden dort rationierte Waren verteilt wie nach dem Weltkrieg römisch eins.

Wer im Laden bedient, braucht, außer sauberen Händen und einer sauberen Schürze, eine Schere zum Markenabschneiden. Kennkarte und Lebensmittelkarte sind heilige Dokumente. Ohne Kennkarte ist man Verdächtigungen, ohne Lebensmittelkarte dem Hunger ausgesetzt.

Und wieder waren die Eltern, vor allem die Mutter, mit ihrem Laden obenauf und für manchen armen Umsiedler gottähnlich: Unser täglich Brot gib uns heute ... Und der Vater buk das Brot, und die Mutter teilte es gegen Papierschnipsel aus.

Ich hoab schnell poarchen Kartoffeln gekocht, sagt die Mutter und tischt Abendbrot auf. Es ist meinem Sohn Jarne und mir zugedacht, den Zugereisten, aber Bruder Tinko und seine Elvira kriechen mit hinein, und sobald ein Appetit einen anderen Appetit zu sehen kriegt, werfen sie sich zusammen. Es entsteht ein Zweit-Abendbrot für alle. Mit Kartoffeln brauchen wir nich gerade spoaren, sagt die Mutter, und die Kartoffelschalenhäufchen der Esser wachsen auf der Tischplatte wie die Maulwurfshaufen auf einer Wiese. Das Schalenhäufchen neben dem Teller von Bruder Tinko ist das größte. Man muß die Leute schädigen, wo man kann! Das ist eine von den Grodker Barbierredereien. Ich glaube, du mußt dein Hemde moal wieder teeren, wird einem empfohlen, dessen Hemdkragen schmutzig ist. Oder: Das Leben ist am schwersten drei Tage vor dem Ersten. Mir war schon früher, wenn ich Barbierweisheiten hörte, als sollten mir Hörner wachsen.

Bruder Tinko und seine Elvira stopfen sich an diesem Abend zum letzten Male vom Kartoffelvorrat der Eltern an. Von jetzt an müssen sie sich in die eigene Tasche greifen. Sie beziehen eine eigene Wohnung in der alten Schule. Gehn sie, weil ich gekommen bin? Verdränge ich sie? Wäre ich hierher gefahren, wenn die Mutter es in ihren Briefen, in denen sie mich lockte, angedeutet hätte? Je länger ich hier sein werde, desto überzeugter wird die Antwort nein heißen.

Das Treppengeländer knarrt. Die Anderthalbmeter-Großmutter, der Detektiv Kaschwalla unserer Kindheit, stapft
mühsam die Treppe herunter. Wie konnte ich vergessen,
die Großeltern zu begrüßen? Ich gehe der *kleenen Kräte*, wie
der Großvater sie nennt, beschämt entgegen. Ihr scheint
mein Heimkommen etwas so Selbstverständliches zu sein,
daß ich heulen möchte. Ich nehme ihre Willkommensgrüße
blank und ohne Stutzen hin. Sie erwartet nicht, daß ich
ihr für etwas nützlich sein soll, sie erwartet nicht, daß ich
wieder gehe. Endlich biste wieder doa! sagt sie.

Eine kleine, mit Schäfertunke bestrichene Kartoffel scheint
sich zu sträuben, in den Innenvater hineinzurutschen. Sie
bleibt zwischen den Lippen des Vatermundes hocken. Er
mißbilligt das Erscheinen der Anderthalbmeter-Großmutter.
Kann er denn nicht einen Happen ohne die Kontrolle von
Detektiv Kaschwalla essen? Der Duft der Schäfertunke ist
treppauf gezogen und hat die Anderthalbmeter-Großmutter
zum Kontrollgang verlockt. Schäfertunke, jenes Gebilde aus
Mehl und angebräunten Zwiebelstücken; Schäfertunke, jenes
rasch herzustellende und billige Zubrot aus der Zeit, da
noch Schafe die karge Heide beweideten und Schäfer sie
bewachten: Schäfertunke, die den Armen half, trockene Kartoffeln glittiger zu machen; Schäfertunke, die im kalten Zustande auch auf trockenes Brot geschmiert wurde. Meine
unerhoffte Anwesenheit hat, scheints, die Anderthalbmeter-
Großmutter die Schäfertunke vergessen lassen, aber nein,
noch während sie mich begrüßt, fällt einer ihrer kleinen
schlitzenden Blicke auf Elvira, die die Schäfertunke mit dem
Löffel blank in sich hineinschaufelt.

Also bin ich wohl doch wieder zu Hause, denn kaum
wahrnehmbare Zeichen und Blicke lassen mich, ohne daß
Worte sie begleiten, erkennen, wer was von wem denkt:
Da ist Feindschaft, vielleicht junge Feindschaft, zwischen
der Anderthalbmeter-Großmutter und Elvira, und da ist
Einigkeit zwischen dem Vater und Elvira, mit der Großmutter in immergrüner Feindschaft zu leben.

Die Mutter befürchtet, daß sogleich bissige Bemerkungen
wie kleine Dorfhunde gegen die Großmutter anrennen wer-

den, und fragt sie: Konnteste denn Voatern oben alleene lassen?

Die Großmutter erkennt, wohin die Frage zielt: Ich halte mir ja nicht uff, sagt sie, uffn Abtritt wird man ja woll noch gehn könn, und damit geht sie auf den Abtritt.

Vor der Tür des Abtritts steht der Nebel, sinkt nicht, steigt nicht und schmiert der Anderthalbmeter-Großmutter die Sicht zu.

Das Bett des Großvaters steht in der alten Stube an der Südwand, und dort hat es immer gestanden, und über seinem Bett hängen die beiden Wandbilder, gedruckte Bilder, Massenware. Niemand weiß, wer ihre Vorlagen einst malte. Bilder im verschnörkelten Rahmen. Eines zeigt den Frühling, das andere den Winter in den Hoch-Alpen. Ein Muß für jede Bauernstube, von der behauptet werden soll, sie sei gut eingerichtet. Ein Reiseersatz für die seßhaften Heideleute.

Großvaters Bett war mir ein Nest, als ich ein Junge war. Ich kroch hinein in meinen Nöten, um mein Weh zu heilen, oder ich lag mit dem Großvater zusammen darin und ließ mir von ihm Geschichten erzählen. Wir lagen auf dem gleichen Stroh, das wir in der Scheune hatten. Es wurde vierteljährlich erneuert: Alte, den Strohsack stopfe mir nei, er ist schont ganz krumpelig! Der Strohsack war mit einem Leinenlaken überdeckt, und der Strohgeruch und der Geruch des Leinenlakens mischten sich mit dem Altmännergeruch des Großvaters, und der Mischgeruch ging in meine Erinnerung ein und stand mir zur Verfügung, wenn ich Tröstung brauchte. Ein Zeitchen lang lebte ich auf meiner Lebensfahrt im Hochgebirge, in Tirol gar, und ich war dort wohlgelitten, und das Land gefiel mir, aber es war nicht das Land, das ich, im Bett des Großvaters liegend, mit den Augen bereist hatte, es war nicht das Land, das der Mischgeruch umgab, der von Großvaters Bettstatt ausging.

Dieses Bett beliegt Großvater nun schon ein Jahr lang, beliegt es bei Tag und bei Nacht, und es ist mehr Nacht um ihn als Tag. Über dem Bett hängen noch immer die in ihre Rahmen wie in Gärtchen gesperrten Hochgebirgslandschaften. Quer über dem Deckbett liegt ein Stock. Er ist ein Gefährte meiner Kindheit. Sein Holz besteht nur aus Knoten, Knoten bei Knoten, ein Knotenstock eben. Eigentlich ist es ein vornehmer Stock, denn in seine Zwinge sind Elfenbeinblättchen eingelegt. Großvater erhandelte ihn auf einer Auktion, als er versuchte, ein Grodker Kleinbürger zu werden. Er wurde kein Kleinbürger, es mißlang ihm. Er war Kutscher, und die Pferde, die gleich ihm vom Lande hereingekommen waren, hintertrieben Großvaters Bestreben. Sie mußten ländlich versorgt werden.

Nur an Sonntagnachmittagen gelang es Großvater, sich, als Kleinbürger verkleidet, mit kleinen Geschäftsleuten und anderen Kutschern im Bergschlößchen oder im Schweizer-Garten zum Skatspielen zu treffen. Dann war, außer der Großmutter, auch dieser vornehme Spazierstock dabei. Und wenn ich bei den Großeltern in Grodk zu Besuch war, war auch ich dabei, und ich schloß Freundschaft mit dem Stock. Großvater überließ ihn mir unterwegs zuweilen, weil er ihn sowieso nicht brauchte. Ich führte den Stock auf den Wiesenwegen entlang, und er war mir wie ein großer Hund, der nicht recht gehorchte. Jetzt ist dieser Stock, von dem ich rede, Großvaters Signalholz; mit ihm stampft er seine Wünsche, seinen Willen und seinen Unwillen wie mit überlauten Morsezeichen auf die Stubendielen. Auch anderweitig kam Großvater nicht vom ländlichen Gehabe los. Er wischte zum Beispiel die Krümel seiner Brotmahlzeiten mit der ausholenden Bewegung eines Sämannes vom Küchentisch. In den sorbischen Futterküchen war das Drinnen vom Draußen nicht durch Vorkehrungen wie verschlossene Türen getrennt, und der Großvater vergaß immer wieder, daß es jetzt nicht mehr so war, und erwartete, daß die Hühner seine Krümelsaat einstappten. Jetzt aber stellte die Anderthalbmeter-Großmutter Hennen-Gegacker aus Geschimpf her, wenn sie die Krümel mit der Kehrschaufel und dem Borstenbesen aufnahm.

Die Anderthalbmeter-Großmutter benutzt ihren Rückweg vom Abtritt, um noch rasch mit Seitenblicken das Geschehen in der Küche zu kontrollieren. Sie mißt an der Höhe der Kartoffelschalenhäufchen, wer sich von den Leuten am Tische am meisten dick gemacht hat, und sie stellt fest, daß Elvira Aktive raucht, und sie erwägt, wo sie die hergeholt haben könnte. Aktive werden um diese Zeit Zigaretten genannt, die man nicht aus selbstangebautem Tabak gedreht hat. An der Küchentür bleibt sie nochmals stehen und sieht mich ermunternd mit ihren tiefliegenden Äuglein an, weil sie hofft, daß ich das Bündel meiner Erlebnisse von draußen in der Welt aufschnüre. Aber da kommen Stock-Morsezeichen aus der Oberstube. Zuerst sind es einzelne und zeitlich voneinander getrennte Töne, vergröberte Herzschläge. Dann werden die Zeiträume zwischen den Klopfzeichen kleiner, bedrängen einander, und ihre Lautstärke nimmt zu, und schließlich endet alles mit einem Geklirr und Gepolter. Nu hörschte mal, was ich durchmache, sagt die Großmutter noch rasch zu mir, dann zieht sie sich am Treppengeländer zur Bodenstube hoch und öffnet die Tür der Großvaterstube. Ein Schwall von Schimpfwörtern nutzt die Gelegenheit, in den Hausflur und bis zu uns in die Küche zu dringen. Dann ein dumpfer Schlag auf die Dielen, dann ein Zeitchen Stille, dann ein Hilferuf der Großmutter.

Wir sind, jeder mit seinem Schreck bepackt, in der Großvaterstube. Ich bin entsetzt. Alle anderen haben das, was jetzt Großvater genannt wird, schon gesehen, ich aber nicht: Ein Geripp, das einem mittelalterlichen Totentanzbilde entstiegen zu sein scheint. Ein Geripp, dessen Knochenfäuste die Stubendielen betrommeln, auf denen es einst im fleischlichen Leben mit dem Brunsttanz der Rinder einen kleinen Gewinn in der Lotterie betanzte.

Der Großvater hat sich mit einem Schwung aus dem Bett geworfen, um die Großmutter für ihre kurze Abwesenheit zu strafen. Haben Bosheit und Rachsucht dem Geripp, das der Großvater ist, die Kraft für diesen Sprung verliehen? Es gibt einen Käfer, der in die Höhe schnellt, wenn man seine Flügeldecken mit dem Finger berührt. Das Verhalten dieses Käfers hat mich schon als Kind nachdenklich gemacht. Ist es zusammengepreßte Überlebenskraft, die man durch die Berührung des Käfers mit dem Finger zum Explodieren bringt? Ists auch beim Großvater Überlebenskraft, oder ists der Tod, der die weiße Haut des Alten berührte, jene Haut, die voll Falten und ohne Glanz ist wie die Haut auf abgekochter Milch. Das kniende Geripp stößt mit weib-männlicher Mischstimme Verwünschungen und Flüche aus: Dir wer ich zeigen! Und dann nimmt die Stimme die Färbung eines Rabenschreies an: Dir wer ich abstrafen, wer ich dir!

Weshalb ich erstarre, wenn ich andere Menschen leiden sehe, konnte ich bis heute nicht ausdeuten. Bruder Tinko und das Hertchen packen den Alten und heben ihn in sein Bett zurück, während die Großmutter mit einem Lappen an dem Großvatergeripp herumwischt. Auf den Dielen bleibt ein nasser Fleck zurück. Der Alte verlangt eigensinnig nach seinem Stock, und sie legen ihm den Stock wieder quer über das Deckbett, und da erkennt der Alte mich, und sein Blick wird scharf, und er hebt den Stock und läßt ihn niedersausen, doch der Schwung, mit dem das Knotenholz mich treffen soll, ist zu stark für die Knochenhand: der Stock fällt mit Gepolter auf die Dielen. Die Rabenstimme des Großvaters kommt wieder nach vorn. Was treibst du dir rum? brüllt er und hält mir vor, er habe mir das Leben gerettet, als das noch nicht ein Jahr lang war, er habe mich gehudelt und betan und habe mir ein zweites Mal das Leben gerettet, als meine Mutter nach der Geburt der Schwester mit Kindbettfieber lag, und du und du, brüllt der Alte und reißt die Augen auf, daß man fürchten muß, die Lidränder könnten reißen, du läßt mir hier alleene leiden? Scher dir furt, scher dir furt, ich will dir nich mehr sehn! Und langsam versinken die Vorwürfe des Großvaters in einem Gewimmer.

Die Anderthalbmeter-Großmutter will mir beistehen, wie sie es ihr Leben lang getan hat. Sie versucht, dem Alten zu erklären, daß ich unschuldig bin, daß ich unterwegs und lange, lange nicht hier war.

Die Entschuldigung kommt nicht an, Großvater lebt wieder anderswo, niemand weiß, ob im Überirdischen oder im Unterirdischen. Niemand kennt das spezifische Gewicht der Großvaterseele. Vielleicht erfährt der Alte soeben, dort, wo er jetzt ist, daß es zwischen den Zuständen, die wir organisch und anorganisch nennen, keine Grenze gibt, aber ich weiß jetzt mehr als genau, was die Verfluchten, von denen ich in Büchern las, zu schleppen hatten.

Wir gehen nach unten. Ab und zu dringt noch ein Grölen aus der Großvaterstube, aber das Stockgestampf des Alten verliert das Fordernde. In der Küche kommt eine Stimmung wie nach einem abziehenden Gewitter auf. Bruder Tinko verabschiedet sich. Er gibt mir nicht die Hand und scheint mir mit dieser Unterlassung zu bescheinigen, daß ich wieder zur Familie, zu den Dorfleuten gehöre, die sich nicht die Umständlichkeit leisten, jede Verabschiedung und jede Begrüßung mit einem Handschlag zu feiern.

Elvira läßt mich wissen, daß ich das Bett beschlafen werde, in dem sie bisher schlief. Das Bett sei von ihr angewärmt. Ich hoff, es kommt dir nichts an dabei, sagt sie und gibt mir die Hand, und sie biegt ihren Zeigefinger ein, daß er in die Handfläche meiner Rechten zu liegen kommt, und sie krault mir die Handfläche.

Eine halbe Stunde später liege ich in diesem Elvira-Bett. Ich versage es mir, an sie zu denken. Eine Weile gelingts mir, dann tue ichs doch, aber dann verbiete ichs mir energisch. Lächerlich! Könnte man je in einem Hotelbett schlafen, wenn man wüßte, wer zuvor darin gelegen hat? Ganze Heerscharen von Leuten sind in so Gastbetten gelegen, aufregende Frauen, verabscheuungswürdige Männer, grundgütige Christen, scharfe Politiker. Kein Mensch hat sich je in einem Hotel erkundigt, wer in dem Bett, das er beschlafen soll, rumort, gehurt oder sanft geruht hat.

Draußen steht ein stärkerer Wind auf. Ich höre die Eichen rauschen. In ihren Kronen ist stets wie auf Türmen ein Windchen zugange. Ich fühle mich besänftigt. Ein Stück Kindheit blickt zu mir herunter: Weshalb bin ich wieder hier? Ists richtig, was ich tue, frage ich mich und stutze: Habe ich etwas mit mir tun lassen?

Ihr wißt, bevor ich meine erste Nachkriegsarbeit fand, lief ich hungrig umher, bis ich in einem großen Obstgarten Arbeit und Unterkommen fand, im *Garten Eden*. Und ich verließ diesen Garten, obwohl ich dort nicht nur Arbeit und Essen, sondern auch menschlichen Zuspruch gefunden hatte, ich verließ ihn, nachdem mich meine Mutter mehrmals in Briefen gebeten hatte, ich möge heimkommen, und wenn ich nicht bald käme, wäre es zu spät. Ich hätte mir doch in Jungjahren stets Land und eine kleine Bauernwirtschaft gewünscht. Man verteile jetzt in der Heimat Land. Die Russen würden drauf dringen, daß sich ooch unsereens bissel Feld geben lassen tut. Sie wolln, daß es bei uns so wird wie in Rußland – keene Gutsbesitzer nich mehr. Die Bossdomer hätten zunächst gezögert und gefürchtet, es könnte wieder alles anders kommen, aber der Russenkommandant hat mit Beene gestampt, die Gutsbesitzer kämen nicht wieder zurück, hätte er gebrüllt, und da hätten die ersten Kleinbauern und Bergleute sich ebent Stücke Feld geben lassen, der Vater auch. Ich meene, warum nich in die Wurscht beißen, wenn se unsereen for die Noase gehalden wird? Es sei wahrhaftiglich richtig *Mode* geworden, sich Land geben zu lassen.

Ihr wißt, wie mir war, als ich *Eden* verließ, und wie mich die Tochter der *Eden*-Familie an den Zug brachte, mich und meinen Sohn Jarne. Ich möchte mich nicht wiederholen, obwohl der verehrte Tolstoi, der geliebte Hesse, der geschätzte Faulkner, auch der bewunderte Proust nichts dagegen haben, sich in ihren Werken zu wiederholen. Vielleicht ist meine Besorgnis, mich zu wiederholen, nur eine Marotte, denn gründlich betrachtet, wiederholt sich nichts, aber auch nichts im Leben.

Das Zugabteil, in das wir stiegen, war ungeheizt. Die Fenster waren scheibenlos oder mit Pappe vernagelt. Im *Garten Eden* hatte ich das Privileg, in der Nähe meiner Hütte Tabak anzupflanzen. Der Chef selber war Kettenraucher und wußte, wie schwer es ist, mit der Nikotinsucht fertigzuwerden. Meine Tabak-Ernte fiel gut aus. Die Witwe eines abgestürzten Fliegers, die auf *Eden* zu tun hatte, bot mir für drei Bunde Tabakblätter den Fliegerpelz ihres Helden an. Sie war der Nikotinsucht verfallen. Sie ließ sich vom Tabakrauch über den Tod ihres Mannes hinwegtragen. Der

Pelz wäre ihr nicht mehr zunutze, sagte sie, er wäre zu lang, zu schwer, trüge zuviel Mannsdunst in seiner Wolle, zu viele Erinnerungen.

Dieser Fliegerpelz verhalf meinem Sohn und mir zu einem Kubikmeter Nestwärme im Zugabteil, in dem sonst kein Gran Heimligkeit zu finden war. Der Fliegerpelz, der uns wärmte, war in den ersten zwei Reisestunden unser Glück. Für den zitternden, unrasierten Alten, der uns gegenübersaß, hatte das Glück die Form eines halben Brotes. Von Zeit zu Zeit schnitt er sich eine Scheibe herunter, und wir konnten zusehen, wie sich sein Glück von Mahlzeit zu Mahlzeit verminderte. Ein anderer Mann, mit Krätzezeichen an den Händen, erzählte uns ächzend von den Urinmineralien, die ein Steinchen in seiner Niere gebildet hätten. Das Steinchen bereitete ihm von Zeit zu Zeit Schmerz und Scherereien. Er trampelte im Abteil hin und her, und sein Glück war, wenn das Steinchen für eine Weile ruhig lag und ihn mit Schmerzen verschonte.

Mein Sohn beschäftigte sich damit, festzustellen, welche Bahnstationen am zertrümmertsten waren. Wenn sich der Mann uns gegenüber eine Scheibe von seinem Brot herunterschnitt, verlangte Jarne nach dem Kochgeschirr. Frau Höhler, die *Eden*-Mutter, hatte uns Kartoffelsalat mitgegeben und zuversichtlich gesagt: Wir sehen uns nicht zum letzten Male, das weiß ich. Aber wir sahen uns zum letzten Male, das weiß *ich* (heute).

Der Sohn aß vom Kartoffelsalat, kuschelte sich wieder in den Fliegerpelz und sang das Lied vom Sunset Hill. Er kannte es von einer Schallplatte herunter. Die Platte hatten amerikanische Onkels seiner Frau Mutter, meiner geschiedenen Frau, geschenkt. Ihre gefährliche Nähe drunten in der Stadt wollte ich abschütteln, denn ich wurde und wurde mit dieser Frau nicht fertig, obwohl ich amtlich von ihr gelöst war, ich wollte, ich durfte sie nicht mehr sehen. Dieser Umstand und die Lockungen der Mutter mit dem Ackerland, das ich erhalten würde, und mit dem naiv mütterlichen Versprechen, daß wir dann wieder so schön wie früher beieinander sein würden, sie halfen mit, mich aus dem Garten Eden zu treiben.

Der Zug ruckelte und quietschte und kam und kam nicht voran. Ich dachte an Fräulein Hanna auf Eden und erwog, ob ich nicht durch einige Zärtlichkeiten mehr Anrechte auf sie hätte hinterlassen sollen. Ich hatte es gut in ihrer Nähe, in ihrer Familie und in der Bibliothek ihres Herrn Vaters. Ich war so ausgehungert auf Bücher und auf Lesen, daß ich mir die Möglichkeit, in Büchern zu schwelgen, fast mit der Bindung an dieses Mädchen erkauft hätte.

Der Chef auf Eden hatte mir zum Abschied einen Band Emerson-Essays geschenkt. Nun besaß ich ein zweites Buch von diesem amerikanischen Weisen. Wenn die Lichtverhältnisse in unserem dubbrigen Abteil es zuließen, hörte ich mir lesend an, was der erkundet hatte, und was er von der Welt und ihren Menschen zu berichten wußte. Es kam viel Tröstliches von ihm zu mir her.

Wir fuhren zwei Tage und zwei Nächte lang, standen häufig auf Abstellgeleisen, weil Militär- und Güterzüge Vorfahrt hatten. Die Fahr- und Streckenpläne der Deutschen Reichsbahn waren ungültig. Nachkrieg.

Die zweite Nacht verbrachten wir in der etwas weniger zertrümmerten Stadt Hoyerswerda. Der Zug wurde neu zusammengestellt und sollte erst tags drauf weitergehen. Wir konnten in die Stadt und uns dort einmieten. Wir übernachteten in einer warmen Wirtshausstube und verzehrten das, was wir unser Abendbrot nannten, und am Nebentisch verzehrten russische Offiziere das, was wir früher Abendbrot genannt hatten. Sohn Jarne umkreiste die beiden Offiziere und bewunderte deren Orden. Sie waren auf den Brüsten der Militärs ausgelegt wie Kostbarkeiten in einem Schaukasten. Einer der hohen Dienstgrade schnitt eine dicke Scheibe von seiner Wurst herunter und hielt sie Jarne hin. Mein Sohn brachte sich eifrig an die Wurst heran, dankte, biß hinein und schlang. Und da schnitt auch der andere Offizier von seiner Wurst herunter und gab Jarne eine Scheibe, und die Männer hatten ihr Wohlgefallen an dem Kinde ihres deutschen Feindes, und mein Sohn hatte sein Wohlgefallen an den feindlichen Offizieren. Ich kam nicht in Betracht, ich schien den russischen Wohltätern meines Sohnes zu verdächtig zu sein; ich trieb mich ungefangen umher. Wahrscheinlich hielten sie mich für einen, der vorzeitig aus amerikanischer oder englischer Gefangenschaft entlassen wurde und nach ihren Spielregeln möglicherweise ein westlicher Agent war. Sie hätten das Recht gehabt, mich an Ort und Stelle zu kontrollieren, doch mein Sohn schien mich vor dieser Kontrolle zu schützen. Selbst wenn ich den Russen hätte erklären können: ich bin nicht das, was ihr denkt, sie hätten es mir nicht geglaubt. Sie hatten ihre Erfahrungen: Kein Deutscher gab um diese Zeit zu, etwas mit Hitler zu tun gehabt zu haben. Mein Sohn aber war für sie ein Kind der Welt, und die Sorge der Offiziere um die Weltunschuld rührte mich.

Am nächsten Morgen fuhren wir weiter, und alsbald mußten wir wieder aussteigen, mußten auf einem Bahnsteig auf einen Wechselzug warten. Ich zählte unsere Gepäckstücke wieder und wieder. Da war die Kiste mit den beiden Angorakaninchen, da war der Gebirgsjägerrucksack, der mit Spierstrauchzweiglein gefüllt war, die ich um das Land pflanzen wollte, das ich noch nicht hatte. Da war ein Bücherkoffer und das Köfferchen des Sohnes mit dürren Spielsachen. Ich zählte, zählte und wurde zählkrank wie in meiner Kindheit.

Ich mußte unser Gepäck für ein Zeitchen verlassen. Sohn Jarne, der es bewachen sollte, sah den Zugvögeln nach, die über den Bahnhof hinweg in ihre warmen Heimaten flogen. Als ich zurückkam, fehlte die Kaninchenkiste. Ich suchte sie und fand sie auf einem Bahnsteig hinter uns. Sie bereicherte das Gepäck eines anderen Reisenden, der nicht zu sehen war.

Ich holte meine Kiste zurück und wurde von den Umherstehenden als Dieb verschrien, bis ein wassersüchtiger Soldat, ein Heimkehrer, meine Diebsrolle sprengte. Er hätte mich vorher mit der Kaninchenkiste gesehen, sagte er, er kenne mich, sagte er, und er kannte mich wirklich, doch ich erkannte ihn nicht sogleich. Das Wasser, das seinen Körper aufschwemmte, war zwischen uns, andererseits hatte das Wasser bewirkt, daß man ihn vorzeitig aus der Kriegsgefangenschaft entließ. Hunger-Ödem.

Der Wassersüchtige und ich hatten vor Jahren zusammen in einer Bäckerei gearbeitet. Jetzt fuhr er heimzu, obwohl ihm Nachbarn berichtet hatten, daß seine Frau, seine Kinder, auch seine Schwiegereltern nicht mehr lebten. Der Schwiegervater hatte alle erschossen, als die russischen Truppen einzogen. Mein ehemaliger Arbeitskollege war auf dem Wege zu den Gräbern seiner Familie.

Der Mensch, der die Kaninchenkiste gestohlen hatte, kam nicht zurück. Hoffentlich hatte ihm in der Zwischenzeit niemand sein Gepäck gestohlen, so wie er mir die Kaninchenkiste stahl. Es fehlt noch, daß ich ihn bedaure, jetzt, da es mir in der Stube, die wir früher die *Gute Stube* nannten, so gut wie gut geht, und da ich mich vorderhand unter den Flügeln der alten Eichen vor dem Hause geborgen finde.

Und wir fuhren weiter, und unsere Fahrt endete in dem Glasmacher-Ort Friedensrain, und nach dorthin hatte meine Schwester geheiratet, und von dort nach Bossdom waren es noch vier bis fünf Kilometer Waldweg.

Die Schwester hört mein Hereinklopfen nicht. Sie sitzt am Küchentisch und hat Spielkarten vor sich ausgebreitet, sie legt sich die Karten. In den Jahren, da wir uns nicht sahen, haben sich Falten in ihre Stirnhaut geschlichen. Sie springt auf, schiebt die Karten auf dem Tisch zusammen, ohne den Tod gewahrt zu haben, der vielleicht rechts oben im Quadrat der ausgelegten Spielkarten hockte. Sie hat ihn noch nicht entdeckt, weil ich kam, den Nachkriegstod, den Typhustod, den sie drei Jahre später sterben wird.

Wir haben uns als Schulkinder nie umarmt, nur in der ganz, ganz frühen Kindheit, wenn uns die Mutter dazu überredete. Jetzt umarmen wir uns, wir sehen uns wieder, wir freuen uns aneinander.

Die Schwester verweist auf das Kartenhäufchen, zu dem sie ihr Schicksal zusammengeschoben hat. Nun braucht sie, sagt sie, ihre Karten nicht mehr nach der Zukunft zu befragen, nun bist ja du da, sagt sie, und wirst mir hypnotisieren und in die Zukunft schicken, wirschte? Ich vertröste die Schwester, erst will ich ein Weilchen hier sein und ein paar Faserwurzeln schlagen.

Wir finden in der Siedlungswohnung der Schwester ein kleines Vor-Zuhause. Ihr Sohn Rudi scheint auf meinen Sohn Jarne gewartet zu haben. Sie sind gleich alt, sie machen magere Seifenblasen aus dem Schaum nachgebliebener Kriegsseife. Sie blasen Weckgläser, bestimmt Schwestersohn Rudi. Im Glasmacher-Ort Friedensrain wird Glas geblasen. Sohn Jarne will nicht glauben, daß Seifenblasen Weckgläser sind. Die Jungen streiten sich. Eine von den Streitereien, die entstehen, wenn der eine was glaubt, was der andere nicht glauben kann.

Die Schwester erzählt von dem, was ihr in den Zeiten, in denen wir uns nicht sahen, widerfuhr, und alles, was ihr widerfuhr, ist von ihr selbst ausgegangen. Sie ist zur Frau auseinandergelaufen und ähnelt in ihrer Figur meiner Mutter, auch ihre Hände sind, wie bei der Mutter, jung und feingliederig geblieben. In ihrer besten Zeit war sie ein vielbetanztes Mädchen, goldrothaarig und begehrt. Ich weiß nicht, wie viele Männer daran beteiligt waren, aus ihr die jetzt etwas formlose Frau zu machen. Ich kannte nur ihren ersten Mann, den Glasschleifer. Ich sah ihn, wenn ich ein seltenes Mal auf Besuch in die Heimat kam. Er war ein Schönling, gehörte zu den Zivilsoldaten, die es damals gab, ging in einer schwarzen Uniform umher und sprach von einem Mann, den er seinen Führer nannte, seinen Führer, dem er folgen müsse wie ein Blinder seinem Schäferhund. Und diesen Menschen mußte die Schwester haben. Seiner Locken wegen und weil er eine so vornehme Mutter hatte, eine Wienerin: Ists gefällig? Sie verlangte etwas Ungewöhnliches für uns auf der Heide, diese Mutter, sie verlangte, daß man ihr vorgestellt wurde, und wenn es einer über sich brachte, sich vorstellen zu lassen, sagte sie: Freut mich, ausgezeichnet! Dieses Benehmen ging schließlich auf die ganze Familie des Schwester-Mannes über, nur der Vater, ein Friedensrainer Glasmacher, brachte ein bißchen Niederschlesisch in die Vorstellungszeremonie ein: Freut mir, is ock ausgezeichnet!

Die Brüder waren gegen den *schwarzen Mann* der Schwester. Sie sagten es ihr. Sie hänselten sie und verkümmerten es ihr, ihn mit nach Hause zu bringen. Sie zwangen die Schwester, sich mit ihrem Schönling in den Bruchfeldern der Grube Conrad zu treffen, doch später heirateten die beiden gegen allen Widerstand, oder der Widerstand der Eltern und der Brüder wurde aufgegeben. Ich weiß nicht, wie es war, ich war unterwegs.

Nicht jede Ehe ist eine Einrichtung zum Produzieren von Glück. Im Kriege zog der Schwestermann, der Schönling, mit den deutschen Besetzern nach Norwegen hinauf und entdeckte, daß meine rotgoldblonde Schwester ihm nicht nordisch genug wäre, und vielleicht war sie ihm als Halbsorbin auch zu mischrassig, und er ließ sich scheiden, denn es zog ihn zu einer Norwegerin, weiter und so weiter, und meine Schwester saß da mit dem blondlockigen Sohn des *schwarzen Mannes* und kummerte eine Weile, aber für ein längeres Trauern war sie nicht eingerichtet. Ein Förster fing an, sich um sie zu kümmern. Der war unabkömmlich, war nicht im Kriege. Zugegeben, sagt die Schwester, er war älter schont, aber so väterlich uff mir, bißchen verheiratet war er ooch, und denn mußte wissen, sagt die Schwester, ein Lied war ooch dran schuld. Sie meinte den Löns-Schlager vom Jägersmann im grünen Kleid, der damals aus den Lautsprechern der Volksempfänger tönte.

Es kam ein Kind auf die Schwester zu, doch es kam nicht in die Welt der sichtbaren Dinge. Es sullde woll nich sein, sagte die Schwester, entschuldigend. Niemand weiß es außer mir und dem grünen Jägersmann …!

Es war Krieg, und es war ein Durcheinander, und im Durcheinander warf es den Jägersmann wieder zu seiner Familie zurück.

Dieses Erlebnis ließ, wie ich feststellte, im Gesicht der Schwester zwei Falten rechts und links zwischen den Wangen und ihrer kecken Nase zurück, aber jetzt ist sie wieder ein unweinerliches Wesen und legt sich die Karten, um zu erkunden, ob ihr aus ihnen ein Mann zuwinkt, der geneigt ist, ihre Gesichtsfalten zu übersehen, einer, der schon immer eine Goldrotblonde wollte, einer, der an das Gesage glaubt, die Rothaarigen hätten es hinter den Ohren.

28

Schwester Magy sieht auf die Uhr und sagt: Heute kommt er nicht. Soweit ist es schon wieder? Na, mäg, sie hat zu erzählen und zu erzählen. Es ist schon *scheene*, jemanden zu haben, mit dem sie über ihre vertrackten Liebschaften reden kann. Ich weiß, daß ich nicht ihr einziger Vertrauter bin; sie ist die *Plapperguste* geblieben, die sie schon als Schulmädchen war. Haste gehört und weeste das noch? Bleib noch bißchen und iß noch was!

Dann wird es Zeit. Der Abend rieselt ins Siedlergärtchen. Die Schwester leiht mir ihren Handwagen. Ich trecke unser Gepäck auf Bossdom zu. Den Wäldern sieht man nicht an, daß der Krieg vor kurzem noch durch sie hindurchkroch. Der November-Abendnebel deckt Schützenlöcher, Panzergruben, Baumsplitter und alles Gewüst zu.

Ein Weg, auf dem ich manches Mädchen vom Tanze heimbrachte, *eene Heemfuhre* machte, wie es unter uns Burschen hieß, wenn die Äste der Kiefern im Mondlicht flirrten, wenn der Kauz rief und das Mädchen sich an mich schmiegte.

Und da drüben lag das Stück Hochwald, in dem ich als kleiner Fliegenpilz mit der Großmutter Blaubeeren pflücken ging. Ich erinnere mich der alten Frau, die des Wegs kam. Sie hatte zotteliges Haar, eine schmale scharfe Nase, einen knorrigen Stützknüppel und entsprach der Vorstellung, die ich von einer Hexe hatte. Macht eich beiseite, rief sie uns zu, gleich wird Förschter Moser kumm!

Und die Großmutter packte mich bei der Hand und zog mich mit sich, denn wir hatten keinen Blaubeerschein. Wir machten uns tiefer in den Wald hinein. Ich stolperte. Mein Sammelkännchen fiel mir aus der Hand. Die wie von Nebel überzogenen Beeren rollten ins Moos. Ich mußte sie ein zweites Mal einsammeln. Wir sahen Förster Moser, den grünen Mann, vorübergehen. Er pfiff sich eins und bemerkte uns nicht.

Eine Erinnerung ist an die andere gekettet: Eines Tages wurde der Geldbote von der Grube Conrad hier in diesem Walde von einem Räuber überfallen. Der Räuber erschoß den Geldboten, von dem er wußte, daß er die Löhne für die Grubenbelegschaft von der Bank geholt hatte und im

Rucksack trug. Doch er hatte nicht mit dem allgegenwärtigen Förster Moser gerechnet. Der war auf den Schuß hin eins, zwei, drei heran, und der Räuber erschoß auch Förster Moser und kroch auf eine hohe Kiefer, weil in der Ferne schon andere Verfolger zu hören waren. Der Raubmörder wollte wohl in der Kiefernkrone die Nacht abwarten, aber die Verfolger entdeckten ihn im Baum, und da erschoß der sich selber, und er fiel wie ein Sack vom Baum, so wurde damals bei uns im Laden erzählt.

Die Geschichte vom braven Förster Moser, der den Räuber als erster gestellt und dafür hatte sterben müssen, machte die Runde, wurde in den Zeitungen veröffentlicht und wurde sogar von den Bänkelsängern, die damals noch über die Jahrmärkte zogen, abgesungen. Wir aber waren stolz, daß das alles in unseren Wäldern geschehen war und daß auch wir zwischen Friedensrain und Bossdom nicht *ohne* waren.

Ja, damals wurde um drei Tote noch Aufhebens gemacht. Wieviel Tote mochte es hier in diesem Walde vor Monaten gegeben haben, die keinerlei Aufsehen erregten!

Mein alterndes Gedächtnis fängt an, Erinnerungen zuweilen sanft zu verwischen. Ich bitte alle, die damals mit mir waren und über ein jung gebliebenes Gedächtnis verfügen, es mir nicht zu verübeln, wenn ich hie und da nicht chronologisch erzähle oder die Ereignisse falschen Jahreszeiten zuordne. Die Chronologie ist die Feindin der Kunst, oder ähnlich heißt es bei Valentin Katajew, der im Alter ein eifriger literarischer Ausprobierer war.

Ich wiege Teig ab, den Teig für dreißig Sechspfundbrote. Ich wirke die Sechspfundstücke durch, forme Kugeln aus ihnen, mach aus den Kugeln Teigwalzen, die späteren Brote, und werfe sie zum Garen in Holzmulden.

Brotaufwirken lernte ich schon als Neunjähriger; ich stand neben dem Vater, sah zu und lernte es ihm ab. Damals waren die Sechspfund-Teigkugeln für mich große Raupen-Eier, und der Vater bewirkte mit seinen Händen das Ausschlüpfen der Raupen, und er fuhr denen über die Bäuche, und die Raupen krümmten sich vor Wonne. Ich vertrieb mir die Langweile mit Poesie. Später schien mir diese Gabe eine Zeitlang verlorengegangen zu sein, und in dieser Zeit war eine Teigwalze ein ungebackenes Brot, keine lachende Raupe.

Ich habe das Brotbacken nicht verlernt, es ist in mir wie alles andere, was ich mir beibrachte, wie Reiten und Radfahren, als wärs mir in die Gene gekrochen.

Ich backe Brot für die russische Kommandantur. Sie ist für die Bossdomer um diese Zeit die höchste Macht auf Erden. Ich bin nach Bossdom geworden und habe mich damit der russischen Kommandantur unterstellt.

Der Backofen kann dreißig Teig-Raupen aufnehmen und abbacken. Dreißig Brote, ein Schuß Brot, in jeder Bäcke. An jedem Vormittag backe ich drei Schuß Brot für die Kommandantur. Appetit und Hunger der Russen stehen auch am Sonntag nicht still. Sie nennen sich unsere Befreier und hören gern, wenn auch wir sie so nennen. Mich haben sie vom verfluchten Krieg befreit. Ich hatte ihn nicht angeschafft.

Die Soldaten vor der Kommandantur fahren auf den Hof, unser Tor muß Tag und Nacht geöffnet sein; überhaupt können die Russen Zäune nicht leiden. Wer seinen Zaun lieb hat, reißt ihn selber ab und bringt ihn in Sicherheit. *Eenmoal* wird doch woll wieder Ruhe sein, heißt es.

Drei Soldaten dringen in die Backstube, schon draußen höre ich sie rufen: Dawei, dawei, dawei! Ich versuche ihnen zu erklären: Das Brot muß eine Stunde im Ofen bleiben, damit es durchgebacken ist. Sie begreifen. Aber am nächsten Tag kommt ein anderer Trupp das Brot abholen. Mal sind es kleine Kerlchen, ein wenig krummbeinig, mal sind es Recken, Heldengestalten und immer wieder: Dawei, dawei, dawei!, und auf dem Hof rattert der Lastwagen, als ob er die Ställe und den Taubenschlag durch eine Schrotmühle drehen würde.

Die Brotabholer kauern vor dem Mundloch des Backofens. Ich zeige ihnen die Brote. Die Soldaten sehen, daß sie noch blaß und erst halb gebacken sind, und sie geben sich zufrieden.

Mehl wird von der Kommandantur angeliefert. Dem Ochsen, der da drischet, soll man das Maul nicht verbinden, heißt es. Die übertünchte Spruchkante in der alten Backstube: *Wo Brod keine Nod...* wurde wieder gültig. Mußte nicht pimplig sein, sagte die Mutter, mußt immer moal een Sack russisches Mehl rüber zum Mehl für die Dorfleite stellen. Tinko hats ooch gemacht, is sowieso deitsches Mehl, sagt sie.

Ich will kein schlechterer Sohn sein als Bruder Tinko.

Meine Hilfskraft in der Backtube ist die Heinjakfrau Hertchen. Sie bestreicht die garenden Brote in den Holzmulden mit Wasser, damit die Brotrinde im Ofen nicht reißt. Sie reicht mir die Mulden mit den backreifen Brot-Embryonen zu. Ich schlage die Brote aus den Mulden auf den angesengten Holzschieber und schiebe sie in den Ofen, ich schieße sie ein.

Hertchen und ich, wir sind die neue Backstuben-Mannschaft. Bis dato hieß die Mannschaft: Tinko und Elvira. Der Vater half nur in Notfällen. Notfälle traten durch Elviras Geschäftsreisen ein, von denen noch die Rede sein wird. Die Backstube ist für den Vater ein anrüchiges Lokal. Ich laß mir nich antreiben. Backt ihr Brot für die Russkis, ich mach meins, sagt er und fuhrwerkt Kohlen aus der nahen Brikettfabrik heran. Der Backofen muß zu fressen haben, wenn er den ganzen Tag backen und Brote bräunen muß; am Vormittag die Brote für die Kommandantur, am Nachmittag die Brote für die Bevölkerung. Bevölkerung ist ein Wort, das früher in Bossdom nie gesehen wurde. Der Nachkrieg schwemmt noch andere Fremd-Worte ins Dorf. Mit den Lebensmittelkarten wird das Wort Dekade eingeschleppt und maulgerecht gemacht: Die Karde heißt es: Und was ist eine Karde?

Zehn Tage, Mensch.

Zweimal in der Woche mindestens muß der Vater nach Grodk werden und Waren für den Laden holen. Der Laden ist wie nach dem ersten Weltkrieg eine Verteilungsstelle geworden. Außer der Türglocke, der Waage und dem Litermaß gibts dort jetzt eine Bürokratie mit Namenslisten und Strichlisten. Der Mangel geht um wie der neckische Hausgeist im Märchen.

Die Sonne schwebt der Winterwende entgegen. Die Winde ziehn ihre Bahn. Die Menschen zappeln im Netz der Wirrnisse, in dem sie sich verfingen.

Der Vater ist ein Mann der ersten Stunde: auch dieser Begriff wird ins Dorf geschwemmt und ist eine Zeitlang wie ein Dienstgrad. Und dieser Dienstgrad zwingt den Vater an vielen Abenden, zu Beratungen in die Schenke zu werden. Die Mutter ist *dasmoal* nicht dagegen. Sie erfährt *rischer*, was die Boosdomer und die russische Regierung in nächster Zeit vorhaben, wenns bloß nicht auch Weiber der ersten Stunde, maulflinke Witwen, gäbte, die die Beratungen in der Schenke und sonsterwas mitmachen.

In einer Beratung verhandelt man über die abgeplatzte Rinde von Broten aus der Bäckerei Matt. Wie kommt daß bloß die Luft unter die Korschte (Brotrinde)? wird gefragt. Mein Vater erklärt, die Ursache sei ein Loch, das eine Granate in die Backstube schlug.

Etwas Merkwürdiges war geschehen: Ob Sommer, ob Winter, ob Krieg, ob Frieden – das Merkwürdige ist stets unterwegs. Eine Russengranate, die die Windmühle hätte treffen sollen, hatte die Backstube der Sastupeits und die Backstube der Matts je mit zwei Löchern versehen und war draußen in den Feldern explodiert. Niemand hatte bisher gemerkt, daß die Backstuben der Konkurrenten auf einer Linie lagen, eine verirrte Granate hatte es dargetan. Die Windmühle wurde von der nächsten Granate zertrümmert. Sie hatte so fröhlich auf ihrem Mühlberg gestanden und mit den Flügeln gewinkt, und sie war so verdächtig, der Sitz eines Beobachtungspostens zu sein, daß kein russischer Artillerist sie auslassen konnte. Nun lag ihr verkohltes Gebälk im Heidekraut, die schwarzen Knochen der Windmühle.

Mein Vater legte der Backstube einen Notverband an. Er stopfte die beiden Granatlöcher mit zusammengerollten Mehlsäcken aus. Sackleinwand, die bisher Mehl davon abhielt, nach außen zu dringen, wurde jetzt dazu bestimmt, Wind abzuhalten, von draußen nach drinnen zu dringen.

Aber die Säcke erwiesen sich als zu lasch, der nachwinterlichen Draußenluft standzuhalten. Doa macht sich Zugluft breet, erklärte der Vater den Versammlungsteilnehmern, das Brot, was uff Goare steht, tut sich erkälden, dadurch käme Luft unter die Kruste, die Granatlöcher in der Backstube müßten mit Kalk und Zement geschlossen werden.

Über alles wird um diese Zeit Protokoll geführt, und es wird ins Protokoll eingetragen, daß die *Lochschließung* bei der Backstube von Bäcker Matt bewilligt wird.

Es kommt zu einer Schnellreparatur. Maurer Waurischk guckt von draußen her durch das Loch und stellt fest, daß es scheene appetitlich riecht aus die Backstube raus und daß er vor Brothunger kaum mauern kann. Holn sich Se bei Finstern, wenns niemand nich sieht, een Brot ab, Herr Waurischk, sagt die Mutter.

Die Mutter arbeitet mit der Brot-Währung. Viele Zeitgenossen haben ihre persönliche Währung, *inviduell*, sagen jene Bossdomer, die sich zu den *Fortschrittlichen* zählen. Bei einem ist die Währung selbstangebauter Tabak, bei einem anderen sind es Zigaretten und Zigarren, für noch andere aufgesparter Grubenschnaps, von dem noch zu reden sein wird, für wieder noch andere sind es Kartoffeln, sie werden per Dutzend abgegeben. Der Krieg, der Vater aller Dinge, hat bevatert, daß die Bossdomer Menschheit in die Zeiten der Naturalwirtschaft zurückversetzt wurde.

Morgens um vier Uhr muß ich in der Backstube stehn, wenn bis mittags drei mal dreißig Brote gebacken werden sollen. Hunger macht pünktlich. Glock zwölf rempelt das Lastauto der Kommandantur auf den Hof, knurrt, knarrt und knallt, daß die wenigen Tauben, die dem Vater noch geblieben sind, im Schlag verschwinden, und vom Hund sieht man nur die Schnauzenspitze am Eingang seiner Hütte.

Um vier Uhr fünfzehn müssen meine Arme bis zu den Ellenbogen im Brotteig stecken. Mein Vater brummelt zum Bett der Mutter hinüber: Nu wird schont mitten in die Nacht in seinem Hause rumort, und das bestimmen die Russen, und das soll nu Frieden sein?

Eines Morgens verschlafe ich, und das Hertchen, meine

Gesellin, weckt mich, und der Druck, der durch den Zeit-
verlust entsteht, entweicht uns zischend bei der Arbeit, aber
eine Stunde ist eine Stunde und ist nicht aufzuholen, obwohl
es sich um eine menschliche Abmachung handelt, die, an
der Ewigkeit gemessen, ein Nichts ist. Der dritte Schub
Vormittagsbrote steht noch auf Gare, da füllen die Russen
mit ihrem Dawei, dawei schon die Backstube, und zu allem
ist der Kommandant dabei. Er findet, daß ich ein *fauler
Fritz* bin, und er treibt mich an. Einige seiner Leute setzen
sich auf die herumstehenden Mehlsäcke, rauchen ihre Pa-
pirossy mit den langen Papphülsen, andere kauern sich und
lugen ins Mundloch des Backofens, aber auch die Flüche
des Kommandanten bräunen die Brote nicht rascher. Die
Stunde, um die ichs morgens verschlief, ist ein schwarzer
Fleck in meinem Tag, denn zum Schluß nehmen der Kommandant und seine Leute nicht nur das Brot, sondern auch
mich mit.

Die russische Kommandantur ist im alten Gutshaus, das
in Bossdom das Schloß genannt wird. Das Gutshaus, in
dem die Barons wohnten, von denen ich euch früher erzählte.
Ich war nicht in Bossdom, als sie hinwegzogen.

Jetzt ist, wie gesagt, das Gutshaus die russische Kommandantur, und die Kommandatur hat ein Notgefängnis, und
das Notgefängnis ist der Keller des Gutshauses. Es müssen
vor mir schon andere in diesem Gefängnis gewesen sein,
denn es liegt dort nah an der Teppe eine Schütte Stroh,
die Lagerstätte für Gefangene. Ich stecke in meiner Bäk-
kerkleidung, und die besteht aus einer alten Hose, einem
Militärmakohemd, einer löchrigen Schiebermütze und einer
bemehlten Bäckerschürze. Gottlob lassen die dicken Wände
des Kellergewölbes die vorwinterliche Außenkälte nicht herein. Außerdem ist eine Decke da, in die ich mich einwickeln
kann. Ich bin ziemlich ruhig, weil ich, wie ihr wißt, nicht
das erste Mal in einem russischen Notgefängnis stecke. Ich
bin sicher, daß ich nicht erschossen werde, nicht so sicher
bin ich, daß man mich nicht als Arbeitsscheuen nach Sibirien abtransportiert. Gewiß nicht eines der schönsten Erlebnisse, die ein Mensch haben kann, doch wenn ich euch

sage, was mich dort im Keller quälte, so werdet ihrs schwerlich glauben: Es quälte mich, daß ich die Arbeitspause nicht zum Schreiben verwenden konnte. Ich hatte schon im *Garten Eden* angefangen, über die Nachkriegszeit zu schreiben. Nun hocke ich auf dem Stroh, meine Gedanken sirren und schwirren, meine Augen haben nichts zu tun, meine Nase saugt den Dubber aus der Dunkelheit.

Man bringt mir einen Kanten Brot, Brot, das ich selber gebacken habe, und einen Humpen Tee.

Unter normalen Umständen wäre mein russisches Gefängnis in Bossdom ein Anreiz für meine Neugier gewesen: Ich hocke in jenem Kellergewölbe, von dem gesagt wurde, es münde in einen unterirdischen Gang, der nach Gulitzscha führe. In dem Gang hätten sich damals die Raubritter *verstochen*. Auf halber Strecke, mitten in den Feldern, im sogenannten Eichbusch, hätte diese Raubritter-U-Bahn einen Zweitausgang gehabt, da seien die Kerle raus und hätten die daherziehenden Kaufleute in der Feldeinsamkeit in aller Ruhe ausgeraubt. Wie gesagt, als Ungefangener hätte ich hier mit ein wenig Kerzenlicht ein bißchen forschen können, hätte am hinteren Ende des Kellers ein paar Steine lösen und vielleicht den Raubritterschatz, von dem hartnäckig die Rede war, bergen können. So, wie es war, konnte ich alles nur theoretisch betreiben, und ich befragte mich skeptisch, wo denn in Gulitzscha der Ausgang des Ganges gewesen sein könnte. Das sogenannte Schloß in Gulitzscha war recht jung, der Gang könnte sein Ende in der Wehrkirche von Gulitzscha gefunden haben.

Am nächsten Tage holen sie mich heraus. Sie vernehmen mich in der Schloßküche, und es wallt dort eine liebliche Erinnerung in mir auf, die mir zu einem Schutzmantel wird. Hier in dieser Küche war meine Jugendliebe, die aus Laichholz hergereiste Martel, wirtschaftend hin- und hergegangen, und ich gab die Post bei ihr ab, und ich konnte ihr tief in die Augen sehen. Jetzt steht da wer anders, und der läßt sich nicht in die Augen sehen, weil sie unstet hin und her flucken und meinem Blick ausweichen. Diese Augen stecken in einem alterlosen Gesicht, das mir die Dorftanzmusiken meiner Jugend heraufbringt. Der Mann heißt, wie ich später erfahre, Konsky.

Der Kommandant sitzt auf einem Küchenstuhl, hat lockiges Haar und die Mütze ins Genick geschoben, und hinter ihm steht wie ein Schutz-Engel Konsky. Sie verhören mich. Es geht hin und her. Mein Verschlafen am Morgen nennen sie Sabotage, Sabotage an der Kampfkraft der Befreier, übersetzt Konsky, dem ich nicht anmerke, ob er mich kennt. Ich erkläre Konsky mit Klirren und Zittern hinter meiner Stimme, daß die Brotbäckerei für die Kommandatur und für die Bevölkerung ein, zwei Tage in Frage gestellt sei, wenn man mich in Haft behalte, weil mein Vater, der jetzt für mich Brot backen müsse, für das Heranfuhrwerken von Kohle zuständig sei: keine Kohle, kein Brot.

Die wilden Drohungen des Kommandanten verwandeln sich in milde Fragen. Weshalb ich ungefangen und hier wäre, will er wissen. Ich erkläre es Konsky, und Konsky erklärt es ihm. Es fällt das Wort Deserteur. Konsky soll bezeugen, daß ich ein solcher war, und er bezeugt es, obwohl er mich nicht zu kennen scheint und nicht wissen kann, ob ich wirklich desertierte. Der Kommandant wird versöhnlicher, bietet mir eine Papirossa an und schickt Konsky nach nebenan. Ich kann in die Diele des Barons von Leesen sehen, in der es jetzt aussieht wie in einem Altwarengeschäft: Radioapparate, sogenannte Volksempfänger, Stück bei Stück, Wecker-Uhren Stück bei Stück, von Armband-Uhren will ich nicht reden. Konsky gibt mir eine Wecker-Uhr. Dawei, dawei, dawei! heißt es wieder, und ich kann gehen, und ich gehe, glaube ich, ziemlich rasch, und ich denke an jene Bäuerin in Böhmen, die mein Leben rettete, und ich bin überzeugt, daß sie es nicht umsonst gerettet hat, und ich bin sicher, daß ich am Leben bleiben werde.

Auch diesem Konsky muß ich wohl dankbar sein. Er hat mich zumindest vor einem unfreiwilligen Ausflug nach Sibirien bewahrt. Diese *Ausflüge* ins Land der kalten Winter sind für viele, wie man hört, zu Grabgängen geworden.

Ich erkundige mich bei den Bossdomern nach Konsky.

Er gehörte wirklich zu jenen in meiner Tanzbodenzeit eingewanderten Glasmachern aus Oberschlesien, die in Friedensrain im sogenannten Ledigenheim wohnten. An den Sonntagnachmittagen schmissen sie sich in Schale, wie es bei uns heißt, wenn wer gut angezogen einhergeht. Sie waren gute Tänzer und von oberschlesischer Fremde umweht. Die Dorfburschen nannten sie Pironjes, also Teufel, weil sie sich wild aufspielten. Wo sie erschienen, gabs Gerangel und Gerungse, in Bossdom Klopperei genannt. Die Dorfmädchen machten ihnen Augen, und wenn ein Oberschlesier eines erwischte, so tat er das, was auch die Bossdomer Burschen taten: Er ging mit ihr *hinter die Sträucher*. Die Bossdomer Burschen hatten etwas dagegen. Wir lassen uns unse Mädels nich von die hergeloofenen Pironjes versauen, krähten sie, und es brach eine Saalschlacht aus. Stühle wurden zerschlagen, Stuhlbeine zum Prügeln benutzt. Wie bei den großen Kriegen wurden Leute mit ins Getümmel gezogen, die gar nicht hineinwollten, bis Gastwirt Lehnig alle Lichter ausgehen ließ.

Bei solchen Saalschlachten erkämpfte Konsky sich ein Gutsarbeiter-Mädchen, heiratete es, mietete eine Wohnung und wurde Bossdomer Einwohner. Für die Bossdomer Kossäten aber blieb er ein Pironje.

Konsky ging gegen die Mißachtung an und suchte sich in der Gemeinde verdient zu machen, wurde ein eifriges Mitglied der Ortsfeuerwehr, war dort vornan, und wenn es brannte, den Flammen am nächsten. Wenn Konsky nicht gewesen wäre, wäre es schlimmer gekommen, konnte es heißen. Aber solche Gelegenheiten waren knapp, und Konsky fischte nach weiteren Anerkennungen.

Die Adolfiner kamen. Konsky gesellte sich ihnen bei und war der erste Bossdomer, der in einer schwarzen Uniform umherlief. Die Schwarzen sollen, hört man, schlimm sein, tuschelte man im Dorf. Kein Zweifel, Konsky war mächtig geworden. Wer kann wissen, was Hitler und seine Kerle noch breeten wern, sagten die Bossdomer und begegneten Konsky mit scheinfreundlichen Gesichtern, denn der kontrollierte den Amtsvorsteher und den Bürgermeister und versuchte den deutsch-nationalen Pastor zu zwingen, statt Christi Geburt ein Julfest zu feiern.

Wo Konsky sich in den letzten Monaten des Krieges aufgehalten hatte, wußte man nicht. Plötzlich war er da. Der russische Kommandant ließ ihn festnehmen, entließ ihn aber nach einigen Tagen aus der Haft, und Konsky kam aus dem Keller, als hätte er nichts von der alten Macht eingebüßt.

Erich Schinko wies Jeremias Konsky zurecht, er möge seine Sporen abtun, es wisse in Bossdom jeder, daß er der Hitler-Schwarztruppe angehört habe. Konsky sagte, es könne ja sein, daß er *bißchen schwarze Uniform* getragen hätte, das aber wäre die Dienstkleidung von Mannschaften gewesen, *was haben müssen* den Flugplatz in Cottbus bewachen.

Schinko, der anerkannte Antifaschist, glaubte ein Recht auf Klarheit zu haben. Er befragte den Kreiskommandanten in Grodk, und der erzählte ihm die gleiche Fassung von Konskys Vorgeschichte, nämlich, daß der Flugplatz-Bewacher gewesen sei.

Schinko ging langsam davon. Nicht nur sein Gesicht, auch sein Rücken drückte Verachtung aus. Der Kreiskommandant rief ihn zurück: Du vernunftige Mensch, du mussen verstehn: Faschisten genug, aber zu wenig Antifaschisten. Er könne den Kreis Grodk nicht nur mit den wenigen Antifaschisten bewalten.

Die Auskünfte des Kreiskommandanten beunruhigten Schinko. Er rümpfte die krumme Nase.

Der Kreiskommandant wünschte, daß sein Gespräch mit Schinko geheim bleibe. Schinko wußte nicht, ob er kopfnicken oder kopfschütteln sollte. Bei bester Gelegenheit zwickte es ihn und er ließ den Dolmetscher von seiner Unterredung mit dem Kommandanten wissen. Konskys Kaumuskeln spielen. Sein Rachegelüst rastet ein.

Er ist, so wird mir erzählt, Strom-Ableser für alle Dörfer des Amtsbezirks. Strom-Ableser kontrollieren monatlich in allen Häusern Elektrozähler, lesen die Kilowattstunden ab und kassieren. Und wer hat Konsky bestellt? Die vom Kreis, heißt es.

Konsky ist in jeder Versammlung anzutreffen, die im Dorfe stattfindet, er taucht auch in der Versammlung der Espede auf. Erich Schinko fragt ihn, seit wann er Mitglied sei, und weist ihn aus dem Vereinszimmer, wirft ihn hinaus. Konskys Rachegelüst steigt um zwei, drei weitere Grade.

Wo Leute auf der Dorfstraße zusammenstehen, halblaut miteinander reden oder laut auf die Nachkriegsverhältnisse schimpfen, kommt Konsky wie zufällig vorüber. Die Bossdomer wagen nicht zu sagen, daß er für die Russen spitzele. Bürgermeister Weinrich hat sie belehrt: Ganz gleich, was Konsky früher getrieben habe, Leute wie ihn brauche man, das lehren die Erfahrungen der Bolschewiki. Konsky habe sich eben gewandelt und arbeite jetzt für die *gemeinsame Sache*. Die gemeinsame Sache, hinter der sich, wie sich herausstellen wird, manches Ungute verbirgt.

Daß Konsky als Pironje, der er war, Polnisch kann, möchte sein, aber ob er *Russisch kann ooch*? Das soll eich nich bekümmern. Der Kommandant wirds wissen.

Soviel zunächst über Jeremias Konsky, der mich vor einer Reise in die Kälte bewahrte.

Die Backstube ist meine Höhle. Im Bett verbringe ich die wenigste Zeit. Nach der Großbäckerei, die ich bis in den Frühabend hinein betreibe, lege ich den Tisch unterm Backstubenfenster mit Packpapier aus, mache ihn zum Schreibtisch und lasse mich vom Schreibdrang packen. Ich beschreibe im voraus, wie mir sein wird und was ich pflanzen werde, wenn man mir Land gegeben haben wird. Es erscheint mir selbstverständlich, daß auch ich Land nehmen darf, wenn schon welches verteilt wird. Der Schwiegersohn des ehemaligen Gutsbesitzers, dem das Land gehörte, ist geflüchtet. Er mochte die Russen nicht, fürchtet sie vielleicht. Er käme wieder, wird behauptet. Aber soll das Land bis dahin unbebaut bleiben, sollen die Menschen tatenlos verhungern?

Elektrostrom wird nur weilenweis, liter- oder pfundweis, geliefert, Petroleum, sogar Streichhölzer sind rar. Man lebt wie in der Legende der Bibel, da Gott das Licht noch nicht von der Finsternis getrennt hatte, und die Erde ist kriegswüst und leer, und die Pläne der Menschen für einen Neuanfang schweben in den Lüften und kriechen aus der Tiefe. Und auch ich lasse meine bunten Papierdrachen in die Nächte mit den Stromsperren steigen.

Und es ist ein Plan unter meinen Plänen, den ich zulasse, und es ist einer dabei, den ich wieder und wieder zurückweisen muß, er hat mein Begehren zur Ursache, hat das Wiederzusammensein mit der für mich untauglichen Frau zum Ziel. Immer wieder steigt die eifernde Sucht in mir auf und weckt Fragen: Mit wem schläft sie jetzt? Welcher Mann erfreut sich in den Nächten an ihrer Lust? Es kribbelt und knistert in der Dunkelheit meiner Backstube, es sind die Schaben, ihnen kommen die lichtlosen Abende zupaß.

Der Laden ist der Platz, auf dem sich die Nachkriegsnot darstellt, die zweite Nachkriegsnot, die ich erlebe. Wieder werden Heringe aus Fässern gerissen und gezählt, werden Mehl- und Zuckersäcke bis in die Zipfel geleert, am liebsten möchte man sie auskochen. Die Hälften von Brotlaiben werden gegeneinander ausgewogen. Von der schwereren Hälfte werden Scheibchen heruntergeschnitten und der leichteren Hälfte beigelegt, und die Kunden kontrollieren das Spiel der Waagenschnäbel.

Die Mutter hat Mitleid mit den Ärmsten, und das sind um jene Zeit die Umsiedler. Eine ausgehungerte Umsiedlerin kommt in den Laden, dort, wo ihre ausgewölbten Wangen sein sollten, sind Mulden in ihrem Gesicht, und ihr Jochbein und die Schädelknochen wollen nach außen. Sie kommt um Brot. Die Mutter nimmt ein Brot aus dem Regal. Die Umsiedlerin fesselt ihre zitternden Hände, steckt sie über Kreuz in die Achselhöhlen. Die Mutter schneidet eine Scheibe von der schwereren Brothälfte herunter. Die Hände der Frau entfahren den Achselhöhlen und reißen die Brotscheibe von der Waage. Die Umsiedlerin beißt ins Brot und verschlingt die Brotbissen unzerkaut.

Jesus, müssen Sie hungrig sein, sagt die Mutter.

Die Frau weint, meine Mutter weint, Tränen vor, Tränen hinter dem Ladentisch. Die Mutter gibt der Frau die zweite

Brothälfte, ohne ihr einen Lebensmittelkartenabschnitt abzufordern.

Das vergeß ich Ihnen nicht, sagt die Frau und beißt vom überdiesigen Brot ab.

Die Mutter sieht ihr nach. Ein Eiszapfen löst sich vom Dachrand, er zerklirrt auf dem Schwellenstein vor der Ladentür.

Meine Mutter kann das *Dankguthaben* nicht als Marke bei der Dekadenabrechnung auf den großen Marken-Sammelbogen kleben. Es wird ein Manko geben. Manko ist ein Wort, das die Warenverteiler um diese Zeit beängstigt. Das Gegenwort heißt *gutmachen.* Kein Warenverteiler bleibt ohne Fehl. Er wird zum Betrug verlockt, bald aus Mitleid, bald aus Egoismus. Er versucht, sein Manko für die Behördenangestellten unauffindbar zu machen. Sein unrechtes Getu nennt er gutmachen. Ein Marmeladenmanko tilgt die Mutter mit Wasser. Sie redet sich ein, sie macht den Brotaufstrich damit ausgiebiger. Marmelade muß löfflig sein. Meine Mutter kann den Kunden nicht zumuten, Marmelade wie Wurst vom Stück herunterzuschneiden, entschuldigt sie sich vor den mitwissenden Familienmitgliedern, und sie mißt ihr unredliches Tun an den Machenschaften anderer Krämer: Die strecken Zucker mit weißem Sand, das ist schlimmer als Marmelade mit Wasser strecken. Man muß schon so wirtschaften, daß bißchen was drüberbleibt, es kommen *immer moal Leite*, die in Not sind oder ihre Lebensmittelkarte verloren haben.

Allmonatlich treffen sich an zwei oder drei Abenden die Frauen aus der Sippe der Matts zu einer merkwürdigen Spinnstube. In dieser Spinnstube wird kein Flachs versponnen, werden keine Federn geschlissen, wird nicht gehäkelt oder gestrickt, es wird geklebt. Auseinandergeschnittene Lebensmittelkarten werden in einer neuen Anordnung wieder zusammengesetzt, gruppiert und auf Bögen aus Packpapier oder auf Zeitungsseiten geklebt. Fettmarken zu Fettmarken, Zuckermarken zu Zuckermarken, Brotmarken zu Brotmarken, und diese Spinnstuben-Arbeit ist von Bürokraten und Kontrollgewaltigen erdacht, und die Herrscherin, die die Bürokraten zu Denkleistungen zwang, ist die Not.

An den Klebe-Spinnstuben im Hause Matt sind die Mutter, Schwägerin Hertchen, oft auch die Schwester beteiligt. Sie kommt von Friedensrain herüber. Ihr Brotkasten ist leer, und der Monat ist noch nicht herum. Ihr Verehrer hat *lange Seiten*, er ist ein von der Not gedrungener Vielfresser.

Auch meine Kusine beteiligt sich zuweilen am Markenaufkleben. Sie kommt nicht um Brot. Sie ist mit einem Kleinbauern verheiratet, ist hochschwanger und kommt der Geselligkeit wegen. Der zwei Kilometer lange Weg vom Vorwerk herzu habe sich verlängert, behauptet sie, aber Markenkleben ist Beisammensein, und sie braucht es. Und die anderen sagen: Wo Elschen nich is, is keene Lustigkeit. Elschen kann pfeifen wie ein Kanarienvogel, sie kann schlesiern wie Rommel aus Runxendorf, sie kann plappern wie die Schlüter aus Quasselhausen. Von diesen beiden Kleinkünstlern sagt man, sie hätten im Rundfunk und beim Film den Krieg ein bißchen verlängern helfen, aber darüber hat man in Bossdom noch nicht nachgedacht. Das kommt noch oder kommt überhaupt nicht.

An den Klebe-Spinnstuben ist vor allem Schwägerin Elvira beteiligt. Man kann die vereinnahmten Lebensmittelkartenabschnitte (was für ein Wortwolkenkratzer!) so aufkleben, daß hundert von ihnen ein Grundblatt füllen, aber dann hocken sie gedrängt auf dem Papierbogen wie Schafe im Pferch. Man kann aber die zerschnittenen Lebensmittelkarten auch so aufkleben, daß sie einander nicht bedrängen. Man läßt weiße Papierlücken zwischen ihnen und läßt ihnen etwas *Atemraum*. Dann hocken nur neunzig Lebensmittelkartenabschnitte auf dem Grundblatt, und das Blatt sieht trotzdem aus wie gefüllt. Diese Art, Marken mit *Atemraum* aufzukleben, hat Elvira erfunden. Es ist ihr Patent. Meine Mutter billigt es schweigend, die anderen Markenaufkleberinnen tun, als wüßten sie nichts von Elviras Patent. Alles Technik! sagt Elvira.

Nachdem Elvira ihren Tinko aus der Schußlinie der Neißefront herausgezaubert hatte, (davon wird noch die Rede sein) und als der Krieg für die Bossdomer vorüber war und sich auf Berlin zu machte, stellten sich die beiden im Dorfe

43

ein. Ihre Wohnung in Grodk war dahin und zerschossen, und sie quartierten sich in der alten Bossdomer Schule ein, bewohnten die ehemalige Lehrerwohnung aber nur, wenn es für Elviras Geschäfte erforderlich war, sonst lebten sie im Hause der Eltern, sparten Heizung und ließen sich verpflegen. Tinko bäckerte, rasierte und schnitt in der Waschküche den Leuten, die es nötig hatten, die Haare, und Elvira machte sich zur Hilfskraft der Mutter. Sie hatte das, was meiner Mutter abging, ein Paar fixe Beene, und nahm, zusammen mit dem Vater, die Belange der Firma Matt bei der Warenzuteilung in Grodk wahr. Nun, nachdem ich wieder in Bossdom erschien, ist Elvira mir feind. Ich hätte sie verdrängt, sagt sie.

Salz war knapp. Für das Anrühren des Brotteiges wurde rotes Viehsalz verwendet, aber ein bißchen weißes Salz mußte schon auch sein; niemand wollte rotes Viehsalz auf sein Quarkbrot streuen. Aber mit eins wird kein weißes Salz mehr für den Laden geliefert. Der Vater bringt, wenn er von Grodk kommt, Kriegsseife, Essig, Scheuerpulver, Töpfe aus umgepreßten Stahlhelmen, Papierbindfaden und Zwirn, der auf Sonderabschnitten der Lebensmittelkarten ausgegeben wird.

Hoam se nischt von Salz gesoagt? fragt die Mutter. Der Vater hebt die Schultern. Kein weißes Salz? Die Mutter hat jedenfalls keines, aber ihr fällt auf, daß die Kunden im Laden nicht danach fragen. Weshalb stampfen sie nicht mit den Füßen auf und fordern Salz-Zuteilung?

Detektiv Kaschwalla, die Anderthalbmeter-Großmutter, stellt fest, daß Elvira in der alten Schule weißes Salz verkauft. Sie langt mächtig hin, eire Elvira, sagen die Leute, aber was will man machen, wenns im Laden keen Salz nich gibt?

Meine Mutter ist empört. Elvira untergräbt mir den Loaden! Mein Vater äußert sich nicht dazu. Es gibt in den Ställen und auf den Böden so manches Eckchen, in dem Elvira ihn davon überzeugt, daß sie keine Spielverderberin ist.

Als nächstes lenkt Elvira die Zuteilung von Streichhölzern am Laden der Mutter vorbei zu sich in die alte Schule. Tausche Streichhölzer gegen Nützliches!

Is Elvira wirklich eene solche? fragte die Mutter, als sie auch das von Detektiv Kaschwalla erfährt. Sie beschließt, sich Elvira etwas mehr vom Halse zu halten, doch sie tut es sanft und so, daß ihr die abendlichen Frisier-Viertelstunden, die sie unter Elviras Händen verbringt, nicht verlorengehen. Sie liebt es, wenn man ihr den Kopf krault. Man konnte sich in der Kinderzeit, wenn man ihr den Kopf kraulte, ein Stückchen Schokolade verdienen oder erreichen, daß man später zu Bett gehen durfte. Die Sinnlichkeit hat viele Ausdrucksformen. Elvira entdeckt mit raschem Blick die Mitmenschen, die sich unter ihren flinken Friseusenfingern ducken. Eine Gabe! Elvira nutzte sie.

Nun, da Elvira nicht mehr im Hause Matt wohnt, kann sie sich nicht so von Herzen wie früher in die Belange des Ladens mischen. Es steigt der leise Verdacht in mir auf, daß meine Mutter mich nach Bossdom lockte, um Elvira etwas in Abstand zu halten, aber ihr leiser Wunsch, ich könnte Elvira ersetzen, erfüllt sich nur zur Hälfte: Es ist mir nicht gegeben, auf Geschäftsreisen zu gehen, und ich beherrsche die *Technik* nicht, mit Lebensmittelkartenabschnitten zu zaubern.

Die einzige Kerze im Haus, die die schwarzen Stunden des Stromausfalls durchflackert, brennt in der Großeltern-Stube. Der Großvater stirbt so ausgiebig, wie er gelebt hat. Er brüllt und fordert mehr Licht, und ob er es aus dem gleichen Grunde tut wie ein gewisser Dichter, der in seiner Todesstunde leise mehr Licht gefordert haben soll, werde ich erst wissen, wenn ich selber sterbe, und die Befriedigung meiner Neugier wird dabei leer ausgehen.

Als Großvater in seine siebziger Jahre kam, trieb er Spiele mit dem Tod. Halb wünschte er sich ihn, wünschte sich ihn mit Hintergedanken und sagte, besonders wenn wir Kinder es hören konnten: Na, das heirige Frühjahr schiebe ich ab! Oder er sagte: Laßt man den November und die Nebel rankumm, denn brauche ich keene Mütze mehr. Dann traten wir Kinder ihm entgegen und sagten: Großvater, du stirbst noch lange nicht! Das tat ihm gut, dem Alten, und er ließ sich überreden, am Leben zu bleiben, und er sagte

45

prahlerisch: Na, een Zentnersack schlepp ich noch immer die Treppe runder wie nischt.

Aber jetzt war Großvaters Tod mit Wortgespiel nicht mehr aufzuhalten, er kam und kam mit stampfenden Schritten, und an manchen Abenden schrie der Alte: Kumm, Lenka, kumm und tuk mir helfen, jetzt kummt er uff mir und will mir hoaben. Und es ist, als fühle der Tod sich ertappt und träte einen Schritt zurück, denn die nächste Aufforderung des Großvaters an die Großmutter hieß: Kartoffeln tu mir her! und es schloß sich der Vorwurf an: Das Weib will mir verhungern lassen.

Die Großmutter, die die ganze Zeit in Kleidern im Bett liegt, um rasch auf die Wünsche des Alten eingehen zu können, holt Kartoffeln und Schäfertunke aus dem Ofenröhr und gibt sie dem Alten. Aber nach ein oder zwei Bissen sind dem Großvater die Kartoffeln zu kalt oder zu heiß, und er wirft sie auf die Dielen und die Schäfertunke hinterdrein. Die kleine Frau weint und wischt, doch wenn ein Fremder sie bedauert und sagt: Wenn man alles bald zu Ende wäre, nich wahr nich, nich wahr? so stößt er auf eine wilde Kaschwallan: Soagen Se bloß das nich! Sie sind woll varrückt?

Die Meldungen aus der Großvaterstube sind wie ein Wetterbericht: Heite is er wieder moal hopsig, heißt es, wenn der Großvater droht, vom Lager zu springen, wenn die Kraft jener Springkäfer in ihm zugange ist, und die Großmutter fesselt ihn mit einem Strick ans Bett, bevor sie auf den Abtritt in den Hof muß. Einen anderen Tag heißt es: Heute will und willer die Kartoffeln gleich mit der Schale essen. Ja, das wollte der Großvater und warum, das wußte nur er. Die Schäfertunke weist er zurück und nennt sie Plärre oder Wasserpampe. Hin und wieder erkundige ich mich bei der Großmutter, ob es ratsam sei, den Großvater zu besuchen. Aber die Großmutter sagt, der Großvater rege sich nur auf über mich und ich mache ihr damit das Leben schwer. Es ist nicht mehr mein Großvater, der Bewächter meiner Kindheit, der dort in der Oberstube randaliert. Ich werde das erste Mal und noch schüchtern gewahr, daß wir alle nicht bleiben, wie wir sind. Eine kleine Veränderung kommt zur anderen, und eines Tages sind wir ganz anders wer, und wir dürfen uns nicht wundern, daß Freunde sich verändern und daß da keine Freundschaft mehr sein kann, wo eine war, und man kehrt, wenn man lange unterwegs war, nicht mehr an den gleichen Ort zurück, der in den Volksliedern als Heimat gepriesen wird.

Tinko und Elvira fangen in der alten Schule an zu barbieren, zu ondulieren und zu kräuseln. Nichts wächst den meisten Menschen, außer den Fingernägeln, so sicher heran wie das Haar. Noch gehen die Kopfläuse um und fühlen sich nirgendwo so sicher wie im ungepflegten Kopfhaar von Männern und Weibern. Barbiere an die Front! Bruder Tinko und seine Elvira arbeiten für Naturalien, und wer nicht wenigstens fünf Kartoffeln oder ein Tütchen Haferflocken, ein Schälchen Quark oder gar ein Schnittchen Speck stumm auf dem Friseurtisch ablegt, muß warten und warten, und wenn wer keine Naturalien hat und jämmerlich dasitzt, dem zischelt Elvira zu: Saubere Taschentücher nehm wa ooch. Gott des Himmels und der Erden!

Elvira will einen prächtigen Friseursalon aus der Guten Stube des Lehrers machen, in der früher das Klavier stand. Immer wieder verschwindet sie für ein paar Tage, und wehe, wer sagt, sie sei auf Hamsterei! Sie geht auf Geschäftsreisen. Vor jeder Reise erscheint sie bei meiner Mutter und *bepischpert* mit der etwas. Und wenn ich zufällig vorüberkomme, hat die Mutter den unreinen Blick, mit dem sie früher aufwartete, wenn man sie hinter der Flügeltür des großen Hausschrankes überraschte, wo sie ihr Kümmelchen zu einem Biß Käse einnahm. Elvira aber lächelt mir zu, stechend wie die Sonne vor dem Gewitter, schmiegt sich ein wenig an mich und krault mir schwägerlich das Genick. Elvira, ach, Elvira, sie weiß drauf zu laufen, wie es im Thüringischen heißt. Sie und Tinko wollen konkurrenzlos sein mit ihrem Barbiergeschäft, ehe das Frühjahr kommt. Dann muß der Bruder in die Felder, die er *geschunken gekrochen gekriegt* hat, wie Elvira sich in der Barbiersprache ausdrückt. Und mein Bruder seinerseits will, sein Geschäft muß im Gange und unübertrefflich sein, ehe sich die alte Barbierstube der Schätzikans auftut. Noch ist der jüngste Schätzikan-Sohn in der Gefangenschaft, und ebenso sind die Friseure in Däben verhindert, aus dem Krieg zurückzukommen.

Über Elvira gehen verschiedene Meinungen im Dorfe um. Mit die geht keener unter, meint mein Vater bedeutungsvoll, aber er verachtet sie gleichzeitig, ein bißchen wenigstens.

Tinkos Elvira hat een Passierschein unterm Rock, verstehste, verstehste? meint Postrentner Klumpatsch.

Mag sie sein, wie sie will, aber tüchtig ist sie, meint meine Mutter. Uff die andere Seite freilich … Die andere Seite, die meine Mutter meint, ist das Gekuller von Elviras Puppen-Augen, das auch vor dem Vater nicht haltmacht, besonders wenn sie dem mit Finesse die Haare schneidet, um an Zigaretten, an *Aktive* zu kommen. Aber mäg! Trotzdem, behauptet die Mutter, ist an Elvira etwas, was andere nich hoaben, son besonders Talent möcht ich soagen. Und auf dieses Talent bezieht sich die *Pischperei* zwischen Elvira und der Mutter.

Einmal höre ich, wie Elvira halblaut fordert: Drei Pfund mußt du schon rausrücken. Verzeiht, aber ich mußte nicht lauschen: Damals konnte sich nicht nur mein Geruchssinn, sondern auch noch mein Gehör mit dem eines Hundes messen. Jetzt allerdings fängt dieses Gehör an zu altern, und wenn mir eine im Vorbeigehen zuflüstern würde: Ich liebe dich, Alter, würde ich es nicht hören, zu meinem Wohle vielleicht. Mein empfindlicher Geruchssinn aber bleibt mir. Einmal werden mir Mißdünste zum Ärger und verursachen mir körperliche Schmerzen, und ein andermal stelle ich mit Befriedigung fest und bilde mir etwas darauf ein, wenn mir dieser Geruchssinn beim Reiten durch die Wälder ermöglicht, zu erschnüffeln, wo ein Fuchs meinen Weg überquerte oder wo Hirsche und Wildschweine in den Dickungen liegen. Das bringt mich in die Zeiten zurück, in denen ich gern ein wenig *Tarzan* gewesen wäre.

Elvira fährt davon und bleibt mehrere Tage weg. Bruder Tinko nimmt wieder an unseren Familienmahlzeiten teil, ohne daß ihm die Mutter die entsprechenden Quadrätchen von seiner Lebensmittelkarte abschneidet. So kommt man zu wase, sagt er, wie früher der Großvater, und es ist so: Den rücksichtslosen Erwerbssinn, den Drang, sich Dinge dieser Erde zum Nachteil von Mitmenschen anzueignen, hat Tinko vom Großvater geerbt. Er nimmt die Unhäuslichkeit, wenn Elvira länger als gedacht unterwegs bleibt, ohne Murren hin, wenn seine Frau nur bepackt mit Nützlichkeiten heimkehrt, und es kommt auch kein Argwohn im Bruder auf, wenn sich Elvira einen männlichen Gepäckträger mitbringt, den sie unterwegs anheuerte und den sie mit Blicken entläßt, die dies und das verraten. Elvira ist ebent charmant, was wollt ihr?

Zwei, drei Tage später bringt die Mutter eine Heringsmahlzeit auf den Tisch. Mein Sohn Jarne deutet auf die Heringe und fragt: Von wu änn? Seine Sprache steckt noch im Thüringischen.

Sind angeschwumm gekumm, sagt ihm die Großmutter, und zu uns sagt sie: Kann man wieder moal nischt gegen Elvira soagen, nich woahr nich, nich woahr? Ich denke an Elviras Forderung: Drei Pfund mußte schon rausrücken, und die Heringe schmecken mir nicht so, wie mir Heringe sonst schmecken.

Der Winter läßt sich Zeit im Jahre neunzehnhundertfünfundvierzig, das für viele Europäer ein bedeutsames Jahr ist, aber zuletzt wird es nur noch eine Jahreszahl sein, die die Kinder in der Schule mechanisch lernen, und ganz zuletzt wird dieses Jahr mit dem Dunkel der Vorgeschichte verschmelzen und zwar dann, wenn die Menschen dieser Erde zu wisssen kriegen, daß sie nicht die einzigen auf einem Stern existierenden Lebewesen im Kosmos sind.

Wie gesagt, der Winter will und will nicht kommen. Der Nebel, der da ist, der Tag und Nacht nicht verschwindet, läßt den Winter nicht durch und auf Bossdom zu. Hingegen findet der Tod, der mächtiger ist als der Nebel, in unser Haus:

Wochenlang hat der Großvater ihn zurückgeschlagen, wenn

der auf ihn zu wollte und hat zu essen verlangt, wenn es auch wenig war. Wenn das Verlangte nicht sogleich auf seinem Deckbett stand, warf er der Großmutter vor: Ich soll woll von Kräften kumm, ich soll woll dem Knochenmann nich mehr weisen könn, daß er mit Kulkans Matthesen zu tune hat, Kulkans Matthes hat sich niemals nich runderkriegen lassen.

Es sind, wie wir wissen, Kartoffeln, die Großvater zu essen verlangt, Kartoffeln mit und ohne Schale, je, wie die Laune es ihm eingibt, die gerade in ihm steckt. Ab und zu verlangt er ein Häppchen Brot und von Zeit zu Zeit eine Zwiebel, von der er abbeißt, wie andere von einem Apfel. Und dann zieht er wieder in den Kampf gegen den Tod, und dieser Tod ist nicht immer beinern, sondern verkleidet sich listig, wie der Großvater uns zu wissen gibt, und manchmal erscheint der Tod ihm in der Gestalt meines Vaters und will ihm Geld und das Leben abnehmen. Du nich, du nich, dir kriege ich runder! brüllt der Alte und verlangt grünen Salat von der Großmutter. *Sallat*, wie es bei uns auf der Heide heißt. Woher soll die Großmutter mitten im nebligen November im kriegszerstörten Bossdom Salat nehmen?

Die Sache war die. Grüner Salat hatte Großvater, als er mit siebzig Jahren das erste Mal in seinem Leben im Krankenhaus war, wieder gesund werden lassen.

Eines Abends, als nach der Stromsperre das elektrische Licht aufgeht und das goldene Licht der Petroleumlampe davonschwemmt, sagt der Alte: Is doch noch moal Frühjoahr geworn, nu wirds ooch Sallat geben. Er lächelt; seine Zähne, die aussehen wie die dunklen Zähne eines alten Hengstes, werden sichtbar und bleiben sichtbar, und in diesem Augenblick fühlt der Tod sich unbeobachtet und packt den Alten und läßt ihn mitten im breiten Lachen sterben.

Die Großmutter, die glaubt, das Lächeln des Alten drücke Versöhnungsbereitschaft aus, holt mich. Ich packe die rechte Hand des Großvaters und werde gewahr, daß er es diesmal ernst gemacht hat mit dem Sterben.

Die Leichenwäscherin, Pauline, macht das Lachen des

Großvaters verschwinden. Ich laß mir doch keen grinsenden Toten noachsoagen.

Die Anderthalbmeter-Großmutter geht wie irr umher. Mein Gott, was wollte sie bloß, sie wollte doch was holen? Sie geht zu Gärtner Kollatzsch, nicht um einen Kranz für die Leichenfeier zu bestellen, sondern um *Sallat* zu holen. Der Wunsch des Verstorbenen klingt in ihr nach und drängt auf Erfüllung. Aber das Hoftor bei den Kollatzsch ist verrammelt. Das Ehepaar Kollatzsch hatte sich im Felix-See ertränkt, als die russischen Soldaten sich Bossdom näherten. Die Kollatzsch-Leute ertränkten sich zusammen mit dem Nachbar-Ehepaar, und niemand wird je wissen, wer wen zu diesem Tode überredete. Sie hatten nichts zu befürchten, sie waren weder Vorläufer noch Mitläufer der Arier. War es die Furcht vor den russischen Soldaten, oder fürchteten sie Veränderungen, die sie auf sich zukommen fühlten?

Die Anderthalbmeter-Großmutter zankt vor dem verschlossenen Hoftor mit sich selber: Mui bog, was willst du hier, Lenka? Du weeßt doch, daß sich die Leite ersoffen hoam.

Der Großvater wird christlich begraben. Wir wissen, daß er mit Gott und Teufel als Gespann zusammenarbeitete und nur einmal in der Kirche zu Gulitzscha war, um sich die Schühlein der Großmutter zum Eintranen herauszuholen. Vom Pfarrer Kockosch hielt er nichts, und er hätte sich vermutlich gesträubt, sich von dem *kleen Seitenspringer*, wie er ihn nannte, zu Grabe legen zu lassen. Großmutter und Mutter aber benutzten den toten Großvater, um einer Tradition zu genügen, einer jener verkrusteten Ein-, Zwei- und Mehrmaligkeiten.

Der Krieg und sein garstiges Ende haben sogar die Begräbnisgeräte veranlaßt zu verschwinden. Über der Grabgrube des Großvaters liegen zwei rasch geschälte knotige Kiefernholzstücke und müssen anstatt behobelter Kanthölzer den Sarg in der Schwebe halten. Und statt der weißen Bänder, mit denen im Vorkriege die Särge sanft auf den Grund der Grube gelassen wurden, halten die Leichenträger halb vermoderte und mehrfach geknotete Stricke in Bereitschaft.

Es sind viele Leute gekommen, die zusehen, wie Großvater in den gelben Sand des Friedhofshügels eingegraben wird. Und unter den vielen Leuten sind *ganz Neegchen*, die den Alten nicht gekannt haben. Sind einige der Leute gekommen, ihr eigenes Begräbnis vorzubereiten, weil sie einen kleinen oder schon größeren Tod mit sich herumtragen? Wünschen sie, daß die Familie, der sie beim Trauern behilflich sind, auch dabei sein wird, wenn man um sie trauert? Gieren einige von ihnen schon wieder oder noch immer nach der Gunst von Leuten, die, wie meine Eltern, nicht allzu ehrsam, es zu einem Ladengeschäft brachten? Rechnen solche *Trauergehilfen* damit, ihre Brotzuteilung um ein Scheibchen zu bereichern, wenn sie die Mutter beim *Weenen* und *Noatschen* unterstützen? Ach, es scheint, als ob das unkluge Bedürfnis des Menschen, sich im voraus etwas zu sichern, hier in wunderlichen Formen hervortritt.

Die armen Leute am Grabe des Großvaters werden Umsiedler genannt. Sie selber nennen sich Flüchtlinge. Verschiedene Benennungen, verschiedene Standpunkte. Ein feiner Riß, ein Haar-Riß geht durch die Nachkriegs-Gemeinschaft, auf die man sich einschwor, als die Furcht am größten war.

Meine Mutter, die, wie wir wissen, ihr Leben lang nicht gut zu Fuß war, hat Körpergewicht, nicht aber Hühneraugen verloren. Sie läßt sich von Bruder Tinko auf dem Ackerwagen zum Friedhof kutschieren. Auch meine Großmutter sitzt mit auf dem Pferdewagen.

Tinko bindet die große Grauschimmel-Stute hinter der Friedhofshecke an eine Kiefer. Die Stute schnaubt von Zeit zu Zeit gelangweilt: Begräbnismusik für Großvater, den alten Pferdekenner und Roßtäuscher.

Der Vater ist nicht am Grabe. Soll er vielleicht dem Alten noch Ehre erweisen? Hätte der Alte ihm, dem Vater, Ehre erwiesen, wenn er abgestorben wäre? Die Logik des Mattschen Heindrichs, dem man freilich seine Unbereitschaft zu heucheln anrechnen muß.

Jedesmal, wenn die Schimmelstute in die Predigt prustet, wird das kleine Gesicht des Pastors von Widerwillen überschwemmt, und er nimmt Gelegenheit, drauf hinzuweisen, daß der Krieg Moral und Ethik zerstört habe.

Kockosch trägt Infanteriestiefel, sogenannte Knobelbecher, unterm Talar. Früher gehörte er dem militanten Verein an, den seine Mitglieder den *Stahlhelm* nannten, und in der Zeit des Welteroberers Adolf hielt er in seinem Sprengel Lichtbildervorträge über den *Werwolf* von Hermann Löns und machte die Leute kriegswillig. Seithinter dem Pastor steht Konsky und paßt Obacht, ob der was Vaterländisches herausläßt, Konsky, der vor einem Jahr dem Pastor befahl, Julfest anstelle von Weihnachten zu feiern. Es kummt vor, daß sich die Politik im Arsch beißt, sagt Paule Nagorkan. Pastor Kockosch aber steht klein und kurzsichtig im Geiste auf dem ausgehobenen Sandhaufen, um sich wenigstens körperlich etwas zu vergrößern, und ist überzeugt, daß Russen und Amerikaner sein Vaterland mit Krieg überzogen. Er spricht vom unerforschlichen Ratschluß, nach dem Großvater abberufen worden sei. Aber Schißchen, Schißchen – Großvater war neunzig Jahre alt, und wenn man ihn hätte fragen können, weshalb er sich davonmachte, würde er gesagt haben: Weil se mir zu lange uff Sallat hoam warten lassen.

Der Blick von Kockoschs Sperber-Augen trifft mich, trifft meinen sittenzersetzenden Trauer-Anzug, die weiße Windbluse, die hellgelben Manchester-Knickerbocker, die freie Brust, *nischt uffn Koppe*, wie man bei uns sagt, und die schwarzen Langstiefel. Ich trage am Leibe, was mir blieb, nachdem mir das wenige andere, was ich noch besaß, von einem geraubt wurde, der ein Zeitchen danach Landrat und wieder ein Zeitchen später Strafgefangener wurde. Die Langstiefel ertauschte ich mir, wie den Fliegerpelz, von dem ich erzählte, im *Garten Eden* gegen Tabak aus eigener Ernte.

Auf der anderen Grabseite steht mir Erich Schinko gegenüber. Er hilft mit seiner karierten Jacke und den ausgebeulten Hosen auch nicht gerade Feierlichkeit verbreiten. Der Smoking, den er früher zu den Radfahrervereins-Bällen trug, ist ihm entführt worden, Aufenthalts-Ort unbekannt. Schinkos Nase scheint in der Zeit, in der ich mich herumtrieb, schiefer geworden zu sein. Auch von seinen Beinen kann ich nicht sagen, daß sie sich gestreckt hätten. Vor Tagen besuchte er mich in der Backstube: Endlich hoabe ich Zeit, Dir zu begrüßen, sagte er. Großes Händeschütteln, fast wäre es zu einer Umarmung gekommen, aber Umarmungen unter Männer sind für Bossdom noch immer Stadtmode und anrüchig.

Erich war in meiner Vereinstheater-Zeit Vorsitzender vom Ortsverein, vom Radfahrerverein und vom Sportklub. Zwar fuhren die Vereinsfahrer nicht besser rad als die übrige radfahrende Menschheit, aber sie hatten ihre besonderen Absichten, und sie redeten bei ihren Zusammenkünften in Phrasen von diesen Absichten. Das war es, was es war.

Der arische Adolf ließ bei seiner Heraufkunft den Ortsverein und den Radfahrerverein einstampfen und empfahl den Arbeitern, auf ein Klein-Auto zu sparen. Treue um Treue und Fahrrad um Auto. Er machte Bossdom mit einem Schlage vereinslos. Hätte Schinko dem Kriegerverein von Gulitzscha beitreten sollen? Nein!

Die Arier gründeten neue Vereinigungen, aber sie alle waren Ableger des großen Aufbruchs, auch die Bewegung genannt. Schinko hielt sich all diesen Bewegungsablegern fern. Sein Sinn stand nicht nach Marschieren, seine Beine waren nicht dafür eingerichtet.

Nachdem wir angefangen haben, unsere Kriege zu numerieren, ist es nicht mehr als recht, wenn wir es auch mit den Friedenszeiten tun. Jetzt – im Frieden römisch zwei – sind Partei-Ortsgruppen wieder erlaubt. Radfahrervereine lieber noch nicht. Fahrräder gibt es kaum noch. Die poar Karren, was noch in Ordnung woarn, sind als Reparation vereinnahmt worden, sagt Schinko und grinst. Es ist üblich geworden, manche Wörter, wie *Reparation* zum Beispiel, mit Anführungszeichen aus einem winzigen Grinsen zu versehen. Was soll uns een Radfoahrerverein ohne Räder?

Schinko ist wieder Vorsitzender des Espede-Ortsvereins. Die Befreier (wieder die Anführungszeichen aus leichtem Grinsen) hoam leider nich viel übrig für uns, sagt er. Als Antifaschist und bewährter Vereinsroutinier leitet Erich

Schinko die Kommission, die die Ländereien vom geflohenen Gutsherrn an dessen ehemalige Gutsarbeiter, an Umsiedler und an landhungerige Bergarbeiter verteilt. Man könnte diesen Vorgang eine Enteignung nennen, aber man nennt ihn abmildernd Bodenreform. Alte Kapede-Leute, die aus russischer Emigration kamen, wollten das so.

Ich schneide Erich eine Scheibe Frischbrot herunter und gönne auch mir selber eine. Wir stoßen je mit einer Schniete, wie Brotscheiben bei uns heißen, auf unser Wiedersehen an. Meine Mutter hat mich bewinkt, ich soll den alten Kumpan um Zuteilung von Acker angehen, aber jetzt, da ich ihn in der Wiedersehensfreude mit Frischbrot bewirte, will sich mir das nicht, es könnte nach Bestechung riechen.

Aber ein paar Tage später trenn ich mich auf Abend von meiner Schreib-Arbeit und geh auf Besichte zu den Schinkos. Auch sie ließen sich von der sogenannten Bodenkommission, der Erich angehört, mit zwanzig Morgen Reformland versorgen. Erichs Frau, die Schinkosche, wollte nur zehn Morgen. Sie kennt ihren Erich, der goar zu gerne Vorstand oder Leiter ist und seine Ämter tätschelt. Er ist selten einen Abend zu Hause. Versammlungen ohne Erich Schinkon sind Suppen ohne Fett-Oogen, sagen die Bossdomer. Boshafte Weibsen allerdings behaupten, Erich gehe *manchesmoal* ooch anderwärts. Wohin das?

Ich wer ma nich das Maul verbrenn.

Schinkos Mariechen ist einen Kopf größer als Erich, trägt rote Bäckchen, soll aber woll bissel tröge sein, wird gepischpert. Sie ist eine Kossätentochter aus Muckrow. Ihr liegt die Landwirtschaft im Blute, sagt Erich. Mariechen erinnert mich, wie wir früher auf Vereinsfesten *geschwooft hoam*. Da war sie stolz auf ihren *Erichen*. Der woar immer *vornedran*.

Die Schinkos haben gleich nach der Verteilung ihr Land noch bestellt, Kartoffeln gesteckt und Tabak gepflanzt. Zum Ackerbearbeiten war das Mariechen, wie es *geoahnt* hat, alleene, immer alleene. Jetzt sitzt sie am Ofen, freut sich über meinen Besuch und fädelt Tabakblätter auf Schnüre. Erich ist zwar Nichtraucher, aber Tabak ist Währung.

Ich laß verlauten, daß ich etwas Acker nehmen würde ooch wie die anderen alle.

Bissel späte. Bloß hinter der Flur, die Graschina genannt wird, läge noch mit Kiefernwildwuchs bestandenes Heideland, und hinterm Friedhof gäbte es noch ein Stück, das man abholzen könnte. Möglich, daß über Winter noch welche ihr Land hinschmeißen, weil sie sich übernommen haben, sagt Erich und gibt mir zu verstehen, daß es sich mit dem Land leichter machen lassen ließe, wenn ich wieder bei die Espede mitmachen täte.

Ich picke *nischt* und denk mir das meine, und er pickt nichts und denkt sich das seine, wie man bei uns sagt. Ich könnt sagen, daß ich jetzt dem Weltverein der Schreibenden angehöre und mich dort nützlich machen müsse, aber nein, ich picke nichts.

Der Begräbnisgesang ist mager, er wird von den Frauen bestritten, sie sind in der Überzahl. Viele Männer sind noch in Gefangenschaft, und von manchem Manne vermutet oder hofft man das nur, während er in Rußland, an der Kanalküste oder in der Wüste Afrikas zu Tode gekommen ist. Es schwebt Ungewißheit über den zerrig singenden Frauen, und nur wenige glauben, daß Jesus ihre Zuversicht sei. Einige sehen sogar mit frischer Feindlichkeit aufeinander. Die Feindlichkeit entstand hier und soeben. Die geizgebeizte Schrockoschinne stellt fest, daß die Schimangkinne eine schwarze Samtjacke trägt, die einmal ihr gehört hat, und die Gröschkinne erkennt, daß der Rock, den die Balkon trägt, nicht auf *deren Miste* gewachsen ist.

Das, wovon ich rede, geschah im Frühling, in jener Zeit, die später viele Bezeichnungen haben wird: Zeit des Neuanfangs, Kriegsende, die Befreiung, der Zusammenbruch, die Zeit der ersten Stunde. Die Menschen benennen sie je nach ihrer Sicht oder nach ihrer politischen Einstellung.

Außer den bettlägerigen Bossdomern waren fünf Familien nicht flüchten gegangen, waren trotz allem, was geschah, im Dorf geblieben, die fünf Familien der *Ersten Stunde*. Es war, als ob ein Unwetter über das Dorf niedergegangen wäre, Verwüstungen allenthalben, und das schwächer gewordene Getöse von Bomben und Granaten, mit denen in der Ferne Berlin belegt wurde, hörte sich an wie das Grummeln eines abziehenden Gewitters.

Und alsbald gesellten sich zu den fünf Familien der *Ersten Stunde* weitere, die sich in den Wäldern versteckt hatten. Aus einem noch uneingestürzten Tiefbau der Kohlengrube kletterten drei Männer, die sich vor dem letzten Truppenaufgebot des *Weltbezwingers*, Volkssturm genannt, in Sicherheit gebracht hatten. Es waren die Bergleute Weinrich, Schinko und der alte Grubenbewächter Nickel. Sie kamen aus der Erde gekrochen, waren schmutzig und zerknautscht, und der alte Grubenbewächter, ein schon gekrümmter Mann mit einem ewigen Schlapphut, schlug vor, man möge alle im Dorf verbliebenen beweglichen Güter *Unter Eechen* zusammentragen und neu verteilen. Weinrich und Schinko stutzten. Zuerst fühlte sich Weinrich gedrungen, den Vorschlag vom alten Nickel zu unterstützen. Erich Schinko überlegte etwas länger. Weshalb er zögerte, hat nie jemand erfahren. Schließlich nickte er, und also geschah es: Alle im Dorf verbliebenen Wäschestücke, Betten, Decken, heil gebliebenen Tische, Stühle und Hocker sowie Handtücher und Wischtücher, Kleidungsstücke, Mützen und Hüte wurden *Unter Eechen* zusammengeworfen, niemand behielt etwas zurück, niemand verheimlichte etwas, und niemand sagte in dieser Stunde: meine Bluse, mein Rock, mein Deckbett, mein Anzug, mein Kleid, sondern eine Bluse, ein Rock, ein Deckbett …

Ein paar Stunden zeigte sich der Kommunismus der alten Utopisten, ähnliche Stunden hat man in Bossdom und anderswo nie wieder erlebt. Jeder war zufrieden mit dem, was er vom großen Haufen zugeteilt kriegte. Die erste Unzufriedene war meine Mutter, weil ihr der Geruch der Deckbetten, die bisher in einem anderen Hause Dienst getan hatten, nicht zusagte und weil sie den Geruch nicht umstimmen konnte, denn ihr Nelkenparfüm und ihre Fliederseife waren im Kriegsloch verschwunden.

Die geizgebeizte Schrockoschinne hat die edle Stunde des *vollkommenen Kommunismusses* nicht miterlebt. Sie war auf der

57

Flucht. Jetzt sieht sie, wie die Schimangkinne mit einer Samtjacke, die ihr gehörte, Staat macht. Es will sich ihr nicht. Eine Frechheit, denkt sie. Daheim beschwichtigt sie später ihr Mann, er will nicht, daß seine Frau gegen die edle Stunde aufmuckt.

Pastor Kockosch redet vom übergroßen Wesen, das er Gott nennt. Und er tut, als ob alle Bossdomer und alle Umsiedler dieses Wesen, das große Dinge an uns und allen Enden tut, kennen würden.

Schwägerin Elvira lächelt mir über das Grab hinweg zu. Sie war wieder tagelang geschäftlich unterwegs. Es gehört viel dazu, in schwerer Zeit einen Friseur-Salon einzurichten. Die *Zeit* wird nach dem Kriege beim Hin- und Herreden nur im Zusammenhang mit dem Eigenschaftswort *schwer* gekennzeichnet, allwie die Christen den Begriff Gott allzeit mit dem Eigenschaftswort *lieb* und die Bolschewisten den Namen Stalin allzeit mit dem Eigenschaftswort *groß* versehen.

In den Friseursalon, der als Entwurf hinter dem Puppengesicht von Schwägerin Elvira existiert, gehört ein Apparat, mit dem sie Wellen von einiger Dauer in Frauenhaar hineinkochen will, außerdem gehört ein Blechhelm, Trockenhaube heißt er wohl, hinein.

Das will bedacht und beschafft sein, und gegen Geld gibt in dieser Kriegswüste niemand etwas her. Ich bin erstaunt, daß Elvira trotz ihrer Mitgenommenheit noch ein Zulächeln für mich übrig hat, ja, sie kneift überdies das linke Auge zu und zwinkert.

Der Nebel nimmt nicht ab, Fröstlichkeit wächst aus den Gräbern. Sie kriecht durch meine dünne Windbluse. Ich ertappe mich beim Zittern, aber da wird mir von hinten eine Decke über den Rücken gelegt. Die Decke riecht nach Pferdeschweiß. Es ist die Decke vom Ackerwagen draußen, auf der meine Großmutter bei der Herfahrt saß. Die Anderthalbmeter-Großmutter hält es nicht für nötig, noch Trauerstellung einzunehmen. Sie hat alle Trauer hinter sich und abgearbeitet. Nun bringt sie gar aus der Leichenhalle einen Stuhl geschleppt und nötigt meine Mutter, sich zu setzen, und wirklich, meine Mutter setzt sich so, als hätte sie diese Aufmerksamkeit zu verlangen.

Pfarrer Kockosch predigt von der Unnützlichkeit der weltlichen Güter: Wahrlich, ich sage euch, die Sonne geht auf, und sie schmelzen hin, diese Güter. Man merkt, daß Kokkosch mit dieser Stelle seiner Rede die Zinseintreibung brandmarkt, die dem Großvater die Seelenruhe raubte. Vielleicht hat er einen Wink meines Vaters verarbeitet. Das scheint Bruder Tinko zu mißfallen. Ihm ist dieser Teil vom Wesen des Großvaters eingeerbt worden. Weshalb soll der Mensch nicht eintreiben, was er zu kriegen hat? Der Bruder senkt den Kopf etwas und rollt mit den Augen. So sah er schon als Schuljunge auf meine Schwester hin, wenn die ihn hänselte und ihn Lampampa-Strick-Strick-Strick nannte. Das war der Spitzname, den ihm die Schwester gegeben hatte, und was er bedeutete, wußte nur die Schwester selber. Vielleicht ist das Begräbnis des Großvaters nicht die rechte Gelegenheit mitzuteilen, wie freundlich Bruder Tinko den Geldscheinen gesonnen war. Auf dem Wege von der Neiße-Front von Forschte nach Bossdom sammelte er alles Geld ein, von dem sich die Inhaber durch Wegschmiß getrennt hatten. Alle Welt hielt dieses Geld für wertlos, nur Bruder Tinko nicht, er sammelte, und es zahlte sich aus, wie wir wissen.

Der Stuhl, auf dem meine Mutter sitzt, drückt sich mehr und mehr in den aufgeworfenen Sand, er zieht sie in eine Kauerstellung hinein. Sie ist nicht gerade, wie es nach dem Duden der Phraseologie heißen muß, untröstlich.

Wenn sonst Trauer sie anschlich, war ihre Losung: Erscht moal bißchen was essen. Was nun hier? *Een Schnietchen* konnte sie nicht gut auswickeln. Bonbonchen ließen sich weit und breit nicht blicken, aber Rat war: Meine Mutter lutschte knarzige Backpflaumen. Mit keiner Baumfrucht war das Land Bossdom so gesegnet wie mit halbwilden Hauspflaumen, auch Zwetschgen genannt, und nirgendwo konnte man sie so gut abtrocknen wie im Mattschen Backofen. Das Aufblühen der Pflaumenmumien im menschlichen Munde brauchte seine Zeit, und wenn man sie herunterschluckte, hatte man das Gefühl, etwas Nützliches gegessen zu haben.

Die Pflaumenkerne praktizierte die Mutter in ihr Taschentuch, und dort lagen sie neben den aufgesogenen Tränen.

Man hört ein leises Kommando. Die Männer mit den geflickten Stricken werfen sich nach hinten und nehmen eine widerständige Stellung ein. Zwei Leichenträger ziehen die krummen rindigen Ersatz-Sarghölzer hinweg. Der Sarg des Großvaters hängt in der Schwebe. Er ist aus rohen, knotigen Kiefernbrettern getischlert. Die Kriegsereignisse trugen die schwarze Farbe aus der Werkstatt von Tischler Buderitzsch, deshalb strich er den Sarg, um ihn etwas zu dunkeln, mit Karbolineum, dessen Geruch den Fichtennadelduft der Grabkränze übertönt. Der Sarg verkantet sich, und ich höre den Großvater räsonieren: Laßt mir bissel gleichmäßiger runder, ihr Schlawiner!

Pastor Kockosch ist mit seiner Totenrede zu jener Feststellung gelangt, die jeder billigen muß, wie er auch sonst über den Tod denkt, nämlich zu der naturwissenschaftlichen Feststellung: Von Erde bist du genommen, zu Erde sollst du wieder werden. Kockosch greift drei Mal mit drei Fingern seiner kleinen Hand in den Sand, der ihm auf einer Schaufel hingehalten wird, und nennt dabei jeweils den Absender der Sandprise.

Oh, heilige Tradition! Oh, heilige Konvention! Keiner kann sich ihr leicht entziehen, keiner kann sie bündig aufhalten! Sie wächst aus der vermeintlichen Wiederkehr von Daten, sie entsteht aus der jährlichen Wiederkehr des Mai-Monats oder kriecht aus der Wiederkehr von Mord- und Meucheldaten, und über manche Gräber wird dreimal hingeschossen.

Auf der drübigen Grabseite steht ein mittelgroßer Mann. Wenn er bei *Fleesche wäre*, wie es in Bossdom heißt, würde man ihn einen Gnutz nennen. Er trägt die gestreifte Hose eines Festanzuges zu einer pfiffigen schwarzen Sommerjacke, hat eine flach gedrückte Nase, herausgebuckelte Wangenknochen, und seine Lippen umflimmert ein besserwisserisches Lächeln. Er heißt Weinrich, ist Bergmann und kam, während ich weg war, aus einem Dorf hinter Grodk nach Bossdom, weil ihm dort die Ortsnazis (es gab in jedem Dorf nur einige vollprozentige) zu schaffen machten. In Bossdom fand er Arbeit in der Grube und wohnte mit seiner Frau und zwei halb erwachsenen Kindern unbelästigt zur Untermiete beim Kossäten Britze in der Wohnung der verstorbenen Ober-steigerswitwe Lowise Wiese, die, wie ihr euch erinnert, stets von einer Bleifeder sprach, wenn sie einen Bleistift meinte.

Weinrich mußte nicht in den Krieg, er galt als *wehrun-würdig*. Den Bossdomern machte das nichts aus. Die Berg-arbeiter hielten ihn für einen Sozialdemokraten, denn ihre Devise lautete: Wie kann ein Kumpel nicht Sozialdemokrat sein? Aber beim Einzug der Russen bekannte Weinrich, daß er Kommunist wäre, nachweisbar im Jahre achtund-zwanzig eingetreten. Die Bossdomer hatten keine Zeit, ent-täuscht darüber zu sein, sondern waren zugoar bissel froh, daß die Russen sich mit Weinrich verstanden und daß der an die Russen ranging. Der Kommandant machte Wein-rich zum Bürgermeister, zum Meister für mancherlei und wies ihm ein Haus aus roten Klinkern zu, das sich der geflohene Amtsvorsteher in den dreißiger Jahren hatte bauen lassen.

Leider blieb Weinrichs Frau keine Zeit, sich im Amts-vorsteherhause einzuleben, der Typhus raffte sie Weinrich und den Kindern weg.

Vor Wochen meldete ich mich bei Weinrich auf dem Gemeinde-Amt als Zugezogener. Er fragte mich nach mei-nem Beruf. Mein Beruf ist Schriftsteller, bitte, daran ist nicht mehr zu rütteln, nachdem ich mich bei Kriegs-Ende auf dem Arbeits-Amt in Grottenstadt dazu ernannt hatte.

Für Weinrich bin ich *Schriftsetzer*. Er deutet an, daß ich in diesem Beruf in Bossdom und Umgebung kaum Arbeit finden würde. Die Tür nach nebenan tut sich auf, und ich erlebte eine Überraschung: Es kommt eine von den Ly-zeumsschülerinnen herein, denen ich früher auf meinem Schulweg täglich begegnete. Sie stellt sich mir als Weinrichs Sekretärin vor, und Weinrich beeilt sich hinzuzufügen, daß sie auch seine Frau wäre. Ihr Haar ist gebändigt, aber immer noch etwas wuschelig. Damals fiel es mir durch seine rötlich-blonden Locken auf, Korkenzieher bei Korkenzieher, aber ihr breites Gesicht bewirkte, daß sie nicht mein Typ war, wie man heute sagt. Natürlich hatte sie einen breiten Mund und mindestens vierzig Zähne, die so wohlgeformt und gleichmäßig waren, daß man sie für falsch halten mußte. Sie war die Tochter eines Steuerberaters. Wir hatten nie miteinander gesprochen, jetzt aber tat sie, als hätte sie, wie einst Ilonka Spadi, mit mir auf einer Schulbank gesessen. Sie entschuldigte Weinrich und erklärte dem, ohne ihn zu verletzen, daß er Schriftsteller und Schriftsetzer verwechselt hätte. Weinrich wurde nicht verlegen. Er führte seine magere Volksschulbildung ins Treffen, schießlich sei er ein Prolet und demnächst würde er eine Kreisparteischule besuchen, vierzehn Tage lang, alsdann würde er mit angehobenerem Wissen amtieren.

Frau Weinrich lud mich zum Tee ein, zu einem vorzüglichen russischen Tee. Bemerkenswert, was wir nach ihrem Reden damals miteinander *ausgefressen* hatten.

Weinrich setzte sich zu uns und war stolz auf seine *fimzehn Joahre jingere Frau.* Dann wurde er bürgermeisterlich: Ob ich nich kinnde hin und wieder een Artikel über Bossdom in die Zeitung setzen lassen. Über andere Dörfer werde alle pfurzlang… Frau Weinrich bat um Verzeihung. Sie hatte mindestens noch fünfunddreißig ihrer ausgezeichneten Zähne und schien das Ansinnen ihres Mannes für eine Zumutung zu halten. Ich möge mich nicht gedrungen fühlen, Berichte zu verfassen. Und sie fing wieder an, von unseren gemeinsamen Zeiten und von *damals* zu schwärmen, und Weinrich fing an, leise eifersüchtig zu werden. Vielleicht wollte seine Frau Sekretärin das erreichen. Ich versprach ihm, wenn es sich ergeben würde, für die Zeitung zu schreiben. Was sollte mir ein grundlos eifersüchtiger Bürgermeister?

Alle Bossdomer, die in der Nähe des Grabes stehen, werfen drei Hände voll Sand in die Grabgrube. Aber in ihren Händen verwandelt sich der Sand zu einer Privatsache, zu einem letzten Gruß.

Die Leichenträger versagen sich, vor den Augen derer, die das Leid tragen, das Grab mit Sand vollzuwerfen, sie zögern, weil meine Mutter auf ihrem Stuhl den diesseitigen

Sandhaufen besetzt hält. Soll sich die Bäckern erscht aus-
noatschen!

Ich gehe mir das von Kleinkiefern bewachsene Stück Land
hinter dem Friedhof ansehen, bescharre es mit dem Stie-
felabsatz und sehe, daß die Humusschicht nicht dicker ist
als eine Tischdecke; unter ihr liegt unfruchtbarer gelber
Sand, den die Ackerbauern verfluchen und die Poeten besingen, besonders, wenn ihn blühendes Heidekraut überzieht
und ihn Nester voll roter Preiselbeeren schmücken. Für einen
Augenblick neige ich der poetischen Position zu, aber da
mahnt mich Großvater aus seinem Grabe: Jungatzko, laß
dir nich bescheußen!

Die Sitte, einen Leichenschmaus abzuhalten, wurde vom
Krieg nicht zersetzt, er hat sie im Gegenteil durch seinen
Beispann, den Hunger, verfestigt. Meine Mutter dankt die
Mittrauernden mit Pflaumenmusschnitten und Malzkaffee
ab. Wohnstube und Küche fassen die Gäste nicht. Sie sitzen
im Hausflur auf den Milchkannen und besitzen die Stufen
der Bodentreppe, und die Stufen sind ausgetreten von den
Auf- und Abgängen der Großeltern, vor allem von den
vielen Kontrollgängen Detektiv Kaschwallas.

Nach dem Tode des Großvaters bleibt der Anderthalbmeter-Großmutter wieder mehr Zeit für ihre Detektei. Sie
bearbeitet zunächst den Fall Elvira. Ihre Abneigung gegen
dieses *Weibsen* ist sozusagen biologisch. Das Wesen Elviras
steht allen Vorstellungen der Großmutter von dem, was
ein Weib zu sein hat, entgegen. Sie kann nicht verstehen,
weshalb meine Mutter Elvira nach allem, was sie ihr über
sie zugetragen hat, noch immer ein Stängchen hält. Hängt
es mit dem Lebensmittelkarten-Aufkleben zusammen? Weshalb mein Vater Elvira die Stange hält, weiß sie. Sie hat
den Vater mehr als einmal überrascht, wenn er Elvira den
Ursch klopfte, und weiß, was er bei guter Gelegenheit mit
dieser *Friseusin* auf dem Heuboden betrieb, aber sie über-
brachte es meiner Mutter nicht. Sie befürchtet, die Mutter
könnte wieder tot werden. Platzen kinnde man, sagt sie
jedesmal nach einer Observation, aber sie läßt nichts heraus.

63

Ein zweiter Fall, den sie bearbeitet, ist Konsky. So sicher sich der auch wähnt, weil er sich von den Dorfmächtigen beschützt fühlt, mit Detektiv Kaschwalla sollte er rechnen. Die Anderthalbmeter-Großmutter verfolgt seine Spuren mit Hilfe der russischen Zigarettenhülsen, die er ausstreut wie ein Schnitzeljäger. Doa und doa is er wieder gewesen und hat die Weiber in die Spinnstube abgelauscht, berichtet sie, die Hosen sullden se am ausziehn!

Großmutter fehlt die Lebensbelastung, die mein Großvater für sie war. Sie hat nicht abtrainiert, wie man heute sagt, sie fängt an zu kränkeln. Sie kann mit eens nicht mehr so furt uff die Beene, wie sie möchte, und manchmal ist ihr *dusselig* zumute. Der Kreislauf, der Kreislauf!, wie wir heute sagen, da wir die Namen aller Krankheiten kennen, von denen wir früher nichts wußten. Immer öfter verlangt die Anderthalbmeter-Großmutter die Gemeindeschwester zu sich und läßt sich *ausheeßen*, welchen Tee sie trinken soll, und sie läßt sich Körperstellen, an die sie alleene nich hinkommt, einreiben. Alsdann trinkt sie ein Täßchen Lurke (Malzkaffee) mit der Gemeindeschwester und erkundigt sich, wer wo krank ist.

Unten wartet indes die Mutter auf Schwester Christine. Wenn die schon im Hause ist, kann sie ihre Dienste auch an ihr ausüben, kann ihr mal die Krampfader-Beine so bewickeln, daß die Binden acht Tage sitzen und nicht verrutschen; außerdem kann Christine ihr, wenn auch gerade keine Kopfschmerzen sind, bißchen auf Vorrat die Schläfen massieren, sie hat so betuliche Hände, Schwester Christine.

Christine, Christine! Sie ist hellblond und bläßlich, hat kleine, gleichmäßige Zähne, trübt kein Wässerchen und lacht gern. Christine – das sagt sich so schön, wenn man länger als ein Jahr mit keiner Frau schöntat. Man kann nicht sagen, daß Christine wunder wie hübsch ist, aber die kleinen Zähne eben –, wenn eine weiße Maus lachen könnte, müßte es so aussehen, wie wenn Schwester Christine lacht. Ich bin albern, reiße Witze, um Christine lachen zu machen, um sie zu veranlassen, die Reiskörner ihrer Zähne zu zeigen.

Bin ich verliebt in Christine? Darüber läßt sich nur mit

64

Vorsicht etwas sagen. Sie gefällt mir vielleicht nur, weil keine schöneren Frauen in der Nähe sind. Möglich, daß ich mich anfange zu verfangen. Wenn Christine davongeht, bleiben unsere Hände länger ineinander, als nötig ist, sich artig zu verabschieden.

Christine wohnt mit ihren Eltern im Nachbardorf Gulitzscha zusammen in einer Stube und schläft in der Notküche. Die Eltern sind Umsiedlerleute aus Schlesien, Fleischersleute. Nicht zu fassen, wie aus einer Familie, in der der Vater fort und fort Tiere abschlachtet und die Mutter das Tierfleisch zertrennt, ein so mäusezierliches Mädchen schlüpfen konnte wie Christine. Das ist, als hätte man es mit einer Mutation zu tun. Wie auch immer, die Kunst, kleine Berechnungen zu führen, scheint in Christine jedenfalls eingeerbt zu sein, sie sieht häufiger als nach anderen Kranken nach der *kleenen Kräte*, der Anderthalbmeter-Großmutter.

Man kann lange mit einem Menschen zusammenleben, man kann glauben, ihn zu kennen, und entdeckt doch über Nacht etwas Neues an ihm. Ein Beweis, daß sich die Menschen stündlich verändern, aber wir bemerken Veränderungen an unseren Mitmenschen erst, wenn sie sich summieren, uns auffallen und überraschen.

Eines Tages flüchte ich aus dem Backstubengetriebe in die stille Stube der Großmutter, um etwas, was mir einfiel, rasch aufzuschreiben.

Schreibste bloß bißchen was uff und denn gehste wieder, nich woahr nich, nich woahr? fragt die Großmutter, und ich spüre, daß sie fürchtet, ich könnte mich für ganz in ihrer Stube einnisten. Ich erspüre zum ersten Male einen egoistischen Zug an ihr, mir gegenüber. Ich versichere, daß ich mich nicht in ihrer Stube niederlassen will, und die Großmutter belohnt mich mit einem Abschnitt ihrer Raucherkarte. Sie atmet auf und sagt, um ihre Selbstsucht zu verwischen: Ich wer ja doch nich noch das Roochen anfangen, und damit fährt sie, die mich mein Leben lang begütelt hat, wieder in ihre Güte ein, und sie spürt jetzt das verflixte Drehen im Kopfe und das *Stechen in die Beene* immer häufiger, damit Schwester Christine kommen muß. Ihre alten Antennen haben ihr übermittelt, daß sich zwischen mir und der Gemeindeschwester etwas anbiedert, und sie will uns beim *Kroamen* behilflich sein, denn wenn Christine sie eingerieben und abgefühlt hat, lädt sie auch mich zu einer Tasse Lurke ein, und ich bin in ihrer Stube willkommen.

Nach dem Malzkaffeetrunk setzen Christine und ich uns auf die niedrige Bank am Ofen. Es ist das Bänkchen, auf dem früher der Großvater saß und *simselierte*, Zins- und Zinseszinsen berechnete und an seine Jugend im Lande Hoyerswerda dachte. Großvater benutzte das Bänkchen als Einzelsitz, aber siehe, es reicht auch für zwei, die es eng haben wollen.

Der Elektrostrom ist gesperrt, Stearinkerzen werden zugeteilt, und man muß sparsam mit ihnen umgehen. Erzählen kann man ooch im Finstern, sagt die Großmutter und löscht die Kerze. Sie erzählt Geschichten von früher, zum Beispiel, wie erstaunt sie war, als der große Großvater ihr die Heirat antrug. Vorher war er mit ihrer ältesten Schwester Hanne verheiratet, und die starb ihm weg, auch drei Kinder starben ihm weg, weil sie es an der Lunge hatten, nur ein Mädchen, meine Mutter, blieb ihm, und die lag noch im Steckkissen. Heirate unse Kleene, bat Großmutter Hanne, und der Großvater und die kleine Schwester erfüllten ihr den Wunsch. Verübelt mir nicht, wenn ich euch die Geschichte ein zweites Mal erzähle, sie hat mich mein Leben lang bewegt.

Und um Christine und mir weiter Gelegenheit zu geben, uns im Dunkeln bei den Händen zu halten, erzählt Großmutter von ihrem Vater, der ein Schneider war und Kattusch hieß. Ob es half oder nicht, er vergrub sein altes Sensenblatt neben der Stallschwelle, und damit sollte das Vieh vor Hexen und bösen Blicken gefeit sein. Über sone Sense geht keene Hexe so leichte rüber. Wurde dem Vater für Flick-Arbeiten ein Huhn oder eine Taube gebracht, die er seinem Federvieh zugesellen wollte, führte er die Fremdlinge dreimal um das Bein des Küchentisches und *pischperte*: Halte dir zu Hause, wie sichs Been am Tische hält!

An einem anderen Abend erzählt uns die Großmutter beim Licht-Einsparen von jenem Hund, der aus dem Unbekannten kam und ins Unbekannte verschwand. Es war ein ferkelgroßer spitzer Hund von grauer Farbe mit einem Rollschwanz, er war meinem Bruder Heinjak zugelaufen, als der sich mit seiner Geschützbedienung einen Weg nach Rußland hineingranatierte. Von den russischen Menschen, die sie mit ihren Granaten töteten, sah die Geschützbedienung nichts. Für sie war wichtig, Treffer zu erzielen, und das Menschenleid, das sie verursachten, verdrängten die Kanoniere, und wenn es doch in ihrem Bewußtsein nach vorn wollte, bückten sie sich und hudelten den grauen Hund mit dem Rollschwanz. Was nun den Bruder bewog, dieses ferkelgroße Wesen von einem Rollschwanz-Hund mit in den Urlaub und nach Hause zu nehmen, ist nicht mehr zu klären, auch heute nicht, die Erinnerung daran ist dem Bruder zerstoben. Er fuhr wieder nach Rußland und wurde Teilnehmer an den unaufhaltsamen Rückzügen, die *Frontbegradigungen* genannt wurden, den Hund aber ließ er in Bossdom.

Bald stellte sich heraus, daß der Russenhund kein drolliges Geschenk, sondern ein anhaltendes Ärgernis für die Matts war. Ich rede in diesem Falle von der Familie, aus der ich stamme, von *unse* wie von fremden Leuten. Ich war damals ein Matt, *aus dem nichts geworden war*, war einer, den man an amtlichen Feiertagen mit einem Briefgruß oder einem Eßpäckchen wissen ließ, daß man sich seiner noch erinnere. Das nebenbei.

Der Hund fraß den weißen Leghorn-Hofhahn des Vaters, dann zwei Hühner, schließlich einige Tauben, und er räuberte in der Nachbarschaft, und was er nicht auf einen Biß fressen konnte, vergrub er und hortete es. Es wuchsen Zörner aus den Nachbarhäusern auf das Mattsche Haus zu und verärgerten die Kundschaft, weil die Matts ihren Deibelshund nicht *gekirrt* kriegten. Dabei sieht er so niedlich aus, sagten die Frauen und versuchten das von Bruder Heinjak hinterlassene Hundegeschenk zu verharmlosen. Doch bei meinem Vater war die Geduld aufgebraucht, als der Hund auch den Junghahn zerfetzte. Für ihn war das ein Hund, der sich nicht verdeutschen ließ. Er ließ von Schestawitscha einen Zwinger bauen. Und Schestawitscha empfahl, den Hund außerdem an eine Kette zu legen. Es isch een Ruschenhund, een Stalin, sagte er.

Damit hatte der Hund seinen Ekelnamen, und bei uns auf der Heide werden Ekelnamen, wie Jauchekrüger oder Bullenbalko, über Generationen gängig erhalten, und auch der Hunde-Neckname wurde schmunzelnd aufgegriffen, niemand dachte sich etwas dabei, noch war Krieg.

Als die Russen Bossdom besetzten, beschwor mein Vater seine Leute, den Hund nicht mehr mit seinem Ekelnamen zu rufen.

Er sprach den Namen nicht aus. Am liebsten wäre ihm gewesen, alle hätten ihn vergessen.

Um die Ecke, den Hund! empfahl Postrentner Klumpatsch. Das sagst du so, antwortete der Vater. Es wollte sich ihm nicht, etwas Lebendiges, das der Hof-Erbe ins Haus gebracht hatte, zu töten. Das wäre ihm gewesen, als hätte er seinem Sohn was angetan.

Zeitchen vergeht, und mein Vater glaubt erreicht zu haben, daß die Bossdomer den russischen Hund Molli nennen. Eines Morgens aber schlarpt Gottliebchen, Bruder Heinjaks Sohn, in den großen Familien-Filzstiefeln über den Hof und läßt den Hund aus dem Zwinger. In Molli erwachen Front-Erinnerungen. Er stürzt sich auf die Winterstiefel, beißt knurrend hinein und zerrt. Er kann Gottliebchen nicht verletzen, doch er hindert den Jungen am Laufen, hindert und hindert ihn. In Gottliebchen steht eine stumme Wut auf, er packt den Hund und beißt den in die Nase.

Kann auf dem Mattschen Hofe etwas geschehen, was nicht von Detektiv Kaschwalla *observiert* wird? Die Großmutter trippelt in den Pferdestall, vergißt, daß sie zur Zeit wieder einmal nicht mit dem Vater spricht und vergißt, daß der Hund Molli heißt und schreit: Kumm doch bloß moal, Stalin beißt Gottliebchen, und Gottliebchen beißt Stalin!

Der Vater packt eine Mistgabel. Beim Hundezwinger ist Gottliebchen dabei, den Hund ein zweites Mal in die Nase zu beißen. Der Hund fühlt sich besiegt, prescht unter den Schuppen und kriecht aus Furcht vor weiteren Nasenbissen über die angelehnte Leiter auf den Heuboden. Die Mistgabel in der Hand des Vaters verwandelt sich von einer Waffe in ein Arbeitsgerät zurück.

Der Hund sitzt wimmernd auf dem Heuboden. Der Vater holt ihn herunter. Es wäre eine Gelegenheit, ihn umzubringen, weil die *verflickschte* Großmutter den Ekelnamen des Tieres aufgewärmt hat, aber da war wieder die Rücksicht auf den Hof-Erben Heinjak. Weiß man, ob nicht alle Dinge dieser Welt zusammenhängen? Man ahnt es. Ich erinnere an jene böhmisch-deutsche Kleinbäuerin Anna Sauheitl, die mich vor meinen deutschen Verfolgern rettete, weil sie glaubte, sie würde damit ihren Sohn retten, der in russischer Gefangenschaft steckte. Sie glaubt bis heute, daß sie den Sohn, der zurückkam, rettete, weil sie mich gerettet hat.

Wo der Hund Molli hinkam, der den Matts so zuwider wurde, möchtet ihr wissen? Mein Vater tötete ihn jedenfalls nicht, aber als mein Bruder wohlbehalten aus der Gefangenschaft kam, war Molli verschwunden, als hätten die Ereignisse ihn zersetzt.

Um noch eine Weile beieinander sitzen bleiben zu können, bitten wir die Anderthalbmeter-Großmutter, uns zu erzählen, wann und wie der rollschwänzige Hund von dannen kam. Das hat was mit deine Kiste zu tune, sagt die Großmutter, aber da pocht die Mutter unten mit dem Besenstiel an die Stubendecke. Auch sie will behandelt und beschwestert werden.

Schwester Christine wird zur Mutter hinunter, versorgt sie, wird von der Mutter abgefüttert und liest danach meinem Sohn Jarne aus dem ewigen Buch vom *Pfützenfritze* vor, es stammt noch aus der Zeit, in der mein Vater von Grauschteen aus als *Rumgeher* über die Dörfer zog.

Mein Sohn sagt: Schweste Christine ist Sache! Und Schwester Christine findet meinen Sohn Jarne liebenswert, und das kommt vielleicht ihrer Schüchternheit entgegen, mir direkt zu sagen, daß sie auch mich liebenswert findet. Krumm

69

sind die Wege der Gefühle, aus der Nähe betrachtet, aber aus der Ferne oder von hinten gesehen, rast das Leben geradlinig auf Ziele zu, die uns unbekannt bleiben.

Die magere Nachkriegskost bewirkt, daß jene Menschen, die stets über Magen- oder Gallenschmerzen klagten, nicht mehr barmen. Meine Leibschmerzen sind wie weggeblasen, mein Bauch kriegt goar keene Gelegenheit mehr wehzutun, erklärt die Balkon und sackt im Laden ihre Brotration ein. Meine Mutter nickt ihr zu: Manches Schlechte hat ooch sein Gutes, Frau Balkon. Auch die Mutter hat viel an Gewicht verloren und fühlt sich wohler. Wenn nur der Kuchenappetit sie nicht so peinigen würde! Ab und zu erscheint ein Pfund Weizenmehl. Es kommt aus der Fremde in Begleitung von Schwägerin Elvira und hat seinen Preis. Auf Geld als Tauschwert läßt es sich nicht ein, es gibt sich nur her, wenn Elvira mit Zigaretten und Schnaps, Lein-Öl, Raps-Öl oder mit Zuckerrübenschnitzeln winkt. Ich will ja nicht zuviel sagen, gibt meine Mutter flüsternd bekannt, aber Sonntag gibts *Plinze.*

Sie streckt das Weizenmehl mit feingeriebenen Kartoffeln und bäckt nachts. Die Plinze sollen den Nachbarn nicht riechbar werden. Nachts stehen die Gerüche vor verschlossenen Haustüren. Jeder im Haus kriegt seinen *Plinz* und kann sich beim Essen entscheiden, ob er sich von Erinnerungen an Weizenmehlplinzen oder Kartoffelpuffer überwältigen lassen will.

Das Talent der Mutter, eine Anregerin zu sein, entfaltet sich in der Zeit des Mangels üppig, wuchert geradezu, und in den Zeitungen wird ihm fleißig zugearbeitet. Tausend gute Ratschläge, zum Beispiel wie man jungen Löwenzahn zu schmackhaften Salaten verarbeiten könne, wie wohltuend junge Brennesseln den Menschen ernähren, und daß man die roten Hagebutten der Heckenrosen nicht den Vögeln unter dem Himmel überlassen dürfe, sondern sie in Form von vitaminreicher Marmelade den darbenden Menschen zuführen müsse; getrocknete Schnitzel von roten Rüben könne man rösten, mahlen, mit Zucker versetzen und so etwas wie Kakao erzielen. Übrigens könne man Sirup, diesen süßen Kleister, hieß es, nicht nur aus den Schnitzeln von Zukkerrüben, sondern auch aus entkernten Maiskolben erzielen, man müsse dieses Geraschel kochen und kochen, abgießen und seihen und wieder kochen, und schon entstehe ein heller Sirup daraus, der dem von einstigen Bienen gelieferten Honig gleiche.

Aber nach all den Versuchen der Mutter, in die Nahrungsmittel-Chemie einzudringen, entringt sich ihr immer wieder der Seufzer: Wenn wa bloß erscht unsern Esaus Kiste ausgroaben kinnden!

Werde ich euch langweilen, wenn ich euch die Geschichte jener Kiste erzähle? Es war zwischen Weihnachten und Neujahr und zwischen dem Jahr vierundvierzig und dem Jahr fünfundvierzig, da verbrachte ich einen merkwürdigen Drei-Tage-Urlaub bei den Eltern, das heißt, die Eltern hielten mich für einen Urlauber, aber ich war schon desertiert. Woher ich damals die Kraft nahm, so mit meinem Leben zu spielen, weiß ich nicht; vielleicht kam sie vom Leben selbst her, daß sich mich erhalten wollte.

Es war um diese Zeit schon zu erkennen, die russischen Truppen würden in Bälde durch Bossdom auf Berlin zu ziehen. Einige Einwohner fingen an, ihre Flucht vorzubereiten. Geht mir nicht auf die Flucht! warnte ich die Eltern, und um ihnen das Bleiben zu erleichtern, vergrub ich eine kubikmetergroße Kleiekiste, die im Vorraum der Backstube stand, im Scheunenbansen. Die Kiste war leer. Kleie fürs Vieh wurde nicht mehr geliefert, sie wurde zu Brot verbacken.

Der Scheunenbansen war weder zementiert noch verlehmt; sein Boden war Lausitzer Sand, dreißig Jahre lang überdacht und unberegnet. In ihm grub ich die Kiste ein und riet den Eltern, alle Dinge, die ihnen und den Großeltern lieb und teuer seien, hineinzupacken, ein paar warme Decken nicht zu vergessen. Es käme hart auf hart, sagte ich ihnen. Junge, soll es wirklich so weit kommen? barmte die Mutter. Was in meinem Vater vorging, war nicht zu erkennen. Wir erinnern uns, daß er unters Dach der Arier-

Partei getreten war, um sich von den Zinsforderungen des Großvaters zu befreien. Ich hörte ihn mit den Zähnen knirschen. Das konnte dies, aber auch das bedeuten.

Nach meiner Heimkehr ließ ich mir erzählen, was geschehen und wie alles gewesen war, als die Russen über die Neiße kamen. Die Bossdomer erzählten mir alles oder das, was sie für *alles* hielten, erzählten mit Lücken, und bei einigen entstanden die Lücken aus Furcht, davongebracht zu werden, wenn sie das Ungeheuerliche, das sich ereignet hatte, benennen würden. Andere erzählten lückenhaft, weil sie eigene Schuld nicht anerkennen wollten, nur an den Erzählungen weniger war zu erkennen, daß sie die Rache, die nun über sie kam, verschuldeten.

Die Russen putzten am jenseitigen Ufer der Neiße Nacht für Nacht ihre Kanonen. Die Lebensmittelzuteilungen jener Bossdomer, die schon auf die Flucht gegangen waren, blieben unabgeholt. Es will sich mir nicht, aber es muß ausgesprochen sein: Der Laden, den sich die Eltern im Jahre neunzehnhundertneunzehn ausgedacht hatten, gab ihnen sogar in der schlimmschlimmen Zeit Gelegenheit, sich zu begünstigen. Sie füllten die Kiste nicht mit den Dingen, die ich ihnen angeraten hatte; sie füllten sie mit Zucker, Weizenmehl, Haferflocken und Grieß, die sie nur zu verwalten hatten, und obenauf legten sie Speck- und Schinkenschroten vom Hausgeschlachteten. Und die Kiste wurde geschlossen und mit abgestorbener Erde abgedeckt, und über die Erde wurde Stroh gestreut.

Die Frontlinie zwischen den russischen Truppen und denen, die die Unsrigen genannt wurden, folgte dem gewundenen Lauf eines Urgewässers, der Neiße nämlich, die im Laufe der Jahrhunderte zu einem Wässerlein zusammenschrumpfte. Und am drübigen Ufer bereiteten sich die rußländischen Heerscharen immer eifriger auf den Marsch nach Berlin vor und ließen ihre Geschütze, ihre Stalinorgeln, warmlaufen. Die Bossdomer lebten unter einem Gewitter, das Tag und Nacht tobte, und immer mehr Leute packten Hausrat auf Pferde-, Kuh- und Handwagen und zogen in ein ihnen unbekanntes Wohin.

Der Vater, ein erfahrener Frontsoldat, wie er sich nannte, trat abends, bevor sich die Eltern niederlegten, vor die Haustür und behorchte das Tummeln der *Russkis*, und er glaubte erkennen zu können, ob der Vormarsch bevorstehe oder nicht, und er tat wichtig und erfahren und nannte die Mutter zärtlich Lenchen: Eene Nacht Ruhe hoaben wa noch, Lenchen. Er meinte damit jene Ruhe, die aus einem gleichmäßigen Getöse explodierender Granaten bestand.

Aber schon am nächsten Tag kam der Vater von seinem Horchposten und sagte: Lenchen, die wern woll losmachen. Er fängt an zu rüsten, belädt den Planwagen mit Kartoffeln, mit Hafer fürs Pferd, mit Heu, mit Decken und Gegenständen, die er für wichtig hält. Er überredet die Mutter, mit ihm auf die Flucht zu gehen, und die Mutter läßt sich für ein Zeitchen überreden.

Das Pferd ist eingespannt, die Mutter hat sich eine Decke übergeworfen und steht vor dem Planwagen. Der Vater will ihr beim Aufsteigen helfen, der Versuch mißglückt, und die Mutter wird ungehalten. Sie weigert sich: Wie kann ich mit meine Hühneroogen auf die Flucht gehn! Niemals und nein wird sie, so in Decken gehüllt, dorthin werden, wo der Vater hin werden will. Denk an das, was Esau uns geroaten hat. Und da sind die alten Großeltern in der Bodenstube. Wenn die Mutter sterben soll, will sie mit den Eltern sterben. Der Mutter fällt noch etwas ein: Und was wird mit die schönen Sachen in die Kiste im Bansen? Die Mutter humpelt weinend dem Hause zu, und der Vater spannt wütend aus.

Die Fronterfahrungen des Vaters aus dem Weltkrieg römisch eins waren überholt. Seine Russkis kamen, als es die im Dorf gebliebenen Leute am wenigsten erwarteten.

Es klingt wie ein Märchen und verzeiht, wenn ich mich wiederhole: Die Mutter saß am Fenster der Guten Stube, und ein Panzer nach dem anderen kam den Mühlberg herunter und bog um die Linde vor dem Mattschen Haus. An der Linde stand noch immer die vom Großvater gezimmerte Bank, auf der in Zeiten, die Friedenszeiten genannt wurden, von mancherlei Leuten Feierabendstunden abge-

sessen wurden, jene Bank, auf der sich in späten Nacht-
stunden manches Liebespaar heiß und hoch küßte, bis es
sich gedrungen fühlte, *Unter Eechen* bissel zu loagern.

Die Erde zitterte, und die Eichen zitterten bis in ihre Kronen hinein. Die Mutter behauptete später, die Baumknospen
wären durch die Erschütterungen zu früh aufgesprungen,
und nachdem viele Hundert dieser eisernen Saurier um die
Linde herum gefahren waren, nach Berlin und immer auf
Berlin zu, habe sich die Linde langsam, ganz langsam über
die Straße gelegt, wie eine Schranke, die heruntergeht.

Man weiß bis heute nicht, wie viele Ausgedinger, außer
den erwähnten fünf Familien, im Dorfe blieben. Da war
niemand, der sie zählte, und nach zwei, drei Tagen kamen
jene, die sich in den Wäldern verborgen hatten, zurück.
Später, als die Gebliebenen und jene, die geflüchtet waren,
ihre Erlebnisse gegeneinander abwogen, konnten sie sich
nicht einigen, wer besser getan hatte. Einige Frauen sagten:
Ob geflüchtet, ob hier geblieben, wir hoaben mußt dran
glooben.

Ich höre mir geduldig Berichte und Gerüchte an, und
meine abstehenden Ohren sind nicht groß genug, alles, was
ihnen hingebreitet wird, einzusacken. Ich bin für alle der
geduldige Zuhörer, bin das weiße Filterpapier, durch das
sie die Wortaufgüsse ihrer Erlebnisse seihen.

Im Bansen der Scheune stehen Nacht für Nacht kleine
russische Pferde vom Troß, jede Nacht andere. Und die
Panje-Pferde bemisten und benässen den abgestorbenen
Sand des Bansens, und die Mutter fürchtet, die von den
Pferden ausgeschiedene Feuchte könnte die vergrabene Kiste zersetzen. Ihre Kiste, ihre Kiste, bei den kargen Nach-
kriegs-Mahlzeiten wird sie der Mutter von Tag zu Tag
wertvoller; sie wacht nachts auf und denkt an den Inhalt
der Kiste.

Die Ortskommandanten wechseln. Man spricht fürchtig
von ihnen: Der Kommandant hat befohlen, heißt es; der
Kommandant will das nicht; der Kommandant hat verboten,
und die Schlimmen benutzen die Anwesenheit eines russischen Kommandanten im Dorf, um ihre Mitmenschen zu

bedrohen: Das melde ich dem Kommandanten, der läßt dir nach Sibirien bringen, verstehste, verstehste.

Der erste Kommandant suchte die Mattsche Bäckerei auf, er hatte seinen Dolmetscher bei sich, es war noch nicht der ortsansässige Dolmetscher Konsky, der ein polnisch gefärbtes Russisch sprach. Es war eigenartig, als der erste Kommandant mit seinem Dolmetscher die Mattsche Bäckerei aufsuchte, ließ er ein Lob auf den Vater heraus, er anerkannte, daß der Bürger *Piacker* nicht vor seinen *Befreiern* geflüchtet wäre. Der Vater verschwieg, daß die *Hühneroogen* der Mutter ihn gehindert hatten, auf die Flucht zu gehen. Gutt, sagte der Kommandant, du Demokrat.

Der Vater dachte an seine Sozialdemokratenzeit, er empfand die Worte des Kommandanten als eine Wiederernennung, als eine Ehre. Der Kommandant ließ fragen, ob der Vater der Hitlerpartei angehört habe. Der Vater gab zu, daß er mit Hitler gelaufen wäre. Der Begriff Mitläufer war noch nicht in Bossdom angekommen, war noch nicht bis in die Heide vorgedrungen. Ja, sagte der Vater, er hätte dieser Hitler-Partei ein bißchen angehört, nicht *allzusehre* und nicht allzulange. Der Kommandant, ein junger Offizier, holte aus und brannte dem Vater ein Ohrfeige, eine einzige, vollsaftige Ohrfeige. Gleich darauf aber muß ihm gewesen sein, als hätte er seinen eigenen Vater geschlagen, und es muß ihn ein wenig Respekt vor der mageren Aufrichtigkeit des Deutschen gepackt haben, als er sagte: So, nu du doch Demokrat, verrstähn? Der Vater solle brav backen, Brot backen, auch für die Kommandantur.

Der Kommandant ließ Roggenmehl in die Backstube schleppen, und der Vater fing widerwillig an, für die russischen Truppen zu backen. Es wäre ihm schwer angekommen, nicht zurückzuschlagen, erzählte er später. Nee, daß ich mir mußt hoaben von een Russki verbackfeifen lassen, vergesse ich nich.

Die Ohrfeige, die er gekriegt hatte, war für ihn eine Umkehrung der Weltverhältnisse, denn am Schluß des Weltkriegs römisch eins hatte mein Vater den Druckposten gefunden, den er den Krieg lang suchte: er wurde zu einem

75

Landsturmkommando abgestellt, das gefangene Russen bewachte, die hinter der Front aufräumten. Er trieb die Gefangenen nich goar sehre an, aber ich woar für sie ein hocher Vorgesetzter, erzählt er, sie hoaben mir mußt bedienen. Der Küchenjunge richtete ihm das Frühstück und rief, wenn es angerichtet war: Posten, Kaffee trink! Diesen Ruf schleppte der Vater nach dem Achtzehner Frieden mit nach Hause. Der Ruf des Küchenrussen ragte wie ein Denkstein an Vaters beste Kriegstage in seinen Erinnerungen, und es war ihm eine Wonne, wenn wir Kinder, um seine Laune aufzubessern, ihn mit dem Ruf, Posten, Kaffee trink! zum Frühstück riefen.

Ach, und die gefangenen Russen hatten ihm gegen Brotränfte wunderfeine Eßbestecke aus Holz geschnitzt und Fingerringe aus Aluminium angefertigt, Ringe mit einem Kupferkreuz als Siegel, und der Vater hatte die hölzernen Eßbestecke und die Aluminiumringe meiner Mutter nach Grauschteen geschickt, und die Mutter hatte die Frontgaben stolz umhergezeigt: Sehn Se bloß, Frau Kuchan, wie geschickt die Russen sind, was mein Mann bewachen tut! Was für behutsame Hände die Russenmenschen hoaben müssen, sagte die Mutter zu ihren Schneiderkundinnen in Grauschteen. Aber nun hatte eine von den behutsamen Händen dem Vater eine kraftvolle Ohrfeige verpaßt, und der Schmerz und die Erniedrigung erwachten in ihm bei jeder Gelegenheit wieder, und das änderte sich auch nicht, als er sich später Kommunist nannte, Kommunist in Anführungszeichen, muß gesagt sein.

Eines Tages hieß es, der russische Kommandant, es war der vierte oder fünfte, der von Bossdom aus kommandierte, der Kommandant also und seine Truppe wären abgezogen, und das waren sie auch, und es vergingen drei Tage, und es wurde keine neue russische Mannschaft sichtbar. Einige Tage lang keine russischen Pferde im Scheunenbansen. In der Mutter machte sich sogleich der Kuchenappetit mausig. Kannste nich bissel Weezenmehl aus meine Kiste holn? fragte sie den Vater. Der Vater tat, als höre er es nicht, er hatte keine Lust auf eine zweite russische Ohrfeige.

Um diese Zeit hatten Handwerkszeuge und Geräte noch nicht an ihre Plätze zurückgefunden, man konnte zum Beispiel Wagenschmiere aufscheuchen, die sich ohne Behältnis in der Ecke eines Kommodenschubs versteckt hatte, oder einen Pferdestriegel, der im Schub des Schreibschrankes lag. Langsam, langsam verschafften sich die mißlagerten Dinge das Aufmerken der Menschen wieder. Auf diese Weise geriet zum Beispiel ein Spaten, der sich hinter dem großen Hausschrank in der alten Backstube verkrochen hatte, in die Hände meiner Mutter. Kein Mensch im Mattschen Hause hatte die Mutter je mit einem Spaten hantieren sehen. Jetzt stocherte sie mit diesem Grabscheit im Scheunenbansen und hob mit ihm Strohhalm nach Strohhalm ab, um an die Erde zu kommen, in der sich die bewußte Kiste befand, und das sah so aus, als ob jemand seine Vorsuppe mit einer Gabel äße. Sie zwang meinen Vater mit ihrer *wendischen Bockigkeit*, die Kiste auszugraben. Heute, von hintenher betrachtet, zeigt sich mir, daß die Mutter mit ihrer Bockigkeit den Vater lebenslang zu mancherlei Handlungen zwang, die seinem Charakter entgegenstanden. Diese Sicht auf das Leben von hinten liefert mir freilich keine Möglichkeit, ihm nachträglich ins Handwerk zu pfuschen, es nachträglich nach meinen Wünschen zu verbasteln, sondern lediglich Freude am Erkennen, und das ist ja auch was, nicht wahr nich, nich wahr?

Das aus seiner Grabgrube aufgestiegene Weizenmehl hatte einen dubberigen Erdgeruch angenommen. Mein Vater sollte Kuchen backen. Du mit dein Gekuche, schimpfte er, die ganze Nachbarschaft wirds riechen.

Sind ja noch längst nicht alle Nachbarn doa, antwortete die Mutter mit ihrer Lenchen-Kulka-Logik und fing an, am Spätabend selber Kuchenteig einzurühren und ihn auszuwalken und mit der Backschosse zu hantieren. Ihr Kuchenrausch zwang den Vater wieder, etwas zu tun, was ihm entgegenstand, aber er bekam Recht: Der Kuchenduft traf auf Leute, die nachts im Dorf marodierten. Ob es Polen waren, die über die Neiße und zurück in ihre Heimat zogen, ob Russen, die sich von der Truppe gelöst und selbständig gemacht hatten, oder ob gar Deutsche, die sich russische Uniformen angezogen hatten, es konnte nie festgestellt werden.

Sie drangen ins Mattsche Haus und ließen nicht ein Stäubchen von den Lebensmitteln und den Dingen übrig, die in der Kiste gesteckt hatten. Die Mutter habe protestiert, erzählte sie später, aber die hoaben ja gleich mit Revolvers gefuchtelt.

Das haste nu von dein Beenetrampeln nach Kuchen, sagte der Vater. Aber die Sache war die: Das Leben hatte sein Gesetz der Ausgleichung erfüllt, von dem jener Amerikaner schreibt, der mir der liebste Amerikaner ist und Emerson heißt. Die Lebensmittel in der Kiste waren der Allgemeinheit zugedacht gewesen, sie gehörten meinen Eltern nicht, es hatte sich Gerechtigkeit hergestellt.

Das ist die Geschichte vom Verschwinden jener der Mutter so lieben Essereien, jener Essereien, um die sie gebangt hatte, als Panje-Pferde im Scheunenbansen standen und die Erde über ihnen bepößten. Glücklicherweise war die Mutter auch mit der Gift gesegnet, sich rasch zu trösten. Sie sammelte sich Trost in ihren Nachtlesestunden ein, und die Nachtlesestunden hielt sie jetzt bei zugeteilten Weißkerzen oder beim Geschummer von sogenannten Hindenburg-Lichtern ab.

Das ist auch das Ende der Geschichte jenes mausgrauen Hundes mit dem Rollschwanz und dem unseligen Namen. Er verschwand in jener Nacht, da die Essereien aus der Bansenkiste geschleppt wurden. Vielleicht folgte er dem Räucherduft des Specks. Niemand hatte jedenfalls einen Schuß gehört, niemand hatte gehört, daß der Hund auf die Räuber losgegangen wäre, nichts und nichts, und fort war der Hund. Mein Vater atmete auf.

Mir ist, als hätt ich euch bisher zu wenig von meiner uneigenwilligen, fast sanften Schwägerin Hertchen erzählt, obwohl sie doch Tag für Tag meine Hilfskraft, meine Gesellin beim Brotbacken ist.

Sie tritt morgens auf, wenn ich schon eine Stunde in der

Backstube herumgefuhrwerkt habe, ihr schwarzes Haar ist an den Schläfen noch naß von der Gesichtswäsche, wir geben einander nicht die Hand, wie gesagt, das ist auf der Heide nicht üblich bei Menschen, die täglich beieinander sind. Hertchens weiche Hauspantoffel verhindern, daß sie Schrittgeräusche anfertigt. Morgen! sagt sie und ist da, und wenn ihr der Meinung seid, man könne von einer jungen Frau, wenn sie einen begrüßt, ein leises Lächeln als Zubrot erwarten, dann ist eure Meinung falsch, denn ihr habt es mit Hertchen zu tun. Hertchen geht sogleich an ihre Arbeit, sie packt sich die sogenannte Streiche. Die aufgewirkten Brote sind dabei, sich in den Holzmulden wohlzufühlen und haben das Bedürfnis, sich gärend zu rekeln, und das sollen sie auch, und das wird von ihnen erwartet, aber beim Rekeln soll ihre Oberfläche nicht reißen, und das verhindert das Hertchen, indem sie mit der nassen Streiche immer wieder über die Brotlaibe fährt und sie elastisch hält.

Genug Fachgeschwätz! Ich deutete schon an, daß Hertchen auf einem Ausbauernhof, drei Dörfer weiter, in Heide-Einsamkeit aufwuchs. So einsam etwa, wie der Junge in Theodor Storms Gedicht *Abseits*: Es ist so still, die Heide liegt im warmen Mittagssonnenstrahle … Ein halbverfallen niedrig Haus, der Kätner lehnt zur Tür hinaus, behaglich blinzelnd nach den Bienen, sein Junge auf dem Stein davor, schnitzt Pfeifen sich aus Kälberrohr …

Hertchen schnitzte in ihrer Vorschulzeit keine Pfeifen; sie wurde angehalten, Nützliches zu tun, sie hütete die Gänseherde, und dabei flocht sie Kränze und Schärpen aus Grasnelken, schmückte sich damit und stillte ihre Sehnsucht. Die Sehnsucht aller einsam aufwachsenden Dorfmädchen geht dahin, recht bald eine Braut zu sein. Dabei ist Hertchen lieb, wenn ihre Gänseherde Schrittchen für Schrittchen bis an den Chausseegraben wird, dort kann sie ab und zu einen Menschen begucken, der vorüberkommt. Und das Hertchen sitzt im Chausseegraben, paßt auf, daß die Gänse nicht auf die Landstraße werden, summt ein bißchen und singt ein bißchen und ist zufrieden mit sich, ist, ohne daß sie es weiß, ein lebender Markstein: Sie markiert die Hälfte des Weges zwischen Grodk und Bossdom. Gelaufen kommt selten jemand auf der Landstraße, das ist schon *nicht mehr Mode*. Die meisten Menschen kommen auf einem Stahlgestell daher, das zwei Räder im gleichen Abstand hintereinander hält. Die Räder kullern auf dem Fußsteig der Landstraße entlang, und die Menschen, die von ihnen getragen werden, heißen Radfahrer. Menschen, die ihre Zwei-Räder nicht mit eigener Kraft in Bewegung setzen müssen, heißen Motorradfahrer, und noch andere, die zwischen vier Rädern sitzen, heißen Autofahrer. Verschiedene Leute kommen regelmäßig, wenn Hertchen am Nachmittag ihre Gänse im Chausseegraben hütet, vorüber, Frauen und Männer, die in Grodk zum Einkaufen waren, Fabrikarbeiter, die am späten Nachmittag heimwärts werden, und regelmäßig kommt auch ein Motorradfahrer, der dem dunkelhaarigen Gänsemädchen zunickt, weil es da so sittsam sitzt und zufrieden ist mit sich und der Welt, und dieser Motorradfahrer bin ich, der Expreßbote der Zeitung *Märkische Volksstimme*. Diese Tatsache wird offenbar, als Hertchen und ich uns nach dem Kriege im Hause der Eltern begrüßen, wenn Hertchen sagt: Ich kenne dir lange, und wenn ich mir bewußtmache, daß mein Bruder Heinjak dieses dunkle Mädchen geheiratet und zu meiner Verwandten gemacht hat. Aber noch hats Zeit mit dem Heiraten. Hertchen muß erst die Schule zu Ende bringen, muß eingesegnet werden, wie es bei uns heißt, muß alle Arbeits- und Handgriffe erlernen, die von einer Frau in einer Mittelbauernwirtschaft verlangt werden. Hertchen bleibt auf dem Hof der Eltern, ist fleißig, und keine Hofarbeit muß befürchten, unerledigt zu bleiben, wenn sie in die Nähe von Hertchen kommt. Eine kleine Sprachschererei hat sich in der Feldeinsamkeit in den Mund des Mädchens geschlichen, das Aussprechen von *Sch* will ihr nicht immer glücken, und wenn Hertchen es eilig hat, erregt oder erstaunt ist, gestattet sie, daß sich das *Sch* von einem *T* vertreten läßt. *Mentenskinder*, sagt sie zum Beispiel oder *Matendraht*.

Hertchens Bruder wurde, gleich nachdem er aus der Mutter purzelte, zum Erben des Heidehofes bestimmt. Als der Bruder heiratet und die Frau des Hoferben im Ausbauernhof einzieht, heißt es, noch ehe Rivalität ausbricht: Hertchen, lerne schneidern! Schneidern zahlt sich aus, wenn du nachher heiraten tust. Und Hertchen lernt schneidern.

Hertchen lernt auf einem Dorftanz meinen Bruder Heinjak kennen. Für sie ist er ein Weltmann, sie sieht zu ihm auf. Bruder Heinjak läßt sich von der stillen Willigkeit und der mittleren Schönheit Hertchens rühren. Oder war es so, daß sich das Kastanienbraun des Bruders und das Schwarz des Hertchens miteinander mischen mochten?

Hertchen, den tuk heiraten, wenn er dir nimmt, denne wirschte Geschäftsfrau, rät ihr die Rivalin, die Schwägerin.

Bei den Matts sagt die Mutter: Wenn se schneidern kann, denn nimm se. Durch das Kupplertelefon kommen Nachrichten, die den Vater veranlassen, Bruder Heinjak zum Heiraten aufzustöckern: Wenn se ne Kuh und fünftausend Mark mitkriegt, würde ich nich lange überlegen. Es ist auch wenig Zeit zum Überlegen. Der Weltkrieg römisch zwei ist schon angeblasen, und Bruder Heinjak steckt drin.

Wenn mein Vater mit den Bergleuten in der Küche Bier trinkt, nennt er meinen Bruder Heinjak zuweilen einen Urlauber, das heißt, er hat ihn im Weltkrieg römisch eins im Urlaub gezeugt. Nun zeugte Bruder Heinjak einen Urlauber – das Gottliebchen, und das ist es, was es ist, und deshalb bleibt nicht viel Zeit. Nun nischt wie heiraten! bestimmt die Mutter. Hoffentlich kriegt der Junge Urlaub, um sich zu vermählen. Die Mutter hat im Laden Umgang mit Hochzeitskarten, deshalb das vornehme *Vermählen*. Eine andere Sache ist: Die Mutter mag nicht, daß ihre künftige Schwiegertochter ihre Willigkeit weiterhin auf dem Ausbauernhof ihrer Eltern verschleißt. Sie soll sich im Anwesen der Matts verzinsen, wo sie hinwerden und später mal Chefin sein wird.

Bruder Heinjak nimmt die Dinge, wie sie sind. Nun wird er es fortan im Urlaub bequemer haben. Er muß sich nicht erst eine Urlaubsgeliebte suchen, er muß nicht erst bändeln, es ist gleich eine da, und es ist auch das da, was gemeinhin Liebe genannt wird, beim Hertchen wenigstens, und das bis auf den heutigen Tag. Bei Heinjak ist die Liebe nicht so lang und nicht so breit. Er geht nach der Hochzeit wieder an die Front zu seiner Kanone, und meine Mutter nimmt Hertchen freundlich und mütterlich in Gebrauch. Ihr Testergebnis: Zu die Kunden im Loaden künnde se freindlicher sein, aber sonst ist die Schwiegertochter nützlich, man muß sie gern haben, vor allem, weil sie nähen kann und niemals nicht auftrumpft und weil sie stets aus den Tuchpantoffeln in die Holzpantoffel fährt, wenn sie in den Stall geht, und wieder aus den Holzpantoffeln in die Tuchpantoffel zurückfährt, wenn sie in die Wohnung kommt, weil sie ebent nie unnötig Dreck in die Stuben schleppt.

Und das Leben geht weiter, es lebt sich, und der Krieg geht weiter, aber rückwärts. Hertchen hütet ihre fünftausend Mark Heiratsgut, und sie legt das monatliche Geld hinzu, das der Bruder fürs Kanonenabschießen in Rußland kriegt. Hertchen melkt und pflegt ihre Kuh, bringt sie, wenn sie rindert, über die Felder zu Zetschens Bullen, damit der ihr ein Kalb einpflanzt und damit es nach dem Kalben Frischmelke gibt.

Das Gottliebchen wird geboren, wird in eine Welt gepreßt, in der die Menschen Krieg miteinander führen, und wenn es in den Zustand hineingewachsen sein wird, den wir Bewußtsein nennen, wird es diese Welt für die einzig mögliche Welt halten, in die es hat kommen können.

Dann ist der Krieg zu Ende, und die deutsche Welt ist ein Wirrwarr, und einen größeren Wirrwarr konnte es nicht geben. Alles Eigentum gerät in einen Zustand, wie ihn die eifrigsten Schwarzmaler nicht hatten erträumen können. Nicht nur die Menschen, auch die Tiere und die Dinge verlieren ihre Bleibe. Niemand kann mit Sicherheit behaupten: mein Schwein, mein Pferd, mein Weib.

Die Anderthalbmeter-Großmutter fängt sich ein Schwein und fütterte es mit Gras und Brennesseln. Hertchens Aussteuer-Kuh verschwindet in einer russischen Feldküche. Hertchen fängt sich dafür eine kleine, aber frischmelkende Dreijahres-Kuh. Der Vater treibt sich für sein verlorengegangenes Pferd eine flotte Fuchsstute ein.

Der Bürgermeister geht mit einer Feuerwehrglocke durchs

Dorf, den verhallenden Glockentönen schickt er einen Befehl des Kommandanten hinterher: Wehe, wer Vieh erschlägt und auffrißt! Wenn wer Tiere einfängt und für die Allgemeinheit nutzt, habe der Kommandant nichts einzuwenden.

Trotzdem schlachten Leute vom Troß des Kommandanten eines Abends das Brennesselschwein der Anderhalbmeter-Großmutter. Das ist eine Sache der *Befreier*. Sie schlachten, kochen und essen, und was sie nicht verzehren, lassen sie der Familie Matt zurück. Fast wie beim Schlachtfest gings her, erzählt die Großmutter später, bloß sehre wilde woarn die Kerle.

Die flotte Fuchsstute des Vaters tauschten russische Troßfahrer gegen eine mächtige Schimmelstute um, gegen eine Schimmelstute, die vielleicht früher als Bierkutscherpferd Dienst getan hatte. Leider war sie hinten offen und sonderte eine grasgrüne Brühe ab, war also durchfällig und entkräftet. Der Vater verstopft den Brühabfluß der schimmeligen *Lotte* mit Roggenschrot. Das Roggenschrot gehört der russischen Truppe und ist zum Strecken des Brotmehles bestimmt, aber der Vater redet sich sein Gewissen rein: Wie kann er wissen, ob das klobige Pferd ihm wirklich gehört? Am nächsten Tag konnten es die Russen wieder davonführen. Also hat der Gaul Anrecht auf Schrot, das die Russen uns weggenumm hoam, sagt er.

So wie Hertchen jetzt mir in der Backstube zur Hand geht, half sie während des Krieges dem Vater, und der fragte sie eines Tages, da die Lust seinen Leib zwackte: Wie is daß so ganzes ohne Mann? Is dir das nich bißchen juckich manches Moal? Er versuchte das Hertchen mit bemehlten Händen zu streicheln. Hertchen rannte heulend zur Mutter und beschwerte sich. Die Mutter war eifersüchtig, wie wir wissen. Sie rief sogar die erwachsenen Söhne an, ihr in der Eifersucht beizustehen. Kaum bin ich einige Tage in Bossdom, da zieht sie mich in eine Ecke und flüstert: Nu is er goar Hertchen zu noahe getreten. Was muß er das? Kann er nich alles, was er braucht, bei mir hoaben?

Ach, die eifersüchtelnde Mutter! Ich bin nicht guter Sohn

genug, ihre Frage mit einem Ja zu beantworten und ihr in dieser Hinsicht Hoffnungen zu machen.

Und die Mutter blieb und blieb eifersüchtig. Zwanzig Jahre nach dem Krieg besuchen wir sie im Krankenhaus; zuvor aber haben wir dem Vater einen munterfarbenen Mantel gekauft. Die Mutter sieht den Vater giftig an: Was haste dir mußt son scheckigen Mantel laßt koofen? Ich weeß schon, damite gleich lospreschen kannst, wenn ich weg bin, nich woahr nich, nich woahr?

Das war zwei Tage vor dem Tode der Mutter.

Später ließ Hertchen verlauten, die Belästigung vom Vater wäre ein Schißchen gewesen gegen das, was dann kam. Der erste Schub Russen, der über die Neiße setzte, fuhr mit Panzern und anderen Fahrzeugen durchs Dorf, und die Soldaten rührten nichts und niemand an. Dann kam die zweite Welle, schließlich eine dritte, und da ging es an: Die im Dorf verbliebenen Bossdomer, auch die, die aus den Wäldern zurückkamen, krochen auf die Nacht in der Backstube der Matts zusammen. Sie nutzten die unverbrauchte Wärme des Backofens gemeinsam und hegten das Irrgefühl, geschützter zu sein, wenn sie beieinander waren.

Sie lagerten sich auf dem Backofen und auf dem Fußboden der gedielten Backstube, lagen unter den Beuten und auch in der Fußgrube vor dem Backofen. Manche Ausgedinger, die lahm und schon halb tot waren, versäumten nicht, dort zu sein, wo alle waren. Nur meine Mutter und mein Großvater fehlten im Backstuben-Pferch. In meiner Mutter hatte sich das große Lebensgesetz gültig gemacht: Wenns mir treffen soll,trifft mir überall. Sie blieb in ihrem Bett und lauschte in die Nacht. Es fiel ihr schwer, auf ihre Lesestunden zu verzichten.

Der Großvater lebte um diese Zeit schon in einer Zwischenwelt, in der er wieder ein Kleinhändler war und Geschäfte trieb, die ihm glückten. Er wollte dabei nicht gestört sein und randalierte und protestierte, wenn wer den Versuch machte, ihn aus dem Bett zu heben.

Und wo war meine Anderthalbmeter-Großmutter in diesen Nächten? Ich weiß es nicht, ich habe mich nicht erkundigt, und das zeigt wieder, wie unaufmerksam ich zuweilen gegen meinen krummbeinigen Schutz-Engel aus der Kinderzeit war. Vermutlich hielt sie sich in der Nähe des Großvaters versteckt, nicht unmöglich, daß sie sich in der Dachkammer, neben der Großelternstube, in der großen Schusterkiste ein Lager hergerichtet hatte und die Nächte darin halb kauernd verbrachte. Wie gesagt, ich weiß es nicht, und das betrübt mich bis heute.

Und wie es in diesen Nächten in der Backstube zuging, weiß ich von Hertchen. Wir alle sind nicht frei von dem Drang, uns von Zeit zu Zeit einen Vertrauten zu suchen, dem wir mitteilen, was wir keinem anderen sonst offenbaren, und wir fühlen uns erleichtert, wenn wir jemand finden, der uns mit Anteilnahme zuhört. Für Hertchen schien ich dieser Mensch zu sein; sie vertraute mir Erlebnisse an, die sie am Anfang des Jahres hatte, die aber am Ende des Jahres von einseitig politisierten Menschen als Anti-Sowjet-Hetze bezeichnet wurden.

Wir lümmeln angemüdet umher und warten auf die volle Gare unserer teigigen Brotlaibe, da brichts mit eins aus dem Hertchen heraus! Sie stampft auf die Dielen und schreit: Hier hoab ich doamools gelegen! Sie weist mit dem Fuß auf eine bestimmte Dielenstelle. Sie redet von damals wie von einer Zeit, die lang, lang zurückliegt, und erzählt halb heulend, wie sich die Frauen in Lumpen hüllten und die Gesichter schwärzten und unter den Backbeuten und zwischen den Männern lagen und sich den Spät-Nachtstunden entgegenfürchteten, und wie auf die Männer, wenn die Brünstigen dann kamen, kein Verlaß war, weil es keinen verlangte, auch meinen Vater nicht, sein Leben, wenn er es schon bis hierher gebracht hatte, gewalttätig beenden zu lassen. Und Hertchen spricht wie über ein Unwetter, das einmal über das Dorf niedergegangen ist. Ich will nicht werten. Ich weiß nicht, wie ich mich verhalten hätte. Auch mein Leben scheint nicht darauf eingerichtet zu sein, heldisch zu enden.

Wenn eine Frau vom Lichtkegel einer Taschenlampe getroffen wurde und der Lichtschein auf ihr hockenblieb und nicht weiter wanderte, zog sie es vor, aufzustehen und den

Lockrufen der Soldaten zu folgen, um nicht erst deren Gewalttätigkeiten herauszufordern, und sie wand sich durch das Gewühl der Umherliegenden, um den Soldaten widerwillig zu Willen zu sein. Menschliche Reaktionen schienen um diese Zeit außer Kraft gesetzt. Sie hoaben mir ebent genomm, ob ich wollte oder nich, erzählt das Hertchen. Das erschte Moal hoab ich geschrien, gebissen, gekratzt und gespuckt; es hätte nichts genutzt, sie sei genommen worden, andere auch. Das amtlich gespreizte Wort Vergewaltigung benutzten die Frauen nicht für das, was ihnen geschehen war. Ich bin genommen geworden, sagten sie oder, ich hoabe mußt dran glooben.

Schwägerin Elvira, die Auskennerin, verkehrte den Vorgang zu ihren Gunsten. Ich hab mir immer gleich een rausgesucht und genommen, der mir einigermaßen gefallen hat, prahlt sie, und der, den sie sich nahm, wäre stets ein Offizier gewesen, einer der Macht hatte, andere Lüstige von ihr abzuhalten. Bruder Tinko war in der Nähe und billigte es knirschend. Er mußte es dulden, wenn er sein Leben und seinen geliebten Barbierberuf behalten wollte. Er mußte Elvira zu Danke sein, sie hatte ihn mit Hilfe ihres Leibes aus der Frontlinie an der Neiße geholt und auch dabei nicht mit ihrem Liebreiz gespart, wenn sich ihr deutsche Offiziere in den Weg stellten. Schließlich steckte sie meinen Bruder in Weiberkleider, verbarg ihn und brachte ihn über die letzten Tage des Krieges. Alsdann formte sie ihn mit Verbandszeug zu einem Verwundeten um und erreichte, daß er ungefangen blieb. Sie war eine sonderbare Heldin, diese Elvira, man muß es ihr zugestehen.

Auch die einst aus Russisch-Polen zugewanderte Gutsarbeiterin Rathey nahm, was ihr geschah, leichter als andere Frauen. Sie schmutzte sich Gesicht und Kleider nicht ein, sie versteckte sich nicht, und sie sagte später: Es sei auch wieder mal ganz schön gewesen.

Mir is keener zu noahe gekomm, sagt meine Mutter und brüstet sich ein wenig. Ich hoabe die Kerlchen gleich *wendsch* in die Predigt genomm, ihr Gulcziks, ihr, hoab ich gesoagt, ihr wollt eich an eene Frau vergreifen, die eire Mutter sein kinnde? Sie hätte die Soldatchene wendisch abgebürstet nach der Schnur, und die Soldatchene hätten gestutzt und hätten sie ausgelassen, und sie wäre nie so froh darüber gewesen wie in jenen Tagen, daß sie eine geborene Wendische war.

Ich erzähle euch, wie die Mutter Rathey aufnahm, was ihr geschah, und wie meine Mutter dem ausweichen konnte, was ihr geschehen sollte, nicht, um zu verharmlosen oder politisch zu glätten, was sich die Frauen in Bossdom und anderswo beim Einmarsch der sowjetischen Truppen geschehen lassen mußten, sondern ich erzähle, um nichts zurückzubehalten, was ich zu wissen kriegte. Wie man es auch nimmt, die Vergewaltigungen waren ein Rückfall ins Tierische, aber mir scheint, wenn ein von seinem Geschlecht Bedrängter, mitten im Frieden, in einem Stadtpark, eine Frau zwingt, ihm zu Willen zu sein, so kann man das nicht mit dem Außersichsein von Soldaten vergleichen, die jahrelang ohne Urlaub, ohne Beischlaf, immer auf Armlänge neben dem Tod lebten. Und ich befrage mich selber, ob nicht auch in mir ein Vergewaltiger steckt, und ich bin mir nicht sicher, ob da nicht unter bestimmten Zwängen und Bedingungen ein solcher aus mir heraustreten würde.

Weshalb erzählt Hertchen mir ihre Erlebnisse, während wir darauf warten, daß Gärungsbakterien den Brotteig für die Abbäcke reifen lassen? Sie erzählt es mir, weil Bruder Heinjak aus Italien geschrieben hat: Hurrah, ich lebe noch, es geht mir gut!

Hertchen ist dabei, dem Bruder zu antworten, aber es ist ihr schlimm, sagt sie. Sie ist *geschändigt*, ist schuldlos untreu geworden, soll sie es dem Bruder schreiben?

Damals bin ich noch rasch dabei, anderen Leuten Rat zu geben, besonders, wenn sie mich darum bitten. Heute weiß ich, daß es so gut wie verantwortungslos ist, jemandem zu raten. Man rät dem Ratsuchenden, das zu tun, was man selber getan hätte, und verhindert damit, daß ein für einen Augenblick Hilfloser die für ihn passende Antwort in sich selber sucht und findet.

Soll ich Heinjak schreiben, daß die Russen über mir gekumm sind? fragt Hertchen beharrlich. Ich zögere mit der

87

Antwort. Und das Hertchen bittet mich, ihr zu helfen, ihre Schuldlosigkeit zu beweisen, wenn der Bruder heimkommt. Das verspreche ich.

Heute aus der Rückschau weiß ich, daß auch diese Hilfe nichts bewirkte. Die Beziehungen von Hertchen und Heinjak zueinander gingen aus Gründen entzwei, von denen weder Hertchen noch ich etwas wissen konnten.

Enttäuscht ist meine ausgezeichnete Mutter vielleicht nicht von mir. Sie liebt, wie die meisten Mütter innig, aus Instinkt. Mütter, die so lieben, sind nie enttäuscht von ihren Kindern, ob sie Diebe, Mörder, Betrüger, Lügner, Großsprecher, Faulpelze oder matt im Geiste sind. Das Liebesverhältnis von Mann zur Frau, und umgekehrt, ändert sich; Mutterliebe ändert sich selten. Mütter wundern sich über Veränderungen, die in ihren Kindern vorgehen, gewöhnen sich an die Veränderungen und lieben weiter. Meine Mutter wundert sich, daß die Fremde ihren Sohn veränderte, doch ihr Mutterinstinkt läßt sie nicht lange an die Gründlichkeit dieser Veränderungen glauben. Sie weiß, daß ich nachts, wenn sie steil in ihrem Bett sitzt und liest und ihren *Blauen Vogel* füttert, in der Backstube hocke und schreibe. Kannste mir nicht moal bißchen was vorlesen? fragt sie und denkt an meine Jünglingszeit, in der ich das zuweilen tat, denn wann schrieb ich nicht? Ich vertröste die Mutter auf später. Es will sich mir nicht mehr, ihr etwas vorzulesen. Was ich auch vorlesen würde, sie würde es loben. Ich habe ihr Lob von früher noch im Ohr: Ganz scheene schont. Manchmal meine ich, ich müßte Schwester Christine etwas von dem Mann vorlesen, der Land gekriegt hat, und wie dem zumute ist, und wie der sich dranmacht, sein Land zu bebauen, aber ich lese auch Schwester Christine nichts vor. Ein Mensch, dem ich nicht sympathisch bin, wäre ein rechter Kritiker für mich, mein Bruder Tinko etwa, aber könnte ich dem etwas vorlesen, ohne daß Elvira dabei ist? Ich muß mein eigener Kritiker bleiben. Ich lasse mich ein Zeitchen älter werden und lese dann, was ich vor Wochen schrieb, und siehe, es kommt mir vor, als sei ich literarisch erfahrener geworden, denn ich sah mir zwischendrein an, wie andere, die vor mir da waren, das, was sie dachten und entdeckten, literarisch bewältigten. Ich schreibe zum Beispiel etwas mit der Ausführlichkeit Tolstois nieder, und nach Wochen entdecke ich, daß ich die Art, wie Tolstoi zu schreiben, nicht traf. Noch weiß ich nicht, daß ich nicht Ruhe haben werde, bis ich im Geschriebenen ich selber bin. Lang ist der Weg durch das, was wir das Weltliche nennen, bis er auf das trifft, was wir als das Ewige bezeichnen, obwohl Weltlichkeit und Ewigkeit eine Einheit sind.

Den Teil von die Gute Stube, was früher die Post woar, kannste dir einrichten, wie es dir paßt, sagt die Mutter, und ich mach mich auf die Suche nach Gegenständen, die mir helfen, mich einzuheimeln. Manchmal ist mir, als ob sich die Dinge räuspern, die mich auf sich aufmerksam machen wollen. In einer Ecke des Hühnerstalles läßt sich das schlanke Bücherregal aus meiner Schülerzeit vernehmen. Ich befreie es vom Hühnerdreck, von Kalk- und Gesteinsspuren und beize es braun ein. Danach steht es dienstwillig vor mir und verlangt nach Büchern. Ich stelle die Bücher hinein, die ich aus Thüringen heranschleppte. Zuoberst den Band mit Essays von Emerson. Ich durchsuche das Mattsche Anwesen nach Büchern. Auf dem Heuboden finde ich einen Band von Tolstois *Krieg und Frieden*. Vielleicht hat dort im Heu jemand lesend eine Gefahr überstanden. Einen anderen Band der gesammelten Werke Tolstois finde ich unter einem Dachsparren. Es hat ihn dort vielleicht jemand hinterlegt, der wiederkommen wollte und nicht wiederkam. Die beiden Bücher gehören zu einer zwölfbändigen Tolstoi-Ausgabe. Ich erknapste sie mir, als ich in meiner *Motorradzeit* Expreßbote bei der *Märkischen Volksstimme* war. Jeden Monat ein Buch. Die Bücher blieben in Bossdom, als ich davonging. Jetzt macht eines, dann wieder ein anderes auf sich aufmerksam. Eines der Bücher guckt aus den Federn eines zerschlissenen Kopfkissens hervor. Nach und nach finde ich elf Bände zusammen, der zwölfte wird mir zum Tausch gegen zwei Zigaretten angeboten. Er war bei der Güterverteilung *Unter Eechen* in den Besitz eines Nichtlesers geraten.

Nun stehen die Werke Tolstois neben den Essays von Emerson im aufgefrischten Bücherregal und leben dort in Harmonie miteinander. Erkenntnisse Emersons kommen auch bei Tolstoi vor. Wenn einer abgeschrieben hat, dann Tolstoi, er ist der Jüngere und ging bis zwei Jahre vor meiner Geburt in Rußland umher. Zeitchen vergeht, und ich werde zum ersten Male gewahr, daß es mit tiefen Erkenntnissen und Weisheiten so geht wie mit pfiffigen Erfindungen: Sie leben im großen Unerkannten umher und lassen sich von hochgestimmten Menschen sowohl hier als dort finden.

Raubtiere kennzeichnen den Raum, in dem sie leben, mit Sekreten. Die Hähne der Singvögel markieren ihre Reviere mit Gesang und Geschmetter. Sie warnen Vogelhähnchen ihrer Art mit diesem Getön, in ihr Revier einzudringen. Für die Vogelweibchen aber ist der Gesang ein Liebeswerben, und der hochgestimmte Mensch nimmt ihn in seine Gedichte hinein: Horch, was tönt dorten so lieblich hervor: Fürchte Gott, fürchte Gott, singt mir die Wachtel ins Ohr ..., dreideutiger Vögelhähnchengesang also. Was auf unserer lieben Erde ist nicht doppelt und dreifach deutbar? Aber wir glauben keine Zeit zu haben, zwei- und dreifach auszudeuten, wir müssen feststellen, was die Dinge dieser Welt, in Banknoten umgerechnet, wert sind.

Ich markiere die Grenze des Raumes, den mir die Mutter innerhalb der Guten Stube zuteilte, mit dem Bücherregal als Eckpfeiler auf der einen Seite, und auf die andere Seite kommt das Tischchen mit den Beenen aus Garnrollen zu stehen. Es ist, wie der große Ankleidespiegel, erhalten geblieben, und es wird, wie ich heute weiß, auch mich überleben. Ich frage nicht danach, ob es ästhetisch vertretbar ist, wenn Bücherregal, Tischchen und Reisekoffer mitten in der Stube stehen, ich bin drauf versessen, den Raum, der mir zum Hausen zugebilligt wurde, zu kennzeichnen. Raubtier oder Singvogelhahn?

Sohn Jarne stellt seine Märchenbücher ins unterste Fach des Regals. Manchmal erscheint er während der Stromsperre mit einem brennenden Kerzenstumpf, den er der Großmutter abbettelte, in meinem markierten Raum. Ich bin nicht begeistert, wenn er angezwitschert kommt. Mein Kopf ist voll Gestalten, die von mir verlangen, daß ich mir ausdenke, was sie zu tun haben, sie wollen beschäftigt sein. Nach und nach benötigen sie meine Vorschläge nicht mehr. Sie handeln aus sich heraus. Aber noch ists nicht soweit, sie brauchen mich noch, und sie sind eifersüchtig auf meinen Sohn. Jarne verlangt, ich möge ihm aus seinen Märchenbüchern vorlesen. Kann es nicht morgen sein? Weshalb liest Tante Hertchen dir nicht vor? frage ich mürrisch.

Tante Hertchen liest nur ra, ra, ra, beharrt Jarne, bei mir aber habe Schneewittchen eine Schnee-Stimme, die Königin-Mutter eine Schnarr-Stimme und der Jäger eine Schnaps-Stimme. Das ist es, was es ist, und ich soll lesen. Meine Eitelkeit fühlt sich gestreichelt, ich lese.

Tagsüber sehe ich Sohn Jarne selten. An meiner Arbeit in der Backstube ist nichts mehr, was seine Neugier aufrauht. Er spielt mit Gottliebchen, dem das Sprechen noch Mühe macht. Eine Pflaume ist für ihn eine Laume, und ich bin Onkel Sau. Hertchen bewohnt unsere ehemalige Kinderstube, und da sich Gottliebchen und Jarne bis zum Einschlafen wichtige Mitteilungen zu machen haben, schläft Jarne mit in Hertchens Stube, im Bett meines Bruders, der in Italien, nach Hertchens Ansicht, uff een wer wees wie kriepliges Loager schloafen tut.

Wenn mir Sohn Jarne tagsüber im Hofe oder bei Tische begegnet, habe ich dies und das an ihm zu tadeln. Das macht mich nicht beliebt bei ihm. Ich bin besorgt, daß er mit seinen kecken Redensarten, mit seinen Sperrigkeiten niemand zuwider wird. Man soll ihn nicht für unerzogen halten. Ich will etwas sein, was ich nicht bin, ein Erzieher. Ich bin ein unkluger Erzieher. Wenn ich den Jungen anschrei, kommt ihm die Mutter zur Hilfe, selbst beim Vater findet er Unterschlupf, und ich kriege die abgewetzte Redensart zu hören: Er ist doch noch ein Kind.

Eines Tages bringt mir Martka Hantschik meine Mandoline. Zweifaches Wiedersehen und eine eineinhalbfache Freude. Martka, meine Jugendgeliebte! Wir trafen uns an

Sommerabenden bei *drei Eechen* hinter der alten Schule. Die Eichen wurden abgeholzt, als ich in der *Fremde* war. Ihr Stand-Ort wurde Ackerland, auf dem jetzt Lupinen und Flachs wachsen.

Manchmal wartete ich lange auf Martka. Sie mußte das Einschlafen ihrer Eltern abpassen. Sie wirkte so keusch, die Martka, und ihre gestärkte Schürze knisterte, wenn ich sie drückte. Jetzt ist die Schürze geflickt. Der Krieg, der Krieg! Martka ist gealtert und gemagert, und die großen Augen, die ihr Gesicht beherrschen, sind stumpf. Sie ist Kriegerwitwe. Vielleicht will sie sich ein wenig in Erinnerung bringen. Sie weiß, ich bin frauenlos. Eegentlich hoam wa uns doch gut vertroagen, nich woahr nich, nich woahr?

Meine Mandoline fand Martka am Straßenrand. Sie erkannte sie. Dennmals habe ich nicht wenige Liebeslieder für sie auf ihr heruntergeraspelt. Ein Russe hat die Mandoline weggeworfen, wahrscheinlich benahm sie sich nicht wie eine Balalaika. Meine Mandoline also! Sogar die Saiten liegen noch paarig auf der Oberseite des Halses, nur der Kürbisleib ist geplatzt. Ich zupfe das Lied vom Holderstrauch mit bloßen Fingern aus den Saiten. In Martkas Augen glimmt ein kleiner Glanz auf. Ich drücke sie ein wenig fürs Gebringe. Ihre Schürze knistert nicht.

Es ist ausgemacht zwischen Hertchen und meiner Mutter: Wenn die Bürgermeestern einkoofen kummt, denn holste mir! Die Mutter betut die Frau des *Gemeenderichs* freundlich: Sonst noch was, Frau Weinrichen? Für die Bossdomer heißt die Frau des *Gemeenderichs* Frau Lotti, und auf ihn sagen sie Engelchen und bespötteln das altersungleiche Paar. Frau Lotti hat ihre Zuteilung verstaut und wünscht noch zehn selbstgezimmerte Briefumschläge. Sie hat nach da und dorthin zu schreiben, sie sucht *postalisch* nach ehemaligen Mitschülerinnen.

Alsdann schwatzen die Frauen von ihrer gemeinsamen Heimat Spremberg, und beide vermeiden, die Stadt unfein Grodk zu nennen. Meine Mutter erzählt von ihren Jungmädchenausflügen nach *Willeminau* oder ins Weskower Veilchental. Frau Weinrichen verlautet, daß sie und die anderen *höheren Töchter* Kandorf und das Café Tschaks bevorzugten. Eigentlich sinds zwei verschiedene Städte, über die sie reden. Die Stadt, für die die Weinrichen sich erwärmt, war schon nicht mehr die Stadt, von der meine Mutter schwärmt. Städte verändern ihre Lage nicht, aber ihre Gebäude und Anlagen. Im Zeitraffer gesehen, tun sie es wabernd, wie Erbsensuppe im Kochtopf. Jetzt aber ist die Stadt zerkrümelt, und beide heilen Städte existieren nur noch in den Erinnerungen der Frauen.

Oft kommt andere Kundschaft und stört die zwei. Die Mutter schlägt vor, die Weinrichen möge doch mal auf Abend zu Kartoffelpuffern kommen. Bringen Sie Ihren Mann mit ooch! Die Gunst des Bürgermeisters kann dem Laden zunutze sein, taxiert die Mutter.

Die Weinrichs richten ihren Besuch so ein, daß sie daheim das Abendbrot sparen. Die Mutter holt die Anderthalbmeter-Großmutter herzu. Niemand kann so rasch rohe Kartoffeln reiben wie Detektiv Kaschwalla, und für die ist es ein schönes Bewerbchen, daß sie sich moal die neie Gemeenderichen bissel näher kann ansehen, sie soll eene Kossacks sein, was frieher in die Lange Stroaße gewohnt hoaben.

Engelbert Weinrich tut sehr zuhausich: Bossdom ist *seine* Gemeinde, alle Häuser gehören bis in die letzte Kammer so gut wie ihm.

Die Kartoffelplinsen kreischen in der Pfanne. Brätlingsgeruch kriecht durchs Haus. Bruder Tinko stellt sich zur rechten Zeit ein. Man muß die Leite schädigen, wo man kann!

Es wird gegessen, geredet und gebrabbelt. Das Kinn Weinrichs glänzt leinölig. Ob er nun immer so war, oder ob das Amt sein Selbstbewußtsein so in die Breite trieb, daß er in den Bezirk der Prahlsucht vordringt? Er erzählt von den Tagen, die er auf der Kreisparteischule verbrachte: In drei Tagen een ganzes Buch auslesen, een marxistisches dazu, das will schont was heeßen!

Wovon beim Essen auch erzählt wird, Weinrich spielt sich nach oben: Engelbert, sagt Zwirner zu mir, und damit ist der Kreissekretär gemeint, Engelbert, die Sache müssen wir anpacken. Ich seh, wie sich das Gesicht meines Vaters abfällig verzieht. Von ihm erbte ich das strenge Beobachten.

Männer, die sind, wie sie sein sollen, spielen Skat. Ich lernte so etwas Wichtiges mein Lebtag nicht. Weinrich, der Vater und Tinko verschwinden in der Skatwelt: Grün scheußen die Gänse im Monat Mai. Komm raus mit deiner Dame und stich!

Hertchen macht sich davon. Sie muß nach Gottliebchen sehen. Meine Mutter bittet mich, noch bissel zu bleiben. Ich kenne doch die Frau Weinrichen zugoar von frieher her.

Etwas später heißt es: Kannste nich bissel Mandoline spielen. Ich willige ein, damit ich mir nicht weiter anhören muß, daß Lotti Kossack Weinrich heiratete, weil der ihr leid getan hat, aber auch, weil sie sich so allein gefühlt hätte, nachdem ihr Verlobter bei Stalingrad gefallen wäre.

Bissel was wern Se sich woll ooch dabei gedacht hoam, sagt die Mutter.

Freilich, Lotti habe schon immer aufs Land gewollt.

In der Stube wechselt Weinrich seinen Skatplatz mit Bruder Tinko. Er spürt wohl, daß seine Lotti über ihn redet und will in die Küche hineinsehen können.

Da spiel ich schon lieber Mandoline und singe wie früher leise dazu. Und Lotti Weinrich, geborene Kossack, fängt an mitzusingen und zu himmeln, und Weinrich ruft in die Küche: Wir sollen nicht so einen Krach machen, er könne sein eigenes Wort nicht verstehen. Ich bin ihm dankbar für die Beleidigung, denn ich werde mit dem Lächeln und den übermäßig vielen Zähnen seiner Frau nicht fertig und mach mich in die Backstube an meine Schreib-Arbeit.

Von da an bin ich nie aufzufinden, wenn ich höre, daß die Weinrichs zu einem Abendbesuch einfallen werden, nicht nur, weil mir das Schmachten der Weinrich zuwider ist, sondern weil ich verdächtige, daß Weinrich die Gastfreundschaft der Mutter ausnutzt.

Zwei, drei Frosttage panzern die Erde. Wer jetzt in sie hinein will, braucht eine scharfe Rode-Hacke und Gewalt. Jetzt müssen die Bergleute ran, um die Gräber zu schaufeln.

Fast jede Woche wird ein Grab nötig. Fast jede Woche wird Trauer erforderlich und verbraucht. Die Bossdomer werden Zeitchen bei Zeitchen trauermüde.

Dann fällt Schnee, kein neckischer Neuschnee, den die Sonne in zwei Stunden zunichte macht. Schon nach der ersten Schneenacht steht man bis zu den Waden im weißen Gewöll. Aus allen Gehöften kommt das Krächzen der Schneeschieber. Magere Pferde trecken die holzene Gemeinde-Schneeschleppe durchs Dorf und bis in die Nachbardörfer. Wo der Wind Schneewehen über die Wege treibt, muß geschaufelt werden. Der Gemeindevorsteher soll jetzt Erster Vorsitzender des Rates der Gemeinde genannt werden. Da können sie in Grodk, oder wo sie die neuen Begriffe anfertigen, lange warten, bis die Bossdomer eine so gestelzte Bezeichnung über die Lippen kriegen. Also, der *Gemeenderich* ruft zum Schneeschippen auf. Die Kinder freuen sich über die Schneepracht. Darf ich eingestehen, daß auch ich mich freue, wenn mir Zeit zum Aufschauen bleibt. Es ist etwas Kindisches in mir geblieben. Ich verstecke es, um den vorsorglichen Bossdomern keinen Anlaß zu geben, mich für betippelt zu halten.

Dem Vater ist der Winter eine Plage. Jeden Tag muß er die große Grauschimmelstute mit einer oder zwei Kohlefuhren durch den Schnee treiben. Die Stute ist mager. Der Vater kann sie nicht so füttern, wie sie gefüttert werden sollte. Jeden Tag bleibt ein Teilchen Pferdestärke im Schnee stecken. Der Vater wird beim Gemeindevorsteher Weinrich vorstellig: Ob die Russen nicht könnten helfen und Kohle mit Autos rankarren. Ich back doch für die Russkis, sagt der Vater. Dem Gemeindevorsteher muß der Schneid, die Forderung des Vaters dem Kommandanten vorzutragen, erst wachsen. Erstens heißt es Sowjetsoldaten, und zweetens hat dir der Kommandant das große Pferd zum Fuhrwerken geschenkt, sagt er.

Dafür haben mir die Sowjet-Russkis mein Pferd, wie sie eingerückt sind, weggenommen, sagt der Vater. Hin und her und her und hin, du hast bloß Schiß in die Hosen, sagt der Vater und reizt den *Gemeenderich*, und der geht zum

95

Kommandanten, nach Gulitzscha, und der Kommandant zeigt sich einsichtig. Die Russen karren unseren Hof voll Kohle. Der Kohlenberg ist fast so hoch wie der Taubenschlag, und die Tauben blinzeln winterschläfrig aus ihren Einfluglöchern.

Da ist noch immer jene Brotmulde, die der Großvater vor Jahr und Tag mit einem Blechstreifen hinderte, auseinanderzuspringen. Dieser schmale Blechstreifen, er hat die Kraft, an den Alten zu erinnern! Und die Backstube hat immer noch ihre Schmutz-Ecken, die sich nur reinigen lassen, wenn man mit dem Handfeger über die Dielen kriecht. Das fällt mir nun schon schwer, mein Rückgrat ist nicht mehr so elastisch wie einst. Ein anderes Zeichen, an dem ich erkenne, daß ich gealtert bin: Wenn ich die glühende Asche unter dem Mundloch des Backofens in eine mit Blech ausgeschlagene Munitionskiste raffe, in den Hof schaffe und in eine Schubkarre kippe, reizen mich die giftigen Dämpfe, die aufsteigen, mehr als früher, und ich muß kräftiger und länger husten.

Ich backe und backe Brot. Was für ein schöner Satz für jemand, der voll Hunger ist, ich aber denke zuweilen, wenn meine Werkstücke, die Brote, verschwinden und nie wieder gesehen werden: Nun hast du so wechselvolle Zeiten hinter dir, hast Erkenntnisse gewonnen und tust doch wieder, was du schon einmal getan hast. Aber dann tröstet mich das, was ich nach Feierabend in meiner Schreiberwerkstatt herstelle, ich weiß, daß es mir ein paar Tage später nicht mehr gefallen wird, aber es tröstet mich.

Wieder wird ein neuer Begriff auf amtlichem Wege nach Bossdom geschleppt. Der Begriff heißt: das Soll. Es könnte auch das Muß heißen, aber das Muß hat militärischen Charakter, das Soll ist ziviler. Jeder Bossdomer, der eine Kuh im Stalle hat, wird mit einem Milch-Soll belegt. So und soviel darfst du behalten, und so und soviel sollst du abliefern. Die Milchmenge, die man behalten darf, ist kleiner als jene, die man abliefern soll. Die staatlichen Beamten müssen jetzt Angestellte genannt werden, weil sie kündbar sind. Sie ersuchen die Kuhbesitzer, Milch für Stadtkinder und Kranke abzuliefern, im Weigerungsfalle schlägt das Soll in ein Muß um.

Aber meine Kuh ist aus der Frischmelke raus, sie liefert nicht mehr, was ich abgeben soll, kann es heißen.

Das werden wir überprüfen, wird gesagt. Es wird viel Zeit mit Überprüfungen verbraucht. Aber was willst du? Das Zusammenleben der Menschen gleicht einer Maschine, erklärt Weinrich. (Ihr wißt schon: Erster Vorsitzender des Rates der Gemeinde). Ein Rad greift ins andere, und wo es quietscht, muß geölt werden. Überprüfungen sind das Öl, erklärt Weinrich. Erklären wird jetzt übrigens Agitieren genannt. Das ist wissenschaftlich. Immer mehr Leute werden zu Agitatoren geschult, weil sich immer mehr Leute dumm oder taub stellen und anscheinend Aufklärung nötig haben. Zuwiderhandelnde werden bestraft, heißt es, eigentlich stand es schon immer auf den Tafeln am Rande der Schuttabladeplätze geschrieben.

Wieder einmal wird beraten, wie vor Jahren, als Bossdom eine Poststelle kriegte, bei wem die Milch-Annahmestelle eingerichtet werden soll. Wieder verfällt man auf die Matts, die hoam eenmoal den Loaden. Der Laden, der Laden, er bleibt, wie die Gastwirtschaft, ein magischer Punkt für Bossdom.

Die Milch wird von den Kuhhaltern am frühen Morgen abgeliefert, amtlich ausgedrückt: Die Milchannahme erfolgt von sechs Uhr dreißig bis sieben Uhr morgens. Der Mattsche Hausflur wird eine amtliche Milch-Annahmestelle.

Weshalb ich Milcheinnehmer werde? Habt ihr erwartet, daß mich die Eltern wie einen Gesellen entlohnen? Ich bin doch *unse Esau*. Zahause is Zahause, das muß ich doch auch berechnen, außerdem werden mein Sohn und ich umsonst ernährt, und Ankleedesachen gibts sowieso nich zu koofen. Nimmste die Milch an, haste die poar Groschen, die de brauchst! wird entschieden.

Zwischen dem ersten und dem zweiten Schuß Brot für die Kommandantur lege ich eine Pause ein und nehme die Milch an.

Alle Milch gilt erst als abgeliefert, wenn sie durch mein Kontroll-Litermaß gegangen ist. Die Ablieferer gießen das von den Kühen geweißte und gefettete Wasser aus ihren Behältern in mein Maß und füllen es bis an den Eichstrich. Der Eichstrich tut, als ob er wunder was wäre. Er hat vergessen, daß ihm die Menschen zu seiner Bedeutung verhalfen. Er zwingt auch mich, seine Macht, die ihm von Menschen meinesgleichen verliehen wurde, anzuerkennen: Ich fülle die Milch, Liter für Liter, in die Transportkanne.

Das Milchschauspiel wird von Metags Richard beendet. Er lädt die großen Kannen, kling, klang, kloria, auf die Pritsche seines Autos. Das Auto ist eine Mischung von Militärfahrzeug, Zivilfahrzeug und Schuttablade-Platz, aber es *lööft*. Richard befördert nicht nur Milchkannen, sondern auch Leute und am liebsten solche, die ihm was Eingewickeltes, Geräuchertes oder Ungeräuchertes, hinstecken. Wer seinen Ursch so in der Gewalt hat, daß er ihn zwingen kann, mit den unebenen Deckeln der Milchkannen vorliebzunehmen, hat sogar einen Sitzplatz. Wer das Päckchen abliefert, dessen Größe den dicksten Inhalt verspricht, darf sich als Beifahrer ins Fahrerhaus setzen. Die Fahrerkabine ist aus Teilen eines ausgeschlachteten Flugzeugs gebaut, aber das wissen nur Eingeweihte.

Der Gemeenderich läßt Mariechen Britze zur Milchkontrolleurin ausbilden. Mariechen ist eine invalide Jungfer und bewegt sich an zwei Stöcken durch die Welt. Sie prüft den Fettgehalt der Milch, manchmal ein Mal, manchmal zwei Mal die Woche. Sie kontrolliert nicht an festgesetzten Tagen. Die Kontrolltage läßt sie sich von ihrer Laune vorschreiben und fertigt sich damit eine kleine Macht und einen Spitznamen an. Sie wird Milch-Detektiv genannt. Es ist ruchbar geworden, daß manche Milchablieferer das geweißte Kuhwasser mit Brunnenwasser verdünnen. Für sie wird das Milchpanschen zum Glücksspiel, weil sie nicht wissen, was sich Mariechen von ihrer Laune hat einsagen lassen. Es kommt vor, daß die Jungfer Britze am Abend freundlichen Besuch kriegt, der sie in Gespräche verwickelt: Will sich dir daß denne, Mariechen, morgen wieder so zeitig uffstehn? wird gefragt.

Mariechen schweigt. Immer mal wieder wird ein Panscher erwischt, und er versucht sich zurechtzureden: Mein Gott, is woll beim Auswaschen Wasser in meiner Troagekanne geblieben! erklärt die Schrockoschinne, die mit ihrer gewässerten Milch nach Hause geschickt wird. Der alte Pettke erklärt: Das liegt an unse Kuh, das Luder hat gestern moal wieder gesoffen und gesoffen. Wenn das auch schelmisch klingt, es ist ein Vergehen gegen die Abgabepflicht.

In der Grodker Molkerei wird die Milch aus dem Kreisgebiet zusammengeschüttet. Die Verschiedenheit der Fettprozente wird aufgehoben, es wird Gerechtigkeit hergestellt. Am Nachmittag bringt Metags Richard die leeren Kannen zurück, nur eine ist halb gefüllt. Sie enthält die Milch für die Kleinkinder und die ganz Kranken. Auch die Ausgabe der Kindermilch und das Ausbrühen der Milchkannen gehören zu meinen Pflichten. Eine Pflicht nach der anderen schleicht sich bei mir ein. Die Pflichten scheinen sich bei mir wohl zu fühlen. Für mich aber ist das stramme Pflichtbewußtsein ein Mal des niederschlesischen Neurotikers, der ich bin.

Der Winter ist da. Vollwinter. Meldungen gehen von Mund zu Mund: In den großen Städten erfrieren Menschen. Man spricht nicht mehr, wie früher, von klirrender Kälte, man spricht von Stalingradkälte. Nur die Dorfkinder werden, wie zu allen Zeiten, mit dem Winter fertig. In alten Männerjacken und dicken Friesröcken der Großmütter rennen Jungen und Mädchen gegen die Kälte an, bis sie ihre Poesie freigibt. Die Kinder rutschen auf schlittenähnlichen Gebilden, die sie aus rohen Brettern zusammenschlugen, in die Sandgrube hinunter, steigen wieder auf und rutschen wieder hinunter. Von Zeit zu Zeit rennen sie in die Stuben, wärmen sich auf und schwärmen wieder in die Sandgrube, sie sind wie ein Spatzenschwarm, der nicht von einem Baum mit reifen Kirschen abläßt.

Wer um diese Zeit krank wird, hat es nicht weit bis zur

Leichenhalle. Tante Magy ist krank. Sie liegt fiebernd im Ausbauernhaus, läßt man uns sagen. Sie verlange nach meiner Mutter, nach Lenchen. Sie verlange nach meinem Vater, nach ihrem Bruder Heini. Die Nachrichten kommen von Zetschens Emmka. Also haben die Zetschens jetzt eine Tochter? Ja, haben sie, freilich so mehr eene *Adaptivtocher*. Lange gings hin und her ums Vererben des Ausbauernhofes. Eine Zeitlang war ein unehelicher Sohn zum Hof-Erben ausgeguckt. Die Zetschens nahmen ihn ins Haus. Der Junge mußte seinen Vater Onkel nennen und hielt es nicht aus bei dessen Mäkeleien und Handgreiflichkeiten.

Aber Ernste wurde älter. Ich brauche junge Leite, barmte er und setzte schließlich einen Neffen, den Sohn seiner Schwester, als Erben ein. Er vermachte dem gleich eine Frau. Es war das Mädchen, das von den Zetschens zuerst Magd, dann Dienstmädchen, dann Tochter genannt wurde. Für die Adoptivtocher wurden Tante und Onkel Mama und Papa.

Onkel Ernst hat den Jungleuten die Wirtschaft verschrieben. Sollen sie machen, wenn er pünktlich sein Ausgedinge kriegt, sollen sie machen! Der junge Wirt ist, wie wir wissen, ein Neffe vom Onkel, stammt aus dessen Linie, und die Gene nehmen ihre Zickzackwege durch die menschlichen Unterleiber. Der Jungwirt ist jähzornig und brutal, es sind Gene über seine Mutter vom Onkel in ihn hineingeworden. Er geht auf die Jagd. Und das ist nun wieder ein durch und durch fremdes Getu für einen Ausbauern auf der Heide. Er nimmt die Flinte mit zur Feldarbeit und schießt drauflos, wenn auf dem Rain ein Hase aus seiner Sasse springt. Er hält sich nicht an die waidmännischen Regeln. Wenn im Wäldchen ein Ringeltäuber gurrt, läßt er seine Feld-Arbeit fallen, stellt dem Täuber nach, schießt, trifft ihn nicht und lernt nicht einsehen, daß Wildtauben schwer zu jagen sind. Er geht auf seine Frau Emmka los. Sie ist schuld, daß er die Taube nicht traf, sie hat herumgefuhrwerkt und das Tier verscheucht.

Tante Magy muß zusehen, wie sich ihr Schicksal wiederholt. Es liegt kein Segen auf dem Hof der Zetschens. Sie wollte ihn herbeibeten, es gelang ihr nicht. Der junge Wirt schlägt und traktiert die kleine Emmka, nennt sie eine *Hergeloofene* und behandelt sie wie eine Magd. Tu mir daß doch bissel helfen gegen den Wüterich, Papa, bittet Emmka, und der Onkel hilft, und es wütet ein Wüterich gegen den anderen, der Jungwirt und der Ausgedinger schlagen einander lahm. Emmka beschließt, nicht mehr nach Hilfe zu haschen, lieber läßt sie sich verprügeln und erträgt es. Die angenehmste Lebenszeit ist für sie die Kriegszeit. Artur wird eingezogen und in Rußland gefangenommen.

Viel Schufterei für Emmka, Tante Magy ist lahm und müde, der Ausgedinger ist launisch und nörgelt. Aber hin und wieder auch ein bißchen Schönzeit: Der Sohn vom Nachbarhof nähert sich ihr. Er hat einen Klumpfuß und muß nicht in den Krieg. Die Dorfmädchen machen einen Bogen um ihn. Emmka weicht ihm nicht aus. Sie sehnt sich so. Sie lernt eine neue Sorte von Mann kennen, einen, der nicht mit Fäusten über sie herfällt. Auch in dieser Hinsicht wiederholt sich das Schicksal von Tante Magy.

Wenn ich dir bloß behalden kinnde, sagt Franze, der Nachbarssohn. Versindige dir nich! beschwichtigt Emmka. Ja, das sagt sie, obwohl auch sie nichts dagegen hätte, wenn Franze sie behalten könnte.

So also siehts bei den Zetschens aus, als Emmka meiner Mutter im Laden sagt: Eire Tante is sehre krank. Sie tut nach eich verlangen.

Der Beistand der Mutter besteht aus Bedauern: Die arme Tante Magy! sagt sie. Aber wie soll sie mit ihre Hühneroogen hinkommen zu den Zetschens? Tante Magy kann doch wohl nicht verlangen, daß die Mutter im Winter auf den kalten Ackerwagen kriecht.

Werde ich woll rüber werden müssen, sagt der Vater.

Eine Krankheit hat in jenen Nachkriegsmonaten, ob sie nun einfache oder doppelte Lungenentzündung, wilder oder zahmer Typhus genannt wird, keinen Anspruch auf viel Mitgefühl oder großes Bedauern. Der Vater stampft in den übergroßen Familien-Filzstiefeln mit einer Kanne Suppe zu den Zetschens. In der Suppenkanne schwimmt eine gekochte Taube. Aus Vaters Bericht geht am nächsten Morgen hervor:

Die Tante fiebert. Sie muß mit nassen Umschlägen abgekühlt werden. Sie strebt aus dem Bett. Sie will ins Freie. Schwester Christine kann die Kranke kaum bändigen. Man muß sie bewachen, besonders des Nachts, damit sie dem Tod, der auf sie lauert, nicht entgegenrennt.

Meine Mutter will wissen, ob die Tante wenigstens das *Teibchen* gegessen hat.

Die is froh, wenn se Luft kriegt, sagt der Vater, um nicht direkt zu sagen, daß Tante Magy sterben wird. Wern wa mit Elisen, damit ist Vaters Stiefschwester in Grauschteen gemeint, alleene uff die Welt bleiben.

Nun bin ich an der Reihe, nach Tante Magy sehen zu gehen. Ich bin kein guter Sterbewächter, wie ihr wißt. Trotzdem messe ich keinesfalls widerwillig den Schnee auf den Feldwegen. Ich hoffe einen Zipfel von Schwester Christine zu erspähen. Sie hat lange nicht nach der Anderthalbmeter-Großmutter gesehen. Fehlt mir das Zusammensitzen auf der Ofenbank? Verdenken könnte ich es mir nicht.

Ein nicht ganz ausgereifter Mond hängt am Himmel. Er prahlt mit seinem ausgeborgten Sonnenlicht. Der ahnungslose Schnee glitzert. Die Dicke Linde, jener Markbaum zwischen Bossdom und Gulitzscha, wirft ihren Schatten aufs Feld. Ich komme mir in vielerlei Gestalt entgegen, als Dorfschuljunge zum Beispiel, der mit der scheppernden Milchkanne von den Zetschens nach Bossdom rennt, und das Scheppern des Milchkannen-Deckels wird von der Furcht des Jungen erzeugt, er könnte zu spät zur Schule kommen und von Lehrer Rumposch geschlagen werden.

Und im Schatten der Linde steht der blasse Gymnasiast Esau mit einem scharfkantigen Mauerstein-Stück in der Hand. Er wartet auf das Anfahren des Grodker Post-Inspektors. Es schaudert mich, wenn ich daran denke, daß ich dem in einer Anwandlung jugendlichen Rittertums ans Leben wollte.

Ich sehe den mageren Bäckergesellen in seiner karierten Hose auf der anderen Lindenseite stehen. Er verlauscht dort eine ganze Nacht, weil er seinem Bräutchen unter dem Namen seines Nebenbuhlers einen Brief schrieb, es möge nachts zur Dicken Linde kommen. Das Spielchen hat ihm seine Eifersucht eingegeben, aber das Mädchen ist treu, es kommt der Einladung seines fingierten Rivalen nicht nach, und diesmal zittert er vor Freude in der Nachtkälte.

Alles Vergangenheit, alles Geschichte, aber ein Mensch auf einem Stern, der dreizehn Lichtjahre entfernt im Weltenraum hängt, könnte es, wenn er ein überstarkes Fernrohr hätte, jetzt, gerade jetzt, sehen, während ich, ein von seiner Frau Geschiedener, der noch nicht weiß, was das Leben von ihm will, durch den Schnee zu den Zetschens trampe.

Ich umrunde das Ausbauerngehöft. Die Tore sind verrammelt. Kein Hundegebell wie früher. Die meisten Hunde sind davon oder tot. Sie rannten hungrig russischen Feldküchen nach, gerieten unter die Ketten der Panzer oder wurden von hamsternden Glasmachern eingefangen. Ob Aberglaube, ob Erfahrung – die Glasbläser von Friedensrain und Däben waren schon früher auf Hunde aus, Hundefleisch, glaubten oder wußten sie, würde ihre strapazierten Glasbläser-Lungen vor Krankheit und Zersetzung bewahren. Das nebenbei.

Ich gehe von hinten auf das geduckte Wohnhaus zu. Aus einem Fenster flimmert graues Licht durch eine Leinengardine. Es ist das Fenster der früheren Mägdestube. Mir fällt ein Sommernachmittag aus meiner Dorfjungen-Zeit ein. Wir hatten uns sattgerangelt und -getobt und kriegten Lust auf eine Honigvesper, und wir schwärmten über die Felder zu den Zetschens und wollten uns von Tante Magy mit Honigbroten dick machen lassen. Wir fanden das Gehöft, wie ich es eben jetzt finde, verschlossen, aber die Hunde rasten und krawallten, scharf das Gebell des Kleinhundes, rauh und plauzend das Gebell des verbasterten Schäferhundes. Sastupeits Alfredko lugte durchs kleine Fenster der Mägdestube. Doa liegen zweeä im Bette, berichtete er uns nach hinten.

Wer liegt im Bette? wollten wir wissen, aber Alfredko konnte es nicht erkennen. Die liegen übernander, sagte er. Wir zerrten ihn hinweg von seinem Einguck. Ich wurde ans Fenster gestoßen: Du kennst die Leite besser, hieß es, aber man sieht im Leben nicht zweimal die gleiche Sache. Das Zwillingspaar hatte sich auseinandergetan. Auf der Bettstatt lag Anna, die damalige Magd der Zetschens. Sie hatte sich das Deckbett über den Kopf gezogen, aber ich erkannte sie an ihren schwarzen Haaren, die hervorlugten. Ihr Beschäler, ein gewisser Bigosch aus Kaksel, war aus dem Bett geprellt und zerrte an seinem zu kurzen Makohemd, um seine Scham zu bedecken.

Wir machten kein Freudenfest aus unserer Entdeckung. Mir war, als hätte ich heimlich in die Schöpfungsgeschichte hineingesehen und als hätte ich etwas gesehen, was mir zu sehen noch nicht erlaubt war. Leider kümmert sich das Leben nicht drum, was Menschen einander erlauben. Es läßt einen Dorfjungen an einem Sommernachmittag eine Zeugung besichtigen. Es war eine Zeugung, wie ich heute weiß. Die Anna und der Bigosch, sie haben geheiratet, und sie sind in den Heide-Ort geworden, aus dem die Anna herstammte.

Ich klopfe nicht an das Fenster der Mägdestube, aus dem das graue Licht fällt. Wer bei der Tante auch wacht, er soll nicht geängstigt werden. Noch ziehen Marodeure umher, und jedes begehrende Klopfen in der Nacht erzeugt Schreck und Abwehr. Ich fahr mit dem feuchten Daumen über die Scheibe und mache sie leise tremblen. Es rührt sich jemand in der Stube. Die Leinengardine wird ein wenig zurückgeschoben. Schwester Christines schmales Gesicht erscheint im Gardinenspalt. Sie erkennt mich nicht und weiß doch, daß ich es bin. Unser Füreinander steckt in einem Stadium, in dem Worte läßlich werden.

Die fromme Tante Magy glüht im Fieber. Ihre doppelseitig entzündete Lunge erlaubt ihr nur so viel Stubenluft einzuatmen, daß sie notdürftig am Leben bleibt, doch dieses Leben spielt sich schon zwischen hüben und drüben ab. Ich kann mich nicht entsinnen, daß die Tante je einen Feind hatte, ausgenommen den Onkel, ihren Mann, doch sie entschuldigte seine zornigen Ausfälle und seine Handgreiflichkeiten stets: Ich kanns am nich verdenken, daß er wilde uff mir is, wenn ich doch keene Kinder kriege. Die Tante tröstete sich mit dem Inhalt christlicher Sonntagsblätter und den frommen Losungen auf den Blättchen von Abreißkalendern. Wen der Herr liebt, den züchtigt er, aber jetzt sind die Züchtigungen des Herrn so stark, daß die Tante aufwimmert: Mein Gott, is noch immer nich genung? Sie erhebt sich halb, reißt die Augen auf und sieht mich mit Schwester Christine Hand in Hand an ihrem Bett sitzen. Sie lächelt für einen Augenblick, fällt zurück und läßt sich wieder von ihren Schmerzen vereinnahmen. Wenn der Onkel sie geschlagen hatte, konnte es sein, daß sie über die Felder kam, um sich ein Glückchen mit der Betrachtung der Ehe meiner Eltern zu verschaffen. Vertroagt ihr eich, seid ihr eenig? Und wenn meine Eltern sie reputierlich belogen, lächelte sie zufrieden. Deshalb ihr Lächeln, als sie mich mit Schwester Christine sitzen sieht. Sie hält uns für paarig. Belüge ich sie nicht auch? Ich weiß doch schon, daß wir einander meiden werden, sobald ich Schwester Christine sage, was ich bisher verschwieg.

Da liegt sie nun, die arme Tante, und jappt nach ein wenig Lebenskraft. Ihr Leben wird auf demselben Lager, auf derselben Matratze gar, verschwinden, auf der jene Anna und der gewisse Bigosch ein Leben zeugten – Leben und Tod am gleichen Fleck, und die Zeit zählt nicht.

Drüben in der feuchten und stets etwas dubberigen Schlafstube der Zetschens schläft der Onkel fest und unbelästigt vom Tod, der schon im Hause ist.

Schwester Christine dreht das Deckbett der Tante um, die angefieberte Seite nach oben. Ein Schwall warmer Bettluft trifft mich. Ich rieche den Tod. Er riecht nach Messing, aber ich weiß es erst später. Eine Wiederholung bringt mich zu dieser Behauptung. Als ich meine Mutter zum letzten Male umarmte, fuhr mir Messinggeruch entgegen. In diesem Falle verfluche ich meinen überempfindlichen Geruchssinn.

Zetschens Ernste geht durchs Dorf. Sein schwarzer Kirchanzug ist in das ausgeraubte Land Polen gereist. Ernste trägt sein Arbeitszeug, das ist schwarz genug. Er grüßt die Leute, die ihm entgegenkommen. Politisch verhielt sich der Onkel die vergangene Zeit über deutsch-national und kaisertreu, und wenn ihm jemand mit dem sogenannten deutschen Gruß Heil Hitler! kam, grüßte er entweder gar nicht zurück, oder er sagte: Tag ooch! Ernste is bissel hinter die Zeit zurück, hieß es in Bossdom, aber jetzt hält es Ernste, nach allem, was geschehen ist, für angebracht, seinerseits den abgetanen deutschen Gruß zu verwenden, und wundert sich, daß die Leute ihn nicht erwidern. Sie ducken sich und gehen weiter, auch wenn Ernste, um es ganz richtig zu machen, beim Grüßen den Arm ausstreckt. Ernste, du wirscht dir umbringen, sagt Müller Sastupeit. Brauch bloß een Ungewaschner hörn, wie du grießen tust, biste dranne.

Der Onkel erschrickt nicht. Unse Magy is gestorben, sagt er, und es ist keine Logik in seiner Antwort. Sie hat zuletzt gekunnt keene Luft mehr kriegen, sagt er, und Müller Sastupeit macht sich davon. Er will nicht hineingerissen werden, er will nicht bei einem stehen, der nicht weiß, daß das deutsche Grüßen nicht mehr Mode ist.

Unse Magy is gestorben, sagt Onkel Ernste auch der Mutter im Laden, und er weint sogar, das muß so sein, wenn einem die Frau stirbt.

Nun ist also auch Tante Magy, die wie ein herber Engel durch meine Kindheit ging, zu den vielen Leuten gegangen, für die wir nicht mehr da sind und von deren Wanderung durch den Kosmos wir nichts wissen.

Der Ausbauernnachbar, Tischler Buderitzsch, bewirtet die Tote mit einem weißen Sarg. Wenn er, als er den Sarg meines Großvaters herrichtete, statt der schwarzen Farbe Karbolineum benutzen mußte, so war es diesmal Fensterfarbe. Er fand sie in einem Winkel seines Bienenhauses.

Zu Tischler Buderitzsch ging die Tante sich ausklagen, wenn der Onkel sie drangsalierte. Einmal überraschte ich die beiden beim gemeinsamen Musizieren. Tischler Buderitzsch spielte auf seiner Klarinette, und die Tante begleitete ihn mühsam auf ihrer Mundharmonika. Es war ein bißchen auffallend, daß Tante Magy beim Musizieren auf dem

Schoß bei Tischler Buderitzsch saß. Das ist eine Geschichte, die ich euch schon erzählte, verzeiht, aber sie gehört noch einmal hierher. Der Mangel an rechter Sargfarbe lieferte jedenfalls Tischler Buderitzsch die Möglichkeit, seine stille Liebe zu Tante Magy anzudeuten: Sie wurde in einem weißen Jungfrauensarg zu Grabe getragen.

Onkel Ernst geht umher und hört nicht auf, die Leute, die ihm begegnen, wie einer zu grüßen, der nicht anerkennt, daß Hitler seinen Leichnam mit Benzin begießen und verbrennen ließ. Er streckt beim Grüßen den rechten Arm nach schrägoben aus, und da er ein Sorbe ist und das H im Anlaut deutscher Worte nicht bewältigt, grüßt er: Eil Itler! Er ist froh, daß er endlich nicht mehr vergißt, wie sich die Deutschen neumodisch grüßen. Wer ihn belächelt, ist noch nicht achtzig Jahre alt wie der Onkel, kann noch nicht ermessen, was ein Mann in diesem Alter empfindet, wenn er noch etwas hinzugelernt hat, auch wenn das, was er gelernt hat, schon wieder nicht mehr zeitgemäß ist. Und jemand muß sich nicht haben in diese Lage hineinversetzen können. Es soll ein Bossdomer gewesen sein, dessen Namen mit K anfängt, der den Onkel verquatscht hat.

Zwei Polizisten kommen in einem klapprigen Auto aus der Stadt, einer mit süßlich lächelndem und einer mit einem Gesicht, daß man meint, Mandel-Öl zu riechen. Sie erklären dem Onkel, er sei festgenommen, und der Onkel vergißt, daß er ein Achtziger ist und rennt davon und wirft beim Anrennen seine Holzpantoffel von den Füßen nach hinten, wie wir es früher als Schuljungen in der Hoffnung taten, daß die fliegenden Pantoffel unseren Verfolger treffen würden. Der Onkel strebt einer dichten Kiefernschonung zu, aber er kommt nicht weit, er hat Krampfader-Geschwüre, hat offene Beene, wie es bei uns auf der Heide heißt. Die Polizisten packen ihn, und der mit dem Bittermandelgesicht kann sich nicht enthalten, den Onkel Hitler-Schwein zu nennen, weil man ihn *rote Ratte* genannt hat, als die Hitlerschen ihn vor dreizehn, vierzehn Jahren verhafteten, was bezeugt, daß Menschen ihre Jacken, die sie ihre Überzeugung nennen, von Zeit zu Zeit ausziehen, umdrehen und wieder anziehen.

Am zweiten Tage ist der Onkel wieder da. Die Nacht über hockte er im Grodker Schloßgefängnis. Am nächsten Morgen führen sie ihn auf dem Schloßhof umher. Er soll sich bißchen auslüften. Die deutschen Behörden zögern, Onkel Ernst den Russen zu übergeben. Ein Mann kommt vorüber, der in sein Büro will, klein und plattbeinig, in Grodk kleener Schupank genannt. Den dauert der pichige, unrasierte, weinende Bauer. Er erkundigt sich bei den Polizisten, weshalb der Onkel im Gefängnis sitzt. So und so und das hat er gemacht. Der kleene Schupank setzt sich über alles weg, er scheint es sich leisten zu können. Den Mann laßt'r moal mir, sagt er in angesächseltem Tonfall. Die Polizisten übergeben ihm den Onkel. Is doch lächerlich, sagt der Kleine, die Nazis ham Leude abgeführt, die den Arm beim Grüßen unten ließen, und wir führn Leude ab, die den Arm heben. Hängt das Weltgeschicke von so was ab?

Der kleene Schupank belehrt den Onkel in seiner Amtsstube. Ein Weilchen, dann läßt er ihn gehen, und der Onkel grüßt mit seitlich weggestrecktem rechtem Arm, Schupank kann nicht erkennen, ob das der logische Erfolg seiner Belehrung, bäuerliches Schalkstum oder eine neuerliche Verwirrung ist.

Daheim klagt sich Onkel Ernst bei Emmka aus. Das ist ihm nicht gesungen worden. So was hat es bei den Zetschens nie gegeben, daß *eener ins Loch hat gemußt.* Es ist dies und das vorgekommen. Sein Bruder hat die Lehrerprüfung nicht bestanden; seine Schwester, die Tauern, war mannstoll; den Onkel hat man ertappt, als er mal in der Erntezeit nachts eine Fuhre Kornpuppen von den Ländereien des Gutsherrn holte und auf seinem Feldstück aufstellte, aber niemand hat an Einlochen gedacht, nicht einmal die Versicherung hat ihm was gewollt, als er die alte strohgedeckte Scheune, ohne daß er zu löschen versuchte, abbrennen ließ, um zu einer neuen zu kommen.

Emmka tröstet ihn: Es sei doch nur eine Nacht gewesen.

Aber der Onkel läßt sich nicht trösten. Die Nacht im Loche woar länker als die Ewigkeit. Er verweigert das Essen. Die Schande ist zu groß. Er will hinsterben. Mein Vater ist nicht zu bewegen, zu ihm hin zu werden und ihn zu bereden. Ernst hat seine Schwester Magy das Leben lang mißhandelt, hat sie einem Glasmacher weggenommen, bei dem sie es gut gehabt hätte.

Onkel Ernst fehlt der Besuch seines Schwagers *Heindrich* nicht. Er hat *genung*, redet zuletzt nicht mehr und stirbt. Er wird neben Tante Magy in Gulitzscha begraben. Sein Sarg aus knotigen Brettern bleibt ungestrichen. Niemand kann behaupten, der stotternde Tischler, dem die leise Liebe meiner Tante gehörte, habe mit dem roh gelassenen Sarg etwas gegen den Onkel zum Ausdruck bringen wollen. Es war der Mangel, der sich allenthalben zeigte, der Mangel, der nach dem Weltkrieg römisch zwei noch weit bis in den Frieden hinein reichte.

Ich weiß nicht, ob Weihnachten herankommt, weil der Kalender die Herankunft des Festes vorschreibt, der Kalender, den sich die Menschen selber schufen und zum Überwächter machten, oder ob die nimmermüden Wünsche und Erwartungen der Leute, ob in Brotzeiten, ob in Notzeiten, dieses Weihnachten herbeisehnen.

Das Markenaufkleben wird zu einer kleinen Vorweihnachtsfeier im Hause Matt umgerüstet. Meine Mutter bäckt Kartoffelplinsen in Lebertran und schenkt Kakao aus gerösteten roten Rüben aus. Schmeckt drum ganz scheene, nich woahr nich, nich woahr?

Die erste deutsche Friedensweihnacht naht, heißt es in den Zeitungen. Für die Bossdomer war der Krieg ein Würgetraum, in den man sie hineinstieß. Jetzt aber werden sie – auch in den Zeitungen – Kollektiv-Schuldner genannt. Meine Anderthalbmeter-Großmutter also eine Kollektivschuldnerin. Weshalb ist sie den Anmaßungen des österreichischen Gefreiten Schickelhuber nicht entgegengetreten? Weshalb hat sie *ihre Soldaten* mit Landraub, Brandstiftungen und Morden beauftragt?

Die wenigsten Bossdomer zeigen sich schuldbewußt. Mitschuld haben die vier, fünf Einwohner, die dem verrückten Österreicher und seinen Gehilfen den Ursch leckten. Aber von denen ist, bis auf den von den Russen geheiligten Konsky, keiner nach Bossdom zurückgekommen.

Die Markenkleberinnen in der Stube der Matts singen vom Christbaum, der der schönste Baum auf Erden sein soll, und dann schwätzen sie über Sterbefälle und phantasieren von Lebensmittel-Sonderzuteilungen, die in Sicht sein sollen.

Dann preisen sie wieder den Weihnachtsbaum, an dem die Lichter brennen, und dann stimmt jede der Frauen ihr Lieblingslied an. Die kleine Cousine singt: Wenn ich groß bin, liebe Mutter … Meine Schwester singt: Ein Mädchen wollte Wasser holn an einem tiefen Brunnen … Jeder Singsang sagt etwas über den Charakter seiner Sängerin aus. Das Hertchen sagt: Von mir werd ihr nischt hern, ich woar schont in die Schule Brummer.

Die Mutter singt: Ach, könnt ich noch einmal so lieben wie damals im Monat Mai… Das ist ein Operettenschlager, ein Schmachtfetzen, doch wenn ihn die Eltern früher gemeinsam sangen, war Friede im Haus, und wir Kinder atmeten auf. Meine ganze Kindheit war ein Gieren nach Hausfrieden.

Elvira schlägt die Beine übereinander und singt: Ich bin die fesche Lola… Sie behauptet, wenn sie in Berlin aufgewachsen wäre, hätte sie Marlene Dietrich das Wasser reichen können.

Weihnachtswünsche stehen auf. Der Vater wünscht sich een orntliches Sticke Fleesch als Weihnachtsbroaten. Was wäre Weihnachten ohne bißchen Weihnachtsstolle, sagt die Mutter. Sie beauftragt Schwägerin Elvira, die wieder auf *Geschäftsreisen* geht, Weizenmehl mitzubringen. Was sie Elvira zum Tauschen mitgibt, bleibt ein Geheimnis.

Schwägerin Hertchen hofft auf die Rückkehr des Bruders aus der amerikanischen Gefangenschaft. Es kommt aber nur ein tröstender Brief von ihm. Er teilt mit, daß er die *erste deutsche Friedensweihnacht* noch nicht daheim verbringen wird. Die von den Zeitungsleuten benutzte Stanze *Friedens-*

weihnacht ist also schon nach Italien vorgedrungen. Sie, die Kriegsgefangenen, schreibt der Bruder, haben manches, was für die besiegten Deutschen nur ein Traum ist, Semmeln und Fruchtmarmelade, Zigaretten und Wein, und sie werden Weihnachten einen Bunten Abend abhalten. Der Bruder hat sich eine Mandoline zusammengebastelt, ein Mitgefangener hat einen *Schlager* geschnitzt: Wenn der Bobby mit der Lisa auf dem Schiefen Turm zu Pisa Tango tanzt ...

Schwägerin Hertchen findet sich ein wenig getröstet. Wie leicht hätte der Bruder in russische Gefangenschaft getrabt sein können! Von den russischen Gefangenen hört man so gut wie *nischt nich.*

Ich entpuppe mich als einer der ungeschicktesten Spielzeughersteller, die je über die Erde gingen. Sohn Jarne und Neffe Gottliebchen wünschen sich je ein Holzpferd. Ein Holzpferd? Aber ja doch ja, was wäre ich für ein Vater, wenn ich nicht so etwas wie ein Pferd aus trockenem Holz herauslocken könnte!

Aber gefehlt, soviel ich mich auch mühe und mühe, ich bringe es nur zu zwei Gebilden, von dem das eine ein Seepferd und das andere ein Heupferd sein könnte, doch die Stangen hinter den Köpfen sind einwandfrei und glatt. Mein Trost ist: die Kerlchen werden mit ihrer Phantasie schon was aus den Schnitzwerken machen und werden auf Weihnachten durch den Schnee reiten.

Elvira kommt von ihrer Geschäftsreise. Sie hat sich einen Gepäckträger mitgebracht, eine Reisebekanntschaft; einen entlassenen Kriegsgefangenen in umgeschneiderter Uniform, einen abgemagerten Athleten mit einem Bärtchen und schwarzen Kringelhaaren, die den Kragenrand seiner Jacke überwuchern. Die Athletenstatur, vor allem aber die Locken sinds wohl, die Elvira gefielen und erhitzten. Elvira entpackt den jungen Mann in der ehemaligen Lehrerküche. Fehlt nur, daß sie ihn niederknien läßt, um es bequemer zu haben.

Mein Bruder Tinko kommt herein: Wer ist das?

Ich häße Matuschat.

111

Das interessiert den Bruder nicht. Er will wissen, in welchem Verhältnis Matuschat zu seiner Elvira steht.

Sie hat mir aufjelesen unterwejens.

Auch das ist nicht interessant für Bruder Tinko. Es ist üblich, daß Elvira wen zum Gepäcktragen aufliest. Tinko möchte wissen, wie weit die beiden miteinander gekommen sind. Eifersucht liegt wie ein kleiner gelber Hund im Bruder, ein Hund, der kläfft, aber nicht beißt. Jetzt ist erst einmal das Gepäck, das da abgeladen wird, für ihn wichtig.

Das Solinger Rasiermesser? fragt er. Elvira zieht es aus ihrer Handtasche und steckts dem Bruder in die Jackentasche. Der Bruder zahlt mit einem Kuß, der flatschig ist wie ein Hundertmarkschein. Elvira gibt dem Bruder drei Zwanzigmarkschein-Küsse zurück. Der Anstand gebietet dem jungen Manne, weg- und in den Kohlenkasten am Küchenherd zu sehen.

Sie füttern den jungen Ostpreußen, und er darf noch zwei *Aktive*, bei einer kleinen Tasse Kaffee, rauchen.

Na denn, sagt der Bruder und will den krausen Nebenbuhler in Marsch setzen. Matuschat sieht ihn graubläulich an und sagt: Ich hab doch käne Hämat und nüscht nich. Eiskalter Geschäftsblick des Bruders.

Matuschat wendet sich an Elvira: Hast du mir nich jesacht, ich kann hierbläben?

Die Antwort kommt von Bruder Tinko: Wer hierbleibt, bestimmt er. Er wird großzügig sein, dem Kumpel unentgeltlich die Haare schneiden, aber dann trapp, trapp!

Einige Tage vor Weihnachten (ist es nötig zu sagen, wie viele Tage? Ist die Zeit etwas Wirkliches? Messen wir sie nicht nur an unseren Runzeln?) bringen mir die Tinkos auf Abend zwei Napfkuchen zum Abbacken durch die Dezemberfinsternis geschleppt. Ihr kennt solche Kuchen vielleicht als Topfkuchen oder gar als Gugelhupf, aber damit könnt ihr keinem Bossdomer kommen. Es sind abgeriebene Napfkuchen.

Der Backofen hat aufgehört, heiß und giftig zu sein, er ist im rechten Zustand, Elviras Napfkuchen abzuschmoren, ebenso wie Plätzchen aus Mürbteig, wenn es die gäbte. Die Tinkos bleiben feierlich stehn, bis ich ihre Napfkuchen in den Ofen geschoben habe. Das ärgert mich. Ist hier ein Krematorium?

Ich fege die Backstube, knie nieder, weil mein Kreuz sich nicht mehr so krümmen will, wie es soll. Ich fege den Mehlstaub unter den Beuten hervor, das Fußmehl. Selbst wenn man in fünf Zentimeter Höhe schwebend, wie einer von der niederen Engelsorte, in der Backstube arbeiten würde, es ließe sich nicht vermeiden, daß *Fußmehl* entsteht. Es wird gesammelt und von Zeit zu Zeit zu Hühner- oder Schweinebrot verbacken. Alsdann richte ich mir auf dem Tisch unter dem Fenster meine Schreiberwerkstatt ein. Oh, hätte ichs an diesem Tage nicht getan! Ich schließe eine imaginäre Tür hinter mir und steige in mein Aufschreiber-Leben. Nach zwei Stunden wird mir die Erkenntnis, daß Napfkuchen auch in einem halb ausgekühlten Backofen zu Kohle werden können. Eigentlich muß ich entsetzt sein, aber ich bin es nur halb.

Während die Napfkuchen verbrannten, gelang mir beim Schreiben eine Passage, und die Tatsache steckt nun als ein Glücksgefühl in mir, das sich durch zwei verbrannte Kuchen nicht zersetzen läßt. Ich bespreche die Angelegenheit mit der Mutter, beschimpfe meine Vergeßlichkeit und höre die Mutter sagen: Da wern wa vom Deibel seine Frau geschrubbt wern. Ich kann feststellen, daß noch Mutterliebe für mich übriggeblieben ist. Die Mutter wächst über sich hinaus, sie empfiehlt mir, nach einer kurzen Kalkulation, einen neuen Teig für Napfkuchen einzurühren. Die Zutaten liefert sie, das heißt, sie besiegt ihre Kuchengier und verzichtet auf eine von ihren Weihnachtsstollen.

Aber da ist Elvira schon ran. Sie verstrahlt Liebenswürdigkeit wie die englische Königin, wenn sie unters Volk geht. Es ist ihr daheim soeben gelungen, ein halbes Stück echter Kernseife, das sie bei ihrer Geschäftsreise erntete, gegen eine Flasche Bergmannsschnaps einzutauschen. Habe ich schon erzählt, daß die Mode aufgekommen war, die Bergleute mit Schnapsdeputaten anzufeuern, wild auf die

Kohle loszugehen, wahrscheinlich unter der stillen Voraussetzung, daß Schnaps die Mannskräfte vervielfältigt. Aus dieser Bergmanns-Schnaps-Mode, von den russischen Besatzer-Freunden eingeführt, wurde, sofern man den Schnaps nicht vertrank, eine der Währungen, von denen ich erzählte.

Elvira zeigt ihre ausgezeichneten Zähne, läßt ihre Augen kullern, erzeugt Wellen, die Sympathie in mir erzeugen sollen, und sagt so einladend sie kann, ich möge mir in den Weihnachtsfeiertagen das Nest besehen kommen, das sie und Tinko sich eingerichtet haben, eine Tasse echten Bohnenkaffee bei ihnen trinken und ein Stück Napfkuchen dazu essen.

Ich versuche mit einer Liebenswürdigkeit, die mit der von Elvira auf gleicher Höhe liegt, den verkohlten Kuchen anzufahren und mich schuldig zu bekennen. Eine dicke dunkelblaue Gewitterwolke zerbricht, es fängt an zu hageln. Für Elvira werde ich so schwarz wie die verbrannten Napfkuchen. Das haste extra gemacht, du Hundehund! In Elviras Stimme gehen Wellen des Zorns um: Das haste nich umsonst gemacht! Meine Mutter versucht mich zu verteidigen. Mein Gott, sagt sie, der Mensch is nich immer so beisammen, wie er sein soll; een jedes kann moal was vergessen.

Aber keene Kuchen im Ofen. Elvira klappert mit den Zähnen wie eine wütende Ratte. Der Bock denkt an nischt wie an seine Weiber! Vom Hundehund, der ich war, bin ich zum Bock geworden, und ich werde zum Bullen und zum Hengst, zum Wüstling und zum Vielweiberer. Erstaunlich, welche Worte Elvira zur Verfügung stehen, um meine Potenz zu kennzeichnen. Freilich verfügen auch eifersüchtige Männer über die Fähigkeit, Frauen zu beunflaten. Ich sage das, um nicht für einen Emanzipationsgegner gehalten zu werden, für einen Macho, modern gesagt. Trotzdem bin ich erstaunt, daß ich der Mann bin, der durch sein bedächtiges Dasein eine solche Eifersucht bei Elvira erzeugen kann.

Meine Mutter versucht noch einmal, die rasende Schwägerin zu besänftigen. Sie bietet ihr die Zutaten für Ersatznapfkuchen; sie bietet ihr, unselbstsüchtig, sogar überdies

Rosinen an. Ersatz, Ersatz, höhnt Elvira. Was weeßt du, was in meine Abgeriebenen alles drinne woar. Meine Mutter wird abgeschmettert. Elvira stürzt sich wieder auf mich, und jetzt bin ich für sie ein Hurer, und sie wirft mir einen der verbrannten Napfkuchen vor die Füße. Die Napfkuchenform zerklirrt.

Leite reden: Du kannst machen, was du willst, es läuft alles auf dasselbe raus. Die Psychologen arbeiten noch daran, die Entstehung solcher Lebensknoten aufzudecken.

Ihr wißt, die Familie Matt war dagegen, als meine Schwester anfing, mit dem schwarz-uniformierten Glasschleifer umherzuziehen, aber die Schwester ließ sich nicht beeinflussen. Sie traf sich heimlich mit ihrem schwarzen Minorka-Hahn und verschwand spät nachts, wenn die Mutter, die sie bewachte, ihre Lesestunde beendete und das Licht löschte. Die Schwester trieb und trieb es, bis ihre Bewächter erlahmten. War es der Kummer, der zu ihr wollte und sie zwang, sich diesen schwarzen Marschierer ins Haus zu holen?

Von der gleichen Begier nach einem späteren Kummer wurde Bruder Tinko getrieben. Er wollte und wollte Barbier werden. Sein Trieb, anderen Leuten im Kopfhaar herumzuwühlen, wurde von der Sinnlichkeit der Eltern begünstigt. Sie ließen sich manchen Abend vom *geschickten Sohn* frisieren. Die Mutter ließ sich ihr Haar (es war damals noch nicht bubigeköpft) durchkämmen und mit der Bürste glätten und klapperte dabei genußvoll mit den Augendeckeln wie eine Einschlafende, und sie hatte nicht gern, wenn jemand während der Prozedur redete und ihr das Genießen des Frisierens schmälerte.

Der Vater benutzte Tinkos Barbierdrang zum Feldzug gegen seine sich ausbreitende Glatze. *Silvikrin* hieß damals das Mittel, das man gegen das Versteppen männlicher Kopfhäute in großen Inseraten in den Zeitungen empfahl: links die Abbildung eines kahlköpfigen Mannes, rechts die Abbildung eines Mannes, aus dessen Kopfhaut sich das Haar in die Höhe drängte, wie Roggenhalme im Mai aus dem Acker. Bei meinem Vater zeitigte die *Silvikrin*-Kur auf den kahlen Kopfstellen einen millimeterhohen watteartigen Flaum, dessen Härchen viele Abende lang gefeiert und bewundert wurden: Nee, was der Junge schont kann!

Zu früh gefreut. Alsbald zeigte sich, daß diese Härchen die schüchterne Materialisierung einer Idee waren, die sich scheute, wirkliche Wirklichkeit zu werden. Der Kopf des Vaters verkahlte wieder. Für mich hatte dieses *Silvikrin* den leicht süßlichen Geruch von Leichen. Gewiß wird so mancher Verbraucher von *Silvikrin* die gleichen Erfahrungen gemacht haben wie mein Vater, ohne gegen die Unredlichkeit der Herstellerfirma aufzubegehren. Wie hätte die sonst weiter existieren und mit ihren Inseraten, linker Mann – rechter Mann, gläubige Glatzenträger mit Hoffnungen ausstatten können? Verbot die Eitelkeit den Glatzköpfen, den Strang der großen Glocke zu ziehen?

Vater und Bruder Tinko bastelten sich eine Erklärung für die Unlust des Flaumhaares, auf dem Kopfe des Vaters weiterzuwachsen. Wie kann sich ein so junges Haar wohlfühlen, erklärten sie, wenn es täglich vor die Glut eines Backofens geschleppt wird. Es wird ja gezwungen zurückzutreten.

Und wie kams, daß andere Männer ohne Backofen verglatzten? Weil sie ebent keen *Silvikrin* nich geschmiert hoaben, war die kluge Antwort Tinkos.

Nirgendwo gehen soviel Theorien über Ursachen ihres Gebrestens um wie unter den Glatzenträgern. Kahlköpfige Biertrinker im Laden erklärten, die Stahlhelme, die sie im Weltkrieg römisch eins hoam mußt troagen, hätten ihnen die Blutzufuhr zum Oberkopf abgesperrt und den Haarausfall begünstigt. Großvater, der sein volles Haar ins Grab trug, behauptete, das Bestreuen der Äcker mit *kinstlichen Dinger* verursache den Haarausfall.

Warum bei dir nich, Großvater?

Weil ich von Anfang an gegen den *kinstlichen Dinger* bin.

Den Glasmachern fiel das Haar vom vielen Schwitzen aus. Weshalb dem einen und dem anderen nicht?

Weil manche ihre Mützen nach hinten schieben, wenn sie schwitzen.

Auch allzu vieles Liebstern mit den Weibern führe zur

116

Haarausfälligkeit, hieß es, und Nargorkans Paule behauptete, um seiner Glatze einen Sinn zu verleihen: Der Mensch stammt vom Affen ab, und je mehr er Mensch wird, desto unhoariger wirta.

Was soll das Theoretisieren: Bruder Tinko wurde unausweichlich in die Barbierlehre nach Grodk geschickt. Er wollte sich nicht in einer Schaberei, wie die kleinen Barbierläden genannt wurden, belehren lassen. Er bestand darauf, in einem größeren Grodker Geschäft für Haarbearbeitung Lehrling zu werden, im Frisiersalon Kuhlee. Mein Vater wollte es ihm ausreden. Kuhlee war ein Mitschüler des Vaters aus der Dorfschule von Grauschteen. Kuhlee war Friseurmeister, und mein Vater war noch immer kein Bäckermeister. Jetzt spielta den großen Handwerksmeesta, hat drei Gesellen und zwee Friseusinnen, hat Lehrlinge, sagte der Vater neidisch, aber wie dämlich der in die Schule woar, froagt nich. Als Beweis für die *Dämlichkeit* von Großfrisiermeister Kuhlee führte der Vater an: Mußte moal denken, Lehrer Dietrich befroagt uns, was fürn Kaiser wir hoam, und Gustav soagt: Den Balinschen.

Der Abschreckversuch des Vaters blieb ohne Erfolg. Bruder Tinko bestand drauf, im besten und vornehmsten Betrieb, im Salon Kuhlee eben, Lehrling zu werden. Und er wurde es. Er lernte Männerfriseur, und er lernte Weiberfriseur. Gutbürgerlicher Mittagstisch im *Hotel Hoffmann*, gutbürgerliche Haarveredlung nebenan im Salong Kuhlee. Die Handwerksmeister trugen ihre Köpfe in den Salon Kuhlee, und sie hatten dort ihre eigenen Seifennäpfe mit ihrem Namenszug, und die Damen erschienen mit eigenen Frisierumhängen, und mein Bruder Tinko nahm daran teil, diese Grodker Bürger zu verschönern, und nannte sich daheim scherzhaft Verschönerungsrat. Damit zog die Barbiersprache ins Haus Matt ein: Das Leben ist am schwersten drei Tage vor dem Ersten; und wer lang hat, läßt lang hängen; oder du bist heute mal wieder so schwarz unter die Oogen, und mehr solche Weisheiten und aufgeschnappte Nichtheiten durchzogen das Haus Matt, wenn der Barbiermeesta oder Verschönerungsrat am Wochenende heimkam.

Unsere ehemalige Kinderstube wurde zur Barbierstube. Es war nicht mehr vom Haarschneiden, Rasieren und Haarkräuseln die Rede; es wurde *bedient*. Bruder Tinko bediente vor allem die Jugend. Alle romantischen Gedanken, alle literarischen Erlebnisse, aller Umgang mit den Dichtern, alles Edle wurde von der Barbierkundschaft aus der alten Kinderstube hinausgedrängt. Meine Jünglingsschwärmereien verkrochen sich hinter den Scheuerleisten. Dauergast in der Barbierstube war an den sonntäglichen Vormittagen mein Vater. Es wurde nicht nur fad geschwatzt, sondern auch dumm politisiert, und es wurden je Kunde ein bis drei *hipsche* Fläschchen Bier ausgetrunken. Einnahme für die Mutter außer der Zeit.

Bruder Tinko wurde der Lieblingssohn meines Vaters. Tinko war ein geschickter Geldmann, kriegte im Salon in Grodk seine Trinkgelder und verdiente an den Sonntagen in Bossdom. Bruder Heinjak sank beim Vater im Werte. Er lernte in Grodk Bäcker und war ein *Teig-Affe*. Ich war ein unsteter Tierbändiger, einer, der es nirgendwo aushielt, einer, der, wenn er wirklich daheim war, in die Barbierstube der Schätzikans, zur Konkurrenz, ging. Es wollte sich mir nicht, mich vom Bruder betun zu lassen. Es war mir zu wabbelig.

Bei den Mittagsmahlzeiten wurde Tinko nach den Verhältnissen bei Kuhlees in der Lehrmeisterei ausgefragt: Was macht eegentlich die Kuhleen da den ganzen Tag? wollte die Mutter wissen, und der Vater wollte wissen, ob der dämliche Gustav, der Balinsche, schon einmal handgreiflich gegen den Bruder wurde. Der Bruder überspielte die Frage. Gustav Kuhlee, sagte er, ginge aber handgreiflich mit einer der Friseusen um. Es gab neben dem Salon einen Raum, in dem Haarwässer und Parfüme, Puder und Kondome und alles, was die Atmosphäre eines Barbiersalons rund machte, gelagert wurde. In der Parfümkammer, wie der Raum genannt wurde, verschwand Gustav, der Balinsche, zuweilen mit der ersten Friseuse, und sie weckten damit die Neugier der anderen Barbiere und Friseusen. Alle wollten sehen, wie die da drinnen die Mixturen an-

rührten, und sie benutzten dazu das kleinste Fenster der
Welt, das Schlüsselloch. An dieser Stelle machte mein Bruder
eine Pause. In einem Roman werden an so heiklen Stellen
drei Punkte gemacht, die den Leser auffordern sollen, sich
dies und das, oder was er gern möchte, hinzuzudenken.
Die Mutter wurde ungeduldig: Na, und was hoabta doa
gesehn im Schlüsselloche? Die Gurgelgegend am Hals des
Bruders bewegte sich ruckartig. Es war, als schluckte er die
Worte, die berichtsfertig in seinem Munde gelagert hatten,
wieder zurück.

Na, bissel was werta doch gesehen hoam, ermunterte der
Vater. Bissel, bissel? sagte Tinko. Wir hoam alles gesehen.
Und das alles, was die Barbierlehrlinge gesehen hatten, war:
Gustav Kuhlee, der Meister, entkleidete die erste Friseuse,
und die erste Friseuse entkleidete den Meister, soweit sie
es als nötig empfand.

Und denne? Meine Mutter kam in Eifer.

Das werta woll selber wissen, antwortete Bruder Tinko.

Und die Friseuse war nacklicht, ganz und gar nacklicht?
so die Mutter. Mein Bruder nickte.

In die Schule dämlich wie ne Grützwurscht, aber bei
solchen Sachen vorne dran, sagte der Vater.

Du bis stille! verwies ihn die Mutter. Kummt denn das
öfter vor? fragte sie den Bruder, und der Bruder berichtete,
es käme besonders dann vor, wenn die Chefin zum Kaf-
feekränzchen der Meisterfrauen ginge.

Ein Jahr verrann, zwei Jahre verrannen, ein nächstes folgte
ihnen. Die jungen Leute blühten auf, die alten zählten die
Kerben, die ihnen die Zeit versetzt hatte. Bruder Tinko
wurde ein stattlicher Mensch, groß und blond, ein halbsor-
bischer Germane. Er machte etwas her, wie es im Volksmund
heißt. Die Mädchen fingen ihm an Augen zu machen, doch
noch ehe er sich entschloß, ein Bräutchen aufzunageln, befiel
ihn eine Blindheit und machte ihn hörig. Er fing an, von
einer Friseuse zu schwärmen, und ließ nichts auf sie kommen.
Sie war ein Rasseweib, und, wie alle der Brunst verfallenen
Männer, ließ Tinko kein Wochenende aus, vor seinen jugendlichen Kunden, und besonders vor den Eltern, von

119

seiner Rassefrau zu schwärmen. Wie heeßt se denn überhaupt? fragte die Mutter.

Elvira, antwortete mein Bruder verzückt und als ob er den Namen einer Heiligen ausgesprochen hätte.

Woar das nich die, was nacklicht mit eiern Meesta in die Parfümkammer gekrochen is? Mein Bruder hatte, berauscht von seinen ersten Samenspielen mit einer Frau, vergessen, worüber er sich zwei Jahre zuvor lustig gemacht hatte, und daß er die Familie und seine Sonntags-Barbierkundschaft mit in diese Belustigung einbezogen hatte.

Großes Entsetzen bei den Eltern. Du wirscht doch nich etwan, und schloag dir das bloß ausm Koppe. Der Bruder war taub wie ein Auerhahn bei der Balz. Er kam nur noch jedes dritte Wochenende nach Hause. Seine Barbierkundschaft wartete auf ihn, verwartete ganze Sonntagvormittage. Der Vater mußte sie mit lallerigen Gesprächen, bei Flaschenbier, unterhalten.

Soll er sie mal mitbringen! Wollen wir sie uns doch mal ansehen, denn kommt er vielleicht wieder regelmäßig, sagten sich die Eltern, und der Bruder obsiegte, setzte seine Elvira durch, wie weiland die Schwester ihren schwarz uniformierten Glasschleifer durchgesetzt hatte.

Elvira erschien in der Matt-Familie, aufklaviert und sündig glänzend. Sie war mindestens um zehn Jahre älter als Bruder Tinko, doch Elvira wußte sich zu tragen und zu beschminken wie eine Junge und führte sich zunächst bescheiden auf, war städtisch beredsam und brachte einen Hauch aus der Weltstadt Grodk ins Haus.

Elvira, die Meisterin der Frisier- und Barbierkunst, die Meisterin auf zwei Klavieren. Sie barbierte den Vater, bediente ihn mit kleinen Fingergefälligkeiten. Sie frisierte die Mutter behutsam und wohltuend, und die Mutter verfiel in einen kleinen Trancezustand und bekannte tags drauf: Eegentlich merkt mans goar nich, daß die beeden mit de Joahre so ausnander sind. Und der Vater sagte: In die Barbiererei hat se jedenfalls was los.

So fing es mit Bruder Tinko und seinem Weibe Elvira an. Wie sie weiter miteinander verfuhren, weiß ich nur ungenau.

Ich war nicht daheim, ihr wißt, daß mich die Bossdomer einen Herumtreiber nannten, daß der Vater mich nicht gern erwähnte, und wenn es geschah, sagte er höchstens: Der hälts nirgendswo aus, der kummt in sein Leben zu nischt.

Irgendwann muß der Barbier seine Barbierossa geheiratet haben. In irgendeinem der Briefe, die mir die Mutter in die Fremde schrieb, muß es geheißen haben: Tinko will ganzes Kinder, aber sie kriegt keene.

Die Briefe der Mutter sind nicht erhalten geblieben, aber in einem dürfte auch gestanden haben, um das vergebliche Kindermachen der beiden zu verreden, daß die beiden groß raus sind, daß inzwischen dem Bruder seine Meisterschaft im Barbieren und Frisieren verbrieft wurde, daß die beiden miteinander ein Geschäft aufmachten und mit ihrem ehemaligen Meister, Herrn und Liebhaber Gustav Kuhlee in Konkurrenz gingen.

Die Zeit verging. Die nationalen Sozialisten herrschten in Deutschland. Ich war, bürgerlich gesehen, ganz unten, war Hilfsarbeiter mit fünfunddreißig Mark Wochenlohn in einem Chemiebetrieb in Thüringen. Nochmals meine Verhältnisse von damals zu beschreiben, will sich mir nicht. Ich hab über sie in dem Buch vom *Grünen Juni* geschrieben und setze anmaßend voraus, daß ihr es gelesen habt.

Es war Hochsommer. Es war Reisezeit, aber nicht für mich. Meine Frau war mit dem Sohn zu ländlichen Verwandten in eine Gegend gereist, die damals der Warthegau genannt wurde.

Reisezeit also, und ich lebte strohwitwerisch in einer halbverschimmelten Wohnung im Armenviertel einer vielbesuchten Thüringischen Kleinstadt, die mit mittelalterlichen Toren und mit einer Grotte hinter der Stadt aufwarten konnte, in der Feen umherflogen. Vielleicht war es diese Grotte, die die beiden Barbierer nach Thüringen zog; vielleicht sollte ich ihren Wohlstand und ihr Glück bewundern, oder es ging ihnen um ein billiges Urlaubsquartier. Brüderliche und schwägerliche Liebe waren es gewiß nicht, die die beiden trieb, mich zu besuchen. Elvira fand mich passabel und sagte es mir. Die Komplimente Elviras, der Männergroßverbraucherin, richteten nicht allzuviel bei mir aus. Dann fing sie an, meine abwesende Frau zu tadeln: Und so läßt sie dir hier sitzen? Na weeste! Ich verteidigte meine Frau. Ich war noch immer blind verliebt in sie. Ich wußte noch nicht, daß sie eine Elvira auf andere Art war. Elvira eroberte einen Mann nach dem anderen; meine damalige Frau ließ sich von einem nach dem anderen erobern.

Ich gehe auf meine Arbeit; die beiden ziehen in der Stadt umher, kaufen sich weiße Hütchen, Sonnenbrillen und Spazierstöcke und spielen Urlauber, die von weither kommen. Sie betasten das Gemäuer der alten Stadttore und sagen zueinander, um ihrem Urlaub einen Zweck zu verleihen: So was muß man gesehen hoaben! Sie steigen in die Grotten hinter der Stadt, bestaunen das bunte Gestein. So was muß man gesehen hoaben! Sie besuchen die alten Schenken und Lokale, das vor allem. Sie trinken ihr starkes *Käffchen*, wie es in der Sprache der angehobenen Kleinbürger heißt; sie trinken eine *schöne* Flasche Wein, vielleicht zwei *schöne* Flaschen.

Am dritten Abend dringt Elvira drauf, daß ich mit ihnen *groß* ausgehe. Groß ausgehen, wieder so ein Begriff aus dem Register der Spießer. Daß sie auch klein ausgehen, hörte ich nie, nur, daß sie klein auf dem Klosett machen.

Ich beschlipse mich. Wir gehen in eine der alten Schenken, deren Wände man künstlich angeräuchert hat, damit jeder Gast sieht: sie sind historisch. So was muß man gesehen hoaben! Bruder Tinko hat den Wohlgeschmack der thüringischen Biere entdeckt. So was muß man getrunken hoaben! Er trinkt aus großen Gläsern. Elvira aus kleinen, aus sogenannten Schnittgläsern. Ich kann nur wenig trinken. Ich habe es in der Fabrik mit Schwefelkohlenstoff zu tun. Der Alkohol bekommt mir nicht. Bruder Tinko wird allmählich sentimental. Da schufteste nu und schufteste, hast een feinen Blabierladen, aber wofürzu? Er hat keine Kinder, immer noch keine Kinder.

An mir liegt es jedenfalls nicht, behauptet er. Von ihm aus könnten sie Kinder haben, satt und genug, eine ganze Allee Kinder. Die beiden fangen an zu streiten.

Kann ich dafür, daß du nicht genung Feier hast, sagt Elvira. Sei still, sagt der Bruder, du hast dir die Goabe, Kinder zu kriegen, wegbringen lassen. Behauptung steht gegen Behauptung.

Der Bruder will heim. Der Geiz des Großvaters steht in ihm auf. Zahlen tlust du, du bist der Gastgeber, sagt er zu mir. Elvira springt ein. Sie tadelt den Bruder, er möge sich schämen, und was das wäre, einen armen Mann auszunehmen. Sie zahlt. Sie hat ihr eigenes Konto. Sie ist Teilhaberin der Barbierfirma. Ich helfe Elvira in ihren hellen Sommermantel hinein. Sie dreht sich dabei geschickt zu mir und klatsch! sitzt mir ein wulstiger Kuß auf den Lippen. Na, gnade Gott!

Wir haben nur die zwei Ehebetten. Ihr wißt, wir haben überhaupt wenig irdisches Gemöbel. Unser einziger Tisch ist der Küchentisch. Unsere einzigen Stühle sind die zwei Küchenstühle. Die dritte Sitzgelegenheit ist ein Hocker, in den die Waschschüssel eingebaut ist.

Ihr wißt ja alles aus dem *Grünen Juni*. Ich sollte nicht nötig haben, das alles zu wiederholen.

In dem einen Ehebett schliefen Bruder Tinko und sein Weib Elvira, in dem anderen Bett schlief ich. Ehebetten stehen beieinander, zusammengeleimt oder zusammengepflockt. Das ist üblich und wurde von der menschlichen Eigenschaft herausgefordert, die wir Bequemlichkeit nennen. In den ersten zwei Nächten, die ohne Folgen vergangen waren, hatte Bruder Tinko eine Trennwand aus sich gemacht, und Elvira lag hinter ihm, auf der südlichsten Seite der Doppelbettstatt. In dieser Nacht, von der ich rede, hatte sich durch die Trunkenheit meines Bruders eine andere Liegeordnung ergeben. Als der Bruder die Stubenluft durch Schnarchtöne zittern machte, spürte ich, daß ich es mit Elvira als rechter Nachbarin zu tun hatte. Ihr Richtungsgefühl schien irrezugehen. Sie vergriff sich. Aber das sage ich nur, um sie vor euch zu entschuldigen. Ich rückte ab; sie rückte nach. Sie flüsterte, und sie setzte mir einige von ihren feuchten Küssen an und nicht nur auf den Mund. Sie wurde zudringlich, und ich wundere mich heute noch, daß ich ihr nicht kampflos zufiel. Schließlich war das Nebenbett, in dem meine Frau sonst schlief, seit Wochen leer. Es ist eine Vergeudung von Lebenszeit, darüber nachzudenken, weshalb man in der Ferne vergangenen Lebens dies oder das getan oder nicht getan hat, aber man denkt drüber nach und sogar mit einiger Wollust. Ich habe es meinem Bruder Tinko zu danken, wenn ich mich heute rühme, damals bei den Bedrängnissen, die mir von Elvira wurden, stark geblieben zu sein. Das Geschnarch des Bruders brach ab, und er sagte im Tone eines Nachtwächters, der etwas Verdächtiges hört und mit sich allein spricht: Was ist das für een Gewure doa hinten, soagt ma!

Elvira zog sich zurück. Sie schien besorgt zu sein, daß das Getümmel, das sie verursacht hatte, die Trunkenheit des Bruders durchdrungen hatte und als Aufzeichnung in seinem Hirn lag.

Als ich am nächsten Tag von der Schicht kam, traf ich die beiden nicht in der Höhle an, die wir damals Wohnung nannten. Sie kamen gegen Abend. Bruder Tinko hatte sich Mut angetrunken. Er lallte wieder und verdrehte die Augen wie damals, als er mit einem spitzen Küchenmesser auf meine Schwester eindrang, die ihn ein wenig gehänselt hatte. Er stellte sich vor mir auf: Du, du willst mein Bruder sein?

Mein Gesicht stand erwartungsvoll im Schnaps- und Bierdunst, der aus seinem Munde quoll. Du, du belästigst meine Frau, deine eigene Schwägerin?

Ich sah auf Elvira hin. Sie zwinkerte mir flehentlich zu. Das Zwinkern bedeutete: Sei ein Mann! Verrate mich nicht! Vielleicht macht es sich in bestimmten Lebenssituationen gut, die Ehre einer Dame zu retten?

Der Bruder packte mich und fing an, mit mir zu raufen. Ich hob ihn aus und setzte ihn in der Nische hinterm Kochherd ab, und da saß er, und noch ehe mich Reue und Mitleid packen konnten, schrie ich im Jähzorn: Raus! Und noch einmal: Raus! Und ich blieb dabei, bis sie ihre drei Sächelchen gepackt hatten und, ohne ein Wiedersehen zu wünschen, davongingen. Was für eine Szene! Wenn man sie in einem Film sähe, würde man sie als Klischee abtun.

Aber wie ist das mit den Klischees? Den Rohstoff für sie liefert schließlich das Leben. Aber wie und wo verfestigt sich das Leben zum Klischee, wo ist die Ursache, wo ist die Stelle?

Ich hab euch über meine Bekanntschaft mit Elvira so ausführlich berichtet, um die Linie zwischen damals und den zerscherbten Napfkuchen von jetzt zu verdeutlichen, den zerscherbten Elvira-Napfkuchen der *ersten deutschen Friedensweihnacht.* Seit Jahren drängt es mich, die Zusammenhänge von Ursachen und Wirkungen aufzuspüren und mich damit zu erstaunen, wie weit Ursache und Wirkung voneinander entfernt liegen können, daß sie aber unsichtbar, wie verlangsamte Laserstrahlen, das Weltgeschehen durchziehen, bis sie auf ihr Ziel treffen, und wie geduldig man warten muß, wenn man wähnt, es sei einem Unrecht geschehen, bis, ohne daß man etwas dazu tut, ein Ausgleich stattfindet, der einen ins Recht setzt. Nach und nach legte sich mir dar, weshalb Elviras Haß auf mich von einer Gewaltigkeit war, die weit über den Anlaß, den ihr die verbrannten Napfkuchen gaben, hinausging. Ich hatte den Eigenwert erschüttert, den sie sich als Männer-Eroberin beimaß. Sie konnte mich nicht in die Allee ihrer Liebhaber einreihen.

Ihr Dauerhaß zeigt sich schon am nächsten Tage. Sie holt die Ersatznapfkuchen ab, die ich unter der Aufsicht meiner Mutter und ihren Entsagungsseufzern hergestellt hatte. Sie beschimpft mich, wirft mir vor, ich hätte die Krankenschwester für fünf Dorfgemeinden verführt, ich entzöge sie der Krankenpflege. Außerdem hätte ich noch irgendwo *eene mit eenem Kinde* zu sitzen, und ich möge mich um die Kinder kümmern, anstatt hier ehrsame Krankenschwestern anzubohren. Zu allem hat Elvira noch Bruder Tinko mitgebracht, und jetzt zieht der an die Front und beschuldigt mich, ich hätte Elviras Kuchen nur verbrennen lassen, weil sie mir damals nicht zu Willen gewesen wäre, und das ist das Signal für meinen Jähzorn, und nun bin ich es, der dem Bruder einen der Ersatznapfkuchen vor die Füße wirft. Damit ist der *Bruder-Krieg* im Hause Matt, der bisher ein unterirdisches Grollen war, oberirdisch und öffentlich.

Ihr werdet euch denken können, daß dieser Kriegszustand meine Gedanken bis in die Weihnachtstage hinein vereinnahmt. Deshalb weiß ich nicht mehr, wie die *erste deutsche Friedensweihnacht* im Hause Matt gefeiert wurde. Nur eine Begebenheit drückte sich mir ein: Schwester Christine kannte meinen damaligen Irrglauben, daß mich der Rauch verbrannter Tabakblätter schöpferisch mache. Tabakblätter waren jedoch rar, sogar die Stengel der abgetrockneten Tabakpflanzen waren eine Rarität. Christine hatte mit stiller Freundlichkeit bei ihren Krankenbesuchen ein ganzes Bündel dieser Stengel zusammengebettelt. Das war ihr Weihnachtsgeschenk für mich, und sie verhübschte es nach dem Zeitschriften-Hinweis *Wie schenke ich gefällig* mit einer rosaroten Schleife.

Eben will ich das Bündel durch die Häckselmaschine schieben, da gewahre ich zwischen den Stengeln ein Kärtchen, und auf dem Kärtchen bittet Schwester Christine in zierlichen Buchstaben, ob ich ihr nicht von dem, was ich schriebe, einmal vorlesen könnte. Die Bitte ist überdies gereimt, und das ist peinlich bis schrecklich, wenn nicht ganz schrecklich für mich.

Den Häcksel der Tabakstrünke zerklopfe ich auf einer Eisenplatte mit einem Zentnergewicht der Dezimalwaage. Zum Schluß erziele ich Tabakstengelspreu, die sich willig in meine Pfeife stopfen läßt, die aber schlecht brennt und deren Rauch säuerlich schmeckt.

Die beiden Feiertage lang ist Ruhe in der Backstube. Der Backofen demütigt sich vor der Winterkälte. Ich stelle zum Beheizen meines *Schreibsalons* den alten Pfannkuchen-Ofen auf. Auf diesem Öfchen hielten wir in Zeiten, an die wir wehmütig denken, Palmenfett und Schweineschmalz flüssig. Im flüssigen Fett buken wir faustgroße Teigbälle, Berliner Pfannkuchen geheißen.

Ich atme den sauren Qualm der Tabakstengelspreu in meine Lunge hinein und stoße ihn wieder aus, und da tut sich meinen Gedanken ein Tor auf. Dieses Tor hat gewiß nichts mit dem sauren Rauch zu tun, sondern mit Autosuggestion:

Kurz vor Weihnachten war ich mit meinem Romanhelden, den ich, ihr wißt es, bereits in meiner Gartenhütte in Thüringen entworfen und auf die Wanderung in die sogenannte neue Zeit geschickt hatte, gegen eine Wand gelaufen. Dieser Lope Kleinermann, wie ich ihn programmatisch genannt hatte, konnte nicht seitenlang umhergehen und sich über die zwanzig Morgen Land freuen, die ihm deutsche Kommunisten auf Geheiß der Russen geschenkt hatten. Den meisten Bossdomern fehlte die Erfahrung mit dem Batzen Land, den man ihnen *schenkte*. Sie fehlte auch mir; ich konnte meinen Helden Lope Kleinermann nicht damit ausstatten. Ein Fetzen Feld wurde ihm mit Klein-Leute-Feierlichkeit überschenkt, obwohl es denen, die es ihm schenkten, nicht gehörte. Die schenkenden Wohltäter bezeichneten sich als Klasse, der das Recht, etwas zu verschenken, auf Anweisung und Meinung der Russen, zugefallen war. Und der beschenkte Romanheld, gehörte er nicht auch zur Klasse derer, denen das Recht zum Verschenken fremden Eigentums zugefallen war? Das war nicht wenig kompliziert, aber der Mensch ist allzeit bereit, Begriffe zu erfinden, um Tatbestände zu verscharren. Der Begriff, den ich meine, heißt Bodenreform, vom davongegangenen Gutsherrn wurde sie *Diebstahl* genannt.

Mein Held konnte nicht ewig davon träumen, wie das in Kartoffeln, Kraut und Möhren verwandelte Land jahrsdrauf als Mahlzeit auf seinem Tische glänzen wird. Ich, der Heldenerzeuger, habe noch kein Land. Müßte ich nicht erst wissen, wie es mir mit dem geschenkten Land ergehen würde? Ich empfand die Landverteilung damals als gerecht. Ich dachte an meine Kindheit. Einige Quadratmeter unseres Hofraumes gehörten dem Gutsherrn. Der Vater war es nicht gewesen, der sie versehentlich einzäunte. Es war Vaters Vorgänger oder der Vorvorgänger. Jedes Jahr überbringt der Gutsvogt zu Neujahr ein Schreiben, in dem der Gutsherr darauf hinweist, daß wir einige Quadratmeter seines Landes innehaben. Der Vater bittet, ihm das Quentchen Hofraum zu verkaufen. Der Gutsherr läßt sich nicht drauf ein, das ist soviel als, er will auf unserem Hof etwas zu sagen haben.

Is ja bloß, damits nicht verjährt, sagt der Gutsvogt, wenn er auf Neujahr das Schreiben überbringt. Er trinkt mit dem Vater ein Bier und kriegt eine Handvoll Zigarren. Gutsherrenwillkür! Wir nennen es die reene Schäbichkeit. Auch *Unter Eechen* ist Gutsland. Wenn wir am Hügelchen hinter den Silberpappeln eine kleine Höhle graben, ist der Gutsvogt zur Stelle. Gutsherrenland, man durfte daran nicht stochern. *Unter Eechen* gehört zum Gutsbezirk. Die vier Linden vor dem Gasthaus sind Gemeinde-Aue. Dann kommt wieder ein Flecken Gutsbezirk, dann wieder ein Flecken Gemeinde-Aue. Die Gemarkung hinter dem Mühlberg wiederum gehört dem Grubenherrn. Wir waren eingekeilt; wir waren landhungrig; außerdem hatte mich Tolstoi mit der Ansicht ausgestattet, daß hier etwas Rechtmäßiges geschah. Er, der Gutsherr, hatte seine Ländereien einsichtig aufgeteilt und den landarmen Bauern gegeben.

Und wie war das mit unseren Gutsherren? Für den Krieg und ein immer größer werdendes Deutschland hatten sie geschwärmt, aber die Nachkriegsnot wollten sie nicht mit uns teilen. Es wurde ihnen angeboten, dazubleiben oder zurückzukommen und mit eigenen Händen einige Hektar Land zu bewirtschaften wie die sogenannten Neubauern. Nur wenige griffen zu, die meisten fürchteten die Nähe der Russen. (Heute verstehe ich es, damals verstand ich es nicht.)

Schestawitscha, der Stellmacher, geht umher und warnt: Gott habe den Gutsherrn beauftragt, über Ländereien zu herrschen, und die kleinen Leute habe er dazu bestimmt zu scharwerken. Wasch der Mensch verändert ohne Gottesch Willen, isch Sinde.

Und da war der kleine Gutsarbeiter Matula, der flüsternd davor warnte, Herrenland von den Russen anzunehmen: Der gnädige Herr wird uns zichtigen, wenn er kimmt zaricke. Woher weißt du das, Matula?

Der Gutsherr hoats gesoagt.

Hast du dich mit ihm getroffen?

Er hoats aus dem Radiu gerufen.

Da stieg, wie ich damals meinte, aus dem sauren Rauche des Tabakstengel-Häcksels der Gedanke in mir auf, über das Leben der ehemaligen Gutsarbeiter zu schreiben. Ich hatte mit ihren Kindern in der Dorfschule gesessen. Sie hatten mich mit in die kargen Wohnungen ihrer Eltern genommen. Ich hatte zusammen mit den Hofeweibern und der Großmutter Quecken auf dem Gutsherrenland vertilgt und Kartoffeln geerntet.

Niemand beauftragte mich, über die Gutsarbeiter zu schreiben, kein kommunistischer Funktionär legte es mir nahe. Ich folgte damals noch meinem Instinkt, gehörte keiner Partei an und war mir noch bewußt, daß ein Dichter keine Vordenker akzeptieren darf.

Es ist selten zu klären, wo sich entscheidende Anlässe hernehmen. Vielleicht treffen sich Strahlungen von Ereignissen und Erlebnissen von jetzt und aus der Vergangenheit im Menschen und lösen seine Taten aus.

Hauptheld meines Romans, beschließe ich, muß ein Gutsarbeiter-Junge sein. Jener Held Lope Kleinermann, den ich schon in meiner Gartenhütte in Thüringen erfunden hatte, war bisher eine Figur aus Tinte und Papier geblieben. Er ging umher und befürwortete, leis propagandistisch, die Bodenreform und tat so, als ob sie der positive Schluß eines Märchens sei. Mit dem Land, von dem er nicht genau wußte, ob es geschenkt oder gestohlen sei, wollte er glücklich leben bis ans Ende.

In der Nacht des ersten Weihnachtstages kommt Franze herangeschwebt, Franze Buderitzsch. Es wird nötig, daß ich euch seine Geschichte erzähle, damit verständlich wird, weshalb er den Grundcharakter für Lope Kleinermann herleihen mußte:

Franze Buderitzsch war, wie ihr wißt, mein Freund in der frühen Dorfschulzeit; er war es, der mich über die Beziehungen zwischen Männchen und Weibchen bei Tieren und Menschen aufklärte. Die Erwachsenen bezeichneten Franze als *zeitig verderbt*. Aber wirklich war, daß Franze dem Urgrund des Lebens näher war als ich und mancher andere Dorfschuljunge. Wenn nicht einmal die neugierigen Nachbarinnen sich auskannten, ob eine schwanger war, Franze wußte es, er bemerkte es im Vorbeigehen. Die wird dicke,

sagte er. Er bewies mir, daß die Frösche im Frühling nicht
Huckepack miteinander spielten, sondern daß die kleineren
Froschmännchen die dicken Weibchen behockten und um-
klammerten und auf deren Laich lauerten, um ihn mit ihrem
Samen zu besprengen. Zeugung außerhalb von Leibern.
Ein Wunder damals für mich und ein Muster vielleicht für
die Erzeugung von Retortenkindern.

Bald nach dem Tode seiner Frau wurde Franzens Vater,
der Gutsvogt Buderitzsch, wegen Veruntreuung entlassen.
Franze sagte: Unsern Voater hoam se abgesägt. Die Geliebte
des Vaters war Witwe. Sie hatte ein Häuschen, ein Gärtchen
und einen Ziehbrunnen. Buderitzsch zog zu ihr. Die älteren
Buderitzschkinder gingen davon, wurden Ochsenkutscher
auf anderen Gütern, nur Franze zog mit in das Haus der
noch liebestüchtigen Witwe.

Wo sich zwei Menschen mehrmals am Tage paaren, ist
ein dritter ein Aufsack. Franzes kümmerliche Bettstatt stand
auf dem unverschlagenen, staubigen Hausboden. Ich war
dort an manchen Nachmittagen Gast. Wir verständigten
uns flüsternd, damit uns drunten niemand hören konnte,
und wir lauschten auf das Ticken der Toten-Uhr im alten
Dachgebälk, oder wir fingen Schmeißfliegen an den ver-
schmierten Fensterscheiben, steckten sie in Streichholzschachteln, schüttelten die Schachteln und veranstalteten
Brumm- und Summ-Wettbewerbe, öffneten eines der Bo-
denfenster, öffneten unsere Schachteln und sahen unseren
Brieftauben nach. Summende schwarze Brieftäubchen flogen
in den Sommernachmittag hinaus.

Die Geliebte von Vater Buderitzsch setzte keinen Ehrgeiz
drein, auch die geliebte Mutter von Franze zu sein. Es war
dieser kleinen Frau mit dem übergroßen Liebesdrang recht,
wenn sich Franze herumtrieb, da hatte sie nicht das Gesicht
der toten Buderitzschen immerzu vor sich. Gern war Franze
bei uns, aber für eine dicke Freundschaft war er zu unstet.
Wir saßen auf der Haustürschwelle und musterten die Leute,
die in den Laden gingen, oder wir saßen auf der Schwelle,
die zur Backstube hinunterführte, und fuderten den Duft
von Semmeln und Kuchengebäck ein. Franze saß da wie

ein zugelaufenes Hündchen, das sogleich verschwindet, wenn man sich ihm zuwenden will, aber meine Mutter fütterte ihn ab, wenns anging. Mein Gott, die kleene Halbwaise!

Eines Tages hielt der Zweispänner von August Jabbe vor der Ladentür. August Jabbe, Bauer und Hausschlächter aus Drachnitz, ein Weitverwandter von uns; bei uns wurden die Verwandschaften breiter ausgelegt. August Jabbe war mit der Schwester von Onkel Ernst Zetsch verheiratet. Es war Ehrensache, daß er das Winterschwein der Zetschens umbrachte und aus- und hausschlachtete. Sein linkes Bein war klumpfüßig; schon deshalb war er für mich ein bewundernswerter Mensch. An der Schlachtfesttafel sah ich verstohlen unter den Tisch, wo der nach linksaußen gedrehte Klumpfuß so lag, als ob er nicht zu August Jabbe gehöre. Er lag da abseits, wie ein verlorengegangener Bein-Boxhandschuh. August Jabbe war mir ein putziger Mitmensch, weil Witzchen und zweideutige Redereien aus ihm schwärmten, und seine Witzlein waren von kleinen Gesängen durchsprenkelt: Wenn August kommt mit Stange, Maruschka ist nicht bange ... Wenns zu so Mehrdeutigkeiten kam, schickte mich mein Vater mit einem Augenwink aus der Stube, aber hinter der Tür ließ ich mir das Ende solcher Liederlein nicht entgehen: Maruschka zeigt ihm Leberfleck, Leberfleck war Loch, Loch, Loch.

Am eifrigsten lachte meine Mutter, sie, die *uns* zu vornehmen Kindern erziehen wollte, war seltsamerweise auf kleine Obszönitäten erpicht, sang selber, wenn sie glaubte, daß wir es nicht hören konnten: Ich bin so kitzelig, ich war noch niemals so kitzelig wie heute.

August Jabbe wollte vom Fuhrwerk herunter und sah mich stehn. Du bist doch eener von Heinrichen seine Rothoarigen, nich woahr nich, nich woahr? Er warf mir die Zweispännerleine zu, und ich mußte die Pferde halten, während er dick und ächzend, immer auf seinen Klumpfuß bedacht, vom Wagen stieg.

Drinnen in der Wohnstube, bei der Bewirtung, klagte August, sein Hütejunge sei ihm entlaufen. Hoabt ihr keen son nichtsnutzigen Bengel im Dorfe?

131

Meine Mutter sah mich an: Buderitzschens Franze vielleicht? Der Name hing zwischen uns über dem Wohnstubentisch; wir besichtigten ihn, zuerst von oben, dann von der Seite und zuletzt von unten, weil er aufstieg und davonflog, dorthin, wo alle ausgesagten Worte hin werden. Mutter und ich eiferten, dem weitverwandten Hausschlächter zu helfen, und bemerkten das unwillige Kopfschütteln des Vaters hinter dem Rücken von Jabbe nicht. Wir hatten die Jabbes nur einmal in Drachnitz an einem Kirmestag besucht. Es war nicht grade scheene, aber schlecht woars ooch nich, hatte die Mutter festgestellt. Ich hatte nichts gegen die Jabbes. Ich dachte vor allem an die großen Himbeeren dort im laubigen Bauerngarten, und als ich Franze in der Nähe unseres Hofes traf, machte ich ihn mit den Himbeeren im Garten der Jabbes lüstig und war sogar ein wenig neidisch auf seine Zukunft.

Franze saß auf der Ofenbank und wurde befragt: Willste daß nich bißchen bei uns Kühe hüten kumm? August Jabbe versprach Franze drei Mark Taschengeld im Monat und für den Herbst einen neuen Anzug. Franze willigte ein. Sein Ja hörte sich an wie das leise Janken einer Kammertür. Mein Vater hob den Arm wie einer, der in einer Versammlung einen Gegenvorschlag zu machen hat; man müsse wohl erst den Vater von Franze befragen, und een Pingelchen wird der Junge wohl ooch mitzunehmen hoaben.

Franzes Vater wurde gesucht. Er ließ seine Ochsen auf dem Felde stehen. So und so, eiren Jungen möcht ich ma mitnehmen, sagte Jabbe und winkte mit einem Zehnmarkschein Maklergeld. Immer fort, immer fort mit am, sagte Ochsenkutscher Buderitzsch, ohne eine Sekunde lang zu erwägen, denn der Junge stand wie ein Warner, den die verstorbene Frau ausgeschickt hatte, in dem Luderleben, das Buderitzsch mit seiner Kriegerwitwe führte.

Mein Gottchen nee, sagte meine Mutter; ein Flügel des ewig nassen Mitleidsengels streifte sie. Ich bedauerte Franze, den zukünftigen Herrscher im Himbeergarten der Jabbes, nicht. Was mich staunen machte, war der Mangel an Vatergefühl des Ochsenkutschers Buderitzsch. Ob er nicht doch zugunsten seiner Geliebten Franzens Mutter vergiftet hatte? Wie konnte ich damals ahnen, daß ich mich später selber von Söhnen trennen würde, weil zwischen mir und ihrer Mutter die Harmonie zerbrochen war. Wie hart und gefühllos muß da auch ich für Menschen meiner Umgebung ausgesehen haben? Aber gemach, auch meine Söhne verließen später ihre Söhne. Dieses Fortgehen war wie ein ererbter Zwang in ihnen. Vielleicht, so denke ich, besiegten sie mit der Flucht vor der ehelichen Disharmonie die Neigung zum Selbstmord, die vom amerikanischen Urgroßvater her in ihnen war.

Auf den Herbst hin kam Franze nach Bossdom zu Besuch. Er ging nicht zu seinem Vater, er kam zu uns. Meine Mutter war leis stolz drauf. Sie war stets auf ein wenig Anerkennung aus.

Franze steckte in einem abgelegten Anzug von Jabbes ältestem Sohn. Die Ärmlinge des Anzugs waren verkürzt, die Hosenbeine zurückgeschnitten. Franzens Schuhe waren um zwei, drei Nummern zu groß, sein Haar war ungeschoren.

Gottchen, mein Gottchen, was ham wa doa gemacht? barmte meine Mutter und verwöhnte den Jungen zwei Tage lang, um ihr schlechtes Gewissen zu beschwichtigen. Aber länger konnte sie ihn nicht behalten. Da war die Rücksicht auf die weitläufig mit uns verwandten Jabbes, da war die Rücksicht auf Ochsenkutscher Buderitzsch und dessen Geliebte. Sie waren Kunden im Laden.

Franze und ich spielten in der Kinderstube Sechsundsechzig, bis uns überall Spielkarten entgegenflimmerten, selbst, wenn wir aus dem Fenster in den Garten sahen. Danach versuchte Franze sich unter seine früheren Schulkameraden zu mischen und ging in seiner fremden Bekleidung steif zwischen ihnen umher. Er habe sich zur Unzeit verkleidet, wisse nicht mehr, wann Fastnacht sei, höhnten die Kameraden. Nicht nur Tiere gehen grausam mit Artgenossen um, wenn sich deren Verhalten erkennbar von dem der Herde abhebt. Der Mensch stammt ebent vom Affen ab, lehrt Paule Nagorkan. Du valleicht, sagt Schestawitscha, mir hat jedenfalls Gottvater geschaffen. Alle Bossdomer kannten diesen Streit.

Es is nischt mehr los hier bei eich, entschied Franze. Er verschwand so plötzlich, wie er gekommen war, und erleichterte das Gewissen meiner Mutter. Ich erkannte, daß ich Freund Franze durch meine eindringliche Schilderung von Jabbes Himbeergarten verschachert hatte. Das bedrückte mich lange Zeit.

Nach seinem Besuch in Bossdom war Franze dem klumpfüßigen Jabbe davongelaufen und war zu seiner Schwester hingeworden, die inzwischen geheiratet hatte.

Mögen Psychoanalytiker feststellen, ob es der saure Rauch vom Tabakstengel-Häcksel oder die Massensuggestion namens *weihnachtliche Besinnlichkeit* waren, die vollbrachten, daß Franze heranschwebte und mir Gelegenheit zur *Buße* anbot. Er schlüpfte in die Person des Helden meines ersten Romans. Franze selber sah ich erst zwei Jahre nach dem Kriege wieder. Er weiß bis heute nicht, daß ich einen Helden aus ihm machte.

Ich habe das so ausführlich erzählt, weil mein Feiertagsvergnügen in jenem Jahr die Knispelei an jenem Roman war, der sechs Jahre später, als er gedruckt wurde, meinem Leben eine Wende gab.

Weihnachten geht vorüber, nicht aber Elviras Feindschaft. Meine Mutter nimmt mich beiseite: Du wirscht dir woll missen mit Elvira eenigen.

Wieso? Ich habe mich bei ihr entschuldigt.

Die Mutter läßt ihr Amateur-Diplomaten-Talent spielen. Der Laden! Der Laden! Entschuldigen, pischpert sie, sei bei Elvira so gut wie nichts. Sie hat nu moal een Ooge uff dir; kannste nich wenigstens, ohne dir was zu vergeben, bißchen uff ihre Poussierlust eingehen?

Starker Tabak, stärker als die Stengel, die ich in dieser Zeit in der Pfeife rauche. Ach, die Mutter, sie weiß so gut, wie man es machen muß.

Der Dezember geht zu Ende. Die aufgeklebten Lebensmittelmarken müssen bei der dafür zuständigen Abteilung der Kreisverwaltung in Grodk abgeliefert werden. Das hat bisher Elvira mit Geschick und Charme besorgt. Schließlich mußte sie beweisen, daß ihre Erfindung, aus jeweils neunzig Marken per Bogen hundert zu machen, sich bewährte und einträglich war. Jetzt aber will sie die Marken nicht mehr abliefern, nein und nein! Soll doch der Weibsvernascher sehn, sagt sie, wie er damit fertig wird!

Und die Mutter schreckt nicht davor zurück, für ihren Laden den Sohn zu verkuppeln, oder geht ihr zager Versuch auf eine Empfehlung Elviras zurück?

Das Hertchen kann die Mutter nicht schicken, es is zu unbeholfen für *sone Sachen*.

Ich weigere mich.

Ja, denn wer ich woll missen selba uff die Lebensmittel-karten-Stelle nach Grodk werden, sagt die Mutter und weiß genau, daß ich es nicht ertragen könnte, sie in der Stadt herumhumpeln zu wissen.

Kaum habe ich ausgesprochen, daß ich sie nicht nach Grodk lassen werde, atmet sie erleichtert auf und fängt an, mich zu instruieren. Für sie sind alle Frauen, die als Schrei-berinnen oder Sachbearbeiterinnen auf den Ämtern sitzen – Damen. Ich soll recht freindlich zu die Damens uff die Markenstelle sein. Sie sollen auf dem alten Stadtschloß sitzen. Eine davon ist in Friedenszeiten *Klavierspielern* in Michalks Konzerthaus gewesen. (Man sagt in Grodk nicht: Sie ist Geigerin, Schauspielerin oder Klavierspielerin, son-dern sie ist ne Schauspielern, ne Klavierspielern, und wir wissen, meine Mutter wollte ne Seeltänzern werden.)

Ich soll die Markenpakete bei der Klavierspielern aus Michalks Konzerthaus abgeben. Meine Mutter ist nie auf der Kreisverwaltung gewesen. Die Hühneroogen, die Hüh-neroogen! Sie hat ihr halbes Leben lang Füße von Mit-menschen für sich loofen lassen. Sie ist aber mit der Gabe gesegnet, Örtlichkeiten, Zustände und Menschen, die sie nie gesehen hat, eindringlich zu schildern. Jetzt instruiert sie mich nach Elviras Berichten. Danach ist die *Lebensmittel-kartenabnahmedame* die Frau eines Vetters von Wullo Kanin, bissel was wie Verwandtschaft, kann man soagen.

135

Ich fahre aus meinen Bäckersachen in meine Deserteur-
kleidung: weiße Windbluse, Knickerbocker aus hellem Cord,
rasiertes Gesicht. Eine Mütze, eine Pleffaua vom Großvater,
ist hinzugekommen und ein schwarzgefärbter Soldatenmantel, den die Mutter gegen etwas eintauschte, was sie ge-
heimhält. Rücken und Schultern des Mantels hat ein Enkel
von Schneider Schätzikan durch dunkelbraunes Leder mit
einem zivilen Akzent versehen. Der Vater muß für diesen
Tag die Brotbäckerei übernehmen. Er tut es knurrend: Was
muß der *Große*, so heiße ich in seiner Vatersprache, sich
mit seiner Schwägerin vereinigen. Vielleicht fürchtet der
Vater, Elvira bleibt ganz weg und nimmt ihm die Gelegenheit, sie zu tätscheln.

Das Dienstrad der Matts ist eine Kreuzung aus drei
Fahrrädern, aber seinem Geschlecht ist es treu geblieben.
Es ist ein Damenfahrrad. Nur in Holland sind die Fahrräder
bisexuell. In meiner Kleinkinderzeit wähnte ich, die Quer-
stange am Herrenfahrrad wäre nur für Landgendarmen
wichtig, damit sie ihre dreieckigen Landjägertaschen dran
aufhängen könnten.

Die Kette des Fahrrades kreischt trocken. Ich stille ihr
Verlangen nach Geschmeidigkeit mit Wagenschmiere. We-
he, wenn meine zerwaschene Cordsamt-Hose sie berührt!
Sollte die Kette reißen, werde ich wieder ein Fußgänger
sein. Heile Fahrradketten gibts nur im westlichen Teil
Deutschlands. Um eine zu erhamstern, muß man mit einem
Rucksack voll Russenschnaps auf eine Bahnreise gehen,
oder man muß sich gut mit Schwägerin Elvira stellen.

Der Himmel druselt schwarzgrau über dem Land. Er hat
sich auf die allgemeine, erzwungene Sparsamkeit eingestellt
und geizt mit Morgenlicht. Mein Rucksack ist prall und
schwer. Es ist mein Gebirgsjägerrucksack mit dem Tragegestell. Das Tragegestell mäßigt die Last des Viertelzentners
aufgeklebter Lebensmittelkarten. Ich fahre, wie vor Jahren
als *hocher Schüler*, auf Grodk zu. Die Straße ist buckelig und
geflickt. Die, die wir uns zu Feinden machten, ließen die
Landstraße zwischen Forschte und Grodk nicht unzerbombt.
Hinter Bloasdorf-Kolonie liegt einer der hannibalschen Ele-

fanten des modernen Krieges im Chausseegraben. Ein Panzer liegt auf dem Rücken und seiht das trostlose Himmelslicht durch seine Ketten. Er mußte es, mitten im Siegesfrühling, aufgeben, die zur Festung erklärte Stadt Grodk im Tale mit zu erstürmen.

Da ist der Berg von Groß-Luja. Ich schufte mich auf ihn hinauf. Bei uns in der flachen Sandheide ist jede Steigung ein Berg. Schon damals als *hocher Schüler* mußte ich selbst von einem gesunden Fahrrad herunter und bergan schieben. Einer meiner Schülerträume war, die Menschheit würde erfinden, daß solche Straßensteigungen fahrplanmäßig umgestellt werden können. Am Morgen sollte die Steigung grodkabwärts stehen; gegen Mittag sollte umgeschaltet werden.

Endlich den Georgenberg hinunter nach Grodk hinein. Der Georgenberg; ich war ihm noch gram, weil er mir ein spöttisches Belächeln von einer einbrachte, die ich biblisch liebte, mehr als mich selber.

Ach du liebes Grodk! Ich bin durch viele zertrümmerte Städte gekommen, aber Grodk übertrifft sie alle. Grodk, die Stadt, in der ich geboren wurde. Mein Geburtshaus ist zerschellt, die Straßen, die Plätze, die Brücken, die Dämme, die Bäume, die früher, wenn ich hier einkehrte, meine Erinnerungen auffrischten, sind zerschrotet. Das große Sausen, das sonst über dem Städtchen hing, das Brausen der mechanischen Webstühle, ist zu Friedhofsstille verkommen. Jener von einer Granate aus der Erde gewühlte viereckige Stein an der Forster Brücke, ist er nicht noch von den Tanzschritten einer Ilonka Spadi beschichtet? Mein geplagtes Männerherz wird wieder zum geplagten Jünglingsherzen. Aber ich kann nicht an der Ecke stehen, die einst der Spielwarenladen von Marunke war, und mich von meinen Erinnerungen einlullen lassen. Ich habe das böswillige Weib Elvira zu vertreten und muß stracks zum Landrats-Amt.

Erst muß ich mein Fahrrad und die Milchkanne verstecken, die wegsüber an der Lenkstange hing. Ich verstecke Fahrrad und Kanne im Gesträuch hinter der zermalmten Kegelbahn von Hillich. Mina Baltin fällt mir ein: Wenn ein Lehrer am Mittwoch zu später Stunde noch was von ihrem Georg wollte, sagte sie: Heute bitte nicht, er hat seinen Kegel-Abend bei Hillichs. Ich woar kegeln bei Hillichs – eine handfeste Entschuldigung der Grodker Männer, auch wenn sie im Bordell gewesen waren.

Die für meine aufgeklebten Marken zuständige Dame sitzt in einem Raum von den Ausmaßen einer Friedhofskapelle hinter dem zweckentfremdeten Schanktisch einer Destille. Ein Schanktisch muß breit sein, damit viele Trinker ihre Arme auf ihm hinlagern können. Neben der Dame ein qualmendes Eisenöfchen. Verbrennt sie die angelieferten Lebensmittelkarten-Abschnitte? Vom Schoß der Dame fällt eine graue Militärdecke auf die Dielen. Die Dame trägt Handschuhe mit vorn abgeschnittenen Fingerlingen, ihr Gesicht lugt unter dem Dach eines wollenen Kopftuchs hervor, es steht noch ein kleiner Teil Schönheit darin, der größere Teil ist verflogen oder durch die großen Poren der Gesichtshaut ins Damen-Innere geglitten. Die Dame schreibt langsam und angewidert. Sie fühlt sich gestört. In den vielen Verwaltungsbüros der Welt, die ich im Leben zu überstehen hatte, fand ich selten, daß die Büroluft einen Meter über der Schreibtischplatte von Eifer durchglüht war. Gewiß war die Schreibhand der Dame früher flinker, als sie in Michalks Konzerthaus Schlagermelodien aus einem Klavier lockte. Gewiß war, als es den Deutschen noch gut ging, die Melodie von dem Seemann, den nichts erschüttern konnte, unter diesen Melodien, und als es den Deutschen anfing schlechter zu gehen, dürfte es der sentimental Langsame Walzer von der Möwe gewesen sein, die in die Heimat fliegt und von kriegsmüden Matrosen mit Grüßen und Gedanken befrachtet wird.

Ich warte aufs Gefragtwerden, doch ich werde nicht gefragt und greife zur Selbsthilfe, um die Dame von meiner Anwesenheit in Kenntnis zu setzen. Ich stelle mich vor. Ich sage der Dame, daß ich ihren Mann Friedrich gekannt hätte. Wo steckt er jetzt, dieser Friedrich? Der Friedrich steckt in russischer Gefangenschaft. Er lebt noch. Hoffentlich kommt er gesund heim, der Friedrich.

Gott ja, was hat er hier? Eine seltsame Äußerung von einer Ehefrau in diesen Tagen.

Ich bin nun der, der diesmal die aufgeklebten Marken der Matts bringt, sage ich. Die Dame sieht gelangweilt auf meinen Rucksack. Es stimme gewiß alles, wie es immer gestimmt habe, sagt sie.

Ich überhöre die Frage. Ich will nicht lügen. Die Dame ist nicht begierig auf meine Antwort. Schütten Sie aus, sagt sie und weist mir eine Ecke der mittelalterlichen dunklen Schloßstube an. Dort liegen die gebündelten Kleisterstreifen mit den aufgeklebten Lebensmittelkarten-Abschnitten zentnerweis. Sie liegen über- und untereinander, ein zusammengestürzter Stoß. Vielleicht haben die Raubritter, die das Schloß früher bewohnten, dort die erbeuteten Geldkatzen auf einen Haufen geworfen, die sie den auf der Zuckerstraße entlangziehenden Krämern und Händlern abgenommen hatten.

Ich höre die Anweisung meiner Mutter: Und wenn se dir froagt, ob ich was mitgeschickt hoabe, denn nickste, und wenn se dir nich froagt, denn nickste nich. Wenn de aber doch nicken mußt, denn schaffste die Kanne in die Wohnung von die Klavierspielern. Die Wohnung soll nach Elviras Reden in die Schloßstraße wo sein.

Die Dame fragt mich. Ich nicke nach Vorschrift. Die Wohnung der Klavierspielern ist nicht zu verfehlen; es stehen nur noch anderthalb Häuser in der Schloßstraße. In der Ecke einer Treppenstufe sitzt eine dicke Ratte. Wovon sind Ratten so fett in dieser Notzeit? Unter den Trümmern der eingestürzten Häuser liegen noch Menschenleichen. Ich habe der Ratte den Rückweg verstellt, halte ein und beobachte sie. Es ist ein alter Bock. Er fängt an mit den Zähnen zu klappern. Das bedeutet, er wird mich anspringen. Ich trete zurück und gebe ihm Gelegenheit, nach oben zu entweichen.

Die Wohnung der Dame ist nichts als ein Unterschlupf. Drei Matratzenaufleger und ein Keilkissen, zwei graue Militärdecken, das ist das Bett. Eine Munitionskiste ist der Nachttisch. Eine Leine ist durch den Raum gespannt. Intime Wäsche und ein paar abgekämpfte Kleider hängen drüber. Kein Küchenschrank, keine Kommode, kein nichts. Auf dem Munitionskisten-Nachttisch steht neben zwei Hindenburglichtern ein leeres Soldatenkochgeschirr. Zwei Fotos an der Wand, auf dem einen der Friedrich mit einem Schmetterlingsschlips unter dem Kehlkopf, auf dem anderen sie, die Dame, in einem verzipfelten Kleid, mit nackten Armen, eine Hüfte sinnlich herausgereckt, an ein schwarzes Piano gelehnt. Vielleicht das Foto, mit dem sie im Schaukasten von Michalks Konzerthaus angekündigt wurde.

Ich schütte die Milch aus der Kanne in das leere Kochgeschirr. Mit der Milch plumpst ein Viertelstück Butter in das Geschirr. Ich höre meine Mutter sagen: Das muß man schont machen, wenn man eene Kuh hat und andre Leite keene. Ich decke eine alte Zeitung über das Kochgeschirr. Auf der Treppe fällt mir die Ratte ein. Ich gehe zurück und decke das Kochgeschirr mit einer der Militärdecken ab. Dabei ist mir zumute, als hätte ich in der Wohnung etwas gestohlen. Auf der Straße wird mir wohler. Es hat angefangen zu schneien.

Meine Mutter fragt mich, ob mir die Dame uffm Grodker Schlosse die Milch ohne zu zucken abgenommen hat. Sie hat. Ist alles so richtig gewesen, wie es woar?

Keine Antwort von mir. Die Mutter stellt fest, daß ich der Kerl mit dem starren Hals geblieben bin. Sie trifft ihre Gegenmaßnahmen: Sie beauftragt Bruder Tinko mit der nächsten Markenschlepperei. Dann aber übernimmt Schwägerin Elvira dieses Amt wieder, weil sie fürchtet, die Möglichkeit zu verlieren, sich als Vertreterin der Firma Matt Vorteile in die Tasche zu treiben.

Zeitchen später (ich verdächtige, es gibt keine Zeit, wir täuschen sie uns durch unsere Geburt, unser Aufblühen und unser Vergehen vor. Wir sind, ohne groß darüber zu reden, übereingekommen, es gäbe Zeit. Mithin will auch ich mich an die Übereinkunft halten), also, Wochen später treffe ich die Dame, die ehemalige Klavierspielern aus Michalks Konzerthaus, auf einem der Gänge des Schlosses. Ich begrüße sie und verneige mich ein wenig; immerhin hat sie früher vielleicht Chopin gespielt. Ich befrage sie nach dem Menschen, den wir gemeinsam kennen, nach Friedrich.

Ach, der Friedrich! seufzt sie. Der kleine Glanz, den sie

140

vor Monaten noch in den Augen hatte, ist verloschen. An ihrem Kinn hängt eine Schwäre.

Den Friedrich, den ich kannte und den vielleicht auch Sie kannten, gibt es nicht mehr.

Ich will der Klavierspielern die Hand geben. Sie zieht ihre Hand zurück. Die Hand zittert. Auf dem Handrücken klebt ein Pflaster.

Nein, keinen Beileidswunsch! sagt sie. Der Friedrich kam nicht, wie Sie vermuten, in Gefangenschaft um. Er ist hier, wohnt in der Nähe. Besuchen Sie ihn, aber stellen Sie sich auf einen veränderten Friedrich ein. Sie erklärt es mir näher: Sie wissen, daß er ein lieber Geselle war, aber er war noch etwas anderes, was ich nicht an ihm mochte. Er trug nach Feierabend eine gelbe Uniform. Sie wissen. Er prahlte, er wäre ein Kämpfer, und war nicht gut auf Leute zu sprechen, die damals die Roten genannt wurden. Für ihn waren alle Leute rot, die nicht so dachten wie er. Er ging begeistert in den Krieg. Der Krieg wäre notwendig, sagte er, man müsse die Roten ausrotten. Aus der Gefangenschaft sei ein anderer Friedrich gekommen, der ereifre sich, wie er sich früher gegen die Roten ereifert habe, gegen jene Leute, die, wie er selber, früher eine gelbe oder schwarze Uniform getragen haben, und er betreibe das mit umgekehrter Verbissenheit. Was soll die Klavierspielern davon denken? Sie hätte den Friedrich verstehen können, wenn der früher nur ein bißchen gelb und jetzt nur ein bißchen rot wäre. Aus Heiden werden Christen, aus Christen werden Heiden, aber das gehe langsam vor sich, nicht von einem Stundenschlag zum anderen.

Die Klavierspielern ereifert sich. Sie nähme an einem Kursus über die neue Lehre teil, die ins Land gekommen sei. Da wird von einem plötzlichen Umschlag in eine neue Qualität geredet. Wasser wird zu Eis, wenns draußen kalt genug ist. Über Nacht sind die Tümpel gefroren. Ist der Mensch ein solcher Vorgang? Nimmt er in der Kälte des Nordpols eine neue geistige Qualität an? Wer kann wissen, ob Wasser bei der Zunahme von Kälte wirklich plötzlich Eis wird? Vielleicht sind unsere Augen zu schwach und erkennen nicht, wie sanft sich der Vorgang vollzieht!

Ich kann ihr nicht mehr folgen. Ein leiser Kopfschmerz schleicht sich bei mir ein. Den kriege ich stets, wenn ichs mit Psychopathen zu tun habe. Einmal förderte die Begegnung mit einer Psychopathin bei mir einen Entschluß. Das war während des Krieges, nach einem Urlaub. Ich mußte nach Athen und weiter. In Belgrad hatte ich einen Tag Zwischenaufenthalt und ging in eine sogenannte Frontbibliothek. Die Bibliothekarin, eine Frau mittleren Alters mit stechendem Blick, verwickelte mich, noch ehe sie mir ein Buch auslieh, in ein wirres Gespräch. Dem Gespräch war zu entnehmen, ich möge meine Rückfahrt abbrechen, mich in die Büsche schlagen. Aber sobald ich dieser Empfehlung Aufmerksamkeit schenkte, sprach sie vom sogenannten Endsieg, der endlich errungen werden müsse, kein Soldat dürfe dabei fehlen. So hin und her. Zuletzt wußte ich nicht, ob sie mir raten oder mich provozieren wollte. War sie somnambul und wußte, daß in meinem Gebirgsjägerrucksack schon die Windbluse und die Trenker-Cord-Hose steckten, mit der ich jetzt in einem Gang des Grodker Schlosses vor einer anderen Psychopathin stehe? Ich suche nach einer Möglichkeit, von der verwirrten Klavierspielern loszukommen. Sie bemerkt es, verstellt mir den Weg und fesselt mich mit ihrem krankhaften Mitteilungsdrang. Denken Sie nur, sagt sie und kommt wieder auf ihren Friedrich zu sprechen; er verbietet mir, über meine Krankheit zu reden, auch das aus seiner verkrampften Paulushaltung heraus; aber kann man eine Krankheit verschweigen, die einem jeder ansieht? Sehen nicht auch Sie, wie krank ich bin? Warum fürchten Sie sich, mich weiter anzuhören? Sie haben mir mit keinem Wort recht gegeben und mir nicht beigestanden, und ich kann übrigens reden, was ich will und worüber ich will. Das ist die Freiheit der Todkranken. Ich kämpfe mich endlich durch den Wall aus Worten hindurch, hinter dem sie mich zu halten sucht.

Ich kriege viele Briefe, und je länger ich Bücher schreibe, desto mehr Leserbriefe kommen. Da sind Briefschreiber, die mir sagen wollen, daß sie ähnliche Gedanken hatten wie die, die ich in diesem oder jenem Buch aussprach. Der Unterschied: Ich hätte sie ausgesprochen, sie nicht. Die Gründe: Es hätte ihnen an Worten, an Formulierungskunst oder an Mut gefehlt, oder sie hätten dererlei Gedanken nicht für so wichtig gehalten.

In anderen Briefen wird behauptet, ich hätte irgend etwas falsch dargestellt. Ich werde getadelt.

Dann wieder Briefe, in denen man mich mit Honig lackiert wie einen Starpolitiker. Dann Briefe, in denen ich des Heidentums oder der Gotteslästerung bezichtigt werde. Es sind Leute, die meinen, Gott zu kennen. Andere beziehen sich auf eine Veranstaltung im Bund für Kultur. Sie hätten ganz vorn gesessen, und ich hätte ihnen ein Buch signiert, und sie sind leicht beleidigt, wenn das bei mir nicht den Eindruck hinterlassen hat, an den sie gedacht hatten. Es sei bemerkt, daß mir alle diese Dinge und Briefe nicht zur Unfreude sind, sie sind mir Zeichen, daß mir das, was ich zunächst zu meiner Selbstverständigung schrieb, entkam und ein biß-chen Gesprächsstoff für meine Mitmenschen abgibt. Schuld daran ist meine Sucht, mich in geschriebenen und gedruckten Worten unter die Menschen zu begeben. Und ihr wißt, wie schwer es ist, mit Süchten fertig zu werden, und wenn es sich nur um das Abknabbern von Fingernägeln handelt.

Ich muß jetzt von den Briefen reden, in denen sich Leute beiderlei Geschlechts melden, die Gefährten meiner Jugend gewesen sein wollen. Da kommen Frauenbriefe, deren Inhalt besagt, daß ich einst mit ihren Schreiberinnen intim gewesen sein soll. Wenn das nicht Übertreibungen wären, wüßte ich nicht, woher ich noch die Zeit nahm, mich ein bißchen zu entwickeln. Männer, mit denen ich ein Wegchen lang zusammenging, wußten nach ihren heutigen Briefen schon immer, daß aus mir mal ein *besonderer Mensch* werden würde. Wenn sie wüßten, was für ein bekleckerter Mensch ich mir selber oft bin!

Eines Tages kommt ein Brief von jenem Friedrich. Er ist Rentner, wohnt nicht mehr in Grodk und schreibt mir zu einem meiner Bücher, es habe ihm mächtig was gegeben, und eben den Standardsatz bestimmter *Kunstverbraucher.*

Um mit Friedrichs Klebrigkeit fertig zu werden, frage ich ihn in einem nüchternen Brief, was aus seiner Frau, jener Klavierspielern aus *Michalks Konzerthaus*, geworden ist.

Er schreibt mir zurück, er habe sich von dieser Frau scheiden lassen, es habe sein müssen, und er sei jetzt zum zweiten Male verheiratet, aber auch nicht glücklich.

Um von der Klavierspielern zu reden, sie sei, während er sich in russischer Gefangenschaft zum Antifaschisten *herauf entwickelte*, Syphilitikerin geworden; man hätte sie, besser gesagt, dazu gemacht. Man könne es den Soldaten der *ruhmreichen Sowjetarmee* nicht übelnehmen. Seine Frau sei sehr attraktiv gewesen. Leider habe seine Annette auch andere *ruhmreiche Sowjetsoldaten* angesteckt, nicht freiwillig, versteht sich. Friedrich wäre heimgekommen. Seine Annette wäre nicht ausgeheilt gewesen. Sie versuchten eine Weile, beieinander zu bleiben, ohne sich zu berühren. Sie ließ ihn, ohne eifersüchtig zu sein, von Zeit zu Zeit zu einer anderen Frau gehen, aber schließlich ließen sie sich scheiden. Jetzt ist sie freilich längst gestorben, meine liebe Annette, schreibt Friedrich, du kannst dir nicht vorstellen, lieber Kumpel, wie es ist, wenn dir das Leben die Syphilis auf den Weg wirft.

Viele Jahre mußten also vergehen, bis ich das Ende einer Geschichte erfuhr, die nach dem Kriege begann, und bis ein Parteifunktionär wie dieser Friedrich, ohne zu fürchten, belangt zu werden, sich über die Herkunft der Syphilis seiner Frau ausließ.

Und wieviel Zeit wird noch vergehen, bis offen über alle Unregelmäßigkeiten, Vergehen und Morde hüben und drüben geredet werden wird! Ich fürchte, daß inzwischen schon wieder neues Unrecht geschieht und daß, solange ich lebe und ihr lebt, kein wirksames Mittel gegen das Unrecht gefunden wird, obwohl wir vom *gesunden Menschenverstand* und von der Vernunft, die schließlich Oberwasser kriegen sollte, reden und reden.

Aber noch etwas anderes bleibt mir unerkannt: Wäre der Schluß dieser Geschichte, deren Anfang ich erlebte, auch der gewesen, der er ist, wenn ich ihn erfunden hätte? Zum

Erfinden von Geschichtsschlüssen wird ein Schreibschaffender häufig durch das Unbekannte und Unbestimmbare verlockt, das sein Talent genannt wird. Gabs da eine Reihe von Ursachen, die mir den wirklichen Schluß der Geschichte zuspielten? Habe ich, um ihn hereinzubekommen, erst eine Reihe von Büchern schreiben müssen, und hat eines der Bücher an den Erinnerungen dieses Friedrich rütteln müssen, damit er disziplinlos wurde und die ihm von den Kommunisten anbefohlene Verdrängung bestimmter Nachkriegs-Ereignisse aufgab?

Ich weiß es nicht, ich weiß es nicht! Ich weiß auch nicht, ob der Friedrich der wäre, der er ist, wenn ich ihn erfunden hätte. Vielleicht hätte ich den einzig möglichen Schluß der Geschichte beim Erfinden gefunden und hätte mich dann auf meine Intuition berufen. Ich will es leise für möglich halten, bis mir jemand einen Gegenbeweis liefert.

Und wieder arbeitet im Hause Matt die Markenaufklebegesellschaft. Auch meine Cousine ist wieder vom Vorwerk herübergekommen. Das Markenaufkleben mag sie nicht verpassen. Sie kann sich noch immer nicht daran gewöhnen, eine Kleinbauernfrau zu sein, eine mit Sitzfleisch und Bleibtreue. Ihre Mutter starb, als die Cousine noch ein Schulmädchen war. Meine Mutter wurde ihre Zweitmutter. Elschen verlebte ihre Jungmädchenzeit im Hause Matt. Bloß gut, daß ich Tante Lenchen habe, schrieb sie mir an den Niederrhein, wo ich in einem Tierpark Waschbären, Nutrias und Rhesus-Affen betreute. Schick mir einen Wellensittich! schrieb sie, einen Wellensittich, der schont Guten Morgen sagt, alles andere bringe ich ihm bei. Wir leben hier schön. Bei Tante Lenchen ist es gemütlich.

Wie hätte sie also in der kalten Nachkriegszeit das gemütliche *Markenaufkleben* bei Tante Lenchen versäumen dürfen. Meine Schwester ist von Friedensrain herübergekommen. Ihr Brotkasten enthält wieder einmal nur noch Krümel. Ihr könnt euch nicht vorstellen, was mein kleener Rudi schont essen tut! sagt sie. Alle tun so, als ob sie es glauben würden, obwohl sie wissen, daß es ein bestimmter Otto ist, der sich aus dem Brotkasten der Schwester mitversorgt, ein bestimmter Otto, der damit rechnet, daß der Brotkasten einer Bäckerstochter nie leer wird.

Auch das stillzufriedene Hertchen ist, wie immer, mit in der Runde. Sie ist voller Hoffnungen; im letzten Brief meines Bruders hieß es, es seien aus seinem italienischen Gefangenenlager schon Leute entlassen worden, bald werde auch er kommen. Er sammle Zigaretten, Datteln und dieses und jenes, denn bei euch solls, wie man hört, wie in der Wüste sein.

Und auch Elvira ist wieder da. Vielleicht hat meine Mutter sie herzugebeten, weil keines von den anderen Weibchen so geschickt wie sie aus neunzig hundert Marken machen kann.

Die Rädchen müssen sich drehen. Die Mutter kocht *Naute* für ihre *Marken-Bienen*, das heißt, sie zerläßt Zucker in einer Pfanne, bis er braun und Karamel wird. Sie streut Mohnkörnchen in die plappernde Masse und gibt einen kleinen Schuß Essig dazu. Die Masse rumort ihre rezeptale Zeit lang in der Pfanne, dann gießt die Mutter sie auf Pergamentpapier aus, läßt sie breitlaufen und abkühlen. Die *Naute* ist fertig; sie wird zu kleinen Viertelchen zerschnitten und den Marken klebenden Weiberchen auf Untertassen serviert.

Mein Vater sitzt am Ofen und liest eine russische Zeitung in deutscher Sprache. Es sieht so aus, murmelt er, als ob die Kommunisten bei uns ganz und gar an die Macht kumm sollten.

Ich sitze in meiner Schreib-Ecke in der Backstube. Mein Vater nennt diese Ecke mit herabgezogenen Mundwinkeln das *Tichterbüro*. In unserem Ponaschemu wird nicht gedichtet, sondern wir tichten uns etwas aus, und wer sich etwas austichtet, ist ein Tichter. In welcher Ecke des Hauses mein Bruder Tinko auch schnippelt und schabt, mein Vater wird sie nie abfällig ein Haarentfernungsbüro nennen. Früher las der Vater die Fortsetzungsromane im *Spremberger* und im *Cottbuser Anzeiger*, las auch die Bücher, die wir als Kinder aus der Schulbibliothek geschleppt brachten. In meiner

146

Kindheit gabs Abende, an denen er laut vorlas. Das war, wenn meine Mutter zu schneidern hatte. Das eintönige Vorlesen des Vaters schwemmte kleine Inseln aus Harmonie zusammen. In einer solchen Inselstunde las er die Bekenntnisse eines Liebhabers vor. Wenn dieser Liebhaber die Frauen wechselte, sah die Mutter von ihrer Näharbeit auf: Sowas sullde man erst goar nich lesen! Die Mutter fürchtete, die Liebhaberkunststücke im Roman könnten für den Vater eine Anleitung zum Handeln sein.

Is ja bloß ausgeticht, beruhigte der Vater sie und verteidigte den Romanverfasser. Der Uffschreiber hätte in der Wohnstube gesessen und geschrieben, während seine Frau in der Küche das Abendbrot zurechtmachte. Keine der Liebschaften des Mannes habe existiert.

Meenste? fragte die Mutter und schnitt nachdenklich einen Faden von der Garnrolle.

Man kann also nicht sagen, daß der Vater die Erzeugnisse der *Tichter* ganz und gar mißachtet. Es wird ihm andererseits aber nicht unbehaglich, wenn er sie für längere Zeit entbehren muß; dagegen verursachen ihm unbeschnittene Haare Unbehagen. Wehe, ihr looft mir mit Hoare rum, die übern Jackenkroagen stehn! drohte er uns. Die Einwirkung von *Tichtern* auf uns durfte indes ausbleiben, sie verursachte keine Ungepflegtheit.

Für ausgeschlossen hält der Vater, daß ein Matt beim *Tichten* was zustande bringen könnte. Die Matts haben musikalisches Gehör und treffen beim Singen die reinen Töne. Das haben sie von Großvater Joseph her, aber tichten, wo solltn sie das herhoaben? Die Mutter fühlt sich übergangen. Ist nicht auch sie an unserer Ausstattung mit Talenten beteiligt? Hat sie nicht in ihrer Jungmädchenzeit Gedichte gemacht, wenn *eens* gebraucht wurde? Hat sie mir nicht das Lesen von heimlichen und unheimlichen Büchern vererbt? Sie verteidigt meine Schreibbesessenheit gegen den Vater. Eenmoal wirds schon wern, sagt sie. Hochgestochen ausgedrückt, sie glaubt an mich. Sie glaubt außerdem, daß ich noch anderes aus der Kulka-Kattusch-Linie geerbt habe, obwohl ich es verrede und von mir weise, behauptet sie, ich hätte den *Plon* von Großtante Maika geerbt. Alle, die den *Plon* oder das zweite Gesicht haben, verreden es, sie müssen es, es sei ihnen auferlegt, behauptet die Mutter, wenn sie es nicht tun, zerkratzt der Drache ihnen das Gesicht.

Wie gesagt, in der Wohnstube hat die Lebensmittelabschnittklebegesellschaft ihr Getu, und ich habe meines fünf Stufen tiefer in der Backstube. Nicht das geringste Geräusch dringt zu mir hin, zwei Räume und drei Türen verhindern es. Ich bin wie der einzige Mensch auf der Welt, nur das Geräusch meines Atems, das sich mit dem Gekribbel der schwarzen Schaben vermischt, die am Backofenrand und über die Beuten rennen.

Alles schien gelöst, und ich glaubte, nun würde mir beim Weiterschreiben das Glück nicht mehr ausgehen, weil ich für mich selber geklärt hatte, daß Franze Buderitzsch die Hauptperson meines Romans zu sein hätte, bis auf ein Mißverhältnis: Die Intelligenz meines der Wirklichkeit entnommenen Helden reichte für mancherlei Überlegungen und Beobachtungen, die ich ihm zuschrieb, nicht aus. Ich mußte Franzes diesbezügliche Überlegungen bei mir selber ausleihen, aber ich wollte aus dem Spiele bleiben, wollte das Leben eines Jungen beschreiben, der meine Sympathie, aber nicht meine Eigenschaften hatte. Ist die Objektivität nicht eine Eigenschaft, die manche Literaturwissenschaftler und Berufsrezensenten an den Werken der Schriftsteller loben? Kann es andererseits einen Schriftsteller geben, der sich nicht dreinmischt? Hat sich der Franzose Flaubert nicht dieses Draußenbleiben bis zur Neurose abgefordert, um eines Tages zu gestehen: Madame Bovary, das bin ich?

Mein Atem entwickelt sich beim Nachdenken zum Stöhnen. Die Gedanken kräuseln die Backstubenluft über meiner Schädeldecke. Da ist niemand, den ich fragen oder um Hilfe bitten kann.

Jemand kommt in die Backstube getappt und hält mir von hinten mit leicht feuchten Händen die Augen zu: Meine Cousine Elschen. Sie bittet mich, in die Wohnstube zu kommen und eine Portion Naute zu essen.

Die Einladung kommt mir nicht ungelegen. In der Wohnstube erspüre ich, die Klebedamen, vielleicht auch mein Vater, erwarten etwas von mir. Die Mutter läßt heraus, was sie von mir erwarten: Es wird mir im Kriege doch wohl die *Gabe* nicht verlorengegangen sein, andere Menschen zu hypnotisieren und einzuschläfern?

Ich kaue Naute und höre, ich soll Schwester Magy hypnotisieren und soll sie im Tiefschlaf in die russischen Wälder schicken. Die Mutter will endlich wissen, wohin mein jüngster Bruder Frede geschleppt wurde. Das kann ja dir nich gleichgültig sein ooch, sagt die Mutter, um mich zu ermuntern.

Mir fällt auf, daß ich über meinen Bruder Frede bisher keine Zeile schrieb. Nicht, daß ich ihn vergaß; ich dachte sehr wohl an ihn. Wir waren, wie ihr wißt, vier Brüder. Bruder Frede war der jüngste. Er war fünfzehn Jahre jünger als ich, war unser Nesthaken und wurde von allen Familienmitgliedern verwöhnt. Das Tun von uns älteren Geschwistern versuchten die Eltern durch das, was man Erziehung nennt, einzugrenzen: Das darfst du nicht, und das sollst du nicht, und wenn du das oder das tust, wird dir das oder das geschehen. Einmal wollte ich ausproben, ob mir das widerfahren würde, was man mir androhte:

Vor dem Abtritt gab es die Jauchegrube. Sie war mit Bohlen zugedeckt. Wenn sie fast voll war, mahnte die Mutter: Die Abortgrube is gleich vull. Die Mutter sprach nie von Jauche, sie mied alle Grobwörter. Soll die Jauche abfoahrn, wer am meisten uff dem Heischen sitzt, sagte der Vater. Das zielte auf die Anderthalbmeter-Großmutter, die als Detektiv Kaschwalla den Abtritt als Deckung bei ihren Observationen benutzte. Die Jauchegrube füllte sich indessen mehr und mehr, besonders weil sich die himmlischen Heerscharen mit starken Regenfällen an der Füllung beteiligten. Die Grubenbohlen gehorchten dem Archimedischen Prinzip und schwammen verschwiegen auf dem mißdünstigen Wasser, aber selbst dann ließ es der Vater noch ein, zwei Tage drauf ankommen. Geht mir nicht über die Jauchegrube! warnte die Mutter, und wir Kinder entleerten uns auf dem Misthaufen. Zu diesem Zeitpunkt probte ich aus, was ge-

schehen würde, wenn ich das, was uns verboten wurde,
doch tat: Die auf der Jauche schwimmenden Bohlen wichen
seitlich aus; ich rutschte in die Fäkalienflut und war der
Frosch in der Jauche, von dem der Großvater oft erzählte,
nur daß ich nicht überrascht die Augen verdrehte, sondern
schrie wie der geteerte Teufel, der eine andere Geschichte
des Großvaters bewohnte, und es war auch der Großvater,
der mich fluchend herauszog, der aber nicht mich, sondern
den Vater beschimpfte und ihn zum Mörder degradierte:
Der Jungatzko hätte ja leichte im Drecke ersaufen könn!
Und Großvater machte sich daran die Jauche abzufahren.
Verbackpfeift wurde ich von der Mutter, weil mein weißes
Hemd, damals schon Sporthemd genannt, unbrauchbar geworden war und weil sie mitten am Tage in der Küche
ein Bad herrichten mußte und weil alles ringsrum stank
und stank: Was wern die Kunden im Loaden denken? Und
noch zwei Ohrfeigen.

Wie anders, wie ohne Verbote wuchs der jüngste Bruder
Frede auf, wenn er zum Beispiel in der Wohnstube mit
den Warenpackungen aus dem Laden spielte, wenn er Malz-
kaffeepäckchen als Quader, Palmenfett-Platten als Dielungen
und die rot verpackten Zichorienrollen als Säulen für seine
Fantasiebauten benutzte. Im Laden aber sah es aus wie bei
einem Ausverkauf. Wenn eine Platte Palmenfett, Marke *Palmin*, verlangt wurde, mußte meine Mutter in die Wohnstube,
mußte dort Frede ablenken und ihm die *Palmin*-Platte ent-
wenden. Manchmal ging die Rücksicht der Mutter so weit,
daß sie die Kunden bat, von der verlangten Zichorienstange
Abstand zu nehmen und etwas später wiederzukommen:
Unser Kleener hat sich groade een scheenes Schloß gebaut.

Der Eigensinn des kleinen Brudere nahm die verschie-
densten Färbungen an. In seiner Schuljungenzeit ging er
nur bei Finsternis auf den Abtritt. Mein Gott, wenn er sich
eben bei Tage schämt, entschuldigte die Mutter. Der kleine
Bruder versah sich mit einer Laterne, in der ein Kerzenstumpf brannte, zog sich vor dem Abtritt, auch im Winter,
nackend aus und setzte sich so zu Stuhle. Die Mutter, aber
auch der Vater erzählten bewundernd von dieser Eigenart

ihres Nachkömmlings: Ihr könnt eich nich denken, wie reenlich der Junge is, aus dem wird moal was Besonderes.

Bruder Frede war der meiner Brüder, den ich am wenigsten kannte, denn als er Kind bei den Matts war, war ich dort nurmehr Besuch. Bei all seinen frühen Verschrobenheiten war Bruder Frede ein beliebtes Menschenkind und wurde vom Dorflehrer, im Gegensatz zu uns, den älteren Brüdern, geschätzt. Er war ein Tüchtiger in den vormilitärischen Zirkusspielen und trug die Uniform und den ledernen Halstuchknoten der Arierjugend.

Auf keinen Fall sollte Frede wie seine Brüder Heinjak und Esau Bäcker werden; dagegen war die Mutter, dagegen war der Vater. Frede wurde von seinem Lehrer bedrängt, Feinmechaniker zu werden, und als es schon flott auf das Ende des Weltkrieges römisch zwei zuging, hatte er ausgelernt und mußte sogleich mit dem Spaten als dienender Arbeiter an die Front, die Front aber war schon an der Oder, und seither hörte die Familie Matt nichts mehr von Frede. Die Befürchtung, daß er umgekommen sein könnte, war im ersten halben Jahr nach dem Kriege nicht allzu groß, weil man sich sagte: Mein Gott, der Junge woar doch bloß im Außendienst, hutte bloß ne Spoade (Spaten), wie kunnden se nach am schießen! Zudem kursierte unter vielen Nachkriegsgerüchten eines, an das sich die Eltern klammerten. Danach existierten ganze Kompanien und Bataillone junger Deutscher in den russischen Wäldern. Man halte sie dort fest, hieß es, und erzöge sie zu Bolschewiken.

Aber nun war es winterig und frostig, und die Eltern fingen sich an zu fragen: Ob er woll een Mantel hat, unser Fredelmann? Ob er woll ne Decke hat und Filzstiefel?

Meine Schwester soll das als Hypnotisierte erkunden gehen, und ich bin es, der die Schwester hypnotisieren soll.

Ich kaue Naute und überlege, ob ich mir für diese Fragwürdigkeit nach allem, was ich erlebt habe, nicht zu schade sein soll. Meine Mutter bettelt, meine Schwester bettelt, mein Cousinchen bettelt, Hertchen brummelt eine Bettelei, und selbst der Vater sagt: Kannste doch moal machen! Elvira sagt nichts. Sie sitzt abseits, sie sitzt auf Loge, um anzudeuten, daß Feindschaft zwischen uns ist, aber gerade ihre Anwesenheit ist es, die mich zur Stolzmacherei hinreißt. Soll sie sehen, welche Kräfte mir zur Verfügung stehen, soll sie erkennen, mit wem sie Feindschaft führt.

Meiner Schwester gehts nicht nur um den jüngsten Bruder. Sie hat selber ein Anliegen: Ich soll sie im Trance-Zustand zu ihrem Schapperich schicken. Sie wölle ihn befragen, wie es mit der Heirat stünde. Für uns ist ihr neuer Großgeliebter noch ein Unbekannter, einer, der vorläufig nur als Name bei uns zu Tische sitzt.

Die Weiblein der Klebekolonne rücken dichter zusammen und beugen sich nach vorn. Kein Wort des Mediums soll ihnen entgehen. Nur Elvira bleibt, wo sie ist, und spielt die Vornehme.

Mein Gott, is die Heede (der Wald) in Rußland dichte, sagt Magy, die bereits in dem Land ist, das wir nach Vorschrift vierzig Jahre lang *Freundesland* nennen werden. In unserem armen Heideländchen plaggen die Kleinbauern den Unterwuchs der Wälder aus, um ihn als Einstreu für das Vieh zu verwenden. Natürlich sagen die Bossdomer nicht Streu, sondern *Strei*. Mein Gott, is hier liederlich unter die Böme, sagt meine Schwester, die holn woll goar keene Strei? Mein Vater rückt dicht an die Mutter heran und flüstert: Doadaran is zu merken, mecht ich soagen, daß se wirklich in Rußland is. Die Russen machen keene Strei. Der Vater hat im Weltkrieg römisch eins ein Zipfelchen von Rußland gesehen.

Ich gebe der Schwester den Befehl: Loofe, loofe und such unsern Frede! Und tatsächlich, sie findet ihn. Er sei noch ein Stück gewachsen, gibt sie bekannt, er säße mit anderen jungen Gefangenen an einem Tisch, alle wären *sehre* zerlumpt. Sie sitzen in eene Baracke aus Balken, Bleistifte hoam se keene nich, doa kenn se natierlich keene Briefe schreiben.

Ob sie gut zu essen kriegen, will die Mutter wissen.

Hauptsächlich Kascha, antwortet die Schwester.

Bringe dem Frede moal bei, daß wa an am denken! verlangt die Mutter.

Ah, jetzt guckt er mir an und lacht, sagt die Schwester, er hat schon orntlich poar Boarthoare.

Außer mir zweifelt den Bericht der Schwester niemand an. Ich weiß von früheren Experimenten her, daß das sogenannte zweite Hypnose-Gesicht der Schwester wurmstichig ist, aber ich sehe Schwägerin Elvira von Unheimlichkeit und Gruseln befaren. Sie zittert, und das ist ein Triumph für mich.

Die Mutter erinnert an Schwester Magys Schapperich. Ich schicke die Schwester nach Friedensrain in die Glashütte, und sie erfährt von ihrem Schapperich, daß er durchaus aufs Heiraten aus sei, und die Schwester erfährt nebenbei, daß sie bald ein Kind kriegen wird, einen dicken Jungen.

Damit wird die pseudo-wissenschaftliche Sitzung beendet. Meine Mutter, die Klebeweiblein, sogar mein Vater sind beruhigt. Mein jüngster Bruder lebt also noch. Eenmoal wird er schont schreiben, sagt die Schwester. Elvira lächelt. Meine Schwester wird patzig: Wirscht ja sehn, ob ich een Kind kriege oder nich!

Einige Monate später zeigt es sich: Die Schwester kriegt ein Kind. Ich rechne nach: Sie war schon schwanger, als sie es ausprophezeite. Das Kind ist übrigens kein dicker Junge, sondern ein rotblondes Mädchen.

Gewohnheiten, ob gute, ob schlechte, sind schwer ausrottbare Gewächse. Sie verhindern, daß wir unser Leben bewußt verbringen. Es war seit jeher so, und es ist, seit in der Grube wieder gearbeitet wird, so: Einige Berg-Arbeiter der Spätschicht finden sich ungeschrubbt, mit schmierigen Rucksäcken und klappernden Karbidlampen, in der Küche der Matts ein. Diese Zweitschichtler, auch Mittelschichtler genannt, fahren in die Schächte ein, wenn der Nachmittag zwei Stunden alt ist, und sie fahren zwei Stunden vor Mitternacht aus, und sie kommen zu Fuß oder auf Fahrrädern von hinter dem Mühlberg her. Sie lehnen an den Pfosten der Küchentür oder sitzen auf den abgeschabten Küchenstühlen und trinken Bier aus der Flasche. Sie haben acht Stunden vor Kohle gelegen. Die Kohle ist stumm. Das eigene Ächzen, das Pochen der Hauen, das Schlürfen der Schaufeln, das Quietschen eines ungeschmierten Huntes kann man nicht als Unterhaltung bezeichnen. Daheim schläft die Frau schon und hat keine Lust, etwas mit ihrem Schichtler zu erörtern.

Am Abend, von dem ich rede, kommt nur ein Mittelschichtler über den Mühlberg her. Er sieht das sanfte Irrlicht aus der Mattschen Küche auf die Straße fallen, rempelt sein Fahrrad an die Hauswand, tappt durch den Hausflur und geht auf das Licht zu. Es handelt sich um Fritzko Duschkan, der vor Zeiten Vergnügungswart in einigen Bossdomer Vereinen und Dorfmeister des Radfahrervereins im Langsamfahren war. Als Hitler die *roten* Vereine einstampfte, wurde Fritzko Duschkan Vergnügungswart im übriggebliebenen Kriegerverein und Hilfshelfer bei der neumodischen Vergnügungs-Organisation *Kraft durch Freude*. Als Arbeiter und stiller Sozialdemokrat gehörte er zum Inventar der Kohlengrube. In der Hitlerzeit hat er Streichholzschachteln, die von gewissen Leuten an gewisse Leute unter Tage weitergegeben wurden, gewissenhaft übermittelt. Einmal hat er in so eine Schachtel hineingesehen; unter den Streichhölzern lag dünnes Papier, fest zusammengefaltet und klein bedruckt. *Kampf gegen die Braunauer*, las Fritzko. Es handelte sich um politische Nachrichten und Anweisungen. Fritzko schob die Schachtel, in die er hineingeplinkert hatte, rasch wieder zu und gab sie weiter.

Kürzlich hat man im Ortsverein mit ihm *abgerechnet* und ihm vorgehalten, er wäre als Vergnügungswart im Kriegerverein und als Hilfshelfer von *Kraft aus Freude* den Hitlerschen zur Hand gegangen. Bei der Abrechnung wurde ihm jedoch die Weitergabe der Streichholzschachteln im Schacht als illegale Arbeit zugute gehalten. Was *illegal* bedeutete, wußte Fritzko zunächst nicht, wichtig war, daß es etwas zu sein schien, was ihm freundlich angerechnet wurde.

Nach dem Kriege wurden neue Wörter in die Bergmannssprache geträufelt. Eines davon hieß *Soll-Erfüllung*. Mit dem Soll ist das Maß an Kohle gemeint, daß jeder Tiefbau-Arbeiter jeden Tag fördern muß, wenn er ein Anrecht auf die Lebensmittelkarte für Schwer-Arbeiter, auf Deputatkohle und Grubenschnaps haben will.

Fritzko liegt nicht mehr vor Kohle, er ist Schachtmeister, eine Art von Aufseher. Bisher war es so, daß ein Schachtmeister einen gelben Zollstock im Stiefelschaft stecken hatte, als Rangabzeichen gewissermaßen. Fritzko probierte aus, ob die Russen es dulden würden. Er lauschte um sich: Bisher hat ihm niemand gesagt, daß sein gelber Zollstock ein reaktionäres Abzeichen sei.

Fritzko freut sich, mich wiederzusehen. Er zieht eine flache Flasche aus dem Stiefelschaft. Bergmannsschnaps. Wir trinken und kommen ins Reden: Weeßte noch, und kannste dir noch erinnern ... Bei einer Hochzeit im Spreewald waren wir beide Brautführer, jeder von uns führte eine Schwester des Bräutigams als Brautjungfer. Die Mädchen waren uns zugetan und nahmen uns nachts mit in ihre Kammer. Wir lagen ihnen in unseren Makohemden bei. Während der Nacht mußte Fritzko über den verschneiten Hof zum Abtritt, und gleich drauf tappte mein Mädchen zu einer kurzen Verrichtung hinaus, kam zurück und schloß die Haustür hinter sich ab. Kaum hatten wir uns wieder gelagert, Getrommel am Fenster – Fritzko. Zehn Jahre her das, aber Fritzko schüttelt sich erinnernd. Er hätte sich *kunnt den Tod holn*, aber er wäre schlau gewesen und habe sein Taschentuch auf der Haustürschwelle ausgebreitet und seine Barfüße draufgestellt.

Woher das Taschentuch? War er nicht im Hemd?

Dann wäre es wohl seine Mütze gewesen.

Wir trugen Zylinder damals zur Hochzeit. Fritzko wird hilflos, zieht die flache Flasche wieder aus dem Stiefelschaft, trinkt, traktiert sein Gedächtnis, *ernewas* müsse es doch gewesen sein, wodrauf er stund, villeicht *Sticke Scheierlappen?*

Er gerät in leichte Berauschtheit, findet alle Welt liebenswert und besonders sich. Was für ein *Schwein* er gehabt hätte. Der frühere Schachtmeister mußte abtreten, weil er Hitler nachgerannt wäre. Nun sei er Schachtmeister, Deibel hole, wenn der Krieg nicht gekommen wäre, hätte er weiter vor Kohle liegen müssen.

Es fängt mir an, peinlich zu werden. Fritzko trinkt noch einen, und ich muß mittun. Und dann der Satz aus der Barbiersprache: Wir sehn uns nicht zum letzten Mal. Es wird Fritzko *unter Garantie* noch einfallen, was er in der kalten Winternacht damals unter seinen bloßen Füßen hatte.

Mir tut die Zeit leid, die ich bei Fritzkos nichtigem Gerede zubringen muß. Daran hatte ich nicht gedacht, als es mir verlockend erschien, in der Heimat wieder Fuß zu fassen. Der Laden streckt seine Kraken-Arme nach meiner Freizeit aus. Unten in der Backstube liegt mein Roman und wartet demütig darauf, daß ich an ihm arbeite.

Meine Mutter hat etwas mit mir zu beflüstern. Es handelt sich um ein Mädchen, das ich in der Kriegszeit kennenlernte. Die Geschichte dieser Bekanntschaft fängt mit einem Oberleutnant an und beweist, wie verborgene Linien von Menschenleben zu Menschenleben laufen, auch wenn diese Menschen direkt nichts miteinander zu tun hatten, sich nicht kennen, sich vielleicht nie kennenlernen werden.

Der Oberleutnant, von dem ich rede, war der Adjutant meines Bataillons-Kommandeurs. Es war in Karelien, in den dunklen Wintern und den hellen Sommern, in den Urwäldern mit einem Gewimmel von Seen. In manchen dieser Seen hat sich nie ein Mensch gespiegelt. Dort tropfte die Zeit von den Bäumen, und die Vögel sangen im noch halbwinterlichen Frühling Tag und Nacht. Ein Land, in dem alle Grenzen verschwommen sind, in dem sich nicht einmal eine preußische Front einrichten ließ. Es gelang russischen Aufklärern mehrfach, sich in einer deutschen Uniform bei unseren Feldküchen Essen zu holen. Für Leute, die nach Heldentum lechzten, war es ein zu ruhiger Front-Abschnitt. Mir war es recht, mir kam es drauf an zu überleben, einen Befehl aus meinem Innern zu befolgen.

Eines Tages wurde in die Truppe hineingefragt: Wer kann stenographieren? Ich meldete mich. Ich hatte auf der *hochen Schule* in freiwilligen Nachmittagskursen Stenographieren gelernt und ernannte mich zum Stenographen. Ich schrieb sauber und richtig, nur schnell schrieb ich nicht mehr. Aber sie nahmen mich, ich kam in die Bataillons-Schreibstube, und dort hatte ich dem Bataillons-Adjutanten zur Verfügung zu stehen. Er schmetterte und ratterte seine Diktate herunter. Ich schrieb und schwitzte, und wo ich nicht mitkam, setzte ich Punkte, und später beim Übertragen in Maschinenschrift ergänzte ich die Punkte nach Ermessen. Ich behaupte nicht, daß das jedesmal die Formulierungen des Adjutanten waren, aber ich benutzte jede Minute Freizeit und übte mich im Schnellschreiben. Freie Minuten gab es viele an der karelischen Front.

An vielen Tagen hatte der Adjutant andere Schreib-Arbeit für mich. Er schrieb Unwichtigkeiten für das Kriegstagebuch mit Bleistift auf rauhes Papier. Es gab wenig Wirkliches vom Krieg zu berichten, doch der Adjutant fand immer etwas zusammen. Er berichtete vom Ausbau neuer Stellungen und Mannschaftsunterkünfte, von der Bereitschaft der Soldaten seines Bataillons, in den Krieg einzugreifen, sobald Motive dafür geliefert würden. Seine Schrift war schlecht leserlich. Er gehörte zu den Menschen, die ihre Klugheit hinter ganz kleinen Buchstaben verstecken, doch er formulierte ungeschickt. Er war Reservist wie ich. Er faßte Vertrauen zu mir, und ich faßte vorsichtig Vertrauen zu ihm und trug sein Bleistiftgekritzel mit Maschinenschrift in vorgedruckte Formularblätter ein. Er hatte nichts dagegen, wenn ich seine Formulierungen bei dieser Gelegenheit glättete.

Damals wußten wir noch nicht, daß wir in Karelien lagen, um für einen Überfall auf Schweden parat zu sein. Der Überfall fand, aus welchen Gründen immer, nicht statt. Wir blieben *unbenutzt* und wurden ohne Übergang nach Griechenland und später auf die Ägäischen Inseln transportiert.

Noch immer glättete ich die Rechtschreibung des Bataillons-Adjutanten und übertrug seine Kriegstagebuch-Notizen. Eines Tages wollte er meine Meinung über den Ausgang des Krieges wissen. Ich sagte ihm, er sei Gerichtsoffizier und möge mich nicht provozieren. Scheiße auch! war seine Antwort. Er gab mir sein Offiziers-Ehrenwort. Die Deutschen waren schon dabei, ihren Krieg zusammenzupacken, doch sie taten es mit viel Getöse. Die verbündeten Italiener hatten, wie wir wissen, schon aufgegeben. Ich sagte dem Oberleutnant also ein wenig verschlüsselt, was ich sah und wie ich es sah. Unsere Kriegstaten bestanden um jene Zeit darin, uns zusammen zu sonnen und und täglich ein- bis zweimal in Deckung zu bringen, wenn englische Tiefflieger erschienen. Sie kamen, als ob sie die kleine Bergkette am Horizont ausgespien hätte, um uns und die Versorgungsschiffe im Hafen mit Maschinengewehr-Feuer und Bomben zu belegen. Einmal brachten sie es dazu, daß wir eine Weile hungern mußten, und ein anderes Mal erschossen sie den Kapitän eines Versorgungschiffes. Der Adjutant begrub mit unserer Hilfe den toten Kapitän – ehrenhaft, wie es hieß. Danach aber wurde er sehr kleinlaut und nachdenklich. Wer es mit Toten zu tun kriegt, denkt auf seinen eigenen Tod hin. Gewiß ergings auch meinem Adjutanten so. Er schien sich mit eins zu erinnern, wie mutwillig er sich dem eigenen Tod aussetzte, als er freimütig Gespräche mit einem Untergebenen wie mir über einen bereits verlorenen Krieg führte. Hatte er da nicht Wehrkraftzersetzung getrieben? Diese Erwägungen schienen ihn zu veranlassen, so an mir zu handeln, wie er es tat. Er wollte mich los sein, und eines Tages eröffnete er mir, er habe mir einen *Druckposten* in Berlin verschafft, und er hoffe, daß ich das zu schätzen wüßte. Aber damals wußte ich es gar nicht zu schätzen. Es wäre mir lieber gewesen, unkriegerisch auf den Agäischen Inseln sitzen zu bleiben und dort das Ende von allem abzuwarten. Jetzt allerdings, da ich mein Leben von hinten sehe und mehr und mehr zum Fatalismus neige, nicht zum Fatalismus der Faulpelze, sondern zum Fatalismus der Reife, meine ich, die Tatsache, daß mich dieser Adjutant damals nach Berlin schickte, war ein Hilfsmittel des Lebens, sich mir zu erhalten. Ich wurde zu einer der Sammelstellen für Kriegstagebücher abgestellt. Es waren die heißen Sommertage von neunzehnhundertvierundvierzig, und Berlin zitterte unaufhörlich von Bombenexplosionen. Es war eine kleine Dienststelle, in die mich die Abkommandierung geschwemmt hatte. Alle Leute dort waren Reservisten, sogar unser Vorgesetzter, ein Oberleutnant. Er war der Sohn eines Groß-

Kaufmanns. Unter uns, die wir uns als ausgepichte, alte Kerle bezeichneten, wurde der Ausschnitt aus einer illustrierten Zeitung herumgereicht. Der Ausschnitt zeigte unsern Herrn Oberleutnant in *besseren Tagen*, als einen Playboy, wie wir heute sagen würden, in einem Kreis von Damen, die ihre Brustwehr abgelegt hatten. Wir verdächtigten den Oberleutnant, daß er noch immer irgendwo eine Lusthöhle bewohnte. Er stand uns kaum zur Verfügung. Ein Oberfeldwebel besorgte seine Geschäfte. Drei Wochen lungerte ich herum, nutzte die Freizeit, fuhr umher und lernte je zwischen zwei Bombenschlägen Berlin kennen.

Die gesammelten Kriegstagebücher füllten mehrere Kasernenstuben. Sie waren wichtig für das Alibi des Oberleutnants, in Berlin bleiben zu dürfen, und sie wurden des öfteren, der Bomben wegen, die wie Regen herniederfielen, umgelagert, und Spandau war die letzte Station, bevor der Oberleutnant sich entschloß, sie auszulagern. Unsere Arbeit bestand schließlich darin, irgend etwas nach einem Plan, den wir nicht erkennen konnten, zusammenzustellen.

Muß ich erwähnen, daß ich mit wenig Eifer arbeitete, wenn es überhaupt dazu kam? Wir waren alle nicht sehr bei der Sache, und die Sache war wohl, aus vielen Kriegstagebüchern einen Krieg auf Papier für die Nachwelt herzustellen. Wie gesagt, ich lungerte herum. Wir lungerten alle herum, wir von der neu eingerichteten Dienststelle. Jeder von uns fand sich eine Maulwurfshöhle im täglich mehr zertrümmerten Berlin, die es ihm ermöglichte, ein paar Stunden glücklich zu sein. Landläufig glücklich. Jeder Morgen, der hell und sömmerlich heraufzog, wurde in dieser Zeit von den Berlinern mit Vorfurcht wahrgenommen. Es war Fliegerwetter. Die sonst als Lebensspenderin gerühmte Sonne, die kam und leuchtete und den Weg wie ein Held zog, wie es in dem berühmten Liede heißt, brütete wie eine goldene Glucke die amerikanischen Bomber und den Tod aus. Ich verkroch mich an solchen Tagen in den Spandauer Wald. In einem Antiquariat hatte ich einen Band Emerson aus dem Kalkstaub geklaubt. Es war meine erste Begegnung mit dem amerikanischen Philosophen. Ich las seinen Essay über *Ausgleichungen* und wurde inne, daß das, was den Deutschen, den Berlinern und mir jetzt geschah, eine Ausgleichung für den politischen Übermut und Widersinn der Pseudo-Arier war, sich die Völker der halben Welt zu Feinden zu machen. Ich erfuhr aus diesem Essay aber auch, daß nach diesem Ausgleichsprinzip die Sieger, falls sie sich gegen uns genauso verhalten würden, wie wir uns zu ihnen verhielten, mit Ausgleichungen zu rechnen hätten. Kurzum, dieser Emerson ließ mich ein Weltgesetz erkennen, und er tröstete mich, und ich ging erhoben umher, obwohl mich jede Minute eine Bombe treffen konnte.

Ein Sonntagvormittag. Es war Fliegerwetter. Ich ging in den Spandauer Wald, doch die Flieger kamen merkwürdigerweise nicht. Es schien selbst in der Hölle Ruhetage zu geben.

Ein blasses Mädchen kam mir entgegen, es trug Wadenstrümpfe und war altfränkisch oder dirndlhaft angezogen. Sein feldstaubfarbenes Haar war zu einem Knoten aufgesteckt. Wenn mir früher zu einer gewissen Zeit Goldzähne gefielen, so gefiel mir um diese Zeit langes Haar bei Frauen.

Es fiel mir damals nicht schwer, eine Frau, die mich interessierte, anzusprechen. Es war ein wilder Drang in mir, mich mit einem Weibe zu lagern, wie ich ihn später nie mehr erlebte. Ich habe andere befragt und erfahren, daß sie ähnlich bedrängt waren. Bei uns, auf den Heidedörfern, sagte man Lungenkranken nach, sie wären besonders geschlechtsgierig, sie würden ihren Tod auf sich zukommen fühlen und hätten das Bedürfnis, ihr Leben weiterzugeben, bevor es ihnen entschwände. Saß da jetzt auch in mir ein Tod, der mich trieb?

Meine Moral war morsch, ich war wenig wählerisch und sprach die blasse Waldläuferin scheußlich konventionell an. Sie blieb stehen, antwortete aber nicht. Ich bemerkte, daß sie glänzende, etwas starre, Augen hatte. Meine plumpe Annäherung schien ihr nicht unangenehm zu sein. Ich schloß mich ihr an, ohne aufgefordert zu sein.

Auf welche Weise schließlich eine Unterhaltung zwischen uns entstand, erinnere ich mich nicht mehr. Ich erfuhr, daß ich es mit einer Operationsschwester zu tun hatte, erfuhr, daß sie traurig wäre, weil ihr Geliebter, mit dem sie bisher zusammen gearbeitet hätte, an die Front geschickt worden wäre. Die Front war an der Neiße. Ich neidete dem Arzt, daß er meinem Bossdom so nahe sein durfte; sein Vorhandensein löste Rivalität in mir aus. Das Männchen in mir erwachte und wollte nicht zulassen, daß dieser Mediziner etwas mit dem Mädchen zu tun hatte, das jetzt neben mir ging. Ich glaubte, es mit einem Naturwissenschaftler wie diesem Arzt aufnehmen zu können, und breitete Unmengen von dem, was ich wußte oder was ich mir angelesen hatte, vor dem Mädchen aus, um es in Erstaunen zu versetzen und erkennen zu lassen, daß der Arzt, mit dem es oft und oft vor geöffneten Menschenleibern gestanden hatte, kein wunderweiser Mannsfisch gewesen wäre und daß es Männer gab, die nicht nur in das äußere Innere, sondern überdrauf in das innere Innere eines Menschen sehen konnten.

Es konnte dreist sein, die Blasse belustigte sich über mich und hatte ihre Gefühle so in Gewalt, daß kein einziges als Verräter in ihr Gesicht vordrang.

Als sie nach meinem kilometerlangen Imponiergeschwätz endlich etwas sagte, merkte ich, daß mein Plan aufging. Die Bläßliche sprach brüchig. Sie mußte abhusten, mußte ihre Stimme erst klären und schien, was ich bis dahin gesagt hatte, keineswegs für Geschwätz zu halten.

Mehr nicht von der raschen Entwicklung jener Notstandsliebe. An diesem Sonntagvormittag ereignete sich nichts, was die Kraft gehabt hätte, bis in meine Bossdomer Nachkriegstage, ja, bis in die heutigen Tage meines Lebens hineinzureichen. Alles, was geschah, war durchschnittlich. Das Mädchen hieß Wilhelmine. Ein Name mit Grünspan, deshalb ließ es sich Wilma nennen. Ich nannte es Nona, weil es erst vor einem Jahr aus der Schule gütiger Nonnen gekommen war.

In den ersten Tagen unserer Bekanntschaft war ich für sie nur ein Mann, der sie trefflich unterhielt, der mit ihr über die sieben Welträtsel sprach, über Himmel und Erde; vor allem über den Himmel; sie war katholisch. Vielleicht war ich für sie in den ersten Tagen ein Ersatz für eine von den Nonnen, die sie erzogen hatten, bevor sie in das weltliche Krankenhaus und Halblazarett getan wurde. Vielleicht war ich Ersatz für ihre Lieblingsnonne Gundula, von der sie mir erzählte, und wenn ich mit Nona über den Himmel und über Gott redete, dann, ohne zu behaupten, daß ich gläubig wäre, denn ich glaubte niemals weniger an den Himmel und an Gott als in jener Zeit der Bomben, und ich wußte damals auch nicht, was die Gläubigen meinten, wenn sie von Gott und dem Himmel redeten. Aber mit Bibelkenntnissen konnte ich aufwarten wie Mephisto. Es war das einzige Mal, daß mir die von Dorflehrer Rumposch eingedroschenen altheiligen Texte auf Umwegen zu gewissen Genüssen verhalfen. Nona kannte als Katholikin die Bibel nur auszugsweise. In allen Sekten, ob religiös, ob politisch, ists üblich, daß nur wenige Eingeweihte gewisse Interna kennen, die den Seelen der gläubigen Anhänger nach der Meinung der Ober-Ideologen nicht zuträglich wären. Nona aber war wissensdurstiger, als eine gute Katholikin zu sein hat. Vielleicht minderte es nach ihrer Meinung ihre Verantwortung fürs Seelenheil, wenn sie die Bibeltexte mündlich von mir zu hören bekam, statt sie selber zu lesen. Wir Kindeskinder vom Ende des Jahrhunderts kennen ja solche psychologischen Umwege. Die Bibel ist Gottes Wort, das weißt du doch, Nona, sage ich.

Sie sagt, sie weiß es.

Aber, sage ich, man gibt euch Gottes Wort nur zu lesen, wo es nach dem Ermessen eurer Oberen sauber und rein ist, und die Stellen, die nach deren Ermessen nicht fleckenlos sind, behält man euch vor.

Mit solchen Andeutungen erweckte ich in Nona jene Gier, die man Neugier nennt. Sie begehrte zu wissen, wie das Wort Gottes aussähe, das nach meinem Dafürhalten nicht fleckenlos wäre. Ich möge es ihr zeigen. Ein wenig vielleicht nur. Ich ging aufs Ganze. Ich erzählte ihr die Geschichte von Lots Töchtern, und wie diese Töchter sich nach der Vernichtung von Sodom mit ihrem Vater ins Gebirge retteten, und wie sie dort zusammen eine Höhle bezogen, und

162

daß Lot alt, aber nicht impotent war, wie man hier bei uns von Männern seines Alters annimmt, und daß es nur darauf ankomme, aus einem alten Manne noch Feuer zu schlagen.

Und so heißt es direkt in der Bibel: Da sprach die Älteste zu der Jüngsten (die Töchter Lots sind gemeint): Unser Vater ist alt, und ist kein Mann mehr auf Erden, der zu uns eingehen möge, nach aller Welt Weise. So komm, laß uns unserm Vater Wein zu trinken geben und bei ihm schlafen, daß wir Samen von unsrem Vater erhalten ...

Nona errötete, als sie das hörte. Und sie sagte vorsichtig: Jetzt sagst du die Unwahrheit, wenn du nicht überhaupt lügst! So etwas ist unüblich, aber gelogen ist es nicht, verteidigte ich mich.

Aber nein, Nona wollte keine von den befleckten Geschichten aus der Bibel mehr hören. Sie wollte überhaupt nichts mehr hören, aber die Tür wies sie mir nicht. Ihr habt es gehört, daß wir uns duzten, und das heißt, wir hatten uns mehr als einmal geküßt. Und da sie mir nicht die Tür wies, begab sichs, daß ich in ihrer Schwesternstube aus und ein ging. Später lag ich Nona bei, um im biblischen Tone zu bleiben, und ich war im Beilager das, was man volkstümlich leichtsinnig nennt. Nona forderte mich auf, leichtsinnig zu sein, und ich dachte, Nona ist eine Krankenschwester, und sie wird Mittel und Wege wissen, die es ihr erlauben, mich leichtsinnig sein zu lassen. Nein, ich bedachte nicht, daß Nona katholisch erzogen war und daß es für sie eine Sünde gewesen wäre, sich nicht schwängern zu lassen. Ich versuche mir hier und jetzt zu vergegenwärtigen, welcher Art meine Gedanken damals waren. Ich dachte: Weshalb sollst du dich nicht hintun, so wie es den Menschen gegeben ist, und warum sollst du umkehren auf dem Höhepunkte der Lust, und ich dachte: die Bomben sehen nicht an, wen sie treffen, morgen bist du vielleicht tot. Ich dachte so, wie viele damals dachten. Aber man soll nicht denken, wie viele denken, oder man soll es nur dann tun, wenn es unumgänglich ist. Und hier schien es unumgänglich zu sein, oder war mehr Hoffnung auf Überleben in mir als bis in mein Bewußtsein vordrang?

Alles, was ich hier dartat, brauchte zu seinem Geschehen wenig Zeit. Jener Philosoph, der seines großen Schnurrbartes wegen aus einer Bart-Tasse trinken mußte, sagte: Alles Entscheidende entsteht trotzdem.

Ich wandle ab: Alles Entscheidende entsteht in einer Zeitspanne, die nicht meßbar ist, und die Zeit selber entstand erst, als wir anfingen zu denken. Es gibt keine Veranlassung für euch, mir das zu glauben, denn ich habe nur einen kleinen Schnurrbart, muß nicht aus einer Bart-Tasse trinken und bin noch nicht tot.

Meinem Oberleutnant wurde das Lustleben in Berlin zu gefährlich. Zuerst setzte er sich in die fränkische Provinz ab. Sich absetzen? Ich weiß nicht, weshalb wir diesen chemischen Vorgang auf menschliches Tun übertrugen. Es ist doch wohl so, daß sich zwei Chemikalien unter normalen Verhältnissen nicht verbinden können, sondern voneinander absetzen. Die Empfindlichkeit uff die Wörter ist mir geblieben.

Einige Tage, bevor der Oberleutnant ins Frankenland reiste, ließ er mich kommen. Er saß in seinem Büro und saß so, wie Karikaturisten es den Amerikanern hinschieben: die Beine auf dem Schreibtisch, die Mütze ins Genick geschoben, eine Schwaden von Rauch absondernde *Overstolz*-Zigarette im Munde. Er starrte auf ein Blatt Papier, das vor ihm auf dem Schreibtisch lag. Ich stand, und er saß. Herr und Knecht! Mir war nicht behaglich. Ich sehe, Sie haben gesessen, wie hier steht, sagte der Oberleutnant. Er hatte den Fleck in meinem Leben gefunden, der zu jener Zeit ein dunkler Fleck war. Später wird daraus ein lichter Fleck werden. Ich sage das nur, um euch darauf hinzuweisen, daß kein Ding und kein Verhältnis feststehen. Es kommt darauf an, wer etwas ansieht und wie er etwas ansieht.

Aha, dachte ich: Er hat Befehl gekriegt, sein Häuflein zu verkleinern und Leute, die er nicht unbedingt braucht, an die Ostfront zu schicken. Es wurde zwar in der Zeitung deklariert, der Dienst an der Ostfront sei ein Ehrendienst und wer ihn zum Strafdienst degradiere, müsse mit Konsequenzen rechnen. Aber wer gab noch etwas auf die hochtrabenden Töne in den Zeitungen? Ich saß in Schutzhaft, Herr Oberleutnant, sagte ich!

Er hob den Kopf, und ich sah in ein freundliches Gesicht. Er bot mir eine von seinen guten *Overstolz*-Zigaretten an. Ich fahre heute, sagte er, und Sie, Kupsch und Mehnert, Sie werden in drei Tagen nachkommen und in der Gegend von Coburg das Büro unserer verlagerten Dienststelle einrichten. Ich wußte die Milde des Oberleutnants zu deuten: Die Zeit der Rückversicherungen hatte begonnen.

Ich habe meine Erinnerungen durchforscht, um festzustellen, wie mein Verhältnis zu Nona war, bevor ich abmarschierte. Ich habe nichts Besonderes aufgefunden. Ich war an Ortswechsel gewöhnt und abgestumpft. Ich fragte nicht nach dem Kind, das kommen sollte. Das Wieder- und Wieder-Fortgehen stand als ein Zwang über meinem Leben, den ich anerkannte. Mag sein, daß es so war! Kann auch sein, daß ich mich nicht mehr gründlich meiner Gefühle von damals erinnern kann! Was aber meine erste Frau betraf, so saß die naive Hoffnung, daß sie sich noch ändern könne, in mir wie das Myzel eines Gemäuerschwammes.

Nona hatte mir beim Abschied gesagt, sie würde, wenn dieses Berlin immer unerträglicher werden sollte, zu ihren Eltern nach Thüringen gehen, und als ich aus meinem tschechischen Exil kam und im *Garten Eden* arbeitete, so war das in Thüringen nicht weit von dem Ort, wo sich Nona aufhalten mußte, aber der Ort, in dem meine frühere Frau wohnte, war ganz, ganz nahe.

Also, ich war stumpf! Lassen wir es dabei! Ich duckte mich, obwohl ich damals schon hätte wissen müssen, daß man sich vor dem Leben nicht verstecken kann. Viele Menschen erkennen nicht an, daß dieses Leben nach Gesetzen verläuft, die keine Rücksicht darauf nehmen, was sie planen, und es erscheint ihnen dieserhalb ruppig, dieses Leben, und sie klagen es an, wie die Christen ihren Gott anklagen, weil er ihnen angeblich Kriege schickt, die sie sich jedoch, ohne es zu wissen, mit ihren privaten Plänen anfertigen.

Ich hatte Nona auch von meiner Heimat erzählt, von meiner Mutter zum Beispiel. Auch von dem Ort, an dem diese Mutter anzutreffen sei. Es hat also nichts mit Zufall oder Schicksal zu tun, wenn mich meine Mutter im Nachkriegs-Bossdom beiseite nimmt und sagt: Es scheint, als ob Frauen Kinder kriegen, wenn du sie berührst. Paß Obacht, daß Schwester Christine nicht dein viertes Kind zum Austragen kriegt. So und so, die Mutter will mich nicht beunruhigen,aber es sei schon ein dritter Brief von einer gewissen Wilma aus Thüringen eingetroffen und darin habe schließlich gestanden, daß sie ein weiteres Mal Großmutter geworden wäre.

Da hatte ich ihn, den vielzitierten Konflikt. Ich hatte, als ich anfing, es mit Schwester Christine zu treiben, den Ausschlag meiner Gewissens-Wasserwaage ignoriert. Meine Liebeslust war stärker als der Ausschlag der Waage. Ich gab dieser Lust mehr Recht als dem Hinweis meines Gewissens. Nun winde ich mich unter dem Konflikt, den ich mir hergestellt habe, und erwäge, ihn mir durch Geldzahlungen aus der Welt zu schaffen, Alimente genannt.

Aber jetzt fängt das Gewissen meiner Mutter an, das meine zu belasten: Du kannst das Mädel doch nicht sitzenlassen, sagt sie. Freilich könnte ich diese Mahnung mit der Bemerkung, sie sei ein Vorurteil, abtun, doch ich ziehe es vor, sie schweigend und nachdenklich hinzunehmen. Mit meinen Kenntnissen von damals wußte ich noch nichts von dem chinesischen Orakel I-Ging, und ich wußte auch nicht, daß ein so weiser Mann wie Hermann Hesse von Zeit zu Zeit dieses I-Ging befragte und sein Leben nach dessen Hinweisen einrichtete. Mir wäre als Orakel nur ein hochgeworfenes Geldstück geblieben. Deshalb mache ich meine Laune zum Orakel. Eines Tages versetzt mich bei meiner Dichterei-Arbeit eine gelungene Stelle in gute Laune, und ich schreibe nach Thüringen, und ich kriege Antwort von dort: So und so, ich hätte den Anstoß für das Erdenleben eines Maikindes gegeben, und das wäre ein Sohn. Nona schreibt, es ginge ihr gut, sie lebe bei ihren Eltern. Ihr Vater, der Klempnermeister, besäße Blechreserven von vor dem Kriege und arbeite vor allem bei Bauern gegen *Naturalien*, wie damals alles genannt wurde, was gegessen werden konnte. Kein Hunger, keine Vorwürfe von den Eltern; die einzige Not, eine körperliche Not. Sie könne schwer ohne mich leben.

Schwester Christine und ich sind einander so nahe, wie meine Mutter es befürchtet. Was tun? Ich mache Christine zum Orakel! Ist auch sie der Ansicht, ohne mich in leibliche Not zu geraten? Ich gebe ihr Nonas Brief. Sie liest ihn, und ich kann sehen, wie ihre Gedanken hinter der blassen Stirn hin und her schießen, sich kräuseln, recken und wieder zusammenziehen. Das ist eben so bei Christine: Man kann durch sie hindurchsehen. Das Orakel Christine sagt: Es sind dort zwei, die nicht ohne dich sein können, und ich bin allein.

Soll ich gestehen, daß sie weinte? Ich habe mich stets gesträubt, liebesbekümmerte Szenen aufzuschreiben, weil ich fürchte, sentimental zu werden.

Damals habe ich zudem die erste Geschichte von einem gewissen Hemingway gelesen. Das war ein männlicher Mann von einem Schriftsteller. Er schlug hart auf die große Trommel: Diese gottverdammte Liebe, was immer das sein mag! So oder ähnlich konnte man es bei ihm lesen. Später, als ich sein Buch vom *Anderen Land* gelesen hatte, wußte ich, weshalb er sich oftmals bei Liebesszenen in die Härte flüchtete: Auch er war nicht frei von Sentimentalität.

Christine ist ein ehrliches Mädchen. Es ist ihr nicht gegeben, sich vor lauter Gefühl zu betrügen. Sie bittet um Aufschub: Ich soll Nona und den Sohn nicht gleich kommen lassen, nicht morgen oder übermorgen. Ich soll damit in den Frühling hineinwarten. Es wäre ein Geschenk für sie, wenn wir noch ein paar Tage miteinander hätten. Und jetzt denk von mir, was du willst, sagt sie, immerhin ists möglich, das Mädchen dort in Thüringen lernt, wenn der Frühling sie bedrängt, einen anderen kennen und nimmt den, obwohl mich das hinwiederum kränken würde, wenn sie dich nicht bevorzugte. Ich würde jedenfalls dich nehmen und keinen anderen. Sie ist wohl doch, mehr als ich wähne, Fleischhauerstochter, die blasse Christine, und das Kalkulieren ist ihr eingeboren!

Das Frühjahr kommt, wach auf du Christ ... heißt es in dem herben Frühlingslied, das der listige Augsburger von Grimmelshausen abgeschrieben hat. (Es gab viele Grimmelshausen, von denen er abschrieb!)

Hertchens kleine Kuh kalbt und erzeugt *Devisen* für die Milchwährung. Milchwährung und Schnapswährung, die härtesten Währungen dennmals.

Meine Angorakaninchen habe ich das zweite Mal geschoren. Jetzt wirft die Häsin fünf Jungtiere. Meine Fürsorge fängt an sich zu lohnen. Um nichts Abfälliges sagen zu müssen, pfiffelt der Vater, wie es seine Art ist, wenn ich meine Tiere mit Heu aus seiner Scheune füttere.

Früher richteten sich die Bossdomer ihr Leben so ein, wie es ihnen bequem war. Das ist vielleicht ein bißchen übertrieben, aber ein wenig wahr ist es auch. Als Adolf von Linz dann *die Macht in Germanien ergriff,* wurde auch die Eigenständigkeit der Bossdomer gekappt. Sie mußten auf Befehl Erbsensuppe essen und dem Linzer Adolf ein Trinkgeld dafür zahlen. Sie mußten auf dem Dach des Spritzenhauses eine Sirene anbringen. Die Adolfiner dachten dabei wohl weniger an ein Signal, mit dem man Feuerwehrleute rennen macht. Mit der Einrichtung von Erbhöfen war für die Hitlerschen in Bossdom nichts zu machen. Das Heideland war für den Bauern-Adel nicht zu verwenden.

Nun haben die Russen, war zu lesen und zu hören, die Bossdomer von den Adolfinern befreit, doch man läßt sie trotzdem nicht wie früher machen, was sie wollen.

Wie kummt dasch blosch ganzes? fragt Schestawitscha. Wir sind in die zweete Diktatur reingeworden, erklärt Paule Nagorkan. Aber niemand nimmt, was der Realienbuchgelehrte sagt, ernst. Man muß auf den Hunger losgehen, und es wurde befohlen, die Ländereien der Rittergüter von Bossdom und Gulitzscha an die kleinen Leute zu verteilen. Der Besitzer beider Güter war davongegangen. Sollte man das Land brachliegen lassen und hungern?

Weinrich und Schinko machten sich an die Arbeit, gründeten eine Bodenkommission, und die verteilte die Ländereien.

Meine kleine Landwirtschaft aber, auf die ich gehofft hatte, steht noch aus. Der Trost, den mir Erich Schinko gab, ist dürr. Keiner von den Landnehmern trat über Winter zurück. Sie hätten dir schon Acker gegeben längst, wenn du wärst in die Partei reingegangen, gleich wie du koamtest, sagt Fritzko Duschkan.

Gehören die Ländereien jetzt einer bestimmten Partei und werden nur dem zugesprochen, der den Leuten dieser Partei schöntut? Auch meine Mutter versteht das nicht. Was geben se nu dem Jungen keen Acker nich. Er hat frieher hier gewohnt und wohnt jetzt wieder hier. Solln se zusammenrücken, mag jeder bißchen Feld abgeben. Die Mutter wähnt, das von hinter dem Ladentisch her bestimmen zu können, aber bis in die Bodenkommission hinein reicht ihre Ladenmacht nicht.

Wars die Mutter nun, die den Vater anschubste, oder vermutete der, daß ich mich der kommunistischen Ortsgruppe fernhielt, weil mir mißfiel, daß er und Bruder Tinko so übergangslos dort Mitglieder geworden waren? Jedenfalls gibt sich der Mattsche Heindrich großherzig. Sie wern dir schont Sticke Feld geben ooch, sagt er, aber vielleicht sehre spät erscht. Es wäre die höchste Zeit, was auszusäen und anzupflanzen, deshalb wölle er mir vorderhand ein Stück Acker für einen Feldgarten hertun.

Der Vater hatte dem verarmenden Gutsherrn schon in den zwanziger Jahren vier Morgen Land abgepachtet. Es war mageres Land, das er jetzt bei der großen Landvergabe behalten durfte, dafür gab man ihm aber statt zwanzig nur sechzehn Morgen sogenanntes Reformland. Er fühlte sich *angeschössen*, denn von den Erträgen jedes Landstückes, ob mager, ob fett, mußte ein Teil an den Staat abgeliefert werden. Es lag ein sogenanntes Abgabesoll drauf. Die vier Morgen von doamoals reißen mir rein, sagte der Vater, deshalb wölle er mir einen Morgen von diesem seichten Land vermachen und ihn von seiner Veranlagung abschreiben lassen. Mein Vorteil wäre, ich bräuchte das Land nicht erst urbar zu machen.

Großartig, jetzt war also mein Vater mein Obertan. Lacht

mich nicht aus, wenn ich mich trotzdem drauf einließ. Jetzt konnte der Frühling kommen!

Das Land, das mir mein Vater überließ, kenne ich. Als wir von Grauschteen nach Bossdom geworden sind, stand darauf noch Hochwald, und der grenzte an die Feldmark, an die Äckerchen der Kossäten, und von seinem Rande her sieht man in einer sanften Senke das Dorf liegen.

Fahrende Leute, Bettler, Rumgeher und hungrige Arbeitslose sahen, bevor sie mit dem *Klopfen* anfingen, eine Weile ins Dorf hinein. Einmal lagerten dort Zigeuner und hatten ihr Feuerchen am Waldrand, und sie brieten etwas, was ihnen in der Feldmark in die Pfanne gesprungen sein mochte. Wir besuchten die Landfahrer, Jungen, aber auch einige Mädchen waren dabei, und wir starrten, abständig, auf das Lagerleben der zimtfarbenen Menschen, sie aber machten uns alsbald zu ihren Gefährten. Eine schöne Frau hielt ein Kind an der Brust, säugte es in aller Offenheit und bewachte das Gebrät in der Pfanne. Mit dem Instinkt der Fahrenden rief sie mir zu: Biste doch der Koofmannssohn, biste? Loof zum Loaden und klau bissel Salz, ooch Pfeffer! Ich rannte heimzu und erbat Neegchen Salz und Pfeffer von der Mutter. Broaten se woll ganz und goar ohne Fett? fragte die Mutter und gab mir ein Klümplein Fett mit. Stolz traf ich mit meinem Gebringe im Zigeunerlager ein. Die Frau hatte ihr Kind abgelegt und grapschte begierlich nach dem Fett. Bist a scheener Junge, sagte sie, weeste schon, wie gefuckt wird? Sie erbot sich, es mir zu zeigen. Unsere Mädchen kreischten heuchlerisch. Die Jungen, die mit mir waren, johlten. Ich rannte nach Hause. Konnte ich daheim über das reden, was mir angeboten worden war? Ich verschloß das Erlebnis. Später, als ich anfing, ein Männchen zu werden, bereute ich zuweilen, daß ich das Angebot der Zigeunerfrau nicht genutzt hatte.

Das Waldstück, von dem aus die Fahrenden dem Ort Bossdom Maß nahmen, ehe sie ihn befuhren, hieß die *Schulheede*, weil die Schule am Dorf-Ende und dem Walde am nächsten lag. Eines Tages wurde die *Schulheede* geholzt. Kahlschlag! Der Gutsherr brauchte Geld. Die Stubben durften sich die Dorfleute gegen geringe Bezahlung ernten.

Manche Kossäten hebelten die Kiefernfüße aus dem Heidesand, andere benutzten eine Art Göpel, mit dem sie die Wurzelstöcke aus der Erde drehten. Wir hatten derlei Geräte nicht, aber Stubben waren ein gutes Backofen-Futter. Mein Vater dingte den Frührentner Michauk und ließ den die Stubben ausgraben. Ich sah Michauk bei der Arbeit zu, weil ich wissen wollte, wie tief die Kiefernwurzeln in der Heide-Erde steckten. Dabei entdeckte ich, daß ein Baum Geäst auch unter der Erde hat und daß eine Kiefer eine oben und unten zerfranste Holzrolle ist.

Onkel Michauk (wir nannten alle Männer des Ortes Onkel) war schon tief in der Erde an der Pfahlwurzel einer Kiefer, da knickte er zusammen, sah mit verdrehten Augen zu mir am Lochrand herauf und rief heiser: Hole flink Leite! Alsdann fing er an zu röcheln, als ob er stürbe.

Ich rannte ins Dorf und holte den Vater und Müller Sastupeit. Die beiden Männer vergaßen ihre geschäftliche Konkurrenz, zogen Michauk aus dem Wurzelloch, legten ihn auf den gelben, ausgehobenen Sand und suchten dem verkrampften Manne die Fäuste zu öffnen. Sastupeit machte sich am Munde von Michauk zu schaffen. Er beißt sich uff die Zunge, sagt er.

Michauks Onkel hat die Krämpfe, hieß es, und wer die Krämpfe hatte, war für die Dörfler ein Halbgestorbener.

Als alle Stubben gezogen waren, gab es keine *Schulheede* mehr, aber die Bezeichnung verwischte sich auch mit den Jahren nicht. Wer nicht wußte, welches Feld mit *Schulheede* bezeichnet wurde, konnte kein echter Bossdomer sein. Es gibt dort noch immer Leute, die von der *Schulheede* reden.

Aus der tauben Erde der *Schulheede* Ackerland zu machen war ein Werk von Großvater. Er tat es mit kleinen und großen Pausen. Die Pausen wurden von den kleinen und den großen Krächen mit dem Vater bestimmt. Großvater legte Komposthaufen an und brachte sie in den trögen Acker, auch siebzig Fuhren Teichschlamm gehörten dazu, die Erde willig zu machen, und endlich standen in einem Frühling die ersten Lupinen auf dem Acker. Vom Duft der Lupinen kann man nicht reden, ohne ihn zu zerreden, und ein Lupinenfeld ist, wenn es blüht, gelber als gelb. Ich, der niederschlesische Neurotiker, hatte Schmerzen zu ertragen, als die blühenden Lupinen untergepflügt wurden. Großvater erschien mir in diesem Augenblick roh, doch er wußte, was er wollte. Er wußte von den Stickstoffknöllchen an den Wurzeln der Lupinen, und er nannte die blühenden Pflanzen Grün-Dung.

Am Rande des Feldes wächst eine kleine Birke, ein Birkchen. Großvater duldete nicht, daß der Vater es abhieb. Böme müssen sein for die Vögel. Neben der Birke liegt ein Findling, er kam beim Stubberoden nach oben. In meiner wilden Zeit als *hocher* Schüler saß ich abends zuweilen unter der Birke auf dem Stein, und der Stein war warm; die Sonne hatte ihn am Tage beschienen. Ich saß nicht immer allein da; eines der Mädchen, die mit mir waren, lebt noch, und wenn es lesen sollte, was ich hier hinschrieb, mag es entnehmen, daß ich seiner gedenke.

Eine Jahreszeit folgt der anderen! Binsenwahrheit. Aber zum Zeichen, daß sie nicht stimmt und ein *Gelaber* ist, schickt der Sommer ein paar Tage in den Frühling hinein, ein paar Tage als Voraus-Abteilung, und der Frühling schickt ein, zwei Tage mit kräftigem Sonnenschein und Mückenspielen in den Winter. In der Zeit, von der ich rede, schickt der Sommer seine *Kundschafter* schon Ende März in den Frühling. Kleinbauern und Kossäten haben nichts gegen das Wunder: Märzenstoab, viel Gras und Loob, sagen sie, alle andern Bossdomer plappern es ihnen nach, obwohl mit dem Märzenstaub der karge Mutterboden von den Feldern geweht wird. Die meisten Bossdomer sind jetzt Kleinbauern und nennen sich *Bodenreformer*. Das Wort *Bodenreform* trifft die wirkliche Sache nicht, nicht der Boden wird reformiert, sondern die Besitzverhältnisse. Die Beamtensprache ist unlogisch, aber der kleine Mann meint, er könne nur in dieser Sprache bei den Leuten in den Dienststellen etwas ausrichten. Und wenn wer auf dem Dorfe die Wendungen der Bürokraten-Sprache beherrscht, sagt man von ihm, der kann reden wie *een Advikat*! Und wer schreiben kann wie ein Advokat, wird in der Regel Bürgermeister, Amtsvorsteher oder

Funktionär eines örtlichen Vereins. In der Zeit nach dem Weltkrieg römisch zwei, als die Parteien, besonders eine von ihnen, dem Augenschein nach von unerläßlicher Wichtigkeit sind, greift die Advokatensprache um sich wie Dielenschwamm.

Der Stein unter der Birke hat sich in den Probe-Sommertagen durchwärmt. Er arbeitet und nutzt Hitze, Regen und Kälte, um sich zu sprengen, und Erde zu werden. Wenn er redselig wäre wie wir, würde er sagen: Ich mühe mich um mein Fortkommen.

Nicht für mich und Schwester Christine hat der Stein sich also mit Wärme versorgt, aber wir nutzen sie. Ich sitze und warte auf sie. Sie kommt spät. Die alte Ratheyn liegt mit einem Magenübel darnieder. Sie hat versucht, sich selber zu kurieren und Urin getrunken. Es hat nicht geholfen. Schließlich schickte sie nach Schwester Christine.

Die Sache ist, die alte Ratheyn roocht wien Schornschteen, aber *Knaster* ist knapp, deshalb nimmt sie auch Kautabak, und wenn sie ihn ausgekaut hat, rollt sie ihn auf, trocknet ihn und raucht ihn in der Pfeife. Sie verätzt sich den Magen, und Christine muß bei ihr stehen und drauf dringen, daß die Patientin Kamillen-Sud trinkt.

Ein Windchen raschelt in den Zweigen der Hängebirke, und ich meine, den Duft von erstem Birkengrün zu erschnuppern. *Hab überreift und überschneit den Stein zum Bett gemacht,* heißt es in einem alten Jägerliede. Unser Bett ist warm.

Bald wirds Mai, und ich müßt traurig sein, sagt Christine. Ich bin harthörig. Ich will nichts wissen vom Mai, den Nona in ihrem letzten Brief zum Termin machte. Ich werd aber ni traurig sein, nicht a Brickel, sagt Christine. In mir steht das Männchen auf: Christine würde nicht einmal traurig sein, wenn wir uns trennten? Wirst also *Nun danket alle Gott* singen, wenn ich aufs andere Verhältnis übergehe? Ich werd ni weinen, werd oo ni lachen, sagt Christine. Ich hoa was gelernt die letzte Zeit. Bis zum Mai wären es noch Wochen. Es sei überdrauf, sich auf die Zukunft hin vorzufürchten, es kenne sie keiner. Sie küßt mich und macht es mir leicht.

Und wir treffen uns immer wieder, und wir treffen uns immer noch einmal, und wenn Christine mich nicht unten in der Bäckerei antrifft, trifft sie mich auf dem Hügelchen am Stein. Dort ist seit dem Frühling meine zweite Arbeitsstelle.

Noch immer ist es unsicher in der Gegend der Neiße. Sie ist jetzt die Grenze zwischen uns und den polnischen Brüdern, erklären die Parteifunktionäre.

Brüder? Schöne Brüder die Polacken, die uns vertrieben haben, sagen die Umsiedler, und auch die, die Mitglieder der Kapede-Ortsgruppe sind, müssen erst gerügt werden, ehe sie die Polen Brüder nennen. Eines aber läßt sich nicht verreden. Banden und Einzelräuber ziehen im Neißegebiet umher. Man weiß nicht, von wannen sie kommen und wes Lied sie singen. Weinrich ordnet an, die Bossdomer müssen sich schützen. Alles, was aussieht wie ein Mann, wird bestimmt, auf nächtliche Wache zu ziehen. Wieda bißchen Volkssturm! sagt Duschkans Fritzko. Die Männer gehen in Zweiergruppen, eine Gruppe für das Oberdorf, eine fürs Unterdorf, und lösen sich zweistündlich ab. Damit bin auch ich in das öffentliche Dorfleben einbezogen.

Wir lauschen in die Frühlingsnächte, und wir merken auf und eilen hinzu, wenn sich auf einem Gehöft im Stall die Hühner gackernd um die Sitzplätze streiten, und wir sind froh, wenn das Gegacker nicht von Räubern ausgelöst wurde.

Das Geklapper eines Fahrrades läßt uns aufhorchen. Es ist das alte Damenfahrrad von Schwester Christine. Sie kommt von einem Schwerkranken. Christine läßt es sich nicht nehmen, uns eine gute Nachtwache zu wünschen. Ich bin dankbar für dieses Liebeszeichen.

In einer warmen Aprilnacht ist mein Mitwächter Karle Michauk, der Epileptiker. Er ist ein gutmütiger Mensch mit ausgelaugt blauem Blick. Wir treffen auf Schwester Christine, oder sie trifft auf uns und erzählt von der alten Rathey. Die Alte wurde von ihren Magenschmerzen zur

Vernunft gezwungen und raucht nur noch jeden zweiten Tag getrockneten Kautabak. Karle Michauk macht sich seitlich davon. Er will uns eine *Gelegenheit* machen, aber Schwester Christine duldet nicht, daß ich Michauk allein lasse. Ein Anfall könnte ihn umreißen. Ehe ich widerreden kann, ist sie auf ihrem Fahrrad und davon. So ist sie, die Christine. Es stimmt mich wehmütig, daß wir werden voneinander lassen müssen.

An einem Aprilabend kommen mein Vater und Bruder Tinko angetorkelt aus der Schenke. Das kann mir gefallen, sagt die Mutter, beede breet, wie die Tippelkräten!

Sie kämen von einer Hochzeitsfeier, sagen die beiden. Dem Vater kennt man sogleich an, wenn zuviel Kohlensäure in ihm ist, die umherschwirren will. Er formt die bollernden Aufstöße mit den Lippen zu einem Pößt! *Espede* und *Kapede* hätten sich, pößt, vereinigt, erklärt er der Mutter. In Berlin hätten sie ein großes Handgeben vorgeführt, und das hätten sie, pößt, in Bossdom nachgemacht. Sozusagen eene Hochzeit, hat der Weinrich gesagt. Im Vater ist immer noch etwas *Espede* aus den zwanziger Jahren lebendig. Es mag ja sein, daß der Weinrich glaubt, er hätte bei der, pößt, Vereinigung mit seinen *Kapede*-Männern die Oberhand gekriegt, aber ihr irrscht eich, Muhme.

In Bossdom gabs vor der adolfinischen Zeit an Stücker vier, fünf *Kapede*-Leute. Nach dem Kriege sind einige Umsiedler hinzugekommen, die vorgaben, steinalte *Kapede*-Leute zu sein. Freilich konnten sie es nicht beweisen, aber geh du mal auf die Flucht, dann wirst du schon sehen, wie man dir unterwegs die Papiere abnimmt. Außerdem gesellten sich Leute wie mein Vater und Bruder Tinko, die eine Weile Hitler nachgelaufen waren, denen man das aber vergeben hatte, den *Kapede*-Leuten zu. Dann gabs noch zwei, drei *Espede*-Leute, die unter das Dach der von den Russen begünstigten Partei krochen, die den russischen Rückenwind ausnutzten, wie Paule Nagorkan behauptete.

Meine ausgezeichnete Mutter möchte wissen, wie die Partei nun heißen würde.

Sie wird, pößt, *Sed* heißen, sagt der Vater, und dieser verhunzte Parteiname wird verbindlich für alle Bossdomer, bis ein Gesetz in Kraft tritt, das Boykotthetze betitelt wird.

Die Mutter fragt, ob der Zusammenschmiß nu groade een Grund woar, sich anzusaufen?

Das wäre, pößt, ganz von selber gekommen, sagt der Vater, es wäre nicht gleich Einigkeit gewesen. Schinko hätte die Anwesenheit von russischen *Trauzeugen* bei der *Hochzeit* beanstandet. Der Redner aus Grodk habe ihn erst belehren müssen, es sei nicht so, daß eine Partei die andere fressen werde, vielmehr werde alles zusammenwachsen, was zusammengehöre. Die Oberen der beiden Parteien werden alles gemeinsam beschließen und bewerkstelligen. Man werde paritätisch regieren. Die Bossdomer Paritäter wären nun Weinrich und Schinko.

Kurzum, es wäre langsam *Eenigkeet* eingetreten, und Schnaps und Bier wären von *alleene* angeloofen gekumm.

Mich fragt Schinko zwei Tage später: Tut dir das als alter *Espede*-Mann nich bissel leed ooch, wenn wa nu wern nach Thälmann-Schalmaien marschieren müssen?

Mich erregt der Zusammenschluß nicht. Ich habe mir vorgenommen, neutral zu bleiben. Meine Gefühle und Gedanken sind von meiner Schreib-Arbeit besetzt. Weshalb muß man als Mensch, der man ist, sich politisch kennzeichnen und sich auf Ideen einschwören, die andere mal hatten. Weshalb genügt es nicht dazusein und das zu tun, wozu man sich gedrungen fühlt?

So abgeklärt war ich nach dem Weltkrieg römisch zwei. Wäre es doch so geblieben!

Vorbei die Zeit, in der die Bossdomer feststellten, der Krieg ist aus, und wer durchkam, lebt Gottseidank noch. Aus die Zeit, in der sich jeder über jeden freute, den er noch lebend antraf. Aus die Zeit, in der Weinrich und Schinko sich ein herrenloses Pferd einfingen, das sie umzechtig als Fahrrad-Ersatz benutzten, um auf das drei Kilometer entfernte Grubengelände zu reiten und die Braunkohlengrube wieder anzufahren. Manchmal ritten sie zu zweit auf diesem Pferd, und keiner fragte den anderen, der

Idee welchen Politikers er sich verbunden fühle oder von welcher Ideologie er sich leiten lasse.

Ich grabe meine Heckenhölzchen aus, die bündelweise in der schwarzen Erde des Vorgartens überwintern. Sie sind noch saftig im Innern. Wer heute im Mai nach Bossdom kommt, kann dort am Rande der Obstplantage, die sich über die ganze Feldmark hinzieht, meine Hecke blühen sehen. Sie bildet einen weißen Blütenwall zum Dorf hin. Mit den Heckenstecklingen an der rechten Stirnseite meines Feldgartens hatte ich kein Glück. Sie haben die ersten Blättchen getrieben, da liegen sie eines Tages entwurzelt beiseite. Ich vermute, Wildschweine haben sie ausgehoben, und pflanze sie wieder ein. Zwei Tage später komme ich dazu, wie meine gelb-geizige Feldnachbarin, die Schrockoschen, die Stecklinge vernichtet.

Warum das, Tante Schrockoschen?

Weil se mit ihre Wurzeln wern ooch meinen Acker anfressen.

Die Schrockoschen ist in Gulitzscha geboren. Wer ne Frau aus Gulitzscha hat, braucht keen Hofhund, heißt es in Bossdom. Die Schrockoschen scheint es zu bestätigen. Sie hört nicht auf, mir nachzubellen, ich hätte ihr Ackerkraft stehlen wollen. Einen bellenden Hund soll man nicht reizen. Wenn jetzt auf der Dorfseite meines ehemaligen Feldgartens im Mai alles voll weißer Blüten ist, so bedenkt, daß nach der Waldseite hin die Schrockoschen die Blüten verscheuchte.

Es gibt eine Menge Gedichte, Lieder, politische Erzeugnisse, auch Prosa, darinnen geackert und gepflügt, aber nicht gemistet wird. Mist ist nicht poesieberechtigt. Vielleicht ist er mitgemeint, wenn gesungen wird, man bestelle die Felder. Mein Acker wird ohne Mist, also poetisch bestellt. Das Misthäufchen, das mir meine Kaninchen den Winter über eingebracht haben, ist nicht größer als ein feister Maulwurfshaufen. Schweine- und Kuhmist, auch den Hühnerdreck bewacht der Vater wie seine goldene Uhr. Die goldene Uhr, das Erbstück von Großvater Franz-Joseph, ist den Eltern während der Nachkriegs-Wirren entkommen. Die Mutter war, als der Krieg angezettelt wurde, sehr auf diese Uhr bedacht. Man weeß ja nich, wies kummt, man muß ne Rücklage hoabn! Nun wußte man, wie es gekommen war: Die goldene Franz-Joseph-Uhr war in der Rocktasche einer russischen Uniform verschwunden. Keine Rücklage mehr vorhanden. Aber das Kriegs-Ende ist noch nicht ein Jahr alt, und es liegt wieder eine goldene Uhr im Geheimfach des alten Schreibsekretärs. Meine Mutter hat sie aus sieben Broten hergestellt. Eine Rücklage für den nächsten Krieg? Auf der Innenseite des Uhren-Sprungdeckels ist *Loisl Grimsenhuber* eingraviert. Ein Name, der in unserer Gegend nicht zu Hause ist. Eine Umsiedler-Uhr.

Ich finde einen Kilometer von meinem Acker entfernt, am Rande eines Waldstückes, einen großen Haufen verrotteter Queckenwurzeln und erkläre ihn wortlos zu meinem Besitz. Ein Komposthaufen ist, um es mit den Worten einer amerikanischen Literaturgeneraldirektrice zu sagen, ein Komposthaufen, und ein Acker ist ein Acker, ist ein Acker. Wie die beiden zusammenbringen? Ich tue es mit einem Handwagen. Es gibt nur einen Traktor für Bossdom und sein Vorwerk, den hat sich ein technisch begabter Auskenner zusammengebastelt. Dieser Mann ist ein König für unsere Zeit und unsere Gegend. Die Leute verneigen sich vor ihm und geben ihm, was er unbescheiden verlangt. Der Traktor scheint unzerstörbar und unüberwindlich zu sein. Er enthält Teile eines russischen Panzers.

Weshalb nahmst du nicht das Fuhrwerk vom Großvater? fragen meine Enkel.

Weil das Pferd Kohlen-und Warenfuhren ranzotteln mußte und weil es sich die ihm danach noch verbleibende Kraft allabendlich auf den Feldern des Vaters aus dem Leibe zog. Mir blieb also der Handwagen, aber auch der war nicht mein, er gehörte meiner Schwester. Sie lieh ihn mir.

Ich war immer noch ihr großer Bruder, dem sie nichts verwehrte. Ganz umsonst ist auch die Handwagenleihe nicht. Meine Schwester verlangt dafür wieder einmal hypnotisiert zu werden. Leite reden, ihr Glasmacher habe eine zweite Geliebte in Halbendorf. Ich soll die Schwester in Trance nach Halbendorf schicken. Sie will nach dem Rechten sehen, aber sie findet dort nichts von einer Geliebten. Die Schwester stellt fest, was sie glaubt: Ihr Zweitmann ist ihr treu. Natürlich hängt sich auch meine Mutter an den hypnotischen Ausflug der Schwester: Noch immer hat mein Bruder Frede nicht geschrieben. Neue Gerüchte werden gestrickt. Jetzt heißt es, die sechzehn- und siebzehnjährigen deutschen Gefangenen seien weiter nach Sibirien hineingebracht worden. Man würde ihnen dort den Glauben an den abgehalfterten Adolf ausreden. Die Schwester findet rasch nach Sibirien. Sie friert und berichtet über meinen Bruder. Danach ist der wohlauf, nur *friern mussa sehre*. Der Schwester klappern die Zähne. Ich werde von Peinlichkeit geschüttelt.

All meine Freizeit, sogar die geheiligte Schreibzeit, verbringe ich mit dem Heranfudern von Kompost. Mit allerlei Hilfsmitteln versuche ich die Eintönigkeit der Kärrnerei zu zersetzen. Eine Linie zwischen dem Punkt A, dem Komposthaufen, nach Punkt B, meinem Acker, ist einen Kilometer lang. Wie viele Male habe ich diese Strecke bis in die Vollmondnächte hinein bewältigt!

Beim Trecken hilft mir ein Mann, eine Kunstfigur, und das ist Isaak aus dem Roman *Segen der Erde* von Knut Hamsun. Hamsun hat es eine Zeitlang mit Hitler gehalten, und man hat seine literarischen Kunstwerke deshalb in unserem Ländchen und im östlichen Hinterland für null und nichtig erklärt. Nur ein Schriftsteller wandte sich öffentlich dagegen, Ilja Ehrenburg. Er spürte den Widerspruch, denn die Neunmalklugen seines Landes erklärten, Balzac habe, obwohl er Royalist gewesen wäre, für das Bürgertum geschrieben.

Naja, so ist das: Schon immer haben die Pseudo-Intellektuellen die Eier nach ihren Launen gefärbt. Für mich war jedenfalls eine Romanfigur von Hamsun, eben dieser Isaak, ein Ansporn beim Kompostkarren und bei anderen schweren Arbeiten auf dem Lande.

Ich schleppe den Kompost in Eimern auf die Beete, beglücke jedes Samenkorn und fülle sein Pflanzloch mit Kompost an. Ich rede mit den Frühkartoffeln: Fürchtet euch nicht; es liegt Futter in euren Nestern. Ich erwarte von den Kartoffeln, daß sie sich vernünftig verhalten wie die Hühnerembryonen, die sich vom umliegenden Eiweiß ernähren. Den Möhrensamen lege ich für zwanzig Stunden in eine Lösung von übermangansaurem Kali, um ihn zum raschen Aufkeimen zu bewegen. Ich streue Kompost in seine Saatrillen, mische ihn mit Salatsamen, Salat und Möhren sozusagen auf einem Stiel.

Ich werde zum Dieb, grabe Roggenpflanzen aus der Wintersaat meines Vaters und setze auch die in einem Abstand, als ob sie Salatpflänzchen wären, in kompostierte Rillen. Das ist das chinesische Tiefpflanzverfahren. Ich habe davon gelesen. Das Ganze ist eine Bückarbeit, und das erste, was ich davon ernte, sind Rückenschmerzen und das stille Ausgelächter der Bossdomer Kossäten.

Inzwischen treiben die storren Heckenstecklinge, die ich im Rucksack aus Thüringen mitbrachte, erste Blättchen.

Elvira ist unversöhnlich. Wenn nicht zu vermeiden ist, daß wir einander begegnen, speit sie vor mir aus. Meine Mutter mißbilligt es: Das macht keene anständige Frau! Doch die Mutter sagts so, daß Elvira es nicht hört. Elvira wird noch gebraucht, um die Markenzauberei, die sie erfand, aufs Kreis-Amt zu bringen. Sie läßt sich den Lebensmittelmarken-Schummel von Mal zu Mal teurer in Brotwährung bezahlen.

So kommts, daß meine Mutter auf die Anreise von Nona wartet. Bestimmt een patentes Mädel, sagt sie und schafft sich ein Nona-Ideal, bissel flotter als Hertchen, bissel grindlicher beim Stoobwischen und mindestens so redegewandt wie Elvira. Nona ist, vorerst für meine Mutter, die Gebenedeite unter den Weibern, außerdem Krankenschwester. Nischt gegen Schwester Christine, aber, wenn man so wie die Mutter verfumfeite Beene hat, is ne Krankenschwester im Hause wie Gold.

Die Züge der Deutschen Reichsbahn sind fensterlos und ihre Abfahrts- und Ankunftszeiten unberechenbar. Wenn wer wen von der Bahn abholen will, muß er sich auf eine Übernachtung in einem tristen Wartesaal einlassen. Deshalb ist ausgemacht, daß Nona, wie ich vor Monaten, bei meiner Schwester in Friedensrain zukehren soll. Bei dem radfahrenden Boten, der mir verkündet, Nona sei bei der Schwester angekommen, handelt es sich um jenen Glasmacher; ihr wißt, welchen ich meine.

Nona sieht nicht aus wie die Mutter eines einjährigen Jungen. Ihre Augen sind groß, sind starr geblieben und glänzen wie früher. Sie wartet in der Küche der Schwester und gibt ihre Wartehaltung nicht auf, als ich eintrete. Sie muß mich mit der Erinnerung vergleichen, die sie von mir hat. Ich gebe ihr die Hand. Wir umarmen einander und küssen uns züchtig. Scheen, sagt meine Schwester wie damals, als mich Ilonka Spadi zum Geburtstag küßte.

Wieder leiht mir die Schwester ihren Handwagen. Der Handwagen scheint nicht beglückt zu sein, als ich das Querholz seiner Deichsel packe, ihm steckt die Abneigung gegen die Kompost-Kärrnerei noch in den Kastenbrettern. Im Wald packt Nona die rechte Seite des Deichselquerholzes. Im Wagen sind zwei Koffer und eine Pappschachtel. Piepts aus der Schachtel oder sind es die Waldvögel? Es fallen keine Küsse von den Bäumen, und es finden keine Umarmungen statt. Die alte Michauken bündelt am Waldrand mit Strohbändern Kiefernreisig zusammen. Sie sieht uns neugierig nach. Erspart mir eine weitere Schilderung unseres Wiedersehens. Sie könnte in Nichtigkeit ausarten.

Nonas Karton steht auf dem zementierten Estrich der Küche. Sie öffnet ihn. Fünfundzwanzig Küken wimmeln darin umher. Tageslicht und Küchenluft dringen auf die Tiere ein. Leben springt in ihnen auf. Fünfundzwanzig Küken von rebhuhnfarbigen Italienerhühnern piepen hungerig. Ein Ereignis für unsere Heidegegend im Vorfeld der Neiße, wo Haushühner so rar geworden sind wie Rebhühner und Fasane auf den Feldern.

Mutter und Vater sehn wohlwollend auf die neue Schwiegertochter. Fehlt nur noch Bruder Heinjak, der wie damals bei der Spadi sagt: Die kannste heiroaten!

Ich werde gewahr, daß die Freiheit, die ich mir erobern wollte, noch weit, weit draußen liegt; weder bin ich einer von den freien Bauern, von denen in den Zeitungen die Rede ist, noch bin ich der Schriftsteller, der ich werden will, sondern stehe unterm sanften Regiment der Mutter, die mich unter dem Vorwand: alles wird wieder so sein wie früher, nach Bossdom gelockt hat.

Die Sonne rollt. Sie scheint über Gerechte und Ungerechte und bis in die Suppen hinein. Sie fragt nicht nach Kriegsbegünstigern, nicht nach Kriegsverbrechern, nicht nach Zauderern und Kriegsverhinderern. Habt ihr gerngroßen Deutschen, ihr Hosenscheißer, Europa zerscherbt? Eure Sache! Europa ist nicht die Welt, und eure Erde ist ein Fliegendreck am Himmelsgewölbe.

Zwei Männer betreten die Bühne, die die Mattsche Küche ist. Sie sind gebräunt, wohlgenährt und satt. Dem einen, dem größeren, fällt das Hertchen um den Hals, und es hängt dort wie eine schwere Klette. Der zweite, der kleinere Mann, bleibt unbegrüßt und wird von fragenden Blicken der Mattschen Familie bedrängt. Beide Kerle tragen vollgestopfte Säcke, die ihnen bis an die Waden reichen, und sehen aus wie Seeleute, die an Land gegangen sind: mein Bruder Heinjak und sein Freund aus dem amerikanischen Lager in Italien. Begrüßungstumult. Hohe und tiefe Frequenzen, Freudenwellen schlagen gegen die Küchenwände und mürben den Putz. Auf dem Seesack des Bruders hockt eine selbstgezimmerte Mandoline.

Alsbald ist die Küchenluft gebläut vom Rauch amerikanischer Zigaretten, würzig schwerer Duft, die Bossdomer halten ihn für den Geruch von Opium. Die Wittlingbrüder brachten das Gerücht vom Opium in ausländischen Zigaretten nach dem Weltkrieg römisch eins aus englischer Gefangenschaft, und wenn in Bossdom ein Vorurteil Fuß gefaßt hat, hat es dort ein langes Leben. Ich erinnere euch an die Warnung, daß Barthaare auf den männlichen Wangenknochen nicht rasiert werden dürfen.

Meine Mutter weint ein wenig in das Heimkehrergetrubel

hinein. Nun sind drei ihrer Söhne unversehrt aus dem Krieg gekommen, aber der vierte, der vierte, der fehlt. Daß er lebt, ist für die Mutter gewiß. Schwester Magy hat es mehrmals in Trance versichert. Hoffentlich kennt er uns noch und vergißt uns nich, wenn er denne zum Bolschewiken umkommandiert ist. Bruder Heinjak tröstet, er sei auch kein Amerikaner nich geworden. Nich gewurn, bestätigt sein Begleiter. Er ist das Echo von Bruder Heinjak. Sie hätten so gut wie frei gelebt in Italien. Frei gelabt, bestätigt der Begleiter. Er heißt Emil Krummau.

Ich bin halt a Sudetendeitscher, sagt er, aber sulche gibts ja wull nu nimmer, oder woas?

Die beiden Heimkehrer spielen sich auf, werden zu Höhenfliegern, zu Prahlhänsen: Essen hatten wa genug, sagt der Bruder, und zu roochen noch und noch, mir kunnts gorni erroochen, bestätigt Emil Krummau. Er hat eine Tenorstimme. Ein Weilchen später kriegen wir sie zu spüren. Bruder Heinjak holt seine Mandoline vom Seesack. Er und Krummau singen den schon erwähnten selbstgezimmerten Schlager: *Wenn der Bobbi mit der Lisa auf dem Schiefen Turm zu Pisa Tango tanzt …*

Mir wird übel. Krummaus Tenor ist schiefer als der Turm zu Pisa.

Es gibt Zauberkünstler, auch Illusionisten genannt, die mit Gefäßen auftreten, aus denen sie Unmengen von Tüchern und Bändern holen. Schließlich holt so ein Tausendsassa ein Kunstkaninchen aus dem Gefäß, das von den flinken Zaubererhänden zittern gemacht wird, aber dann bricht die Wirklichkeit herein: Das Gefäß ist leer. Der Zauberer überspielt es und leitet auf einen anderen Trick über. Tagelang zaubert Heinjack Zigarettenpäckchen aus seinem Seesack. Tag für Tag kommen Glasmacher, Bergarbeiter und Kossäten, um mit dem *Heemkehrer* eene zu roochen, um die alte Freundschaft uffzufrischen. Selbstredend, daß sie bei dieser Gelegenheit ein bis zwei Päckchen amerikanischer Zigaretten als Freundschaftssiegel wegschleppen. Es stellt sich heraus, daß auch Emil Krummau in Bossdom gute Bekannte hat, zum Beispiel Schwägerin Elvira. Sie verhält sich vielversprechend gegen den liebeshungrigen Egerländer. Nimm ock, denn hoaste woas, ermuntert Krummau, und nachdem Elvira ihn groß, naß und aufreizend geküßt hat, bedient er sie auch mit Rosinenpäckchén. Nach seiner Geliebten und seiner Mutter will er erst suchen.

Auch ich bin Nutznießer vom Inhalt der beiden Seesäcke. Mein Bruder sieht den Tabakstengel-Häcksel, den ich rauche, sein Bruderherz geht mit ihm durch, er beschenkt mich reichlich und noch mehr. Auch Vater wird mit *Rauchwaren* versorgt. Jemand, der nicht empfindlich *uff die Wörter war*, einer, der nicht wußte, daß der Begriff Rauchwaren in die Kürschnersprache gehört, hat ihn in die Marketendersprache entführt.

Hertchen kriegt Rosinen aus dem Seesack, meine Mutter kriegt Rosinen aus dem Seesack, und der Neid meiner Mutter steht auf: Sie stellt fest, daß Hertchen besser mit Rosinen versorgt ist als sie, und sie drückt ihre Unzufriedenheit in spitzer Weise aus: Wenns wieder moal zum Kuchenbacken kummen sullde, sagt sie, bin doch ich es, die die Familienbäcke ausrichtet.

Keine vierzehn Tage, und die Seesäcke der Kameraden vom Schiefen Turm zu Pisa sind leer. Meinem Bruder fängts an zu *rauchern*. Am liebsten wäre er wieder in Gefangenschaft gegangen. Er kriegt die Raucherkarte der Mutter, er kriegt die Raucherkarte von Hertchen, und er fällt wie ein Präriebrand über die restlichen deutschen Kriegszigaretten her. Die Raucherkarte von Elvira kriegt er nicht, aber er kriegt Zigaretten von ihr. Eine Schachtel amerikanischer Zigaretten gegen ein Brot, trotzdem greift die Rauchsucht meines Bruders weiter um sich. Er kauft sich zwanzig Zentimeter hohe Tabakpflanzen, beim Sohn von Gärtner Kollatzsch, der seine Gärtnerei wieder angeschmissen hat, legt die Pflanzen auf Kuchenbleche und trocknet sie im Schnellverfahren im Backofen. Er stopft das graugrüne Tabakheu in eine Pfeife und raucht. Zeitchen darauf wird ihm schlecht. Er kriegt Magenschmerzen und windet sich. Seine Magenschleimhäute sind verätzt. Er muß den Magen mit ungesalzenen Haferschleimsüppchen versöhnen, aber seine Rauchsucht liegt auf der Lauer und bedrängt ihn, seine Genesung zu beschleunigen.

Die Heimkehr meines Bruders löst Veränderungen im Hause Matt aus. Dirigentin der Veränderungen ist meine Mutter. Da Bruder Heinjak sein Bett braucht, stallt sie meinen Sohn Jarne bei der Anderthalbmeter-Großmutter ein. Weshalb soll das Bett des verstorbenen Großvaters leer stehen? Der Egerländer-Schatten meines Bruders wird in einer der Dachkammern einquartiert. Man kann Heinjaks Freind doch nich uff die Stroaße setzen. Ich schlafe mit Nona in einem Bett.

Die Mutter ist mit Nona nicht zufrieden; sie kann sie nicht zu *diplomatischen* Verhandlungen in Sachen Ladenökonomie nach Grodk aufs Landratsamt schicken. Es steckt keine Elvira in se, bedauert die Mutter, außerdem is se im Laden zu steif und unbetulich zu die Kundschaft und in die Stubenpflege und beim Stoobwischen keine Stütze der Hausfrau. Das, was meiner Mutter an Nona bedingt gefällt: man kann sie als hauseigene Krankenschwester verwenden. Die Behandlungen der wehleidigen Mutter finden in den Abendstunden statt.

Nona versucht, meinem Sohn Jarne eine Mutter zu werden, hat die Landarbeit entdeckt und arbeitet sich rasch ein. Sie hat starke Hände und kann den ganzen Tag auf unserem Feldstück zubringen. Sie steckt Bohnen, macht die Pflanzlöcher doppelt tief, läßt Kompost-Erde hineinrinnen, wie ichs ihr gezeigt habe, und bittet Jarne, ihr dabei zu helfen. Er soll die Löcher zutreten. Zehn Minuten lang tut Jarne es, dann fängt er Marienkäfer und stopft sie in seine Faust. Die Käfer entkrabbeln ihm, breiten die Flügel aus und fliegen davon. Nona bittet Jarne höflich, die lieben Marienkäfer nicht zu quälen. Jarne rennt zur Großmutter, um sich eine Schachtel für seine Marienkäfer auszubitten. Eigentlich kommt er damit dem Wunsch von Nona nach, aber Nona geht die Fähigkeit ab, wie ein Kind zu denken. Für sie ist Jarne ungehorsam.

Die Großmutter ist Jarnes Zuflucht. Sie verbietet ihm selten etwas, macht ihm Zugeständnisse, bedauert und bejammert ihn. Mein Jungchen, wie sollst du schon begreifen, daß Marienkäfer keen Spielzeug nich sind.

Nona ist beleidigt. Sie läßt sichs nicht ankennen, aber sie wird nicht heimisch in der Familie Matt.

Emil Krummau hat seine Braut in Berlin ausfindig gemacht, die Braut einer einzigen Nacht. Er reiste als Urlauber über Berlin und stieß auf Elfi, die ihn lange erwartet zu haben schien. Sie ist ein blondes Mädchen mit ewig feuchten Lippen, schönen Zähnen, schlank, mit einer gebärfreudigen Hüftpartie. Wiedersehensfest mit kargem Essen, doch mit reichlich Bergmannsschnaps und Unterhaltung. Wenn der Bobbi mit der Lisa auf dem schiefen Turm zu Pisa ..., raspelt Bruder Heinjak auf der Mandoline. Emil Krummau ist Bergmann geworden, und der Grubenschnaps der letzten Dekade macht ihn singen, hoch und falsch. An der Tür von Krummaus Dachkammer ist mit Kreide geschrieben: Hier drin hat Willi Wittling früher geschlafen. Das haben wir als Kinder angeschrieben. Willi Wittling war Bäckergeselle beim Vorgänger Reinhold Tauer. Wir hatten die Tür zu einer Gedenktafel gemacht. Hinter der Gedenktafel feiern Emil und Elfi ihre Wiedersehensnacht.

Aber Elfi scheint mit dem, was der naive Emil Krummau unter Liebstern versteht, nicht zufrieden zu sein. Er springt beim Bocken zu risch ab, sagt man in Bossdom von einem Liebesanfänger. Elfi geht jedenfalls lächelnd im Hause umher, macht sich nützlich, hat ihre feuchten Lippen geöffnet und zeigt ihre schönen Zähne. Ich habe auf dem Heuboden zu tun, und wer steht hinter mir? Elfi. Die Überraschung läßt mich naiv fragen, wie sie heraufgekommen sei. Über die Leiter, sagt sie und wundert sich, daß ich mir das nicht denken kann, und sie lächelt und ihre Lippen sind feucht und rot. Sie erlebt als Berlinerin das erste Mal einen Heuboden, juchzt vergnügt und wirft sich längelang ins Heu. Ich betrachte sie, bewundere ihre Beine, eins-a-Beine, sanft geschwungen wie die Beine eines edlen Stuhles. Sie scheint mein Erstaunen zu mißdeuten, streicht mit der Hand übers Heu und erwartet, daß ich mich neben sie lege. Deutlicher geht es nicht. Noch von heute und hier

186

aus bewundere ich die Kraft, die ich damals aufbrachte, mich ihr zu verweigern.

Wenig später erfahre ich von Bruder Heinjak, daß auch er von Elfis Nachstellungen nicht verschont ist. Man kann sich nicht erwehren, sagt er. Er hat zwar derlei Angebote nie in seinem Leben ausgeschlagen, aber einem Freund das Mädchen wegnehmen, will sich ihm nicht. Krummau, der *Tummkopp*, mache was falsch beim Liebstern und lasse seine Elfi leer ausgehen. Heinjak nimmt sich vor, Krummau, der die ganze Zeit in der Gefangenschaft und lange danach sein Echo war, beiseite zu nehmen und aufzuklären. Aufklären ist zu jener Zeit zwar die große Mode, freilich weniger über den Beischlaf, mehr politisch.

Heinjaks Aufklärung schafft Nutzen: Elfis Drang, ihren Krummau mit den Matt-Söhnen zu betrügen, nimmt ab. Eines Tages veranstaltet Krummau ein Besäufnis und alle, die mitsaufen, kennen zunächst den Grund nicht, aber ein Stück weiter auf Mitternacht zu läßt der Gastgeber heraus, daß er Vater wird, und die Mitsäufer fragen ihn, woher er es wisse. Sie hat mersch ock gesoagt, antwortet Krummau.

Um ein wenig vorwegzunehmen, wie es ausging: Elfi wird ein treues Eheweib, ein Muttertier, ein Ringelreihen von Kindern entspringt ihrem Leibe. Jedes Jahr mehr staatliches Kindergeld. Die Krummaus wohnen längst in Däben. Jedesmal, wenn ich auf Besuch komme, führt mir Krummau wie ein Schaubudenbesitzer seine Kinder vor, jedes Jahr ein neues dabei. Elfi ist aufgequollen, wird zur Matrone, die Lippen immer noch feucht, aber die Zähne ausgedünnt, jedes Kind kostet sie einen ihrer schönen Zähne, und es kommen immer noch Kinder bis zu dem Tag, da das Unglück in die Familie Krummau fährt wie der Fuchs in die Gänseherde. Emil Krummau stolpert betrunken in den großen Haufen glühender Industrie-Asche, der im hinteren Werksgelände lagert. Er singt dabei. Das ist das letzte, was man von ihm hört. Sie suchen ihn lange und finden nur noch angekohlte Fetzen seiner Wattejacke in der abgekühlten Asche. Es sind viele Kinder, die um ihn weinen, aber

187

seit diesem Tage kommt keines mehr hinzu, ein Beweis, wie treu Elfi ihrem Krummau ist.

Alle hecken ohne Trauschein zusammen. Sie meint die Krummaus, Nona und mich. Keene Zustände nich, für een Haus mitm Loaden!

Noch immer fürchtet die Mutter überflüssigerweise, die Loadenkundschaft kinnde sich anstoßen. Nona sieht mich mit blau starren Augen an. Sie ist, wie ihr wißt, katholisch und hat mit vielen Sünden, die sie gegen ihre Konfession begangen hat, fertig zu werden. Ihr kommt das Drängen meiner Mutter zupaß, sich wenigstens von einer ihrer Sünden zu befreien. Sie begrüßt die Aussicht, daß ihr die Sünde, mit mir in einem Bett zu liegen, wenigstens staatlicherseits genommen wird.

Am Vormittag eines Arbeitstages, zwischen zwei Brotbäcken, gehen Nona und ich eingehenkelt, weil das so Sitte ist, durchs Hinterdorf zum Standesamt. Mit uns sind der Vater und Bruder Heinjak. Sie sollen auf dem Amte bezeugen, daß Nona Wilma Prautermann ist und ich Esau Matt bin.

Als Hochzeitsgast ist meine Schwester eingetroffen. Sie hat nicht nur ihr Söhnchen dabei, sondern auch jenen Mann, den wir vom Hörensagen, aus hypnotischen Träumen und als Telegrammboten kennen. Er redet sehr direkt, ist ein *Groadezuer*, wie es in Bossdom heißt, ein Mann, überall *zuhausich*. Meine Schwester hofft, die Eltern durch unsere Hochzeit weich genug gestimmt vorzufinden, um ihnen ihren neuen Mann einzuschieben. Der neue Mann heißt Otto und redet meine Eltern gleich mit Vater und Mutter an. Ich bemerke das leise Kopfschütteln der Mutter.

Meine Schwester hat unterwegs Fichtenzweige geschnitten und unsere Stühle damit umkränzt, auch zwischen den Tellern liegt grünes Geäst, und im rot-goldenen Haar der Schwester und im schwarzen Haar von Hertchen steckt je ein Fichtenzweig, als kämen die Damen vom Pilzesuchen.

Eine merkwürdige Hochzeitsmahlzeit, karg, aber reichlich. Es werden Pellkartoffeln nach Lausitzer Heidesitte auf dem Tisch ausgekippt. Der Quark ist eine Gabe von Hertchen. Ihre Kuh hat gekalbt und steht in der Frischmelke. Der Quark wird mit der *Austukelle*, dem runden Schöpflöffel, auf die Teller geklatscht. Als zweiten Gang gibt es Schäfertunke; als Nachtisch Rotkraut, das mit Süßstoff abgedämpft ist. Später wird Kartoffelkuchen gereicht und Lurke (Malzkaffee) ausgeschenkt, die mit einigen echten Kaffeebohnen durchschossen ist. Zwei Flaschen Bergmannsschnaps spendet mein neuer Schwager. Er ist eine Besorgernatur.

Mein Sand-Acker lohnt die Kompostgaben, die ich jedem Samenkorn und jedem Pflänzchen beibrachte.

Ich greife ein wenig vor: Im Sommer wird das Beet mit dem tiefgepflanzten Roggen zu einer Sehenswürdigkeit. Die Bossdomer gehen es sich an den Sonntagnachmittagen wie unabsichtlich begucken. Alte Kossäten humpeln heran. Sie wollen des *Hexenkorn* sehen, und jene, die sich zuvor über mich, den *Roggenpflanzer*, lustig machten, schweigen. Die Roggenhalme sind stark wie Schilfstengel, und die Ähren sind doppelt so lang wie die auf anderen Feldern, und es drängen sich dralle Körner in ihnen. Mein Vater ahnt nicht, daß es Pflanzen von seinem Felde sind. Er verlangt zu wissen, womit ich die Aussaat behandelte. Es kommen Leute und bitten um Samen vom *Wunderkorn*, und Gerissene schneiden sich heimlich Ähren ab. Ich kann noch so eifrig erklären, es handele sich um einen Kleingärtnerversuch. Um ein einziges Feld tiefzubepflanzen, müßten viele Menschen her, aber erst glaubte man mir dies nicht, jetzt glaubt man mir das nicht.

Da ist die Erde, und sie bringt, je nach Art des Samens, mit dem man sie impft, rote Möhren, weiße Teltower Rüben oder Kartoffeln hervor. Das Keimen und das Wachsen freilich ist von den Einfällen des Himmels abhängig. Ein praller Regen kann uns die Salatpflänzchen zerschlagen; ein Wind, der als Sturm daherkommt, kann uns die Stengel der Sonnenblumen knicken, so daß sie mit ihren leuchtenden Gesichtern platt auf die Erde fallen und nicht einmal mehr schmückende Blumen sein können. Oder der Maimonat leistet sich noch einen Frosttag und macht aus den Blättchen der Kohlrabipflanzen schwarz-grüne Lappen, die flach und so daliegen, als hätten sie versucht, noch ehe der Frost sie packte, wieder in die Erde zurückzukriechen.

Wir haben Möhren, Kohl, Kohlrabi, Salat und Tomaten, beliefern das Haus Matt und können dies und das von unserer Ernte verkaufen.

Die Spirea-Hecke, die meinem damaligen Reiserucksack entsprang, zeigt das erste Mal weiße Blüten.

Der Ladenbetrieb hat sich veremsigt. Ein Mensch mit guten Ohren kann hören, wie heiser die Ladenglocke am Abend klingt. Ladenbetrieb wie in den besten Zeiten. Erweitertes Angebot: Kochtöpfe aus Stahlhelmen, Holzkämme, Holzschuhe, Sandaletten und Briefumschläge, allerlei Ersatz-Artikel ohne Markenabgabe. Trotz seiner mageren Gesprächigkeit wird das Hertchen mehr und mehr in den Ladenbetrieb hineingezogen, zumal es der Mutter immer schwerer fällt, längere Zeit zu stehen. Sie versucht, heutig ausgedrückt, ihre Arbeit im Laden zu rationalisieren, stellt sich einen Küchenstuhl hinter den Ladentisch und kassiert sitzend, während das Hertchen die Kundschaft bedient. Eine Vorform der heutigen Supermärkte entsteht, aber den Bossdomern behagt diese Art, bedient zu werden, nicht. Wern wa wohl bald müssen die Bäckern das Geld ans Bette troagen, sagt Mannweib Pauline. Hertchen ist zufrieden, als die Mutter ihr Kassieren im Sitzen aufgibt. Es ist eng hinter dem Ladentisch, die Mutter ist ihr mit ihrem Küchenstuhl im Wege. Meine Mutter bildet ein anderes System heraus: Sie bedient die Einzelkunden und geht, wenn sie sie abgefertigt hat, wieder nach hinten, um sich ein bißchen zu setzen. Wenn sich die Kunden stauen, bedient das Hertchen und fehlt dadurch Bruder Heinjak als Hilfe in der Backstube, und dem Vater fehlt es als Hilfe in der Landwirtschaft. Ich kann mir doch nicht zerreißen, sagt Hertchen.

Es muß noch jemand her! bestimmt die Mutter, und noch

bevor sie es ausgesprochen hat, weiß sie, wie es langgehen soll: Sie hat sich Margitka ausgeguckt. Vielleicht ist die Mutter nur eine Gehilfin des Zufalls, und Margitka hat sich Bruder Heinjak ausgeguckt: Du hast mir schont gefallen, wie ich dir das erschte Moal gesehn hoabe!

Margitka, die Tochter einer Witwe aus der Bergmannssiedlung, ist wie ein Zugvogel aus der Fremde in ihre Brutheimat zurückgekehrt. Sie war bei Kriegsende als eine Stütze der Hausfrau mit der Familie eines Tuchfabrikanten ins Moselgebiet geflüchtet. Der Herr Direktor, so erzählt Margitka, habe gesagt, er müsse viel Raum zwischen sich und die Russen bringen. Margitka erzählt meiner Mutter von der kleinen Stadt an der Mosel, in der sie mit der Fabrikantenfamilie gelebt hat, erzählt von den Rebhügeln hinter der Stadt und von Weinbeeren so groß wie Radieschen.

Sich moal an, so groß wie Radieschen, sagt die Mutter. Sie kann so schön staunen, und sie läßt sich von Margitka beschreiben, was die Bossdomer die Fremde nennen. Das Urteil der Mutter über Margitka: Een sehre behendes und beredsames Mädel.

Und warum biste nich geblieben bei die großen Weintrauben? fragt die Mutter. Margitka erklärt ihr auch das: Der Tuchfabrikant hatte zuerst nur ein geringes Einkommen. Er fand, seine Gattin hätte sich übernommen, als sie Margitka mit auf die Flucht nahm. Sie hat es mir nicht direkt gesagt, daß ich übrig bin, erklärt Margitka, sie hat es mir noahegelegt. Ich weeß, ich weeß, sagt die Mutter, een schreckliches Gefühl, wenn man merkt, daß man überlich is.

Zu Hause is zu Hause, sagt Margitka. Jetzt wird sie in die Glashütte arbeiten gehen, sagt sie.

Ich weeß ja nich, klopft die Mutter an, ob es dir, Margitka, bei uns gefallen kinnde.

Ja, es kinnde ihr gefallen, sagt Margitka, und sie sagt es ein wenig zu rasch, denn eben kommt Bruder Heinjak in den Laden und packt frische Brote ins Regal.

Margitka wird also zu Diensten zu den Matts. Meine Mutter nennt sie *unsere* Margitka. Zu Fremden spricht sie von unserem *Dienstmädel.*

Der eine tut dies, der andere tut das, und wenn das Getu des einen dem Getu des anderen entgegengesetzt ist, entstehen Spannungen. Wenn zwei das Gleiche tun, empfinden sie Wohlwollen füreinander. Das Wohlwollen hüllt sie in ein Wölkchen Harmonie.

Bruder Heinjak hat sein Getu mit den Frauen. Als er aus Italien kam, hatte er nur das Hertchen, aber es blieb nicht so. Heinjak hungert nach Zärtlichkeiten. In seinem bisherigen Leben waren Zärtlichkeiten rar. Als er seine Bäckerlehre und eine Motorsport-Schule hinter sich hatte, machten sich die Adolfiner schon breit. Sie holten ihn zu ihrem sogenannten Arbeitsdienst. Dort mußte er mit Schippe und Spitzhaue arbeiten. Das hätte er auch daheim, auf dem Hof, gekonnt, aber die Adolfiner wollten, daß er dort arbeitete, wo sie es für richtig befanden. Heinjak war kein Mann, der sich auflehnte. Kaum hatte er seinen Dienst mit dem Spaten beendet, steckten sie ihn zu den Soldaten. Dort wurde er drei Jahre lang zum Artilleristen ausgebildet. Inzwischen hatte der hysterische Adolf seinen Krieg schon angezündet.

Nun ist Frieden. Die handgreiflichen Liebeleien, die das nüchterne Ausbauernkind Hertchen zu vergeben hat, sind mager. Aber da ist Margitka. Sie ist klein und handlich, ihr Gesicht ist rund und freundlich, und sie ist, im Gegensatz zum schwarzen Hertchen, blond. Sie kennt sich aus mit Bitte und Danke, ist rasch damit zugange, hat sich manches Liebesgetu und manche Liebeswörter von ihren Herrschaften abgelauscht und geht damit um, daß es nur so prasselt. Das ist es, was Bruder Heinjak braucht. Er läßt sich in ein harmonisches Wölkchen hüllen.

In einer Backstube herrschen zu gewissen Zeitpunkten die Gärungsbakterien. Sie vermehren sich im Brotteig und sind darauf aus, ihn in Besitz zu nehmen. Die Bäcker müssen sich beeilen, das Vorhaben der Bakterien zu durchkreuzen. Es kommt Eile auf, und es kommt vor, daß die Backstubenarbeiter in der Eile aufeinander prallen. Margitkas runder Blondkopf prallt gegen Heinjaks Brust. Oh! heißt es auf beiden Seiten, und es ist nicht zu erkennen, ob das ein Ausdruck der Entschuldigung oder ein Ausdruck der Freude ist. Aus Margitkas Blondhaar steigt Fliederduft auf. Den Duft hat sie in einem kleinen Fläschchen von der Mosel nach Bossdom gebracht. Aus Heinjaks behaarter Brust steigt Bäkkerdunst auf. Oh! Oh! Oh! Beabsichtigt oder unbeabsichtigt, der Anfang von körperlichen Beziehungen ist gemacht: Zwei Menschen, die auf Zärtlichkeiten aus sind, ha-ben einander etwas versprochen. Die nächsten körperlichen Berührungen werden bewußt herbeigeführt: Heinjak steht vor dem Backofen, und Margitka reicht ihm die Holzmulden mit den reifen Broten an. Heinjak faßt so zu, daß sein breiter Daumen den kleinen Daumen von Margitka berührt. Margitka zeigt sich erkenntlich. Sie streicht Heinjak über die Wange. Da war bißchen Mehl, sagt sie. Beim ersten Mal ist da wirklich Mehl. Beim zweiten Male wird das Mehl von Margitkas Zärtlichkeitsdrang erfunden.

Von jetzt an entwickelt sich alles rasch. Das Leben ist drauf aus, sich in einer neuen Generation einzufleischen und schafft sich Gehilfen. In unserem Falle wollen diese Gehilfen auf dem dämmrigen Mehlboden zueinander. Getupfte Tuch-Pantoffel-Schritte auf der Treppe lassen sie auseinanderfahren. Hertchen hört Heinjak Margitka erklären, wie sie die leeren Mehlsäcke entstauben soll. Nichts Verfängliches. Hertchen fürchtet nicht, daß ihr jemand Heinjak wegnehmen könnte. Sie hat ihn geheiratet, er hat sie geheiratet. Ihre Eltern haben sie mit fünftausend Mark und einer Kuh ausgestattet. Das muß eine andere erst einmal aufbringen! Heinjak wird sich nicht mit einer abgeben, die weder Geld noch eine Kuh ins Haus bringt. Hertchen war einverstanden mit der Einstellung von Margitka als Hausmädchen. Nun muß sie sich nicht mehr von ungebackenen Broten drangsalieren lassen. Sie hat Arbeit so genug. Wenn sie morgens erwacht, stehen die Arbeiten, die sie tagsüber zu erledigen hat, angetreten vor ihrem Bette. Sie säubert sich und schnatzt sich ein wenig. Dann greift sie nach der Arbeit, packt eine nach der anderen und bringt sie hinter sich. Das ist erledigt, denkt sie, wenn sie ihre Stube gefegt hat. Die ist erst morgen wieder an der Reihe. Aus der Bewältigung der täglichen Arbeiten keltert das Hertchen einen Teil seines Glücks. Ein anderer Teil erwächst ihr aus dem Betun ihres Sohnes Gottliebchen. Das Gottliebchen baut unter dem Schuppen Häuser und Ställe aus Brikettsteinen. Er fährt mit einem kleinen Schubkarren Pferdebällchen aus dem Stall auf den Misthaufen. Er kriecht unter einer Brücke hindurch, und die Brücke ist der Bauch der Grauschimmelstute. Das Hertchen muß ein Auge auf ihn haben, muß ihn behüten und von Zeit zu Zeit säubern. In letzter Zeit versteckt er sich auf dem Heuboden, und sie muß ihn suchen. Von Woche zu Woche verursacht ihr Gottliebchen mehr Arbeit. Was Wunder, wenn sie bis in ihre Liebesnächte beschäftigt ist! Bruder Heinjak erzählt mir, damit ich ihn besser verstehe, weshalb er sein Getu mit Margitka hat: Mußte bloß moal denken, wie das mit Hertchen is, sagt er, wir wiegen uns an den Punkt der Seligkeit ran, doa redet sie von Weizenmehl und daß sie für Gottliebchens Geburtstag einen Kuchen backen will.

Es ist der Vater, der zuerst etwas von den Heimlichkeiten zwischen Margitka und Heinjak bemerkt. Erst pfiffelt er, wie er das immer tut, wenn ihm unbehaglich ist, dann sagt er zur Mutter: Der Junge fängt an, uns Schande zu machen!

Meine ausgezeichnete Mutter versucht Schlimmes zu verhindern. Hertchen, sagt sie zu ihrer Schwiegertochter, ich gloobe, du mußt dir besser um dein Heinjak kümmern! Für das in seine Arbeit versunkene Hertchen ist dieser Wink nicht stark genug. Die Mutter zieht nach: Hertchen, sagt sie, kannst du dir nicht lassen die Hoare bißchen kreiseln? Kannste nich bißchen lüstiger sein uff Heinjaken? Mir scheint, der fängt an, uff andre zu gucken.

Der Vater beobachtet, daß die Liebesspiele zwischen Heinjak und Margitka nicht nur auf dem Mehlboden, auf dem Heuboden oder in einer stillen Stallecke stattfinden, sondern daß Bruder Heinjak neuerdings ins Haus von Margitka geht, während das Hertchen ihn in einer Versammlung wähnt. Es wurmt den Vater: Bruder Heinjak achtet Landwirtschaft und Laden, die ihm als Erbe seit Zeiten bereitliegen, für nichts. Dazu kommt, der Vater sieht Margitka selber an, ihrer zu begehren. Wir wissen, daß Margitka dem Vater auf den Äckern hilft. Sie fährt auch dort mit vollen Scheinwerfern, blendet ihre versprechenden Blicke nicht ab. Ob es nun so ist oder nicht, mein Vater fühlt sich gemeint. Auch die Nase des Vaters erfährt von dem Fliederduft, der von Margitkas blondem Haar ausgeht. Er vernimmt die Jugend, die Margitka verströmt. Sie weckt Verheißung in ihm, dem alternden Mann. Der Vater nimmt Heinjak beiseite und sagt: Nimm dir bissel zusammen und bedenke, daß Hertchen eene Kuh und fünftausend Mark in die Wirtschaft gebracht hat!

Aber weder eine Kuh noch fünftausend Mark bedeuten dem verliebten Heinjak etwas.

Um diese Zeit ist mein Vater achtundfünfzig Jahre alt, doch er glaubt, berechtigter als Bruder Heinjak zu sein, Margitka begehrlich zu betrachten.

Das Leben, das Leben! Ich presche vor und erzähle, wie toll mein Vater in Liebesdingen war. Mit fünfundachtzig Jahren verliebte er sich in die Frau seines Enkels. Sie war die Frau des Jungen, der jetzt noch als Gottliebchen durch unsere Geschichte läuft, also die Schwiegertochter meines Bruders Heinjak, eine lockere kleine Säuferin, die am liebsten jedem Manne zugetan war. Ob der fünfundachtzigjährige Vater dieses Weibchen noch bestellen konnte oder ob er nur, wenn sie allein waren, innige Zärtlichkeiten von ihr erntete, man weiß es nicht, man weiß es nicht! Aber gleichwie, die Eifersucht des Fünfundachtzigjährigen war wilder als die eines Jungen. Im Trubel eines Familienfestes warf sich dieses Weiblein ihrem Schwiegervater Heinjak an den Hals. Sie überfiel ihn im dunklen Hofe zwischen den Gewächshäusern. Schon aber war der alte Vater heran, getrieben von der Intuition des wild Verliebten, und packte meinen Bruder an der Stelle, die man das Schlafittchen nennt, schüttelte ihn und verbat sich eine Belästigung seines Mädchens. Du bist verheiratet! schrie er den Bruder an. Und der fünfundachtzigjährige Vater, war er nicht verheiratet? Nein, er war es nicht mehr. Meine Mutter war schon gestorben. Ich seh den Alten an deren offenem Grabe stehen: Lenchen, ich kumme bald noach! rief er in die Grube. Es war ein zu frühes Versprechen.

Weshalb ich euch die Geschichte erzähle? Vielleicht, um mich damit zu brüsten: Seht her, wie es sonst auch um ihn bestellt sein mag, er stammt aus einem liebestüchtigen Geschlechte!

Was aber die Eifersucht des Vaters auf Margitka betrifft, steckt er sich wieder hinter die Mutter! Du mußt Heinjaken noch moal die Leviten lesen!

Wäre es nicht einfacher gewesen, Margitka zu entlassen? Nein, denn man hat sich im Mattschen Hause an sie gewöhnt. Sie ist behende und zugeherisch, sie ist begabt, Wünsche zu erfassen und zu erfüllen, noch ehe man sie ausgesprochen hat.

Bissel Verliebtsein is vielleicht nich zum Schoaden, Junge, aber du tust dir ja festbeißen, sagt die Mutter zu Heinjak; mußt doch bissel an den Loaden denken ooch.

Heinjak entwaffnet die Mutter lächelnd: Und was woar mit Papas Liebschaft zu Hankan doamoals? Ist der Loaden doadurch zugrunde gegangen?

Die Mutter wird still. Sie bereut, je ihre Söhne in ihre Liebesangelegenheiten eingeweiht zu haben. Noch einmal redet sie auf das Hertchen ein, spornt es zu größerer Zärtlichkeit an. Das Hertchen faßt die anbefohlene Zärtlichkeit wie eine Arbeit auf, und sie erledigt diese Arbeit, wenn sie mal Zeit hat. Sie packt ihren Heinjak bei Tisch, mit vollem Munde, und schmatzt ihn ab. Meine Mutter belobigt sie: Na, wenn das keene Liebe ist. Der Vater kratzt sich den Kopf, und Margitka schlägt die Augen nieder.

Nona hat die Milchsammelstelle im Hause Matt übernommen. Sie habe die Anlage zu einer Amtsperson, reden die Leute, weil sie verabsäumt, mit den Dorffrauen zu schwätzen, sie müssen ihr jedes Wörtchen abluchsen.

Nona hat volles Haar, hat es zu einem Zopf aufgesteckt und trägt ihren Zopfturm mit Würde. Das läßt sie den Bossdomern streng erscheinen.

In diesem Dorf hatte ich nun einmal den Bubikopf eingeführt, als ich meiner Schwester das Langhaar abschnitt. Alle Mädchen, alle jungen Frauen, sogar, wer hätte das gedacht, meine Mutter tragen Bubiköpfe umher. Wenn man sich in Bossdom einmal für etwas entschlossen hat, hält man lange daran fest. Nona trägt nicht nur das Haar aufgesteckt, sie ist zudem katholisch. Bossdomer Leute, von denen etliche über die Welt verstreut sind, haben sie in die katholische Kirche in Däben gehen sehen. Sie kamen zu dem Schluß: Katholische Weibsen troagen lanke Hoare.

Nona steht jeden Morgen pünktlich und rechtschaffen im Hausflur der Matts. Um sich her hat sie das Gedränge der großen Milchkannen. Sie läßt die Bossdomer Leute die Milch aus ihren Tragegefäßen in das Meßgefäß gießen und wacht darüber, daß die obere Milchschicht und der Eichstrich im Gefäß auf einer Höhe liegen. Manche Milchbringer leisten sich einen Nervenkitzel und strecken ihre Milch mit Wasser. Wenn sie ertappt werden, verwarnt sie die Milchprüferin. Nona fertigt auf eigene Faust einen Aushang an: Milchbringer, die beim Fälschen ertappt werden, sollen drei Tage lang einen Viertelliter Vollmilch mehr abliefern. Den Milchlieferern bleibt nicht verborgen, daß es sich nicht um eine amtliche Maßnahme handelt. Man verdächtigt Nona, daß sie die Übermilch in ihren Haushalt schiebt. Nona kann beweisen, daß sie die *Strafmilch* mit in das Gefäß für die Kindermilch des Dorfes gegossen hat. Die Milchprüferin bezeugt es. Trotzdem begehren die Milchbauern gegen Nonas Willkür auf.

Nona wird zu Amtsvorsteher Kurt Schimang bestellt. Es wird ihr untersagt, eigenmächtig Strafen zu verhängen. Das könne, sagt Kurte Schimang, nur der Staat tun. Er spricht vom Staat, als handle es sich bei dem um eine männliche Person.

Viele kleine Unwichtigkeiten bilden eine Wichtigkeit, sechzig Minuten eine Stunde. Ich weiß, was ihr mich längst fragen wolltet: Besorgt Elvira noch immer den Zauber bei den Matts, aus neunzig vorhandenen Lebensmittelmarken optisch einhundert zu machen? Ich sage nein. Nach Bruder Heinjaks Heimkehr deutete die Mutter Elvira vorsichtig an, daß deren Hilfe beim Markenaufkleben nicht mehr vonnöten sei. Den Klebezauber betreibt meine Mutter jetzt selber.

Die *Verzauberung* der Angestellten auf dem Landratsamt mußte Bruder Heinjak übernehmen. Die Buchführung besorge ich. Du hast ne flinke Hand fürs Schreiben, kannste doch ooch bißchen die Bücher führn, heißt es. Ich führe die Bücher. Monatlich wächst das Manko, vor allem bei Brot, Öl und süßem Brotaufstrich. Das Ladengeschäft gerät immer mehr in einen Zustand, der Klemme genannt wird. Ich teile es dem Familienrat mit. Achselzucken bei Bruder Heinjak. Der Vater sagt: Mir laßt aus dem Spiel!

Der Mutter kommt in der Stunde ihres Blauen Vogels eine ausgezeichnete Idee: Der Vater hat auf seinen Feldern mehr Roggen geerntet, als er an den Staat abgeben muß. Kann er da nicht mit dem sogenannten Übersoll das Brot- und Mehlmanko ausgleichen? Der Vater randaliert. Er haut mit beiden Fäusten auf den Tisch. Betreibt er seine Landwirtschaft, um mit den Erträgen das Maul des Ladens zu stopfen? Bruder Heinjak unterstützt die Mutter: Solln wir in Deibels Küche kumm? fragt er. Der Vater stutzt und haut nur noch mit einer Faust auf den Tisch.

Bruder Heinjak verstärkt seinen Druck: In Stroade ham se den Bäcker wegen Mehlmanko eingelocht.

Wer? fragt der Vater, die Unsrigen oder die Russen?

Wer weeß das heitzutage genau, antwortet Bruder Heinjak. Der Vater gibt nach wie damals, als die Unregelmäßigkeiten bei der Poststelle aufgedeckt wurden, aber in seinen Augen stehen Tränen. Immer wieder muß er mit seiner Landwirtschaft für den Laden zu Kreuze kriechen, denn schließlich muß er auch, wie sich herausstellt, das Öl, das er aus seinem geernteten Leinsamen hat pressen lassen, in den Laden liefern. Manko, Manko, wenn ich das Wort schon höre!

Die Mutter aber kocht nächtelang Pflaumenmus und deckt mit dem Mus das Marmeladenmanko. So reiten wir mit dem verfluchten Laden über den Bodensee.

Bruder Heinjak ist, ähnlich wie ich, kein politisierter Mensch, obwohl Parteigänger es für verantwortungslos halten, unpolitisiert dahinzuleben.

Heinjak will von mir wissen, ob er in die Esede eintreten soll. Ich vermeide eine direkte Antwort. Warum bist du noch nicht drinne? fragte er mich, ich wäre doch früher politisch gewesen ooch, sogar Schriftführer im Ortsverein.

Meine Antwort ist breit und weit hergeholt: In meiner Lehrzeit mußte ich mit meinen Mitlehrlingen am Schluß jedes Arbeitstages die Backstube fegen, und ich tat das gründlich, kroch unter die Beuten und holte den Mehlstaub aus jedem Winkel hervor. Es ärgerte mich, wenn meine Mitlehrlinge das nicht taten, wenn sie behaupteten, es genüge, dort zu fegen, wo jedermann es sehen und feststellen könne. Wer wird schont unter die Beiten kriechen und nachsehen, obs ooch doa reene is, sagten sie. Ich ließ nicht nach, die Backstube so zu säubern, wie ich es für richtig hielt. Wohl dem, der die Plagen nicht kennt, mit denen sich einer herumschlagen muß, der sich nicht an Oberflächlichkeit gewöhnen kann. Meine fast neurotische Gründlichkeit hält mich ab, der Partei beizutreten. Mich stört, daß Vater und Bruder Tinko, die aus Geschäftsgründen Adolfiner gewesen waren, aufgenommen wurden, ehe der Hahn dreimal gekräht hatte. Ich sehe überdies in dem Gezänk, das die Parteigänger gegeneinander führen, einen Kleinkrieg, der alsbald wieder zum Großkrieg auswachsen kann.

Kaum zu glauben, daß meine Mutter Bruder Heinjak bedrängt, in die Partei rein zu werden. Das Warenmanko im Laden ängstigt sie, die eifrigste Verursacherin dieses Mankos.

Een Tag stehste früh uff, und der Loaden is nich mehr deine, sagt sie.

Er is ja so ooch nich meine, sagt Bruder Heinjak

Aber er wird moal deine sein.

Meine, deine, wenn ich das schon höre! sagt Bruder Heinjak. Die Mutter wirbt weiter. Man staunt, wie sie sich auskennt mit dem Wechsel der Verhältnisse: Die Espede-Leute hätten sich damals mit dem Einsetzen einer Konkurrenz, dem Konsum nämlich, zufriedengegeben; die Kommunisten aber, die nun das Oberwort führen, würden nicht anstehen, einen ehrlichen Kolonialwaren-Laden zu kassieren, wenn sie was Ungereimtes dran finden. Was wird denne aus mir?

Wenn de drinne bist in die Partei, sind se vielleicht nicht so rabiat.

Papa is doch drinne, entgegnet Bruder Heinjak vorsichtig.

Die Mutter glimmt auf: Papa mit seine Pauerei macht keen Finger krumm für den Loaden. Der wäre froh, wenn er den loswerden täte. Lenchen-Kulka-Logik. Sie bewirkt, daß Bruder Heinjak ein parteiverpflichteter Mensch wird.

Der Herbst senkt sich aufs Land. Unser Feldgarten ist abgeerntet. Dunkelbraune Girlanden aus Tabakblättern hängen im luftigen Dachraum der Scheune. Wir helfen, die Kartoffeln und die Rüben-Ernte des Vaters einzubringen.

Die Mutter nimmt mich beiseite: Du solltest dir moal um deine Schwiegereltern doa wo in Thieringen kimmern!

Ich soll nach Sommershausen werden und *mir bekimmern*, was Nonas Eltern für Leute sind. Nona wird wohl auch müssen nach ihrem Sohn sehen, und bist nich ooch du neigierig uff ihn? Die Schwiegereltern werden ihn verziehen. Das aus dem Munde meiner Mutter!

Nona hat bisher nicht darauf bestanden, ihren Sohn und ihre Eltern zu besuchen, hat keinmal von Sehnsucht gesprochen, was wohl nicht besagt, daß sie in dieser Hinsicht empfindungslos ist. Sie will vor allem eine Frau sein, mit der ich zufrieden bin, meine Frau.

Die Mutter verordnet uns also Urlaub, ohne zu fragen, ob wir Reisegeld haben. Essen wer ich eich orntlich mitgeben, sagt sie.

Wir reisen drei Tage, ich in meiner Deserteur-Allroundkleidung, den hellen Cord-Knickerbockern und der weißen Windbluse. Den Stoff für einen sogenannten Heimkehrer-Anzug habe ich beantragt, aber die Belieferung läßt auf sich warten.

Nonas Eltern lauern auf uns. Sie besichtigen mich, ich besichtige sie. Mein dritter Sohn steckt in der Lebensphase, in der man noch nichts erwartet und deshalb noch nicht enttäuscht wird.

Ich hatte nie Beziehungen zu kleinen Kindern, nehme nie einen Säugling auf den Arm, immer in Furcht, ich könnte etwas an ihm zerbrechen. Das wird mir als Lieblosigkeit ausgelegt.

Die Schwiegermutter, die ich mir angeheiratet habe, ist das, was man stattlich nennt. Das Klempner-Geschäft ihres Mannes hat sie aus dem katholischen Emsland in die evangelische Thüringerei verschlagen. Sie geht in hohen Schnürschuhen und immer wie mit angehobenen Röcken durch den evangelischen Sumpf, der sie umgibt. Ihr fülliges Schwarzhaar ist zu einem kleinen Hügel aufgesteckt, zu einer schwarzen Biberburg. Das geistige Leben der Frau Prautermann scheint sich in dieser Biberburg abzuspielen, und unsereiner wird aus dieser Burg heraus mit katholischen Maßstäben ausgemessen. Wie kann ich da bestehen?

Mein Schwiegervater, ein bäuerlicher Typ mit blaurotem Gesicht, empfängt mich mit der Mitteilung: Ich heiße Hans, und mit der Empfehlung: Nenn du mich Vater. Das glückt nicht gleich. Mir ist nicht söhnlich zumute. Das wird in der schwarzen Biberburg als Unliebe verzeichnet.

Den größten Teil seiner Berufsarbeit hat Meister Prautermann der Witterung, genauer, dem Regen zu verdanken. Er hat auch seinen Sohn dazu ausgebildet, dem Regen, sobald er auf die Dächer niederfällt, eine menschengewollte Richtung zu geben und ihn auf die Straße oder in Gullis zu leiten. Jetzt ist Notzeit, kaum Kohlen, wenig Holz. Wer nicht frieren will und über Gegenwerte verfügt, kann sich bei Meister Prautermann aus Stahlblech einen Späne-Ofen anfertigen lassen. In ihm wird Holzschrot, werden Sägespäne zum Glimmen gebracht, und der angeglimmte Ofen gibt trauliche Wärme für den ganzen Tag her.

Dachrinnen reparieren die Prautermanns am liebsten auf den Dörfern. Dort lassen sie sich das stillgelegte Tropfen undichter Regenrinnen mit Eiern, Schlachtkaninchen, Butter oder Milch bezahlen, sogar Magermilch wird angenommen.

Mich stört in der Familie Prautermann, daß bei ihr Gebrauchsgegenstände und Kleidungsstücke nicht zur Ruhe kommen. Sie wandern. Viele Lebensstunden werden mit dem Suchen von Gegenständen vertan. Ich kann nicht erkennen, ob die Dinge aus eigenem so unerzogen umherwandern, oder ob die Prautermanns sie zu solchen Wanderungen verführen. Ein bestimmtes Küchenmesser, das man den ganzen Tag lang sucht, hat sich zum Beispiel im Büfett in einer Vase versteckt. Ein Schraubenzieher ist straßenweit aus der Klempnerwerkstatt in das Nachttischfach der Hausfrau gewandert.

Die Unruhe der Dinge forderte die Prautermanns zu den abwegigsten Suchprinzipien heraus. Nonas Kopftuch sucht man hinter dem Wasserbehälter des Klosetts, einen Kamm im Handwerkskasten. Man schimpft über die Durchtriebenheit der Dinge und ihre Vorliebe für unmögliche Verstecke.

Als ich mich eines Morgens anziehe, sind meine Unterhosen davongegangen. Alle Prautermannleute fangen an, sie zu suchen. Man sucht im Mülleimer, sogar in der Aschtonne auf dem Hofe, und ich bin unglücklich, denn ich habe nur diese eine Unterhose. Man rät mir, im Bett zu bleiben, bis sich Rat findet. Das ist mir peinlich. Ich stehe auf und gehe unten ohne, bis sich am Abend herausstellt, daß mein Schwager morgens in der Eile meine Unterhosen angezogen hat.

Mir fällt es schwer, die Tage mit Nichtstun zu verbringen. Möglich, daß es sich dabei um eine Krankheit handelt, eine Neurose. Auch heute noch muß ich nach einem Tag des Nichtstuns am Abend etwas schreiben. Möglich, daß mir diese Rastlosigkeit vom Großvater her eingeerbt ist, aber wäre es dann keine Neurose?

Die Prautermanns, Nona eingeschlossen, sind bemüht, mich jeder Arbeit fernzuhalten. Ich gehe oder stehe mit auf dem Rücken verschränkten Armen umher, aber kann ich mir länger als zwei Stunden in dieser Haltung das Städtchen ansehen?

Ich laufe aus der Stadt hinaus und rekapituliere, wie einst bei der Band-Arbeit in der Fabrik, alle englischen und französischen Vokabeln, die mir einfallen. An einem nächsten Tag summe ich Volkslieder, und es fängt an zu heißen: Mit dem Schwiegersohn der Prautermanns ist was nicht richtig. Madame Prautermann beargwöhnt mich aus ihrer katholischen Biberburg. Schwiegermütter haben es gern, wenn ihre Schwiegersöhne sie wie Zweitbräute behandeln und mit Artigkeiten umlagern. Dazu bin ich so wenig geeignet wie zum Einfädeln von Nähnadeln. Schwiegerväter haben es gern, wenn man bewundert, wie weit sie es gebracht haben. Auch Meister Prautermann hat es zu etwas gebracht. Einmal wäre er ein richtiger Prolet, arbeitslos und Kapede-Mann gewesen, doch er wäre nicht lange einfaches Mitglied geblieben. Man hätte ihn zum Kassierer der Ortsgruppe gewählt. Als die Hitleristen angetreten wären, hätte er seine Gesinnung nicht sogleich fallengelassen, wie man eine Arbeitshose am Sonntag fallen läßt. Daraufhin hätten ihn die Adolfiner abgeholt und ins Börgermoor gesteckt, um ihn *gleichzuschalten.* Er hätte sich zwar nicht gleichschalten lassen, habe aber auch nicht aufgemuckt, sei mit Verwarnungen entlassen worden, und da wäre für ihn der Glücksaugenblick gekommen. Es war fast so, als hätte er ihn den Adolfinern zu verdanken. Er wäre wieder arbeitslos gewesen, aber alsbald hätte ihm seine Mutter geschrieben, es wäre in der Nähe von Erfurt eine herrenlose Klempnerei zu übernehmen. Auf diese Weise wäre er nach Sommershausen gekommen und hier ein wohlgeachteter Bürger geworden. Jetzt sei es kein Risiko mehr, Kommunist zu sein! Meister Prautermann schlägt auf etwas Blechernes ein. Jetzt, wo Männlein und Weiblein so tun, als hätten sie lange darauf gewartet, Kommunisten zu werden, nein, jetzt wäre es keine Leistung mehr. Prautermann schlägt wieder gegen Blech: Heute, wenn ich noch dabei wär, wäre ich Bürgermeister, das wäre das wenigste.

Und weshalb bist du es nicht?

Sollte ich vielleicht gegen was angehn, was ich mir erschuftet habe? Sollte ich mein Ansehen bei den anderen Handwerksmeistern aufs Spiel setzen? Stets ein Anti zu sein zersetzt übrigens den Charakter, laß dir das gesagt sein!

Prautermann lädt mich ein, mit ihm zum Handwerkerstammtisch zu gehen, einen kleinen Schafkopf mitzuspielen und mitzupolitisieren. Vielleicht wäre ich aus Neugier mitgegangen, aber dann empfiehlt der Meister mir, ich möge einen guten Anzug von seinem Sohn anziehen; nicht daß er etwas gegen meine Bekleidung hätte; arm sei arm, auch er sei einmal arm gewesen.

Noch in derselben Nacht fahre ich los. Nona bleibt zwei, drei Wochen länger. Ihre Eltern dulden nicht, daß ihnen der Enkel Gustävchen so bald entrissen wird. Noch ist Nona die gehorsame Tochter, doch sie fängt an, sich kritisch mit den häuslichen Verhältnissen auseinanderzusetzen, aus denen sie stammt.

Ich fahre drei Tage lang auf Bossdom zu, aber was erwartet mich dort? Ich fühle mich elend. Schließlich rettet mich der Gedanke, daß es in Bossdom einen Roman gibt, an dem ich schreibe, den ich nicht aufgeben darf, weil ihn niemand andres schreiben kann als ich.

Woher weiß ich das?

Auf jeden Fall hat der Roman schon Gewicht und Mitspracherecht. Ich kann ihn nicht mehr behandeln wie ein Nichts. Er ist anpackbar, ist schon hundert Seiten stark, und die Seiten fangen mir an zu gefallen, nachdem ich sie je zwanzigmal umschrieb. Wie gern hätte ich um diese Zeit jemand gehabt, der mir gesagt hätte: Das ist es!

Niemand erkennt, daß ich was Nützliches schreibe, ausgenommen ich, der sich das womöglich nur einbildet.

Also muß ich wohl auch Nützliches tun, um das Brot, das ich im Hause Matt esse, wert zu sein. Ich helfe meinem Bruder wie vor der Reise in der Backstube, vertrete ihn, wenn er auf den Ämtern in Grodk zu tun hat, und versorge nach wie vor die Tiere auf dem Hofe, füttere und putze das Pferd, versorge die Kaninchen, striegele die Kuh, halte die Hühner an kalten Tagen im Stall, beleuchte ihn abends, verlängere die Hühnertage und kontrolliere die Legeleistungen. Es sind ausgezeichnete Legehühner!

Man braucht wenig Geld um diese Zeit, aber hin und wieder gibts etwas zu Überpreisen zu kaufen, Bruder Heinjak und ich beschließen, uns etwas Geld zu machen. Hat Heinjak, der Hof-Erbe, das nötig? Doch, er hat es nötig, er wird von den Eltern nicht entlohnt wie ein Geselle, er muß mit dem Taschengeld zufrieden sein, das ihm die Mutter zusteckt. Er ist doch unse Junge, der alles moal erben tut.

Heinjak und ich haben Tabak angebaut. Es ist einem nur erlaubt, zehn Pflanzen zu ziehen, schon die elfte Pflanze muß versteuert werden. Wir pflanzen Tabak zwischen die Kartoffeln und werden Staatsbetrüger. Wir bauen Virginiatabak mit länglichen Blättern und deutschen Tabak mit rundlichen Bättern an. Im Laufe des Sommers brechen wir die welken unteren Blätter der Pflanzen ab, fädeln sie auf Schnüre und trocknen sie. Die trockenen Blätter stapeln wir übereinander und streuen Salpeter dazwischen, damit sie später, wenn sie geraucht werden, flott glimmen. Der Trick mit dem Tabakanbau zwischen den Kartoffeln verhilft uns zu einer Übermenge, die wir selbst nicht verrauchen können.

Nun hocken wir manchen Abend im warmen Ställchen neben dem Backofen, machen Feinschnitt aus Virginia-Tabakblättern, mischen sie mit dem Grobschnitt aus deutschem Tabak und drehen Zigaretten. Wir rauchen und probieren, bis wir die rechte Mischung ermitteln, die uns, wenn wir einen Lungenzug nehmen, für ein Zeitchen benommen macht. Wir stellen mit unseren nicht sehr geschickten Händen Schachteln aus Pappe her und bestücken sie mit je hundert Zigaretten. Bruder Heinjak hat einen Friseurmeister in Forschte aufgetan, der verkauft unsere Zigaretten, Marke *Handwerksstolz*, an seine Kundschaft, indem er sie ins übliche Barbiergerede einhüllt. Er spricht von der Zeit, die vergeht, von dem Licht, das verbrennt, und daß die alte Frau immer noch nicht stirbt. Zigarettchen gefällig?

Bruder Heinjak kauft sich von dem Geld, das ihm seine selbstgedrehten Zigaretten einbringen, für sonntags amerikanische *Aktive* bei Schwägerin Elvira.

Der Winter setzt steif ein und treibt die Leute in die Häuser. Das Mattsche Stammhaus ist zu eng geworden. Da sind die Eltern und der Hof-Erbe Heinjak mit Hertchen und dem Gottliebchen, da ist die Anderthalbmeter-Großmutter, da ist Emil Krummau mit seiner Elfi, der überdies seine Mutter aus dem Umsiedlergetümmel holte, eine ältere gütige Frau, die man von ihrem Hof in Nordböhmen gescheucht hatte, und da waren schließlich Nona, ich und unsere beiden Söhne. Es geht gedrängt bei uns zu, wie auf dem Hof Brekkukot, den Laxness beschreibt.

Die ersten Hausbewohner, die auszuziehen haben, sind Nona, ich und die Kinder. Meine Mutter hat Nona durchprobiert. Die hergereiste Schwiegertochter arbeitet statt im Hause lieber draußen auf dem Feld, und sie verläßt zuweilen unseren Feldgarten, geht aufs Feld des Vaters hinüber und hilft dort. Dem Vater gefällt das. Elvira aber, die liebe Elvira, will beobachtet haben, wie der Vater und Nona miteinander einen Sack Hafersaat auf den Pferdewagen warfen und sich hernach umarmten. Ist dir bewußt, daß Papa und die Nonne körperlich miteinander arbeiten? Das konnte dies, aber auch das bedeuten. Für die stets eifersüchtige Mutter bedeutete es *das*. Von Eifersucht getrieben, läßt die Mutter das Hertchen so in unserer Stube putzen und Staub wischen, daß Nona draufzukommen muß. Nona fühlt sich beleidigt. So viel Hausfrauen-Ehre ist in ihr.

Die Mutter sagt, sie könne mir eine Freude machen, sie habe eine Wohnung für uns gefunden. Ich könnte mit einem eigenen Familienleben anfangen, was ich schon immer gewollt hätte.

Da ich von Elviras Intrige nichts weiß, ist es für mich schwer zu verstehen, weshalb mir die Mutter das Verlangen nach einem eigenen Familienleben unterstellt. Hatte sie mich nicht aus dem *Garten Eden* in Thüringen geholt? War nicht sie es, die mich ermuntert hatte, Nona nach Bossdom zu holen, wars nicht sie, die drauf drang, die Thüringische zu heiraten und unseren Sohn ehelich zu machen?

Und die Eifersucht der Mutter wurde so mächtig, daß sie mich beiseite nahm und flüsterte: Paß uff deine Frau uff, du weeßt, Papa henkelt sich überalle ein!

Die Mutter hockt in ihrem Schneckenhaus, dem Laden, und regiert mit der Kraft der Schwachen das halbe Dorf. Mit Hilfe einiger Brote ohne Markenabgabe erreicht sie, daß man uns eine kriegsbeschädigte Wohnung überläßt.

Unser Hauswirt heißt Hannusch, sein Neckname ist *Kecke*. Jemand hat vor Jahren ein Gespräch belauscht, das Hannusch als Kind mit seinem älteren Bruder Alfred führte. Die Brüder hatten sich je eine Zuckerschnecke gekauft, und auf dem Heimweg mußte der kleine Hannusch aus den Hosen und bat seinen Bruder, ihm derweil die Zuckerschnecke zu halten. Er hatte Mühe, das *Sch* auszusprechen, und die Schnecke hieß für ihn Kecke. Alfried, halte moal meine Kecke, ich muß kell moal keiken! sagte er zum Bruder.

Von da an hieß mein Hauswirt *Kecke,* und auch seine Kinder wurden den Necknamen nicht los. Als ich *Kecke* kennenlernte, war er schon ein junger Bergarbeiter und wurde im Dorfe *beredet,* weil er ein zu junges Mädchen geschwängert hatte. Kecke war ein zuverlässiger Bergmann, las sogar Bücher und war, wie alle Bossdomer Bergleute, Sozialdemokrat.

Unsere Wohnung besteht aus zwei Stuben, einer Küche, etwas Nebengelaß, Holz- und Kohlenställchen auf dem Hof und dem Abtritt, gemeinsam mit den Wirtsleuten, ein Bretterhäuschen mit Windspülung. Der Raum, den wir zur Wohnstube erklärten, hat keine Tür. Sie vergloste im Biwakfeuer eines Russentrupps.

Wir verhängen das Türloch mit einer *geistreich* gefleckten Militär-Zeltbahn. Für die Küche zimmere ich einige Stellagen aus rauhen Brettern. Meine Mutter trennt sich seufzend von einer Waschkommode aus ihrem Heiratsgut, und aus Sommershausen trifft eine Fuhre zusammengestoppelten Hausrats ein: zwei Betten, eines mit Schnitzereien und Schnickschnack aufklaviert, das andere unterernährt wie ein Gefängnisbett, auch ein Kinderbett schicken die Schwiegereltern mit. Daß da zwei Kinder zu uns gehören, berücksichtigt man in Sommershausen nicht. Die Leute dort sind Großeltern von nur einem Enkelsohn.

Nur drei Tage hat Sohn Jarne kein Bett, dann wird uns eines angeliefert. Metag, der Milchfahrer, bringt es uns von Leuten aus Wadelow, die nicht genannt sein wollen.

Das ist ein Augenblick, in dem ich geneigt bin, mich ganz und gar auf das Leben zu verlassen, auf das Leben, das einem zuschanzt, was man benötigt, auf das Leben, das einem wegnimmt, was man zu viel hat, ohne Rücksicht auf Bedauern und Trauer. Jahrzehnte später erst werde ich mir Sicherheit genug zusammengelebt haben, auf das zu vertrauen, was verschiedene Menschen mit verschiedenen Bezeichnungen versehen: Schicksal, Intuition, Unterbewußtsein, Instinkt, Allah, Gott, auch Tao.

Manchmal ist aber auch zu erkennen, aus wie vielen Zusammenhängen das geflochten ist, was wie ein Wunder in unser Leben tritt. Auch bei dem Bett von Jarne, das wie vom Himmel fällt, erahne ich Zusammenhänge: Ein Mensch, der in vielen Häusern des Amtsbezirks ein und aus geht, ein Mensch, der erkennen kann, daß wo was übrig ist, was ein anderer nötig hat; ein Mensch, der scheu ist und wie ein Geist, beobachtet mein Familienleben. Ihr wißt, auf welchen Menschen meine Vermutungen zutreffen könnten.

Was mir den Auszug aus dem Hause Matt schwermacht, ist die Trennung vom meiner Schreibstelle, die im Winter so warm war, wenn draußen die Sterne vor Kälte klirrten und hinter mir auf den Backbeuten die Schaben knisterten.

Jetzt ist meine Dichterwerkstatt die von vier Wänden eingefaßte kalte Leere. Ich schlage zwei Böcke aus rohem Kiefernholz zusammen, lege einige Bretter darüber und nenne das, was entstanden ist, einen Tisch. Ihren Müll und alles, was sie für unbrauchbar halten, kippen die Bossdomer in die sogenannten Brüche, das sind Erd-Einbrüche, die entstanden, weil man der Heide in fünfzig Metern Tiefe die Kohlen-Adern ausgekratzt hat. In diesen Brüchen finde ich das Gestell eines zusammenklappbaren Gartenstuhls. Ich beklopfe sein rostiges Gebein und verschaffe ihm einen Sitz und eine Lehne aus rohen Brettern. Von den Matts hole ich mein Bücherregal, dieses freundschaftliche Gestell aus meiner Schülerzeit.

Ich sitze in meinem kläglichen *Dichterbüro*. Der Wind fährt durch die Fensterritzen und macht die Zeltbahn flattern, die widerwillig Ersatzdienst für eine Tür tut. Ich habe den Fliegerpelz übergezogen, von dem ich schon erzählte. Meine Knie und meine Füße sind in eine graue Militärdecke gewickelt.

Wenn ich in der Mattschen Backstube schrieb, gabs um den Tisch und um den Stuhl herum ein Gespinst aus Schreiblust, das sich den ganzen Tag dort aufhielt. Ich durfte mich nur setzen, um in dem zu sein, was ich heimlich mein Werk nannte. Hier erfriert das Gespinst, das sich nachts um mich her bildete, am Tage, und ich muß es jede Nacht neu herstellen. Und wenn ich von meiner Arbeit aufschaue, reden die Sterne mir nicht von Ewigkeiten, sondern funkeln giftgrün.

Ich kann nicht umhin, an meine elenden Schreibbedingungen vor dem Krieg in Grottenstadt zu denken. Damals in der verschimmelten Hinterstube mit den frostglitzernden Wänden suchte ich nach einer literarischen Form, mit der ich das, was ich dachte, ausdrücken könnte. Ich machte einen Versuch nach dem anderen und fand die Form nicht. Jetzt meine ich, sie gefunden zu haben, und reihe einen Satz an den anderen und behorche und beklopfe die Sätze, um festzustellen, ob sie das ausdrücken, was ich wirklich denke.

Später werden die Schriftgelehrten, die den Dichtern stets erklären, was sie gemacht haben, behaupten, ich hätte mit dieser Art zu schreiben einen sozialen Auftrag erfüllt. Ich werde sie reden lassen. Ich habe mich selten um das gekümmert, was sie von mir verlangten. Wie hätten sie die Fabel belächelt, nach der ich meinen ersten Roman schrieb! Ich schrieb Jahreszahlen auf leere Papierseiten, ließ meinen Helden an den Jahreszahlen entlang aufwachsen und dachte mir aus, was ihm in jedem neuen Jahr zustoßen und was er denken und tun könnte. Das war meine Fabel.

Nonas Vater schreibt, er wird uns besuchen und ein aufwendiges Geschenk mitbringen, es möge eine Spedition am Bahnhof sein.

Die Ankündigung ist eine indirekte Freude für mich, weil ich hoffe, während der Besuchszeit des Schwiegervaters eine fröhliche Nona und mindestens *einen* glücklichen Sohn im Hause zu haben, deshalb zögere ich nicht, den Vater zu bitten, mir das Fuhrwerk für eine Fahrt zum Däbener Bahnhof auszuleihen.

Der Schwiegervater kommt, stöhnt über die umständliche Reise mit der Kleinbahn und tut, als sei er sein Leben lang nur im D-Zug erster Klasse gefahren. Er trägt einen Paletot, einen Glockenhut, und es sind zwei Handkoffer bei ihm. Sie müssen Bücher oder Eisen enthalten, auf einen der Koffer ist ein gelber Spazierstock geschnallt.

Ich fahre an die Bahnrampe. Das Gebringe des Schwiegervaters wird aus dem Gepäckwagen gerollt: ein Späne-Ofen. Freust du dich? Prautermann tippt mit seinem entfesselten Gehstock gegen den Späne-Ofen. Meine Freude ist mäßig. Ich versuche das Maß an Dankbarkeit zu ergründen, das ich für das Geschenk werde ableisten müssen.

Wir fahren, von der knochigen Grauschimmel-Stute gezogen, durch die Heide. Das Gesicht des Schwiegervaters leuchtet blau-rot. Ich heiße ihn, seine Schenkel in die Pferdedecke zu hüllen. Er sitzt vornübergebeugt und stützt sich auf seinen vornehmen Stock. Dieser gelb-leuchtende Stock regt Befürchtungen in mir auf. Möglich, daß der Schwiegervater vorhat, mit ihm, verhöhnt von den Bossdomern, durchs Dorf zu prahlen. Ich bin ins Kleindörfliche zurückgefallen. Hämische Bemerkungen der Mitmenschen verursachen mir Mißbehagen, das ist es, was es ist, wenn man erwartet, in der Heimat das Behagen und die Geborgenheit der Kindheit unversehrt wiederzufinden.

Johann Prautermann ist glücklich, seine Tochter wohlauf zu finden, und geht, mit dem kleinen Gustav an der Hand, hin und her. Er ist nicht einverstanden, daß sich eine Militär-Zeltbahn bei uns als Stubentür aufspielt und öffnet den schwereren von den schweren Koffern. Es kommen Wasserhähne und Badewannen-Armaturen zum Vorschein. Düwel ook, wenn wir damit keinen Tischler krumm kriegen, eine Tür zu machen! Prautermann spaziert mit seinem gelben Stock über die Felder zu Tischler Buderitzsch, aber der hat mit Wasserhähnen nichts im Sinn. Er holt sein Wasser noch immer aus dem Ziehbrunnen in der Nähe des Bienenhauses.

Johann Prautermann spaziert nach Däben, trägt die Maße für eine Stubentür in der Manteltasche und kommt dort mit einem Tischler ins Verhandeln, dem im Krieg die Hauswasserleitung beschädigt wurde. Eines ergibt sich aus dem anderen: Meine Arbeitsstube kriegt eine wirkliche Tür, und dafür bin ich Johann Prautermann dankbar.

Der Späne-Ofen wird aufgestellt, und es wird mir Gelegenheit, wie vorbefürchtet, auch dafür dankbar zu sein. Prautermann bringt den Ofen in Fahrt, sitzt am frühen Morgen, wenn ich schreibe, schon davor und überwacht das Hinglimmen der Späne, nickt ein, wacht auf und sieht mir beim Schreiben zu. Meine Ausdauer scheint Eindruck auf ihn zu machen.

Auf Mittag öffnet Prautermann den zweiten Koffer. Die Auslage eines kleinen Fleischerladens wird sichtbar: Schlackwurst, Magenwurst, Leberwürste, zwei Schweinehinterschinken und Speckschroten. Ein Schlaraffenkoffer! Erdrückender Reichtum. Ich weiß nicht, ob das rechtens ist. Prautermann spielt sich als Weltbeglücker auf. Genier dich nicht, sagt er, solange ich habe, sollen auch andere haben!

An einem anderen Frühmorgen steht der Schwiegervater im Hausflur der Matts, begutachtet die Arbeit seiner Tochter Wilma, greift zu, schüttet die Milch aus dem Litermaß in die großen Kannen und wähnt seiner Tochter behilflich zu sein.

Tags drauf stellt sich Meister Johann in der Backstube der Matts ein, nimmt fertige Brote ab und packt sie in den Schragen, hospitiert bei meinem Bruder, fährt mit dem Vater nach Kohlen in die Brikettfabrik, und mein Vater lädt ihn zum Kartenspielen ein. Prautermann zeigt sich auch dieser Kunst gewachsen. Sie trinken Bergmanns-Schnaps, verschmelzen freundschaftlich im leichten Rausch und lallen: Was wäre die Welt ohne verläßliche Handwerker!

Wo Prautermann auch hingeht, sein leuchtender Spazierstock ist bei ihm und wird, wenn sein Besitzer sich in eine Tätigkeit einmischt, überflüssig, steht in einer Ecke und träumt von flotten Spaziergängen, bis der Meister ihn weckt und zum Heimgang antreibt.

An milden Mittwintertagen grabe ich unseren Feldgarten um. Der Schwiegervater hilft mir, sein hellgelber Stock steckt im Grabeland wie der Stab eines Landvermessers. Der Meister ist entzückt von der leichten Lausitzer Erde. Schippen und Graben war eine traurige Zeit lang sein zweiter Beruf. Das Graben in unserm Feldgarten sei eine Spielerei gegen die Schufterei mit der schweren Erde des Börgermoores. Prautermann erzählt aus seiner Häftlingszeit und vom Leben im Lager, in das ihn die Adolfiner gesteckt hatten. Dabei war ich nur Kassierer unserer Ortsgruppe, erzählt er, aber sie haben mich trotzdem abgeholt und nicht besser behandelt als einen Propagandaredner, und das bin ich nicht gewesen, aber ich wurde nicht schlechter geprügelt und schikaniert als jeder andere Funktionär. Sag, daß du eine dreckige rote Ratte bist! befahlen sie. Das könnt ihr nicht von mir verlangen, sage ich, ich bin nicht dreckig, bin keine Ratte. Kaum hatte ichs ausgesprochen, da fielen sie über mich her, schlugen mich lahm, peinigten mich und steckten mich in die Strafzelle. Überleg, ob du nicht doch dreckig und eine Ratte bist! sagten sie. Es war vielleicht dumm von mir, daß ich zuerst nicht einlenkte, obwohl ich doch wußte, daß sie nun die Herrschaft hatten und wir so gut wie ausgespielt hatten. Als sie mich aus der Strafzelle holten, fragten sie mich nochmals, ob ich eingesehen hätte, daß ich voll dreckiger Gesinnung und eine Ratte wäre. Ich zog es vor zu schweigen. Das ist schon besser, sagten sie, verprügelten mich wieder und warfen mich wie einen Scheuerlappen in eine Ecke. Und als sie wiederkamen, fragten sie: Schwörst du ab? Und ich gab ihnen wieder keine Antwort, und sie sagten: Was bist du für ein Blödmann, läßt dich vertobaken und schwörst nicht ab, wie es viele deiner Genossen getan haben. Und sie schlugen mich wieder, wenn auch nicht ganz so hart wie die ersten Male, und es ging das, was sie mir da gesagt hatten, daß viele meiner Genossen abgeschworen hätten, in mir um, und schließlich schwor ich ab, und sie ließen mich laufen. Das sollst du wissen als mein Schwiegersohn. Ich habe verraten! Ich bin mir schlecht vorgekommen, das kannst du mir glauben, und wenn sich nicht die Gelegenheit geboten hätte, mich in meinem Handwerk selbständig zu machen und die Gegend zu verlassen, in der mich alle alten Genossen einen Verräter nannten, hätte ich mir wohl etwas angetan.

Und wie ist es jetzt? frage ich.

Es ist wie ein Zauber, sagt er, sobald du in der Mitte stehst und die Menschen nicht mehr in zwei Klassen einteilst, sondern auch einen Mittelstand zuläßt, verwandelt sich dir alles.

Wir reden hin und her: Was würdest du heute tun, wenn du nicht selbständiger Handwerker wärest, frage ich, würdest du wieder Kommunist sein?

Ich würde, vorausgesetzt, daß sie mich nähmen, weil ich verraten habe, aber wenn ich ein Ärmling wäre wie du, wäre ich in eurer Esede und nirgendwo sonst. Es ist unlogisch, kein Kommunist zu sein, wenn man nichts hat, aber wenn man zu was gekommen ist wie ich, verwischt sich einem die Sicht auf die Klassen.

Was würdest du sagen, frage ich, wenn dein Sohn, der als Geselle bei dir arbeitet und ein Ärmling ist wie ich, ein Roter werden würde?

Ich könnte es ihm nicht verdenken, doch ich würde es ihm nicht raten. Es wäre nicht gut, wenn er anfinge, klassenmäßig zu denken, denn es wird kein anderer sein als er, der mein Geschäft erbt.

Prautermann scheint sich, als sein eigener Meister, eine kräftige Portion Urlaub bewilligt zu haben, denn er bleibt noch. Er kauft im Laden der Helene Matt, geborene Kulka, Ansichtskarten von Bossdom. Es sind noch die alten Ansichtskarten von damals, die der hinkende Fotograf gemacht hat, die Ansichten von der Schule und vom Laden, mit der Mattschen Familie davor. Prautermann verschickt Ansichtskarten an seine Frau, an seine Mutter in Erfurt, an seine Skatbrüder und heimlich auch an seine Zweitfrau, die ihn und seine Familie landwirtschaftlich versorgt. Er versäumt nicht, die Vorderseiten der Karten mit einem Tintenpfeil zum Laden hin zu versehen und an den Kartenrand zu schreiben: Da stammt mein Schwiegersohn raus.

Dann fängt Prautermann an zu lesen. Er liest einen Band nach dem anderen aus meinem Bücherregal, und er liest schnell. Zuerst bringt er die zwölf Bände Tolstoi hinter sich. Früher, als Habenichts, habe er viel, viel gelesen, schwärmt er. Da waren die Genossen, mit denen er über das Gelesene diskutieren konnte, aber als selbständiger Handwerksmeister sei ihm so gewesen, als dürfe er keine Zeit mehr haben, Bücher zu lesen. Das mache kein vorwärtsstrebender Handwerksmeister. Mit wem auch hätte er sich da über das Gelesene austauschen können? Keiner von den Kollegen hätte ihm zum Beispiel geglaubt, daß ein Graf und Gutsbesitzer seine Liegenschaften landarmen Bauern übereignete. Papier ist geduldig, würden sie sagen.

Ich fürchte, Prautermann wird nun mit mir über das, was er gelesen hat, reden wollen, aber er tut es nicht. Er will den Rest seines Urlaubs nutzen, um den Inhalt von möglichst vielen Büchern in sich hineinzukriegen. Ich bin froh, daß er festsitzt, und bin mild und freundlich. Bin ich so nachsichtig mit ihm, weil er mir einen Späne-Ofen vermachte und meiner Arbeitsstube zu einer Tür verhalf, weil sein Schlaraffenkoffer ermöglichte, uns für eine Weile wie in Vorkriegszeiten zu sättigen?

In der Barbierstube der Tinkos hüllt der Mischgeruch von geschwefeltem Haarwasser und angekochtem Frauenhaar das flinke Fingergekribbel Elviras und die langweiligen Barbierweisheiten von Bruder Tinko ein: Eeene Glatze is besser wie goar keene Hoare. Wenn wir den hoaben, denn wern wa den schon kriegen!

Elvira geht in einem unheiligen Schein von Unberechenbarkeit umher, hantiert, ist schön auf ihre Weise und jauchzt einen Schlagerfetzen heraus, wenn sie an einem Mann herumbarbiert, an einem Grubenarbeiter zum Beispiel, der ihr demnächst weißen Grubenschnaps liefern wird, oder an einem Kossäten, von dem sie hofft, ein Achtelchen Butter zu kriegen. Liebling, mein Herz läßt dich grüßen... Der Jauchzer steigt steil auf, läßt die Fliegen unter der Stubendecke aufseufzen und summend umherfliegen.

Wo man singt, da laß dir ruhig nieder, kommentiert Bruder Tinko das Lustgetön seiner Barbierossa.

Abends- und Spätkunden fragt Elvira, wenn sie den Barbierumhang ausschüttelt: Darfs sonst noch was sein? Es gibt nicht wenige Kunden, bei denen *es noch was sein darf*. Seit einiger Zeit gibts in der Barbierstube einen Wandschirm, und die Befragten huschen hinter diesen Wandschirm, besonders Männer, die im zweiten Trieb stehen. Sie haben Grubenschnaps daheim im Küchenschrank, aber sie scheinen lieber einen hinter Elviras Wandschirm zu heben. Die Wandschirmschnäpse wirken verschieden auf die Männer: Einer schüttelt den Kopf, wenn er hervortritt, ein anderer haut sich beifällig auf die Schenkel, wieder ein anderer strebt mit geilen Blicken heimzu. Allmählich wird der Mischgeruch der Barbiererei mit dem krätzigen Duft von weißem Schnaps angereichert.

Bei den Tinkos gibts kein Manko wie bei den Matts, dafür sorgt Elvira mit frostiger Skrupellosigkeit. Schon gibts in der Schlafstube ein mit Geldscheinen gefülltes Schrankschub. Zuweilen streiten die Eheleute, wie die Geldmasse am einbringendsten zu verwenden sei. Elvira will mit dem erramschten Geld später nach Grodk werden und dort einen Barbiersalon einrichten. Tinko möchte eine Scheune bauen.

Was Tinko auch will und sich wünscht, den Schlüssel zum Geldschub trägt Elvira an einem Kettchen um den Hals, er liegt in dem weichen Tal, das ihre gut ausgebildeten Brüste bilden. Sie lobt die *Tummheit* der Obrigkeit, die das Geld nach dem Kriege nicht entwertete. Tinko will nicht, daß sie die Obrigkeit ausspottet.

Wenn ichs recht bedenke, wars nicht so, daß ich damals nur den Lockrufen der Mutter folgte, als ich von Grottenstadt nach Bossdom ging. Die menschlichen Antriebe sind gefächert. Es war auch eine Flucht vor jenem Persönchen, das einmal meine Frau war, mit der ich zwei Söhne zeugte, aber in Disharmonie lebte. Sie war so fleißig in ihren außerehelichen Liebesbeziehungen. Ich war durch eine zwölfstündige Arbeit in einem chemischen Betrieb abgemüdet und nicht liebestüchtig genug. Wir trennten uns. Es war ihr wohler, wenn sie sich bei ihren Nebenlieben nicht mehr ins Unrecht setzte. Ich zog in ein Nachbarstädtchen und ging von dort aus auf meine Arbeit. Aber wenn ich dran dachte, daß nun ein anderer bei ihr lag, beutelte mich Eifersucht. Ich erkannte damals nicht, was für einen flachen Flattergeist ich liebte! Noch nach unserer Scheidung während des Krieges und danach vergifteten Eifersuchtsanfälle immer wieder mein Leben. Eingebettet in die Wärme des Elternhauses, hoffte ich meine Anfechtungen besser besiegen zu können.

Damals fragte man bei einer Scheidung noch nach dem Schuldigen. Sie wurde für schuldig befunden. Die Erziehung der Kinder wurde mir zugesprochen, aber sie wollte die Kinder zunächst nicht hergeben, und mir war das recht, weil ich wußte, wie ungeschickt ich im Umgang mit Kindern war.

Mit der Zeit erkannte ich, daß sie Arne, den älteren der Jungen, mehr liebte als Jarne, den zweiten. Sie bewies es, sie gab mir Jarne mit, als ich nach Bossdom zog.

Das mußte erzählt sein (für manche Leser vielleicht ein zweites Mal), damit erkennbar wird, wie es um mich bestellt war, als mir mein ältester Sohn Arne eines Tages auf der Dorfstraße um den Hals fällt und sagt: Jetzt bleibe ich immer bei dir. Er sagte es im Thüringer Dialekt, der zu Zeiten etwas Liebliches für mich hat, zumal wenn ich an die Plaudereien von Fräulein Susanne in meiner Gartenhütte auf Eden denke.

Frau Amanda hat sich bei meiner Feindin Elvira einquartiert. Die beiden kennen sich von früher, als Frau Amanda noch Schmierenschauspielerin in Grodk war. Die beiden sind sich, ohne Worte darüber zu machen, einig: Sie lieben die Abwechslung in ihren Beziehungen zu Männern. Elvira ist glücklich, Frau Amanda ein Nachtquartier anbieten zu können. Da kann sie mitspielen.

Nun soll Arne also bei uns bleiben. Ich stelle mir vor, wie Nona auf ein drittes Kind, das wie vom Himmel herab in ihre Obhut fällt, reagieren wird. Ich bedenke, wie viele *Freunde* in der Zeit, in der der Junge mich nicht gesehen hat, durch sein kleines Leben gegangen sind, und wie jeder *Onkel* bemüht war, ihn zu verwöhnen, um seiner Mutter zu gefallen, und hier steht nun sein Vater, von dem er erwartet, daß er noch besser ist als all die Onkel ringsumher. Wie soll ich das leisten? Ich kratze alle Väterlichkeit, die in mir ist, zusammen. Ich hebe den Jungen auf und küsse ihn. Er tut mir leid. Ich nehme sein Köfferchen, und wir stiefeln auf unbekannte Verhältnisse zu.

Ich treffe mich mit Frau Amanda in dem dichten Waldstück, das in Bossdom die Fasanerie genannt wird. Wo hätten wir uns sonst treffen können? Hätte ich sie mit in unsere Wohnung und zu Nona nehmen sollen?

Es ist halber Winter. Frau Amanda trägt einen Mantel aus Kaninchenfellen, die auf Nerz dressiert sind, dazu dünne Nylonstrümpfe und Halbschuhe mit hohen Absätzen und wirkt in der zausigen Fasanerie wie aus einem städtischen Auto gefallen. Sie kommt dicht an mich heran und scheint eine Begrüßungsumarmung zu erwarten. Ich bleibe steif. Wir gehen hin und her. Ein Fasanenhahn springt zeternd aus seiner Mulde. Durch die Baumkronen geht ein behender Wind.

Sohn Arne hätte fort und fort nach mir verlangt, er hätte wissen wollen, wie sein Vater aussieht, er hätte es vergessen gehabt, erklärt Frau Amanda. Außerdem bekäme der Junge bei ihr nicht zu essen, was er haben müßte. Sie spricht von unzureichenden Lebensmittel-Zuteilungen und daß sie mit Hamstern kein Glück hätte. Bei mir auf dem Lande würde der Junge es besser haben, allein die gute Luft. Sie atmet tief und befreit und ein bißchen verlogen: Der Junge ist dir zugesprochen, sagt sie, das weißt du hoffentlich noch.

Du hast ihn mir nicht mitgegeben, damals.

Aber nun hast du sie beide. Ist doch nett von mir.

Ich weiß nicht, was antworten. Amanda kauert sich hin und sieht von unten zu mir herauf. Mir fällt ein, daß sie sich auch früher so hinhockte, wenn sie fror, dann rieb ich ihr die Waden, die Waden bis zu den Knien hoch. Auch meine Hände scheinen sich zu erinnern. Sie zucken, doch ich halte sie zurück. Möglich, daß Amanda ausproben will, wieviel Macht sie noch über mich hat. Ich packe sie beim Handgelenk, reiße sie hoch und gehe in Eilschritten dem

Dorfe zu. Amanda fällt es schwer, in ihren überzüchteten Halbschuhen auf dem gefrorenen Weg mit mir Schritt zu halten. Ich sehe mich nach ihr um. Sie streckt ihren Arm nach mir aus. Ich verlängere meine Schritte. Ich reiße aus vor der Versuchung.

Wir sitzen nebeneinander auf der Futterkiste im Vorraum des Pferdestalles. Hier ist es wärmlich, und in Pferdeduft gehüllt, wähne ich mich geschützt vor allen Anfechtungen. Hier sitze ich zuweilen in der Dämmerstunde, höre auf das Geraun des Lebens und erschauere.

Ich sehe den steinlosen Verlobungsring an Frau Amandas linker Hand und frage: Will er dich nicht mit deinem Jungen zusammen?

Sie weicht nicht aus. Es ist noch immer so, sagt sie, daß du etwas weißt, was man dir noch nicht gesagt hat. Er will nicht teilen, sagt sie. Es ist nur für zunächst. Ich werde ihn ausproben. Wenn er mich liebt, wird er sich auch an den Jungen gewöhnen. Sie wird sentimental: Es ist nur für zunächst, sagt sie ein zweites Mal, denn ohne Arne könnte ich auf die Länge nicht leben. Du mußt mir helfen, nur dieses einzige Mal noch. Sie versucht mich zu umarmen. Ich springe auf und gehe nach draußen.

O Leben, wie du dich verwickelst und verzurrst, sobald du in die Kreaturen fährst; eine jede will dich nach ihrem Willen modeln und erkennt die Unmöglichkeit nicht.

Da ist in meinem klammen Zuhause Frau Nona, der ich ankenne, daß sie sich geplagt fühlt, und da sind die drei Jungen, von denen nur einer, der kleine Gustav, eine Mutter hat. Alles, was die beiden Söhne aus meiner ersten Ehe mißtun, wird von Nona strenger beurteilt als die Bockereien vom kleinen Gustav. Arne und Jarne suchen sich warme Plätzchen anderswo.

Nona verbringt die meiste Zeit des Tages in unserem Feldgarten. Sie steht gebückt auf den Beeten. Das Unkraut hat in ihr eine gründliche Feindin. Obwohl sie von Kind an eine *Brummerin* ist, summt sie, schwingt die Hacke und lüftet die Erde zwischen den Tabakstauden. Die Buchfinken

singen herausfordernd, und die Heidelerchen lullen eine
gelinde Zufriedenheit in Nonas Welt. Ehrpußlige Bossdo-
merinnen tadeln, sie kümmere sich zu wenig um ihre Stief-
söhne. Sie wissen nicht, wie schwer es Nona gemacht wird,
Arne und Jarne auf unserer Seite zu halten. Meine Mutter
verzieht die Jungen großmütterlich, sie verfügt über die Kraft
der Schwachen. In jüngeren Jahren liebte sie Hunde, vorausgesetzt, daß die ihr ergeben waren. Eines Tages lief ihr
ein schwarzzausiger Hund, ein Stromer, in den Laden und
legte sich hinter den Ladentisch. Er blieb dort und verließ
den Laden nur, wenn ihn meine Mutter verließ. Sobald er
sie wieder im Laden wußte, lag er neben ihr. Wenn bier-
trinkende Bergarbeiter laut witzelten und sich Tagesgeschich-
ten erzählten, legte der Hund seine Vorderpfoten auf den
Ladentisch und nahm Verteidigungshaltung an. Zuneigung
und Wachsamkeit des Hundes gefielen meiner Mutter. Der
Vater war aufgebracht: Ich erschieß das Luder! Das ge-
trau dir! sagte die Mutter.

Der Hund brachte zu den vielen Streitereien, die in
unserem Hause stattfanden, einen Dauerstreit hinzu. Ich
beschloß in meiner jungenhaften Naivität, den Hund zu
erziehen, und wollte, daß er nur auf Befehl angriff. Der
Mutter mißfielen die Veränderungen, die ich mit ihrem
Hund vorhatte. Ich hatte erreicht, daß er auf Befehl still
saß. Zur Probe ließ ich Bruder Heinjak über den Hof
gehen. Der Hund rührte sich nicht, aber da kam die Mutter
aus dem Haus und schwenkte einen Zipfel Grützwurst,
und der Hund sprang auf und folgte ihr. Laß mir den
Hund doch kirren, Mama! Das erspoart dir Scherereien
mit Papan, bat ich. Die Mutter saß wie auf einer Wolke
und hörte mich nicht.

Arne und Jarne müssen auf dem Schulweg am Hause
der Matts vorüber. Die Mutter steht pünktlich auf der Haustürschwelle, obwohl sie sonst mit der Pünktlichkeit nichts
im Sinn hat. Diese Tugend ist für Leute gemacht, die stets
rechtzeitig fertig sind. Meine Mutter hat zu tune, immer
zu tune. Das ist ihre Tugend. Im Falle von Arne und Jarne
aber ist sie eine prächtige Vertreterin der Pünktlichkeit. Ihr

leises Machtgelüst und der heimliche Krieg gegen die unpassende Schwiegertocher bestärken sie. Sie zieht die Jungen an sich, drückt sie, öffnet ihre Umhängetaschen, zieht die Frühstücksbrote heraus und ersetzt sie mit Broten aus ihrer Küche. *Die liebe Großmutter,* sie klappt das Frühstücksbrot von Nona auf und zeigt es Hertchen: Sich moal bloß, nischt wie Margarine druff! Die Mutter weiß, daß Nona, seit Meister Prautermann fort ist, keine Würste mehr im Vorratsschrank liegen hat, doch ihr Machtgelüst setzt ihr Mitgefühl außer Kraft.

Gegen Mittag hat die Mutter eine zweite Pünktlichkeitsanwandlung. Wieder erwartet sie die Jungen an der Türschwelle: Kummt und labt eich bissel bei uns!

Jarne stopft sich bis ans Gaumenzäpfchen voll. Daheim stochert er in der Kohlrübensuppe, ohne sie einzufudern. Nona herrscht ihn an: Hast du wieder bei der Großmutter gegessen?

Milchreis mit Zucker und Zimt, hämt Jarne.

Nona bittet mich, mit der Mutter zu reden. Ich rede mit ihr, aber sie sitzt wie auf einer Wolke und hört mich nicht.

Auch Schwägerin Elvira hilft mit, Nona die Jungen abspenstig zu machen, und bewirtet sie mit Resten von Mittagsmahlzeiten. Bruder Tinko, der verrückt nach Kindern ist, albert mit ihnen.

Nona bittet die Mutter und Elvira, die Kinder nicht zu spicken.

Was tun wir Schlimmes, wenn wir deine Kinder bissel abfüttern? heißt es. Ein nicht zu schlichtender Streit hängt in der Luft. Das sind die Kriege der Kleinen Leute, und ehe sie nicht damit fertig sind, wird es keinen Frieden zwischen den Völkern geben. Kaum zwei Jahre her, daß Nona sich in der Schwesternschule von der Hand ihrer Lieblingsnonne Gundula löste. Nun muß sie sich mit ihrer unkatholischen Umwelt auseinandersetzen. Die Dorfleute sind für sie eine Macht. Man degradiert sie zur Stiefmutter.

Ich bin ihr nicht zur Hilfe. Ich päpple den Helden meines Romans, umsorge und bepüstere meine Schreibereien. Ich weiß noch nicht, daß ich mein Leben in diesem Zwiespalt verbringen werde: zuerst das, was ich schreibe, dann alles, alles andere. Woher will ich wissen, ob kurze Zeit nach meinem Tode, vielleicht schon früher, irgendeine Zeile meiner Kritzeleien noch von Bedeutung ist? Von woher ist mir da eine Zuversicht eingebaut, daß ich tue, was ich tue?

Nona stellt fest, daß Arne nachts sein Bett benäßt. Sie ist unglücklich: Winterkälte und täglich nasse Bettwäsche. Eine Waschküche gibts in dem Haus, in dem wir einwohnen, nicht. Die Wäsche muß in der Küche ausgestaucht und dort oder am Ofen in meiner Arbeitsstube getrocknet werden. Allenthalben riechts leicht nach Urin.

Ich werde zänkisch und ungerecht: Als Krankenschwester solltest du wissen, wie man der Nässerei beikommt.

Nona wird heftig: Sie war Operationsschwester, eine Spezialistin, keine Stationsschwester, die Kranke füttert und trockenlegt.

Widerstrebend frage ich meine Mutter um Rat. Die Mutter sagt, man dürfe einem Nässekinde ab Mittag nichts mehr zu trinken geben. Ich übermittele Nona den Rat. Sie verbietet Arne am Nachmittag das Trinken. Kein Erfolg.

Die Mutter befragt Frauen, die im Laden einkaufen. Sie raten, den Jungen abends *kleene Schlickchen* Johanniskraut-Tee trinken zu lassen. Arne kriegt seine Schlückchen Johanniskraut-Tee. – Kein Erfolg.

Dann heißt es, Wegerich-Tee müsse es sein, aber kein Tee von Spitzwegerich, sondern von Breitwegerich. – Erfolglos.

Nona behauptet, der Junge nässe, damit wir ihn seiner Mutter zurückgeben. Ich will an Amanda schreiben, aber Nonas Eifersucht läßt es nicht zu. Lieber wäscht sie täglich Bettlaken.

Bösartige Auseinandersetzungen. Es ist nicht mein Sohn, schreit Nona verzweifelt.

Was würdest du tun, wenn es dein Sohn wäre?

Ich würde ihn züchtigen. Auch wir sind daheim nicht geschont worden.

Dann züchtige ihn, sage ich hilflos und möchte aufheulen.

Ich werde mich hüten und fremde Kinder schlagen.

Hast du fremde Kinder gesagt?

Ja, und ich sage es nochmals. Der Junge näßt, weil ihn meine Ohnmacht ergötzt.

In den Kindheitsgeschichten meines Vaters hat das Knien auf Erbsen als Kinderstrafe Wunder gewirkt. Mein Satan, der Jähzorn, packt mich. Auf meinem Schreibtisch stehen die Saaterbsen für den Feldgarten. Ich schütte sie auf die Dielen. Knie hin!

Der Junge kniet hin. Entsetzen in seinen Augen. Ich reiße ihn hoch. Ein großes Weinen schüttelt ihn. Ich drücke ihn an mich und weine mit.

Nona droht, Sohn Arne zu Schwägerin Elvira zu bringen, die den Jungen abfängt, wenn er aus der Schule kommt, ihm zu essen und so viel zu trinken gibt, wie er mag. Soll deine liebe Schwägerin den Jungen entnässen! erklärt sie mit starrblauen Blicken und scheint nun auch mich zu hassen.

Es sieht so aus, als hätte das Leben keine Lust mehr, mich mitzuschleppen. Woher sonst meine Erwägungen, mich umzubringen? Spielt mein Großvater väterlicherseits in mein Leben hinein?

Meine Mutter entdeckt die *Elendigkeit* in meinem *Gesichte*. Gott, Junge, du kummst ja ganz vom Fleesche. Das ist dir nich gesungen worn. Ob ich schon mit Schwester Christine über das Nässen des großen Jungen geredet hätte, sie wäre doch gelernte Kinderschwester.

Ich verständige die Großmutter, die Großmutter verständigt Christine, und wir treffen uns wie früher auf der Ofenbank in der Großmutterstube. Ich bin nah dran, vor Selbstmitleid zu heulen. Christine lächelt fein wie damals ... Erinnerungen beuteln mich. Christine weiß, wie man dem Bettnässen des Jungen beikommen kann, wenn man langmütig genug ist.

Dank dir, Christine!

Kann ich Nona sagen, daß ich Rat von Schwester Christine einholte? Es ist an mir, ich muß versuchen, Arnes Leiden zu beheben.

Wir haben keine Wecker-Uhr. Die Großmutter leiht uns ihren Wecker. Der is eingeübt uff so was, sagt sie, ich hoab ja mußt Großvoatern ooch alle poar Stunden wecken, damit er nich unter sich gemacht hat.

Wenn der Wecker neben meinem Bett auf den Dielen schrillt, wecke ich Arne und führe ihn zweimal in der Nacht zum Topf. Kein Erfolg.

Ich dreiteile die Nacht und führe ihn drei Mal zum Nachttopf, und siehe, sein Bett bleibt trocken. Bald komme ich mit zweimal, dann mit einem Mal Wecken aus, und schließlich habe ich gewonnen.

Wüßte ich, welcher Heilige das Sachgebiet Bettnässen verwaltet, ich wäre ihm zu Danke.

Ich miste auf dem Mattschen Hof die Kaninchen aus, hole Stroh aus der Scheune und gehe hin und her. Die Mutter klopft an das Küchenfenster. Ihr Ehering klirrt gegen die Scheibe. Ein Signal aus der Kindheit. Mutters erster Ehering wanderte nach Rußland aus. Jetzt steckt ein anderer Ring an ihrem Finger. Es ist ein unehrlicher Ring, im Laden gegen Brot eingetauscht.

Ich geh zur Mutter ans Küchenfenster.

Es steht ein Frühstück für mich bereit: Brote mit Margarine bestrichen und mit Rührei belegt. Das ißte moal jetzt, sonst muß ich mir Vorwürfe machen!

Es fällt mir schwer, aber ich weigere mich.

Hoab dir nich so, du mußt doch Hunger hoabn. Iß!

Ich weigere mich.

Mein Gott, hat deine Frau woll ooch dir verboten, was von deine Mutter anzunehmen?

Ich verteidige Nona.

Mein Gott, daß das alles so kumm mußte! sagt die Mutter, ohne zu bedenken, daß ich Nona auf ihr, der Mutter, Drängen nach Bossdom kommen ließ. Schließlich geht sie in den Laden und kommt mit einem Brot zurück. Denn nimm wenigstens das!

Ich nehme das Brot. Ich weiß, daß es kein rechtliches Brot ist, aber ich kann nicht länger stark sein, ich nehme.

Die Kinder wachsen. Sie brauchen neue Bekleidung. Kein Geld, um das abzukaufen, was die sogenannte Kleiderkarte hergibt. Das Geld, das Nona für das Besorgen der Milchsammelstelle kriegt, ist aufgebracht, ehe der Monat zu Ende geht.

Ich verfalle darauf, kunsthandwerklich zu pfuschen, hole meine Schulkenntnisse in der Schwabacher Frakturschrift hervor, kaufe um Pfennige Postkarten und bemale sie mit Sprüchen: Morgenstunde hat Gold im Munde oder Der Mensch braucht ein Plätzchen und wärs noch so klein ... Spießer-Poesie, Pseudoweisheiten. Ich lege die beschrifteten Postkarten zwischen zwei Glasplatten, beklebe deren Ränder mit schwarzem Isolierband, versehe sie mit einer Bindfaden-Öse und biete sie dem Inhaber eines kleinen Kunstgewerbeladens in Däben an. Siehe, die Leute kaufen sie. Ein dummer Spruch hinter Glas hilft ihrer Laune auf und deckt einen Schmutzfleck an der Wand zu. Es entsteht eine Konjunktur für mich. Ich male Sprüche und Sprüche. Aber der Aufwind hält nicht an. Das Geld in der Familienkasse wird wieder knapp. Wir kratzen am Topfboden.

In der *Täglichen Rundschau*, einer russischen Zeitung in deutscher Sprache, wird in einem Inserat eine lohnende Nebenbeschäftigung angeboten. Eine Berliner Firma, die Mittel zur Schönheits- und Körperpflege herstellt, wendet sich an Kräutersammler um grüne Kiefernnadeln. Das Inserat scheint sich direkt an uns zu wenden. Auf den Bruchfeldern der Grube wachsen Wildkiefern in Massen. Wir ziehen an den Nachmittagen aus und berufen sie. Niemand hat sie gepflanzt. Der Wind hat sie ausgesät.

Wir erbitten uns von Bruder Heinjak ausrangierte Mehlsäcke. Nona näht aus zwei oder drei von ihnen einen großen Sack heraus. Ihre Hände sind nicht fürs Nähen eingerichtet. Es entstehen wunderliche Behälter. Ich erinnere mich an einen Sack in Pyramidenform. Unsere Fingerspitzen werden grau vom Kiefernharz. Die Nachkriegsseife kanns mit diesem *Kolophonium* nicht aufnehmen. Wir binden die unförmigen Säcke auf den Handwagen der Familie Matt, karren sie zur Bahnstation nach Däben, schicken sie nach Berlin und warten auf die Bezahlung.

Eine Weile halten wir unseren Haushalt mit dem Geld für die erste Sendung Kiefernnadeln in Fahrt. Wir sammeln fleißig weiter, schicken ab, doch es kommt kein Geld mehr aus Berlin. Ich schreibe an die Zeitungsleute von der *Täglichen Rundschau* und bitte sie, auf die Kerle von der Schönheitsmittel-Firma einzuwirken.

Für die *Volksstimme* schreibe ich über unseren Milchfahrer Metag, der sich sein Lastauto aus Schrott zusammenbaute. Seht diesen fleißigen Mann! Er kennt keinen Sonntag, fährt und fährt Milch. Die Kühe werden auch an Feiertagen gemolken. Man kann die Milch nicht über Sonntag stehenlassen. Dieser Mann sorgt dafür, daß kein Literchen verdirbt. Bravo!

Sehr willkommen, solche Schilderungen von besonderen Leistungen, schreiben mir die Leute von der Redaktion. Aber das geringe Honorar verzischt im Haushalt wie eine Messerspitze Fett in der Bratpfanne.

Bürgermeister Weinrich, der mich zum Zeitungsberichter für Bossdom ernannte, nimmt mich beiseite. Er könne mir mehr und bessere Schreib-Arbeit verschaffen: Flugblätter, Agitationsschriften und Schulungsbriefe. Ein bißchen Parteischule, und man würde mich bei meinen Kenntnissen mit Kußhand im Partei-Apparat beschäftigen. Weiß der Deibel, weshalb mir Jesus Christus einfällt, dem Satan von einem Turm aus die Reiche dieser Welt anbietet, wenn ...

Ich denke an mein Leben unter den Ärmsten, in der baufälligen Baracke, im Hinterhof der sogenannten Saalwiesen von Grottenstadt vor dem Krieg. Damals war ich Hilfsarbeiter und hatte Glaslinsen vorzuschleifen, jeden Tag Glaslinsen schleifen. Ich besiegte die Eintönigkeit und dachte mir Geschichten aus, die ich schreiben würde. Sie haben ihre Gedanken nicht bei der Arbeit, sagte der Kontrolleur. Dagegen war nichts zu sagen. Ich gab mir einen Ruck und steckte all mein Aufmerken in das Beschleifen der konkaven Glasscherben, aber ich war nicht mächtig, meine Gedanken stundenlang auf das spröde Glas zu richten.

Total verschliffen, sagte der Kontrolleur. Ich mußte ins Büro. Man eröffnete mir, daß ich die verschliffenen Linsen zu bezahlen hätte, und steckte mich in eine andere Hilfsarbeit. Ich mußte mit einem Schiebekarren Gerundium ausfahren, das zum Schleifen der Linsen benutzt wurde. Das Gerundium, eine kleisterartige Masse, war in blumentopfartige Gefäße gefüllt. Ich brachte sie an die Stände der Schleifer, gab die vollen Näpfe ab und nahm die leeren zurück. In der Mittagspause, in der die Linsenschleifer ihre Brote in sich hineinstopften, hatte ich sie mit Brauselimonade, die Flasche für zehn Pfennig, zu beliefern. Mein Wochenlohn betrug zweiundzwanzig Mark. Zwei Mark wurden mir wöchentlich für die verschliffenen Linsen abggezogen. Sie fehlten im Haushalt, es blieb kein Kinogeld für Frau Amanda übrig. Die kleine, hübsche Frau, wie sie in der Nachbarschaft genannt wurde, machte mir Vorwürfe, ich sei unfähig, eine Familie zu ernähren. Von der Liebe, mit der alles einmal begonnen hatte, keine Spur mehr. Ich wäre borniert, sagte Frau Amanda, denn sonst wäre ich längst Mitglied einer gewissen Partei und könnte meine Schreiblust, die ich jetzt für nichts und wieder nichts herausließe, nutzbringend in einem Büro verwenden.

Ich tat damals nicht, was Frau Amanda von mir erwartete. Ich folge auch der Aufforderung Weinrichs nicht. Ich lasse ihn wissen, daß ich nicht mehr und nicht weniger als einen Roman schreibe. Weinrich läßt nicht locker: Hast du irgendwo gelernt, wie man Romane schreibt? Schließlich schreibst du und schreibst, und dann wirst du, was du geschrieben hast, nicht los. Die Buchdrucker, die einen Roman brauchen, würden ihn doch nicht von einem nehmen, der das nicht gelernt hat und in Bossdom hockt.

Er scheint nicht viel gelernt zu haben auf der Parteischule oder da wo, dieser Weinrich. Diesmal hätte ich mir gewünscht, daß mir die Weinrichen zu Hilfe gekommen wäre, aber sie läßt sich nicht sehen.

Ich sitze auf der Futterkiste im Vorraum des Pferdestalles. Draußen ist es mild, kein Frost. Der Winter holt Atem. Hoffnung ist in zwei Stallmücken gefahren. Sie umschwirren die Glasglocke der Stall-Lampe. Ich beneide die Mücken und wünsche, der gleiche Hoffnungsstrom, der die Mücken erreichte, durchführe auch mich.

Noch immer versorge ich das Pferd. Niemand hat es mir geheißen, aber ich will, daß es sich wohl fühlt. Pferde haben von Kind an meine Träume befördert. Bis heute konnte ich mich nicht von ihnen trennen. Ists der Pferdeduft, der mich beflügelt, ists die märchenhafte Aussicht, davonzureiten und das wundersame Gefühl auszukosten, wenn Menschen- und Tierleib beim Reiten verschmelzen, wenn man ein Wesen wird, das auf vier Tierbeinen durch die Welt trabt?

Dem Inhalt meiner Bücher kenne ich an, welche Passagen durch den Umgang mit Pferden entstanden sind. In jener Zeit nach dem Kriege ernte ich, durch das Pflegen der Grauschimmelstute des Vaters, Antrieb für die Arbeit an meinem ersten Roman. Wenn ein Pferd sich wohl fühlt, schnaubt es, oder, wenn ein Pferd schnaubt, fühlt es sich wohl, und dieses Schnauben trifft mich und löst auch bei mir Zufriedenheit aus. Die Welt und ich sind in Harmonie. Ich bin offen für sie. Das Unendliche durchströmt mich.

Wie oft sehe ich einem arabischen Pferd zu, das wohl-proportioniert mehr schwebt als läuft! Ich muß mir nicht eingestehen, daß es schön ist. Es ist vollkommen. Ich weiß es, ohne mir seine Schönheit bewußtzumachen, und ich gehe wieder an meine Arbeit und versuche, was ich sage oder schreibe, unbewußt schön werden zu lassen. Ich weiß nicht, ob wir uns verstehen? Sollten wir uns mißverstehen, liegt es daran, daß ich zuweilen zu Worten werden lasse, was nicht zu Worten werden kann, deshalb erspare ich es mir, noch etwas über die Weichheit des Pferdemaules zu sagen, wenn es ein Freßgeschenk aus deiner Handfläche nimmt. Die Behutsamkeit, mit der die Pferdelippe dein Hand-Inneres berührt, grenzt an menschliche Zärtlichkeit.

Die Grauschimmelstute hat ihr Abendfutter hinter sich, dreht sich zu mir um und döst. Die Scharniere der Stalltür runksen. Die Anderthalbmeter-Großmutter schiebt sich in die Futterkammer. Wie konnte ich annehmen, sie habe mich aus ihrer Wachsamkeit entlassen? In ihrer Stube hätte ich noch eine heimische Stelle haben können, aber die Groß-mutter hat mich damals verletzt, als sie befürchtete, ich könnte mich mit meiner Schreiberei in der Großelternstube, die so viele Erinnerungen an die Kinderzeit beherbergte, festsetzen.

Es ist ein Brief von Onkel Phile eingetroffen. Ich soll ihn der Großmutter vorlesen. Phile hat eine liederliche Schrift. Er schreibt durcheinander, schreibt an den Rand, und wenn der Rand voll ist, schreibt er in den Raum hinaus. Man muß sich hinzudenken, was da hat stehen sollen. Meine Mutter liest der Großmutter Philes Briefe so grammatikalisch verzerrt vor, wie der sie geschrieben hat. Diese Schul-Schadenfreude verließ meine Mutter nie. Als wir noch Kinder waren, zeigte sie uns, um unseren Schulfleiß anzureizen, ihre Hefte mit den ausgezeichneten Zensuren und erzählte uns, wie schlimm es dagegen in den Schulheften von Onkel Phile ausgesehen habe: Der König riff und Aale kamen. Wir lachten kindlich über Philes Rechtschreibung. Noch als hocher Schüler verspottete ich Onkel Phile, aber jetzt bin ich wohl ein sogenannter reifer Mann und lese der Großmutter Philes Briefe so vor, daß sie sich nicht verletzt fühlen muß.

Ach ja, der Phile! Wir kennen ihn aus der Geschichte vom *Schneewittchen* und kennen ihn aus dem Buch vom LADEN. Keine Arbeit der Welt war so geschaffen, daß sie ihm auf Dauer zusagte. Es war der reinste Segen für Phile, daß er durch die Gicht, die seine Hände, und das Rheuma, das seine Füße befiel, ein Frührentner wurde. Das Rentnerdasein erwies sich für ihn als die lange Leine, die er nötig hatte, um seine Neugier auf die Sensationen im Alltagsleben der Kleinstadt Grodk zu befriedigen. Ein Fabrikbrand machte ihn zum eifrigen Feuerwehrmann. Er wies die Neugierigen zurück, damit sie die Arbeit der Wehr nicht behinderten. Er genoß die kleine Macht, die ihm damit wurde, wenn ihm aber jemand eine Schachtel Zigaretten anbot, ließ er den Spender, sozusagen von einem Logenplatz aus, das Feuer besichtigen.

Es begab sich von Zeit zu Zeit, daß die biedere Spree den Grodkern ein Hochwasser bescherte. Dann wurde der Pfortenplatz zu einem Teich, Grodk zur Lagunenstadt und Phile zum Fährmann. Trotz seiner Gicht stakte er einen

228

Kahn durch das trübe Wasser, setzte Passanten über und zeigte, was für ein Kerl er war.

Als die Adolfiner in Grodk, das sie streng Spremberg nannten, die Macht ausübten, ruhte Phile nicht, bis er an dieser *Neuheit* teilhatte. Obwohl der Großvater ihn warnte: In den Schlung wern se dir scheußen! trat Phile den Adolfinern bei und erschwänzelte sich eine Botenstelle auf der Kreisleiterei. Es gab Machtgeschmack, wenn Phile sagen konnte: Ich komme vom Kreisleiter persönlich. Ein anderes Macht-Bißchen verschaffte sich Phile durch Spitzelei. Er war ein Spremberger Gewächs und kannte aus seiner Zeit als Zeitungsbote viele Leute und Familien.

Ich weiß nicht, was Phile im Auftrag oder in Anmaßung tat, aber daß er den Hitleristen Abträgliches über Mitbürger zutrug, ist sicher, deshalb hielt er sich, als die Russen anrückten, für besonders gefährdet. Er war einer der ersten Spremberger, die dem Westteil des wankenden *Reiches* zustrebten. Man hat mir von Philes sogenannter Flucht erzählt, und manches war aus seinen Briefen zu rekonstruieren, die er der Anderthalbmeter-Großmutter schrieb, als er sich im sicheren Port wähnte.

Nach dem Tode seiner Elli-Frau, von mir Schneewittchen genannt, hatte Phile ein zweites Mal geheiratet. Seine zweite Frau war ein spätes Mädchen mit schmaler Stirn und einem Zopfklecks im Nacken. Was fürne Dohle wird er sich man nu genumm hoam, sagte der Großvater, als Philes zweite Liebesheirat in Aussicht stand.

Als der Onkel zum ersten Mal mit seiner neuen Frau in Bossdom erschien, um sie uns zur Schau zu stellen, trug uns die Mutter auf, ihn nicht zu hänseln, ihn nicht vor der neuen Schwägerin bloßzustellen. Ich war um diese Zeit ein Pubertierer. Es fiel mir nicht leicht, die Anweisung der Mutter zu befolgen, Phile wie einen reifen Mann zu behandeln, womöglich gar Onkel zu nennen. Unser Urteil über Philes neue Frau war hart. Ihr Hinterteil war uns zu spitz, außerdem tippelte sie. Ihre Sprache war verwaschen, sie nuschelte, aber sie war gütig, war naiv, und sie bestaunte alles, was ihr Phile in Boosdom zeigte, so, als ob es sein eigen wäre.

Dorchen sah zu Phile auf, und daran ist zu ermessen, wie schmal ihre Stirn war. Das Weib war wärmebedürftig, es kuschelte sich, als wölle es in Phile hineinfahren. Phile und Dorchen gingen eingehakt durch die Feldmark. Er erklärte ihr die Pflaumenallee. Sie bestaunte seine Ortskenntnis und schmiegte sich gegen seine Schulter. Großvater, der ihnen aus dem Fenster der Bodenstube nachsah, ließ sich vernehmen: Wie die portugiesischen Zwillinge!

Dorchen erleichterte uns die Auflage der Mutter, Phile nicht zu hänseln: Allemal, wenn der Onkel sich in Himmelshöhen hinaufschwindelte, überstieg das sogar die Nachsicht seiner Neufrau. Philchen, aber jetzt filmst du wieder! konnte sie sagen, und das war ein Startzeichen, uns mit einem Gelächter vom Druck unserer Spottlust zu befreien.

In seinem ersten Brief an die Großmutter schilderte Phile seine *drammatische* Flucht. Er wähnte sich durch seinen Eifer davonzukommen, zwei Bedrohungen zugezogen zu haben. Er rechnete in seiner überhitzten Phantasie damit, daß ihm die vom Kreisleiter ausgesandten Schergen den Weg abschneiden und einen Deserteur aus ihm machen könnten. Und habe ich mir schont im stillen am Kandelaber auf dem Spremberger Marktplatze hängen gesehen, liebe Mutter! Die zweite Bedrohung, die Russen könnten ihn überholen, ihn und seine Familie brandmarken und nach Sibirien verschleppen. Wie hätte ich Sibirien mit meine Gicht überstehen sollen, liebe Mutter? Es ist dort so kalt, daß, wenn man ausspuckt, die Aule klappernd auf die Erde fällt.

Dorchen zog den Handwagen, und es stand darin ein Reisekorb. Die Griffe des Korbes waren abgerissen, und auch der Deckel franste schon. Obenüber war ein Deckbett gebunden. Ein planlos hergestelltes Fluchtgepäck. Der Handwagen wurde symbolisch von Phile geschoben. Ich mit meine Gichthände, Mutter, mußte bloß mal denken! Neben Phile tappelten die beiden Mädchen. Sie hatten sich so hintereinander in die Welt gedrängt, hatten viel zu sehen und zu plappern und hielten die Flucht für einen Ausflug. Etwas weiter westwärts schlossen sich die Philes einem Treck ähnlicher Fluchtgeplagter an, einem Handwagengeschwader.

Es begab sich, daß sich ein Hinterrad des Handwagens löste. Man mußte es immer wieder auf seine Achse stecken. Das Rad zeigte sich willig, aber die Schraubenmutter war abgefallen. Nu finde du mal eine Schraubenmutter in die Fremde, liebe Mutter! Erst am Abend des Tages fand sich Hilfe. Es lagen zwei Altchen im Chausseegraben, die nicht mehr weiterkonnten. Was sollte ihnen eine vorhandene Schraubenmutter am Hinterrad ihres Handwagens? Denk dir, liebe Mutter, wegen so eine Scheuß-Schraubenmutter wäre unsere Flucht fast noch vereitelt geworden!

Als deutlicher wurde, daß unser Land zwiegeteilt bleiben würde, kamen Philes Briefe aus einem Dorf in der Gegend von Hannover. Es strömte ein Aufatmen, aber es strömten auch Wünsche aus ihnen. Da war von einem Bauern die Rede, in dessen Hinterstube Philes Familie untergekommen war. Dorchen ist ja sehr fleißig, liebe Mutter, wie du weißt, und arbeitet bei dem Bauern, bei dem wir wohnen, nicht als Magd etwan, sondern als Landarbeiterin. Soweit also Zufriedenheit, aber dann ein vorsichtiger Wunsch: Liebe Mutter, da müssen doch noch das Deckbette und die Kopfkissen von Vatern sein. Die Anderthalbmeter-Großmutter möge das Bettzeug, *als Lieblichkeit* für die beiden Mädchen, nach Dalgendorf schicken.

Die Anderthalbmeter-Großmutter nähte das Bettzeug in Sackleinen und schickte es ab. Es war lange unterwegs, aber es kam an, und es kam ein Brief nach dem anderen, und jeder Brief enthielt ein wenig Prahlerei und zum Schluß ein bis zwei Wünsche. Es soll euch nicht gut gehn im Osten, reden sie hier. Niemand hat mehr was Eigenes, und die Russen bestimmen bei euch, was wir sehr bedauern. Am Schluß des Briefes eine Anfrage nach Vaters mittlerem Anzug, nach dem Anzug mit den grauen Streifen. Die Anderthalbmeter-Großmutter schickte auch den Anzug. Mit ein wenig Phantasie konnte man die Stimme des Großvaters aus dem Grabe hören: Schickt man, schickt, am Ende wird er noch mein Nachttopp hoaben wulln!

Nun also der jüngste Brief von Phile. Ich will dir nich lange störn, sagt die Großmutter zu mir, es is bloß ... was er will wieder, der Junge. Die Finger der Großmutter sind gekrümmt wie Käferbeinchen. Sie haben ein Leben lang so viel gepackt und gehalten, daß sie es müde sind, sich vollends zu öffnen. Mit diesen Krummfingern fährt sie in ihre Rocktasche und zieht Philes Brief heraus. Die Kaschwallan gehört noch zu den alten Frauen, die in ihren Röcken Taschen haben wie die Männer Taschen in den Hosen. Das ist praktisch.

Ich darf Philes Briefe nur vorlesen. Beantworten tut Großmutter die Briefe ihres Lieblings selber.

Was er ihr schreibt, darf ich wissen. Was sie schreibt, soll niemand wissen, weil sie in Briefen mit ihrem Phile redet, als wäre der noch ihr Kleinkind. Erkälde dir man nicht, Jungatzko!

Phile schreibt seine Briefe mit Kopierstift. Die Schrift ist verwischt von der Feuchte der Ferne, und es gelingt mir nur mühevoll, sie zu lesen:

Liebe Mutter! Wir sind hier schont ganz scheene in den Winter drinne, schreibt Phile, als gäbe es im geteilten Land nicht nur zwei Regierungen, sondern auch zwei verschiedene Winter. Manchmal ist bei uns der Schnee so naß, wie ihr euch nicht vorstellen könnt. Da warn doch noch die Stiefeletten von Vater, heißt es weiter. Eh du sie wegschmeißt, liebe Mutter, schicke sie mir. Es gibt genung Schuhe zu kaufen, aber solche wie Vatern seine gibt es hier nicht.

Sich moal an, wird er nasse Beene hoam, der Junge! Die Großmutter schiebt den Brief in die Rocktasche, aber ihre kleine Hand erscheint gleich wieder in der Stallkammer, diesmal mit einem Röllchen Geldscheinen. Ich hoab dir noch nich gesoagt, erklärt sie, daß dir Großvater in seinem Testamente Neegchen Geld vermacht hat.

Das ist eine Lüge. Erstens wollte Großvater nicht sterben, er wollte mindestens hundertunddrei Jahre alt werden und Schätzikans Babka, die hundertzwei Jahre alt wurde, *runder kriegen*. Zweitens, wenn Großvater ein Testament gemacht hätte, hätte er auch Phile etwas vermachen müssen, und das wollte er nicht. Jetzt hockt Phile in seinem Dorf bei Hannover, aber die Großmutter wagt nicht, ihm Erbgeld über die Zonengrenze zu schicken. Man hört den Großvater sagen: Das is mir moal scheene gelungen.

Ich wüßte nicht, daß Großvater ein Testament gemacht hat, sage ich.

Een ganz genaues freilich nich, aber wenn er een Testament gemacht hätte, behauptet die Großmutter, hätte er dir was vermacht.

Er hat mich verflucht, sage ich.

Doa woar er doch schont todesirre, antwortet die Großmutter. Eine Weile zögere ich, die zusammengerollten Hunderter anzunehmen. Es ist geheuchelt, ich gestehe es. Dieses Geldröllchen, gehört es mir am Ende nicht doch? Wie viele Kräche und Zankereien hatte es im Hause Matt um dieses Geld gegeben! Wieviel Kämpfe des Großvaters um seine Zinsen! An wie vielen Tagen haben mir diese Kämpfe die Kindsfröhlichkeit zerfressen! Nicht mehr wie richtig, wenn ich das Geld nehme, es zur Ruhe bringe, mit ihm die Geldnot aus unserm Haus scheuche und mir ein wenig unbedrohte Schreibzeit verschaffe. Das Geldröllchen ist warm von den Händen meines Schutzengels. Ich mache der Großmutter eine Freude.

Eine kalte Frühnacht im Februar. Der Himmel ist hoch und mit Sternen ausgeglimmert. Über meinem Tisch hängt eine magere Glühbirne, eine traurige Beleuchtung, aber ich muß froh sein, daß Elektrostrom durch die Drähte fließt, daß Lichtzeit ist, die ich nutzen kann. Das Beheizen der Stube verlangt Berechnungen. Ich erkalkuliere, in welcher Stunde der Stromsperre ich den Späne-Ofen anzünden muß, damit sich ein wenig Wärme im Raum aufhält, wenn das *Lämpchen erglüht.*

Ich habe den gegen Rohtabak ertauschten Fliegerpelz übergezogen und schreibe, von Zeit zu Zeit gehe ich an den Ofen und lasse Wärme in meine Finger kriechen. Ich schreibe immer und immer, und wer weiß wie lange noch, an meinem Roman. Was ist alle Unbill, der ich mich dabei aussetze, gegen das Hochgefühl, das ich beim Schreiben ernte. Ich bin wie Gott, dem man nachsagt, daß er Menschen machte.

Er machte sie, dem Gerede nach, aus Lehm, aus geschmeidigem Lehm natürlich. Ich muß Menschen aus geschmeidigen Worten machen. Es braucht Zeit, bis da ein Mensch entsteht, den die Leser für einen Mitmenschen halten.

Ich erwäge, ob ich meinem Kopf ein sonderwarmes Stübchen verschaffen und die Ohrenklappen meiner Skimütze herunterziehen soll, da klatscht es gegen die Scheibe meines Fensters; vielleicht ein klammer Spatz, den ein Kauz aufstöberte und verfolgte, oder ein hungriger Kauz persönlich, den mein Lämpchen irritierte. Aber da klatscht es wieder, ein Schneebatzen fliegt gegen die Fensterscheibe.

Ich öffne. Ein Schwall Kälte drängt sich in die Stube. Wer da? Es ist, als ob ich die stimmlose Nacht befrage, und ich frage wieder und noch einmal, und endlich heißt es vom Wege her: Ich! Drei Buchstaben, ein Wort, dessen Klang verrät: Schwester Christine!

Ich habe oft an Christine gedacht, doch nie versucht, sie *mutwillig* zu treffen, weil ich mißtrauisch gegen das geworden bin, was ich mir willentlich zuziehe, ausgenommen meine Schreibereien; da wähne ich, es sei Instinkt im Spiel. Schreiben ist für mich wie Atmen.

Ich geh manche Spätnacht, wenn ich von Kranken komm, hier vorbei, sehe dein Licht und steh ein Weilchen, sagt Christine

Klatschmäuler im Dorf erzählen: Schwester Christine ist getröstet. Ihr früherer Freund ist aus der Gefangenschaft gekommen, wohnt in Berlin und hat sie in Gulitzscha besucht. Sie hoam sich woll goar schont verlobt.

Das Geschwätz wollte mich eifersüchtig machen, aber dann sagte ich mir, sei zufrieden, daß du wissen kannst, sie weint nicht mehr heimlich um das, was gewesen ist.

Ich schleiche mich aus dem Haus. Wir wissen nicht, wie wir uns halten sollen, ob uns nüchtern die Hand geben oder ob uns umarmen? Wir bleiben abständig voreinander stehen. Christine entschuldigt sich, weil sie wie ein Rüpel Schneebatzen gegen mein Fenster warf, aber meine kranke Großmutter schicke sie. Hätte ich am Tage zu dir kommen sollen? fragt sie und lehnt sich an meine Schulter. Ich bin gern gekommen, sagt sie zitternd und streckt mir ihre linke Hand hin. Ich taste die Hand vorsichtig ab. Kein Verlobungsring, aber ein Röllchen Geldscheine. Von der Großmutter, sagt sie, packt ihr Fahrrad und springt davon.

Mich friert. Die Sterne flimmern. Manche blau, manche grün und andere grünblau oder blaugrün. Ich gehe ins Haus und an meine Schreib-Arbeit. Niemand hat bemerkt, daß ich sie unterbrach.

Tage später bedanke ich mich bei der Großmutter. Nein, es soll nicht so weitergehen, sage ich, daß ich Großvater, der mich verfluchte, beerbe und beerbe.

Ich hoabe dir niescht geschickt mit niemanden nich, sagt die Großmutter. Wenn ich gebe, denn soag ichs ooch. Erröte ich, erblasse ich? Ich habe das Geldröllchen von Schwester Christine Nona für die Haushaltskasse hingetan.

Ich renne nach Hause. Es klappert. Ich trage Schuhe mit Holzsohlen.

Nona hat bereits zehn Mark von dem Geld für Einkäufe umgesetzt. Halt das Geld zurück, Nona! Will die Großmutter es wiederhaben? Ich antworte nicht.

Tags darauf geht glücklicherweise der Geldbetrag für unsere letzte Sendung Kiefernnadeln ein. Die Firma fühlt sich von den Redakteuren der *Täglichen Rundschau* kontrolliert. Ich vervollständige die Geldsumme von Schwester Christine, aber es will sich mir nicht, die Scheine bei ihren Eltern, den Umsiedlern, in Gulitzscha abzugeben, und Christine treffe ich nicht. Sie läßt sich nicht treffen.

Auf der Dorfstraße kommt mir Oskar Jakubeit entgegen. Er muß jetzt dreißig Jahre alt sein, blaß und gedunsen steht er vor mir; in sein Kopfhaar schiebt sich eine zweizüngige Glatze. Er arbeitet als Postbote in Däben. Sein Neckname ist *Schwaberland.* Als Kind sang er: Wir sind zwei Musikanten und komm aus Schwaberland...

Schwaberland ist unverheiratet, also der älteste Jugendliche von Bossdom und deshalb Vorsitzender vom Jugendausschuß. Er bittet mich, beim Maskenball, den die Jugendlichen veranstalten wollen, die Masken anzuführen.

Du woarst früher immer so spoaßig, sagt er.

Soll ich lachen oder weinen?

Mir ist nicht nach Affereien zumute, Schwaberland.

Bißchen was von deine Spoaßigkeit wird schont noch doa sein. Wir zoahlen nich schlecht, so bei fimzig Mark.

Meine Geldsorgen wittern eine Dämpfung: Fünfzig Mark: Haushaltsgeld, zwei bis drei Wochen unbedrängtes Schreiben. Ich sage zu.

Nona findet befremdlich, was ich tun will, die fünfzig Mark lassen sie nicht unangerührt, aber es bleibt ihr unheimlich, daß ich Clown spielen will. Sie wird nicht mit auf den Saal gehen.

Maskenbälle gibt es in Bossdom erst seit meiner Jugendzeit. Einen davon, auf dem ich mich mannbar machte, beschrieb ich euch.

In meiner Dorfjungen-Zeit maskierten sich die Bossdomer nur zur Fastnacht. Maskierte Jugendliche, die *Verkleedten* genannt, zogen von Haus zu Haus. Der Flaschenwärter schenkte dem jeweiligen Hausherrn ein, hinter ihm verkleidete Burschen mit Spießen und Körben. Die Hausfrauen kamen heraus, brachten Eier, legten sie in die mit Häcksel gefüllten Körbe, brachten Speck- und Schinkenschroten und steckten sie auf die Spieße der Verkleideten. Die Dorfmusikanten spielten, und die Maskierten trieben Unfug, schlugen die Kinder mit Patschen, kletterten auf die Dächer, setzten sich auf die Schornsteine, krochen auf die Ziehbrunnenschwengel oder ließen die Schweine aus dem Stall. Der als Bär maskierte Anton Bläsche kletterte auf einen Nußbaum. Droben überfiel ihn die Alkoholmüdigkeit; er schlief ein, mußte abgeschüttelt und mit einer ausgespannten Decke aufgefangen werden. Und alles zusammen wurde auf der sorbischen Heide *Zampern* genannt.

Eine Woche später gingen die Männer zampern. Männer-Fastnacht! Lehnigks Fritzko, der noch nicht ahnte, daß ihn einst der Krebs holen würde, spielte Verkehrter Mann, streifte sich einen Kopfschützer vors Gesicht, setzte sich eine Fastnachts-Larve auf den Hinterkopf und zog seine Jacke so an, daß die Knöpfe hinten waren. Mit verschränkten

Armen trug er den Eierkorb auf dem Rücken und lief die ganze Zeit rückwärts. Ab und zu zog er den Kopfschützer hoch wie ein Visier und goß sich einen auf die Lampe, wies auf der Heide heißt, doch nachdem er einige Schnäpse verschluckt hatte, vergaß er, die Arme auf dem Rücken gut verschränkt zu halten, und der Eierkorb entrutschte ihm. Der eierverklebte Häcksel lag noch lange auf der Dorfstraße, die Hunde mochten ihn nicht, die Pferde schon gar nicht. Seit jener Männer-Fastnacht wurde einem Verkehrten Mann der Eierkorb nie wieder überlassen.

Die Maskenbälle drangen aus Grodk und anderen Städten zu uns auf die Dörfer hinaus. An ihrer Einführung in Bossdom war meine Mutter beteiligt. Sie hatte in ihrer Jungmädchenzeit in Grodk auf Maskenfesten herumgebalzt. Ihr Laden wurde zum *Agitpunkt* für den ersten Maskenball. Sie beschwor und beschwatzte die Vorstandsmitglieder des Gesangvereins: Man muß doch bißchen fürs Moderne sein in Bossdom ooch.

Ihre Maskenkostüme aus der Jugendzeit nannte die Mutter: meine Ungarin und mein Maggi-Mädchen. Sie war willens, am ersten Maskenball, den sie in Bossdom angezettelt hatte, teilzunehmen und veranstaltete vor der versammelten Familie eine Kostümprobe. Während sie sich in der guten Stube in ihr Ungarinnen-Kostüm sackte, warteten wir in der Wohnstube auf ihr Erscheinen.

Es stellte sich heraus, daß das Kostüm zu eng geworden war. Die Näschereien im Laden hatten die Mutter feist gemacht. Wenn die Eltern ein seltenes Mal miteinander in Harmonie lebten, bedachte der Vater die Mutter mit zärtlichen Anreden: Dreh dir moal um, mein Lieb! konnte er sagen. Die Mutter drehte sich unwillig. So kannste nich zu Balle loofen, Mädel, entschied der Vater. Soll bloß eene Noaht platzen, denn stehste doa und weest dir keen Roat.

Denn muß ich wohl bissel dicker sein geworn, sagte die Mutter halb beleidigt. Sie zog sich in der guten Stube das Maggi-Mädchen-Kostüm an. Es paßt, sagte sie, es war von Anfang an lejär geschnitten.

Der Vater musterte sie: Een Maggi-Mädel in Hausschuhe,

haste so was schont gesehn? Da weinte die Mutter, und man mußte Mitleid mit ihr haben; sie konnte schon damals, ihrer Hühneraugen wegen, nur noch gepolsterte Hausschuhe tragen, Hausschuhe, mit einer Bommel verziert.

Der erste Bossdomer Maskenball, den meine Mutter so eifrig angeregt hatte, fand also ohne sie als Maske statt. Dafür saß sie in einem weißen Sackkleid mit ihren bebommelten Hausschuhen am weiß eingedeckten Preisrichtertisch unter der Bühne und sorgte dafür, daß die Trägerin ihres Ungarinnen-Kostüms mit einem Preis bedacht wurde.

Der Laden, den die Mutter einrichtete, geht mal gut, mal schlecht; einmal erfreut er seine Gründerin, ein anderes Mal ängstigt er sie. Gleich nach dem Maskenball wurde sie wieder von einer Ladenflaute beunruhigt. Der Vater stöhnte wie ein Pferd, das eine Last mit letzter Anstrengung bewältigt: Als Bettelleite wern wa aus dem Hause wern, stöhnte er. Die Mutter beruhigte sich diesmal rasch. Der Anblick der Maskenkostüme, als sie am Preisrichtertisch saß, hatte ihr wieder einmal bewußtgemacht, daß nicht Ladendienern, sondern Schneidern ihr Beruf war. Ihr Schneiderinnen-Talent hat ihr im Weltkrieg römisch eins mit ihren drei Kindern über die härtesten Zeiten hinweggeholfen. Sie vernimmt (noch am Preisrichtertisch) einen leisen Wink. Kannst du, Lenchen, nicht, heißt der Wink, am Abend, wenn im Hause alles still ist, bißchen bei bißchen einen Vorrat Maskenkostüme ausnähen? Kannst du dir nich bei Ladenflauten mit bißchen Maskenverleih über Wasser halten?

Und wirklich, fortan näht die Mutter, besonders an den Winterabenden, nach Vorlagen aus *Vobachs Modenzeitung* Maskenkostüme zum Verleihen. Meine Schwester wird ihr Maskenball-Mannequin. Der Großvater, der auf seine Zinsgelder aus dem Laden wartet, höhnt: Doa wirschte ja mächtig Geld machen, mit deine Faßnachtskleeder. Das wird prasseln wie Mückenpisse!

Februar. Abend. Kein Schnee mehr. Der Frost läßt Menschenstapfen und Fahrradspuren auf der Dorfstraße zu Reliefs erstarren. Ich stehe auf der Gasthaustreppe und suche mich ein wenig gegen den Trubel zu festigen, der mich in der Schenke erwartet. An jenem Abend, da ich nach Wanderjahren und Krieg hier ankam, betastete ich die Rinde der alten Eichen vor dem Haus der Eltern, jetzt betaste ich das Eisengeländer der Gasthaustreppe. Auch das hat den Krieg überstanden, ein Requisit aus dem Lebensstück, in dem ich als Frühbursche mitspielte. Es ist frostkleberig. Ich lasse es los und stecke meine Hand in die in meiner Hosentasche eingesackte Wärme. Die Zungenhaut von Hermann Wittling blieb an diesem Geländer hängen. Das war in der Zeit der unsinnigen Wetten, mit denen wir damals unsere Mütchen kühlten. Wer stopft eine ungeschmierte Groschensemmel ohne Zugetränk in der gleichen Zeit in sich hinein, in der ein anderer eine Zigarre aufraucht? Die Groschensemmel aß ich. Sie hatte das Gewicht eines kleinen Weißbrotes. Die Groschenzigarre rauchte Gottidel Schestawitscha. Er sog an seiner Zigarre und paffte, bis sie so heiß war, daß er sie nicht mehr halten konnte, trotzdem gewann er die Wette und gleich nach seinem Sieg schöß er sich in die Hosen.

Wer fühlt sich Manns genug, das gefrorene Treppengeländer an der Schenkentreppe zu belecken?

Hermann Wittling steckte seine Zunge in ein gefülltes Schnapsglas, um sie gegen das frostige Eisen zu desinfizieren, aber weder seine Zunge noch das frostüberzogene Geländer verhielten sich so, wie Hermann es sich vorgestellt hatte; er mußte eine schmerzvolle Zeit hinter sich bringen bis seine Zunge sich wieder behäutete.

Wetten, daß ich mir die Katinka grapsche und Fritzko Lehnigks verschuldete Schenke übernehme? fragte Karle Hantschik. Er gehörte ein Zeitchen lang zu der Freundesgruppe, die aus Schmurling, Hermann Wittling und mir bestand. Wir nannten uns das Vierblatt und die *Ziele*, die wir *verfochten*, waren das Vereins-Theater-Spiel, das Herumziehen auf Dorftanzmusiken und andere Unwichtigkeiten. Es war in einer der sogenannten Krisen-Zeiten, die von Geld- und Geschäftsleuten immer mal wieder heraufbeschworen werden, Zeiten, in denen sie Offenbarungs-Eide leisten und die Kleinen Leute um ihre kleinen Gelder und Ersparnisse bringen. Ich erzählte euch, wie meine Mutter ihren Laden durch die Krise manövrierte. Fritzko Lehnigk schaffte es mit seiner Schenke nicht. Er hatte zuvor eine Fleischerei betrieben, kaufte sich dann aber mit erborgten Geldern von der alten Bubnerka die Gastwirtschaft, weil es ihm zu umständlich und zu auffällig war, jeden Abend in die Schenke zu schleichen, es war besser, dort gleich zu Hause zu sein.

In der *Krise* verschuldete er sich von Monat zu Monat mehr. Sein Eigenverbrauch wuchs, seine Freigiebigkeit, wenn er einen *genascht* hatte, verführte ihn zu Gratisrunden für die Kneipenkundschaft, und schließlich stand er kurz vor dem Konkurs. Das war, als Karle Hantschik die Wette mit uns abschloß, Katinka und die Schenke zu ehelichen.

Katinka war ein Jahr älter als ich. Sie flocht ihr storres Haar zu zwei krummen Schulmädchenzöpfen, an denen feiertagsgebauschte Haarschleifen saßen wie Irrtümer. Ihr Gesicht, vor allem die Nase waren ewig gerötet, und ihre Oberlippe bis zum dritten Schuljahr mit sogenannten Schnupfenlichtern bestückt, die sie von Zeit zu Zeit mit dem Ärmel abwischte. Reden hörte man sie nur, wenn sie in Mädchenkeilereien verfitzt war. Im Unterricht kannte sie von jedem Kirchenlied nur die erste Strophe. Dafür betete sie das große und das kleine Einmaleins ohne Anstände herunter. Lehrer Heier bescheinigte ihr eine *einseitige Begabung* und benutzte sie im Rechnen als *Vorführpferd*, wenn der Schulrat den Unterricht kontrollierte.

Später ließ ihr Vater Fritzko sie zur *Thekendame* ausbilden, sie wurde für ein Jahr nach Bautzen in eine Haushaltungsschule geschickt, und von dort kam sie als ein reines Himmeldonnerwetter wieder. Keine Spur mehr von dem *krietschligen* Mädchen mit den Nasenlichtern, das strubbelige Haar zu Locken gedreht, der Busen prall und gereckt, als trüge die Jungfer eine lose Münze auf dem Unterhals. Die Burschen fingen an, sie zu umwedeln. Karle Hantschik voran.

Die Katinka kannst du ohne die Schuldenschenke haben,

rieten wir Karle. Er aber wollte Schuldenschenke und Thekendame.

Das Wirtshaus hieß *Gasthof zu den vier Linden*. Karle Hantschik ging hastig (keiner sollte ihm zuvorkommen) nachts unter den Linden auf Katinka los, erwarb sie, packte sich alsdann den in Schulden ertrinkenden Fritzko Lehnigk und erwarb die Schenke. Die Bossdomer hatten *Neügkeeten* für viele Wochen.

Unser Junge muß sein varrickt geworn, sagte Karles Vater, ein Bergmann und Büdner.

Karle war Stubenmaler, hatte in Grodk bei einem Meister gelernt und danach eine Malerschule in Berlin besucht, in der er Schriftenmalerei und Schablonenschneiden lernte. Er kam als Spezialist zurück, malte die *Salongs* von Fabrik- und Gutsbesitzern aus, malte die Firmenschilder für die Geschäftsleute in Grodk und Däben. Dem Burschenleben sagte er ade, und gegen seine Jugendfreunde kehrte er den gestrengen Wirt heraus, kassierte sogleich, wenn sie ein Trinkglas zerschlugen oder bei Auseinandersetzungen einen Stuhl zerbrachen. Da er seine Katinka eifersüchtig bewachte, reizten ihn die Burschen, besonders die zugereisten Glasarbeiter aus Oberschlesien, die Pironjes, holten die Wirtin von der Theke weg zum Tanz, und Karle mußte es ihnen aus Geschäftsgründen erlauben.

Was mit einer leichtsinnigen Wette begann, drohte zum Familiendrama zu werden. Alles verändert sich unausgesetzt, und hier verwandelte sich gar Geschäftstüchtigkeit in Liebe.

Karle gabelte das Schuldenfuder von der Gastwirtschaft, verschönerte sie und machte aus dem verwilderten Vorgarten bei der Kegelbahn einen lauschigen Kaffeegarten mit Liebeslauben für städtische Gäste, bis die Adolfiner die Bossdomer mit ihrem Krieg überraschten. Die Kleinen Leute werden lausig oft von den Vorhaben ihrer Regenten überrascht. Karle Hantschik mußte marschieren. Leb wohl, Katinka, fahrt dahin Liebeslauben und Gastwirtschaft!

Während Fritzko Lehnigk dahinsiechte, führten Katinka, Mutter Mamachen und ein Hausmädchen die Gastwirtschaft durch und über den Krieg. Die Frauen waren nicht unzugänglich, auch Katinka versagte sich nicht, wenn ein Gast ihr zusagte. Aus dem *Gasthof zu den vier Linden* wurde ein *Dreiweiberhaus*, und Karle Hantschik, der mit seinem Fleiß die Grundlage für das nunmehr nicht mehr ganz züchtige Unternehmen geschaffen hatte, steckte in russischer Gefangenschaft, lebte, das wußte man, aber kam und kam nicht zurück.

Die Gasthaustreppe hat sechs Stufen. Sie spielte, wie das Tischchen mit den Garnrollenbeinen, als Requisit in dem Schauspiel mit, das meine Konfirmation genannt wurde. Am Abend dieses Tages nahmen mich meine männlichen Paten mit in die Schenke. Bei den Naturvölkern, heißt es, wird an den Jünglingen, bevor sie in den Männerbund aufgenommen werden, ausgeprobt, ob deren Schmerzunempfindlichkeit für ein Kriegerleben ausreicht. Ich mußte unter Aufsicht meiner Paten in kurzen Abständen drei Gläser Doppelkorn trinken. Sie wirkten. Ich wurde angriffslustig, unleidlich, beleidigte Onkel Phile und nannte ihn einen Daueraufschneider.

Phile wollte mir mit einem Billard-Queue zu Leibe. Ich rannte zur Gaststubentür hinaus, rannte durch den schummerigen Flur und sprang, ohne die Treppenstufen zu benutzen, in die Finsternis. Bis heute wähne ich, daß mich nicht der eingeflößte Schnaps, sondern mein Sprung in die frostige Finsternis zum Jungmann gemacht hat.

Weiß der Deubel, daß ich es nicht lassen kann, in meinem sich verwandelnden und verändernden Heimat-Ort nach Spuren und Spürchen aus einer Zeit zu suchen, die, wie ich heute weiß, nicht glücklicher für mich war als die heutige. Ich verdächtige mich, ein unheilbarer Selbstbetrüger zu sein.

Der Saal ist geheizt, ist überheizt. Haltet die Hitze scheene beisammen, ermahnt Schwaberland die Saalhelfer. Es sind manchesmoal halb nacklichte Masken zu Balle!

Die Mädchen vom Jugendausschuß bringen mir einen Gehrock. Er paßt. Ich kleide mich im abseitigen Vereinszimmer um. Aus dem schwarzen Rock strömen, neben dem Geruch von Mottenpulver, Kirchen- und Begräbnisdunst.

242

Die Mädchen stecken mir eine Papierrose an den Rockaufschlag. Ich klebe mir ein Bärtchen unter die Nase und schwärze mir die Augenbrauen mit dem Ruß abgebrannter Streichhölzer. Auf meinem Kopf hockt ein Zylinderhut, in der rechten Hand trage ich einen mit Papierblumen umwundenen Zeremonienstab. Es ist der Knotenstock vom Großvater, mit dem er in seinen Sterbestunden seine Wünsche auf die Dielen klopfte, mit dem er mir, als er mich verfluchte, eins überziehen wollte. Ich will die Trauer, die ihm anhaftet, auch meine Verfluchung, an der er beteiligt war, schwinden machen.

Die erste Maske kommt. Es ist ein Mensch, der sich ein schwarzes Kuhfell umgetan und die unbedeckten Körperteile mit Kaminruß eingeschwärzt hat. Sein Gesicht ist von einer stilisierten Negerlarve bedeckt, in der Hand trägt er eine Keule. Piepsend erklärt er, er stelle einen Urmenschen dar, und gleichzeitig fleht er, ich möge ihn noch nicht aufbieten. Er will nich so *alleene im leeren Saal rumkullern.*

Ich fühle mich wie Gott, den Erstmensch Adam um ein Weib anfleht.

Die zweite Maske ist eine zierliche Frauensperson. Ihr weißgeschminktes Gesicht ist verschleiert, ihre schwarzen Schuhe sind mit Kalkmilch übertüncht. Sie wünscht ein nachweihnachtliches Christkind zu sein. Ich hebe meinen Stock. Die Musikanten blasen einen Tusch: Urmensch und Christkind betreten die Welt. Sie haken einander ein. Hell und Dunkel berühren sich. Der weiße Ärmel der Christkindbluse wird vom geschwärzten Arm des Urmenschen eingefärbt.

Die nächste Person ist von einem Faß umhüllt. Sie trägt es wie ein Hängekleid. Es reicht von den Fußknöcheln bis unter die Achseln. An den Füßen erkennt man, daß eine Frau in der Tonne steckt.

Was stellst du dar, liebe Maske?

Heringsfaß! Ich erkenne die Stimme von Mannweib Pauline.

Dann kommen die Masken schubweis. Der Saal füllt sich mit phantastischen Gestalten. Ein Verdacht steigt in mir auf: Haben die Bossdomer damals, in der Stunde des vollkommenen Kommunismusses, doch nicht ehrlich alle Bekleidungsstücke auf dem großen Haufen *Unter Eechen* zusammengetragen?

Ich bitte die Maskierten, sich paarig zu machen und mir zu folgen, und wie ich noch bemüht bin, eine Polonaise zustande zu kriegen, packt mich eine Maske in sorbischer Mädchentracht und fängt, noch ehe die Musik eingesetzt hat, laut an zu singen: Auf, ihr Freunde, frisch und frei, holt den Wanderstab herbei... Und andere Masken singen sogleich mit: Ziehet aus mit leichtem Sinn, rüstig durch die Welt dahin... Ein Lied, das wir zu meiner Dorfschulzeit bei einem Reigentanz sangen. Mit eins weiß ich, wer das Mädchen ist, das mich gepackt hat.

Ich erkenne es an der Art, wie es sich von Zeit zu Zeit mit dem Taschentuch die schweißigen Handflächen trockenreibt: Es ist Hanka Hujak, meine Reigenpartnerin aus der Schulzeit.

Sie ist Kriegerwitwe.

Kaum hat ihr Mann die Oogen zugemacht, doa hopst se schont wieder uff Vergnügen rum, stellen die Bewächterinnen der Dorfmoral auf der Altweiber-Bank fest. Hanka Hujak ist nicht die einzige, die sie zu betadeln haben. Auch anderen Kriegerwitwen kam der Maskenball zupaß. Wer kann es ihnen verdenken, daß sie die Gelegenheit, sich zu verkleiden, benutzen, ihre wieder erwachten Liebeslüste verhalten ins Freie zu führen? Schoade was in das Gerede und Geraspel der ausgekühlten Altweiber! Vielleicht sind unter den maskierten Männern auch einige, die mit mir in die Dorfschule gingen, und auch sie stimmen jetzt in das Reigenlied von den frischfreien Freunden ein. Wir fahren in unsere Kindheit zurück und reißen die Jugendlichen mit in die Vergangenheit: Ziehet aus mit leichtem Sinn, rüstig durch die Welt dahin... Und die Schlange der Paare rollt sich zusammen und rollt sich wieder auf, und die Maskierten vereinzeln sich zu einer Zeile und hüpfen im Kiebitzgang, und wieder die Schlange und wieder die Reihe, und der Gesang wird immer fröhlicher. Die Musikanten haben sich eingespielt: Sonnenstrahl und Waldesduft dringen durch die Frühlingsluft, schön, ja schön bist du, Natur! Alles lebt auf weiter Flur ...

Das Reigenlied ist zu Ende, aber die Masken singen es von vorn, und noch einmal, und noch einmal von vorn. Dann erheben sich die Preisrichter. Stille. Vom Musikantenpodium kein Ton mehr. Die Maskierten gehen in einer Reihe ohne Hüpfen und Albernheiten am Richtertisch vorüber, immer wieder vorüber, vorüber.

Wer jetzt den Saal betritt, muß wähnen, einen unterirdischen Raum betreten zu haben, in dem Geister kreisen, von denen er nur das Schlurren der Füße hört, muß wähnen, er wohne einem Fest von Unterirdischen bei.

Das *Christkind* trippelt nach vorn und hakt sich bei mir ein; seine Hand fährt in meine Hand: Schwester Christine! Sie drückt mich, ist mutig hinter ihrer Verkleidung, fällt mir um den Hals und küßt mich durch ihren Schleier.

Ich stelle fest, daß ich nicht mehr fähig bin, einen Glücksaugenblick, auch nur für ein Zeitchen, auf mich wirken zu lassen. Haben mich die Sorgen stumpf und spießbürgerlich gemacht?

Es fällt mir ein, es bedrückt mich: Ich habe Christine das Geld nicht zurückgegeben, das sie mir mit einer lieben Lüge zusteckte. Nach der Demaskierung rennt sie davon. Ich will ihr nach, aber Hanka Hujak verstellt mir den Ausgang, reißt mich an sich und tanzt mit mir davon. Ihr Gesicht ist gerötet, Schnapsdunst strömt aus ihrem Mund, ihr Körper glüht und verströmt Heiratslust. Nach ihr holen mich junge Mädchen zum Tanz und zersetzen mit ihrer Keuschheit meinen Widerwillen gegen Hankas Brünstigkeit.

Schwaberland kommt und rühmt sich, er habe gewußt, daß ich mindestens einen so guten Masken-Anführer abgeben würde wie Krautzigs Hermann dennmals. Er schiebt mir ein Päckchen Geldscheine in die Flettentasche meines Gehrocks. Hinter ihm steht ein Bursche aus Blasdorf und bittet mich, in der nächsten Woche der Masken-Anführer in seinem Dorfe zu sein: Fimzig Mark, Oabendverpflegung und zehn Mark extra für abgeloofene Schuhsohlen! Ich sage zu und weiß weshalb: Ich habe Nona bis nun nicht gesagt, daß das Geld für die Haushaltskasse vor Wochen kein Geschenk der Großmutter war. Nun sage ichs ihr und daß ich es zurückgeben möchte und deshalb auch in Blasdorf den Masken-August machen werde.

Nona reißt die Augen auf. Das Blau ihrer Pupillen wird blaß, ich bin für sie einer, der sich für vormals geleistete Dienste von einer abgelegten Geliebten bezahlen läßt. Verachtung streift mich.

Eine Woche später erfahre ich von der Anderthalbmeter-Großmutter: Nona hat Schwester Christine das Geld per Postanweisung nach Gulitzscha geschickt; Schwester Christine sei traurig darüber gewesen.

Wie dir da zumute gewesen sein muß! sagt einer meiner Söhne, dem ich von meinem ersten Nachkriegsmaskenball erzähle. Ein bißchen Freude, sagt er, und schon mußtest du wieder hinein in deine Nöte.

Ich war ein Wanderer, der durch eine Winternacht geht, sage ich, ein Wanderer, der unterwegs ein Feuerchen macht und sich aufwärmt, obwohl er wieder in die Kälte muß, aber für ein Zeitchen ist er durchwärmt, und seine Hoffnung taut auf, daß er die Kälte überwinden wird.

Ich schreibe und friere dabei weniger als sonst; draußen ist die Luft mit einem verfrühten Frühlingshauch durchwirkt. Der feurige Italienerhahn meiner Wirtsleute kräht den Morgen ein. Er stammt aus unserer Zucht, vielleicht gibts noch eine heimliche Verbindung zwischen ihm und mir. Das halbe Dorf wurde von uns mit flotten Italienerhühnern versorgt. Wir sind eine kleine Aktiengesellschaft, die über die *Urhühner* verfügt. Nona hat sie als Küken aus Thüringen gebracht; ich zog sie auf. Jedes Huhn kriegt eine Flügelnummer. Nach dem Legen befreie ich die Tiere aus den Fallennestern, die wir mit Bruder Heinjak anfertigten. Nur Eier von den besten Legehennen gebe ich zum Ausbrüten und hoffe, die Natur wird so würfeln, daß sich der Legefleiß der Althennen auf die Junghennen vererbt. Wir ziehen Junghühner auf und verkaufen sie. Der dritte Aktionär bei der Hühnerzucht ist mein Vater. Er liefert das Futter und prahlt vor den Kossäten und Neubauern mit den Legeleistungen *seiner* Hennen.

Klein- und Pelztierfarmer ist einer meiner Berufe. Sollte ich nicht auf dem Ödland, das man mir zuwies, eine Hühnerfarm anlegen?

Rechts von meinem Haus, rechts, wenn man vom Dorf her kommt, sollen unter einem Schleppdach Kaninchenställe und auf der anderen Seite Hühnerställe stehen. Sonnenblumen und Mais sollen das Farmgelände auf der Nordseite schützen.

Diese Farm ist nie entstanden, aber ihr wißt nun, wie sie ausgesehen hätte. Solange mein Antrag läuft, graben Bruder Heinjak und ich auf der Heidebrache nach Wasser. Es ist wie die Suche nach warmem Schnee. Wir stoßen auf eine Lehmschicht, halten uns für Sieger und tanzen zwischen den Kiefernkuscheln, denn wo Lehm ist, sollte Wasser nicht weit sein. Aber Wasser ist weich und liebt die Tiefe, und wem es nicht gelingt, bis dort vorzudringen, von dem läßt es sich nicht finden. Ein Loch auf dem Kuschelgelände, das ein Brunnen hätte werden sollen, erinnert noch lange an meinen Traum. Überdies wird mir Bescheid, mein Antrag auf ein Farmgelände sei abgelehnt worden.

Biste nich Partei, biste bloß een halber Mensch, sagt mein Vater, und es ist nicht zu erkennen, ob es sich wieder um einen Hinweis handelt oder um Resignation.

Aber will ich die Farm wirklich? Ists nicht so, daß ich einen Roman schreibe und daß mir das Schreiben immer besser und besser von der Hand geht? Gehe ich nicht wie einer umher, der fest glaubt, daß er eines Tages gewinnen wird, der nur noch nicht weiß, wo draußen in seiner Zukunft sich der Gewinn aufhält?

Zu den Bauernversammlungen werde ich eingeladen. Bauernversammlungen sind über- oder unterparteilich. Für Weinrich bin ich der Zeitungsberichterstatter für die Gemeinde.

In einer Versammlung geht es um Ochsen. Pferde sind rar um diese Zeit. Wie ein Gottesgeschenk werden fünf Zug-Ochsen aus Sachsen angeliefert. Ein Erfolg der Parteienvereinigung! läßt Weinrich sich vernehmen. Bissel *Prompaganda* muß sein! Die ganze Zone eene eenzige Eenigkeet. Wer hat, gibt dem, der nich hat.

Fünf Ochsen auf zwanzig Bauern. Man schlägt vor, die Ochsen zu verlosen. Der Redner aus Grodk, auch Instrukteur genannt, ist gegen eine Verlosung. Das sei Fatalismus, sagt er, und im Marxismus nicht erlaubt. Die Paritäter Weinrich und Schinko sollen die Ochsen verteilen. Meinem Bruder Tinko wird ein Ochse zugesprochen. Der grätige Umsiedler Häring protestiert: Tinko sei Barbier, sei Handwerker, kein Landproletarier. Die Paritäter setzen sich durch, besonders Schinko geht nicht ab von der Entscheidung. Der Ochse bleibt Tinko zugesprochen. Neidisch bin ich nicht, aber peinlich ists mir. Ich geh den nächsten Tag zu Weinrich. Er soll mir die Entscheidung erklären. Ich brauche das für meinen Zeitungsbericht.

Weinrich deckt mir einen komplizierten Vorgang auf: In Gulitzscha betreiben sie eine Ölpresse. Jeder Gulitzschaner kann sich dort Öl aus Leinsamen, Raps und Buch-Eckern, sogar aus Mohn und Tabaksamen pressen lassen. Bossdomer, die dort pressen lassen wollen, werden abgewiesen. Die Presse verschleiße zu rasch, und Ersatzteile gäbe es nicht.

Weshalb haben nicht auch wir eine Ölpresse? fragen die Bossdomer.

Da kommt Schwägerin Elvira ins Spiel. Sie arbeitet nach der Barbierweisheit: Was der Mensch braucht, das muß er haben. Der Nachkrieg hat sie nicht verhäßlicht, eine Frau mit *angenehmem Äußerem*. Ich erinnere an die Augen, die munter rollen wie gut geschmierte Kugellager. Sie verstrahlen begehrliche Blicke, und wenn die packen, was ihrer Eignerin gefällt, so muß die es haben, ob Mann, Hering, Schweinebrägen oder Geräte für die Ausstattung ihres Frisier-Salons. Neuerdings hat sie Deputatkohlen in ihr Tauschgeschäft aufgenommen. Das Kohlengeschäft betreibt sie nach der Art von Großhändlern, denen die Waren, mit denen sie handeln, nicht ins Haus und vor die Augen kommen. Die mageren Dorffrauen beneiden Elvira, aber welche von ihnen würde mit einem Kanister Bergmannsschnaps in die *West-*

zonen rübermachen und notfalls Grenzern und Zöllnern gefällig sein, um den Schnaps an Ort und Stelle zu bringen?

Seit einiger Zeit ist Elvira auf eine Ölpresse aus. Es gehen ihr nicht nur Heringe, Zigaretten und Gurken durch die Hände, sondern auch Säckchen mit Pflanzensamen, aus denen sich Öl pressen ließe, Öl, mit dem man eine neue Tauschkette eröffnen könnte. Für den eigenen Bedarf ist ihr die Ölpresse zu kostspielig, doch als sie zu wissen kriegt, daß die Bossdomer auf eine Gemeinschaftspresse aus sind, hört sie ihren Weizen rauschen und bietet dem Paritäter Schinko, auf den sie ein Auge hat, die Ölpresse für die Gemeinde an.

Man holt die Presse fast so feierlich vom Bahnhof ab wie die Leute von Gulitzscha ihre neue Kirchenglocke. Elvira spielt sich keineswegs als Wohtäterin auf, aber gutgemacht werden mußte die Vermittlung, beteuern die Paritäter.

Es ist zu befürchten, daß die Ölpresse bei den Matts aufgestellt werden soll, daß es wieder heißen könnte: Ihr hoabt nu eenmoal den Loaden und die Milchsammelstelle, aber das wäre gegen Elviras Schwarzhändlerinnen-Ehre gegangen. Nich moaln Bettler hältn Hut umsonst hin, sagt sie und besteht darauf, daß die Ölpresse bei ihr in der Waschküche der alten Schule aufgestellt wird und daß sie den Öl-Auspressern je ein kleines Entgelt für die Wartung der Maschine und die Säuberung der Waschküche abverlangen darf. Es is nich viel, aber der Mensch freit sich, pflegte mein Großvater zu sagen.

Keiner von den Bauern kann verstreiten, daß ihm die umständlich beschaffte Presse nützlich werden wird, trotzdem geht verdecktes Knurren und Murren um. Weinrich sieht sich gezwungen, zu versichern, der Barbier werde den Ochsen bezahlen, füttern und pflegen, und wer wolle, könne sich das Tier samt Wagen und Pflug kostenlos ausleihen. Da verstummt das Gemurr, und Weinrich versichert ein übriges: Der Barbier erhalte den Ochsen mit den *lanken* Klauen, soll er sich ihn mit seinem Friseurgeschick zurechtstutzen!

Bruder Tinko holt sich den Stolper-Ochsen heim und

stellt ihn in den engen Holzstall der alten Schule. Dort steckt er wie in einem Futteral.

Das alles kriege ich zu wissen, aber Weinrich sagt: Für die Zeitung ist das nischt!

Auch andere Ungereimtheiten werden sichtbar. Außer den Äckern wurden die Wälder verteilt. Bergarbeiter, die aus fünfundsiebzig Meter unter der Erde Kohle für die *Gemeinschaft* holen, ernten in den Waldparzellen obenauf Brennholz für sich, sägen Bäume im besten Wuchs-Alter für Zaunpfosten und Koppelstangen ab, lassen sich aus den dicksten Kiefern Bretter für einen Schuppen schneiden, und die Kossäten kratzen den Waldboden um Einstreu für ihre Schweine kahl.

Jemand muß draufgekommen sein: es kann nicht so bleiben. Mein Vater ist es nicht. Er holt sich fuderweis Einstreu und prahlt mit seiner *eegenen Heede.* Auch Engelbert Weinrich, der wenig von Land- und Forstwirtschaft versteht, erkennt nicht, daß da Frevel getrieben wird. Der Raubbau wird von oben, von höherer Stelle, wie es heißt, untersagt. Aus mit der willkürlichen Holzerei! heißt es, sonst werden wir Wüstenbewohner.

Einige Neubauern holen ihre Besitzurkunden aus den Schüben und hauen sie Weinrich auf den Gemeindetisch. Wenn das also ein leeres Blatt Papier ist und der Stempel unten ein Teufelspfurz, dann habt ihr uns verafft.

Ich will nicht unken, sagt der grätige Umsiedler Häring, weil ein Parteimensch nicht unken darf, wie der Redner betont, aber ich will wissen, ob die Russen einverstanden sind, daß ihr uns, was sie uns vermachten, wegnehmt!

Mehr Zwist und Krakeel im Dorfe als früher, da sich jeder mit dem, was er hatte, abfand. Allesch Übermaß fault und fängt anfangen zu stinken, sagt Schestawitscha.

Ich bin froh, daß ich zu spät zur Landverteilung kam. In meiner Tisch-Schublade liegt keine Urkunde, die bescheinigt, daß mir ein Wald gehört. Ich bin wie ein Vogel, dem alle Waldungen gehören. Mir gehört der Duft der Kiefern und Fichten, der Waldschatten und der Sonnenschein auf den Waldlichtungen, mir gehören die dunklen

250

Blaubeeren, die roten Preiselbeeren, die Pilze, der Blüten-
schimmer und der Honigduft des Heidekrautes, mir zur
Freude blühen Labkraut, Leinkraut und die Weidenröschen
an den Waldrändern. Ich sauf mich satt an Lüften und
Düften.

In einer anderen Versammlung wird über die einst aus
Polen zugewanderte Gutsarbeiterin Rathey und den Bauern
Bleschka verhandelt. Die Rathey ist eine gutmütige Frau,
ihr wißt, es ist die, die ausgelutschten Kautabak trocknet
und in der Pfeife raucht. Ihr wurden die zwanzig Morgen
Reformland sozusagen aufgedrängt. Ehemalige Gutsarbeiter,
hieß es, haben es besonders verdient. Doch die Rathey wird
von Zeit zu Zeit von Rheuma heimgesucht. Gott, achnoi,
was hab ich mir aufgeladen für die alten Tag mit diese
Acker!

Bleschka, ihr wißt, der ehemalige Gelegenheitspferdehänd-
ler, der meinem Vater sein erstes Pferd, den *Tonnenpfürzer*,
andrehte, kann das Kaupeln nicht lassen. Er hört das Ge-
stöhn der Rathey, setzt die Maske des Mitfühlenden auf,
bepischpert was mit der Alten und besiegelt es, wie beim
Pferdehandel, mit einem Handschlag.

In Bossdom kann in jener Zeit niemand etwas so gut
verstecken, daß Konsky es nicht findet. Er erspitzt, daß
Bleschka der Rathey versprochen hat, ihr Reformland mit
zu bearbeiten, wenn sie ihm die Hälfte der Ernte abläßt.
Man nimmt an, aber man spricht es nicht aus, daß Konsky
den Kreiskommandanten von dem Handel verständigte. Der
Kreiskommandant rügt den ersten Kreissekretär Zwirner
und dessen Paritäter. Zwirner geht gereizt auf Weinrich
und Schinko los. Wie können sie zulassen, daß ein Kulak
Nutzen aus dem Reformland einer alten Frau zieht.

Er hat nicht gezogen, es ist noch lange nicht Ernte, sagt
Weinrich.

Schinko aber läßt sich von dem Aufgespiel Zwirners nicht
beeindrucken. Hätten die Felder der alten Rathey unbestellt
bleiben sollen? Muß man nicht bestrebt sein, soviel wie
möglich aus den Äckern herauszuholen? Zwirner kann sich
dieser Logik nicht entziehen, aber er läßt es sich nicht an-

kennen. Er nennt die beiden *abgefeimte Falotten* und wirft sie hinaus. Er habe mehr zu tun, als sich mit verschössenem Bossdomer Kleinkram abzugeben.

Darüber solltest du nun berichten, sagt Weinrich zu mir, weil er meint, Schinko und er hätten Zwirner mit ihrer Logik sprachlos gemacht.

Er ahnt noch nicht, wie die Logik alsbald von sogenannter *Parteidisziplin* im sogenannten *Apparat* in die Ecke gedrängt werden wird.

Immer mehr Umsiedler drängen an. Sie kommen bis aus der Bukowina, nennen sich Zwangsvertriebene, werden beschuldigt, Hitler zugearbeitet zu haben. Die *Sowjetmenschen* haben ihnen die Ausgangstür gezeigt. Die radikal linken Parteileute der russischen Zone finden das richtig. Jeder Deutsche hat sich faschistisch bekleckert.

Vierzig Jahre später wird sich jeder aus der russischen Zone kommunistisch bekleckert haben, und die radikal rechts gesinnten Landsleute der Westzonen, denen die Gnade des richtigen Wohnortes widerfuhr, werden sie Buße tun lassen.

Damals ist, wer sich als *Zwangsvertriebener* bezeichnet, für die Linksradikalen ein Revanchist, einer, der alles so wiederhaben will, wie es gewesen ist. Es gibt eine Litanei von Wörtern, wie Besatzer, Iwan, zappzerrapp, Vergewaltigung, Enteignung, kurz, bezeichnende Bezeichnungen, die nicht erlaubt sind, die von glättenden Umschreibungen und rhetorischen Tarnungen abgelöst werden. Die Groadezuen, wie man sie in Bossdom nennt, kümmern sich nicht darum und sagen: Scheuß der Hund druff!

In den zertrümmerten Städten Grodk und Forschte kann man Umsiedler schwer unterbringen, und in den Dörfern sind die Häuser so überstopft, daß sich die Wände nach außen biegen. Es wird befohlen, für die Reformlandbesitzer Neubauernhäuser zu bauen. In der ersten Versammlung der Bauern in dieser Angelegenheit zeigt sich niemand, der willens ist, obwohl ihnen Weinrich staatliche Unterstützung zusichert. Wenn *öberlicherseits* Anweisungen erlassen werden, erwartet man von *unterlicherseits* aus jedem Dorf positive

Vollzugsmeldungen. Geht es um die Erfassung von Leuten, die Kleider- oder Kopfläuse herumtragen, und es trifft von einer Bürgermeisterei eine Fehlmeldung ein, so heißt es vom Amte herunter: Ein oder zwei Läuseverseuchte müssen sich finden lassen. Bitte erneute Meldung! Deshalb ist Weinrich froh, daß sich Bruder Tinko einen Tag nach der Bauernversammlung um ein Neubauernhaus bewirbt. Tinko sagt, Schinko habe ihm einen Schubs gegeben und auf die Vorteile hingewiesen.

Die Wahrheit ist: Tinko hat sich zuvor müssen in Schinkos Gegenwart mit Elvira streiten. Elvira will, sobald *bißchen bessere Zeiten* kommen, nach Grodk werden und dort einen *Salong* aufmachen. Einen mit allen Schikanen. Aber Schinko sorgt dafür, daß sich mein Bruder mit dem Neubauernhaus durchsetzt. Was hat Schinko da für ein Eisen im Feuer? Wir werden es erfahren.

Weinrich läßt mich Tinkos Antrag lesen. Der Bruder gibt an, man habe ihm wohl die alte Schule als Wohnhaus zugewiesen, aber er wölle nicht ewig in der Lokalität hocken, in der er als Junge mindestens an zwanzig Tagen verprügelt wurde. Bossdomer seines Alters wissen, daß er zuweilen seinen Hosenboden auspolsterte, und einmal hatte er ihn in morgendlicher Eile mit der Unterwäsche meiner Schwester gepolstert. Ein bißchen zu aufträglich. Rumposch hieß ihn, die Hose herunterzulassen. An diesem Tage mußte der künftige Barbier-Ursch zweimal echte Prügel hinnehmen, von Rumposch und daheim von meiner Schwester. Zudem hat die alte Schule keine Scheune, schrieb Tinko weiter, die Ställe reichen nicht aus, und der Hofraum zwischen Schul- und Pißhaus wäre zu klein für einen landwirtschaftlichen Betrieb.

Weinrich ist froh, daß Bruder Tinko seinen Antrag so überzeugend *untermauerte*. Er kann melden: Neubauernhäuser entstehen in Bossdom. Jedenfalls soll ich so ähnlich in der Zeitung berichten. Ich lehne ab.

Und doch erscheint ein Bericht über die Neubauernhaus-Aktion in Bossdom. Dem Barbier, heißt es darin, dessen Geschäfte klappern wie eine Teufelsmühle, wurde vor einiger Zeit ein Zug-Ochse und nun schon wieder ein Neubauernhaus zugesprochen. Geht das alles rechtens zu? Oder hat man es mit Korruption zu tun oder wie oder was?

Weinrich schreibt einen Gegenbericht und verlangt zu wissen, wer da die örtliche Bodenkommission von Bossdom *verleumde.* Sein Gegenbericht wird nicht abgedruckt, und den Namen des *Verleumders* erfährt er nicht.

Paule Nagorkan erinnert ihn grinsend: Hast du nich moal gesoagt, solche Leite wie der, an den ich jetzt denke, wern gebraucht?

Tinkos Neubauernhaus wird jedenfalls gebaut. Es ist das einzige in Bossdom geblieben und hat seine Bestimmung mehrmals gewechselt. In den letzten Jahren gibt es eine Bürgermeisterei ab und wird beflaggt, voll- und halbmast und eben, wie es gewünscht wird.

Bruder Heinjak verlangt für seine Arbeit entlohnt zu werden. Die Eltern sind erstaunt, beraten und kommen zu dem Schluß, sie werden dem Jungen, obwohl der alles einmal erben wird, was geben müssen.

Kann ja sein, daß er Margitka für die Liebschaft was geben will, sagt der Vater.

Rede nicht von sons, sagt die Mutter, wenns doadrum geht, will sie Margitka lieber entlassen.

Die Mutter nimmt mich beiseite. Ich soll erkunden, wie Heinjak es aufnehmen würde, wenn sie Margitka entläßt, und ob der Junge denn nich alles ganz und goar hinschmeißen und woanders arbeiten gehen wird.

Heinjak wird wissen, wer mich schickt, sage ich, aber die Mutter besteht darauf, ich soll es versuchen.

Kannst mir denn goar keen Gefallen mehr tun? fragt sie weinerlich. Ich sage zu. Die Mutter schiebt mir ein Brot hin. Ich schiebe das Brot zurück und gehe.

Mein Gott, Junge, bei dir weeß man nie, wo dran man is! Das erscheint mir wie ein Lob.

Ich rede mit Heinjak über die Absicht der Mutter, Margitka zu kündigen. Damit macht sie mir Hertchen nicht schmackhafter, sagt der Bruder. Er weiß noch nicht, wie er reagieren wird. Ganz gleich, was ich mach, sagt er, aber das Brot hättest du nehmen sollen.

Einige Wochen später, der Frühling steckt schon seine Fahnen heraus, sagt mir die Mutter: Bei Margitka stecke etwas *unter der Schürze*. Nu wer ich sie doch entlassen müssen! Een ungewolltes Kind is nich das Richtige.

Bin ich euch damals nicht auch unpaß gekommen? frage ich.

Es woar ja bloß, weil wir nicht gleich een Kinderwoagen für dir hutten. Lenchen-Kulka-Logik.

Meine Mutter entläßt Margitka, aber es gereicht ihr nicht zum Glanze. Die erste Frau, von der sie dafür im Laden zur Rede gestellt wird, ist die Waligoran, eine Hintenherumsche. So werden in Bossdom besonders begabte Ausfragefrauen genannt.

Hat se eich wohl nich mehr recht zugesoagt, die Margitka?

Nich zugesoagt, kann man nich soagen. Sie woar arbeitsam. Ich kinnde nich kloagen, aber wie junge Leite so sind, sie wulln sich ebent moal verändern, sagt die Mutter.

Eegentlich bissel undankbar von die Margitka, sagt die Waligora. Das gude Essen, was se bei eich hutte, man siehts ja, wie scheene se beileibe geworn is.

Meine Mutter merkt, wohin die Waligora zielt. Hoam Se nu een oder zwee Pfund Salz verlangt, Frau Waligoran? fragt sie verwirrt.

Een Päckchen Scheiersand gebn mer Se.

Zeitchen vergeht, und meine Mutter wird direkter und aufdringlicher verhört. Da kommt die Hopka, macht ihren Einkauf und fragt: Weeßer woll nu nich, eirer Heinjak, ob er das Hertchen behalten oder die Gitka nehm soll. Das is nu moal so: Wenn er sich bei die Gitka hinmacht, muß er für das Hertchen zoahln, und wenn er bei das Hertchen bleibt, muß er für die Gitka zoahln. Wie denken Sie daß drüber, Frau Bäckern?

Die Mutter strämmt sich und antwortet allerweltsweise: Ach wissen Se, Frau Hopkan, die Kinder sind groß, se müssen selber wissen, was se machen.

Alsdann kommt die gelbgeizige Schrockoschen und wirft der Mutter vor: Die Gitka muß nu ableiden. Eiern Jung hätteta kastrieren lassen solln!

Soll die Mutter gemein auf die Gemeinheit reagieren oder Rücksicht auf die Kundschaft nehmen? Eine Weile ists stille im Laden. Das gemeine Gerede der Schrockoschen kann in jedes Laden-Eckchen dringen. Meine Mutter bezähmt sich zugunsten der Kundschaft. Sie antwortet nicht. Die Schrockoschen geht. Ihre Kaufkraft bleibt der Mutter erhalten.

Bruder Heinjak arbeitet und bleibt bis nach dem Abendbrot im Hause Matt, ist also den größten Teil des Tages bei Hertchen, und nur für ein paar Abendstunden bei Gitka auf der Bergmannssiedlung. Es kommt drauf an, wer es und wie man es auslegt.

Margitka geht in einer Glasschleiferei in Däben arbeiten. Sie ist eine kleine Liebesteufelin und wird ihr Kind, wenn es kommt, auch ohne den Beistand von Bruder Heinjak ernähren. Sie giert nicht nach einem Trauschein, wird Heinjak keine Kuh und keine fünftausend Mark, sie wird ihm sich einbringen und hält ihn mit ihrer Munterkeit in Schwung: Geh und back dein Brot, ich geh und schleif mein Glas, Wiedersehen morgen.

Hertchen stellt Heinjak wild und weinerlich zur Rede: Ist dir das nich peinlich vor die Leite? Siehste nich, daß es ooch Maman nich recht is? Siehste nich, daß Papa jetzt öfter besoffen aus die Schenke kummt?

Wie soll Bruder Heinjak das sehen, wenn er bei Gitka übernachtet?

Und das Hertchen weiter: Und was wern erst unse zu Hause soagen, wenn sies wern erfoahrn! Unser Vater wird hinsterben!

Ein neues Mädchen stellt meine Mutter nicht ein. Ich hätte wissen solln, was een mit son Mädel passiern kann, sagt sie, so daß mein Vater es hören und sich die alte Hose von vor Jahren anziehen kann. Sie bemüht sich um eine Zugehfrau, die ihr das Haus am Wochenende *durchscheuert* und die es mit dem *Stoobwischen* ernst nimmt. Sie nimmt sich keine Frau aus Bossdom, sie nimmt die Frau eines Invalidenrentners aus Wadelow, die kantig, auch einigermaßen häßlich ist und keinen Liebreiz verstrahlt.

Die flotten Zeiten, da Bruder Heinjak mit Margitka als Hilfskraft in der Backstube arbeitete, sind vorüber. Jetzt muß er wieder mit Hertchen arbeiten, und die schnieft bei der Arbeit, *noatscht* in den Pausen und heischt Mitleid. Sie paßt mich im Pferdestall ab: Dies und das und ob ich das mit ansehen kann, und was das, mein Gott, werden soll! Ich versuche ihr zu erklären, daß die Welt von einer Untreue nicht zusammenbricht und daß man abwarten muß, immer möglich, daß sich die Verhältnisse zugunsten kehren.

Aber das Hertchen versteht mich nicht. Sie schluchzt gequält auf. Ich umarme sie, aber sie ist nicht geneigt, ihren Kopf an meine Brust zu legen und sich auszuweinen, sie mißversteht mich, hält meine Geste für eine belästigende Annäherung und drückt mich mit beiden Armen steif von sich. Du lieber Himmel!

Am Sonntagvormittag klappert die Enttäuschte auf dem invaliden Familien-Damenfahrrad zu ihren Verwandten, den Ausbauern, in Groß-Loie. Sie beklagt sich bei ihrem Vater, und der wirft ihr die umsonst hinausgeworfenen fünftausend Mark vor und stattet sie mit Ratschlägen aus. Nebenan in der guten Stube sitzt Hertchens Schwägerin und tut schön mit einem Ersatzmann; ihr Mann, Hertchens Bruder, ist noch in russischer Gefangenschaft. Er lebt, aber niemand kann wissen, wann er nach Hause kommt.

Die Schwägerin wendet sich herausfordernd an Hertchen: Brauchste gar nich so gucken. Soll ich etwan eintrocknen?

Keinerlei Trost also. Die Welt ist entgleist. Das Hertchen fährt heim, das heißt dorthin, wo sie durch ihre Heirat daheim geworden ist, das ist die ehemalige Kinderstube mit der angrenzenden Kammer im Hause der Matts, in der sie und ihr Gottliebchen wohnen.

Man kann trauern und trauern, aber mal muß ein Ende sein. Hertchen gehört nicht zu den Märchenfiguren, von denen es heißt: Und da sie ihn heiß liebte, ihn aber nicht haben konnte, siechte sie dahin, nahm kein Speis und kein Trank mehr zu sich und starb. Hertchen geht zu meiner Mutter und bringt ins Spiel, worauf sie ihr Vater aufmerksam machte, sie will die fünftausend Mark, die sie einbrachte, zurückhaben.

Mit den fünftausend Mark ists so eine Sache: Hertchen hegte sie in einem bunten Oster-Ei aus Pappe im Hutfach ihres Kleiderschrankes. Die Mutter empfahl ihr deshalb in einer Zeit, da sie von unbezahlten Rechnungen überflutet wurde: Was soll dir, Mädel, dein Eingebringe im Hutfache, soag, gibs runder und ins Geschäft rein, laß es mitarbeiten! Es wird ja sowieso moal alles eire sein, und damit meinte die Mutter, die Wirtschaft und das Geschäft würden später Bruder Heinjak und Hertchen gehören. Damals war noch alles hibsch und scheene, und das Hertchen zögerte nicht. Wir könn dir ja ruhig bissel Zinsen geben, solange die Wirtschaft noch nicht dir und Heinjaken verschrieben ist, sagte die Mutter damals. Aber ihr kennt die Zuverlässigkeit meiner Mutter bei mündlichen Abmachungen. Wie hieß es gleich, wenn sie eine Abfahrtzeit mit jemand ausmachte? Soagen wa um sieben, achte wirds von alleene. Und so verhielt es sich auch mit den *bissel Zinsen,* die sie Hertchen versprach. Nun steht die Schwiegertochter da und fordert.

Mein Gott, Mädel, was ist in dir gefoahrn! fragt die Mutter. Solln wir dir die Zinsen für die drei, vier Joahre auszoahln?

Zinsen auch, jawohl, aber Hertchen will vor allem ihre blanken Fünftausend, sie will sie auf die Sparkasse schaffen und dort verzinsen lassen. Wenn Heinjak sie sitzenläßt, steht sie nacklicht und ohne einen Pfennig da.

Hertchen, tuck nich goar so fremde! sagt die Mutter.

Ganz engal, in Hertchen haben sich Trauer und Tränerei zu jener Härte verdichtet, die einer Ausbauerntochter aus Groß-Loie ansteht, auch Kleinbauernschläue hat sich dazugesellt. Hertchen erwartet, daß die Mutter in ihrer Not energischer auf Bruder Heinjak losgehen und dem zeigen wird, wo seine Mulde im Familienbett ist.

Vergeblich! Bruder Heinjak läßt sich seine Liebe nicht abkaufen. Meine Mutter wird hochdeutsch: Was heißt hier abkaufen, sagt sie. Schließlich bist du verheiratet, und deine Liebe gehört dorthin, wohin du sie amtlich verpfändet hast, nich wahr nich, nich wahr?

Bruder Heinjak weist die Vorwürfe der Mutter lächelnd zurück. Seine Liebe zu Margitka steht im Zenit. Er will sie haben, er muß sie haben.

Die Mutter legt am Abend dieses Tages in einem Schub der sogenannten alten Ladenkasse ein Geldnest an, in das sie jede Woche einen Zehnmarkschein gibt: Hertchens Zinsgeld, wenn es hart auf hart kommt.

Die Klatschweiber bilden zwei Parteien, die eine will, daß sich Bruder Heinjak von Hertchen scheiden läßt und Margitka heiratet; die andere will, daß Heinjak zu seinem Hertchen zurückgeht und Margitka auszahlt. Die sich am wenigsten um den Dorfklatsch kümmern, sind die drei Betroffenen. Das Hertchen stellt sich auf Geduld ein, wartet und lehnt jedes Ansinnen, sich scheiden zu lassen, ab. Es liebt Heinjak. Er ist ihr erster und einziger Mann. Heinjaks Gefühle sind hingegen von Margitkas Liebe besetzt, er ahnt und fühlt nicht, daß ihn Hertchen, ohne Widerliebe zu erfahren, nicht loslassen kann, und es bleibt ein Knäuel von erwiderter und unerwiderter Liebe.

Die Anderthalbmeter-Großmutter hat viel zu beobachten und zu verurteilen. Ein kühler Maitag, die Eisheiligen sind heran, und wer seine Bohnen schon gesteckt hat, dem erfrieren die Keimlinge. Die Anderthalbmeter-Großmutter watschelt in ihrer Dienstuniform, Kopf- und Umschlagetuch, auf den Ziegenberg. Sie hat etwas entdeckt, und das muß sie auskundschaften. Mir is so dreherig im Koppe, sagt sie zu ihrer Kumpanka Auguste Petruschka, laß mir bissel bei dir beim Fenster sitzen. Die schwerhörige Petruschkan freut sich über jeden Besuch.

Die Fensterscheiben, durch die die Anderthalbmeter-Großmutter iugt, haben ihre Geschichte. Erinnert ihr euch an Paule Petruschka aus dem LADEN-Roman römisch eins und wie gierig der Glückwunschkarten sammelte und sie dann abmalte: Tannenzweige mit Lichtern, Ostereier mit Schärpen, Pfingstbirken mit Maikäfern und sonsterwas, und wie er für den Arbeiter-Radfahrerverein *Solidarität* Bossdom das Banner der Ortsgruppe Weskow nachempfand, wie man heute sagt, und wie es meine Mutter ausstickte, und erinnert ihr euch, daß dieses Banner jetzt im Treppenaufgang zu meiner Arbeitsstube hängt?

Paule hatte nicht in den Krieg gemußt, er war linkisch und gab für einen Soldaten nichts her, außerdem hatte sich sein Herz erweitert, und man schickte ihn als untauglich zurück in seine Glashütte.

Als die Russen beim Einmarsch die Windmühle der Sastupeits abschossen, zerscherbten von den Druckwellen auch die Fenster des Ziegenberghauses. Paule vernagelte die Fensterluken mit Pappe, bevor er sich mit der Mutter ein paar Tage im Wald versteckte, und als die russischen Heerscharen durch Bossdom hindurch waren und auf Berlin zu wurden, ging Paule heile Fensterscheiben suchen. Da war eine Waldförsterei, weit hinter Gulitzscha, auf Bagenz zu, in der die Fensterscheiben heil geblieben waren, und dahin machte sich Paule eines Nachts, um Fensterglas zu ernten. In der Finsternis geriet er in den versumpften Teich der Försterei, war den gewünschten Fensterscheiben nahe, mußte sich aber gegen das Versinken wehren. Schließlich rappelte er sich aus dem Schlamm und holte die Scheiben.

Der Rückweg war anderthalb Stunden lang. Paule fröstelte und fror und brachte nicht nur heiles Fensterglas, sondern auch eine Lungenentzündung heim. Medikamente gab es nicht, die Hausmittel schlugen nicht an, und der Tod kam auf Paule zu, und sein Malerleben ging unausgereift zu Ende.

An diesem Fenster sitzt nun die Großmutter. Sie erinnert sich an Paules unglückselige Fensterscheiben-Ernte, unterbricht ihre Wachsamkeit einen Satz lang und sagt zur Petruschkan: Gottchen, der Paulko, was hätt er nich noch kunnt für schöne Blumen moaln! Dann muß sie wieder lugen und spähen.

Es ist schon Nachmittag, die Schule muß längst aus sein, aber Sohn Arne kommt nicht nach Hause. Gewiß hat ihn die Schwägerin Elvira wieder aufgehalten, gefüttert und beschwatzt. Ich ringe mich durch und will meine Feindin zur

Rede stellen, aber unterwegs hält mich die Anderthalbmeter-Großmutter auf und bringt mir bei, daß ich nicht erscht lange zu Elviran hin und Krach schloagen brauche, weil die beeden Weibstücker den Jungen abgefangen und fortgeschleppt hoaben.

Die beeden Weibstücker sind Elvira und Frau Amanda. Frau Amanda wäre am halben Vormittag am Fenster der Großmutter vorbeigehimpelt, Stöckelschuhe und bemoaltes Gesichte, und sie sei in die alte Schule bei Elviran hin geworden, und als die Kinder aus der Schule gekommen wären, hätten die Weibsen Sohn Arne umhalst und mit in die Barbiererei genommen, und nach einer Stunde oder so was wäre Frau Amanda mit Sohn Arne aus der Schule heraus und mit ihm über den Mühlberg nach Däben zum Bahnhof zu gemacht, und der Junge habe seinen Schultornister auf dem *Puckel mitgeschleeft.*

Daheim treffe ich auf eine ungehaltene Nona. Sie weiß schon von der Entführung. Die gelbgeizige Schrockoschen hat ihr die Meldung mit in Mitleid verpackter Schadenfreude überbracht. Nona hatte ihr einige Tage zuvor gewässerte Milch nicht abgenommen.

Nona wünscht, ich möge Frau Amanda verklagen. Der Sohn sei mir gerichtlich zugesprochen, ich hätte ein Recht auf ihn, aber ich reagiere nicht, weil ich weiß, daß ich kein guter Vater bin, während Nona von sich nicht weiß, daß sie keine gute Zweitmutter ist.

Acht Tage später kommt ein Brief von Frau Amanda, in dem sie mich einen Sadisten nennt, ich hätte Sohn Arne gezwungen, auf Erbsen zu knien und Raupen zu essen, und der Klecks am Ende ihres Briefes bedeute, daß sie mich anspeie, und ich möge ja nicht versuchen, den Jungen gerichtlich einzufordern.

Ich brauchte den Sohn nicht einzufordern. Einige Wochen später wurde er uns über Schwägerin Elvira wieder zugestellt. Frau Amanda hatte wieder einen Mann in Aussicht, dem sie sich als Frau *ohne Anhang* präsentieren wollte.

So ging es noch zwei oder gar drei Male hin und her. Die Begebenheiten von damals fangen an, in mir zu verschwimmen. Kaum hatte Arne sich bei uns eingelebt, da holte ihn Frau Amanda wieder, für mich stets ein Zeichen, daß ihre *heiße Liebe* zu dem Mann, mit dem sie es versucht hatte, ausgeglüht war.

Man kann mir vorwerfen, ich hätte mich lasch verhalten und zugelassen, daß der Junge hin und her gezerrt wurde. Ich nehme den Vorwurf auf mich, obwohl ich mir nicht sicher bin, ob es für Arnes Entwicklung günstiger gewesen wäre, wenn ich ihn jeweils gezwungen hätte, bei uns zu bleiben.

Aber was ist mit meinem literarischen Sohn, mit dem Jungen, der durch meinen Roman geht? Habe ich den nicht auch gezeugt? Ich habe ihn geschaffen, wird es später heißen. Gibts einen Unterschied zwischen der Lust des Zeugens und der Lust des Schaffens? Ist die Lust des Schaffens weniger wichtig als die Lust des Zeugens? Ist es richtig und gerecht im Sinne des Lebens, die Liebe zu einem gezeugten Sohn zugunsten einer geschaffenen Figur zu vernachlässigen? Ich weiß mir keine Antwort. Geht weg, läßt mich in Ruhe, ihr seht, daß ich schreibe! sage ich zu meinen Söhnen und wende mich dem Jungen zu, der durch meinen Roman geht. Ich habe ein schlechtes Gewissen und höre es munkeln: Siehe, er vernachlässigt seine leiblichen Söhne und wendet sich einer erschriebenen Figur zu. Ist er nicht ganz und gar verrückt? Ich zerfasere mich und frage mich: Soll das nun dein ganzes Leben lang so sein? Heute weiß ich die Antwort. Es ging mein ganzes Leben lang so. Allerdings erfuhr ich mehr als ein Mal, daß dieselben Leute, die mich einen gefühllosen Vater nannten, am Schicksal eines meiner auf Papier geschaffenen Söhne teilnahmen, daß sie mit ihm weinten und lachten, daß ihnen die Liebe, die ich meinen leiblichen Söhnen entzog, um sie an literarische Figuren zu wenden, in Lese-Erlebnissen zuströmte.

Manchmal frage ich mich, ob es richtig ist, daß ich sitze und schreibe und einer Stimme gehorche, die außer mir niemand hört. An solchen Tagen schlendere ich mit Arne und Jarne zum Feldgarten hinauf, erzähle ihnen Geschichten und buhle um ihre Gunst:

Der Roggen war geschnitten, erzähle ich, und hier hinter unserem Feldgarten standen Kornmandeln. Die Jungen unterbrechen. Ich muß ihnen erklären, daß eine Kornpuppe aus neun und eine Kornmandel aus fünfzehn zusammengestellten Garben besteht. Es regt sich schon Ungeduld in mir, und es schleicht sich Heftigkeit in meine Stimme. Die Söhne spüren meinen verkapselten Unwillen.

Ich erzähle weiter: Es war am Abend eines flimmernden Sommertages, und ich stand am Waldrand, um zuzusehen, wie die Sonne verschwindet.

Was war daran so Besonderes? fragt Jarne.

Ich hatte es nie richtig gesehen und wollte es eben beobachten, sage ich, aber du hast mich schon wieder unterbrochen.

Da kam ein Vogel, er segelte aus der Sonne heraus. Er war so groß wie eine Krähe, aber seine Flügel schimmerten grün und blau, und sein Rücken war braun-rot. Er setzte sich auf eine Kornmandel. Ich stand still, der Vogel nahm mich nicht wahr. Wenn man steht wie ein Stamm, erlebt man das, was sonst die Bäume erleben. Ich wartete, und der bunte Vogel wartete auf seiner Kornmandel. Ein grünes Insekt flirrte heran, der Vogel stach zu und verschlang es. Dann saß er und wartete, bis wieder etwas Grünliches heranflog. Ich sah, daß es eine Heuschrecke war, und der bunte Vogel verschluckte auch die. Danach flog ein Mistkäfer an, schließlich ein Nachtschmetterling. Der Vogel schien vollgestopft zu sein und flog über die Stoppelfelder bis dorthin, wo der alte Kiefernwald wie eine Halbinsel in die Felderweite hineinragt. Es stand für mich fest, daß ich einen Paradiesvogel gesehen hatte, deshalb hockte ich am nächsten Tag wieder am Rand der *Schulheide*. Der Vogel kam, saß lässig auf der Kornmandel und ließ sich sein Futter in den Schnabel fliegen. So ging es sieben Tage lang, bis die Kornpuppen eingefahren wurden.

Wie alt warst du, als du den bunten Vogel sahst? fragte Arne.

An die zehn Jahre.

Ob ich ihn mit meinen neun Jahren schon sehen könnte?

Später erzählte mir der Großvater, daß mein Paradiesvogel eine Mandelkrähe war. Sie wird so genannt, weil sie die Kornmandeln als Spähplätze benutzt, wenn sie auf Insekten und Mäuse paßt.

Ich versuche also, mein Kindheitserlebnis mit der Mandelkrähe wie ein Märchen zu erzählen, aber wo muß ich aufhören zu erzählen, damit aus der Wirklichkeit ein Märchen wird? Ein literarisches Problem – und damit bin ich schon wieder weg von meinen Kindern, gehe mechanisch neben ihnen her, lasse sie plappern und bin nicht so, wie ein Vater zu sein hat.

Im Feldgarten treffen wir auf Nona und den kleinen Gustav. Nona trägt ein weißes Kopftuch, ihr Gesicht ist von der Sonne gerötet. Die Möhren haben ihre gefiederten Blättchen ausgeschoben. Nona jätet Unkraut. Seid so gut und lest die Raupen von den Kohlrabiblättern, bittet sie uns.

Wir sind bei der Sache, sammeln die grünen Raupen von den Blatt-Oberseiten, kehren die Blätter um und entfernen die Raupen-Eier und unterbrechen die Entwicklung jener Schmetterlinge, die Kohlweißlinge genannt werden. Raupen und Eier werfen wir in rostige Konservenbüchsen, um sie den Hühnern mitzunehmen.

Der kleine Gustav ruft nach den Brüdern. Er hat sich unter der Hängebirke eine kleine Burg aus Feldsteinen gebaut und hat Feuerwanzen gefangen, die die Burg bewohnen sollen. Sohn Arne stapft zum kleinen Gustav hinüber und kommt nicht zurück. Ich, der lieber daheim sitzen und schreiben würde, beweise ein weiteres Mal, wie wenig ich mit Kindern umzugehen verstehe. Ich rufe Arne zurück: Hier, Raupen lesen! Arne kommt auch nach meinem zweiten Ruf nicht. Mein Jähzorn regt sich: Dann wirst du Raupen anstelle von Kohlrabi-Suppe essen! sage ich unväterlich grausam.

Ein Weilchen darauf schreit Jarne mit Abscheu in der Stimme auf. Sein Bruder Arne hat meine Drohung für wahr genommen, hat eine Raupe halb durchgebissen und heult. Ich entreiße ihm die durchgebissene Raupe und hole ihm

264

deren andere Hälfte aus dem Mund, umarme und streichle ihn, entschuldige mich und bin so miserabel und hündisch wie stets, wenn mein Jähzorn mit mir durchgegangen ist.

Amtsvorsteher Kurte Schimang schickt mir seinen Enkelsohn, und der ist eine Kleinausgabe des Alten. Ob Se kinnden moal zu unsern Großvoata kumm.

Ich sage zu.

Wenn mich Kurte Schimang früher traf, als ich noch *hocher Schüler* war, wollte er dies oder das von mir wissen. Es sprach eine Begabten-Sehnsucht aus ihm. Mir is das nich geboten geworn, sagte er wehmütig. Ich erinnere mich, wie er sich von mir den Pythagoräischen Lehrsatz, den ich selber nur jämmerlich beherrschte, erklären ließ. Er bezeichnete mich damals als seinen jungen Freund, und das war ungewöhnlich, denn er war zwanzig Jahre älter als ich. Später gehörte er zu denen, die abträglich von mir dachten, weil ich die *hoche Schule* nicht genutzt hatte und so gar nichts geworden war, wie das bei uns auf der Heide heißt. Deshalb überrascht es mich, daß er nun nach mir verlangt.

Er sitzt in der Familienwohnstube. Sein Bismarckschädel mit der blanken Glatze ist kantig geworden, und der ganze Schimang wirkt dürr und mürb. Er ist in Bossdom geboren, war Bergmann, und bis die Gebrüder Koalik, die Zuarbeiter fürs *Dritte Reich*, Bossdom *gleichschalteten*, war er Schiedsmann, Knappschaftsältester, Amtsvorsteher und Standesbeamter. Schiedsmann, Amtsvorsteher und Standesbeamter wurde er nach dem Weltkrieg römisch zwei wieder, ohne daß darüber lange verhandelt wurde.

Eine Ecke von Schimangs Wohnstube stellt ein Büro dar. In dieser Ecke treffen sich drei Ämter in einem Mann, der mehrmals am Tage seine Rolle wechseln muß. Später wird man für diese drei Ämter drei Männer, drei Sekretärinnen und drei Büros benötigen.

Die Wände in Schimangs Büro-Ecke sind mit Akten gepolstert. Auf dem *Schreibtisch* aus behobeltem Kiefernholz steht der Stempelständer. Aus den Stempeln hat Schimang mit seinen Bergmannshänden die Greifvögel und die umkränzten Hakenkreuze herausgeschnitzelt. Dann ist da noch ein großes Stempelkissen, eine tintenbefleckte Schreibunterlage und ein barock-aufklaviertes Tintenfaß, das einst zur Schreibtischausstattung des Barons gehörte. Ein Kanarienhahn fängt an zu trillern. Sein Bauer hängt neben dem Vertiko. Die Kanarientöne prallen auf eine schnurrende Katze in der Sofa-Ecke. Die Nachmittagssonne macht die geschliffenen Ornamente einer Kristall-Vase golden und lila blinken.

Schimang benutzt die Kanarientöne, um nach der jahrelangen Verstimmung wieder mit mir ins Gespräch zu kommen. Er hat mich zwar jüngst mit Nona Prautermann verheiratet, aber das war eine Amtshandlung, in der ein Gespräch von Mann zu Mann nichts zu suchen hatte. Der trillernde Kanarienhahn ist der einzige, erzählt Schimang, der von seiner Kanarienzucht übrigblieb. Die Schimangs nahmen ihn mit in die *Heede*, als die Russen über die Neiße rollten. Sie hatten sein *Gebauer* in ein schwarzes Tuch eingebunden, damit er *nich unpäßlich singen sullde*.

Mit seinen Urteilssprüchen als Schiedsmann erheitert Schimang die Bossdomer. Neulich mußte er einen Streit zwischen zwei *Weibern* um Kirschen schlichten: Hinter jedem Bossdomer Haus gibts einen Obstgarten, hier der Garten der geizbebeizten Schrockosch, daneben der Garten der ehemaligen Gutsarbeiterin Rathey. Auf der Grenze, allerdings im Garten der Schrockosch, steht ein ehrwürdiger Kirschbaum, wächst still vor sich hin, trägt Kirschen, und die in den Nachbargarten überhängenden Zweige darf die Rathey abernten. Das ist Sitte und immer so gewesen. Im mageren Nachkriegsjahr sechsundvierzig hat sich die Rathey nach dem Dafürhalten der Schrockosch zu viele Kirschen eingepflückt, deshalb beschimpft sie die Rathey, nennt sie *Mauseweib* und *dicke Sau*. Die beleidigte Rathey zeigt die Schrockosch beim Schiedsmann Schimang an.

Schimang fragt die Schrockosch, weshalb sie die Rathey beleidigt hätte. Die Kirschen hätten der Rathey zugestanden, sagt Schimang.

Hundertdreiundzwanzig Stück hätten ihr zugestanden, sagt

die Schrockosch, aber die Rathey habe über den Zaun gelangt und hundertundfünfzig gerissen.

Selbst wenn das wahr wäre, so sei es Mundraub und nicht strafbar gewesen, aber es gehe hier um die Beleidigung *dicke Sau* und so.

Sieht doch jeder, daß die nicht schlecht beileibe is, sagt die Schrockosch.

Die Frauen müssen mit Schimang in die Scheune und dort auf die Dezimalwaage. Das Ende: Die Rathey ist leichter als die Schrockosch. Die Schrockosch wird verurteilt: Zehn Mark in die Schiedskasse!

Emil Krummau hat sich aus einigen vom Kriege zerschellten Fahrrädern ein lebensfähiges Exemplar zusammengebaut. Es klappert und quietscht unerträglich, bis Krummau abspringt und es wieder beruhigt: hier ein bißchen schraubt und dort ein bißchen biegt, dann läuft das Fahrrad für ein Weilchen fast geräuschlos.

Krummau kommt mit seinem Rappelfahrrad von der Zweitschicht. Auf dem Mühlberg wird er vom Volkspolizisten Egon Klauschke angehalten. Finsternis in der Bossdomer Flur und keine Beleuchtung am Fahrrad.

Das ist richtig, gibt Emil Krummau zu, gleichzeitig bittet er den Volkspolizisten zu bedenken, sein Fahrrad klappere und quietsche so ausgiebig, daß jeder, der überfahren werden könnte, satt und genug vorgewarnt wäre. Egon Klauschke steckt in einer Operettenuniform. Man probiert noch herum, wie die Uniform eines Volkspolizisten einmal, wenn es Textilien genug gibt, in etwa aussehen könnte. Egon Klauschkes linker Arm hängt wie leblos in der Schulter. Die Wirkung einer Tretmine gegen Ende des Krieges. Er war daheim auf Genesungsurlaub, als die Russen Bossdom überschwärmten, hatte sich im elterlichen Keller in einem großen Vorratsschrank versteckt und hoffte ungeschoren zu bleiben. Das war naiv gedacht. Die Russen holten ihn aus dem Schrank: Dawei, dawei! Sie sahen den baumelnden Arm. Egon Klauschke mußte dem Kommandanten versichern, daß er nur der Hitlerjugend, nicht aber der Partei angehört habe. Er versicherte es. Eine hübsche uniformierte

Russin, die den Frontverkehr regelte, stattete den baumelnden Arm mit einer weißen Binde aus und machte Klauschke
zum Volkspolizisten. Er brachte es später, weiß man, zum
Major. Aber wer wird Major ohne eine Anlage zur Tüchtigkeit? Und diese Tüchtigkeit trifft in jener Nacht auf Emil
Krummau. Egon Klauschke selbst hat einen Dynamo an
seinem Fahrrad, ein Findelkind von einem Dynamo, und
er funktioniert zu alledem. In den vorläufigen polizeilichen
Dienstvorschriften heißt es: Radfahrer, die nachts ohne Beleuchtung ihres Fahrzeuges angetroffen werden, sind zu
bestrafen. Die Tüchtigkeit von Egon Klauschke steckt schon
den Rüssel heraus: Willst du mir verscheußern? fragt er
Emil Krummau, als der auf das warnende Geklapper seines
Fahrrades verweist. Eine Lampe ist Vorschrift! Weißt du
eine Stelle, wo Lampen verkauft werden? fragt Krummau.
Die kleine Macht in Egon Klauschke rührt sich. Er *verbietet*
sich die Respektlosigkeit. Es ist eine Situation entstanden,
mit der man es in diesem Ländchen zu tun haben wird
bis an dessen Ende: Ein Mangel und eine Vorschrift treffen
aufeinander. Der halbinvalide Volkspolizist Egon Klauschke
kennt den Umsiedler Emil Krummau, aber in den vorläufigen Dienstvorschriften heißt es: Die Personalien eines Ge-
setzesübertreters müßten aufgenommen werden. Krummau
wird von Klauschke aufgefordert, den vorderen Teil des
Polizistenfahrrades anzuheben und den Dynamo in Tätigkeit
zu setzen. Klauschke braucht Licht, um Namen und Ge-
burtsdatum von Krummau in sein zerfleddertes Notizbuch
einzuschreiben.

Am nächsten Tag *überstellt* Klauschke den Vorgang an
Amtsvorsteher Schimang. Die Ordnungsstrafe für nächtli-
ches Radfahren ohne Beleuchtung beträgt, nach den vorläufigen Dienstvorschriften eines Amtsvorstehers, drei Mark,
und für Radfahrer im trunkenen Zustande fünf Mark. Der
Aufschlag liegt im Ermessen des Amtsvorstehers.

Kurte Schimang beordert den Verkehrssünder Emil Krummau zu sich: Biste also unbeleichtet von die Spätschicht
geworden? fragt er ihn. Emil Krummau klappt die Hacken
zusammen. Es ist von der Soldatenzeit her noch in ihm.

Überstürze dir nich, sagt Schimang und fährt im sanften Tone fort: Du weeßt, daß leichte was passieren kann, wenn eens ohne Licht fährt?

Ich weeß!

Du hast absolut keene Lampe nich, hast ooch keene kunnt koofen? Emil Krummau versichert, daß es so sei. Schimang tut überrascht von seiner Entdeckung: Ja, denn kann ich dir ja goar nich bestroafen.

Emil Krummau schweigt demütig.

Die Vernehmung endet mit dem Rat Schimangs: Steigste das nächste Moal rischer ab, wenn dir eener mit Licht entgegenkummt.

Emil Krummau spricht seither mit Hochachtung von Schimang, und auch andere tun das.

Unser Gespräch kommt in Fahrt. Schimangs Worte und Sätze schwimmen wie Inselketten durch die Stubenstille: Du nennst dir jetzt Schriftsteller? Wo hast du daß gelernt, die Schrift zu stellen? fragt er.

Ich versuche, ihm zu verdeutlichen, daß man nicht für alle Berufe eine amtliche Lehrausbildung benötige. Vor Jahren arbeitete ich in einer Zellwollfabrik, fing dort als Hilfsarbeiter an, arbeitete zwei Jahre lang an verschiedenen Maschinen und wurde danach ohne Umschweife Facharbeiter. Weshalb sollte ich, nachdem ich mehr als zehn Jahre, wenn auch nur ganz für mich, schreibe und schreibe, nicht Schriftsteller geworden sein?

Die Tür zur Küche springt auf. Löffelgeklirr auf Porzellan. Schimangs Frau arbeitet mit dem Ellenbogen an der Erweiterung des Türspaltes. Die Bewegung erinnert mich an ihre stolzen Tanzschritte, deren Anblick ich als Schuljunge heimlich erhaschte. Es war uns von Lehrer Rumposch verboten, bei Tanzvergnügen den Saal zu umlungern. Wir taten es doch. Die Schimangkinne, die schöne Glasschleiferin aus Däben, mag jetzt fünfzig Jahre alt sein. Sie nickt mir zu. Ich gloobe, sagt sie, du warscht noch nie nich bei uns, und sie stellt Rotrübenkakao für mich hin und geht wieder.

Schimang fängt noch einmal an, bedachtsam zu bohren. Als Facharbeiter in der Zellwollfabrik wäre mein Lohn doch gewiß höher gewesen als der, den ich als Hilfsarbeiter gekriegt hätte. Seine Klauberei wird mir lästig. Er bemerkt es und geht direkter auf das zu, was er mir anraten will. Er möchte wissen, ob ich die Lebensmittelkarte für Angehörige der Intelligenz kriege.

Angehörige der Intelligenz, wenn ich das schon höre. Angehöriger der himmlischen Heerscharen!

Ganz engal, wie sichs anhört, sagt Schimang, ob ich schon in Grodk beim Kulturbeauftragten Persipan gewesen wäre, der da entscheidet, ob wer eine Intelligenz-Lebensmittelkarte kriegt oder nicht.

Ich lasse meinen Unmut heraus: Den Grad meiner Intelligenz feststellen lassen, das wäre, wie wenn ich wem erlaubte, nach meiner Seele zu suchen.

Ich würde mir an deine Stelle doch moal lassen abtasten, sagt Schimang und läßt nicht nach. Ich lenke energisch ab. Die ganze Zeit fällt mir auf, daß da neben dem Vertiko ein großer, von golden glänzenden Leisten eingefaßter Spiegel hängt, der vermutlich aus einem der Gutshäuser der Umgebung stammt, der aber mit einer Tischdecke verhängt ist. Weshalb das?

Ich erfahre, der Spiegel war Requisit eines Ehezwists der Schimangs. Die Schimangkinne hat ihn in Grodk in einem Altwarengeschäft gekauft. Er hat bei *fimfzig* Mark gekostet. Sie hat ihn dorthin gehängt, wo er hängt. Er hat ihn abgehängt und auf den Hausboden getragen. Sie hat wolln wissen, warum das? Er hat gesagt, der Spiegel wäre ihm zu protzig. Sie hat gesagt, weshalb sollen nicht sie mal, die Schimangs, so was Glänziges haben auch? Sie hat den Spiegel wieder aufgehängt. Er hat ihn wieder abgehängt und auf den Hausboden getragen. Weshalb das, zum Donnerwetter? Jetzt hat er ihr gesagt, was er mit dem Spiegel wirklich abzumachen hat: Dieses protzige Ding, es wirft ihm ganzes seine *Dürrigkeit* vor. Schlimm genug, daß er so abgeklappert ist, aber es sich fortwährend vorwerfen zu lassen – das nein!

Endlich hätten sich die Schimangs geeinigt. Sie hatte den Spiegel wieder heruntergeholt, und nun wird er, wenn Schimang in der Stube amtiert, verhängt, und wenn die Frau allein in der Stube ist oder Besuch kriegt, darf er glänzen.

Aber das ist unwichtig, ganz und gar überflüssig. Endlich kommt Schimang drauf zu sprechen, weshalb er mich zu sich bestellt hat. Er holt einen Stoß Papier aus seinem Amtsschrank. Es sind Formulare, Fragebögen. Für jede Familie im Amtsbezirk einen Fragebogen, der an Ort und Stelle ausgefüllt werden soll. Das könnte einem Schriftsteller doch zugute sein, in viele, viele Familien hineinsehen, sagt Schimang. Das Befragen der Einwohner sei zwar seine, Schimangs, Sache, doch er habe zur Zeit die Kraft nicht, den ganzen Tag umherzulaufen.

Ich sehe den klapperdürren Schimang bittend dasitzen. Meine freundschaftlichen Gefühle für ihn blühen wieder auf. Die Zeit, da er sich mit mir über Tolstois Roman *Krieg und Frieden* unterhielt, wird wieder lebendig. Ich sage zu und wirklich, meine Schriftstellerneugier ist an der Zusage beteiligt. Aber bevor ich mit dem Fragebogen-Hausieren beginne, geschieht etwas anderes:

Es ist so, daß Menschen Möglichkeiten, die sich ihnen bieten, strikt ablehnen, beiseite schieben, auf einem Fleck in ihrem Hirn ablagern, wo noch vieles andere liegt, was eigentlich vergessen sein sollte. Aber kaum ist ein Zeitchen vergangen, da kommt ein Etwas, das kratzt aus diesem Haufen Beiseitegeschobenem eine oder die andere Möglichkeit heraus, putzt sie blank und stellt sie als *glänzende Möglichkeit* hin. Dieses Etwas ist das Leben selber, das sich als Instinkt getarnt hat.

So etwas scheint in mir vorgegangen zu sein, als es mich drängt, Nona zu erzählen, daß ich um eine bessere Lebensmittelkarte einkommen könnte. Kaum habe ich es ausgesprochen, da drängt die praktische Nona, ich möge mich um die bessere Lebensmittelkarte bemühen. Das dürfe mir nicht peinlich sein. Ich müsse an die Kinder denken. Die Kinder – ja, damit trifft sie, was man mir nachsagt, ich bin ein schlechter Vater, ich bin es wohl wirklich, und was ich von mir nicht erwartet hätte, ich gehe nach Grodk, versuchsweise, wie ich mir einrede, und tue es auch Nonas

271

wegen. Wenn ich die bewußte Lebensmittelkarte kriege, wird sie sicherer sein, daß ich mir nicht nur einbilde, ein Schriftsteller zu sein.

Referent Persipan, der bestimmt, ob jemandes Intelligenz ausreicht, höhere Lebensmittelrationen zu beanspruchen, sitzt nicht auf dem Landrats-Amt. Er wohnt im Obergeschoß der Stadtapotheke, der altehrwürdigen Stadtapotheke, wie sie ihr Besitzer Conrad Rübe nannte, wenn er im *Spremberger Anzeiger* inserierte. Die Apotheke gehört zu den wenigen Häusern, die in der Langen Straße stehengeblieben sind. Es war, als hätten die Medikamente dieses Haus gegen den Krieg immunisiert. Als *hocher* Schüler holte ich aus der Stadtapotheke Capsikumpflaster für die alte Pobloschen, Kopfschmerzenpulver für meine Mutter oder den bitteren Tee aus Isländischem Moos für meinen Großvater. Damals lernte ich nur den Ladenraum der Apotheke kennen, und der Mischgeruch aus tausend Medikamenten, der sich darin aufhielt, war wie der Duft einer guten Suppe, von der ich gern gekostet hätte.

Nun gehe ich ins Apothekerhaus und stelle fest, daß Holz und Mörtel des alten Hauses ebenso vom Geruch *guter Suppe* durchdrungen sind wie der Ladenraum. Ich steige auf der säuberlich gescheuerten Holztreppe in den oberen Stock und rupfe an dem altmodischen Klingelzug neben der Persipanschen Wohnungstür. Eine freundliche Frau mit straff nach hinten gekämmtem schwarzem Haar öffnet. Ihr Gesicht wirkt südländisch. Sie führt mich in ein Zimmer mit schräger Decke. Ihr Gatte, sagt die Frau, wird gleich erscheinen.

Über dem Schreibtisch hängt ein Farbdruck der *Sonnenblumen* von van Gogh. Die *Betenden Hände* von Dürer, die sonst in so Wohnungen in der Nähe dieser *Sonnenblumen* zu finden sind, fehlen. Aus einem Raum mit schräger Decke, aus einer Dachkammer also, kommt Referent Persipan. Er trägt eine weiße Jacke, die umgeänderte Festuniform eines Offiziers, aber seine Gebärden sind priesterlich. Er stellt sich mir vor, reicht mir die Hand und paßt sich in den Schreibtischsessel ein. Ich sehe in das Gesicht von Heinrich

Rübe, dem zweiten Sohn des Apothekers, den ich von der *hochen Schule* her kenne. Er ging eine Klasse ober mir und gehörte dort zu den Rüpelschülern. Ich entsinne mich, daß er und seine Kumpane einmal ihr Wasser öffentlich am Zeitungskiosk abschlugen und wie sie ein anderes Mal die Hausschwelle des Superintendenten beschössen. Vor Strafen waren sie durch das Ansehen ihrer Väter geschützt. Studenten-Ulk – haben wir auch gemacht, hieß es.

Heinrich Rübe kennt mich nicht. Es war auf der *hochen Schule* Ehrensache, daß Schüler höherer Klassen Schüler der unteren Klassen ignorierten. Rübe holt einen Schnellhefter hervor, schlägt ihn auf, räuspert sich, liest, sieht mich mit übernormal aufgerissenen Augen an: Sie sind Schriftsteller, wird mir gemeldet. Er mustert mich unverschämt und räuspert sich wieder: Was haben Sie veröffentlicht?

Noch nichts, sage ich.

Was schreiben Sie, Prosa, Gedichte? fragt er.

Ich hoffe, einen Roman, sage ich

In der Spur welchen Vorgängers? fragt er.

Nach Möglichkeit in keiner, sage ich.

Wir haben doch alle unsere Paten, sagt er.

Frage und Antwort, und mit eins will Rübe wissen, ob ich etwas mit Rilke anfangen kann, mit dessen *Cornet* zum Beispiel.

Auf seinen *Cornet* war Rilke später nicht gerade stolz, sage ich.

Nebenan, in der Küche der Persipanschen Wohnung, klirrt ein Topfdeckel zu Boden. Frau Persipan schimpft. Ein Kind quengelt, plärrt lauter. Es will den Bauern-Onkel sehen.

Referent Persipan springt auf, geht nach nebenan in die Küche, weist die Familie mit einem widrigen Zischen zurecht, kommt zurück, paßt sich in den Sessel ein und sagt: Nehmen Sie es sich zu Herzen, ein Dichter sollte nicht ehelichen! Er entschuldigt sich für die Störung und fährt fort, sich mit meiner Intelligenz zu beschäftigen. Welches Werk von Rilke konveniert Ihnen? fragt er und ist bemüht, sein Licht nicht gerade unter dem bewußten Scheffel leuchten zu lassen.

Die *Duineser Elegien*, sage ich.

Er schluckt, hört auf, mich zu examinieren, starrt in seine Papiere, als befände sich darin eine Meßleiste für Intelligenzgrade, und sagt: Die bessere Lebensmittelkarte steht Ihnen natürlich zu, keine Frage.

Bis heute blieb mir erstaunlich, daß mir damals Rilkes *Duineser Elegien* zu etwas mehr Nährmitteln und Margarine verhalfen.

Und damit ist der Augenblick gekommen, in dem mir Persipan gesteht, daß auch er Schriftsteller, sogar Dichter sei, daß er von Rilke herkomme, sich aber nun den fortschrittlichen Leuten in der Lyrik, den Surrealisten, angeschlossen hätte. Ob ich mich schon mit dem Surrealismus vertraut gemacht habe.

Ich lasse heraus, daß ich die Verschlüsselungen der Surrealisten nicht verstehe. Mit diesem Eingeständnis wecke ich den Sektierer und Verkünder in Persipan. Er sei schon in den letzten Jahren seiner Schulzeit Dichter gewesen, aber damals habe er sich in dadaistischer Richtung bewegt. In der amerikanischen Kriegsgefangenschaft, die er wie mein Bruder Heinjak in Italien verbrachte, habe er mit einigen fixen Jungen eine Lagerzeitung herausgegeben und eine Vielzahl surrealistischer Gedichte veröffentlicht. Der Beifall der Kameraden sei ihm zugeflogen. Persipan redet sich in die Höhe und erklärt sich bereit, auch mir, wenn es mir recht sei, in Sachen Surrealismus ein Licht aufzustecken.

In diesem Augenblick befällt mich die Lust, ihn zu deppen. Heißen Sie nicht Heinrich Rübe, frage ich, und sind wir nicht auf dieselbe Schule gegangen?

Ich fürchte, er reißt sich vor Überraschung die Ecken seiner Lider wund. Ich – ich erinnere mich nicht, stottert er.

Du warst Obersekundaner, sage ich, und ich war Untersekundaner und für dich eine ungeräucherte Wurst, als mir die Sache mit Doktor Apfelkorn unterlief.

Persipan springt auf: Du warst das, der dem Apfelkorn eine Schelle an den Kopf schmiß? Aber du mußt gleich danach verschwunden sein, wir fanden dich nicht, als wir dich auf dem Schulhof suchten.

Sollte ich vielleicht warten, bis sie meinen Rausschmiß schriftlich formuliert hatten?

Persipan brummelt wie ein decklüsterner Hengst und verschwindet in der Dachkammer nebenan.

Er hatte recht, der Persipan. Ich blieb damals nach der Affäre Apfelkorn verschwunden. Für euch, weil ich euch noch nichts von der Zeit nach dem Abgang von der *hochen Schule* erzählte, für meine damaligen Mitschüler aus anderen Gründen. Ich lebte noch ein Jahr lang unter ihnen, aber sie sahen mich nicht, denn ich lief getarnt in der Stadt umher, und denen, die mich sahen, verbot vielleicht ihr Dünkel, mich zu sehen.

Einen Tag nach meinem gewalttätigen Abgang von der Schule band ich mir eine Bäckerschürze um und erschien morgens zeitig in der Backstube. Daß ich Bäcker werden wollte, hatte ich den Eltern schon um die Michaeli-Zeit verkündet, als sich in meinem Zeugnis die Zahlen tummelten, die man Vieren, und aus der Mathematik ins Deutsche übersetzt, *mangelhaft* nennt, aber auf Frühling zu wäre eine Versetzung möglich gewesen. Ihr wißt, aus welchem Grunde sich meine Leistungen verbessert hatten und daß ich sehr wohl hätte in die Klasse, die sich Obersekunda nannte, hineinschwimmen können. Aber dann hatte ich mich mit dieser Ohrfeige in die alte Lage hineinmanövriert und hätte, selbst wenn in meinem Zeugnis lauter Einsen umhergetanzt wären, abgehen müssen, und daß ich abging, bevor das Schuljahr zu Ende war, vertuschelte ich daheim und verhielt mich wie einer, den die Vernunft gepackt hat: Was sollte ich da, ließ ich verlauten, wenn ich sowieso abgehen würde, noch täglich auf der *hochen Schule* meinen Klappsitz herunterdrücken und Arbeitszeit vertun, die daheim gebraucht würde! Es dauerte lange, bis meine Eltern erfuhren, auf welche Weise, weiß ich bis heute nicht, weshalb ich einen solchen Backstubenfleiß entwickelte.

In wenigen Tagen übernahm ich die Brotbäckerei. Der Vater konnte auf den Feldern scharwerken, konnte sich an vier Tagen der Woche seinen Traum erfüllen und Bauer sein. Am Wochenende arbeiteten wir zusammen, backten außer Brot auch Semmeln und sogenannte Süßwaren.

Über meine Brotbäckerei muß sich niemand wundern. Alle Matt-Kinder, wie sie gewachsen sind, selbst meine Schwester und mein jüngster Bruder Frede, sind ausgebildete Brotbäcker. Zuweilen stand sogar meine Mutter in der Backstube. Das geschah nach Familienkrächen, in denen mein Vater, wenn er morgens nicht aus dem Bett wollte, aller Welt die Schuld zuschob, daß er ewig und immerzu backen und backen müsse. Die Mutter, die besorgt um ihren Laden war und fürchtete, daß da kein Brot im Regal sein würde, zankte mit ihm. Die Dialoge der beiden gingen durch meine Kindheit wie ein *en suite* gespieltes Theaterstück: Stell du dir moal in Loaden, die Leite wolln Brot, und du hast keens! so die Mutter.

Steh du moal in die Backstube, knete und wirke und Oabend is nischt mehr zu sehne davon. Das Brot kann noch so scheene ausm Ofen kumm, es wird gefressen, so der Vater.

Die Mutter, die morgens nicht weniger gern liegenblieb als der Vater, mußte heraus und sich *einloofen*, wie sie das Gangbarmachen ihrer Füße nannte, mußte die Steintreppen in die Backstube hinunter und in die Fußgrube vor dem Back-Ofen steigen, und wenn sie dort (vielleicht nur zum Scheine) anfing, in den Kohlen herumzukratzen, fühlte sich mein Vater gedrungen, genötigt, vergewaltigt – und brannte seine Hölle an.

Eine Weile später stand die Mutter, ein kariertes Küchen-Wischtuch übers Haar gebunden, an der Backbeute, beteiligte sich am Brotaufwirken, und wir Kinder schlichen befremdet durch die Backstube auf den Hof. Noch waren wir nicht ins Brotherstellen einbezogen, aber wir witterten den Hauskrach, er färbte die Gesichter der Eltern ein.

Zurück zu der Zeit nach meinem Abgang von der *hochen Schule*: Die Nachmittage waren mein. Ich eignete sie mir an, las die Bücherserie, Romane der Weltliteratur genannt, Scott, Manzoni, Balzac, und schrieb selber. Wann schrieb ich nicht? Zum Schluß immer wieder unzufrieden mit dem, was ich geschrieben hatte. Ein Seitenausflug in die Welt Gerhart Hauptmanns verführte mich, ähnlich wie der seine Figuren im schlesischen Dialekt sprechen ließ, meine Leute im Bossdomer Ponaschemu reden zu lassen. Nicht lange, und ich fürchtete, meine imaginären Leser könnten sagen: Das soll Kunst sein? Den seine Leite quatschen ja wie wir?

An den Sonntagen durchwilderte ich mit den Dorfburschen die Tanzmusiken in der Umgebung, schrieb Liebesbriefe mit gewählten Worten an Glasmacher- und Bauernmädchen und wurde von deren prosaischen Gegenbriefen abgekühlt.

Eigentlich gefiel mir das Leben, so wie es sich mir darbot, aber es blieb nicht so, es konnte nicht so bleiben. Der Vater wurde unzufrieden, weil ich mich nicht auf den Feldern sehen ließ. Er arbeitete dort zwar gern, aber litt dabei an Einsamkeit. Auch da hatte die Mutter vorzusorgen, daß er nicht zu zeitig vom Felde kam und seine schlechte Laune ausfliegen ließ. Geh moal bissel Papan bei die Stange halten! hieß es. Ich weiß von keinem Mal, daß ich es gern tat. Es war nicht so, daß wir auf den Vater einschwätzen mußten, aber es tat ihm gut, wenn ihm wer bei der Arbeit zusah. Was da in ihm vorging, weiß ich bis heute nicht. Er zog mit dem Pflug Furche um Furche durchs Feld. Man hatte mit ihm mitzulaufen, und jedes Mal am Ende der Furche, sagte er tä! und nickte einem zu. Und tä, das war das Ende des Wortes siehstä!

Jedenfalls gefiel es dem Vater nicht, daß ich in den Büchern rumrüsselte, statt mit ihm aufs Feld zu gehen. Aber dann war noch etwas anderes. Ich habs erzählend schon angetippt: Mein Vater war kein Meister, er durfte keine Lehrlinge ausbilden. Nein nein, ich sollte schon *richtig* Bäcker lernen, meine Gesellenprüfung machen, vor allem auch *Feinkram* backen lernen und mir das Tortenmachen angewöhnen.

Mein Vater kam aus der Innungsversammlung und sagte zur Mutter, als spräche er von einem Bullenkalb, das zum Schlachten hinaus sollte: Zu Jurkatzen wern wa ihn geben, doa wird er was mitkriegen. Jurkatzen sein eener Sohn woar

277

goar in Dresden zum Torten-Machen-Lernen. So wirds gemacht und andersch gehts nich! Das war damals ein Satz aus dem Repertoire der Neuheitenverkäufer auf den Jahrmärkten.

Bäckermeister Adolf Jurkatz betrieb sein Geschäft in der Vorstadt von Grodk. Mein Vater führte mich dort persönlich vor. Das war mir peinlich. Jurkatz war ein waschechter Sorbe. Sein Rücken hatte sich wie ein Draht in der ewigen Wärme vor dem Back-Ofen gekrümmt. Er mühte sich, in das Reich der deutschen Sprache einzudringen, wurde aber immer wieder ins halbsorbische Ponaschemu zurückgeschlagen. Dieses ist ein moderner Dampf-Backofen mit zwee Mundlöchers, erklärte er, und zeigte uns seinen Betrieb.

Jurkatz nannte sein Geschäft Dampfbäckerei mit elektrischem Antrieb. Fünf Gehilfen quirlten in der Backstube umher, zwei Söhne und ein Neffe des Meisters, ein zugereister Konditor und ich. Wir nannten einander Karle, jeder nannte jeden Karle, auch ich wurde zum Karle. Es wäre eine Backstubenbestimmung, hieß es.

Die zugereisten Konditoren wechselten oder wurden gewechselt. Meister Jurkatz war drauf aus, ihnen ihre Spezialitäten zu entlocken. Wenn sich herausstellte, daß einer nichts produzierte, was den Feinkram des in Dresden ausgebildeten Hauptsohnes übertraf, wurde er hinausgeekelt, damit man einen neuen einstellen konnte. Zu meiner Zeit brachte man dem reisigen Konditor Quitschau bei, daß er nicht lieferte, was man von ihm erwartete. Der Meister ließ ihn so lange als Bäcker arbeiten, bis der sich beschwerte: Dazu bin ich nicht *hier* gekommen. Er kündigte. Es wurde ein nächster Konditor eingestellt, der hieß Carlsen, war weit gereist und war Karamel-Spezialist. Er fertigte Tafelaufsätze, sogar kleine Liebeslauben mit Gerank an, die reinsten Lampreten. Meister Jurkatz konnte die Festtafeln *höcherer* Kunden damit ausschmücken und war wieder einmal vorn dran.

Vor dem Backofen arbeitete Meister Jurkatz vom grauen Morgen bis zum Mittag persönlich. Am Nachmittag löste ihn sein Sohn Nummer eins ab. Die Gehilfen trugen weiße

Bäckermützen, hohe und flache. Ich trug eine flache und kam mir vor wie ein Maskierter. Der Meister trug ein Stirnband, wie es heutzutage Jugendliche tragen, die ihr *Anderssein* bezeugen wollen. Die Enden des Meister-Stirnbandes flatterten, von der Backofen-Hitze angeregt, wie die Bänder einer Matrosenmütze bei Windstärke zwei. Die Hakennase jedoch verschaffte dem Meister das Aussehen eines Schaubuden-Indianers.

Beim Beschicken des Backofens tarnte der Meister seine Atemnot mit einem unaufhörlichen Zischen. Beweg dir, Karle, der Zischer kommt, riefen die Gesellen einander zu, wenn der Meister sich näherte. Mir mit meiner *Empfindlichkeit uff die Wörter* verschafften die Versuche des Meisters, *scheene deitsch* zu reden, eine stille Belustigung, besonders, wenn er Frauen vornehm begrüßte, die ihre Kuchen zum Abbacken brachten: Gun Täch, gun Täch, Frau Jakubeiten, häm se wieder scheene Pullewanne äuf ihrem Kuchen?

Jeweils zum Sonnabend kam Meyers Maxe zur Aushilfe. Maxe sah aus wie ein altgewordener Ringkämpfer, kurz geschorener Kugelkopf, Gold auf den Oberzähnen, Gold auf den Unterzähnen, zusammen etwa ein Viertelpfund, schwerhörig und deshalb laut. Maxe brachte Leben in die Bude. Zu Kaisers Zeiten war er der erste und reichste *Dampfbäcker* in Grodk. Aber er hat alles durchgebracht, hieß es. Der erste Handwerker der Stadt, der ein Auto besaß. Einmal fuhr er nach England. Wenn er nicht von selber lautstark auf diese Reise zu prahlen kam, wurde er von den Gesellen dazu aufgefordert: Herr Meyer, wie wars in Sushampton? Maxe war nicht zufrieden mit der Aussprache: Saushämton heeßt das, Saushämpton – wie sausen, nich woahr nich. Alles vuller Heiser und Stroaßen in Saushämton, alle Stroaßen länker wie die Dresdener Stroaße in Grodk, tausend Bäckereien und keen gescheides Brot!

Mein Vater hatte bei Meyers Maxen gelernt. Die Geschichten, die der Vater von ihm erzählte, handelten von Freudenhäusern, nacklichten Huren mit Strumpfhaltern, Hippodromen, Spielverlusten, tollkühnen Motorradtouren. Sie waren mir so geläufig wie Grimms Märchen. Eines Tages entdeckte Maxe mich: Was, du bist Heinrichen seiner? Er wollte wissen, ob mein Vater noch immer ein Rüpel wäre. Was sollte ich sagen? Ich wußte, mein Vater hatte Max mit einer Eisenstange bedroht, als der ihn im letzten Lehrjahr *verjacken* wollte. Alsdann wollte Maxe wissen, ob mein Vater seinen Ratschlag befolgt hätte, stets das beste Kaiserauszugsmehl für Semmeln und Weißgebäcke zu verwenden. Wenn nich, macht er pleite, behauptete Maxe und stieß mit der Zunge gegen seine Goldzähne. Ein Pleitegänger warnte vor dem Pleitegehen. Die Gesellen lachten.

Max wollte auch an meiner Ausbildung teilhaben. Das gibts nich zweemool: Vater und Sohn beim selben Meister in der Lehre! Ich mußte neben dem Pleitemeister in der engen Fußgrube stehen und zusehen, wie er Semmeln einschoß. Ein Fest für die Backstubenmannschaft! Jedesmal, wenn er die Semmeln im Ofen von der Schoße kippte, rief er: Ahoi, Pudelscheuße! und verrenkte sich wie ein Kegelbruder, der da meint, mit seinen tarierenden Bewegungen den Lauf der Kugel beeinflussen zu können.

Und als ich von ihm gelernt hatte, die Semmeln mit dem bewußten Kampfruf Reihe bei Reihe im Ofen unterzubringen, nahm er mir wie einst dem Vater das Versprechen ab, später als selbständiger Meister nur Kaiserauszugsmehl für Weißwaren zu verwenden. Ach, es kam nie dazu: weder mit dem Kaiser noch mit dessen Auszugsmehl hatte ich etwas im Sinn.

Zwar war mein Vater einigermaßen zufrieden, daß ich nun regelrecht Bäcker lernte, aber dann und wann ließ er doch heraus, daß ich ganz umsonst auf der *hochen Schule* gehockt hätte. Ich versprach deshalb, meine Lehre abzuschließen und dann auf Gewerbelehrer hin zu studieren. Das nahm meinen Vater ein, und er sagte seinem Kollegen Jurkatz: Nich daß de denkst, der will bloß Teegaffe wern, er will uff Gewerbelehrer machen. Das verfing auch bei Meister Jurkatz. Der Gedanke, Lehrherr eines künftigen Gewerbelehrers zu sein, hob ihn an.

In der Georgenbergsiedlung wohnte der für die Bäckerlehrlinge zuständige Gewerbelehrer. Eines Nachmittags sagte

Jurkatz: Zieh dir bissel scheene an, wir machen zum Gewerbelehrer hin. Ich wußte nicht, ob es peinlich oder belustigend für mich sein sollte. Es war nicht mein Traum, lebenslang Bäcker, aber auch nicht Backtheoretiker für immer zu werden.

Meister Jurkatz bat den Gewerbelehrer, mir zu sagen, wie und wo es lang geht. Gewerbelehrer Münow empfahl, ich möge mich schon immer mit den Lebensgewohnheiten von Milch- und Essigsäurebakterien befassen. Meister und Gewerbelehrer meinten, mich auszuzeichnen, weil sie sich bemühten, mit mir wie mit einem reifen Menschen zu sprechen, während ich mit mir unzufrieden war, weil ich die beiden nicht ernst nehmen konnte.

Ich fuhr auf dem Fahrrad mit einer Semmelkiepe auf dem Buckel durch die Straßen und tat das, was eines Bäckerlehrlings war, hängte Brötchenbeutel an die Klinken von Haustüren, doch für meine ehemaligen Mitschüler, die mit ihren Albernheiten, Dünkeln und Poussagen zu tun hatten, war ich wie die Milchfrau und der Leinöl-Mann Straßenzubehör. Es machte mir nichts aus. Ich gaukelte mir vor, bis meine ehemaligen Mitschüler ausstudiert hätten, wäre ich längst auf und davon und hätte dies und das von der Welt gesehen. Doch eines Morgens kam mir auf der Forster Brücke Ilonka Spadi entgegen. Keine Möglichkeit, noch umzukehren oder mich zu verstecken. Weder Doktor Apfelkorn noch jener gelackte Gastwirtssohn waren bei ihr. Sie war allein, wirkte versonnen, wenn nicht bekümmert, sah mich nicht, nicht den kleinsten Knopf meiner Bäckerjacke. Nach dieser Begegnung schüttelte ich mir die Tränen ab.

Ich hatte mir vorgenommen auszuhalten, meine Lehrlingszeit durchzustehen und für die Eltern ein *gelungener* Sohn zu sein. Was aber kann der Mensch mit seinem Willen? Wenn er nicht unbeabsichtigt gut ist, vorsätzlich gelingt es ihm nicht. Erst im Alter wurde ich gewahr, wie das kosmische Leben, an dem ich teilhabe, sich gegen meinen Willen durchsetzte, so stark der sich auch gebärden mochte.

Aber weg von Spekulation und Philosophie! Sehen wir uns an, wie es mit mir weiterging: Bäckerlehrlinge wurden

um jene Zeit belastet und in Bewegung gehalten wie dünn-
beinige orientalische Esel. Morgens um vier Uhr hoch, bis
fünf Uhr nachmittags ohne Mittagspause traben. Abends
um sieben Uhr schon wieder Sauerteig anfrischen, Vollsauer
und Hefestück machen, Vorbereitungen für den nächsten
Backtag. Schlafen zu viert in einer dumpfen Bodenstube.
Keine Möglichkeit, mit sich allein zu sein, kein Stündchen,
um ein Buch zu lesen, man wurde vom Geschwätz der
Gehilfen gestört, oder man schlief übermüdet ein. Nur ein
dreiviertel Sonntag gehörte einem. Ich fuhr mit dem Motorrad nach Hause, ließ mich von der Mutter mit etwas
Extraschem befüttern, von der Anderthalbmeter-Großmutter
bedauern, sah die alten Dorffreunde nur noch selten und
wurde ihnen fremd. Wärschte lieber bei uns in die Glashütte
gekumm, hieß es.

Um sieben Uhr abends wieder in der Lehrstelle, wieder
Vollsauer und Hefestück machen. Wie gut hatten es die Lehrlinge der Fleischer! Sie hatten den ganzen Sonntag für sich.

In der Nacht eines so dürftigen Sonntags erwachte ich
vom Geknatter meines Motorrades. Sein Motorengeräusch
war wie ein Muster in mir eingelagert. Ich sprang hemdig
zum Fenster. Unten auf der trüb erleuchteten Steilstraße,
dem Slamener Berg, tummelten sich Leute, betrunkene Kerle, juchzende Weiber, zwischen ihnen der Hauptsohn des
Meisters auf meinem ratternden Motorrad, das er im Stand
bis zum Vollgas hinauftrieb. Kronsohn Jurkatz hatte sich
mein Motorrad ausgeliehen, wie er später behauptete, und
spielte sich vor seinen Kumpanen und den kreischenden
Frauen auf, fuhr schließlich gröhlend den Berg hinunter,
kam gröhlend zurück, fuhr trunken in Schlangenlinien bergan, stürzte beim Wenden, und das Motorrad raste liegend
im Leerlauf. Zwei Kumpel rannten zu Hilfe, würgten den
Motor ab und stellten den *heldischen* Meistersohn auf die
Beine.

Eine Fußraste abgebrochen, die Scheinwerferscheibe zer-
splittert, eine Beule im Tank, so stand mein Motorrad am
nächsten Morgen im Stall. Ich stellte den Meisterssohn zur
Rede. Er versuchte zu leugnen, nannte mich einen grün-

schnäbeligen Lehrling, der das Maul zu halten habe, und allerlei so Gerede, das einer von sich gibt, der meint, über die Macht zu verfügen, Unrecht zu Recht umzupressen. Schließlich machte er Miene, mich zu ohrfeigen. Aber da brach mein Jähzorn hervor wie ein Hund, der seine Kette zerreißt. Ich packte ein Semmeltrögel und hieb dreimal zu. Meister Jurkatz kam angezischt, und noch ehe ihm erklärt werden konnte, was vorgefallen war, machte ich mich auf und trabte dreizehn Kilometer durch die Wälder nach Hause.

Später hieß es, ich hätte mein Leben zweimal hintereinander durch Gewalttätigkeiten *verpfuscht*. Für mich aber hat, von heute her gesehen, mein Leben den jähen Zorn benutzt, mich nach dort zu bringen, wohin es mich haben wollte. Woar richtig, daß de dir nich hast verbackpfeifen lassen, sagte mein Vater. Ich hatte Jähzorn von seinem Jähzorn in mir, er schien stolz zu sein, daß er mir ein Quant davon vererbt hatte.

Nun war ich wieder daheim, arbeitete wieder in der Backstube, entwickelte sogar eine kleine Dankbarkeit gegen den Vater, der meinen Jähzornausbruch gutgeheißen hatte. Ich versuchte, das Brotgeschäft zu erweitern, fuhrwerkte mit dem Planwagen in andere Dörfer, half dem Vater mit weniger Widerwillen auf den Feldern und versuchte wieder willentlich ein *gelungener* Sohn zu sein, was dazu führte, daß ich mich nach kurzer Zeit wieder gedrungen fühlte auszubrechen.

Ein Inserat in der Bäckerzeitung vermittelte meinen *Absprung*. Ein Bäcker- und Konditormeister in einem Bade-Ort an der Elbe suchte einen Volontär. Ich bewarb mich. Der Meister schrieb zurück. Es imponierte mir, daß er mich siezte und damit den grünschnäbeligen Lehrling, zu dem mich der Jurkatzsohn gemacht hatte, auslöschte. Ich versicherte dem Meister, daß ich imstande wäre, auf der Stelle und an jedem Tag, den er vorschlagen würde, meine Prüfung als Bäckergeselle abzulegen, daß ich fast vorgeburtlich Bäcker wäre und es schon während meiner Schulzeit mit jedem Bäckergesellen hätte aufnehmen können. Ich nahm das Maul voll. Das Leben schubste mich.

Der Meister schrieb unengherzig, ich möge sogleich mit Sack und Pack, zumindest mit einem eigenen Deckbett kommen. Er wäre Obermeister der dortigen Bäckerinnung und könnte mir bei entsprechenden Leistungen nach einem Jahr Lehrzeit in seinem Betrieb zu einem Gesellenbrief verhelfen. Mit besten Grüßen bis zum Eintreffen undsoweiter, undsoweiter.

Mit diesem Einsprengsel in die Erlebnisse meiner Nachkriegszeit glaube ich dem Referenten Persipan, meinem Intelligenzüberprüfer, aber auch anderen Leuten, die danach fragten, hinlänglich erklärt zu haben, wo ich denn geblieben wäre, nachdem ich einem gewissen Doktor Apfelkorn aus eifersuchtgespicktem Jähzorn eine Ohrfeige hinhieb. Ich erzählte das in einem Anfall von Mitteilungsdrang einem Schriftsteller, der nichts Eiligeres zu tun hatte, als aus meinem Bericht eine Geschichte zu schneidern, die er *Die blaue Nachtigall* betitelte. Anderes, was ich diesem Schriftsteller aus meinem Leben erzählte, ließ er zu weiteren Erzählungen gerinnen, die er *Nachtigallgeschichten* nannte, und später machte er aus meinen Berichten einige Romane, und nur wenige Ereignisse, mit denen mein Leben gespickt war, sind unerwähnt geblieben.

Persipan kommt mit einer Flasche Schnaps aus der Dachkammer gekrochen. Verspätete Heldenehrung, sagt er. Apothekerschnaps! Hausmacher-Art. Wir stoßen miteinander an.

Und dann trinken sie und reden sie, der Dichter Peter Persipan und der Schriftsteller Esau Matt. Beide sind sie nur in ihrer Phantasie, was sie zu sein vorgeben. Beide haben noch nicht vor dem Gericht der Leser gestanden. Ein nüchterner Mensch muß sie *Traumtänzer* nennen; diesen Begriff gibt es um diese Zeit noch nicht, doch sie träumten und tanzten.

Halb betrunken verlasse ich die Apotheke mit der Erlaubnis, meine Intelligenz ein bißchen besser füttern zu können.

Nun aber wirds Zeit, zu erzählen, wie ich meinem Alt-
freund Kurte Schimang zum Gefallen umherging und in
den Dörfern seines Amtsbezirks das Leben der Leute in die
Spalten von Fragebögen preßte.

In welcher Dienststelle die Fragen ausgeklügelt wurden,
weiß ich nicht, die Fragen nach Vor- und Familiennamen,
nach Geburtstagen und Geburtsorten bilden übrigens nur
eine kleine Parte. Umfangreicher wird nach der Art der
Schulen gefragt, die die Leute besuchten, ob sie allein oder
zu zweit in einem Bett schlafen, ob sie ihre Zähne bürsten,
Zeitungen, gar Bücher lesen, ob sie jetzt oder früher Ungeziefer im Haar oder in der Kleidung beherbergten, sich
mit einem Taschentuch schnäuzen und dergleichen mehr
und mehr.

Du wirscht dir Lause in den Pelz setzen, wenn du die
Leite so genau ausfroagst, sagt mein Vater, Schimangs Kurte
wisse wohl, weshalb er das nicht selber mache.

Fremde Namen haben sich zwischen die Namen der
Alteingesessenen geschoben: Dreißigacker, Kaludrigkeit, Pe-
luschka und andere. Manche können nicht nachweisen,
daß sie so heißen, wie sie sich nennen. Ihre Ausweispapiere
sind ihnen auf der Flucht abhanden gekommen; andere
haben ihre Ausweise aus Gründen, die sie nur selber kennen,
vernichtet. Es wird mehr als ein Zeitchen mit Suchen,
Anfragen und Umfragen vergehen, bis einige die sind, die
sie zu sein vorgeben.

Ureinwohner wie Babka Schätzikan und Großvater sind
gestorben, andere haben sich umgebracht, einige Männer
gelten als vermißt, von anderen weiß man, daß sie noch
in Kriegsgefangenschaft sind und wiederkommen werden,
wenns Glicke gut is.

So sieht es im Dorfe aus, als ich mit meinen Fragebögen
losziehe. Ich befrage zuerst den Lehrer, einen Umsiedler,
werde höflich bei ihm vorstellig und eben – ich befrage ihn.

Er trägt ein Jägerhütchen mit einer Spielhahnfeder. Die
Enden seines Oberlippenbartes sind angezwirbelt. Er scheint
sein Aussehen nach einer Fotografie von Hermann Löns
hergerichtet zu haben, gestylt, wie es später heißen wird,

wenn unsere Sprache mit Amerikanismen durchsetzt ist. Der Lehrer nennt sich Kotzur, wirkt nervös, ist um fünfzig Jahre alt und schwitzt. Wer verlangt zu wissen, was Sie mich da fragen? Ich sei vom Amtsvorsteher geschickt, und der habe die Fragen vom Landrats-Amt, erkläre ich.

Da will er wissen, wer die vom Landrats-Amt beauftragt hat, mich herumzuschicken.

Es droht ein Beamter aus mir herauszuwachsen, der sagen möchte: Die Fragen stelle ich, nicht Sie. Ich halt mich aber zurück, bleibe unamtlich, auch als ich Kotzur fragen muß, welcher Partei er vor dem Kriege angehört habe.

Es wird doch nicht der Russe, sagt er, hinter Ihren Fragebögen hocken? Ich weiß es nicht und antworte nicht. Er rückt ab von mir, tut sogar einen Schritt zurück, als ich ihn fragen muß, wie es um seine schriftlichen Fähigkeiten bestellt sei.

Sie wissen, daß ich Lehrer bin. Auf seinem Gesicht breitet sich Feindseligkeit aus. Notieren Sie, sagt er, kann mehr schreiben als seinen Namen!

Unbeleidigt erkundige ich mich nach seinem Ausbildungsgang. Lehrer-Universität, sagt er.

Nun frage ich doch höflich zurück: Müßten Sie da nicht Studienrat sein? Freilich sei er Studienrat, sagt er, aber er sei in Aussicht auf bessere Ernährung zunächst aufs Land gegangen.

Es fällt mir schwer, ihn zu fragen, ob er ein Taschentuch benutzt, ob er allein oder zu zweit in einem Bett schläft und ob er je mit Ungeziefer behaftet war. Die Fragen sind mir selber peinlich, aber Kurte Schimang, der seine Freundschaft zu mir erneuerte, erwartet, wie ich ihn kenne, Konsequenz von mir. Freundschaftsdienst und Pflichtgefühl liegen dicht beieinander. Kotzur lächelt ironisch. Er antwortet nicht mehr. Wir gehen, je mit der Andeutung einer Verbeugung, auseinander. Einige Wochen später erfahre ich, daß ich hätte mißtrauischer gegen diesen Kotzur sein dürfen.

Nicht alle Umgesiedelten aus Ostpreußen, Schlesien, Böhmen und der Bukowina werden auf einen Plauz seßhaft. Ganze Umsiedlergruppen ziehen gleich Vogelschwärmen umher. Wenn Stare oder Erlzeisige in ein Gebüsch einfallen, setzen sich einzelne Tiere aus dem Schwarm zuweilen auf abseitige Zweige, ähnlich lösen sich einzelne Umgesiedelte von ihrer Gruppe und suchen in einem anderen Dorf zur Ruhe zu kommen, vielleicht, weil ihnen dort der Mond besser gefällt. Ein so unruhiger Umsiedler-Vogel kommt nach Bossdom, sieht sich dort nach einem Sitzplatz um, der Grubenschnaps gefällt ihm, und eines Tages, als er reichlich davon getrunken hat, wird er laberich, redselig und lallt: Ich mecht ock wissen, wers gloobt, daß eier Lehrer hier an Lehrer is. Der Mann habe in Grünstadt einen Papier- und Schreibwarenladen betrieben und habe dort Kolzog, nicht Kotzur geheißen. Das nahm ich uff mein Eid nahm ich das! Der Mann tut sich dick und schwillt an wie ein Verkünder. Sein Gesage macht im Nu die Runde.

Gerücht oder Gehässigkeit, wir werden es untersuchen müssen, sagt Engelbert Weinrich. Tags drauf ist der Mann, der sich für einen Lehrer ausgab, verschwunden. Zu seinem Nachbarn habe er gesagt: Ich mach ock rieber ieber die Elbe, hier wird an dichtiger Lehrer ni geschätzt.

Meine Arbeit als Abfrager wird zu einem Abenteuer. Jedes Haus und jede Familie ein kleiner Kosmos! Meine Geruchs- empfindlichkeit macht den Wechsel von Haus- und Fami- liengerüchen zur Strapaze. Im Keller eines Hauses ist ein Faß Essig leck geworden. Die Balkos haben es im Chaus- seegraben gefunden, als sie von der *Flucht* kamen. Der Nach- krieg verleiht allen Dingen Überwerte.

In einer anderen Familie hat Kuhstallgeruch die Ober- hand. Kossät Paulo hat seine Kuh im Wohnhaus eingestallt, weil er fürchtet, sie könnte ihm von immer noch umher- ziehenden Banditen geraubt werden.

Bei den Kucherkas übertüncht Uringestank alle anderen Gerüche. Die gelähmte Großmutter kann nicht mehr zu Miste und verrichtet ihre Notdurft auf einem Eimer in der Kammer. Hier Zwiebel- und dort Knoblauchgeruch, Sauer- kraut und Pfefferminz, und wenn es nach Kaffee oder Kakao duftet, hat jemand aus dem Hause eine Hamstertour über die Elbe hinaus hinter sich.

Mein Gott, was du alles wissen willst! kann es heißen. Wie soll ich mir erinnern, wenn ich die ersten Zähne verlorn hoabe.

Datum des ersten Zahnwechsels unbekannt, schreibe ich ein. Zur Frage nach überstandenen Geschlechtskrankheiten sagt Kossät Kuppko: Das will ich mit dir alleene bereden. Er geht mit mir auf den Hof. Vorichten Krieg, sagt er, hoab ich mir, wer ich dir soagen, in Frankreich was Venerisches geholt und das von eener, von die ichs nich gedacht hätte. So, nu weeste, sagt er, aber wenns meine Frau erfährt, soll dir der Deibel holen!

Viele Dörfler zögern, wenn ich sie befragen muß, ob sie lesen, ob sie schreiben können.

Wer so was froagt, sagt Kito Waurisch, muß von doa stammen, wo Lesen und Schreiben nich Mode sind. Ich will mir nich ausdrücken, welches Land ich meene.

Eine Ausgedingerin sagt: Sie heiße Marie Kollowa, aber schreiben könne sie nicht. Sie habe stets mit drei Kreuzen unterzeichnet und sei damit gut durchs Leben gekommen.

Großvater Prepko sagt: Mit Lesen is bei mir nich dicke. Wenn was zu lesen gewesen wäre, hätte es ihm seine *Alte* vorgelesen. Jetzt wäre sie tot, und er kriege nichts mehr zu wissen, aber schreiben könne er wie geschmiert. Das wundert mich. Ob ich ihm etwas diktieren dürfe. Ich darf. Komm, lieber Mai, und mache / die Bäume wieder grün, / und laß uns an dem Bache / die kleinen Veilchen blühn … diktiere ich.

Großvater Prepko schreibt langsam und orthographisch einwandfrei. Ein Wunder! Aber das sagen wir stets, wenn unsere vorgefaßten Vorstellungen gestürzt werden.

Altmutter Buckau kann nicht lesen, kann nicht schreiben, außer ihren Namen. Das kunnde ich schont, eh ich in die Schule ging, sagt sie stolz.

Ich treffe auf mindestens drei Dutzend Analphabeten im Amtsbezirk. Bisher teilte ich als Halbsorbe die deutsche Überheblichkeit und war überzeugt, daß es nur in anderen Ländern Analphabeten gäbe.

Die Spalte mit der Frage nach Fremdsprachen kann ich

reichlich beschicken. Viele ältere Leute sprechen Sorbisch, obwohl sie es nicht schreiben und nicht lesen können. Zugewanderte Grubenarbeiter und Glasmacher sprechen Polnisch, und es gibt Mannsleute, die erklären, sie könnten Französisch oder Englisch, wären im Weltkrieg römisch eins in diesen Ländern Kriegsgefangene gewesen und hätten ausländisch gesprochen wie verrückt. Ich prüfe sie behutsam. Sie übertreiben.

Konsky behauptet fest, er spräche nicht nur Polnisch, sondern auch Russisch. Ich kann es nicht widerlegen. Auf die Frage, welcher politischen Formation er vor dem Weltkrieg römisch zwei angehört habe, antwortet er: Ich war neutral! Das Neutral spricht er mit mindestens vier scharfen R aus.

Peinlich ists mir, meinen Vater zu befragen. Ich erwäge, es Kurte Schimang zu überlassen. Dann tue ich es doch selber, aber ich erleichtere es mir und beantworte manche Fragen, ohne sie ihm gestellt zu haben. Ich will den Vater vor Lügen, vor einer Fragebogenfälschung schützen. So beantworte ich zum Beispiel die Frage nach durchstandenen Geschlechtskrankheiten mit Ja. An einem Punkte aber geraten wir in Meinungsverschiedenheiten. Bei der Frage nach seinem Landbesitz will er den Morgen Feldgarten, den er mir überlassen hat, von seinem Besitz abziehen.

Ich befrage meine Mutter, und sie sagt: Mein Gott, Junge, wenn du überalle solche scharfen Froagen stellst, wern die Leite nich mehr bei uns koofen kumm.

Alles, wie gehabt!

Ich befrage Leute wie Schestawitscha, Mannweib Pauline, auch die neidgelbe Schrockoschen und muß mich beschimpfen lassen.

Wirschte mir woll noch froagen, wenn ich das letzte Mal geschössen hoabe, empört sich Mannweib Pauline, und die gelbgeizige Schrockoschen gibt an, sie hätte nur vierkommafünf Hektar Land bei der Bodenverteilung gekriegt, sie sei betrogen worden.

Die Leute von der Bodenkommission messen das Landstück nochmals aus. Es bleibt dabei: Fünf volle Hektar, doch die Schrockoschen hält ihre Behauptung aufrecht. Der Fall wird zu einer Schiedsmannsangelegenheit. Schiedsmann Schimang verurteilt die Gelbgesichtige zu fünfzehn Mark Geldstrafe, aber sie protestiert. Du woarscht nich beim Ausmessen dabei, sagt sie. Aber ich kenne deine lanken Schritte, sagt Schimang, du reißt dir ja bald ausnander.

Immer wieder versuche ich zu ergründen, ob das Erzählen eine üble Angwohnheit oder eine Krankheit von mir ist, ob mich das Leben, von dem ich ein Teil bin, ausersehen hat, sich durch mein Geplapper selber darzustellen, ob ich beim Erzählen etwas herausfinden oder hervorkehren soll, was beim Dahinleben übersehen werden könnte – das wäre mir der günstigste und liebste Grund.

Jedenfalls erfahre ich mancherlei, was sich ereignete, was die Leute in der Heimat trieben oder wozu sie getrieben wurden, als ich auswärts war.

Bei Fritzko Duschkan stoße ich auf *unreene* Familienverhältnisse, von denen er mir nichts erzählte, als wir uns wiedersahen. Er hat eine zumutbare Frau, fleißig und beredsam, ein Annchen mit flinken Pantoffeln. Aber wie andere Bossdomer Bergleute und Glasmacher belastete er sie mit *Reformland.* Fritzko selber aber rückt daheim nichts vom Fleck. Er ist Schachtmeister! Seine Frau muß den neuzeitlichen Segen, die Äckerlein, bearbeiten und zusehen, wie sie damit fertig wird. Sie kann sich nicht mehr so um Fritzko kümmern wie vor dem Kriege, ihm die Stiefel putzen und das Bett anwärmen. Fritzko stolziert mit schepperndem Zollstock in der Beintasche seiner Cordhose, ein unausgelasteter Hofhahn, durchs Dorf und in die Schenke.

Der Gastwirt Fritzko Lehnigk, einer der eifrigsten Alkoholvernichter des Dorfes, starb einen schweren Magen-Krebs-Tod. Die Dorfklatschen behaupteten, von *oben her* habe er nichts mehr essen können, die Ärzte hätten ihm ein Loch in den Bauch schneiden müssen, doa gießen se am Süppchen rein, den Schnaps, den er verlangt, am Ende ooch.

Wie konnte Fritzko bei einem solchen Leben existieren? Die Lehnigkinne wurde Witwe. Von ihren tiefliegenden Augen weiß man nie recht, welchen Mann sie bemustern, Blicke aus dunklen Hintergründen, die in meiner Mutter Eifersucht auslösen, allwie Schnupftabak Niesen auslöst.

Duschkans Fritzko fühlte sich von den Blicken aus der Tiefe der Gastwirtin gereizt. Im Dorf wird die Witwe Lehnigks Mamachen genannt. Fritzko läßt seine Frau, von der er im Dorfe erzählt, sie habe kein Verlangen mehr nach ihm, brachliegen. Er macht sich mit Mamachen zusammen.

Das Leben ist zu jeder Zeit und Stunde voller Wunder. Während Fritzko die Nächte bei Mamachen verbringt, blüht sein Annchen daheim nochmal auf. Die Müdigkeit fliegt von ihr wie ein Schmetterling, der sich ein Winkelchen fürs Überwintern sucht. Sie tut sich mit ihrem Schwiegervater Karle zusammen und nimmt keine Rücksicht auf Fritzkos Mutter, die mit im Hause lebt.

In Bossdom fanden also Verschiebungen statt, während ich fort war. Die Menschen ändern die Verhältnisse, und die Verhältnisse ändern die Menschen, wie der Redner sagt. Niemand überprüft es.

Ich für meinen Teil nehme alles so hin, wie ich es vorfinde. Ich mache mich schmal und versuche mich wie die Weisen zu verhalten, die sich hüten, mit ihrem stümperhaften Willen die Welt zu verändern.

Auf dem Hofe von Töppchen-Tinke siehts aus wie vor fünfzehn, zwanzig Jahren. In der Hofmitte der Altar des Heidebauern: der Misthaufen, gelb, wenn der Kuh- und Pferdemist überwiegt, moderdunkel, wenn der Schweinemist obenauf ist; ein schmaler *Burggraben* aus Jauche ringsherum.

Bis kurz vor dem Krieg fuhr Töppchen-Tinke noch umher. Gerillte Napfkuchenformen und braune Großmütter-Nachttöpfe waren hie und da noch erwünscht. Tinke gings nicht um Verkauf und Einnahmen, es ging ihm ums Pferdeschnauben, um das Geschuckel des Wagens, um die Heimeligkeit unter der Plane, um den Duft des Haferstrohs, mit dem er Kuchenformen und Nachttöpfe vor dem Zerschellen schützte, und um die Wohligkeit des Trockensitzens, wenn ihm regennasse Fußgänger und Radfahrer entgegenkamen, kurzum, es ging ihm um Romantik. Tinke kannte den Begriff nicht, aber es woar ebent scheene, geschützt unterwegens zu sein. Als der Krieg seine *Ausflüge* unterband, starb Töppchen-Tinke, starb einfach weg. Was wollt ihr?

Vor Jahren, als ich euch von Tinke erzählte, war nicht Zeit, auch über seine Tochter zu reden. Sie ist lang und langsam, Leute von meiner Statur sehen ihr Kinn von unten, und da sie sich arg langsam äußert, meint man, alles was sie berichtet, habe vor längerer Zeit stattgefunden. Tinkes verbasterter Terrier sprang auf den Tisch, packte einen Klumpen Schweineschinken, und bis die Tinke-Tochter das Begebnis ihrer Mutter mitgeteilt hatte, vertilgte der Hund den Schinkenklumpen auf dem Misthaufen zur Gänze. Ferner wurde behauptet, wenn Tinkes Mariechen den Kopf aus dem Fenster steckt, um abzufühlen, ob es regnet, ist er patschnaß, bis sie ihn wieder herinnen hat. Eh die sich hingelegt hat, spotteten die Burschen, ist dir die Lust vergangen.

Nach langem, langem Ledigsein dachte Tinkes Mariechen langsam ans Heiraten. Bei einem Radfahrerball sah sie so lange auf einen Zugereisten nieder, daß der sich veranlaßt sah, sie zum Tanz zu holen, ein Pironje, ein oberschlesischer Glasbläser, mit einem gezwirbelten Schnurrbart. Die Tanztour mit Mariechen geriet zum Langsamen Walzer. Der Glasbläser Karle Mickel nahm sich Zeit, und langsam kriegte Mariechen ein Kind von ihm. Jetzt muß er se heiroaten, ob er will oder nich! sagte der alte Töppchen-Tinke. Das wollte Karle Mickel, das war in seinem Sinne. Tinkes Mariechen hatte was am Leibchen, sie war die Erbin des kleinen Tinke-Hofes.

Die Zeit verging. Karle Mickel wurde Tinke-Pironje genannt und kam immer häufiger mit einem zerknitterten Fahrrad aus der Glashütte. Was Töppchen-Tinke mit dem Planwagen hereinholte, schaffte Tinke-Pironje in die Wirtshäuser. Tinkes Mariechen ließ die Räusche ihres Mannes, ohne ihn auszuzanken, passieren. Sie liebte ihn langsam und ausdauernd. In den Krieg mußte Tinke-Pironje nicht. Er hat een zu lankes Gemächte, hieß es, man hat ihn ausgemustert. Trotzdem bedachte er Mariechen nach und nach mit drei Kindern. Es hätte vielleicht noch zu einem vierten Kinde gereicht, wenn Mariechen inzwischen nicht doch langsam außer sich geworden wäre, weil ihr Erspartes zu Ende ging. In der Schenke wurde Karle nicht mehr geborgt. Er zahlte mit frischen Hühnereiern, die er daheim von den Nestern stahl, ein Ferkel, mit dem er seine Zeche begleichen wollte, nahm ihm die Gastwirtin nicht ab.

Ich treffe Tinke-Pironje eines Abends in der Küche der Eltern. Er bettelt die Mutter um *Schwachstrombier* an.

Nichts mehr, nichts, sagt die Mutter, Sie ham genung, Herr Mickel. Karle fällt vor Enttäuschung in sich zusammen, rutscht am Türpfosten herunter, hockt schließlich auf der Schwelle und klagt: Mit ihm mache man, was man wolle, weil er ein Umsiedler wäre, ein Vertriebener. Dir ham Se doch nich umgesiedelt, sagt der Vater, du bist doch vor dem Kriege von alleene hierher geloofen gekumm.

Nein, Karle wäre ein Vertriebener, jeder könne es seiner oberschlesischen Sprache entnehmen.

Ich ahne, was mir bevorsteht, wenn ich mit meinem Fragebogen bei Tinke-Pironje erscheine. Zweimal laufe ich umsonst dort an. Zweimal versichert mir Mariechen, ihr Karle *verseime* sich, wenn er von der Arbeit komme, recht ofte. Das dritte Mal wird mir bedeutet, er sei schon gesehen worden, doch er schlafe zuweilen unversehens ein, man müsse ihn suchen. Mariechen findet ihn langsam in der Häckselkiste. Fast ausgenüchtert stolpert er in die Küche. Fliegen schwirren auf, ein Surren, als ob man die D-Saite einer Mandoline angeschlagen hätte. Karles Bart-Enden hängen behäckselt niederwärts. Er beantwortet erregt meine Fragen. Hitler sei zu Recht verbrannt, weil er sich hätte Oberschlesien wegnehmen lassen. Tinke-Pironje ist beim Thema. Er sei und bleibe Oberschlesier, sei ein Vertriebener, man habe ihm damals keine Arbeit nicht gegeben und auf diese Weise schon vor dem Krieg vertrieben.

Kein Fertigwerden. Ich mecht, pschakreff, Oberschlesien haben zuricke!

Vermutlich delirium tremens, schreibe ich auf seinen Fragebogen. Aber das war damals. Heute wäre mir Tinke-Pironjes Forderung, trotz aller gegenteiliger Beteuerungen der Politiker, so abwegig nicht mehr.

An manchen Tagen treibe ich, der Fragebogen-Rumgeher, Rechnereien mit dem unzuverlässigen Begriff *Zeit*. Jede Stunde, die ich unterwegs bin, verlängert die Zeit, bis mein Roman, auf den ich nun einmal gesetzt habe, fertig sein wird. Habe ichs schon erzählt? Ich schreibe mit einer gestohlenen Schreibmaschine auf den Seiten alter Konto-Bücher, die ich auf dem Mehlboden fand und auseinandernahm. Die Schreibmaschine war noch neu, als ich sie in der Dienststelle stahl, in der ich als Soldat zuletzt beschäftigt war. Ich ließ sie die ganze Zeit nicht mehr los und schleppte sie mit in das tschechische Versteck, in das ich hineindesertierte. Fast wäre sie mir abhanden gekommen, da mich belgische Zwangsarbeiter in Räuberzivil bei Kriegs-Ende aus diesem Versteck holten. Sie führten mich zum Erschießen, und es geschah mir fast dasselbe wie dem russischen Dichter Dostojewski, ich wurde im letzten Augenblick begnadigt, da sich herausstellte, daß ich nicht der war, für den mich die Belgier hielten.

Der Vorgang sollte, so wollte ich es, den Inhalt einer *Geschichte* abgeben, aber es wurde bisher nichts draus, sosehr mich der Schriftsteller auch bedrängte, ihm diese Geschichte zu erzählen, jener Schriftsteller, der Teile meines gelebten Lebens zu sogenannten Nachtigallgeschichten formte.

Ich kenne die letzten Sätze meines Romans schon und bilde mir ein, daß sie meine Leser, sofern sich solche finden sollten, nachdenklich zurücklassen werden. Zwischen diesen Schlußsätzen und jenen Sätzen, die ich letzte Nacht niederschrieb (weil ich tagsüber doch unterwegs sein muß), gibt es viele Sätze, von denen ich nicht weiß, was mit ihnen gesagt werden wird und ob sie mich den Schlußsätzen, von denen ich eine so hohe Meinung habe, näher bringen werden.

Es gibt Häuser, aus denen ich rasch wieder herauskomme, weil dort wenig von dem stattgefunden hat, wonach in

meinen Amtspapieren gefragt wird. Alsdann gibt es andere
Häuser, in denen mich Erinnerungen packen und festhalten. Obwohl das mit den Erinnerungen so eine Sache ist:
Sie sind schon nichts mehr, allwie die Zukunft noch nichts
ist. Aber sie lullen so schön ein, diese Erinnerungen, tun
so, als ob sie besser gewesen wären als das Heute, und
halten uns sanft davon ab, das zu tun, was dringend nötig
wäre. Es gibt Häuser, in denen ich ein, zwei Stunden mit
dem Lullull der Erinnerungen vertue, und zuletzt kommen
mir die Leute bis auf den Hof nach, und dies noch und
das noch und immer noch was und in der Regel nichts,
wonach in meinen streng-statistischen Formularen gefragt
wird.

So ergehts mir bei den Schätzikans. Ihr erinnert euch an
das Sippenhaus, in dem ich mir die ersten Barthaare abnehmen ließ, in dem die sorbische Urmutter, die Babka,
auf ihren hundertsten Geburtstag hin gestriegelt wurde. Es
habe sich ausgezahlt, erfahre ich jetzt, denn in den fünfzehn
Jahren, in denen ich über das Leben in Bossdom nur aus
spärlichen Briefen etwas erfuhr, feierte Babka ihren hundertsten Geburtstag, sie vielleicht weniger als die Verwandten, die vom *Ruhm* der Alten mit angeräuchert wurden.

Die Schätzikans holen mir den Zeitungsausschnitt mit dem
Foto der Babka herbei. Sie sitzt mit geplusterten Röcken
und der schwarzen sorbischen Bänderhaube in einem Korb-
stuhl wie eine Glucke auf dem Nest, wirkt unbeteiligt und
in sich versunken, während sich die Angehörigen bis ins
vierte Glied stolzmacherisch recken und sich auf die hundert
Jahre der verwelkten Alten etwas zugute halten.

Und es werden mir noch zwei weitere Zeitungsausschnitte
mit Fotografien von der fossilen Babka gezeigt. Sie wurde
hundertundzwei Jahre alt. Jedes Überhundertjahr hatte sie
etwas verkleinert und ins Zwergenhafte gestoßen, während
sich die Familienmannschaft, die sich mit verehren ließ,
von Jahr zu Jahr etwas größer wurde, sogar auf eine Uren-
kelin, die einen Ururenkel im Leibe trug, wurde im Jubi-
läumstext hingewiesen. Auch eine Autoreise der Babka zum
Berg *Landeskrone* bei Görlitz wurde erwähnt, obwohl die Alte

die *Landeskrone* für den größten Heuschober hielt, den sie in ihrem Leben gesehen hatte. Diese Tatsache bewies, daß nicht wichtig ist, wie die Dinge dieser Welt benannt sind, sondern was sie den verschiedenen Menschen bedeuten, auch die Dinge selber wissen ja nicht, daß sie irgendwie heißen. Wer weiß, ob sie einverstanden wären, wenn sie es wüßten. Jedenfalls vermochte die ganze Verwandtschaft der Babka nicht einzureden, daß der erste Berg, den sie in ihrem Leben sah, nicht ein Heuschober war, dessen kleinere Verwandte sie kannte.

Mich stimmten die Zeitungsberichte von den *hochen* Geburtstagen der Babka nachdenklich, denn ich ging noch mit der Vorstellung umher, ich würde dereinst durch ein von mir verfaßtes Buch auf mein Heimatdorf aufmerksam machen, aber heute werden im Dorfladen, dem zweiten Nachfolger des Ladens meiner Mutter, die hindümmelnden Romane einer männlichen Roman-Anfertigungs-Maschine und die Bücher einer gewissen Hedwig Kurz über das Leben in den Schlössern von Gutsbesitzern, nicht aber mein erster Roman über das Leben der Tagelöhner auf manchen Rittergütern feilgeboten.

Was aber mich und meinen leisen Wunsch betrifft, als Büchermacher, wie mein Beruf heute genannt wird, ein wenig zu überdauern, so bin ich dort in der Gegend schon fast vergessen, ohne gestorben zu sein. Ich hätte das Überdauern besser mit einem hundert Jahre langen Leben erreichen können, denn noch heute wird in Bossdom von der hundertundzweijährigen Alten gesprochen, die es dort einmal gegeben hat.

Es tröstet mich ein wenig, daß auch vom alten Schätzikan, der mindestens zehn Berufe ausübte, zum Beispiel die Hosen der Kossäten flickte, die Leichen rasierte und dafür einstand, daß sich die Menschen im Amtsbezirk nicht mit Trichinen verseuchten, kaum noch gesprochen wird, weil er nur knapp achtzig Jahre alt wurde.

Die meisten Bossdomer Männer wurden von den Amtsträgern des Dritten Reiches gezwungen, die Welt zu erobern, und wenn sie es nicht getan hätten, wären sie als Kriegsdienstverweigerer hingerichtet worden. Als militärische Individualitäten, Infanteristen, Kavalleristen, Panzergrenadiere oder Matrosen zogen sie aus, als anonyme Kriegsverlierer, Heimkehrer genannt, kommen sie, sofern sie nicht draußen verwesten, zurück.

Auch bei den Schätzikans gibt es einen Heimkehrer. Es ist das jüngste Mitglied der Barbierbrigade mit Necknamen Schmurling. Er hat ein Bein *verloren.* Als ob man ein Bein so schmerzlos *verliert* wie ein Messer aus der Hosentasche. Das Bein wurde nicht bei heldischen Kämpfen zerschossen, sondern von den Rädern einer Feldbahnlore abgequetscht. So een Scheuß aber ooch! sagt Schmurling und spuckt durchs offene Fenster in den Hof. Mit mein rechtes Been woar schont immer bissel was los. Kannste dir noch erinnern, wie ich es mir doamoals als Neger zerschnitten hoabe?

Wann war Schmurling ein Neger? Kann man ein Weißer werden, wenn man einmal ein Schwarzer war? In Bossdom ist manches möglich. Das war, als wir eifrig Vereinstheater spielten. Ich schrieb damals kurze Szenen für die Clowns Kürbis und Gurke. Kürbis war Hermann Wittling, und Gurke war ich. Wir mußten, so das Drehbuch, ein Ehepaar abgeben, um einen Preisrätselgewinn kassieren zu können, deshalb wurde Gurke zu einer Frau umfunktioniert. Ein Neger mußte zum Füllen der Busenpartie zwei große Klöße in einer Schüssel auf die Bühne bringen. Bis zur Generalprobe konnte sich Schmurling nicht entschließen, Gesicht und Hände einzuschwärzen. Weiß der Deibel, was ihn bei der Hauptaufführung dazu trieb, sich sogar die nackten Füße mit Schuhkrem einzuschmieren! Seine Augen fingen an zu tränen. Er stolperte auf die Bühne. Die Glasschüssel mit den Klößen entfiel ihm, zerscherbte, und er trat mit dem geschwärzten rechten Barfuß in die Schüsselscherben. Weinend bewarf er uns mit den Klößen. Bossdom hatte seine Silvestersensation. Schmurling sah also in der damaligen Fußverletzung eine Vorankündigung. Seine Sache.

In den Tagen nach Schmurlings Heimkehr stellt Bruder Tinko Kundschaftsverdünnung in seiner Barbiererei fest.

297

Ein Teil seiner Kundschaft bleibt aus. Man will den holz-
beinigen Friseur begrüßen und besehen.

Schmurling stellt Betrachtungen über das Schicksal an.
In seinem Falle war es nicht *sehre gescheide.* Viele Gefechte
hat er heil überstanden, dann kommt es auf einer Feldbahnlore angerumpelt und quetscht ihm das Bein ab. Er
begrüßt seine alte Kundschaft, pustet fettige Mannshaare
aus den Zinken seiner Haarschneidemaschine, zieht sein
Rasiermesser am Streichgurt ab und stelzt mit dem plum-
pen Ersatzbein um die Kunden herum. Nach dem dritten
Kunden muß er sich setzen und verpusten. Wenn er sich
wenigstens an ein wenig Musik erfrischen könnte! Aber
die Radioapparate sind verschwunden und bleiben verschwunden. Vielleicht lassen sie ihre Sonntag-Morgen-
Marschmusik jetzt irgendwo in Rußland heraus. So sind
die Menschen: Sie erfinden sich was, gewöhnen sich dran,
werden unzufrieden, wenn man es ihnen wegnimmt, möchten nicht mehr ohne sein, obwohl es doch vorher auch
nicht da war. Schmurling winkt ab. Nicht einmal begleiten
können hätte er die Radio-Marschmusik an der verglasten
Tür wie früher. Sie hatte keine Scheiben mehr. Woher
hätte das Beckenklirren kommen sollen, das früher die Pau-
kenschläge garnierte?

Mit dem Rasieren gehts noch schlechter. Wer hat früher
gewußt, daß man einen so festen Stand dabei haben muß
wie beim Abschießen eines Karabiners? Paule Chichak ist
erst halb rasiert und fühlt sich dreimal geschnitten. Er fürchtet um sein Leben, läßt seine rechte Gesichtshälfte unrasiert
und wäscht sich den Seifenschaum im Hofe am Ziehbrunnen
herunter.

Das Oberhaupt der Schätzikan-Sippe ist jetzt die Mittelschätzikinne, die *Groadezue.* Sie scheucht die Barbierkunden,
die den Verlust des gesunden Schmurlingbeines beklagen
und die plumpe Prothese begaffen, von dannen. Was wullt
ihr? Kopp hatta noch, zwee Hände ooch und zugoar een
Been. Das wird sich richten. Das schüttelt sich zusamm.
Mir sagt sie, ich möge mit meinem Fragebogen moal unter
Woche kumm!

Und es wird wirklich Rat: Schmurling kriegt Arbeit in seinem früheren Beruf als Kristall-Glasschleifer. Er läßt die rechte Pedale eines alten Damenfahrrades festsetzen und trämpelt sich mit dem linken Bein nach Friedensrain zur Arbeit. Bei der Arbeit kann er sitzen. Sehtersch! sagt die Mittelschätzikinne, sieben Brote gebacken und achte schuldig. Der Mensch is ooch mit een appen Been noch zu gebrauchen!

In der Barbiererei der Tinkos hört man auf, sich vor der heimgekehrten Konkurrenz zu fürchten.

Eines Morgens steht ein klapperiger Mann auf dem begrasten Lehmhügel am Rande des Obstgartens, den wir Sastupeits Kaupe nennen. Er winkt mir unsicher zu. Ich winke zurück und gehe ihn mir besehen. Es ist Sastupeits Alfredko, den die Brüder jeden Morgen einfangen mußten, damit er nicht in den Baumkronen verschwand, wenn er in die Schule sollte. Sie schleppten ihn über das erste Schuljahr hin täglich auf dem Buckel durch die Sandgrube zum Unterricht. Später versuchte er mit Schwung an unserer Hauswand neben der Ladentür hinaufzulaufen, aber in der Höhe des Briefkastens fiel er ab. Einmal beeindruckte er mich besonders. Zu Weihnachten spielten wir Zimmertheater bei uns in der Küche. Alfredko sollte als Helfer hinter den Kulissen mittun. Eine Sprechrolle lehnte er ab. Reden war nicht seine Sache, besonders wenn Erwachsene zuhörten. Plötzlich mitten in der Vorstellung wollte er doch mittun und ein Gedicht aufsagen. Wir hatten nie gemerkt, daß Gedichte ihm Eindruck machten, eines aber doch, Leute meines Alters kennen es aus ihrer Schulzeit: John Maynard, eine Ballade von Fontane über einen Steuermann, der sein brennendes Schiff und alle Passagiere ans Ufer brachte, dabei aber selber ums Leben kam: *Haus ielt her, bis er das Hufer gewann ...* deklamierte Alfredko im sorbischen Ponaschemu, mit fester Stimme. Die Dichtung hatte ihn mit Mut ausgestattet. Ein Beweis, was Dichtung vorübergehend bewirken kann.

Als Glashüttenarbeiter kaufte sich Alfredko zu unserem

Erstaunen ein Saxophon, obwohl er wenig Gehör hatte, wie man bei uns sagt, aber das Instrument gefiel ihm, weil es so scheene silbern blinkte. Er nahm Blasestunden in Däben und klammerte sich an die vorgedruckten Noten. Später spielte er in der Dorfkapelle mit.

Nun stehen wir zwei Männer wie früher als Jungen, wenn wir berieten, was *auszufressen* wäre, auf Sastupeits Kaupe, aber wir sind nicht mehr die Springböcke von damals, wir sind ausgetrocknet vom Ernst des Lebens.

Alfredko erzählt von seiner Gefangenenzeit in Rußland. Man hat ihn verfrüht entlassen, weil er hunger-wassersüchtig wurde. Wenn das Wasser dein Erze überschwemmt, biste erledigt, verstehste? Manche Kommandanten hoams nich gerne, wenn man in ihrem Loager verreckt. Alfredko erzählt umständlich von seinen Kriegserlebnissen. Das ist und war so üblich. Die Kriege verschafften den Dorfmännern kostenlose Auslandsreisen, die manche freilich mit ihrem Leben bezahlten. Eigentlich ist man nur ein Held, wenn man sich nicht, von welcher Obrigkeit immer, in den Krieg treiben läßt, sondern sich sein Leben mit List für bessere Taten erhält, doch ich höre mir alle Kriegserlebnisse und *Heldengeschichten*, mit denen ich bei meinen Fragebögen-Rundgängen bewirtet werde, geduldig an, immer mit der edlen Hinterlist des heimlich schreibenden Mannes, der nach Lebensvarianten giert, um dahinterzukommen, was der Mensch im Kosmos zu bestellen hat.

Alfredko hatte eine Heldentat vor, die von den *verfluchten Russen* zuschanden gemacht wurde. Er wollte es mit einem Panzer aufnehmen, hockte in einem Schützenloch, wollte den Panzer über sich hinwegfahren lassen und dem Eisengewürm eine Sprengladung an den Bauch heften, aber er hatte *kein Glück*. Der Panzer fuhr um ihn herum und blieb bei bester Gesundheit, während Alfredko mit seiner Sprengladung von nachrückenden russischen Infanteristen gefangengenommen wurde. Wie er mir das so erzählt, fällt mir Fontanes Ballade über John Maynard ein. Hatte sie wie ein verkapselter Bazillus in Alfredko gesteckt, und war der durch die Kriegserregung geborsten und hatte in Alfredko

Verlangen nach ähnlichem Ruhm entfacht, wie er John Maynard zuteil wurde?

> Alle Glocken gehn; ihre Töne schwelln
> Himmelan aus Kirchen und Kapelln.
> Ein Klingen und Läuten, sonst schweigt die Stadt,
> Ein Dienst nur, den sie heute hat;
> Zehntausend folgen oder mehr,
> Und kein Aug im Zuge, das tränenleer...

Alfredko erzählt wütend, was er als Gefangener bei den Russen erlebte. Jeder dritte seiner Sätze: Ihr hoabt ja keene Oahnung! Vierteeln müßte man se! Jeder Bossdomer, den Alfredko trifft, muß es sich anhören. Der kleinste Hinweis auf das, was die Deutschen den russischen Kriegsgefangenen antaten, prallt am verbohrten Haß des Heimkehrers ab. Ihr hoabt ja keene Oahnung!

Man fängt an, den Müllersohn zu meiden, weicht ihm aus wie einem Irren und warnt ihn vor Konsky.

Was man noch? Ihr hoabt ja keene Oahnung!

Eines Tages ist Alfredko verschwunden. Man hätte ihn nicht sollen unter die Leute lassen, heißt es.

Ich mache mir ein *Bewerbchen* und gehe mit meinen Fragebögen zu den Sastupeits. Der Mittelmüller starb, während ich auswärts lebte. Gustav, der Mandolinenspieler, ist nicht mehr vorhanden. Ich erzählte es euch: Als er sein erstes *Stückchen* – Weißt du wieviel Sternlein stehen – auf der Mandoline heruntertrillern konnte, spielte er es in einem fort, spielte es als Volkslied, als Walzer, als Marsch und als Schieber. Schließlich zertrümmerte der Mittelmüller die Mandoline seines Sohnes eines Tages auf dem Hauklotz, nicht, weil er das Lied von den Sternlein übersatt hatte, sondern weil Gustav sich mit seinem Mandolinenspiel der häuslichen Arbeit entzog. Schrecklich, wie er damals neben der zerschmetterten Mandoline im Holzschuppen lag und weinte, der halberwachsene Gustav!

Wie ich jetzt erfahre, wurde er im vorletzten Kriegsjahr selber zerschlagen, und niemand weiß wo. In seinem letzten Brief stand, daß seine Einheit dem *Gerede nach* von Frankreich nach Rußland verlegt wurde. Nicht sicher, ob er im Westen oder im Osten umkam, denn die Luftfront schwebte schon über Deutschland, man konnte bei einer Truppenverlegung mitten in der gepriesenen Heimat umkommen. Gewiß wird Gustav keine Zeit gehabt haben, sich wie damals über seiner zerschmetterten Mandoline auszuweinen, aber ich kann mir nicht helfen, ich seh ihn liegen und weinen.

Zwei Sastupeit-Söhne sind noch nicht aus dem Krieg zurück, sind in Gefangenschaft, leben also noch, Richard zum Beispiel, der sich als Jungkerl an einen Windmühlenflügel binden und herumwirbeln ließ. Otto, der Jungmüller und Bäcker, ist daheim geblieben. Ich frage ihn vorsichtig, ob er weiß, wo man mit Alfredko, seinem Bruder, hingemacht ist.

Wenn ichs wüßte, würde ichs dir soagen.

Ich versuche zu ertasten, ob Konsky in der Nähe war, als man Alfredko abholte.

Wenn ichs wüßte, würde ichs dir nich soagen.

Otto ist neun Jahre älter als ich. Er war schon *aus Schule*, als ich anfing hineinzugehen. Auf meine Fragebogenfragen antwortet er ohne Vorbehalte, auch auf jene, nach denen meine Schriftstellerneugier giert.

In den Krieg hat man Otto nicht geholt. Man hat ihn mehrmals gemustert. Von Musterung zu Musterung wurde sein Bauchfell narbenreicher, Narben von Bruchoperationen, Bauchwandbrüche, die er sich beim Umgang mit Zweizentnersäcken auf der Mühle und in der Backstube zugezogen hatte. Den Bruch im letzten Kriegsjahr hoabe ich bissel gepflegt, soage ich dir glatt. Er wurde wieder zurückgestellt, nur von der Volkssturmfront in den letzten Monaten hinter Däben nach der Neiße zu wurde niemand befreit. Auch Otto wurde nach dorthin in Marsch gesetzt, doch er kam nie an. Er verschanzte sich hinter Bossdom in den Grubenbrüchen. Das Schlimmste, was ihm im Kriege zugefügt wurde, er mußte aus seinem Versteck zusehen, wie seine Windmühle abgeschossen wurde und niederbrannte.

Ottos weiteste Reisen waren ein Ausflug mit dem Burschenklub in den Spreewald und ein zweijähriger Aufenthalt als Bäckerlehrling in Grodk. In jener Zeit, die er dort verbrachte, kam er selten nach Bossdom. Er wurde, so schien es uns, ein anderer Mensch. Schon im ersten Lehrjahr kam er in einem total faltenfreien Maßanzug auf Besuch. Die Mode schrieb damals sogenannte Hochwasserhosen vor, dazu Halbschuhe und auffällig karierte Strümpfe. Otto erschien uns halbreifen Bürschchen wie eine Traumgestalt. Unter seinem Adamsapfel saß, wie ein tropischer Schmetterling, ein selbstgebundener Schleifenschlips. In Bossdom wurden bis dahin nur Schnallenschlipse gesehen, und kein Bursche sonst beherrschte die Kunst des Schleifenbindens. Der Jungmüller ging auf dem schmalen Radfahrerfußsteig vom Müllerhaus zur Schenke, ging steif und als sei er darauf bedacht, den Schmetterling unterhalb seiner Gurgel nicht zu stören. Es war jene Zeit, da die Tanzform, die man Shimmy nannte, aus Amerika über Berlin in die Provinz gesickert war. Die Halbschuhe wurden deshalb Shimmyschuhe genannt, und Otto, der Jungmüller, kriegte von uns den Spitznamen Shimmy. Die Dorfmädchen kugelten sich nach ihm die Augen aus, aber Shimmy nahm nie Blickkontakt mit ihnen auf. Äugeln schien für den Jungmüller eine unmoralische Angelegenheit zu sein. Zum Schluß verharrten nur noch jene Mädchen in bezug auf Shimmy in Erwartungshaltung, die man Mauerblümchen nennt, Mädchen also, die bei einer Tanzerei die meiste Zeit unbenutzt blieben. Shimmy tanzte sie alle durch, steif und geradewegs. Vielleicht hat diese oder jene ein schüchternes Gespräch mit ihm aufnehmen wollen, aber Shimmys Länge und Steifheit bewirkten, daß die Gesprächsversuche der Mädchen nur den Schmetterlingsschlips erreichten.

Kurzum, Shimmy war ein sonderbarer Mensch, und das blieb er. Er konnte nicht singen, versäumte aber keine Übungsstunde des Gesangvereins. Er spielte kein Instrument, aber war Mitglied des Mandolinen-Klubs. Er hatte keinerlei theatralisches Talent, aber er spielte in jedem Vereinstheaterstück mit, war Schankknecht oder Nachtwächter. Einmal hatte er sich als Hilfsförster an ein Zigeunerpaar zu wenden: Was wollt Ihr hier in unserem Walde? Shimmy aber fragte bei der Hauptaufführung: Was macht Ihr hier in unse Heede?

Als der Mittelmüller noch lebte, wurden mit Otto *Kneperversuche* gemacht, Anknüpfungsversuche. Überm Weg beim Nachbarn gabs eine Tochter, die schon zu lange unbemannt war. Sie war rungsig, aber ebenso ungesprächig wie der Jungmüller. Beim Dorftanz riß sie die Burschen herum, als wären sie Bäume, die entwurzelt werden müßten. So sicher wie der Donner nach dem Blitz, grapschte sie sich bei der Damenwahl Shimmy und überließ ihn keiner anderen. Vorbedeutung genug. In der Sastupeiterei und im Kossätenhaus überm Weg flochten die Alten an Gelegenheiten für die beiden, sich zu paaren. Eine Weile sah es so aus, als wäre Funkenflug erzeugt worden, aber an einem Winterabend fand Shimmy einen *außerhalbschen* Maurer bei der rungsigen Nachbarstochter zu Gaste, und nicht nur das, die Rungsige hatte den Maurer auf ihrem Schoße hocken. Ihre Wartelust war zu Ende. Vielleicht hatte sich Shimmy gerade an diesem Tage vorgenommen, einen von den Talern aus Goldblech vom Diskret-Versand zu öffnen, die er, wie ihr wißt, in seinem Kämmerchen auf der Mühle für den Ernstfall aufbewahrte.

Nun war der Krieg aus. Der Maurer der Nachbarstochter war gefallen. Shimmys Goldblechtaler waren im Müllerkämmerchen verbrannt. Der Mittelmüller und der Kossät von überm Weg waren gestorben. Die Mittelmüllerin und die Kossätin machten noch einen Kneperversuch *mit die Kinderchinne.* Er führte zu nichts. Shimmy blieb Junggeselle bis zu seinem Tode. Junggeselle, damit war alles gesagt. Da wurde auf der Heide nicht erwogen und psychologisch zerstreuselt, ob einer ein Homosexueller, ein *Schwuler*, ein Onanist war oder sich an brünstige Kühe oder rossige Stuten heranmachte. Der und der war ein Junggeselle und fertig. Da wurde nicht spioniert, und niemand delektierte sich an Naturgegebenheiten.

Seit durch jene Granate, von der schon die Rede war, bewiesen wurde, daß die Sastupeitsche und die Mattsche Backstube auf einer Linie lagen, war merkwürdigerweise der Konkurrenzkampf, den die beiden Brotbäcker früher miteinander führten, beendet. Da hatte der Krieg was kleines Gutes bewirkt.

Noch einmal frage ich Otto, dessen Spitzname Shimmy sich verloren hat, nach Alfredkos Verschwinden. Otto versichert, daß er den Bruder beschworen habe, sein Geschimpf auf die Russen zu mäßigen, aber dann habe Alfredko erfahren, daß die Russen auch seine alte Mutter belästigt hätten, und er wäre noch geifriger geworden.

Nach einigen Tagen ist Alfredko wieder da. Man fragt auf ihn ein, doch er schweigt, und wenn ihm vorher die Dorfleute ausgewichen sind, jetzt weicht er ihnen aus und schweigt und schweigt. Seine Wassersucht begibt sich, er geht wieder zur Arbeit in die Glashütte nach Friedensrain und schweigt und schweigt, aber eines Abends dringen aus der Bodenkammer der Sastupeiterei douse Saxophontöne herüber: Die alten Straßen noch, die alten Häuser noch, die alten Freunde aber sinds nicht mehr ...

Alfredko spielt sich am Ende gesund, sagt die Mutter.

Jetzt muß ich etwas erzählen, was ich im zweiten Band des LADEN-Romans aussparte, um *rischer* ans Ende zu kommen. Nun nehmen wir uns die Zeit, nicht wahr nicht, nicht wahr?

Hermann Wittling, mein erster Freund in Bossdom, verfolgte dennmals mit gutmütigem Grinsen, wie das Tischchen mit den Garnrollenbeinen ausgeladen wurde und wie mein Großvater eben diese Beine, die sich bei der Fahrt im Möbelwagen verkrümmt hatten, wieder zurechtbog. Hermann und ich blieben Freunde, bis er sich von Bossdom wegheiratete.

An einem Maimorgen – man schreibt das so hin und bildet sich ein, aller Inhalt eines solchen Morgens wäre damit benannt, als da sind, die sich überschlagenden Rufe des Kuckucks, das Balzgeschnarr der Stare, das Liebeswerben der Meisen- und Buchfinkenhähnchen, das Schnipp-Schnapp und Schnarren der Schwalben, das Glitzern der Tautropfen, das Rosa der Apfelbaumblüten, die Liebeslüste der Menschen, kurzum, man frönt dem Wunsche, mit Worten ein wenig was sichtbar zu machen.

Es war der Sonntagmorgen nach dem Frühlingsball des

Burschenklubs *Schnalle*. Ich gehörte ihm nicht an. Der Name gefiel mir nicht, wir Jungsozialisten bildeten uns ein, links-politisch bewußt zu sein. Das redeten uns sektiererische Auf-klärer aus der Stadt ein. Der Burschenklub *Schnalle* verfolgte keinerlei politische Ziele, er war uns zu lau.

Mein Mädchen, die blasse Martel aus Laichholz hinter der Oder, war mir genommen worden. Ihre Frau Mutter holte sie weg. Die Baronin hatte ihr berichtet, Martel triebe der Verderbnis entgegen. Ich hatte diesem duftenden Mäd-chen meine ersten scheuen Küsse hingetan. Lippenberüh-rungen – ganz vorn – nur nichts zerstören.

Nun war ich wieder allein, träumte von dem, was mir widerfahren war und stand den schweren Frühlingsnächten hilflos gegenüber.

Aus dem Gärtchen vor dem Giebel bohrte sich Her-manns Freundschaftspfiff in das Gemenge der Vogelstim-men: *Valencia, deine Augen glühn und saugen mir die Seele aus dem Leib …*

Ich ans Fenster.

Hermann von unten aus dem Garten: Kumm runter und besieh dir meine neie.

Gemeint war Hermanns Ballbraut, ein untersetztes Mäd-chen im gebauschten Tanzkleid nach der Mode: Rock nur bis zum Knie, dunkelblondes gestecktes Haar, ein vom Leben noch unbenutztes Gesicht, Stupsnase und große Augen, die Anziehungskraft verströmten.

Hermann ballüblich leicht angetrunken, die rote Nelke an seinem Rockaufschlag angewelkt, stolz wie ein Kossät, der auf dem Pferdemarkt gut gekauft hat: ein Mittelpferd, leichtfutterig und total fromm.

Drück ihm paar auf! sagte er zu seinem Mädchen. Er ist mein Freund, und meins is seins.

Es fiel mir leicht, der artigen Dame die großen Küsse abzunehmen, die sie gehorsam hertat. Hermann waren sie nicht aufwendig genug. Nochmoal, bissel fetter! befahl er.

So lernte ich sie kennen, die untersetzte Minna mit den großen Augen, aus denen man nicht unangetan herauskam. Sie war aus Wadelow und als Hausmädchen in Grodk bei einer Fabrikbesitzerin beschäftigt, die wir die Papp-Nitschken nannten. Wo Hermann das Mädchen aufgetrieben hatte, weiß ich nicht, aber nun war sie da, und wie sie da war! Für immer, behauptete Hermann.

Ich gestehe, daß ich nahdran war, Hermann mit Minna zu betrügen. Es gab Gelegenheiten. Ich war noch in Grodk auf der *hochen Schule*, traf Minna mit einem vollen Einkaufskorb und trug ihn ihr bis zur Fabrikantenvilla. Sie belohnte mich mit hochkarätigen Liebesblicken. Ich erwog, ihr ohne Hermanns Zuspruch einige von ihren saftigen Küssen zu nehmen, unterließ es aber, machte auch keine *Bestellung* mit ihr; die Freundschaftsgefühle für Hermann besiegten meine Lust.

Am nächsten Sonntag trafen wir uns wieder zu dritt, und ich wurde für meine *Züchtigkeit* belohnt. Pack ihn dir, er hat immer noch keene wieder, sagte Hermann. Ich glaube nicht, daß Minna eine *Hemmschwelle* zu überwinden hatte, wie wir als psychiatrisch Gebildete heute sagen, aber ich nutzte es nicht aus, und wenn sie beim Tanz ihren Kopf schmeichelnd auf meine Schulter legte, so nur, weil ich Hermanns Freund war, redete ich mir ein.

Minna wurde schwanger, Hermann heiratete sie und zog mit zu ihren Eltern in die Gutskutscher-Kate nach Wadelow. Wir sahen uns nur noch selten. Vergangen und vergessen unsere Jugendstreiche, unsere Vereinstheaterspiele und Clownerien als Kürbis und Gurke. Minna formte Hermann zu einem vorschriftsmäßigen Ehemann mit Taschengeld und abgezählten Zigaretten. Das erste Kind war ein Sohn, und Hermann wusch Windeln, wenn es sein mußte, er war ein Wittlingsohn und Alleskönner!

Ich treffe Minna bei meinem Fragebogenrundgang auf dem Waldweg zwischen Bossdom und dem Vorwerk. Sie schiebt einen Kinderwagen durch den Heidesand. Ein etwa zwölfjähriger Junge zieht ihn an einer Schnur voran. Minna redet auf das nörgelnde Kind im Wagen ein. Sie erkennt mich und lacht mir zu. Es fehlt ihr ein Oberzahn. Ihre nackten Unterarme sind mit rötlichen Erbällungen bedeckt, kleinen Hautkratern von Krätzemilben. Ihre Augen glänzen und rollen wie früher. Sie gibt mir die Hand. Ich laß mich umarmen und spür die Minna von damals, es fehlt nur Hermanns Auflassung, uns zu küssen. Und ich lasse sie los und sehe verlegen in den Kinderwagen hinein. Dort liegt ein Kind mit geschwollenen Auglidern, lutscht an seinen Fingern und greint.

Nicht von Hermann, wenn du das denken solltest, sagt Minna und fängt an zu schluchzen und wirft sich ins Heidekraut am Wegrand. Ich versuche, sie zu beruhigen. Das Kind im Wagen schreit. Der große Junge rüttelt am Wagen. Sein Gesicht ist von Sommersprossen überwimmelt wie einst das Schuljungengesicht seines Vaters Hermann. Minna wischt sich mit dem Rockrand die Tränen. Sie weiß nicht, ob Hermann noch lebt. Er gehörte zu dem Sondertrupp, dessen Kerle Mussolini auf dem Monte Cassino befreiten. Dieser Hermann! Gewiß wurde er nochmals von seiner Jugend überfallen, in der ihm kein Baum zu hoch und kein Hausgiebel zu steil war, wenn es galt, in eine Mädchenkammer einzusteigen.

Ein Kamerad habe Minna geschrieben, es sei möglich, daß Hermann noch versteckt in Italien lebe. Man habe die Mussolinibefreier besonders hartnäckig verfolgt. Sie seien nach ihrem Handstreich in alle Winde verwirbelt worden. Das Kind im Wagen, ein Mädchen, sei von einem Einquartierungssoldaten. Es habe sich so ergeben. Minna erhebt sich, streicht sich über das tränenbenäßte Sommerkleid. Ist sie nicht wieder schwanger? Ich möge nicht schlecht von ihr denken; aber da käme ein Kind, an dem sie so gut wie schuldlos sei, ein Kind von einem Russen. Sie habe sich ihm nicht freiwillig hingegeben, aber sie habe sich auch nicht Gott wer weiß wie gewehrt, er sei ansehnlich gewesen, der Russenmensch, habe sogar versprochen wiederzukommen.

Glaubt es oder glaubt es nicht. Einen Augenblick lang bereue ichs, damals in der Jugend so rücksichtsvoll gewesen zu sein. Selten, daß einem Gelegenheit wird, zu erkennen, wie man außerdem noch ist und was man außerdem noch denkt. Das war nun eine solche.

Ich muß Minna versprechen, meine alte Freundschaft aufzubieten und Hermann versöhnlich zu stimmen, falls er wiederkommen sollte. Ich aber wünsche meinem alten Freunde keine Heimkehr.

Ich gehe nach Gulitzscha, suche Schwester Christine und bitte sie, sich Minnas und ihrer krätzekranken Kinder anzunehmen. Sie ist bereit und lächelt wie damals, als ich sie zum ersten Male sah. Es fällt mir schwer, sie nicht zu umarmen wie damals, als wir *unsere Zeit* hatten.

Ich muß noch vom alten Nickel erzählen; sein Wesen und seine Lebensumstände gehören zu den Facetten, die beweisen, daß sich in einem Dorf, wie in einem Wassertropfen, die Welt spiegelt.

Der alte Nickel und seine Frau, die Nickelinne, gehörten zur Bossdomer Kohlengrube *Felix*. Die oberirdischen Grubengebäude, das Maschinenhaus, die Seilbahnstation, das Büro und die Steinbaracke, in der Nickel, der Grubenwächter, hauste, lagen, von Hochwäldern und Schonungen ummummt, weit hinter dem Dorfe, und man stieß auf sie so unverhofft wie auf ein Fasanennest. Die Laute, die von der Grubenanlage ins Dorf drangen, waren uns vertraut. Da gabs ein leises Hämmern von Eisen auf Eisen, wenn aus dem Tiefbau ein gefüllter Kohlenwagen, ein Grubenhunt, nach oben gemeldet wurde. Dann gabs einen etwas lauteren Doppelschlag, wenn über Tage der *Haspler* anzeigte, daß er die motorisierte Seilwinde einschaltete, um einen gefüllten Hunt nach oben und einen leeren Hunt hinunter zu haspeln. Alte Grubenrentner, die nachts nicht mehr schlafen konnten, zählten die Dengelschläge und berichteten am Morgen ihren uninteressierten Jungleuten, wieviel Braunkohle man über Nacht auf *Felix* gefördert hätte. Und dann gabs noch den Ton, der dem Balzlaut der Großen Rohrdommel glich, den Ton der Dampfsirene: Er kennzeichnete den Anfang und das Ende einer der drei Schichten, in denen die Bergleute arbeiteten. Was Bewohnern von anderen Dörfern die Schläge der Kirchturm-Uhr waren, war für uns der Dommelton der Grubensirene.

An stillen Abenden konnte es im Dorfe heißen: Schulzens Maxe singt heite moal wieder hoch und scheene. Schulzens Maxe war Hunte-Abrücker auf *Felix* und sang mit der Stimme eines Countertenors Operettenschlager: Machen wirs den Schwalben nach …, aber auch Lieder, die er in französischer Kriegs-Gefangenschaft aufgeschnappt hatte: *Quand tout renaît à l'espérance…*, ein Lied zum Lobe der Normandie, von dem kein Mensch in Paris oder dort wo ahnen konnte, daß es aus den sorbischen Kiefernwäldern in unser Dorf hineinzitterte und Rührung auslöste. Der aber, der den Dommelton herausließ und den Tag für uns in drei Teile teilte, war der alte Grubenwächter Nickel. Er schmierte die Hunte und hielt die Schwebebahn instand. Sie transportierte die rohe Braunkohle in die Brikettfabrik der Grube *Conrad* nach Kölzig. Die Schwebebahn-Trajekte waren für uns Kinder wie zusammen mit den großen Kiefern aus dem Wald gewachsen. Sie gehörten für uns zur Landschaft, zur Heimat, wir ließen sie gelten, wie jede Generation die Umstände und die Landschaft gelten läßt und liebt, in die sie hineingeboren wurde.

Alter Nickel und alte Nickelinne wohnen uff Grube. Das stand in meiner Kindheit so fest wie: Pastor Kockosch wohnt uff Pfarre in Gulitzscha. Einmal in der Woche schappelte die alte Nickelinne, ihren Enkel an der Hand, eine geflochtene Spankiepe auf dem Rücken, ins Dorf. Schon an Hantschiks Börnchen fing sie an zu summen: Nanu kumm ich, nanu kumm ich …, und die Schätzikinne, die Groadezue, öffnete das Hoftürchen. Bei den Schätzikans machte die Nickelinne Halt für eine Plauder-Viertelstunde, und nach dem Schwatz kaufte sie im Laden der Mutter ein. Welche Bongse willste heite, Heinchen?

Keene Bongse, Schakalade will ich!

Der kleine Heini erpreßte die Großmutter mit Fußaufstampfen und zerrigem Geforder. Meiner Mutter mißfiel das. Keinem von uns hätte sie ein solches Gehabe durchgehen lassen, aber hier muckte sie nicht auf, hier handelte es sich um Kundschaft, und an Schokolade war mehr zu verdienen als an Bonbons.

Der alte Nickel kam nur ins Dorf, wenn dort die üblichen Feste gefeiert wurden: Radfahrvereins-, Gesangsvereins- oder Johannisfest. Aus seinem karierten Feiertagsanzug strömte mottenvertreibender Rosmarinduft. In den Westenausschnitt hatte er ein weißes Woll-Vorhemdchen gebunden. Lächelnd zwängte er sich durchs Gewühl. Es schien ihm gleich zu sein, was für ein Fest da gefeiert wurde, er mischte sich aus Üblichkeit ins Getümmel. Da er keinen Alkohol trank, höhnten die angetrunkenen Berg-Arbeiter und nannten ihn einen Blaukreuzer. Der alte Nickel lächelte unbeteiligt weiter, nur wenn ein Kumpel sich, auf ihn gemünzt, an die Stirn tippte oder mit dem Zeigefinger gegen die Schläfe bohrte, wurde er traurig. Leute, deren Ansichten er nicht sklavisch teilte, hielten den Alten für *bissel koppvarrickt*. Wir wissen, daß er zu den drei Männern gehörte, die beim Einmarsch der Russen aus einem Schacht krochen, und daß er vorschlug, alle im Dorfe verbliebenen Betten und Kleidungsstücke *Unter Eechen* auf einen Haufen zu werfen und neu zu verteilen. Die Vorstellung des Alten vom Kommunismus erwies sich, wie wir wissen, als unbrauchbar, der Fehlschlag bestärkte die Bossdomer deshalb, auch andere Ansichten des alten Nickel vom Tisch zu wischen. So die Behauptung, der Erdball sei ein Lebewesen, das sich von Zeit zu Zeit schüttele, wenn die Menschen es allzu sehr zwacken und roh behandeln.

Der Mensch brauche das Geschüttel der Erde nicht, er bringe sich in seinen Kriegen um, behauptete Paule Nagorkan.

Wann und weshalb sich Nickel fernab vom Dorf auf der Grube *Felix* niederließ, wußten nur die Alten. Es wurde *gepischpert*, Nickel hätte als junger Mann im Gefängnis gesessen und wäre nach seiner Entlassung froh gewesen, daß man ihn für dürren Lohn als Grubenwächter einstellte. Wenn die Alten hörten, daß wir Kinder was von ihrem Geflüster mitgekriegt hatten, untersagten sie uns darüber zu reden, denn Nickel hatte die *bürgerlichen Ehrenrechte* zurückerhalten.

Dann und wann besuchte der alte Kowalski den alten

311

Wächter. Kowalski wohnte auf der anderen Seite außerhalb des Dorfes auf dem Revier der Grube *Conrad*. Er hauste im Wohnhaus einer aufgelassenen Wassermühle, *Mühlchen* genannt. Der Mühlenbach führte kein Wasser mehr, seit um Bossdom herum die beiden Grubenbetriebe aufgetan wurden. Kowalski lebte mit seiner Tochter zusammen, einer schon weißhaarigen Jungfrau, die sich vornehm umhertrug. Im Kopfe des Alten herrschte ein Durcheinander, mal war er in seiner Kindheit, mal in seiner Zeit als Grubensteiger, und wenn es hier und heutig in ihm zuging, mißfiel ihm, daß es nur noch einen Reichspräsidenten und keinen Kaiser mehr gab. In welcher Abteilung seines Lebens er aber auch verweilte, er war durchgehend hungerig und bettelte um Brot. Mach mir nicht ganzes Schande, zeterte Mariechen, du hast zu Hause viermal ums Brot gegessen. Hunger ist der beste Koch, antwortete Kowalski, ein untersetzter Mann. Sein Haar war lang und lockig und schäumte unter dem roten Rand seiner blauen Steigermütze hervor. Wenn Mariechen zum Einkauf in Mutters Laden kam, ließ sie den Alten draußen auf der Haustürschwelle sitzen. Wir fütterten ihn mit den Resten unserer *Schulschnieten* und forderten ihn auf, etwas zu singen. Er trug seine Liedchen und Reimchen im Sprechgesang vor: Tanze, Püppchen, tanze, / was kosten deine Schuh? / Laß mich immer tanzen, / du gibst mir nichts dazu.

Mariechen kam aus dem Laden, sah uns um ihren Vater geschart, trieb uns auseinander und beschimpfte uns. Herzlose Lausejungsen! Mariechen saß auf einem Stein und kratzte sich das linke Bein, ließ uns Kowalski noch rasch wissen, ehe er mit der Tochter davon mußte.

Manchmal kam Kowalski allein daher, um den alten Nickel auf *Felix* zu besuchen. Dann hängten wir uns an ihn, fütterten ihn, kriegten vom Alten die Fetzen seiner Liedchen zu hören und einige Polkaschritte vorgeführt: Ein Maler mit nem Pinsel ohne Haar, ist das nicht sonderbar …

Später saßen die beiden Alten auf einer ausgedienten Kohlenlore und redeten aneinander vorbei. Im Kopfe des alten Nickel war Klarheit, es war seine Naivität, wenn er dem alten Kowalski erzählte, welche Gedanken ihn heimsuchten. Alles, was du siehst, ist aus Erde gemacht! Ooch du bist aus Erde gemacht, du hältst dir das bloß nicht ofte genung vor Oogen.

Ohne Brille is nuscht zu machen, doa muß man lachen, antwortete Kowalski.

Bööme und Bretter, Eisengestänge, zugoar deine Steigermütze – alles aus Erde, dozierte Nickel weiter.

Tante sitzt uff die Kante, Unkel sitzt im Dunkel, stellt Kowalski fest.

Vergangene Zeiten. Der alte Kowalski lebt nicht mehr, Altvater Nickel lebt noch. Er ist zehn Jahre jünger als mein verstorbener Großvater. Damit der Alte sich an mich erinnert, muß ich ihm erzählen, wie ich früher aussah, daß ich gewellte rote Haare hatte, mit Sommersprossen bepflastert war, als Junge zuweilen die Post austrug, und daß er mir damals den fliegenfressenden Sonnentau hinterm Felix-See im Reuthener Moor gezeigt hat. Da weiß er, wer ich bin, und ist froh, daß ich mir, ohne ihn zu belächeln, anhöre, was ihm ein- und aufgefallen ist. Was verbraucht ist, ist verbraucht. Manches kann neu gemacht und ersetzt werden, Mohrrüben, Kartoffeln und Leinöl, aber Kohle bleibt weg, man kann den Rauch nicht einfangen und wieder Kohle draus machen.

Ich frag ihn, ob er sich so Wahrheiten aus Büchern zusammengelesen hat. Nein, er hat keine Bücher, er hat das in sich, und wenn er stille ist, kommt es zum Vorschein. So sei ihm eingefallen, daß ein Baum nicht wisse, daß er ein Baum ist, er hat nie davon gehört, er rauscht, wenn der Wind durch ihn fährt, aber sonst äußert er sich nicht. Und der alte Nickel erzählt mir mehr so Sachen, die von unsereinem, der flott dahinlebt, übersehen werden.

Aber schließlich muß ich mein Papier aus der Tasche ziehen und ihn amtlich befragen. Er antwortet mir willig.

Er erzählt mir mehr, als ich wissen will. Er stammt aus der Gegend von Goyatz am Schwielochsee, war Fischer und fischte mit seinem Vater zusammen. Der Dorflehrer hatte eine blonde, untersetzte Tochter, sie trug mit achtzehn

Jahren das Haar noch zum Zopf geflochten, ihre Lippen so rot wie Klatschmohnblüten, kurzum – blühendes Fleisch. Sie kannten einander von der Schule her, aus ihren kindlichen Neckereien wurde Liebe, und weder der glattrasierte Lehrer-Vater noch der bärtige Fischer-Vater waren dagegen, daß ihre Kinder was miteinander hatten.

Aber dann kamen die Elektrischen ins Dorf, die Monteure, setzten Masten, zogen Drähte, verlegten Hausleitungen und sorgten dafür, daß die Petroleumlampen der Dörfler beiseite gestellt wurden. Unter den Monteuren war ein Teufelskerl, der Zieharmonika spielen und dazu zittersingen konnte. Eines Abends wäre der Fischer-Vater in die Hütte gekommen und hätte gesagt: Was da am Strande vor sich geht, darf ein Nickel nicht dulden!

Der junge Nickel wäre am Strande auf seine Bertka und den Ziehsack-Spieler getroffen, die sich auf einem umgedrehten Kahn vergnügten. Bis da hatte der junge Nickel nicht gewußt, was für ein jacher Zorn in ihm steckte. Er forderte den Teufels-Elektriker auf, sich davonzumachen, doch der tats nicht, und da hieb Nickel mit einem Ruder auf den Rivalen ein, bis der blutend niedersank, und Bertka lief davon und schrie: Mörder, Mörder!

Das Ende – der Elektriker lag noch zwei Tage im Kreiskrankenhaus, doch er habe mit dem eingeschlagenen Kopf nicht weiterleben können, und Nickel wurde zum Totschläger erklärt, verurteilt und ins Zuchthaus gebracht. Schwere Jahre, in denen er hätte immerzu an die Bertka denken müssen, aber gefragt hätte er nicht nach ihr, wenn der Vater oder die Mutter ihn besuchten. Für ihn stand fest, daß sie sich von ihm, dem *Mörder*, abgewandt hätte.

Nach Jahren, als er entlassen wurde, traf er auf Bertka. Sie hatte keinen anderen genommen. Sie war eine reife Frau, und jetzt war sie es, die sich schuldig fühlte, weil sie mit dem Elektriker nebenhinaus geliebstert hatte, obwohl sie mit Nickel versprochen war. Sie trüge die Schuld, daß der jache Zorn aus Nickel gefahren wäre und ihn zu dem Ruderhieb veranlaßt hätte.

Es fiel Nickel schwer, an die Schuldverwicklung, die ihm

314

Bertka weismachen wollte, zu glauben. Er ging davon und suchte in der Fremde Arbeit, und die Fremde war für ihn Bossdom und die Grube *Felix*, und er schlüpfte dort ein, doch nach einem halben Jahr stand Bertka vor ihm und gestand, daß da ein Kind wäre, eine Tochter von dem Elektriker.

Nickel schickte Bertka fort, doch sie kam wieder und wollte sein, wo Nickel war, verdingte sich als Hausmädchen beim Obersteiger, putzte das Grubenbüro und die Waschkauen der Bergleute.

Nickel war gerührt von ihrer Anhänglichkeit und nahm sie zu sich in seine Steinbaracke.

Ich dachte an die alte Nickelinne, und wie sie ihre Ankunft im Dorf ankündigte: Nanu kumm ich, nanu kumm ich ... Das also war Bertka gewesen, das blühende Fleisch. Der Alte erzählte mir freiwillig von ihrem Tod. Sie wollte und wollte nicht mit ihm in den Schacht hinunter, bevor die Russen über die Neiße kamen. Sie versteckte sich in einer Kiefernschonung, und als der alte Nickel aus dem Schacht kam, fand er sie mit über dem Kopf zusammengebundenen Röcken und unten herum nacklicht, tot. Hätte er sie zwingen sollen, mit ihm in den Schacht zu steigen? Es sei nun mal so, habe Nickel herausgefunden: Der Mensch mache sich an die Stelle hin, wo der Tod, sein ganz und gar eigener Tod, auf ihn lauere. Seine Bertka hat nicht mehr leben wolln. Ihr Enkelsohn, das verzogene *Einchen*, der in schwarzer Uniform beim Leibregiment diente, war im Krieg geblieben, er war der Enkel des Elektrikers, der wohl doch Bertkas größere Liebe gewesen war, denn heiraten hat sie sich vom alten Nickel nicht lassen.

Und nun sitzt der alte Nickel allein hier im immer dichter werdenden Kiefernwald. Die Grube wurde vor vielen Jahren geschleift. Es gibt nur ein Momentfoto von dem Augenblick, da der gelbe hohe Schornstein vom Maschinenhaus sich bei der Sprengung neigt. Dieses Foto hat, wie ich sehe, Erwinko Koalik, mein ehemaliger Freund und späterer Feind, gemacht.

Nickel hat sich oft gefragt, weshalb er hier hocken blieb.

Die Antwort wuchs aus ihm selber, als er sich betraf, wie er Kiefernpflänzlinge heranschleppte und die hellgelben Sandkippen damit bepflanzte. Das tut er nun seit Jahren, und die alten Bergleute wackeln mit den Köpfen, wenn sie es sehen.

Ich muß an einen Tibetaner namens *Milarepa* denken, der in seiner Jugend, von seiner Mutter aufgehetzt, fünfunddreißig Verwandte ermordete, die auf das Erbe seines Vaters aus waren. Später bereute er, meditierte, ging in die Einsamkeit und wurde der berühmteste Weise, um nicht zu sagen Yogi, Tibets und machte seine Untat tausendfach gut.

Und ich nenne den alten Nickel heute für mich den kleinen Milarepa, weil er die Erde von den Verletzungen heilt, die er und die Bergleute ihr beibrachten.

Schon um die Lebensgeschichte des alten Nickel hat sichs für mich gelohnt, mit den merkwürdigen Fragebögen durch die Dörfer des Amtsbezirks zu ziehen.

Auf dem Ziegenberg steht noch der alte Wildbirnenbaum. Ich habe unterwegs oft an ihn gedacht. Und er? Weshalb sollte er mich nicht kennen? Unter ihm, im Gras, habe ich manche Stimmung ausgetragen, als Junge, als Jugendlicher, und oft lag einer der Wittlingsöhne neben mir und beschäftigte sich lautlos mit dem, was ihn beglückte oder bedrückte. Die Birnbaumblätter raschelten blechern und fordernd: Macht, macht! hieß es, jeder Mensch muß mal durchn Dickicht, aber er kommt auch durch besonnte Wiesen. Wenn er nicht weiter weiß, soll er sich mit seinem Schutz-Engel beraten, aber der steht nicht mit ausgebreiteten Armen hinter ihm wie auf den Glanz-Postkarten, die Frau Helene Matt, geborene Kulka, in ihrem Laden verkauft. Der Schutzengel ist in ihm.

Hinterm Birnbaum das Familienhaus derer vom Ziegenberg mit den ausgeblichenen Dachziegeln. Ihr Rot schleppten die Regen und die Winde weg.

Auguste Petruschka, die Kumpanka meiner Großmutter, lebt noch, ebenso deren Schwager Hermann Petruschka, der Stabstrompeter aus dem Weltkrieg römisch eins, und der alte Wittling. Zu ihm gehe ich mit meinen Fragebögen zuerst. Er hat sich vorgenommen, ein wenig beleidigt zu sein, weil ich ihn noch nicht besuchte, nachdem ich wieder in Bossdom bin. Das Beleidigttun gelingt ihm nicht. Es rutscht ein Lächeln unter seinem Bart hervor. Er sitzt in einem Sessel und hat sein rechtes Bein quer über dem Sitz eines Küchenstuhles liegen, Schienbein und Wade mit einem weißen Lappen bedeckt. Es riecht nach Arnika und Kamille. Vom Lappen tropft eine Flüssigkeit in ein hölzernes Wännchen. Ich erkenne das Gefäß, in dem sich der Alte, auch seine Söhne, im Winter in der Küche und im Sommer draußen am Zaun des Gemüsegartens nach der Schicht wuschen und die Kohlenschwärze vom Leibe schrubbten.

Auch Wittling gehört zu den älteren Bossdomern, die mich mit ihrer Freundschaft auszeichneten. Wenn ich keinen von seinen Söhnen antraf, blieb ich beim Alten hocken. Er wollte es so, wollte mit mir reden. Dabei plättete er die Arbeitsanzüge der Söhne, stopfte deren Strümpfe oder besohlte deren Schuhe.

Wie aufgeregt ich auch zuweilen war, wenn ich zu ihm kam, kroch Gemächlichkeit und Ruhe vom Alten zu mir über. Da ist noch der Küchenfußboden aus rohen Mauersteinen, er ist von tausend Tritten lasiert und glänzt. Die Schwiegertochter ist draußen oder sonstwo, sagt der Alte mit Augenzwinkern und schält Kartoffeln. Es geht noch so rasch wie früher. Die Schalen sind dünn wie Seidenläppchen. Sorgsam sticht er die Keim-Augen aus den enthäuteten gelben Knollen. Er will wissen, wie ich über den Krieg kam. Er gehört zu den Menschen, die verständnisvoll zuhören und nur nachfragen, wenn sie etwas genauer wissen wollen, einer von den Menschen, die es einem leichtmachen, sich zu offenbaren. Wäre ich im vorletzten Kriegsjahr in Griechenland geblieben, nicht nach Berlin gegangen, hätt ich nicht überlebt, stellt er fest.

Die Bombenregen von Berlin waren nicht ungefährlicher, sage ich.

Aber du bist nicht umgekommen, sagt er. Und das ist es, was es ist: Er zerbräche sich den Kopf: Ist da ein Gott, der einen hin und her dirigiert und schließlich dorthin, wo man noch gebraucht wird, oder tut das Leben selbiges? Sind Gott und das Leben eines? Was meenste?

Da sind wir wieder bei den Gesprächen, die wir früher als ungleichalterige Freunde führten. Wir waren nicht viel weitergekommm mit unseren Tiefenbohrungen. Doa is was, was sich versteckt hält. Wir wollen es uffdecken, aber es zieht sich vor uns zurück. Hebb ick et nu, oder hebb ick et nich, man wird varrickt drieber.

Nach dem Weltkrieg römisch eins hat Vater Wittling auf die Rückkehr seiner älteren Söhne gewartet: Otto, der Strümpfestopfer, war in englischer, und Paul und Willi waren in französischer Gefangenschaft. Jetzt wartet er auf die Rückkehr der beiden jüngsten Söhne aus dem Weltkrieg römisch zwei. Wenn er noch eine Weile lebt, wird er müssen auf seine Enkel warten, die aus dem Weltkrieg römisch drei kommen. Aber das will sich ihm nicht mehr. Soll man das Leben als eine Friedenszeit sehen, die von Kriegen unterbrochen ist, oder als eine Kriegszeit, auf der kleine Friedens-Inseln schwimmen?

Von seinem jüngsten Sohn Hermann hört der Alte nichts aus der Gefangenschaft, kein Brief, kein nichts. Wie wird dem zu Herzen sein, wenn er *zuricke kimmt* und zwei Kinder im Ställchen vorfindet, die er nicht gemacht hat.

Ich geh nicht darauf ein.

Und Adolf, der vorletzte Sohn? Bei dem werden keine fremden Kinder sein, wenn er *zuricke kimmt*, aber mit seiner Frau geht auch nicht alles so, wie es sich ein Mann wünscht, der draußen und im Drecke liegt. Es werden sich schon Schadenfreudige an ihn ranmachen und dies und das auspischpern. Der Alte beugt sich zu mir und flüstert: Sie hat sich lassen als erstes Bossdomer Weib bei die Bolschewiken einschreiben, bei die Einheitssozialisten. Was soll das alles? Moal nationale Sozialisten, moal Einheitssozialisten. Lauter so Moden. Früher warn alle Espede von den Eltern her. Freilich hat man sich mußt schinden ooch, aber es woar mehr Verträglichkeit.

Ich weiß nicht, was ich antworten soll. Ich halte mich

noch immer für parteilos. Allerdings höre ich nicht gern, wenn auf die Russen geschimpft wird, deren Land wir verwüsteten. Was weiß ich damals vom Unterschied zwischen dem gütlichen russischen Volk und seinen Diktatoren, die ebenso herummordeten wie die deutschen Diktatoren und deren Hörlinge.

Dann füllte ich den Fragebogen aus, wie bei den anderen Dorfleuten. Es wird in meinen Vordrucken der Ehestand des Befragten ermittelt, nicht aber, ob es eine zweite oder dritte Ehe gegeben habe. Wittling erwähnt seine zweite Ehe mit der Böttcherka nicht. Es will sich mir nicht, ihn nach diesem peinlichen Ereignis zu befragen. Andere Dorfleute dürften auch dies und das verschwiegen haben. In einem Dorf weiß jeder von jedem *ganz Neegchen*, aber nicht alles, zum Beispiel nicht, wieviel Kinder von den Weibern vertrieben wurden, ehe sie sich zu Lichte bohrten.

Wir gingen voneinander wie früher: Wittling bittet mich, bald wiederzukommen. Ich verspreche es und kann es nicht einhalten. Zeitchen noch, und ich werde wieder weg von Bossdom werden. Zwei, drei Jahre werden vergehen, und eines Tages wird mir telefonisch mitgeteilt: Alter Wittling ist gestorben. Am Telefon ist sein Sohn, mein alter Freund Adolf. Er ist zurück, sein Bruder Hermann nicht. Ich soll zum Begräbnis kommen, Vater Wittling habe es sich gewünscht. Ich kann nicht weg, niemand, der mich in der Redaktion vertreten kann. Ich halte meine Arbeit für wichtig. Jahre später werde ich wissen, wie wenig wichtig sie war.

Ich habe es hinausgeschoben, aber nun muß ich Mamachen befragen. Ihr wißt, wen ich meine: die Gastwirtinnenmutter. Sie sitzt im Kemenatchen neben dem Schenkstock auf der Bank. Sie liegt, den Oberkörper über den Tisch aus Nußbaumholz, den Kopf auf die Unterarme gelegt, und weint. Sie hat müssen ihre Katinka von Metags Richard mit dem Milch-Auto wegbringen lassen.

Was war mit Katinka?

Mamachen möchte nicht sagen, daß sie direkt varrickt geworden is, aber ganz scheene irre woar se schont.

Wie das?

Vor drei Tagen hat sich noch nischt gezeigt. Das Mädel hat Einnahmen und Ausgaben aufgeschrieben, Leichtbier und Alkolat nachbestellt, und man hat mit ihr konnt reden, wie sichs gehört, aber denn is sie auf Abend bei Tinkos geworden und hat sich lassen onguliern. Hinterher hat sie woll een gehoben mit Tinkos Elvira. Das is, Deibel hole, woll bißchen ausgeartet. Jedenfalls hat Schwaberland, der auch beim Barbier war, sie abends späte angeschleppt gebracht. Alleene hat se nich mehr kunnt die Treppe hoch. Schwaberland war nicht angeschrägt, und Mamachen hat ihm einen eingeschenkt fürs Abschleppen.

In der Nacht fung Katinka an rauszuschrein, daß sie wäre von Schwaberland vergewaltigt geworden. Unsinn, sag ich, und so was soll sie uff Schwaberland nicht soagen, aber Katinka beschuldigt und beschuldigt den Posthelfer. Mamachen läßt Schwaberland kommen. Katinka macht Fäuste und bepaukt ihm den Rücken, beschimpft ihn: Bock gorschtiger!

Gloob, Tante Lehnigkinne, gloobe mir, ich wer mir doch nich an eene verheiroate Frau vergreifen! sagt Schwaberland. Mamachen hat mußt den Doktor kommen lassen. Er hat Katinka was zum Beruhigen eingespritzt. Es hat nicht lange vorgehalten. Und eben, sie haben Katinka mußt wegbringen lassen.

Im Dorf wimmeln Meinungen umher. Manche gehn aneinander vorbei, manche gehn aufeinander los. Niemand ist der Ansicht, daß der junggesellige Schwaberland sich über Katinka hergemacht hat. Er soll in Däben eene feste Braut haben, wie wird er überdrauf notzüchtigen?

Und wenn ooch, sagt Mannweib Pauline, een Bastard kanns nich werden, Schwaberland is keen Russe nich!

Hats Katinka im Krieg so genau genommen? wird gefragt. Im Krieg woar Krieg, wird geantwortet, da hats manche nich so genau genumm.

Paule Nagorkan sagt: Sie hat Soamenkoller, das is wie Heeßhunger im Unterleib.

Der alte Nickel meint, in manchen Menschen läge der

Irrsinn über Geschlechter hinweg auf der Lauer und passe seine Gelegenheit ab.

Kann woahr sein, muß aber nich, hält Paule Nagorkan entgegen.

Mamachen hat ihre besondere Ansicht: Jeder Tag ist der Tag, an dem der Schwiegersohn nach Hause kommen kann. Katinka kennt seine Eifersucht von früher her. Sie hat sich überfürchtet.

Um es gleich zu sagen: Karle Hantschik, der Gastwirt, kommt nach Hause. Er besucht Katinka in der Klinik. Sie weiß nichts mit ihm, er nichts mit ihr anzufangen. Er wird sich scheiden lassen, wird sich mit einer anderen zusammentun. Katinka wird nach Hause kommen und ihren Karl mit der anderen sehen. Sie wird nicht mehr wissen, daß er ihr Mann war.

Es hat schon vor meiner Geburt in Bossdom einen Mann gegeben, der von dem Drang geplagt wurde, aufzuschreiben, was er erlebte. Ich habe ihn bisher in den LADEN-Büchern nicht erwähnt. Er war, wie die meisten Bossdomer Männer, Kossät und Bergarbeiter, hieß Hantschik, und da es vier oder fünf Familien Hantschik im Dorfe gab, fing er an, Kaliko zu heißen, weil er seine Erlebnisse und Träume in Diarien schrieb, deren Deckel mit schwarzem Kaliko überzogen waren. Der Name wurde auch auf seinen Sohn übertragen.

Der alte Kaliko wäre, so wurde erzählt, ein behutsamer und fromm wirkender Mann gewesen. Seine Kumpel auf der Grube bespöttelten ihn. Sie wußten, daß er sein Geschriebenes sogar vor der Familie versteckte. Er hätte aus Vorsicht und Frömmigkeit sogar auf dem Ackerwagen gekniet, weil er beständig fürchtete, das Pferd könnte ihm durchgehen. Seine Frau hatte er sich aus der Teltower Gegend geholt. Unse Mutta is aus Teltow, wo se die kleenen Rübchen machen, sagte der junge Kaliko voll Stolz in der Schule. Die Kalikinne war eine lachlustige Frau und zeigte beim Lachen Zähne und Zahnfleisch. Die Geburt ihres Sohnes machte sie durch einen Gebärmuttervorfall zur Invalidin. Sie ging grätschbeinig an einem Stock und wurde im Handwagen auf die Felder zur Arbeit gezogen.

Den alten Kaliko erschoß man im Weltkrieg eins für Kaiser Wilhelm zwei in Frankreich. Seine lahme Witwe heiratete nicht wieder. Der junge Kaliko war ein Jahr älter als ich und so lesewütig wie ich. Im Winter lasen wir die Bücher aus der Kreis-Wanderbibliothek um die Wette und verglichen unsere Ansichten über dieses und jenes Buch. Die dicken Brillengläser, die dem jungen Kaliko schon während der Schulzeit verschrieben wurden, hielten ihn nicht ab, sich in den Winter-Abendstunden durch die dicksten Bücher zu rüsseln. Am Tage aber unterstützte er seine Mutter bei der Arbeit in den Ställen, und auf Antrag wurde er als Kriegswaise ein Jahr früher aus der Schule entlassen als die Gleichalterigen. An den Sonntagnachmittagen entpuppte sich Kaliko in der Horde als ein wilder Junge, kletterte wie ein Eichhorn, balancierte auf Koppelzäunen, sang obszöne Liedchen dazu, und wir sahen uns um, wenn er sie sang, ob auch kein Erwachsener in der Nähe wäre. Das Über an Übermut, das sich im jungen Kaliko während der Woche angesammelt hatte, wollte in diesen Stunden ins Freie. Sastupeits Alfredko und mich nannte er seine Freunde. Wenn wir an Regentagen bei Kalikos *zu Gaste* waren, kochte uns seine lahme Mutter eine süße Mohnsuppe, lachte mit uns und sang jene zotigen Liedchen, die wir vom jungen Kaliko kannten. Das Witwenleben der Lahmen schien sich einen Ausweg zu suchen. Es gab da einen verheirateten Onkel aus dem Hinterdorf, der dann und wann zu Besuch kam. Die Erwachsenen äußerten ihre *Verdächte*, aber was war das uns schon? Jener Onkel begleitete Jung-Kaliko auch als *Angehöriger*, wenn wir auf einen Schulausflug gingen. Unser weitester Schulausflug führte uns in das Land Oybin. Wir bestaunten die *hochen* Berge, auch die Schlucht, die eine Nonne im Weitsprung überwunden haben sollte. In der Klosterruine zählte Lehrer Rumposch seine *Schafe*, und siehe, es fehlte Kaliko. Auch sein Begleit-Onkel wußte nicht, wo sein Schützling geblieben war. Wir riefen im Chor nach dem Vermißten und reizten das Echo

in der Klosterruine mit Kaliko und Kaliko, bis der ange-
schnauft kam. Er hatte sich an einem Andenken-Verkaufs-
stand eine Broschüre über die Klosterruine gekauft und
war unterwegs ins Lesen geraten. Lehrer Rumposch hob
seine Spreewälder Hand und hieb Kaliko eine Ohrfeige
hin, sie hallte in der Klosterruine wider. Kalikos Brille fiel
ins Gefels. Eines der Gläser zerschellte, und aus den Augen
des Jungen schossen dicke Tränen. Die Brille wirschte be-
zoahln, Arschpauker! sagte Kalikos Begleit-Onkel. Es brach
ein Gezänk zwischen den Männern aus, und das alles
wurde für mich zum Oybin und seinem Umland, dem
Hochwald und der Lausche, das ich bisher nie wiedersah.

Eines Tages, als das Dach der Kaliko-Kate umgedeckt
wurde, fand man die schwarzen Diarien mit den Aufzeich-
nungen vom alten Kaliko, der junge Kaliko las heimlich
darin, und eines Tages sagte er zu mir: Unse Voata hätte
kunnt leichte een Buch zustande gebracht hoaben. Ich
bedrängte ihn, mich einmal hineinsehen zu lassen, und
stachelte seinen Stolz auf den Vater, und ich durfte in
eines der Diarien hineinsehen. Wir hockten auf dem Dach-
boden. Schinkenduft umspülte uns von der Räucherkammer
her. Eine der Tagebuch-Episoden vom alten Kaliko blieb
lebenslang in mir. *Sinnerei* hatte der Alte seine Eintragung
überschrieben. Ich versuche, sie mit seinen Worten wieder-
zugeben: Manchmal, wenn ich allein im Stollen kusche,
gefrühstückt habe und mit dem Frühstückspapier auch sein
Geraschel mit in den Rucksack gesteckt habe, wenn die
Schachtmäuse, die auf meine Brotkrümel aus waren, da-
vongehuscht sind, bleiben mir manchmalig noch zehn Minuten von der Pause drüber. Denne ists stille im Loche,
und stiller kanns nirgendwo sein, nur in meinen Ohren
tief drinne is was wie ein Gesage und Geflüster, und ich
weiß, daß es Gott ist, der mir was weismachen will. Dadrüber
kann man nich reden. Sobald eens über Gott reden tut,
zerredet er am, streicht am durch. Weg!

Ein Wort, das ich bis dahin nicht gekannt hatte, hieß
ironisch. Der alte Kaliko nannte die Redereien des Gruben-
Inspektors so, und seither kenne ich dieses Wort.

Meine Freundschaft mit dem jungen Kaliko ging zu Ende, als ich mein erstes Mädchen, jene Martel aus Laichholz, auftat. Als er mich und sie das erste Mal zusammen sah, fühlte er sich überflüssig und mied mich.

Bei den Kalikos treffe ich die Anderthalbmeter-Groß-mutter. Seit Großvater sich davonmachte, hat sie keinen Halt mehr daheim. Sie reest bissel rumher, sagt sie, was is dabei? Mir geht auf, wo sich das Unstete in Onkel Phile hernahm. Großvaters Strenge hielt die *kleene Kräte zahause.* Ein Grund, weshalb Großmutter des öfteren bei den Kalikos zu Besuch wird, ein merkwürdiger Grund: Sie und die Kalikinne sind nach dem Gebären ihrer einzigen Söhne mit *Gebärmutter-Vorfällen* beflucht worden und lassen sich von Zeit zu Zeit zur ärztlichen Kontrolle zusammen nach Däben kutschieren.

Meine Fragebogen sinds also, die mich zum ersten Male, seit ich wieder in Bossdom bin, zu den Kalikos bringen. Der Hausherr, bei uns auf der Heide der Wirt (und seine Frau die Wirtne) genannt, freuen sich. Kaliko putzt verlegen seine dicken Brillengläser.Die Verstimmung, die uns einst auseinanderbrachte, ist vergessen. Erinnerungen an unsere *Jungsenzeit* quellen herauf. Was wurde aus den schwarzen Diarien von Vater Kaliko?

Der junge Kaliko hat noch oft in ihnen gelesen, hat sie gebündelt und in der mit Kornblumen und Rosen bemalten Hauslade auf dem Boden verwahrt, aber eines Tages im Kriege, das Papier war knapp, fand er ein Stück Butter, das seine Frau *schwarz* verkaufen wollte, in eine Diarienseite mit den Schriftzeichen seines Vaters gewickelt. Himmelarsch, da wurde ich wilde!

Dann kam das Kriegsende und mit ihm die Russen und die zurückflutenden polnischen Zwangsarbeiter. Es müßte mächtig verdreht zugehn, wenn die schwarzen Diarien von Vater Kaliko wieder auftauchen sollten.

Wer weiß, welche sorbischen Schrockosche und Choynake einmal dort Wein anbauten, jedenfalls heißt das Dorf-Ende, dort, wo es nach Wadelow hinausgeht, *Uff Weinberg.* Im letzten Haus wohnt Paule Nagorkan. Wie ihr aus dem ersten Band des LADEN-Romans wißt, begleitete uns ein Buch durch die Dorfschulzeit, in dem ein Häuflein von jeder Wissenschaft zu finden war, nur von der Kunstwissenschaft nicht, ein Zeichen vielleicht, daß es sie nicht gibt, nicht geben kann. Das Buch hieß *Realienbuch.* Paule konnte es auswendig. Das war lange Zeit das Kunststück, mit dem er auftrat. Jeder, der wollte, konnte sich die Rezitation bis zum Schluß anhören, und das war zumeist der Gastwirt, der beim Vortrag seines letzten Gastes durchhielt, weil er neben der Theke eingeschlafen war. Nach dem *rischen* Tode seiner Nebenfrau fing Paule an zu trinken wie ein Sandloch. Wir Jungsen fanden ihn zuweilen, bis über den Eichstrich gefüllt, auf der Dorf-Aue neben dem Kriegerdenkmal liegen. Er lockte uns mit obszönen Liedchen an: Ich hoab noch nie son Sack gehoabt als wie am erschten Feiertoag ... und so was alles. Wenn wir uns um ihn versammelten, ließ er *Realienbuch-*Weisheiten heraus, examinierte und beschimpfte uns, wenn wir seine Fragen nicht beantworten konnten. Und das alles im Liegen. Ein Aufklärer bis zum Umfallen. Er beendete seine Saufsucht mit einem Plumps, ging in sich gekehrt umher, sammelte Pilze und Beeren, band Besen aus Birkenreisern, holte sich Bücher aus der Grodker Bibliothek, fing an zu lesen und stockte sein Realienbuch-Wissen auf, aber die Bossdomer sahen in ihm trotzdem einen Kauz und Rechthaber. Er weeß alles besser wie unsereener, und meistens stimmts, was er weeß, sagte Kurte Schimang von ihm.

Nach den Merkmalen, die er auf der Kreisparteischule gelernt habe, sei Paule Nagorkan ein Anarchist, sagt Weinrich.

Nagorkans Budchen liegt, wie ich es von der Jungsenzeit her kenne, von Efeu zusammengehalten, *bei Heede.* Hofraum und Wald gehen ineinander über. Geräte, die für den Hof zu sperrig sind, Ziehwagen, Eggen und Hungerharke, stehen am Waldrand unter hohen Kiefern, und die Hühner sind sowohl Hof- als Waldhühner, rekeln sich ihre Sand-Badewannen zwischen Birkenwurzeln aus und girren wohlig in der Nachmittagssonne. Bei Nagorkans hat die Zeit einen Rastplatz gemietet.

Paule Nagorkan sitzt unterm geteerten Holz-Schuppendach und dengelt eine Sense. Eigentlich könnte er *ganzes* Sensen klopfen. Ungeübte Bergleute und Glasmacher säbeln mit dem Raingras die Maulwurfshaufen ab, machen die Sensen stumpf und können sie nicht dengeln. Paule nennt die Bodenreform *Dardanellengeschenk*. Seine Handrücken sind mit Altersflecken bedeckt, hell- bis dunkelbraun wie Gebirgssymbole auf Landkarten, an seiner rechten Schläfe sonnt sich eine dicke Ader, eine Todesvorbotin.

Paule weiß, weshalb ich komme. Ich wer dir nich viel antworten, sagt er. Lebenslauf, wenn ich das schont höre! Sein Leben wäre nicht umhergelaufen, es hätte sich hier auf dem Weinberg, auf der Grube und in der Schenke abgespielt. Außer Grodk kenne er keine andere Stadt, dort habe er sich zuweilen in der Bibliothek Bücher ausgeliehen. Was er von der Welt wisse, habe er sich zusammengeklaubt. Das ist es, was es ist. Mich bezeichnet er als parteiisch, weil ich auf so ein Dardanellengeschenk von der Bodenreform aus bin.

Ich führe zu meiner Entschuldigung den Grafen Tolstoi in Rußland an. Paule weiß über den Grafen Bescheid und nicht zu knapp. Die freiwillige Landabgabe des Grafen sei nicht mehr gewesen als ein Klecks Spucke im Weltenmeer. Außerdem habe der Leo das aus Eitelkeit getan, um seinen Jüngern zu imponieren. Wenn irgendwo Jünger vorkommen, ist meistens was faul.

Es wäre wohl nicht nur Eitelkeit, sondern auch Vernunft im Spiele gewesen, wende ich ein.

Die Ader an Paules Schläfe verdickt sich. Vernunft sei der Engel, auf den die Menschheit seit Adams Zeiten warte, ohne von ihm bisher eine Flügelfeder gesehen zu haben. In meinen Fragebogen schreibe, sagt er: Seine Frau ist zu zeitig gestorben. Die drei Jungsen hat er alleene uffgezogen. Seine unangetraute Zweitfrau habe sich einer Engelmacherin anvertraut und sei dabei umgekommen. Ein Elend, wenns keine Freude gäbte! Nur wie einer zu seiner Freude kommt,

326

müsse er selber herausfinden. Schreib also: Obiger hat sich nicht rausbewegt, kennt keen Gebirge und keen Meer, aber kann noch Sensen kloppen, kann Harkenzinken schnitzeln, Besen binden und wendisch reden. Ganze Weile hat er gesoffen, hat sichs aber abgewöhnt, könnte noch leichte een Weib bespringen, will sich auf die alten Tage aber nicht mit Parteilichkeit anstecken, und nu mach, was du willst, draus!

Vierzig Jahre mußten vergehen, bis ich herausfand, daß ich im Jahre sechsundvierzig bei Paule Nagorkan in Bossdom auf etwas Neues gestoßen war, vierzig Jahre, bis ich zu der Freude hinfand, von der Paule geheimnisvoll redete. Ich könnte sagen, er war nicht der Kauz, für den ihn viele hielten, aber das würde eine Beurteilung und parteiisch sein.

Meinen Bruder Tinko zu befragen kostet mich Überwindung, deshalb stelle ich mir vor, ich sei Angehöriger eines Mönchs-Ordens und mein Abt hätte mich beauftragt, in jedem Haus des Dorfes zu missionieren. Hätte ich sagen können, ins alte Schulhaus gehe ich nicht, dort wohnt mein Bruder mit seinem Weibe, die mir feind sind?

Zu einer Feindschaft gehören zwei Menschenkinder mit entgegengesetzten Ansichten. Nimm an, eine der Ansichten gehört dir, stelle sie zurück und komme mit deinem Bruder ins reine!

Seine Frau hat mich beleidigt und vor aller Welt verkleinert, Bruder Abt.

Halte die zweite Wange hin!

Dieses wird mir sauer werden.

Es steht nirgendwo geschrieben, daß es süß sei, ein Bruder unserer Gemeinschaft zu sein.

Mit solchen Tricks schubse ich mich in das Haus meines Bruders und treffe auf Schwägerin Elvira. Sie siedet in der Küche Sirup, sieht mich und sieht mich nicht.

Ich grüße.

Sie dankt nicht.

Ich klopfe auf meine Mappe und sage, ich hätte da einige Fragen. Sie sieht nicht auf.

Ich habe hier einige Fragen amtlicher Art, sage ich eindringlicher. Sie geht nach nebenan. Dort steht das alte Klavier des geflüchteten Lehrers. Es ist verstimmt, aber ich erkenne den Gassenhauer, den die Schwägerin mit zwei Fingern heraustippt: Du kannst mir mal fürn Sechser ... Verlangst du, daß ich mitsinge, Bruder Abt?

So dir jemand die Tür weiset, such ihn ein zweites und drittes Mal auf, er wird an deiner Langmut Versöhnungsbereitschaft erkennen.

Zuviel verlangt, Bruder Abt.

Einen Tag später erscheint Tinko höchstselbst in meiner Schreiberwerkstatt. Wenn wir uns im Dorf oder auf den Feldern treffen, zeigt sein Gesicht nicht an, daß wir uns kennen. Er sieht an mir vorbei auf einen Punkt in der Ferne, als müsse er dort zu einer bestimmten Zeit ankommen. Jetzt grüßt er freundlich, und seine Hand tut, als wölle sie sich mir hinstrecken, aber dann bemerkt es der Bruder und zieht sie zurück.

Du wolltest was? fragt er.

Es erscheint mir zu vertraulich, meine Schwägerin beim Vornamen zu nennen. Ich war bei deiner Frau, sage ich, und was ich wollte, wird sie dir gesagt haben.

Der Bruder ist feist geworden. An seiner Arbeitsbluse sind die Knöpfe versetzt, damit er noch hineinpaßt. Was mich betrifft, so müßte ich die Knöpfe weiter nach hinten setzen, damit ich in der abgelegten Klempnerbluse meines Herrn Schwiegervaters nicht so verhungert aussehe. Ich spüre, im Bruder glost noch immer die Eifersucht, die seine Frau anschmauchte und am Glimmen hält. Er sieht sich um, gewahrt die aus Heeresbeständen gestohlene Schreibmaschine und nickt einverständig. Aus der Küche kommt Kochgeklapper und Kindsgeplapper. Ich stelle dem Bruder die Fragen nach dem vorgegebenen Schema. Er antwortet willig. Bei der Frage nach seiner politischen Vergangenheit hält er inne. Ich soll ihm sagen, wer da fragt, ob die Berliner Obrigkeit oder die Russen, und ob, wer aus Vergeßlichkeit eine falsche Antwort gibt, nach Sibirien gebracht werden kann. Ich schweige, hebe nicht einmal die Schultern.

Der Bruder wird widerlich freundlich. Natürlich könne er mich Elviras wegen nicht ein zweites Mal bemühen, andererseits wird Elvira nicht zu bewegen sein hierherzukommen, ob ich ihm nicht könnte Elviras Fragebogen mitgeben, er würde ihn allereiligst ausgefüllt zurückbringen.

Mein Ordens-Oberer macht sich bemerkbar und flüstert: So der mit dir Zerstrittene eine Geste der Versöhnung erkennen läßt, schlage nicht aus.

Ich gebe meinem Bruder den Fragebogen. Er verbeugt sich, als wäre ich ein Barbierkunde, der ein gutes Trinkgeld gab. Einen Tag später bringt er den von Elvira ausgefüllten Fragebogen. Ich erfahre, daß sie tatsächlich zehn Jahre älter ist als der Bruder.

Trotz meiner Hausiererei mit den Fragebögen vernachlässige ich meine anderen Arbeiten nicht. Ich verlängere meine Morgen, hocke schon um drei Uhr vor meiner Schreib-Arbeit, gehe um acht Uhr zu den Matts, versorge das Pferd und das Kleinvieh, und wenn Bruder Heinjak in die Stadt muß, übernehme ich die Brotbäckerei, und ich fahre Teichschlamm mit dem Handwagen auf einen Haufen unter der Birke beim Feldgarten. Kompost fürs nächste Jahr. Nach meinem Erfolg mit dem tiefgepflanzten Roggen belächeln mich die Dörfler nicht mehr. Das Schlammfahren gehörte zu meiner zweiten Schicht, und die dritte Schicht ist das Befragen der Bossdomer.

Ich liefere die Fragebögen bei Kurte Schimang ab. Er blättert zweihundert Mark auf den zum Schreibtisch vergewaltigten Stubentisch. Bißchen Abfindung muß sein, sagt er. Eine träge Brotfliege putzt sich auf einem Zwanzigmarkschein die Flügel.

Die Bezahlung kommt unerwartet. Ich hatte gemeint, etwas ehrenamtlich zu tun. Trotzdem kommt mir die Entlohnung zupasse. Unsere Haushaltskasse ist wieder leer. Ich freue mich über das Geld. Es überfällt mich. Früher als Fabrikarbeiter hatte ich meinen Wochenlohn, jetzt habe ich keine festen Einkünfte, und eben über das Geld von Schimang freue ich mich.

Jeden Tag sind wir wer anders, wir und die Welt, bis in die Sterne hinein, doch wir bemerken es erst, wenn sich viele kleine Veränderungen zusammengeschoben haben. Die erste Alge auf dem Wasser eines Tümpels sehe ich nicht, aber wenn Alge zu Alge kommt, und die Oberfläche des Wassers anfängt grünlich zu schimmern, sage ich: Seht nur, seht, Entengrieß, es soll mich nicht wundern, wenn sich nicht bald auch ein Frosch einfindet!

Wir verlieren Freunde, weil unsere Vorstellungen vom Sinn des Lebens nicht mehr mit deren Vorstellungen übereinstimmen.

Ich weiß nicht, wieviel Zeit mir noch bleibt festzustellen, welche Freunde mir nahe gewesen waren und welche mir nahe geblieben sind. Die meisten habe ich nicht gekannt. Ich werde von den verwandten Erkenntnissen und Gefühlen angezogen, die sie in Wörtern und Noten hinterließen.

Lebende Freunde hatte ich wenige, stelle ich heut erstaunt fest, und nur zwei verblieben mir: ein Dichter und eine Dichterin. Der Dichter lebt in einem der merkwürdigsten Länder Europas. Er weiß nicht daß ich ihn als Freund betrachte, aber er bleibt es, weil uns beiden aufging, daß der Sinn des Lebens die ewige Veränderung ist und daß wir über das Wohin der Veränderung niemals etwas wissen werden.

Mit der Dichterin lebe ich unter einem Dach. Ich lese ihre Gedichte, und sie bestätigen mir, daß wir uns seit vierzig Jahren freund geblieben sind, weil wir nie versuchten, mit Worten zu erfassen, was nur aus den Räumen zwischen Worten und Zeilen zu erahnen ist.

Zwei Freunde, deren Ansichten über den Sinn des Lebens ich mit Vorbehalt teilte, starben zu früh. Es ward ihnen keine Gelegenheit, meine sachten Vorbehalte zu zerstreuen, die als dumpfe Ahnungen in mir umgingen. In den fünfziger Jahren fuhr ich zum Beispiel mit dem listigen Augsburger durch die prallen Gefilde Hollands, und ich fragte ihn: Woher wird hier die proletarische Revolution kommen, sag mir?

Und er, der sonst so drauf aus war, marxistische Termini umzuprägen, zum Zeichen, daß er sie durchdacht hatte, antwortete brav wie ein Parteischüler: Durch die Krisen, Matt, durch die Krisen, die den Kapitalismus von Zeit zu Zeit schütteln.

Damit komme ich zu dem Mann, der in der Geschichte, die ich erzähle, trotz der Vorbehalte, die ich gegen die meisten seiner Ansichten hatte, bis zu seinem Verschwinden mein Freund blieb.

Seine Naivität stieß an die meine.

Ich soll nach Grodk werden und die erste Partie meiner ausgefüllten Fragebögen auf dem Landrats-Amt, Abteilung Volksbildung, beim *kleenen Schupank* abgeben. Schimang gibt mir seine Berechtigungskarte, damit ich den Linien-Omnibus benutzen kann. Eine Verordnung besagt, daß Leute mit Berechtigungskarten vordringlich in den wenigen Omnibussen mitgenommen werden müssen, die das Land befahren, aber es gibt mehr Verordnungen, als zu essen.

Nach Bossdom, das abseits der Hauptstraße in der Heide liegt, kommt der Omnibus nicht. Ich trampe mit den Fragebögen im Rucksack nach Gulitzscha. Der Omnibus hält. Die Schaffnerin steigt aus. Die meisten Fahrgäste drücken ihr, außer dem Fahrgeld, noch etwas in die Hand, vielleicht eine Zigarette, vielleicht ein in Papier gewickeltes winziges fettiges Etwas.

Ich zeige meinen Erlaubnisschein, aber die mit den Zusatzfahrgeldern drängen mich zur Seite. Die Omnibustür wird zugeschoben, quiekt hämisch, und das Straßenpflaster buckelt mitleidig. Ich stehe da. Mein Pflicht-Eifer, der mir manche Enttäuschung eintrug, läßt nicht zu, daß ich den Auftrag nur halb erfülle. Ich gehe zu Fuß nach Grodk. Meine Knickerbocker, die früher von falbgelber Farbe waren, sind durch das monatliche Auswaschen fast weiß, sie leuchten in der Sonne. Meine Militärstiefel verlangen nach neuen Sohlen. Was werde ich dem Schuster bieten müssen, damit er sich ihrer erbarmt? Geld hab ich genung. Was haste sonst zu bieten? sagt jeder, von dem man etwas verlangt, was man später Dienstleistung nennen wird. Statt den Schönwetter-Tag zu genießen, bekümmern mich meine

Schuhsohlen. Noch weiß ich nicht, daß Vorbedenken in den meisten Fällen nutzlos ist, noch weiß ich so vieles nicht, was ich jetzt weiß. Wozu wohl, da ich demnächst abkippen werde?

Dem Namen nach kenne ich Edwin Schupank von meiner Schulzeit her. Ich fand ihn in den Sitzungsberichten des Stadtparlaments im *Spremberger Anzeiger*. Schupank war der einzige kommunistische Abgeordnete im Stadtparlament.

In meiner Schülerzeit führten in Grodk die *Espede*-Leute das Hauptwort. Sie nannten die *Kapede*-Leute Bolschewistenknechte. Die Bolschewiken, sagten sie, trieben in Rußland fortwährenden Frauentausch und wären Gleichmacher. Kein russischer Mensch dürfe mehr besitzen als der andere, und die Wirklichkeit wäre, sie hätten alle nichts. Solche Ansichten hörte man, besonders vor Wahlen, mit gelindem Gruseln in Bossdom. Merkwürdig war deshalb, daß sogar Sozialdemokraten und Bürgerliche mit Respekt von Schupank redeten wie Dorfleute von einem sogenannten Klugen Mann, einem Schamanen. Ich lernte ihn, wie gesagt, damals nicht kennen, aber etwas von dem Respekt, den die Erwachsenen ihm entgegenbrachten, übertrug ich auf seine Tochter Clara.

Neben dem Heizerstübchen, das ich damals nach dem Tod der alten Pobloschen behauste, gabs einen halbdunklen Kellerraum, in dem die Fahrräder jener Mädchen standen, die einen weiten Schulweg hatten. Die *Fahrradmädchen* mußten ihre Räder eine Halbtreppe hinauf- oder hinunterschleppen. Sie drangen also, wenn sie kamen oder gingen, bis in meinen *Wohnbereich* vor. Wenn ich in der Nähe war, half ich ihnen, besonders jenen, die mir gefielen. Ich schleppte ihre Fahrräder die Treppe hinauf oder hinunter, versuchte mit ihnen zu sprechen, forderte ihnen mit ländlichen Redereien Antworten ab. Morgen werden wir woll mit Regen zu rechnen haben. Was sollten die Mädchen drauf antworten? Sie hatten kein Heu auf der Wiese liegen. Oder ich sagte: Mensch, dein Kettenkasten klappert unheimlich, laß dir von deinem Vater die Schrauben nachziehen.

Dank für Hilfe und Ratschlag konnte die Antwort in

einem solchen Falle heißen. Der schüchterne Dank rieselte bis zu meiner aufkeimenden Männlichkeit hinunter. Kurzum, ich machte *small talk,* wie man das in diplomatischen Kreisen nennt, mit einigen *Fahrradmädchen.* Zu ihnen gehörte auch Clara Schupank. Ich versuchte sie mit Allerweltsbemerkungen auf mich aufmerksam zu machen, wenn ich ihr das Fahrrad treppauf oder treppab schuftete. Von wo kummst du? fragte ich sie im echten Bossdomer Ponaschemu.

Wir wohnen in Algier, antwortete sie so hochdeutsch wie möglich.

Algier hieß ein Stadtteil von Grodk. Seine Bewohner wurden, ich weiß nicht weshalb, Algieraner Messerstecher genannt.

Zwei Jahre weiter. Ich war Untertertianer, und Clara Schupank gehörte zu den ersten Mädchen, die vom Lyzeum aufs Gymnasium geschickt wurden. Ich schmuggelte mich in den Pausen auf dem Schulhof in ihre Nähe, aber sie erkannte mich nicht. Schloß sie sich dem borniertem Verhalten ihrer Mitschüler an, *Krebse* der niederen Klassen nicht zu beachten? Sie war blaß. Es fielen ihr eine Menge dunkelblonder Löckchen in die Stirn. Ich beobachtete sie. Für sie war ich ein Nichts. Sie lächelte fein, trug Wandervogelschuhe, wirkte sportlich und bewegte sich eckig. Ihr Vater wäre Kommunist, hieß es, deshalb trüge sie den Namen einer Ober-Kommunistin. Von den Schülern ihrer Klasse wurde sie ähnlich behandelt wie die Tochter eines Pfarrers, eines Mannes also, der mit der geheimnisvollen Macht *Gott* in Verbindung steht. Oft sah ich sie eifernd auf ihre Mitschüler einreden. Sie bevorzugte keinen, machte keinem schöne Augen und schien etwas Außermenschliches zu lieben, von dem die anderen durch Glaubensmangel ausgeschlossen waren.

Edwin Schupank ist ein kleiner, breiter Mann, untersetzt, wie man sagt; einige Zentimeter Körperlänge weniger, und man müßte ihn einen Liliputaner nennen. Sein Büro richtete er sich paßrecht ein: Die Aktenregale sind nur bis zur halben Höhe bestückt, sein Bürostuhl steht auf einem Podest, damit er wie ein Mensch von Durchschnittsgröße an seinem Schreibtisch arbeiten kann, und da sitzt er mit baumelnden Füßen wie auf einem Thron; das wirkt komisch und trotzdem kommt einem kein Gelüste an, ihn zu belächeln. Von seinem Gesicht geht freundliche Verbindlichkeit aus, als wölle er gute Menschen in ihrer Güte bestärken und ungute besänftigen.

Ich werfe meinen schweren Rucksack mit den Fragebögen auf die Dielen des Schloßgemachs und stelle mich vor. Schupank tut es nicht, er setzt voraus, daß es im Kreise Grodk niemand gibt, der den *kleenen Schupank* nicht kennt. Er lobt mich, ich sei der erste Ablieferer einer Fragebogen-Ernte, er freue sich auf den Abend, wenn er sich einen Überblick über den Bildungsstand der Bossdomer verschaffen wird, aber seine Neugier ist stärker als sein Vorsatz. Er fängt an zu blättern, liest sich fest und läßt mich stehen.

Es will sich mir nicht, mich unaufgefordert in einen der umherstehenden Lutherstühle zu setzen. Ich trete in eine Fensternische und sehe zu den Wiesen hinunter, sehe auf den Schloßgraben und den schwarz geschotterten Weg am Rande der Wiesen und denke an die Zeit, da ich dort neben den Großeltern zum *Schweizergarten* tappelte, denke an den rostroten Apfelkuchen, den uns die Kellnerin auftischte. Weiße Ballenwolken ziehen von Slamen nach Spremberg, und Dohlen fliegen vom Stadtteich zum Schloßturm.

Schupank rutscht von seinem Thron. Er trägt warme Hausschuhe, Schuhe, die man *Schandauer* nennt, bemerkt mein Verwundern, hebt sein rechtes Bein und kommt dabei ins Schwanken. Man hat das nötig hier, sagt er, die Fußböden seien vollgesogen mit kalter Vergangenheit. Er spricht angesächselt. Seine Füße sind etwas einwärts gestellt. Watschelnd umkreist er mich und bleibt hinter mir stehen. Es beunruhigt mich. Nebenan wird die schwere Tür eines anderen Büroraumes geöffnet. Sie knarrt. Ein Türschloß schnappt ein.

Schupank hat mich umwandert, steht vor mir und schüttelt den Kopf. Er wundert sich über die älteren Leute von Bossdom, die nichts als ihren Namen schreiben können.

Ich erkundige mich nach seiner Tochter Clara. Er klatscht in die Hände. Was, du gennst unsere Clara? Ich erzähle, woher ich sie kenne, und vergesse nicht zu erwähnen, daß ich ihr manchmal das Fahrrad treppauf trug, als sie noch ins Lyzeum ging, und erzähle, daß wir später zusammen auf dem Gymnasium gewesen wären, daß sie mich dort aber nicht mehr kannte, weil es bei den Schülern höherer Klassen Ehrensache war, die Schüler niederer Klassen zu übersehen.

Das mißfällt Schupank. Nein, ich müsse mich da irren, seine Tochter sei verbindlich gewesen, ich hätte sie anreden sollen. Ich erwähne, daß ich mich an die Reihe kleiner Locken erinnere, die der Clara in die Stirn fielen. Der kleine Mann reckt sich. Man kennt ihm an, wie stolz er auf seine Tochter ist. Sie habe Romanistik studiert. Er spricht das Wort mit leisem Respekt aus, als handele es sich um den Namen einer ernsten Krankheit. Clara sei zweiunddreißig nach Frankreich gegangen. Es wäre ihr gelungen, hier herauszukommen, bevor Hitler den Käfig schloß. In Frankreich hätte sie geheiratet, und sie wäre im Auftrag der *Kape-Eff* nach Algerien gegangen und arbeite seitdem dort als Übersetzerin für Deutsch und Englisch in einer Weinhandlung, in der ihr Mann Prokurist sei. Nun aber habe er ihr geschrieben, sie möge nach Hause kommen, man brauche hier alle fortschrittlichen Kräfte zum Aufbau. Fortschritt und Aufbau, sozialistische Nachkriegsworte. Ich werde sie hören bis zum Überdruß, bis sie mir nur noch ein Geräusch sind.

Als ich ins bewußte Leben fuhr, befand ich mich zwischen sozialdemokratischen Grubenarbeitern, Glasmachern und Kossäten. Ich wurde sozusagen sozialdemokratisch getauft, allwie Christen in die evangelische oder die katholische Gemeinschaft hineingetauft werden, deren Satzungen sie später für einen Teil ihrer Persönlichkeit halten. Schupanks Belehrsamkeit höre ich mir an wie ein Evangelischer, der erkunden möchte, wie es bei den Katholiken zugeht.

Durch mein williges Zuhören entlockte ich dem kleinen Mann *Prophezeiungen:* Wenn kein Mangel herrscht, verkündet er, wird sich niemand mehr aneichnen, als er braucht. Und da ich ungläubig dreinsehe, fühlt er sich veranlaßt, mir ein helleres Licht aufzustecken. Ob ich denn annähme, daß sich einer mehr, als bis er satt ist, aus der Gemeinschaftsküche holen würde? Oder gannst du dir vorstellen, daß einer in zwei Paar Schuhen umherlaufen wird? Die Existenz von Gaunern *erübriche* sich, wenn von allem genug da ist. Ich möge das nicht für optimistisches Gerede halten. Die Leute im Lande *Leeenins* würden es uns, sobald sie die Kriegsschäden beseitigt hätten, in der Praxis vorführen.

Den Namen Lenin spricht er mit drei feierlichen E aus. Wirscht sehn, sagt er, die Guten kriegen mir eines Tages alle!

Ich verhäkele Schupank mit meiner Neugier in Gespräche, bis die Mittagszeit heran ist. Ich soll mit ihm zu sich nach Hause, zum Essen. Keine Widerrede! Er holt breit getretene, blank geputzte Lederschuhe aus einem Schrank, legt ein Halstuch um und setzt einen zerkniffenen Hut auf, dessen Zierband arg zerschlissen ist.

Ein merkwürdiges Männerpaar geht durch Grodk. Schupank in einem dunklen Halbmäntelchen, ich in meiner hellen Deserteurbluse und den verwaschenen Manchester-Knickerbockers. Schupank, der die Gesellschaft und die Welt verändern will, ich, der ich das Getu der Menschen beobachte und nach dem Sinn des Lebens suche.

Stadtapotheker Rübe steht auf der Schwelle und schöpft Luft auf. Noch ehe wir heran sind, grüßt er Schupank mit einer leichten Verbeugung. Es will was heißen, daß der *kleene Schupank* die Sympathie dieses Apothekerquerkopfs hat. Auch andere Leute grüßen freundlich und respektvoll. Schupank lüpft sein Hütchen und grüßt von unten nach oben. Ein kleiner Stadtschultheiß geht durch Grodk. Ich muß achtgeben, daß ich mich nicht mitgegrüßt fühle. Schupanks Hand, die nach dem Hut greift, erinnert mich an die Hände meines Großvaters. Vielleicht bilde ich es mir ein, und es sind einfach vom Leben gegerbte Hände eines alten Mannes.

Schupanks Frau ist lauter und größer als er. Ihre Wangen überzieht ein Gespinst von geplatzten Äderchen. Sie ist

Tuchmacherin und hat Männerherden bekleidet. Ich, der unangemeldete Gast, verwirre sie nicht. Schupank stellt mich ihr als Genosse vor. Ich berichtige ihn. Er läßt es nicht gelten. Im *Lande Leeenins* gäbe es Genossen mit und ohne Parteibuch. Wieder stelle ich richtig, ich sei nicht mal Genosse ohne Parteibuch, hätte nie Marx, Engels, Lenin gelesen, nur mal geblättert, schon das wäre mir langweilig gewesen, Schopenhauer, Tagore und Emerson seien mir interessanter.

Der *kleene Schupank* wie eine Klette: Man müßte Marx und Lenin nicht gelesen haben. Man brauche nur zu beobachten, wie sich durch deren Lehren die Menschen und die Welt verändern. Dazu werde in den nächsten Jahren Gelegenheit sein. Er legt Hut und Halstuch ab, zieht sein Mäntelchen aus, nimmt eine blaue Schusterschürze vom Garderobenhaken, steckt seinen Kopf durch die Halterung und knüpft die Bänder auf seinem Rücken zu einer Schleife. Seine Frau sieht sich genötigt zu erklären: Er kleckert manchesmoal beim Essen.

Auch Frau Emma ist erstaunt darüber, wie gut ich mich ihrer Tochter erinnere. Sie sei größer als ihr Vater, auf jeden Fall hätte sie die Statur ihrer Mutter. Es scheint der Schupankinne peinlich zu sein, einen Mann zu haben, der kleiner ist als sie, aber einmal muß er ihr doch zugesagt haben. Vielleicht hat sie sich vor Zeiten in den verschlissen-sächsischen Dialekt des Mannes verliebt?

Ich sehe Schupank zum ersten Male lächeln, ein feines, ein spinnwebdünnes Lächeln. Kleine gelbliche Zähne werden zwischen seinen Lippen sichtbar. Seine Füße in den breitgetretenen Schuhen pendeln unterm Küchentisch.

Er kommt aus einer Heimweberfamilie im Erzgebirge, gemütliches Ländle, besonders im Winter, zumal um die Weihnachtszeit. Da dreht sich die Peramett (Weihnachtspyramide) auf dem Tisch, während in den Mulden der Ofenkacheln die *Götzen* (Gebäck) gar werden. Die Grußmutter plappert, und der Webstuhl rattert und mer singt fei schiene Weihnachtslieder.

Als er älter wurde, sei ihm diese Gemütlichkeit mehr

und mehr zuwider geworden, vor allem das Gebabbel von den Anhängern der verschiedenen Sekten, die ihre Naster im Arzgebirg ham. Als dann habe er einen durchreisenden Jungsozialisten kennengelernt, een ganz eechenen Gerl, der habe ihm Bücher gegeben, die ihn unruhig gemacht hätten.

Von da ab habe Edwin die Gemütlichkeit seiner Heimat angestunken, und er wär naus gemacht, sich bissel umsehn. Schließlich wäre er in Grodk in einer Weberei steckengeblieben, weil ihm än forsches Madel den Weg vertraten hätt.

Die Schupankinne kommt noch einmal auf die Tochter zurück: Es sei schon über ein halbes Jahr her, seit Edwin ihr geschrieben habe, sie möge heimkommen.

Schupank ist es peinlich, denn als er mir davon erzählte, hörte es sich an, als habe er seiner Tochter vor drei Wochen geschrieben. Es gehe eben nicht alles so rasch, wie es gehen solle, sagt er, alles zerbrach im Kriege, auch die Post- und Bahnwege. Auch vom Sohn, der sich in russischer Gefangenschaft befände, käme so gut wie keine Nachricht. Sie hätten den Jungen bis jetzt nur einen Brief schreiben lassen, die *Froinde*, parodiert Frau Emma.

Bis stille! sagt der *kleene Schupank* traurig.

Frau Emma fragt mich, was ich essen möchte: Suppe mit *Kuttelflecken* vom Vortag oder frische Stampfkartoffeln mit trangedünstetem Schweinebrägen, Mahlzeiten aus Schlachtabfällen. Sie und Edwin wären zwar berechtigt, besser versorgt zu werden als Leute, die Hitler die Stange gehalten hätten, aber der *Kleene* lehne es ab.

Bis stille, sagt Schupank wieder, doch die Schupankinne schweigt nicht. Es sei ihr peinlich, Gästen, die er einlade, ein solches Geschlinge vorzusetzen.

Bis stille!

Kein Erfolg. Die Schupankinne wird lauter und lauter. Schließlich wird auch Schupank heftiger. Er wirft ihr vor, sie verhalte sich wie eine Spießerin. Sie macht sich über ihn lustig, es werde ihm ein Heiligenschein wachsen, sagt sie. Ein glänzender Ehekrach entwickelt sich. Mir wird es

peinlich. Ich gehe. Die beiden bemerken es in ihrem Streit-
eifer nicht.

Wieder nimmt man mich im Omnibus nicht mit, obwohl
kein Andrang ist, beachtet die Schaffnerin meinen Ausweis
nicht. Sie läßt mich stehen und schiebt die Tür zu. Ich
bin nicht der Mann, der in solch einem Fall mit dem Fuß
aufstampft und verlangt, was ihm zusteht. Mein Rucksack
ist leer. Ich laufe heimzu. An meine Stiefelsohlen, die auf
dem Rückmarsch wieder ein wenig dünner werden, denke
ich nicht. Ich denke an die Schupanks. Was muß das für
ein Familienzerwüfnis sein, das sie sich in der Gegenwart
eines für sie fremden Menschen so ineinander verbeißen
läßt?

Drei Tage später weiß ich es. Es kommen zwei Briefe.
Beide Schupanks entschuldigen sich, beiden ist es peinlich,
daß sie sich so vergaßen und mich unbewirtet gehen ließen.
Und das ist es, worüber die beiden sich entzweiten:

Eines Tages wurde laut, Alois Zwirner und die Mannschaft
des Kreissekretariats hätten sich zur besseren Verpflegung
jener Genossen, die von den Hitlerhörigen verfolgt wurden,
ein ehemaliges Rittergut in der Nähe von Grodk unterstellt.

Die Zahl der Genossen, die in Grodk wirklich verfolgt
wurden, ist klein. Nur wenige sind während der Herrschaft
der Hitleristen verhaftet gewesen. Jedenfalls ist der *kleine Schupank* gegen überdiesige Zuwendungen. Was solln jene Grodker von uns halten, die da schuften, damit wir aus dem
Kriegsdreck kommen? Zwirner entgegnet plump, auch die
bekämen, was ihnen zustehe, und verweist auf die Bergarbeiter, sie bekämen Lebensmittelkarten für Schwerst-Arbei-
ter, außerdem Schnaps, der eine gewisse Währung darstelle.

Der treuherzige Schupank kann sich nicht vorstellen, daß
man im *Lande Leeenins* Funktionäre besonders begünstige, er
habe die Zeitungsartikel von Kurella, der noch in Moskau
lebe, in der *Täglichen Rundschau* gelesen, darin stünde kein
Wort von Sondervergünstigungen für verdiente Bolschewiken.

Zwirner grinst und schickt *den Kleenen* zum russischen Kreiskommandanten. Dort wird Schupank mit Tee, Wodka und Sauergurken bewirtet. Sakuska. Der Kommandant ist im Zivilberuf Hochschullehrer und spricht Deutsch. Schupank trägt, was er zu wissen wünscht, ohne Eifer vor. Der Kommandant hört ihn ruhig an, nur seine Beine unter dem Schreibtisch sind unruhig, als ob sie auf dem Marsch wären.

Fertik?

Schupank nickt.

Wie lange Partei?

Schupank gibt Auskunft.

Wie lang Gefängnis, wie lang Lager?

Schupank gibt Auskunft.

Warum du gegen Pajok?

Schupank kennt das Wort nicht. Der Kommandant erklärt, es handle sich um erhöhte Eß- und Trinkrationen, die man in Rußland an verdienstvolle Bürger ausgibt.

Schupank verweist auf eine Geschichte, in der Lenin ablehnt, bevorzugt beköstigt zu werden.

Der Kommandant lächelt. Das sei eine Geschichte, mit der etwas über Lenins edlen Charakter ausgesagt wird, eine Geschichte nur. Schupank erfährt, auch die Leute von der russischen Kommandantur lassen sich mit Lebensmitteln vom konfiszierten Rittergut versorgen, und überdies, daß seine Frau Emma, obwohl er es ihr verboten hatte, dann und wann Sonderrationen abholte, von denen er arglos gegessen hat.

Das verschweigt Frau Emma in ihrem Brief. Schupank fragt an, was ich als Neutraler und Unbegünstigter von den Zuwendungen für verdiente Genossen halte. Ich schreibe ihm zurück, daß mir kein Recht zustünde, mich dazu zu äußern. Jeden Tag läse ich in den Zeitungen von meiner Mitschuld am gewesenen Krieg, wie darf ich dagegen sein, wenn man Leuten, denen man bescheinigt, daß sie keine Mitschuld haben, begünstigt?

Ach ja, nach fünfundvierzig Jahren wird man mich für schuldig halten, weil ich mich damals zur Mitschuld bekannte. In solchen Widersinn verstrickt sich, wer sich auf Ideologien einläßt!

Ich erkundige mich bei Bekannten aus Grodk, die den *kleenen Schupank* lange kennen, nach ihm, erkundige mich nach dem Vater jenes Mädchens, das für mich in der Schulzeit so etwas wie eine sachliche Heilige war. Schupank, so wird mir erzählt, habe früher nie auf Agitationsveranstaltungen gesprochen, aber Leute, auf die er aus war, habe er beiseite genommen und versucht, sie dazu zu bringen, sich seine Sicht auf die Welt anzueignen. Er hätte nie zugelassen, daß Kriminelle in die Ortsgruppe aufgenommen worden wären. Da hätte es die Gebrüder Tenscher gegeben, Kleinverbrecher, Wilddiebe. Sie verhökerten Wildbret und verprügelten Förster, wenn sie sie bei der lautlosen Jagd mit dem Frettchen überraschten. Alois Zwirner wollte die Wilddiebe nur nicht aufnehmen, wenn er sie beim Kirchgang beträfe. Da drohte Schupank auszutreten, und die Tenschers wurden nicht aufgenommen.

Als die Adolfiner die Arbeiter in Grodk niedertrommelten, versuchten *Espede-*, auch *Kapede*-Leute, die es satt hatten, arbeitslos zu sein, es mit den nationalen Sozialisten. Nur ein Häuflein, darunter der *kleene Schupank*, verhielt sich weiter kommunistisch. Alois Zwirner fragte einen ehemaligen Genossen, der in gelber Uniform umherstolzierte: Färschte jetzt Asche? Dafür wurde er ins Konzentrationslager Oranienburg gebracht.

Schupank wurde vorgeworfen, er verbreite heimlich *linke Tendenzen.* Man nahm ihn mehrmals in sogenannte Schutzhaft, aber da protestierten sogar unpolitische Bürger: Schupank habe nie blutrünstige Reden gehalten.

Nach dem Kriege berieten die Grodker *Kapede*-Leute mit den russischen Siegern, wie die Hierarchie der Kreisregenten aussehen solle. Man leitete den Rang und die Macht, die einer haben sollte, von der Länge seiner Haftzeit her. Das wäre im politischen Leben üblich, hieß es.

Schupanks Lebenslauf war einer, von denen ich später noch viele kennenlernen werde: Das oft mühselige Eindringen in eine auf Arbeiterbelange zugeschnittene Philosophie, deren Hauptbuch schließlich den Platz einnahm, den sonst die Bibel bei kleinen Leuten innehatte. Dann und wann wollte ein leiser Respekt vor solchen Arbeitern in mir aufkommen, die unbeirrt nach den Lehren dieser marxistischen Bibel lebten, aber hatte ich, der ich diese Bibel nicht kannte, mich vielleicht unproletarisch verhalten, als ich unter den Ärmsten der Armen lebte?

Nicht klassenbewußt genug, sagten mir zu einer gewissen Zeit die großen Bescheidwisser.

Was sagen sie heute?

Ich halte heute für richtig, daß ich damals meinem Instinkt folgte und nicht den Ehrgeiz entwickelte, ein politischer Held zu werden. Keiner der Zeitgenossen, die politisch aufbegehrten, ob sie getötet wurden oder am Leben blieben, hat den Weltenlauf geändert. Es werden weiterhin Kriege geführt werden, in denen die Menschen einander umbringen. Die Gründe werden wechseln, und weiterhin wird die Schuld der Regierer am Ende jedes Krieges den Kleinen Leuten zugeschoben werden.

Es fällt uns, die wir auf Vernunft aus sind, schwer, das einzusehen, aber Vernunft ist, solange sie von Ideologien angefault ist, nicht weniger utopisch als Weltfrieden und Ewige Ruhe. Alle gesellschaftlichen Utopien sind Kinder des Wahns, daß der Mensch das Weltall irgendwann beherrschen werde.

Gott weiß, was es für Wellen sind, die einem einen Mitmenschen sympathisch erscheinen lassen. Mir sagt Schupanks Begeisterungsfähigkeit zu. Meine ist durch den Krieg eingeschüchtert.

Gewiß wird auch Schupank Tote gesehen haben, aber er war nicht im Krieg. Er stand zwischen seinen Schutzhaftzeiten am Webstuhl und hat Grodk nicht verlassen. Bei jeder Begegnung läßt er mich tiefer in seine Welt hineinsehen, erzählt mir den Inhalt von Büchern, die er gelesen hat. Wenn er erzählt, ist er der jeweilige Held des Buches, das er liest, liest er *Morton der Rote* von Andersen Nexö, dann ist er Morton, liest er die Berichts-Serie *Ich lebe in Moskau* von Kurella in der *Täglichen Rundschau*, dann ist er Kurella und lebt in Moskau. Bücher von Upton Sinclair pulvern ihn auf, als habe er Schnaps getrunken, gesteht er.

342

Vielleicht gefällt der Leser Schupank mir, dem versteckten Schriftsteller?

Könntest du dir vorstellen, daß ich einen Roman schreibe?

Natürlich, sagt Schupank, aber gannst du es dir leisten, über den Roman zu reden, ohne ihn zu gefährden? Er verweist auf Goethe, der seine literarischen Pläne geheimhielt.

Manchmal ists mir, als ahne Schupank, *was die Welt im Innersten zusammenhält.*

Wir reden über die Verwendbarkeit von Goethes Aussprüchen. Die Reden des deutschen Kaisers Wilhelm II kenne ich nicht, aber es wäre ein Wunder, wenn sie keine Goethe-Aussprüche enthalten hätten. Hindenburg hat jedenfalls Goethe zitiert, das habe ich selber gehört. Adolf aus Linz hat zwar Schiller einen höheren *Dienstgrad* eingeräumt als dem Alten von Weimar, doch er verzichtete dennoch nicht auf dessen Aussprüche.

Das sei es eben, belehrt mich Schupank, einen überparteiischen Dichter, wie Goethe einer gewesen wäre, könne jeder benützen, aber auch mißbrauchen. Im *Lande Leeenins* lege man deshalb Wert auf parteiische Dichter. Parteiische Dichter helfen den führenden Politikern, die von *Leeenin* verbesserten marxistischen Lehren unter die Leute zu bringen. Früher oder später kriegen wir die guten Dichter alle!

Taumelig, vielleicht vor Hunger, der zähesten Krankheit jener Zeit, gehe ich aus dem Schloßgemäuer, in das sie das Landrats-Amt gepflanzt haben. Benommen stehe ich auf der Schloßbrücke, gucke in das lehmgelbe Wasser des Flußarmes, den wir die Kleine Spree nennen, sehe, wie das Wasser dahinzieht und Strudel bildet. Der Strudel, auf den ich starre, behält seine Form, obwohl er aus Wasser besteht, das durch ihn hindurchfließt. Vielleicht bin auch ich ein solcher Strudel im Lebensstrom und wähne, daß ich mir gleichbleibe, obwohl ich sekündlich ein anderer bin.

Wenn ich Schupank, seine blaue Handwerkerschürze umgetan, daheim am Küchentisch sitzen sehe und höre, wie er das Verhalten mancher Genossen mißbilligt und benörgelt, wird er zu einem Männchen, das keinesfalls bis ins

Kleintägliche von der Idee eines *dauerhaften Friedens* durchdrungen ist, der, besonders von den Links-Intellektuellen, beschworen wird. Selbst der verehrte Halldor Laxness wird später bekennen: ... *ich war ein Mitläufer wie das halbe junge Europa.*

Sind die Kleinstadtkommunisten, die Kommunisten überhaupt (ich bin noch immer dabei, sie zu studieren wie ein Evangelischer das Verhalten von Katholiken), nicht so etwas wie Mitglieder einer Sekte, die miteinander wetteifern, rein, reiner, am reinsten nach der Lehre ihres Meisters zu leben?

Vor Jahren, als ich in einer chemischen Fabrik arbeitete, klopfte ein junger Mann an die Tür meines möblierten Zimmers. Er hatte eine tiefe Stimme, war einen Kopf größer als ich und erkundigte sich, wie von einem Berge herunter, nach meiner Gesundheit. Ich hielt ihn für einen Hausierer, doch alsbald erkannte ich, daß er wirklich aus Menschenfreundlichkeit nach meinem Wohlbefinden gefragt hatte. Er war ein Mormone, *ein Heiliger der letzten Tage.* Ich hatte irgendwo von der Vielweiberei der Mormonen gelesen. Mein junger Besucher versicherte, es gäbe sie nicht mehr. Die amerikanische Regierung habe sie ihnen verboten.

Schade, sagte ich, weshalb laßt ihr euch so was verbieten, wenns so Sitte bei euch war? Mein Mormone, er hieß Bill, lenkte von der Vielweiberei ab, es wäre wichtiger hervorzuheben, sagte er, daß die Mormonen unter ihrem Apostel Brigham Young, ihrem Moses, die Salzwüste Utah bewohnbar gemacht hätten. Beim nächsten Besuch brachte Bill Bücher mit, erzählte mir von der Mormonen-Bibel und versuchte mich auf sanfte Art zu seinem Glauben zu bekehren. Es gab Augenblicke, in denen ich willens war, es mit diesem Glauben zu versuchen. Man mußte ja nicht dabeibleiben, aber zunächst wollte ich wissen, ob Bill mich in die paradiesische Stadt Salt-Lake-City mitnehmen würde. Davon wollte er nichts hören. Es ginge darum, das Mormonentum möglichst über die Welt zu verbreiten. Ich sollte, so verstand ich, in meiner Stadt bleiben und weitere Mitglieder für die Gemeinschaft der *Heiligen der letzten Tage* werben. Man würde mich mit Büchern und Druckschriften unterstützen.

All so wurde das Mormonentum nicht zur Haltestelle für mich. Ich blieb bei meinem Glauben, ich glaubte an die Kunst, das heißt, an die Gedichte, die ich heimlich machte, und wenn mir eines nicht mehr genügte, machte ich mir ein neues.

Schließlich war die Missionszeit meines Freundes abgelaufen. Er mußte zurück nach Utah, seine Glaubens-Öberen hatten auf den Knopf gedrückt, und er zerschnitt unsere Freundschaft, es kümmerte ihn nicht, was aus mir im *Dritten Reich* der Hitleristen wurde.

Um den schmächtigen Lohn für meine Fabrik-Arbeit aufzubessern, ging ich sonntags, aber auch wochentags nach Feierabend in einer Gärtnerei aushelfen. Noch heute werde ich, wenn ich das Kelchblatt von einer reifen Tomate zupfe, an diese Zeit erinnert. Stundenlang geizte ich Tomatenstauden aus. Das Grün der Geizlinge fraß sich in die Haut meiner Finger, und der herb-erotische Duft drang in das Gewebe meines Arbeitsanzuges ein.

Der Gärtner, ein schlichter Mann mit roten Kinderwangen und groben künstlichen Zähnen, war Adventist und mit einer leidlich hübschen, sehr hellblonden Frau versehen. Er ging umher, als wüßte er eine Stelle im Weltall, von der her er sich mit Harmonie versorgte. Das Reglement seiner Sekte verbot ihm, am Samstag Geld in die Hand zu nehmen, deshalb war ihm lieb, wenn die Laufkunden ihre Einkäufe an diesem Tage bei mir bezahlten. Der Gärtner zählte das Geld am Sonntag. Es war eben so: Der Gott des Gärtners wollte nicht, daß sein gläubiger Knecht sich am Samstag die Hände mit Geld beschmutzte, dafür honorierte er dessen Gehorsam mit Herzensfrieden.

Oft war der dunkelhaarige Prediger der Adventisten im Gärtnerhause zu Gast. Ich saß mit ihm und der Gärtnerfamilie mittags zu Tische und sah zu, wenn sie vor dem Essen inbrünstig beteten, und ruhte mich dabei von den Zänkereien aus, die bei uns in der Armeleuteküche gang und gäbe waren, weil ich nach der Ansicht meiner damaligen

Frau, trotz der Über-Arbeit nach Feierabend, zu wenig Geld heimbrachte.

Es ging, wie es ging, und die Sonne ging auf und unter, und die Pflanzen trugen Früchte, und die Kunden trugen Geld ins Gärtnerhaus, und eines Tages traten der dunkelhaarige Prediger und die hellblonde Frau zum Gärtner und eröffneten dem, sie hätten, als tiefe Liebe zum Ewigen sie übermannte, ein Kind gezeugt und erbäten Absolution. Der Gärtner erteilte sie nicht. Er wölle sich dann schon seine Kinder selber zeugen, entschied er, daß sie von Priestern gemacht werden müßten, vertrüge sich nicht mit der reinen Lehre.

Es gab eine Scheidung, und es ging dabei unadventistisch zu. Der Friede war dahin. Ich war nicht weniger enttäuscht als der Gärtner.

Später beschäftigte ich mich eine Weile mit der Lehre der Mazdaznan-Anhänger. Die Faustregel ihres Meisters Hanish, alles, alles sei gut, überzeugte mich nicht auf die Dauer, weil ich eine Menge Ungutes in meiner Umgebung sah und erlebte.

Auch das Ungute sei für etwas gut, belehrte man mich, man müsse es als warnenden Hinweis ins eigene Leben einschneidern. Dazu war ich vielleicht zu ungeschickt oder was.

Alsdann verschaffte ich mir einen Einblick in die Lehre der Anthroposophen. Auch da wurden mir zwischen Einsehbarem Behauptungen serviert, die ich in meiner Unwissenheit und mangels Läuterung, wie man mir sagte, nicht begriff.

Ich war ein Wanderer, ein unsteter Geist, dem es nicht gegeben war, in Sekten seßhaft zu werden. Mir schien, diese Leute lebten in der Vorstellung, die beglückenden Zustände, die sie sich für die Menschheit erträumten, wären bereits vorhanden. War nicht auch Edwin Schupank ein solcher Prophet? Lebte nicht auch er in einem Lande, das er noch nie gesehen hatte?

Ich deute es ihm an. Er rutscht vom Bürothron und trippelt in seinen Entenschuhen durch den mittelalterlichen Raum. Siehst du irgendwelche sektiererische Maden im Marxismus?

fragt er. Meine Verdächtigung macht ihn traurig, und mich macht die Traurigkeit alter Männer mitleidig. Ich seh meinen Großvater am Stuben-Ofen sitzen, wenn Onkel Phile ihm *Schande* gemacht hat.

Schupank weist mir nach, ich hätte schlecht beobachtet. In allen Sekten lauere man auf den Eingriff eines außerirdischen Wesens. In der Nationalhymne der Marxisten aber hieße es: Uns von dem Elend zu erlösen, können wir nur selber tun ... Der Unterschied: hier Diesseitigkeit, dort Jenseitigkeit.

Wenn der *Kleene* auf mich einredet, ists mirs wie damals, als ich fast Mormone geworden wäre. Aber sein Einfluß wird schwächer, wenn ich allein und beim Schreiben bin. Schupanks Kernsatz flimmert allerdings von Zeit zu Zeit durch meine Überlegungen: Früher oder später kriegen wir die Guten alle! Und seine Erklärung, daß der Marxismus nicht mit den Lehren von Sekten zu vergleichen sei, hält einige Jahre in mir vor.

Beim Schreiben mache ich einige Erfahrungen, die mir bis heute zur Hand sind. Ihr wißt, mein Romanheld ist Franze Buderitzsch, ein Spielgefährte aus der Dorfschulzeit. Ich kenne manches Erlebnis aus Franzens Kinderzeit, und das schreibe ich nieder und bin überzeugt, daß es wahr ist. Andererseits gibts Stationen in Franzens Leben, die ich nicht kenne, die aber für meine Arbeit vonnöten sind, weil ich will, daß sich mein Held entwickelt. Solche Stationen muß ich erfinden. Dabei lähmen mich Zweifel. Ist es erlaubt, etwas über Franze auszusagen, was er nicht gedacht und nicht getan hat? Wen kann ich fragen? Ich hocke und denke darüber nach, bis ich leer bin und bis sich in diesem Leerraum die Gewißheit manifestiert, daß ich richtig verfahre. Zu allem gibts wirkliche Erlebnisse von Franze, die nicht in die Romanhandlung hineinpassen. Darf ich sie weglassen? Eine weitere Unsicherheit.

Später wird mir mein Mentor Lekasch, der selber von Unsicherheiten geschüttelt wird, raten: Lies und sieh nach, wie es die Klassiker halten! Mach sie zu Lehrern. Aber wie hätte ich, wenn ich den Michael Kohlhaas las, der, wie man sagt, eine Figur aus dem Leben war, feststellen können, welche Erlebnisse Kleist dem Helden hinzufügte oder welche er wegließ?

Später werde ich theoretische Abhandlungen über den Naturalismus in der Kunst lesen, doch sie werden mir nichts Neues offenbaren, weil ich mir die entsprechenden Erkenntnisse in den dunklen Bossdomer Nachkriegstagen durch das Experimentieren mit meinem ersten Roman erwarb.

Wenn bei uns auf der Heide rasch und genau gearbeitet wurde, hieß es: Das *fluscht*! Im Hochdeutschen heißt das Wort flutschen, aber wir Bossdomer werden uns nicht die Mühe machen, ein Wort, das die Eile zur Mutter hat, mit einem ganz und gar unnötigen t zu bremsen.

Kurz und gut, es gibt Tage, an denen ich von meiner Schreibarbeit sage: Heute hats *gefluscht*. Das ist dann ein Tag, an dem ich mir einbilde, bis zu jener Stelle im Weltenraum vorgedrungen zu sein, an dem die Poesie eingelagert ist, aber damals weiß ich noch nicht, daß ich das so Geschriebene meinen Zugriffen entziehen muß, damit ich es nicht mit Korrekturen beschädige, weil es so verletzlich ist wie die pastellene Flügelfarbe eines Schmetterlings, und leider gelingts mir bis heute nicht immer, das in guten Stunden Erschriebene heiligzusprechen, sondern ich gehe im grellen Licht einer späteren Stunde mit schrillem Verstand auf das poetische Geraune los, bis meine Gefährtin sagt: Ich muß es dir wegnehmen, du zerschreibst es!

Manchmal freilich ertappe ich mich selber beim Zerschreiben. Man ist jeden Tag ein anderer. Meine Gedanken sind und sind bei der Schreib-Arbeit. Mir ist, als wäre es viele Tage und Monate so, doch wenn ich mir heute die Länge der Nachkriegszeit vergegenwärtige, die verging, bis ich Bossdom wieder verließ, erkenne ich, daß die Ausschließlichkeit, mit der ich damals schrieb, mein Zeitgefühl verwirrte und Intensität in Zeitlänge umtäuschte.

In meiner Dorfschulkindheit konnte es meiner Mutter einfallen, mich an Sonntagvormittagen zu Leuten zu schicken, die im Schuldbuch bei ihr eine *lange Latte* stehen hatten und die deshalb wegblieben und anderswo kauften. Manchmal mußte ich eine Mahnung auch mündlich überbringen: Unse Mamma läßt soagen, wenn Sie könnten mal dran denken, es ist noch was bei uns zu begleichen. Diese Mahngänge waren eine Plage für mich, ähnlich wie das Milchholen vom Ausbau der Zetschens vor dem Unterrichtsbeginn in der Schule. Wenn ich groß bin, dachte ich, kann die Mutter das nicht mehr mit mir machen. Wenn ich vom Lehrer mit Stockhieben eingedeckt wurde, weil er es halbtrunken für nötig hielt, die Klasse durchzuprügeln, dachte ich, wenn ich groß bin, kann er das nicht mehr mit mir machen. Jetzt denke ich, laßt mich nur erst mit meinem Roman fertig sein, dann könnt ihr mir nich mehr noachsoagen, daß ich schreibe für nischt und nee.

Alles, was in jener Zeit sonst um mich her geschieht, nehme ich nur wie ein Nachtwandler wahr, der dann und wann seine Taschenlampe aufblitzen läßt.

Da ist Bruder Heinjak, der sich jeden Monat aufs neue mühen muß, das Warenmanko hinwegzuzaubern. Die verantwortlichen Leute vom Landrats-Amt sagen: Du bist doch in der Partei, und versprechen ihm, alles Manko wird annulliert und vergessen sein, wenn er sich entschließe, aus dem Laden eine Konsumverkaufsstelle zu machen.

Bruder Heinjak wäre nicht abgeneigt, aber der Laden gehört ihm nicht, immer noch nicht, er darf sich nur mit dem Brenzligen beschäftigen, was die Existenz eines solchen *privaten Ladens* in der *Zeit der Neuordnung* mit sich bringt.

Meine Mutter sträubt das Gefieder. Soll sie vielleicht Konsum-Verkäuferin werden und sich lassen Lohn auszoahlen? Wenn die Mutter Konsum-Verkäuferin ist, hat sie vielleicht mehr Gehalt als jetzt an Gewinst, gibt der Bruder zu bedenken. Du wirscht mir was erzählen! Soll die Mutter sich vielleicht zwölf Mal im Jahre von *andere Leite* überprüfen und in die Kasse gucken lassen? Das ist ihr nicht gesungen geworden. Zwei Tränen hängen an ihren Wimpern. Bruder Heinjak muß fürchten, daß sie scheintot wird. Er läßt ab. Er hat noch anderes zu *tune*, hat eine Tages- und eine

349

Nachtfamilie zu bemachen. Er geht zu Margitka, geht sich erfreuen und glätten lassen.

Irgendwie gehts weiter mit dem Laden der Mutter. Ich erfahre nicht, will nicht erfahren, wie sich die ausgezeichnete Frau jedes Mal aus dem Waren-Manko herauszieht und wer dabei mithelfen muß. Ich jedenfalls nicht; ich würde mich weigern, wenn die Mutter es mir antrüge.

Bruder Heinjak übergeht das Angebot der Öberen vom Landrats-Amt. Er ist nicht der Mann, der die Mutter bedrängt, ihren lieben Laden aufzugeben. Er vertraut seiner Geschicklichkeit und seiner Körperkraft, er kann überall arbeiten und zupacken, er muß sich nicht danach drängen, ein Ladenschwengel zu werden. Zeitchen später wird er überrascht sein, wenn er es doch geworden ist.

Im Dorfe Grauschteen, in dem ich meine Kleinkindheit verbrachte, wohnte schrägüber ein Mann, der Zikatz genannt wurde. Zikatz war ein Kleinbauer mit asiatischem Dürrbart, der Hilfsarbeit in einer Tuchfabrik in Grodk aufgenommen hatte. Jeden Tag stakte er eilig kilometerweit zur Fabrik, auf'dem Rückweg noch eiliger als auf dem Hinweg. Wenn ihn jemand ins Gespräch ziehen wollte, sagte er hechelnd: Vergiß moal deine Rede nich, ich muß federn, zahause wird schont der Kartoffeltopp zickein (zischen). Das trug ihm, weil das Bedürfnis der Dörfler, sich übereinander lustig zu machen, stets auf der Lauer liegt, den Necknamen Zikatz ein. Diese Neckereien auf dem Dorfe sind der Ursprung des städtischen Kabaretts.

Zikatz war stolz auf alles, was er sich vom Lohn für seine Hilfsarbeit in der Fabrik anschaffen konnte: Handtücher, Wischtücher, Tischdecken, vor allem je zweimal Bettbezüge. Prahlerisch zeigte er seinem Nachbarn die Wäsche im Schrank und sagte: Picke nischt (verrate es nicht), wir sein imstande, wir hoam zugoar zweemool überzubeziehn!

Picke nischt, wir sein imstande, hieß es fortan in Grauschteen, wenn wer einem was geheim von seinen Besitzverhältnissen mitteilte. Mein Vater schnappte als Dorfschuljunge die Wendung auf und schleppte sie mit in seine spätere Familie nach Bossdom, und Tante Magy trug sie nach Gulitzscha, als sie nach dorthin heiratete, und Onkel Stefan führte sie nach Kanada und Amerika aus. Dort wird sie mit ihm gestorben sein, ins Englische übersetzt, dürfte sie niemand ein Lächeln abgefordert haben. Mein Vater übermittelte die Wendung mir, und ich trug sie in meine Familie. Möglich, daß der eine oder der andere meiner Söhne sie aufgriff und dafür sorgte, daß sie noch eine Weile lebendig bleibt.

Picke nischt, wir sein imstande, sagt Bruder Tinko zu Bruder Heinjak: Die Barbiererei *fluscht*. Elvira liegt die Vermehrung von Geld und Gut im Blute. Ist Essig knapp, bei Elvira kriegt man ihn! Hast du Appetit auf Hering, bei Elvira ist er zu haben, amerikanische Zigaretten, Schnaps, Leinöl, Präservative, Zigarettenpapier, Briefpapier, Schokolade, Kaffee, alles, alles bei Elvira, und doch kumm Tage, doa fressen mir die Grillen. Du brauchst dir bloß an den Hosenschlitz fassen, und deine Weiber kriegen Kinder, sagt er zu Heinjak.

Depressionen dümpeln Bruder Tinko. Von Zeit zu Zeit überfällt ihn das Verlangen, sich vermehrt zu sehen. Mitten in der heißesten Arbeit hält er inne, weil ihn die Urfrage der Nachdenklichen gepackt hat: Wofürzu lebe ich eegentlich? fragt er sich, sitzt kauerig in einer Küchen-Ecke, und die Kerben an seiner Nasenwurzel werden tiefer. Es ist, als ob er auf Anweisungen von woher wartet. Elvira macht sich über ihn lustig: Vielleicht brütet er einen Ochsen aus?

Tinko denkt auf Nachkommen hin und zurrt sich fest, zumindest einen Sohn sollte er haben.

Jetzt hat er es wieder mit dem Wahn, daß der Mensch Kinder haben muß! spöttelt Elvira. Ein Barbiermeister schiebt dem anderen die Schuld an der kinderlosen Ehe zu. Er fordert sie auf, sich ärztlich untersuchen zu lassen. Sie fordert es von ihm. Wieso er? Er tut alles, was man tun muß, um zu Kindern zu kommen.

Eben deshalb soll er sich untersuchen lassen, ist Elviras Meinung. Kein Korn im Sack, sagt sie und bringt ihn dazu, *in ihre gewenigliche Art*, wie meine Mutter sagt, zu antworten: Kein Ei im Nest.

Ich krieg Kinder, wenn ich welche will, reizt sie ihn. Da wird er wild und eifersüchtig: Hast es ausprobiert, mit einem anderen woll? Die Eifersucht zersetzt seine Depression, und er kommt wieder heraus aus dem Loch, in das er gefallen ist.

Ich rede hier klug von den dunklen Lebenszuständen, durch die mein Bruder von Zeit zu Zeit hilflos hindurchgetrieben wird, obwohl ich selber nicht frei davon bin, in tiefe Zweifel zu fallen und nach dem Wozu meines Tuns zu fragen. Es kommen Tage, an denen es mir wie Wahnwitz erscheint, daß ich mich so selbstverständlich und regelmäßig mit einer Arbeit befasse, von der ich nicht weiß, ob sie jemand zunutze sein wird, statt etwas zu tun, was mich den Leuten meiner Umwelt als fleißig, tüchtig und nützlich erscheinen läßt.

Wenn mich solche Zweifel befallen, schiebe ich meine Schreibereien, die ich bis dahin für Arbeit hielt, beiseite und rutsche morgens, in aller Schwalbenfrühe, wie ein Büßer, in unserem Feldgarten durch die Möhrenreihen, befreie die zarten Rübchen von Unkräutern und rede mir ein: Jetzt arbeitest du, und niemand kann dir vorhalten, daß du nicht tust, was alle tun.

Ich karre Kaninchen- und Hühnermist zum Feldgarten und spüre, wie der Vater drüber wacht, daß ich mich nicht am Taubenmist vergreife, denn der ist, mit Kuh- und Pferdemist zusammen, sein Mist.

Jeder hat seinen Mist. Der Kaninchenmist und der Hühnermist gehören Nona und mir. Der Vater überläßt ihn uns, obwohl er andeutet, wenn er angerauscht und stänkerig ist, daß die Kaninchen im Winter von seinem Heu und die Hühner von seinen Körnern leben.

Ich dünge und grabe das Feldstück um, auf dem wir Kartoffeln anpflanzen wollen, auch Frühkartoffeln sollen dabei sein, weil ich fürchte, daß unser Keller wieder leer sein wird, bevor die normalen Kartoffeln groß und reif genug sind. Ich erbitte mir bei der Frau von Kurte Schimang, die einen Fleck Weizen angesät hat, einen Eimer voll Jungpflanzen. Ich will sie tiefpflanzen und erwarte, daß sie sich ähnlich ausgiebig bestocken wie der Roggen im Vorjahr und sehe uns auf der umgebauten Kaffeemühle, die Meister Prautermann seiner Tochter zum Geburtstag schenkte, schon Weizenkörner mahlen, hör den Teig aus Weizenschrot in der geölten Pfanne zischen und tummele mich vor in den Genüssen, die sich günstigsten Falles gegen Ende des Jahres ergeben könnten. Jetzt ist wichtig, daß ich das Frühstück einspare, deshalb reiße ich mir einige Radieschen, reibe sie im Raingras blank, zerbeiße sie, spüre den brennenden Reiz ihres Fruchtfleisches auf Gaumen und Zunge und rede mir ein, es bis zum Mittag mit jedem Hungerigen aufnehmen zu können.

Drei, auch vier Tage arbeite ich zuweilen so und wähne, von den Dörflern als normal arbeitender Zeitgenosse bewertet zu werden. Eine Garten-Grasmücke hat sich in die frei stehende Birke gesetzt. Ich nehme mir nicht die Zeit, mich darüber zu wundern und ihrem hurtig perlenden Gesang nachzulauschen. Ich beachte den tirilierenden Punkt nicht, der die Feldlerche am Frühlingshimmel ist. Die Heidelerche soll mir nicht von Zeiten erzählen, die gewesen sind, nicht einmal der Mandelkrähe würde ich einen Blick zuwenden, wenn sie heil über den Krieg gekommen sein sollte. Ich muß mich allem Zauber versagen, der für mich von den Dingen ausgeht, die als die *wirklichen Dinge* bezeichnet werden.

Wenn ich auf diese Weise vier Tage wie ein *Normalmensch* gearbeitet habe, ohne meinem Schreibdrang eine Zuwendung zu machen, fange ich an zu zittern, weil mich das Verharren in der ungewohnten Lebenshaltung anstrengt. Ich ahne, daß ich es nicht durchhalten werde. Ich weiß tief innen, daß ich wie ein geplagter Homosexueller meine Neigung vor denen, die sich für normale Menschen halten, verstecke.

Als ich damals auf dem Arbeitsamt in Grottenstadt darauf pochte, nunmehr ein Schriftsteller zu sein, war ich überzeugt, daß der Krieg die Phalanx der *Normalmenschen* zersetzt haben würde. Und wie überzeugt war ich damals, auch wenn ich den ganzen Tag auf dem Obstgut schuftete, ein Schriftsteller zu sein, der das in Bälde würde mit einem Werk beweisen können. Der Grund für meine damalige Sicherheit war: Die Leute in der sogenannten Fremde kannten mich nicht, konnten mir nicht vorhalten, wie oft ich in dem, was sie das *wirkliche Leben* nennen, versagt hatte. Hier in Bossdom kannte jeder den schößerigen Schuljungen Esau Matt und seine Ängste, kannte jeder den *Schlappschwanz,* der nicht an einem Tau in die Kronen der Eichen kriechen konnte. Hier quittierte jeder meine Behauptung, ich wäre draußen in der Welt zum Schriftsteller gereift, mit einem nachsichtigen Lächeln. Ich werde heftiger gewahr, wie falsch es war, auf die sentimentalen Wünsche der Mutter einzugehen, mich wieder in der Familie und in der Heimat einzunisten. Aber alle Bedenken und Zweifel werden zurückgedrängt, wenn ich mich wieder meinem Schreibdrang ergebe.

Oswald Koalik wohnt am algengrünen Dorfteich. Die Bossdomer nennen ihn Ossi. Heute ist das keine besondere Dummheit mehr. Er schickt mir seine jüngste Tochter. Sie ist gnutzig, weißblond und hat rötlich schimmernde Augen. Kein Mädchen, das einem den Atem verschlägt. In der Kindheit spielte sie in unserem Küchentheater mit. Ihr Vater läßt mir sagen, ich möge mit meinen Fragebögen sehr bald zu ihnen kommen, er habe vor zu verreisen.

Ich komme zum ersten Male nach meiner Heimkehr in die Bossdomer Burg der Adolfiner. Die weißblonde Koaliktochter führt mich in die Wohnstube. Dort liegt etwas auf dem Tisch, das mit karierten Wischtüchern zugedeckt ist.

Koalik stammt aus Däben oder Dubrauke, heiratete die Tochter unseres Dorfschmiedes, die Erbin des ältesten Bossdomer Blockhauses, der Schmiede und einiger Äckerlein. Er blieb Glasmacher, stapfte in der Frühe, ob Sommer, ob Winter, seine blaue Glasmacherschürze umgetan, über den Mühlberg nach Däben, kam am Nachmittag zurück und bewirtschaftete mit seiner Familie die Felder. Im Ziehwagen, vorn die beiden Söhne als Gespann, hinten schob die dunkelbraune Schmiedstochter. Oswald, der sich mit einem Karrband an einer Wagenachse eingespannt hatte, durchpfefferte die Luft über der sandigen Dorfstraße mit Geschimpf, nannte seine Söhne faule Luder, weil sie nach seiner Meinung nicht eifrig genug treckten. Auch jetzt legt Koalik seine Glasmacher-Schürze nur ab, wenn er abends nach Däben auf die Heirat geht. Er hat da eene, wird *gepischpert, der er es noch besorgt.* Wer kann was dagegen haben? Die braune Schmiedetochter ist gestorben.

Die weißblonde Tochter des Hauses stellt Schnapsgläser auf den Tisch und füllt sie, eines auch für sich, und in der Zeit, in der wir mit Koalik einen Schnaps trinken, trinkt sie drei. Sie muß die Spannung zerschleißen, mit der sie auf die Rückkehr ihres Mannes wartet, der einst als Kavallerist hinauszog, und sie legt den Grundstein für die Trinkerin, als die sie sterben wird.

Koalik verzieht nach dem Schnapsschluck sein Gesicht zu einer Grimasse, die ich seit meiner Kindheit kenne. Eines Tages ließ er sich im Laden ein sogenanntes Kopfschmerzpulver geben, von denen die Mutter welche vorrätig hielt. Sie bot Oswald Wasser zum Schlucken des Pulvers an, doch der schüttete es trocken bei zurückgelegtem Kopf aus dem Papierchen in den Schlund. Da sah ich dieses verzerrte Gesicht. Wer kann sagen, zu welchem Zweck man die Grimasse eines anderen Menschen sein Leben lang mit sich umherschleppt? Diesmal siehts aus, als sollte Koaliks Grimasse in ein Weinen übergehn. Er zeigt auf eine Klavierruine an der Wand. Das Instrument ist aufgeklappt, ein Gezaus von zerrissenen Saiten quillt heraus.

Koalik jammert seinen Söhnen nach. Es wären besondere Söhne gewesen! Koalikkinder gibts in zwei Farbausführungen, der älteste Sohn und die vorletzte Tocher braunhäutig und braunhaarig. Sie schlagen der Familie des alten Dorfschmiedes nach. Der zweite Sohn und die jüngste Tochter blaßhäutig und blaßhaarig, kurz vor der Albinogrenze. Koalik wehrt ab, wenn wer sagt, daß sie ihm nachgeschlagen sind. So was Ferkelblondes woar bei uns nich Sitte! Von

Genen, die Generationen überspringen, ist in Bossdom noch nichts bekannt.

Vom nußbraunen Sohn Erwinko war schon im zweiten LADEN-Buch die Rede. Er versuchte, bei den Matts Bäcker zu lernen, wie ihr wißt. Es gelang nicht. Mein Vater war ewig Bäckergeselle und durfte keine Lehrlinge ausbilden. Die Enzyme und die Gärungsbakterien, Sachen, die kein Mensch sieht, verhinderten seine Meisterprüfung. Erwinko Koalik ging nach Forschte, lernte dort Bäcker, fand, der Gesellenlohn wäre ein Hundelohn, ging wie sein Vater nach Däben in die Hütte und wurde Glas-Feinschleifer. Sein weißblonder Bruder Hansko ersparte sich die Umwege und lernte gleich Feinschleifer. Die Koalik-Kerle verdienten nicht schlecht, das Kostgeld, das ihnen die Mutter abverlangte, war winzig. Der braune Erwinko legte sich einen Fotoapparat zu, wie wir wissen, und fing an, Leute aus Bossdom und Umgebung abzunehmen, wie es bei uns heißt. Er fotografierte Konfirmanden, junges Volk, Hochzeiten und Großmütter auf dem Totenbett, hatte damit einen Nebenverdienst, machte sich bissel was nebenbei, wie es hieß. Der weißblonde Hansko schaffte sich ein Tenorhorn an, nahm Blasestunden in Däben, spielte in der Dorfkapelle Kollatzsch mit und machte sich auch bissel was nebenbei. Strebsame Jungsen! hieß es in Bossdom. Dann wollte auch Erwinko Tanzmusik herstellen, kaufte sich ein Saxophon, und Hansko kaufte sich ein Klavier. Es ist jenes Klavier dort an der Wand mit dem quellenden Saitengedärm. Nach soviel Nebenbeigemachtem reichte es bei Erwinko zu einem NSU-Motorrad, fünfhundert Kubik, und er steckte Hansko an, und der donnerte mit einem Fünfhunderter D-Rad ins Dorf. Die Soziussitze der Motorräder fingen an, nach Mädchen zu schielen. Mal eines, dann mal keines, die Koalik-Brüder hatten es nicht eilig. Mich verband eine lockere Freundschaft mit ihnen. Obwohl ich jünger war als sie, nahmen sie mich für voll, weil ich auf die *hoche Schule* ging. Wir musizierten zusammen: Klavier, Saxophon, Mandoline und Gesang.

Dann kam mein dramatischer Abgang von der *hochen Schule*. Ich war das erste Mal auswärts. Als ich zurückkam, hatten sich die Gebrüder Koalik verändert. Wieder hatte einer den anderen angesteckt. Ihr ständiges Bestreben, etwas anderes zu haben und etwas anderes zu sein als ihre Jugendgefährten, ließ sie abwertende Reden gegen die *Bossdomer Sozialdemokraten* führen. Sie liefen diesem Hitler nach, spielten sich martialisch auf, schwatzten nach, was jener Schickelhuber aus Linz ihnen vorbrüllte, uniformierten sich schwarz und ließen keine von meinen Ansichten mehr gelten. Deutschland erwache und so was, und sie wollten mich zwingen, ihren Adolf aus Linz zum Führer Deutschlands zu wählen, und ließen mich, da ich nicht dazu bereit war, *vorübergehend* verhaften. Alle sieben Jahre paßt een Schuh, sagten die Bossdomer und waren auf meiner Seite.

Ich suchte vorsichtshalber das Weite, weil die Koalik-Brüder das Leit in Bossdom übernahmen: die Poststelle in ihrer Hand, die Bürgermeisterei in ihrer Hand, die Hand erhoben, den Arm ausgestreckt: Heitler!

Zeitchen verging, und die Koalik-Brüder wurden versetzt, kriegten *höhere* Funktionen in Forschte, Guben oder *doa wo*. Sie waren froh darüber, weil die Boosdomer so schwer zu bekehren waren. Wieviel Mühe hatte sich der braune Erwinko gegeben, meiner Mutter den sogenannten deutschen Gruß abzuzwingen, wenn er als Bürgermeister in den Laden kam, um zu kontrollieren! Meine Mutter bestand darauf, daß *guten Tag* auch ein schöner Gruß sei. Sie erinnerte Erwinko an jene Zeit, da er *Weilchen* bei uns Bäckerlehrling und noch so kleene und *grietschlig* war, daß er durchs Mundloch in unseren Back-Ofen kriechen und den ausfegen konnte. Und du wirscht ma nu befehln, wie ich grießen soll?

Dann wurde der Krieg veranstaltet. In allen Kriegen geht es denen, die sie anfertigen, um Besitz und Macht. Wir wissen das längst, lassen uns aber immer wieder mißbrauchen. Logik und Vernunft sind Träume. Adolf von Linz tarnte sein Machtgelüst mit *Volk ohne Raum* und *Juda verrecke*! Und all jene Deutschen, die er hypnotisiert hatte, erkannten, wie er befahl, daß es ihnen an Raum mangele und daß die Juden ihr Unglück seien. Wie es ausging, wissen wir.

Erwinko und Hansko Koalik wären vielleicht gern in Guben oder Forschte geblieben und hätten andere *Volksgenossen* für den Krieg begeistert, aber das ging nicht, weil ihre Ehre Treue hieß. Sie wurden zu einem Truppenteil gezogen, in dem sich die Feldwebel Scharführer nannten.

Der alte Koalik sieht auf das Foto seines Sohnes Erwinko über dem Sofa. Endlich hätte er wollt heiroaten, hatte schon den Koalikschen Keller mit ungarischem Wein, Beutewaren und Heeresverpflegung vollgestopft. Uff Weihnachten vierundvierzig wollte er mit einem Mädel kommen und Hochzeit feiern. Dann hörte man nichts mehr von ihm. Er muß sein bei die Kämpfe um Wien gefallen, sagt Koalik. Hansko Koalik, der inzwischen geheiratet hatte, fiel bei Guben, sozusagen vor der Haustür. Seine Einheit wurde bis zur Neiße zurückgedrängt. Niemand weiß, wo die Koalik-Brüder verwesten, die strebsamen Jungsen, aber das kunnden se nich schaffen, sagt Koalik. Es wären zu viele Leute aus zu vielen Ländern auf die Deutschen losgegangen: Russen, Amerikaner, Engländer, Franzosen, zuletzt gar die Polen und der Deibel was noch. Nee, das kunnden se nich schaffen, die unsen. Haß auf die Russen, die alle für die Hochzeit bestimmten Vorräte aus dem Koalik-Keller fraßen.

Die weißblonde Tochter, Minna heißt sie, falls ich es zu sagen vergaß, hat, während der Vater erzählte, zwei oder drei Mal ihr Glas gefüllt und geleert und ist in Eifer geraten. Sie reißt wankend die Küchentücher von dem, was auf dem Tisch liegt, herunter. Es kommt eine enthäutete Tierleiche zum Vorschein. Eine Riesenratte, müßte ich sagen, wenn ich nicht besser wüßte: Es ist ein Nutria, ein Sumpfbiber. Nur den borstigen Schwanz, zehnmal so dick wie ein Rattenschwanz, hat Koalik nicht enthäutet. Er hat das Tier im Dorfteich neben der alten Schmiede gefangen und erfahren, daß man sein Fleisch *fressen* könne. Woher er erfuhr, daß ich früher mit solchen Tieren auf Farmen zu tun hatte, weiß ich nicht. Vielleicht hats Bruder Tinko in einem Barbiergespräch erwähnt. Nun soll ich Koalik bestätigen, daß man das Fleisch von diesem Biest essen kann, ohne sich zu vergiften.

Nun weiß ich, warum ich mit meinem Fragebogen eiligst kommen sollte. Koalik hatte mich hergelistet.

Ich gestehe, daß ich einen Augenblick an unseren leeren Speiseschrank daheim denke, daß ich erwäge, Koalik das Fleisch zu verekeln. Aber sogleich komme ich mir schäbig vor und ermuntere den Nutriafänger, sich das Fleisch schmecken zu lassen, nicht ohne den Hauch einer Hoffnung, daß er mir die positive Auskunft mit einer Hinterkeule belohnt. Aber er belohnt nicht.

Tage später erfahre ich: Koalik hat mindestens vier dieser Tiere gefangen und geschlachtet. Dem Dorfteich entfließt ein schmaler Bach, und die Nutrias müssen Futter suchend bachaufwärts gekommen sein. Irgendwo sind die Gehege einer Nutriafarm zerstört worden.

Koalik hat Fettlebe gemacht, hat *zugoar* der weißblonden Minna und seiner Geliebten in Däben bissel was zukommen lassen. Wenn es sich nicht um Diebstahl handelt, dann um Wilddieberei, ich müßte den lahmarmigen Volkspolizisten Egon Klauschke mit Nachforschungen beauftragen, aber das würde nach Rache riechen, weil ich nichts abbekam.

Ich lasse mich von dem Gedanken besänftigen: Vielleicht schreibst du später etwas über das Schicksal von Nutrias, deren Vorfahren in Brasilien und am Paraná lebten, Nutrias, die man nach Mitteleuropa holte und hier vermehrte, weil Damen nach ihren Pelzen verlangten, Nutrias, die, vom europäischen Krieg betroffen, in das Schlachtmesser eines Bossdomers trotteten, der, *wie Leite reden*, ein *Dreckfresser* ist.

Auch zu Pastor Kockosch muß ich mit meinen Fragebögen. Ich lege mir unangenehme Fragen zurecht, die er mir stellen könnte und präpariere pfiffige Antworten. Nirgendwo wird soviel Gedankenstrom nutzlos verplempert wie beim Vorbedenken. Unser Gespräch verläuft ganz anders.

Ein Hausmädchen empfängt mich. Es spricht Deutsch mit polnischem Akzent, eine sogenannte Fremdarbeiterin, die dem Pastor während des Krieges als *Stütze im Haushalt* zugewiesen wurde. Alle anderen verschleppten Polen hatten es eilig, über die Neiße und nach Hause zu kommen. Sie will nicht. Sie hat chier scheen, wie bei zu Hause.

Ein unerwartetes Zeugnis für die Duldsamkeit im Pastorenhaus. Ich hatte vermutet, daß im Pastor, dem Nationalisten, ein Chauvinist stecke. Er empfängt mich im Studierzimmer. Die Brille blank, sein Gesichtsausdruck verkniffen, der ganze Pastorkerl blasser und noch kleiner geworden die letzte Zeit. Ich lasse ihn nicht nach dem Grund meines Besuches fragen, komme ihm zuvor und sage: Nun stehe ich das erste Mal in dem Raum, auf den ich als Junge neugierig war, in dem Raum, in dem die Predigten angefertigt werden.

Der Pastor verlangt, daß ich mich ausweise.

Wir sollten uns kennen, sage ich.

Er habe mich nicht getauft, nicht konfirmiert. Er ahne zwar, wer ich sein könnte, aber wenn ich in amtlicher Eigenschaft käme, müsse er schon auf eine Legitimation aus sein.

Die kleinen Gesangbücher von Ausweisen, die den Menschen amtlich erst zum Menschen machen, gibt es damals noch nicht. Der Pastor sieht sich mein Ausweisläppchen an und stolpert. Schriftsteller? sagt er, was Neues in meinem Kirchspiel. Und was schreiben Sie?

Ich bin verdutzt, fang mich aber und frage: Was werden Sie am Sonntag predigen?

Er versteht!

Sie sind voreingenommen. Das waren Sie schon vor Zeiten als Jung-Sozialist.

Es zeigt sich also, daß er mich kennt.

Ich erwarte nicht, daß Sie inzwischen gläubig wurden, sagt er, aber ich sehe nicht ein, weshalb wir einander, zumal wir im selben Kirchspiel wohnen, nicht tolerieren sollten.

Ich fühle mich, wie sich eine Maikäferlarve fühlen muß, wenn sie beim Umgraben ans Licht geworfen wird. Ich habe die Vorurteile übernommen, die Großvater gegen Kockosch hegte, aber ich gestehe es nicht und sage, mir hätte mißfallen, daß er vor Zeiten nicht gelebt hätte, was er predigte.

Zucken in seinem Gesicht. Die Brille blitzt.

Ich erinnere ihn, daß mich meine Eltern in die Privatschule ins Pfarrhaus schicken wollten.

Und weshalb kamen Sie nicht?

Weil die Lehrerin weggemacht ist.

Ach ja? Sie wäre eine etwas geile Jungfer gewesen.

Er ist nicht so leicht zu schlagen. Wie wäre er sonst noch heute in der Gemeinde, in der jedermann seine *Sünde* kannte, der Seelenhirt?

Es wäre doch keine Seltenheit, sagt er, daß ein Mann, den seine Triebe treiben, ein Weib begehre, daß ihm nicht angetraut sei.

Aber die Bürger, die er im Auge habe, pochen nicht in Predigten auf christliche Moral, sage ich.

Da wird er keck: Sie sind noch zu jung, mein Herr, sagt er, Sie wissen noch nicht, wie oft Wasser gepredigt und Wein getrunken wird.

Ich denke an die häßliche Hauslehrerin Sägebock, die also sein Wein war. Als ich mich später eine Weile auf Politik einließ, wurde mir bewußt, daß Kockosch das Leben kannte.

Es wollte sich trotz allem Versöhnungsbereitschaft in mir ausbreiten, und wenn der Pastor angefangen hätte, mir die Hand hinzustrecken, so hätte das Gute in der Welt um ein Gramm zugenommen, er aber schien neben seiner christlichen, seine deutsch-nationale Gesinnung weiterzupflegen. Nein und nein, er sei nicht bereit, mir Rede zu stehen, es könnte ja sein, daß ich sie als Material für meine Schriftstellerei benutze. Er möchte schon gebeten haben, daß höhere Staats-Instanzen um die verlangten Auskünfte zu ihm kämen.

Nach dieser Erniedrigung blieb ich auf dem Rückweg im Kirchgarten an der alten Eiche stehen, von der es hieß, sie sei tausend Jahre alt, und mir fiel zum ersten Male der Widerspruch auf, daß man im christlichen Kirchgarten eine Eiche hegte. War sie nicht der Lieblingsbaum des germa-

361

nischen Ober-Gottes, der Baum, den Bonifatius fällen ließ, als er die Deutschen mit dem Christentum überfiel?

Meisen und Buchfinken singen. Die Vorboten der Schwalben kommen und prüfen die Frühlingsqualität. Sie scheint ihnen noch nicht zu behagen, sie fliegen weg, aber etwas später kommen sie im großen Schub. Kein Mensch sieht sie ankommen. Sie fallen bei Nacht und Nebel ein, und sobald man sagen kann, sie seien da, haben sie sich in die Viehställe und unter die Dachtraufen verteilt, und es sind genauso viele, wie Bossdom zu beanspruchen hat. Die Stare sind schon lange da und balzen und sinfonieren am Morgen. Jeder Hausbesitzer ist gleichzeitig ein Vogelbesitzer, wo kein Star ist, ist ein Rotschwanz, eine Bachstelze oder ein Fliegenschnäpper. Alle wohnen uneingeladen bei jenen, die ein Haus haben. Wohl denen, die das trotz der Nachkriegsnot wahrnehmen und feiern!

Ein Haus ohne Vogelbesatz ist das des geflohenen Arier-Amtsvorstehers. Es ist zu glatt, zu hart und klinkerig und hat weder Fugen noch Vorsprünge für Vogelbrutplätze. In diesem Haus wohnt jetzt Bürgermeister Weinrich, wie wir wissen. Drinnen ists puppig eingerichtet, und Frau Lotti jucht sogleich auf, wenn eine Nistgelegenheit suchende Schwalbe durchs geöffnete Fenster einfliegt und einen Klecks auf den Frisiertisch fallen läßt.

Auch die Weinrichs gehören zu denen, die ich mir bis zuletzt für meine Fragebogen-Aktion aufspare. Weinrich weiß Bescheid, daß ich *Öffentlichkeitsarbeit leiste*, eine von den Bezeichnungen, die mit der Zeit anfangen zu stinken. Weinrichs Bürgermeister-Arbeiten wachsen und wachsen. Er ist verantwortlich, daß die Pläne, die die Leute vom Landrats-Amt aufstellen und die Russen kontrollieren, eingehalten und erfüllt werden. Die Bauern sperren sich gegen die *neuen Moden*. Früher pflanzte und säte jeder, was er für richtig hielt, aber die Instrukteure nennen das kapitalistisches Larifari. Der russische Kreiskommandant habe zum Beispiel befohlen, daß Mais angebaut wird, jeder Bauer mindestens einen Morgen Mais.

Auf unserer Sandheide wachsen Roggen und Buchweizen am besten, der Mais kümmert hier, sagen die Bauern. Sie wollen abstimmen, aber der Kreisbeauftragte läßt es nicht zu und nennt es Opportunismus. Dieses Ding hat bei uns nie eine Rolle gespielt, sagt Altbauer Bleschka.

Befehl ist Befehl und fertig! sagt der Instrukteur.

Sein ma denne imma noch im Kriege? fragt der grätige Umsiedler Häring, seines Zeichens sogar Genosse.

Manchmal bliebe ihm das Herz stehn, sagt Weinrich, es käme ihm jedenfalls so vor. Du bist gut dran mit dem kleenen Schupank, sagt er. Jemand habe ihm erzählt, daß der sich für mich interessiere.

Kleener Schupank wird dir schon hinkriegen.

Wohin?

Dorthin, wo mich weder Schinko noch er gekriegt hätten. Ich ahne, was er meint, und weiß jetzt, weshalb er so leutselig ist und mir seine Sorgen hinbreitet und nicht mehr *so groß raus ist* wie damals, als er bei den Matts nicht nur Skat, sondern sich auch aufspielte.

Berichte und Statistiken werden ihm abverlangt, klagt er weiter. Jeder Abteilungsleiter vom Landrats-Amt fordere besondere Erhebungen. Auch seine Arbeit als erster Paritäter quelle auf. Die Bossdomer Ortsgruppe sei wurmstichig, werde ihm im Kreissekretariat vorgeworfen. Zu viele ehemalige *Espede*-Leute. Man müsse ihren Einfluß zurückdrängen, neue Mitglieder unter den Umsiedlern werben. Umsiedler, denen die Papiere *abhanden gekommen sind*, könnten wer weiß was gewesen sein, hätte Weinrich gewagt, auf dem Sekretariat zu erwidern.

Was sind das für Töne? habe man ihn gefragt. Er habe gemußt Selbstkritik üben, habe sich gemußt bezichtigen, nicht rege genug geworben zu haben. Jede Woche zur Berichterstattung nach Grodk. Dabei arbeite er immer noch in der Grube, und das wölle er auch weitertun, damit er im Bilde bleibe und gegenreden könne, wenn das, was geredet wird, nicht in die Zeit paßt. Er fängt an, nachts zu arbeiten. Und eben – der ausgefallene Schlaf zersetze sein

Herz. Leicht, daß er einmal nicht zurückkommt aus seinem Sekundentod? Er habe einen schlechten Arbeitsstil, behaupten die Leute auf dem Kreissekretariat. Schließlich sei er doch mal zornig geworden, habe das heuchlerische Gerede von sich gewiesen und die Tür zugeknallt.

Kannste ruhig moal kleenen Schupank erzähln, wie es mir geht.

Wir werden unterbrochen. Frau Lotti kommt von außerhalb zurück. Zu Anfang war ich froh, daß ich sie nicht antraf. Jetzt bin ich froh, daß sie kommt. Endlich kann ich die beiden zu den Fragebogenfragen befragen.

Ich bin in Spremberg *geboren geworden*, das weißt du, sagt Frau Lotti.

Ich höre es, sag ich.

Eines Tages, als ich mit dem Versorgen der Tiere auf dem Hofe der Matts fertig bin, klopft die Mutter ans Fenster. Der Ehering schnarrt gegen die Scheibe. Das Schnarren löst Unmut in mir aus: Gehts wieder um meinen Sohn Jarne oder um Nona? Ist ein Manko auf dem Landrats-Amt auszubügeln? Damit werde ich nicht dienen. Ich bin jetzt Hilfsangestellter beim Landrats-Amt, werde ich vorschützen.

Meine Befürchtungen sind nichtig. Wieviel Kräfte könnte der Mensch sparen, wenn er seine Fähigkeit zu denken nicht benutzen würde, Befürchtungen herzustellen. In der Stube sitzt Lehrer Rumposch und läßt sich Schnieten mit Rühr-Ei schmecken. Sein früher so herausfordernd feistes Gesicht ist lappig geworden. Die Enden seines Oberlippenbartes hängen chinesentraurig herunter, der Anzug ist ihm zu weit, seine Uhrkette müht sich durch ein Faltengebirge zur Westentasche. Wir haben uns seit dreiunddreißig nicht mehr gesehen. Die adolfinische Schulbehörde versetzte ihn, weil er *Espede*-Mann war, in den Kreis Calau. Die Bossdomer kriegten einen anderen Hauptlehrer, von dem alsbald bekannt wurde, daß auch er *Espede*-Mann gewesen war. Die Hitleristen glaubten (eine Weile jedenfalls), die Lehrer durch Ortswechsel politisch kurieren zu können. Bossdom war für eine solche Kur ungeeignet. Das nebenbei.

Meine Mutter muß Rumposch erzählt haben, daß ich jetzt

Schriftsteller sei. Sonst ist sie von meinem Phantasieberuf nicht allzu überzeugt, aber meinem alten Dorflehrer gegenüber fühlt sie sich gedrungen, verschämt prahlerisch damit aufzuwarten, daß ich *etwas geworden sei*. Fragen, die ich von Rumposch zu erwarten habe, werden durch das Erscheinen meines Vaters abgeschnitten. Ich atme erlöst auf. Rumposch und der Vater begrüßen sich mit der Barbierweisheit: Ein Glück, daß wir nich saufen! Diese sechs Worte sangen früher die Gesangvereinsbrüder mit einer unterlegten Choral-Melodie. Rumposch, der ein wenig auf der Orgel stümpern konnte und zuweilen den Kantor in der Kirche vertrat, soll, so wurde in Bossdom erzählt, diese Zeile als Auftakt für die Kirchenlieder benutzt haben, die er intonierte.

Die Eltern und Rumposch schwärmen von den schönen Gesangvereinsfesten früher, von den gemütlichen Skat-Abenden, von den lustigen Ausflügen in den Spreewald und dies noch und das noch, während ich auf die abgemagerten Hände von Rumposch sehe, die mir manche *Schelle* ins Gesicht warfen, die mit dem Haselstock auf meinem Hosenboden zugange waren, als hätten sie nasses Getreide auszudreschen. Was aus mir wohl geworden wäre, wenn Rumposch nicht nur ohnmächtig geworden, sondern tot geblieben wäre, als ihm die deichselstarke Stange des Hauptvorhangs der Vereinsbühne auf den Schädel knallte. Ich hatte den Vorhang nicht genug festgezurrt. Und wie sie mich im Falle seines Todes verdächtigt hätten: Er hats nie gerne gehoabt, wenn der Lehrer ihn versohlte, aber noch mehr hätt er ihn sohlen sollen, man sieht ja, was fürn ausgekochter Bengel er is. Die Erziehungsanstalt wäre mir sicher gewesen.

Ich werde aus meinen Befürchtungen gerissen. Das Gespräch hat eine politische Wendung genommen. Rumposch findet es unklug, daß mein Vater in die *Kapede* eintrat. Der Vater sagt, er habe es gemußt, weil er Weilchen in der *Enesdeape* gewesen wäre, und wird terminologisch, er wäre bei die Nazis eingetreten, weil die sich für die *Brechung der Zinsknechtschaft* einsetzten und ihm geholfen hätten, sich von den Zinsforderungen meines Großvaters zu befreien.

Laß mein Voater ruhn, du, weeßte? mischt sich die Mutter ein. Die Zinsen, auf die der Großvater bestanden hätte, wären rechtens gewesen. Mit eins sind die Eltern im schönsten Streit. Ich wähne mich in meine Kindheit zurückversetzt, und Lehrer Rumposch entschuldigt sich, er habe eigentlich nur sagen wollen, daß er immer noch *Espede*-Mann sei und daß er sich das von den Russen nicht verbieten lasse.

Ich benutze die Gelegenheit, mich davonzumachen. Es war das letzte Mal, daß ich meinen alten Dorflehrer sah, der mir mindestens fünfzig Kirchenlieder, die zehn christlichen Gebote, die lutherischen Bitten und das große und das kleine Einmaleins nebst einer lesbaren Handschrift und das Blänken meines Holzpantoffel-Oberleders einbläute. Etwas später sei er über die Elbe gegangen, erfuhr ich, um ungehindert *Espede*-Mann bleiben zu können, dort aber sei er bald gestorben, Rumposch. der Mann, der unter den breiten Röcken einer Spreewälderin hervorkroch und um alles in der Welt kein *Wendscher* sein wollte.

Schließlich sind alle Fragebögen ausgefüllt, und die Dorfleute nennen mich Rumgeher. So hießen die Männer, die früher mit einem Bauchladen von Haus zu Haus gingen und Zwirn, Knöpfe, Sicherheitsnadeln, bunte Borten, Küchenmesser und Krimskrams verkauften. Wie die Bossdomer mich auch nennen mögen, ich bilde mir ein, ich hätte mir mit dem *Rumgehen* Material für meine Schriftstellerwerkstatt eingetragen. Ich kenne nunmehr das Innere eines jeden Hauses in sieben Dorfgemeinden. Ich war in aufgeräumten Stuben, in denen ich meine Fragebögen auf einem sauberen Tisch ausbreiten konnte, hockte in Küchen, in denen ich mir ein Brett über den Schoß legte, weil auf dem Tisch keine Ecke frei war. Mancher Fragebogen trägt Fettflecke, die Leinölgeruch verströmen. Es gab Leute, an denen ich meine Geduld erproben konnte, weil sie nicht antworten wollten, und ich hatte Schwerkranke zu befragen. In einem Falle war ein Mann so schwach, daß mir seine Leute sagen mußten, was ich von ihm wissen wollte.

Was froagst du und froagst den Großvoater? Morgen wird

der Alte tot sein, und keen Mensch wird am mehr was froagen könn.

Ich sah, wie der Kranke erschrak, und blasser als er war, konnte er nicht werden. Er sah vorwurfsvoll auf den plautzigen Schwiegersohn hin, für den er schon halb begraben war. Ich blieb trotzdem unerbittlich. War das nun Pflichtbewußtsein, oder waren es bürokratische Neigungen, die in mir schlummerten? Ich schäme mich, wenn ich daran denke, und ich schäme mich für manches andere, auf das wir noch zu sprechen kommen werden.

Meine *Rumgeher*-Arbeit hat auf der anderen Seite unsere Haushaltskasse unerwartet bestückt. Ich kann mich wieder mit Inbrunst meiner Schreiberei hingeben. Nona beklagt sich nie, daß ich keine Arbeit mit festem Einkommen annehme. Sie bittet mich auch nie vorzulesen, was ich geschrieben habe. Vielleicht liest sie es heimlich? Oder sie hat Vertrauen zu meinen Fähigkeiten, während auf mich Tage zugekrochen kommen, an denen ich an mir zweifle.

Wieder schickt mir Kurte Schimang seinen Enkel. Der glitzert nicht mehr unter der Nase und hat sich das Haar nach hinten gekämmt. In den zwei Zentimetern, die er gewachsen ist, liegt Zeit eingebettet. Zeit steckt auch in den Gräbern, die auf dem Friedhof zunehmen, im Verschwinden der Schützenlöcher und der lächerlichen Panzersperren aus den letzten Tagen des Krieges, und besonders klar läßt sich die Zeit an den jungen Kiefern ablesen. Ein Astquirl hat ein Jahr in sich versteckt. Mein Großvater fällte zuweilen geile Jungkiefern, schnitt ihnen die Astquirle heraus, stutzte sie, schälte sie, kochte sie mehrmals, bis er ihnen das Harz ausgetrieben hatte, dann hängte er sie der Anderthalbmeter-Großmutter als Quirle in die Küche und achtete darauf, daß sie sie auch benutzte. Was man selber machen kann, muß man nich koofen. Als ich mit den amtlichen Fragebögen durch die Dörfer zog, sah ich sie wieder, die Quirle aus Kiefernholz, allerdings nach dem Grundsatz angefertigt: Was ich nich zu koofen kriege, muß ich selber machen!

Wie komme ich auf die Quirle? Die Dinge ringsum scheinen meinen Erzähldrang, dem ich schwer widerstehen kann, zu nutzen. Ich wollte erzählen, weshalb Kurte Schimang mir seinen Enkel schickte: Unse Großvoater is krank, sagte der Junge, ob Se könnten bei uns kumm?

Schimang ist abgemagert und gelb im Gesicht. Ihm sei *lederig* zumute, sagt er, er habe wohl die Auszehrung oder was und er müsse eine Weile ins Krankenhaus werden, deshalb wölle er mich bitten, ihn zu vertreten. Es *gäbte* vielleicht auch andere, die das könnten, aber er sähe nun einmal, daß ich es sein müßte. Die Amtsgeschäfte, sagt er, werden mir Zeit zum Schreiben lassen; wenn er das nicht wüßte, würde er mich nicht bitten.

Ich mache Schimang drauf aufmerksam, daß ich parteilos bin.

Rede dir nich raus, sagt er müde. Erstens solle ich ihn nur vertreten, zweitens wisse er, wer ich sei, er hätte nun mal gern mich als Vertretung. Begreife! sagt er und sieht mich flehend an. Ich sperre mich nicht. Ich gehe täglich zu ihm in die *Amtsvorsteher-Schule.* Er stellt eine Liste von Obliegenheiten auf, die mich möglicherweise erwarten.

Und wer von euch Heutigen wissen will, was für ein Vorsteher ein Amtsvorsteher war, dem sage ich, ungenau-genommen, eine Art Sheriff ohne gesterntes Abzeichen auf der Unterbrust. Und wenn ihr fragt, ob ein Amtsvorsteher mit den gleichen Befugnissen ausgestattet war wie ein Sheriff, so muß ich euch sagen, ich weiß es nicht, ich bin nicht westernkundig genug. Kennt ihr Gerhart Hauptmanns Diebskomödie *Biberpelz*? Da wird ein kaisertreuer Amtsvor-steher vorgeführt, ein dorfmächtiger Miniatur-Hirn-Besitzer, dummstolz, von Eitelkeit besäumt und so närrisch national gesinnt, daß er von einer diebischen Waschfrau hinters Licht geführt wird.

Einen Amtsvorsteher der Nachkriegszeit römisch eins führ-te ich euch im vorvorigen Buch mit Dorflehrer Rumposch vor, und bis zum Ende des Weltkrieges römisch zwei waren die Amtsvorsteher eifrige Adolfiner; je eifriger, desto besser. Also, Amtsvorsteher waren stets Männer, die auf das jeweils herrschende Gesellschaftssystem eingeschworen waren. Ich

bin, solange ich Schimang vertrete, in dieser Hinsicht eine
Ausnahme, und ich gehöre zu den letzten ostelbischen Amts-
vorstehern. Einige Monate, nachdem ich Bossdom verlasse,
werden diese Vorsteher abgeschafft. Ein Vorgang mit Seltenheitswert, weil aus dem kassierten Amt nicht nach bü-
rokratischen Üblichkeiten zwei Ämter hergestellt werden.
Aber das will nichts besagen. Ich hab in meinem langen
Leben festgestellt, daß sich vieles, vieles wiederholt und daß
kein politischer Schwur für ewig gilt. Ich rechne fast damit,
daß es für unsere Landesbezirke eines Tages wieder preußische Amtsvorsteher geben wird.

Die Funktion des Standesbeamten hingegen wurde bei-
behalten, aber umbenannt, und sie hieß fortan *Beauftragter
für das Personenstandswesen*. Erstaunlich, daß man die Umbe-
nennung ohne zwei Genitive zustande brachte, wie zum
Beispiel bei einem Landrat, den man zum Vorsitzenden
des Rates des Kreises machte. (Von der Regie wird mir
soeben durchgegeben, es heiße jetzt wieder Landrat.)

Als meine vierzehn Tage Amtsvorsteher-Lehrzeit herum
sind, ist Schimang so verwelkt, daß man ihn mit dem
Milch-Auto in die Stadt bringen muß. Er bittet mich, mit
ihm zu fahren, er habe mir noch dies und das zu sagen.
Unterwegs gesteht er mir, daß er sich vor dem Krankenhaus *bissel fürchte*, vielleicht sogar sehr. Diese weißgestriche-
nen durchsichtigen Betten, und man wisse doch, daß in
jedem schon einer gestorben sei, in manchem Bett vielleicht
sogar mehrere, und man läge auf einer Schicht abgelegter
Tode.

Und dann eine von den Amtswichtigkeiten: Er habe in
der Amtsstube seinen Sprech-Automaten aufgestellt *betreffs
Trauungen*. Ich solle die Platte mit dem Hochzeitsmarsch
auflegen, wenn die, was heiraten wollen, mit ihren Zeugen
in die Stube reinkommen. Musik glasiere die Amtshandlung
feierlich und mildere die Menschen.

Bevor Schimang durchs Portal ins Krankenhaus schwankt,
wendet er sich mir noch einmal zu und sagt: Bissel was
wern se woll an mir reparieren könn, oder was?

Mir ist zäglich zumute. Roch es im Auto nicht ein wenig

nach Tod? Mein Mitleid bestimmt, daß ich mir vornehme, Schimang ein guter Vertreter zu sein, selbst wenn ich dafür meine Schreibzeit kürzen muß.

Nona zeigt sich einsichtig. Sie bestellt unseren Feldgarten so fleißig, daß es kaum ins Gewicht fällt, wenn ich nur unregelmäßig mithelfe; für sie scheint wichtig zu sein, daß ich für meine Vertreter-Arbeit das volle Vorstehergehalt beziehen werde. Ein strammer Betrag, aus dem Keller unserer Verhältnisse betrachtet.

Die erste Zeit weiß ich nicht, was anfangen in meinem Amt. Ich sitze beim Gesang des Kanarienvogels in Schimangs Stube. Die Sonne scheint herein und veranlaßt die Dinge, satte Schatten zu werfen. Im Efeu vor dem Fenster zanken sich die Spatzen. In der Küche hantiert Schimangs Frau. Mir fällt Mörikes Gedicht vom *alten Turmhahn* ein. Ich komme mir vor wie ein Pfarrer, der in seiner Studierstube demütig auf Einfälle für seine Sonntagspredigt wartet. Nirgendwo ist die Maul- und Klauenseuche ausgebrochen; nirgendwo hat man sich geprügelt, auch der Volkspolizist Egon Klauschke bringt keine Anzeigen geschleppt. Das Leben im Amtsbezirk scheint auf eine Sandbank gelaufen zu sein.

Ich blättere in erledigten Vorgängen: Da sind Bestrafungen von Fuhrleuten, die aufgegriffen wurden, weil sie keine *Wagentafel* mit ihrer Wohnanschrift am Fuhrwerk befestigt hatten oder ohne Hemmschuh den Georgenberg hinunter nach Grodk hineinrasselten.

Ich blättere in den Geburten- und Sterberegistern des Standes-Amtes. Weshalb sterben manche Leute früh, während andere achtzig und mehr Jahre alt werden? Waren die Spät-Sterbenden mit einem dickeren Bündel Lebenskraft ausgestattet als ihre Nachbarn? Hatten sie noch im hohen Alter eine Kleinigkeit zu bewirken, ohne die das Weltall nicht hätte weiter gedeihen können? Weshalb starben Kinder und Kleinkinder? Weshalb erschienen sie im Dorfleben, um sich alsbald wieder davonzumachen? Hatten sie nur kleine Aufträge zu erfüllen, nicht sichtbar, nur ahnbar, oder waren Leben und Sterben Willkür-Akte im Weltgeschehen, sinnlos und ohne Zweck?

Dann wirds interessant. Ich stoße auf ein Protokoll. Es liegt gesondert in einer Schublade, und ich kann nicht erkennen, ob es zu den Akten des Amtsvorstehers oder zu denen des Schiedsmannes gehört. Eine Art Anzeige der Frau Elvira Matt, Friseurmeisterin: An einem Vormittag wäre Herr Jeremias Konsky in ihrem Barbierladen erschienen und hätte sich barbieren lassen. Bei dieser Gelegenheit schlug er mir, so Frau Elvira wörtlich, ein Geschäft vor. Er wollte fünfzig russische Zigaretten mit langem Pappmundstück gegen zehn amerikanische Zigaretten bei mir eintauschen.

Zwischenbemerkung des Romanverfassers: Gefragt, wann sich die Überlegenheit Amerikas über das große Land im Osten bemerkbar machte, antworte ich: Gleich nach Kriegs-Ende. Amerikanische Zigaretten wurden von den Rauchern für besser gehalten als die russischen.

Camel mit C geschrieben ist das erste vielverwendete amerikanische Wort in der *Ostzone*. Die Päckchen der amerikanischen Zigaretten sind zu sogenannten *Stangen* zusammengepreßt und sind eine Währung. *Gewöhnigliche* Leute in Bossdom kriegen auf ihre Raucherkarten mittelgute deutsche Zigaretten zugeteilt. Amerikanische Zigaretten üben, auch ungeraucht, auf die Leute eine hypnotische Wirkung aus.

Aus dem Protokoll ist zunächst nicht zu erkennen, ob auch Konsky dieser Hypnose unterliegt oder aus anderen Gründen so handelt, wie er handelt. In der Anzeige der Frau Elvira Matt heißt es weiter: Es wird im Dorfe behauptet, ich handele mit amerikanischen Zigaretten. Kein bißchen wahr, und wenn ich welche habe, verschenke ich sie. Ich fragte Konsky, wo er denn so viele *Rossis* herhabe, um fünfzig gegen zehn zu tauschen.

Darum hätte ich mich nicht zu kümmern, sagte er.

Ich deutete ihm an, daß ich schon wisse, woher und wofür. Ich sagte es nicht so direkt, mehr verschlüsselt, ließ was von Spitzelei durchschimmern, und Konsky knirschte mit den Zähnen. Aber ich fürchte mich nicht vor solchen Kerlen. Ich bin mit viel gefährlicheren fertig geworden, als ich meinen Mann Tinko aus der Neiße-Front rettete.

Am nächsten Tag fährt Elvira in den Spreewald um Sauergurken. Sie kommt im Tausch zu zwei Eimern Gurken. Aber ein Eimer voll Gurken ist nur erlaubt. Sie bittet einen Mann, der kein Gepäck hat, gegen vier große Gurken auf die Hand, ihren zweiten Eimer in Obhut zu nehmen, bis die Polizeikontrolle vorüber ist. Der Kleinbahnzug ist überfüllt. Trotzdem drängt sich die Polizei hinein und kontrolliert die Hamsterer. Als die Polizisten aussteigen, steigt auch der Mann mit Elviras Gurken-Eimer aus. Sie versucht ihn zurückzuhalten. Der Mann erklärt, er habe der Polizei versichert, daß es sich um seinen Eimer handelt. Er will nicht zum Lügner werden, und er reißt sich los und steigt aus.

Auf dem Bahnhof in Däben kriecht zwei Waggons hinter Elvira Konsky aus dem Zug, und sie ist froh, daß ihr der zweite Eimer Gurken abgegaunert wurde. Ich sag es so, wie es ist, Herr Schimang. Nach zwei Tagen kam Konsky wieder in die Barbiererei. Ich rasierte und beschnipperte ihn, und nachdem ich ihn abgepinselt habe, wird er wilde und will mir küssen, packt mir, hier, bei den Brüsten und ist auf dem besten Wege, mir zu vergewaltigen. Ich schreie um Hilfe, doch er wird immer wilder. Endlich hört es mein Mann, der auf dem Hofe den Ochsen versorgt. Er ist, seit er den hat, selber fast ein Ochse. Er macht sich von hinten an den rasenden Konsky ran, umklammert ihn und sagt: Sachen gibts, die gibts goar nich!

Mein Mann ist nicht einverstanden, daß ich das hier bei Ihnen melde. Er meint, ich hätte Schlimmeres erlebt und mir nicht beklagt. Aber ich kann mir nich damit abfinden, daß der Pironje so frech zu mir is.

Einen Tag später vernimmt Schimang Konsky und Bruder Tinko zusammen mit Elvira. Konsky betont, er habe sein Barbiergeld ordnungsgemäß bezahlt. Was wollt ihr? Allerdings habe er beim Verabschieden die Hand der Barbierin bißchen längä festgehaltän und sie bißchen sehnsüchig angesähn.

Frech und geil hat er mir angesehn, von Sehnsucht nichts in seiner Fratze, gibt Elvira zu Protokoll.

Weshalb Konsky, als Elvira um Hilfe rief, sie fester und fester packte? Konsky gibt zu, er habe vermutet, Elvira, von der dies und das bekannt ist, gehöre zu den Frauen, deren Lust sich steigere, wenn sie gewaltsam genommen werden.

Bruder Tinko sagt aus: Vergewaltigungsversuch möchte ich nich soagen, bissel zudringlich ist er gewesen. (Später wird Tinko zugeben, daß ihm die milde Beurteilung abgepreßt wurde.) Konsky erläutert, er habe Elvira willig machen wollen, ihm paare Ami-Zigaretten abzulassän.

Elvira beteuert ein weiteres Mal, sie habe keine amerikanischen Zigaretten.

Und was hast du Weinrich gegebän, ganzes Paket hast du ihm gegebän! Es stellt sich heraus, Konsky hat ausspioniert, daß Weinrich am Abend zuvor die Barbiererei mit einem Päckchen verlassen habe. Was war in dem Päckchen? fragt Schimang Elvira. Sie lächelt verschlagen: Vier Saure Gurken!

Weinrich wird herbeigeholt. Er wirkte unsicher, schrieb Schimang ins Protokoll, aber als er hörte, daß es um nichts als um das in Zeitungspapier gewickelte Etwas ging, wurde er wieder sicher. Vier saure Gurken, bestätigte er.

Konsky wird mit Bußgeld belegt. Das Bußgeld wird nie bezahlt. Ich entdecke in der linken unteren Ecke des Protokolls eine fein mit Bleistift wie hingehauchte Notiz: Es wurde mir untersagt, den Vorgang weiterzureichen, Datum und Schimangs Unterschrift.

Ich nehme mir vor, Schimang nach dieser dunklen Notiz zu fragen. Zweimal besuchte ich ihn im Krankenhaus. Das erste Mal vergaß ichs, und beim zweiten Besuch war er schon so schwach, auch etwas verworren, daß ich ihn nicht quälen mochte. Na mäg! dachte ich, denn damals hatten mich meine Beobachtungen, die von dem, was ich bei Emerson las, bestätigt wurden, zu der Ansicht geführt: Es bleibt nichts ungeklärt oder unentdeckt, man muß warten können. Auch wenn ich diese Ansicht später für drei, vier Jahre verwarf, ich kehrte wieder zu ihr zurück. Sie bestätigt sich.

Vom Landrats-Amt kommt die Aufforderung, ich möge endlich den Bericht über den Zustand der Entwässerungsgräben einreichen. Der kranke Schimang hätte es versäumt.

Ich werde aufs Landrats-Amt und dort zur Abteilung Landwirtschaft. Der Referent, mit dem ichs zu tun habe, heißt Mücke. Er wirkt verhungert, und seine Fingergelenke sind durch Gichtknoten aufgetrieben.

Ich erkläre ihm, daß es zu spät sei, die Gräben zu kontrollieren, das Gras sei schon zu hoch, ich müßte es niedertreten und die Ernte mindern.

Mücke packt meine Hand. Drücken kann er sie mir nicht. Die Gichtknoten!

Wem Gott ein Amt gibt, gibt er auch Verstand, lautet eine Barbierweisheit. Aber Mücke verhält sich nicht wie Minister, die, wenn sie in ein neues Fachgebiet überwechseln, sich so verhalten, als kennten sie, was ihnen dort abverlangt wird, seit eh und je, weil sie kenntnisreiche Gehirne in Nebenzimmern sitzen haben. Mücke gesteht, und Selbstmitleid zittert in seiner Stimme, daß er als ehemaliger Tuchfärber wenig von *Landwirtschaftskroam* verstünde. Er habe sich auch nicht hierhersetzen wollen, aber man habe ihm gesagt, mach man, mach, alles läßt sich lernen, die Hauptsache wäre, er sei Antifaschist. Er bittet mich, wenigstens von den Rändern her festzustellen, ob die Wiesen in meinem Bezirk versumpft seien oder nicht. Ein bißchen was müsse er doch berichten. Vom Bürokratismus ist er also schon gepackt. Die Kleinen Leute, sie päppeln ihn rascher und gründlicher auf als den Sozialismus. Sie schätzen Ordnung und Getreusein. Ebenso rasch lernen sie amtsdeutsch reden. Von einem, der sich bürokratisches Sprachgestelz abgelauscht hat und es dazu noch schriftlich anzuwenden weiß, heißt es auf der Heide: Du, dem machste nischt vor! Ich weiß, wie stolz ich war, als ich das Versammlungsprotokoll des Radfahrervereins als jugendlicher Schriftführer in Amtsdeutsch abgefaßt hatte und die Radfahrer sagten: Du, der hat was druff! Ich spüre ja, wie sich auch jetzt bürokratisches Verhalten bei mir einschleicht. Ich schicke den Leuten Strafbescheide mit der Post ins

Haus. Ich gehe nicht und sage: Hier ein Strafbescheid, sondern verkrieche mich hinter der amtlichen Anonymität: ... und belaste ich Sie mit einer Ordnungsstrafe von drei Mark ...

Schon heißt es im Dorfe: Bäckersch Esau steckt een raus, und die Mutter warnt: Obs dir nich schoaden wird, wenn du goar so strenge bist? Die Leite sind unse Kunden, mußte bedenken! Der Laden der Mutter mischt sich in meine Amtsausübung. Soll ich es einem gewissen Herrn Jesus nachtun und sagen: Weib, Weib, was habe ich mit dir zu schaffen?

Ich verspreche dem Referenten Mücke, die Gräben in meinem Amtsbezirk *überwendlich* zu prüfen und ihm einen Bericht zu liefern, damit seine Mappe nicht leer bleibt. Er ist mir dankbar, und ich spüre, wie er aufatmet.

Ich kontrolliere die Wiesen im Nachbardorf Klein-Loie. Es ist vorgeschrieben, daß ich es mit dem Bürgermeister des jeweiligen Dorfes gemeinsam tue. Der Bürgermeister von Klein-Loie heißt Ernste Balko. Wir kennen uns aus der Dorfschulzeit. Sein Vater arbeitete auf der Grube im Akkord und gehörte zu den Bergleuten, die im Laden der Mutter *einkehrten*, um Rollmöpse zu essen und Bier zu trinken. August Balko, der gut verdiente, baute sich am Waldrand ein blitzneues Häuschen. Kaum waren die Balkos eingezogen, erwischte es Vater August, wie es unter Bergleuten heißt. Er *räuberte* einen Bruch bis zum letzten aus. Das Hangende ging auf ihn nieder. Keine Rettung! Die Balkon verdingte sich als Tagelöhnerin auf dem Rittergut, und an den Sonnabenden fuhr sie für die Matts Semmeln und Süßgebäck in die Heidedörfer. Ernste half ihr den Handwagen ziehen. Er ersetzte in der Familie den Vater und war frühreif, als er die Schule verließ. Kaum hatte er in der Glashütte ausgelernt, *fiel er rein*, wie es auf der Heide heißt. Er fiel uff die bißchen lockere Lobodanz Martka rein.

Ernste heiratete als Achtzehnjähriger, bevor das Kind kam, übernahm das Hauswesen mit der kränkelnden Mutter, ging, wie einst sein Vater, in den Tiefbau und lag dort alsbald im Akkord. Viel zu jung ins Bergwerk, viel zu zeitig in den Akkord.

Ernste und ich haben uns jahrelang nicht gesehen. Wir mustern einander und lächeln uns verschwörerisch zu.

Mag sein, daß das, was ich hier nebenbei erzähle, der Haupthandlung meines Geschreibsels zuwider ist. Ich lasse es trotzdem stehn, weil ich so gern in die Verästelungen von Menschenleben hineinkrieche. Es will sich mir nicht, meinen Forscherdrang zu unterdrücken, um mich den Forderungen von Leuten anzubequemen, die unter eingebildeter Lebenshatz leiden, die sie Streß nennen, und die deshalb glauben, sich nicht leisten zu können, ein Buch zu lesen, das ihnen gemächlich daherkommt.

Ich kenne Martka, die jetzige Hausfrau, von früher, von den Tanzböden her. Keine Schönheit, aber anziehend wie ein menschliches Magnet-Eisen mit ihrem rötlich flimmernden Muttermal am schlanken Hals. Nachdem Ernste sie geheiratet hatte, entlockte sie ihm ein zweites und ein drittes Kind. Trotzdem ist *noch Neegchen* von der Schnellverliebtheit der jungen Martka übriggeblieben. Sie bewirtet mich mit in Öl gebackenen Kartoffelplinsen. Ernste rundet die Mahlzeit mit Bergmannsschnaps ab. Martka setzt sich zu uns. Wir stoßen an. Auf einem Bein kann man nicht stehen, und mit dreien kann kein Pferd nicht traben. Der *Eikehol* steigt uns in die Köpfe, und Martka fängt an zu singen: Hätt ich Tinte, hätt ich Feder / hätt ich Geld und Schreibpapier / würd ich dir die Zeit aufschreiben / die du hast verweilt bei mir …

Als Jungen stöberten Ernste und ich an langen Sommer-Sonntag-Nachmittagen durch die Wälder, waren wie halbreife Katzen und versuchten alles, was sich bewegte, zu fangen. Wir gruben junge Wildkaninchen aus, sperrten sie in Boxen und tränkten sie mit Kuhmilch. Sie vertrugen die Kuhmilch nicht. Am nächsten Tag lagen graue Kaninchenleichen in den Boxen. Ich fühlte mich sündig und beweinte die Kaninchenkadaver. Aber die Reue hielt nicht vor. Schon am nächsten Sonntag fingen wir Molche, setzten sie in wassergefüllte Stall-Eimer und hofften, daß sie sich in unserer Obhut vermehren würden. Am nächsten Tag war kein Molch mehr in unserem Ersatz-Aquarium. Sie waren geflüchtet. Wir lernten die Tiere und ihr Verhalten nicht aus dem Naturkundebuch kennen.

An einem anderen Nachmittag standen wir vor einem kleinen Feldteich, durch den ein Wiesenbach floß. Im Teich schwammen fußlange Goldfische. Wir stöhnten vor Staunen. Begehren stieg in uns auf. Wir banden Schnüre an die Zipfel eines Bett-Tuches und ließen es in den Teich. Das Bett-Tuch feuchtete sich ein und sank langsam auf den Grund. Es dauerte seine Zeit, bis endlich zwei Goldfische arglos die weiße Fläche überschwammen, aber es zeigte sich, daß wir das nasse Bett-Tuch nicht mehr vom Teichgrund heben konnten. Unsere Vorstellung von dem, was sein sollte, ging an dem, was war, zugrunde. Wir beschlossen, den Teich abzulassen, schlossen die Schütze am Einlauf des Wiesenbaches und öffneten die Schütze am Ausfluß des Teiches. Das Teichwasser stürmte rauschend davon und hatte doch bis zum Abend nur wenig abgenommen, und die Fische schwammen gelassen in der Teichmitte umher. Ich mußte nach Hause. Ernste versprach, am nächsten Morgen, noch vor Schulbeginn, wenn der Teich leer sein würde, die Goldfische einzusammeln.

Bergleute aus Klein-Loie erzählten im Laden der Mutter, Unbekannte hätten den Feldteich der *Gnädigen* abgelassen. Die Goldfische wären den Bach hinuntergetrieben, hätten sich eine Weile im Mühlenteich des Nachbardorfes aufgehalten, wären dann weiter ins Flüßchen Schorne Woda und von dort wahrscheinlich in die Spree geschwommen.

Es wird von Riepels geredt, sagte meine Mutter beim Abendbrot, die die Goldfische der Gutsfrau verscheecht hoaben solln. Woarscht du nicht Sonntag in Kleen-Loie?

Aus meinem Munde kam kein Wort. Ich bildete mir ein, nicht gelogen zu haben.

Martka, die gut zugehört hat, will wissen, ob es später herausḡekommen sei, das mit den Goldfischen.

Niemals nich! sagt Ernste, und da umarmt Martka ihn und umarmt auch mich, weil wir so *dichtige* Kerle waren, und der Kuß, den sie mir gibt, ist nicht von ungefähr.

Dann sind Ernste und ich draußen in der Feldmark. Der

377

Schnaps bewirkt, daß mir mein Leben leicht erscheint. Für ein Zeitchen kann ich die Leute verstehen, die sich täglich mehrmals einige Schnäpse einhelfen, und ich begreife, daß sie eifrig nachgießen müssen, wenn ihnen die Leichtlebigkeit nicht wieder abfallen soll.

Wir gehn an den Wiesenkanten entlang, und wie früher, wenn wir erkunden wollten, ob uns das Eis des Dorfteichs schon tragen würde, proben wir an den Wiesenrändern aus, ob unsere Füße im Sumpf einsinken. Kein Geschmatz unter unseren Füßen. Die halb verwachsenen Wiesengräben scheinen noch zu sickern, wie man es von ihnen erwartet.

Ernste versagt die Zunge beim Formulieren mancher Wörter. Er erzählt mir, daß er vor kurzem ein Wildzwein gezossen habe. In unseren Dörfern gab es früher keine Wildschweine, aber die Russen zerfuhrwerkten mit ihren Panzern die Wildgehege des Grafen Arnim bei Weißwasser und trieben die Schweine vor sich her zu uns in die Heide. Die Neubauern fluchen, wenn die Schwarzschweine ihnen die Ernten schmälern. Sie versuchen, sie in Fallgruben zu fangen oder mit Spießen und Hunden zu jagen.

War es nicht gewagt von Ernste, mit der Flinte umherzurennen und ein schwarzes Schwein zu schießen? Er versichert, daß er nich an Zibirienzehnzucht leide. Der russische Kommandant habe ihn mit auf die Jagd genommen. Ernste war nicht Soldat, hat nie eine Flinte abgefeuert, nicht einmal auf dem Schießstand. Trotzdem zoß ich den Keiler beim ersten Zuß ab, denk dir, sagt er. Am Abend hätte das ganze Dorf Schlachtfest gefeiert.

Und hier wieder so eine Lebensverästelung: Mir fällt ein, daß Balkos August, der Vater von Ernste, ein Wilddieb war. An einem Herbst-Abend überraschte ich ihn in unserer Waschküche. Er stand gebeugt über einer Bank aus Eichbohlen und lederte ein Reh ab, hatte mich nicht gehört und erschrak, als ich neben ihm stand. Keen Wort zu niemanden nich, flüsterte er mir zu, sonst muß ich brummen gehn! Damit hatte mich Balko zu einem Erwachsenen gemacht. Der süße Maisduft, den die Rehhaut in der Waschküche verströmte, ging mir nach. Ich traf ihn bei arabischen

Pferden wieder, zuletzt bei meiner arabischen Stute Recha, und ich sog mich voll mit ihm am Abend, bevor ich sie weggeben mußte.

Was ich August Balko versprach, hielt ich ein. Er kam ums Leben, meine Eltern starben, ich bin der einzige, der das Geheimnis vom gewilderten Reh und der Hehlerei meiner Mutter umherträgt.

Auch Ernste erfährts nicht von mir, aber ich glaube zu wissen, wieso er, ohne je mit einer Flinte gefuchtelt zu haben, beim ersten Schuß, den er in seinem Leben abfeuerte, einen Keiler niederstreckte.

Wenn Ernste nach den Schnäpsen die Zunge nicht gehorcht, so mir mein Bleistift nicht. Er rutscht beim Notieren, als müsse er eine Fensterscheibe beschriften. Es gelänge mir, merk ich, beim Romanschreiben nichts mehr, würde ichs zur Gewohnheit werden lassen, mir mein Leben mit Alkohol erträglicher zu machen.

Wir stehen vor einem Feldteich, vor *jenem* Feldteich. Erschreckte Frösche springen ins Wasser. Das Wasser kriegt eine Gänsehaut aus Wellen. Wir sehen uns an. Bist also am nächsten Tage nicht nachsehen gegangen, wie verabredet? frage ich.

Wie ich hinkoamte, woarn die Fize zont weg, sagt Ernste. Wir tun so, als ob alles gestern gewesen wäre.

Aber dann lachen wir und lachen. Da gehen wir, zwei kleine Dorf-Öbere, umher, kontrollieren den Zustand der Wiesen und sehen nach, ob unsere kleine Welt in Ordnung ist, und machen *aktenkundig*, daß sie in Ordnung ist, obwohl wir wissen, es ist nur halb wahr, kurzum, wir schmieren den Weltlauf wie alle Bürokraten und Politiker mit Lügen und finden nichts dabei und eben, wir befinden uns in Gesellschaft.

Nachricht von Engelbert Weinrich: Edwin Schupank kommt nach Bossdom, will sich den Neulehrer ansehen, den Unterricht anhören und will auch mich sprechen. Einer, dem erlaubt wird, mit einem der drei aus Kriegsschrott zusammengebastelten Autos der Kreisverwaltung über Land zu fahren, ist für Weinrich kein beliebiger der und jener. Er erkundigt sich behutsam, was Schupank von mir wollen könnte. Hilf mir ihn empfangen, bittet er, und seine Stimme vibriert in politischer Demut.

Schupank kriecht aus dem Auto. Sein abgewetzter Büro-Anzug glänzt wie das Sommerfell eines Rappen. Er wirkt bekümmert. Sein Hütchen ist zerknitterter als vor Wochen. Er scheint im Auto drauf gesessen zu haben. In gerüsterten knöchelhohen Lederschuhen humpelt er auf uns zu und gesteht, daß er das erste Mal in seinem Leben in Bossdom ist. Wir sollen mit ihm in die Schule.

Der junge Schulmeister gehört zur Heerschar der im Galopp ausgebildeten Neulehrer und heißt Masula. Kurz vor Kriegs-Ende wurde er Leutnant, und gleich drauf riß ihm ein Streifschuß die rechte Wange auf. Die Narbe sieht aus wie ein Studentenschmiß. Auch Masulas Vater war Lehrer, linker Sozialdemokrat. Er wurde an der Heimatfront von einer Bombe zerfetzt. Schupank kannte ihn und übernahm die Patenschaft für den Sohn. Er glaubt an die Vererbung politischer Grundeinstellungen. Früher oder später kriegen wir die Guten alle, wenn nicht jetzt, dann die nächste Generation!

Masula führt Schupank die ehemaligen Hitlerpimpfe im Geschichts-Unterricht vor. Es gibt noch keine neuen Lehrbücher.

Jede Regierung, die eine andere ablöst, läßt Geschichte in den Schulen aus ihrem politischen Blickwinkel betreiben. Geschichte ist Geschehenes, lehrte der Lehrer meines Vaters, der alte Kraffak, in Grauschteen. Neulehrer Masula spricht zu den Vierzehnjährigen über das *verwerfliche Treiben der Hitlerbanditen*. Kaum zu fassen, daß er unlängst noch selber einer der Hitlerschen *Windhunde* war! Ein Mädchen will wissen, weshalb man ihren Bruder nicht aus der russischen Kriegsgefangenschaft entläßt, er habe nichts verbrochen. Es heißt *sowjetische* Kriegsgefangenschaft, verbessert Masula. Der Bruder des Mädchens hätte überlaufen sollen, sagt er naß und forsch und so, als ob er selber so gehandelt hätte. Schupank bittet das Thema abzubrechen, es steht seinem

Leben wohl zu nahe. Er läßt sich den Bibliotheksschrank aufschließen, zieht ein Buch nach dem anderen heraus und fängt an zu sortieren.

Masula fürchtet, die Vierzehnjährigen nicht bei Ruhe halten zu können, schickt sie hinaus und befiehlt ihnen, Völkerball zu spielen. Ich denke an meine Dorfschulzeit, die ich in derselben Stube verbrachte. Wenn sich der Baron in amtlicher Eigenschaft als Gutsvorsteher näherte, um sich mit Lehrer Rumposch, dem Amtsvorsteher, zu beraten, wurden wir hinausgeschickt und sollten Jäger und Hase spielen. Völkerball statt Jäger und Hase – was für eine Umwälzung! Mir wirds peinlich, dazuhocken und zuzusehen, wie Schupank nach seinem Verständnis Bücher beurteilt und aussondert. Ich berufe mich auf Amtsgeschäfte, verabschiede mich und lade Schupank auf Mittag zu uns ein. Weinrich kann seine Empörung über meinen *ungezogenen* Abgang schlecht verbergen.

Um die Mittagszeit klopft Schupank an die noch immer ungestrichene Tür meiner Arbeitsstube und bittet um etwas zu trinken, für seinen Fahrer vielleicht auch?

Ich erlebe zum ersten Male die Sorge eines Funktionärs um seinen Fahrer. Später werde ich diese Art von Menschlichkeit nicht mehr überbewerten, weil ich vom Doppelberuf mancher Funktionärsfahrer wissen werde.

Edwins Fahrer heißt Kubaschk, ist ein rotbäckiger Sorbe, ehemals Schlosser, dann Maschinengewehrschütze. Die zwei fehlenden Finger an der linken Hand hat er an der Kanalküste verloren, und weiter ist nichts auffällig an ihm. Er lächelt freundlich und mischt sich nicht in unsere Gespräche.

Die Gäste klappen ihre Brotbüchsen auf. Margarinedunst breitet sich aus, aber schon kommt Nona aus der Küche und bittet die Gäste, ihre Brotbüchsen zu schließen. Ich bin froh, daß sie freundlich zu den Gästen ist, aber daß sie sie mit *Genossen* anredet, erscheint mir vorlaut.

Den Bossdomer Leuten bleibt Nona eine Fremde. Es gelingt ihr auch nicht, Sohn Jarne an sich zu ziehen, aber das darf man wohl entschuldigen, da sie meine Mutter zur

Gegnerin hat. Ein Kaukasischer Kreidekreis ist entstanden, aber Nona hält alsbald ein, an Sohn Jarne zu zerren, nicht aus Liebe wie jene Grusche, sondern weil ihr der Stiefsohn gleichgültig geworden ist. Ihre Kindsliebe erschöpft sich beim Betreuen ihres leiblichen Kindes. Sie hudert und tätschelt den kleinen Gustav und hält ihn von allem fern, was ihm gefährlich werden könnte.

Was die Dorffrauen abhält, sich mit der *Zugereisten* anzu-freunden, scheint Nonas Hochmut zu sein. Sie bittet andere nie um etwas. Sie ist nicht der Mensch, der Freundschaft vorstreckt, um Freundschaft zurückzuerhalten. Ich gestehe, daß auch ich Nona die meiste Zeit allein lasse. Manchmal, wenn ich weit draußen in meiner Schreiberei bin und noch benommen in die Küche komme, sehe ich, daß sie, wie ein ertapptes Ostermädchen, eine Broschüre in den Tisch-kasten steckt. Wahrscheinlich katholische Traktate. Ich frage sie nicht, und ich sage ihr nicht, daß es mir nichts ausmacht, wenn sie sich Mut aus Marienlegenden holt. Wenn wir uns nachts zu üblichen Liebeshandlungen zusammenfinden, tun wirs mit heimlichen Vorbehalten. Ich bilde mir ein, daß ich meiner Schreib-Arbeit dabei Kraft und poetischen Schmelz entziehe, und Nona scheint zu bedrücken, daß wir nur spielen und nicht wirklich zeugen. Allerdings ist sie mir, ohne es wild zu beteuern, inniger zugetan als ich ihr.

Das Menü für unsere Gäste haben wir tags zuvor be-sprochen: Holunderbeerensuppe und Quetschkartoffeln mit Rühreiern.

Keine schlechte Mahlzeit, mit der wir unsere Gäste be-wirten: das Dunkelrot der Holundersuppe, die blaßgelben Rühreier und das sahnige Weiß der Quetschkartoffeln, ein Mahl, an dessen Farben auch ein van Gogh seine Freude gehabt hätte.

Schupank bedankt sich bei Nona für die Bewirtung. Ich denke an die blaue Schusterschürze, die er daheim zu den Mahlzeiten trägt. Er sagt unvermittelt, das Kriegerdenkmal im Dorf unter den Pyramiden-Pappeln gefalle ihm nicht, nennt es einen preußischen Erinnerungsklotz und ein Hin-dernis auf dem Wege zum Weltfrieden.

Ich denke an meinen Schulfreund Kaliko. Er kannte seinen Vater nicht, aber auf der Totentafel des Denkmals stand der Name dieses stillen Aufschreibers, und Kaliko war stolz auf seinen Vater.

Schupanks Fahrer Kubaschk tut unbeteiligt und kratzt sich mit einem angespitzten Streichholz die Zähne aus. Schupank gibt seinem Gespräch rasch eine andere Wendung: Er würde sich gern unseren Feldgarten ansehen. Das wundert mich nicht. Wir leben in jener kurzen Zeit, in der sich die Stadt- und die Landleute gemeinsam um eine ausreichende Abwechselung von Regen und Sonnenschein sorgen, in jener Zeit, in der die Dorfleute gewahr werden, wie viele Verwandte und Bekannte sie in der Stadt haben, die da kommen und ihre verwelkten Beziehungen bewässern. Und die Dorfleute lassen es sich nicht entgehen, auch einmal die erste Geige zu spielen. Sie schleppen die Besucher auf die Felder, erklären ihnen, wieviel Arbeit und Witterungsgunst vonnöten sind, um einen Korb Kartoffeln zu erzeugen, und Bürgermeister Weinrich läßt sein Parteischulgelerntes heraus und erklärt, daß die Äcker jetzt nicht mehr Sand und Erde seien, sondern Produktionsmittel. Auch ich lasse den Stolz eines landwirtschaftlichen Kleinproduzenten an Schupank aus. Es wird eine merkwürdige Feldbesichte. Wir fahren im Auto zum Feldgarten. Es ist ein laulüftiger Tag. Die Feldraine ziehen sich mit ihrem Neugras wie hellgrüne Bänder durch die Ländereien. Bauern und *Reformer* jäten gebückt ihre Anpflanzungen. Wenn einer neugierig ins geschlossene Auto starrt, nicke ich leise, aber man erkennt mich nicht. Wie soll man vermuten, daß Matts Esau, der im zeitigen Frühjahr hundert und mehr Male Kompost in einem Handwagen zu seinem Feldgarten treckte, großspurig im Auto zu seinem Acker fährt.

Mein Gast tappelt durch den Feldgarten. Von Zeit zu Zeit bleibt er zurück: Er kommt mit den schmalen Steigen nicht zurecht. Eine Feldlerche fliegt aus ihrem Nest. Ich bin froh, daß sie unseren Grenzrain beehrt. Schupank ist enttäuscht, weil sie sackgrau wie ein Straßensperling aussieht. Müßte sie nicht ein bunter Vogel sein, wenn Dichter sie besingen. Die Bächlein von den Bergen springen, / die Lerchen schwirren hoch vor Lust ... Das Lied hätten sie im Verein junger Wanderer gesungen, aber später, als sie sich sozialistische Jungwanderer nannten, sangen sie es nicht mehr, weil die Gunst von einem gewissen Herrn Gott darin gerühmt wurde. Edwin lebte wohl schon als junger Mann nur wie auf Besuch in der Wirklichkeit und war auf eine Zukunft aus, in der alles anders und besser sein würde. Es machte ihn glücklich, seinen Wanderkameraden, auch wenn die nur spärlich zuhörten, zu erzählen, wie alles werden könnte, wenn sie sich gesellschaftlich so verhalten würden, wie es ihm, Edwin, richtig erschien. Man könne erwarten, daß die menschliche Vernunft allmählich zunähme, und je näher man dem Jahre zweitausend käme, wüchse sie bei den Begüterten bis zu dem Punkt, der sich beim russischen Grafen Tolstoi als Ausnahmefall eingestellt hätte. Früher oder später kriegen wir die Vernünftigen alle!

Ich zeige Schupank das Beet, auf dem ich versuchsweise nach der alten chinesischen Methode Roggen gepflanzt habe. Er rümpft die Nase. Die alten Chinesen seien rückständig; ganz anders im Lande *Leeenins*. Dort gäbe es einen *Biolochen*, der Quecken mit Getreide gekreuzt hätte, so daß man nun auf armen Sandböden – die Quecke als Grundstock-Weizen ernten könne. Ob wir hier *eichentlich* Quecken haben, will er wissen. Ich grabe ihm eine mitsamt ihrer weißen Wurm-wurzeln aus, und so sieht Schupank an diesem Tage nicht nur seine erste Lerche, sondern auch seine erste Quecke. Er verspricht, bei der Kommandantur vorstellig zu werden. Die Leute sollen dort an den *Biolochen* Lyssenko schreiben und nach dem Rezept für das Kreuzen von Weizen mit Quecken verlangen.

Und wieder reißt er sein Gespräch ruckartig in eine andere Richtung. Er möchte mit mir über eine besondere *Angele-chenheit* sprechen. Er sieht zum Fahrer hinüber, der im Auto sitzen blieb. Der Fahrer schläft.

Ich setze mich auf den grauen rauhen Stein unter der Birke. Schupank breitet sein Taschentuch aus und setzt sich zu mir. Ich rauche meine versottene Pfeife. Über uns in den Zweigen ein Windchen, leiser als leis. Laubduft rieselt auf uns nieder. Ich warte. Schupank findet seinen Einstieg nicht. Ein vorlauter Zitronenfalter fliegt vorüber. Eine Hummel wühlt sich durch die Halme des Trockenrasens vor unseren Füßen. Ihr Summen hat etwas Hypnotisches. Wenn ich als Junge an Augustnachmittagen im blühenden Heidekraut lag und den Hummeln zuhörte, schlief ich ein. Jede Hummel, die den Winter überlebt, ist eine Königin.

Schupank fängt stolpernd an zu reden: Du hast damals was über ihre Stirnlocken gesagt und daß sich ihre Wangen nach innen wölbten. Ich sprech von unserer *Glara*. Diese Wölbungen wären besonders drastisch gewesen, wenn sie wütend wurde. Einmal wollte sie nicht, daß ich mich mit einem ihrer Lehrer auseinandersetzte, mit Studienrat Eekbrett, einem versoffenen Artillerieoffizier, schwarz-weiß-rot und *bädagogisch* ein Nichts. Eekbrett hätte *Glara* Bolschewiken-Jungfrau genannt. Ich wollte auf Eekbrett los, aber sie duldete es nicht. Ich werde allein mit ihm fertig, sagte sie – und eben – ihre Wangen wölbten sich nach innen, daß man sich anfing zu fürchten.

Ich will wissen, wie sie mit Eekbrett, den ich kannte, fertig wurde.

Sie habe ihn Major genannt, jawohl, Herr Major, habe sie gesagt und immer wieder: Jawoll, Herr Major! wenn er sie was fragte. Dann wäre Schluß gewesen.

Daß Glara nicht unhübsch war, wirst du nicht bestreiten.

Ich mühe mich, nachträglich festzustellen, ob diese Clara so ansehnlich war, wie ihr Vater wähnt, und dabei entrutscht mir ein leises Kopfnicken.

Sie war keine Strunze, nicht wahr nicht?

Ich werde ungeduldig und will wissen, ob sie nun kommt oder nicht.

Zu dir gesagt, sie hat abgeschrieben, gesteht Schupank zitternd. Sie sei Kapitalistenlügen über das Land Leeenins aufgesessen. Wir Ostdeutschen seien isoliert hinter der Elbe, habe sie geschrieben, sie sei nicht vor dem Hitlergefängnis geflohen, um sich nun anderswie einsperren zu lassen. Es sei ihm, als habe er keine Tochter mehr, ob ich das verstehe, fragt er und legt mir seine Hand auf die Schulter. Nein, ich verstehe es nicht.

Ich sitze neben dem Enttäuschten auf dem rauhen, grauen Stein und gehöre der Gemeinschaft nicht an, über deren endlichen Sinn sich hier Vater und Tochter streiten. Ich bin froh, daß ich den Krieg lebend überstand, bin froh über das, was ich bis jetzt geschrieben habe, obwohl ich noch nicht weiß, ob es Leser finden wird. Später werde ich erfahren, daß die Kleinen Leute, deren Leben ich beschrieb, den Lesern die gesellschaftlichen und sozialen Verhältnisse näherbrachten, als parteiische Verfahrensfragen es tun. Wieder fühle ich mich wie der Evangelische, der feststellt, daß die Katholiken Streit untereinander haben. Ich bin nicht berechtigt, mich einzumischen, und versuche Schupank abzulenken, zeige ihm die Hummel, die zwischen Hartgrasstauden ein Mausloch gefunden hat, das sie zu ihrem Königreich machen wird. Der Gast hat keine Augen und keine Ohren für mein Gleichnis. Seine Stimme zittert. Er versichert, daß es ihm guttat, gerade mir von seiner Clara zu erzählen. Weil du sie doch gekannt hast, sagt er.

Da packt mich Zuneigung zu dem kleinen Mann, und als er schluchzend davonfährt, bekümmert sein Kummer auch mich.

Heiratswillige Leute drängen mich von der Rolle des Amtsvorstehers in die Rolle des Standesbeamten. Ein Jungpaar sitzt schüchtern vor dem Amtstisch, das Mädchen auf einem Küchenstuhl, der Jungmann auf einem Stuhl aus dem Gutsherrenhaus, dessen Rohrgeflecht in der durchgesessenen Sitzmitte mit Blumendraht geflickt ist. Beide Stühle stammen vom großen Haufen, den die Bossdomer in der *Stunde des vollkommenen Kommunismusses* errichtet hatten.

Das Gesicht des Mädchens weist auf die Schätzikan-Familie hin. Das Gesicht des jungen Mannes aus Gulitzscha hat die verschwommenen Linien der Mudrak-Familie. Er ist vierundzwanzig und ein halbes Jahr auf Erden, trägt einen eingefärbten Soldatenrock, oben aufgeknöpft, wie bei Marscherleichterung. In die Halsfreiheit hat er den Schaft eines Weiberstrumpfs gebunden. Eine Tretmine verschaffte ihm zwar ein lahmes Bein, einen zu breiten Scheitel, eine Splitterrasur, aber eine frühe Heimkehr. Der umgefärbte Soldatenrock ist mit ihm durch den Splitterregen gegangen, und die ehemaligen Löcher sind jetzt grindige Narben aus schwarzer Wolle. Die Wolle stammt von einem aufgeräufelten Pulswärmer, den der Krieg von seinem Geschwister trennte. Das Sommerkleid des Mädchens ist ein Erbstück, sein Geblüm ist von der Sonne zermürbt.

Der junge Mann nennt mich: Herr Standesbeamter, das Mädchen, wie in Bossdom üblich, Onkel. Am Näschen der Kleinen sind die ersten Linien einer Frauennase zu erkennen. Es is schont was unterwegens, es strampelt schont, Onkel Matt.

Der flache Kasten, in dem die dörflichen Mitteilungen zur Schau gestellt werden, hängt am Spritzenhaus, ist verglast wie ein Frühbeet und mit Maschendraht vor Faustschlägen von solchen Leuten geschützt, denen die ausgehängten Nachkriegsverordnungen nicht gefallen. Wer dieser Tage durch die Drahtmaschen lugt, erfährt, daß Helmut Mudrak aus Gulitzscha und Hertka Schätzikan aus Bossdom einander heiraten wollen. Jeder, der gegen diese Verbindung etwas einzuwenden hat, undsoweiter.

Du wirscht doch nich glooben, daß ich schont moal verheiroat woar, Onkel Matt?

Freilich, als vertrauter Onkel, der ich für sie bin, weiß ich, daß sie keine zweite Ehe eingeht, aber als Beamter, als der ich mich aufzuspielen habe, darf ich es nicht wissen und muß für möglich halten, daß die Kleine bigamiert. Der kleinen Hertka ist noch unbekannt, daß ein Menschenleben mit tausend Zweifeln berannt wird, wenn sich Amtshüter mit ihm befassen.

Einige Wochen später traue ich die beiden, schmeiße sie zusammen, wie es bei uns heißt. Nona will es nicht gefallen, daß ich eine so ernste Sache wie Heiraten in meiner Allroundbekleidung, den verwaschenen Manchester-Knikkerbockers und der zwanzigjährigen Windbluse, betun will. Sie versucht, mir eine schwarze Nesselpelerine mit Armschlitzen herzustellen. Der Standesbeamtentalar mißlingt ihr glücklicherweise. Ich denke an den pyramidenförmigen Sack, den sie für den Transport von Kiefernnadeln zusammenschweißte. Es steht mir zwar ein sogenannter Heimkehreranzug zu, aber ich bin noch nicht an der Reihe, ich bin kein Produktionsarbeiter.

Wärschte in die Partei reingemacht, hättste schont lange een, sagt mein Vater.

Seit meiner Konfirmation sind mir Zeremonien widerlich. Jetzt soll ich selber eine inszenieren. Mein innerer Widerstreit drückt sich in einem gelinden Zittern aus. Wenn ich auf die lange Strecke meines Lebens zurücksehe, gab es später noch einmal ein von solchem Widerstreben ausgelöstes Zittern: Ein Schriftstellerkongreß war zu Ende. Man bezeichnete ihn als gelungen und feierte es. Regierende nahmen teil. Der damalige Nationaldichter unseres Ländchens verpflichtete den jungen Autor Matt, sich bei den Regierenden für ihr Wohlwollen zu bedanken.

Weshalb das? Ich sträubte mich zunächst. Das Zittern überfiel mich. Ich bedankte mich dann doch, gehorchte einer Instanz, der ich eine Zeitlang glaubte mehr als mir selber gehorchen zu müssen. Das nebenbei.

Die beiden Heiratswilligen stehen hochzeitlich geschnatzt vor mir. Er in einem Smoking, der Atlas auf den Revers leicht verschlissen. Der Brautmann hat ihn von einem Stehgeiger aus Däben geliehen. Leihgebühr zwei Dreipfundbrote. Sonnabends und sonntags braucht der Musiker den Festanzug selber, deshalb kann in meinem Amtsbezirk nur von Montag bis Freitag geheiratet werden. Am Smoking darf nichts verändert werden. Die Ärmel nach oben umzuschlagen und das helle Futter herzuzeigen wird erst vierzig Jahre später modern und erlaubt sein. Wenn der junge Mudrak seine Arme baumeln läßt, werden ihm die Ärmlinge zu fingerlosen Handschuhen.

Das Brautkleid gehört einer Jungfer aus Klein-Loie. Sie hatte sich im Krieg verlobt und wollte heiraten. In eine ihr vorgeschlagenen Ferntrauung willigte sie nicht ein. Der aber, mit dem sie nahgetraut werden wollte, wurde von einer

Granate zerschmettert. Als die Jungfer sich beim Einmarsch der Russen im Wald versteckte, war das Brautkleid in ihrem Bündel. Jetzt verzinst es sich. Es ist von einem Weiß, das sacht zu gilben anfängt, oben geschlossen und unten fußbodennah, Leihgebühr ein Halbpfündchen Butter oder ein Hühnchen, gerupft und ausgeschlachtet.

Hinter dem jungen Paar die Trauzeugen. Das übrige Gefolge muß im Hausflur stehenbleiben. Das regelt die Schimangkinne. Es geht um ihre Gute Stube.

Es gibt in Schimangs Weisungsmappe eine Musterrede für Trauungen, gespickt mit amtlichen Stanzen. Ich kann mich nicht entschließen, sie loszulassen. Ich fühle mich als Schriftsteller verpflichtet, poetisch daherzureden: Gebt acht, daß eure Liebe nicht zu früh verwelkt! Laßt sie euch nicht vom Schöllkraut der Eifersucht überwuchern! und mehr so poetische Formulierungen und Methaphern aus Natur und Landschaft. Dabei beobachte ich die Gesichter des Brautpaares und der Trauzeugen, auch die der Mitläufer im Hausflur. Nirgendwo ein beifälliges Nicken, keinerlei Augenfeuchte. Ich komme nicht an, wie es in der Sprache der Entertainer heißt. Ich fang an zu zittern und zu stottern, und Gott weiß, woher mir die Geistesgegenwart kommt, von meiner poetischen Rede abzustehen und in die Anliegen der Kleinbürger einzufahren. Ich rede vom Segen der Ehe, von Glaube, Liebe, Hoffnung und von den hübschen *Kinderchens*, die kommen werden.

Bei den Zuhörern stellen sich die ersten Tränen ein. Sie entsickern den Augen der Brautmutter. Es sind mit Zufriedenheit gefärbte Freudentränen. Man wird dem Enkelchen, das schon nach hiezu auf dem Wege ist, keine Unehelichkeit nachsagen können.

Tage später erfahre ich, daß der erste Teil meiner Rede doch jemand erreicht habe. Eine Umsiedlerin, eine Kunsthandwerkerin, die in Gulitzscha Gurkentöpfe herstellt, verlautbart, der erste Teil der Rede habe ihr besser gefallen als der zweite. Ich bin ihr dankbar und kalkuliere, wie möglich es sein könnte, daß diese Person meinen Roman liest, wenn er fertig und gedruckt sein wird.

Ich habe zwei Menschen so zusammengeschweißt, daß sie nur der Schneidbrenner des Scheidungsrichters voneinander trennen kann, ich, der einstige Fabrik-Arbeiter! Sollte ich mir nicht vorkommen wie ein Hochstapler?

In den nächsten Wochen branden immer mehr und noch jüngere Paare gegen den Ausziehtisch der Schimangkinne. All diese Kinder haben zu zeitig mit dem Feuer gespielt, oder treibt das Leben sie an, Geschöpfe, die im Krieg verlorengingen, durch neue friedfertige Menschen zu ersetzen?

Jedes Mal der Leihsmoking und das geliehene Brautkleid, ich immer noch als Bergsteiger in Zivil. Mein ewiger Halbhunger verführt mich zu einer Finte. Ich erkläre den Bräutlingen, daß ich sie auch daheim trauen würde. Auf diese Weise könnten sie die Leihgebühren für Smoking und Brautkleid sparen. Insgeheim hoffe ich, mit einer kräftigen Hochzeitsmahlzeit abgelohnt zu werden. Die Paare gehen auf meinen Vorschlag ein, doch sie verkleiden sich trotzdem. Es geht ihnen um den langsamen Gang zur Kirche. Es tut ihnen so gut, einmal herausgehoben zu sein und von Neugierigen und Kindern bestaunt zu werden.

An der Hochzeitstafel sitzt mir Pastor Kockosch gegenüber. Daran habe ich nicht gedacht. Er hat mich kürzlich schnöde behandelt, als ich versöhnungsbereit mit den Fragebögen zu ihm kam. Wir übersehen einander. Es bleibt nicht unbemerkt. Die nächsten Heirater fragen mich, ob ich vor oder nach dem Pastor zum Schmaus kommen will. Ich verzichte und bleibe lieber halb hungerig.

Bei einer Reihenuntersuchung wird festgestellt, einige Mädchen und Frauen meines Amtsbezirks seien geschlechtskrank und entzögen sich der regelmäßigen Behandlung.

Es ist, wie es ist, es mangelt an Männern, im Amtsbezirk und auch sonst. Aber die Liebeslust der Mädchen übersteigt siebenunddreißig Grad. Sie müssen sich kümmern. Sie werden auf Tanzmusiken nach Grodk, nach Forschte und Däben.

Gibts dort mehr Männer als in Bossdom?

Das nicht, aber dort nehmen es die Männer, ohne sich groß zu grämen und ohne üble Nachrede fürchten zu müssen, mit mehreren Mädchen auf. Was soll werden? Die Frauen laufen ihnen nach.

Kommt mir nicht mit Moral! War der Krieg moralisch? Einige der Frauen sind bei Vergewaltigungen von Russen angesteckt worden. Es soll nicht drüber geredet werden. Ist das moralisch?

Ich soll die geschlechtskranken Frauen in Grodk vorführen, damit sie behandelt werden. Das will sich mir nicht.

Ich gehe zu Engelbert Weinrich: Habt ihr vergessen, daß ich den Amtsvorsteher nur vertrete und daß ich parteilos bin?

Weinrich scheucht nachdenklich die Fliegen vom Schreibtisch. Auf seiner breiten Nase steht Schweiß. Wir ham erwartet, daß du parteilich wirst.

Nein, ich melde mich ab!

Abmelden kannst du dir nich. Ich verpflichte dir! sagt Weinrich in Herrscherpose.

Bist du der russische Kommandant?

Wir starren einander an wie zwei Schuljungen, die sich Dämlack und Dusseltier titulierten und im Begriff sind, einander beim Schlafittchen zu packen. Weinrich liest die Anweisung vom Gesundheits-Amt: Keinen Tag Zeit verlieren, steht hier. Er fängt an, mir zu schmeicheln. Ich hätte den kranken Schimang bis jetzt ausgezeichnet vertreten, ob er mich nicht bitten könne, das so lange zu machen, bis ein Parteiischer gefunden sei, der sich eigne.

Erst auf der Dorfstraße wird mir bewußt, daß ich mit einem Kopfnicken zusage. Es ekelte mich an, wie Weinrich sich zum Bitten vergewaltigte.

Ich treffe auf die zierliche Anna, die mich lieb und braun ansieht. Hätte ich ihr widerstanden, wenn sie sich mir zärtlich genähert hätte? Sie steht auf der Liste.

Kleine Anna, weshalb bist du nicht zur Fürsorge gegangen?

Ich hoabe mir geschämt, Onkel Matt.

Mein Mund muß wie ein Strich sein. Ich darf die Lippen nicht grinsend nach oben, nicht verächtlich nach unten ziehn. Ich bin eine Amtsperson. Aber meine Strenge ist nichts als eine dumme Nachahmung.

Wie werde ich mit Schwägerin Elvira fertig werden, die auch auf der Liste steht? Nach einer schlaflosen Nacht passe ich Bruder Tinko auf einem Feldweg ab. Seit ich ihm die Sache mit dem Fragebogen erleichterte, ist er etwas zugänglicher. Die Hand gibt er mir dennoch nicht. Es sei da etwas mit seiner Frau, sage ich und zeige ihm die amtliche Anweisung. Elviras Name steht obenan. Die Namen der anderen Frauen verdecke ich.

Der Bruder erblaßt. Der Ochsenstrick fällt ihm aus der Hand. Doa muß ich woll goar ooch hin und mir lassen untersuchen? Aber denk nich, daß ich mir wer von dir abfiehrn lassen! Dann fällt ihm etwas ein: Wern se mir die Gewerbegenehmigung wegnehm, wenn ich mir nich behandeln lasse?

Ich weiß es nicht.

Der Deiwel, wenn Schwägerin Elvira nicht über Mittel verfügt hätte, die Kompetenzgrenzen nichtig zu machen. Es wird mir später amtlich mitgeteilt, daß die Tinkos sich in Cottbus behandeln ließen.

Mit den anderen Frauen fahre ich an einem Nachmittag auf dem Milch-Auto nach Grodk. Das sanfte Annchen dirigiere ich ins Fahrerhaus, damit ich nicht ganzes mit meinem Mitleid kämpfen muß.

Wir hocken auf dem von den Milchkannen zerschrundenen Boden des Transportkastens. Alles Amtliche ist besprochen. Zeit für Dorfklatsch: Mannweib Pauline hat sich bei einer Hamsterfahrt von hinter der Elbe einen abgelegten Hut mit breiter Krempe schenken lassen. Sonntag ging sie mit ihm in die Kirche, und damit ihn ihr der Felderwind nicht herunterreißen konnte, band sie ihr Kopftuch drüber. Das sak dir vielleicht aus!

Die geizgebeizte Schrockoschinne soll sehre hinterher sein, daß ihre Männer ihr Wasser nich unterwegens abschlagen. Sie braucht Jauche fürs Reformland.

Helles Gelächter. Keine Betrübnis. Niemand kann ahnen, daß da von der Lustseuche geplagte Frauen zur Behandlung unterwegs sind. Mir ists wie dennmals als Dorfschuljungen, wenn wir auf einem mit Birkenreisern geschmückten Leiterwagen einen Ausflug machten, und ganz und gar, als die lange Inge zu singen anfängt: Denn es gibt ja keine Liebe ohne Leiden, und die anderen einfallen: Denn wenn zwei oder drei verliebet sein, so muß ein Herz davon betrogen sein ...

Kurte Schimangs Enkelsohn Ottchen reißt mich in der Morgenfrühe aus meiner Arbeit am Roman: An Dicke Linde liegt Woitkens Karlchen, hat Loch in Kopp, is tot!

Zwei Kilometer Weg bis zur Dicken Linde. Ich bullere sie in meinen Holzschuhen herunter. In Schimangs Weisungsmappe wird nicht verlautet, wie ich mit Toten umzugehen habe, die nicht als Bettgestorbene in das Register des Standesbeamten, sondern in die kleinpolizeiliche Zuständigkeit des Amtsvorstehers gehören. Ich versuche mich zu erinnern, wie Lehrer Rumposch sich dennmals als Amtsvorsteher verhielt, als Anton Katschurek tot aufgefunden wurde, aber das muß erst erzählt sein:

Fritzko Lehnigk, der Dorffleischer, brachte Anton Katschurek aus dem Weltkrieg römisch eins nach Bossdom. Die meisten Dörfler, die damals von der Front kamen, brachten sich was mit, mein Vater eine Pelerine aus Kunstleder, Ausbauer Sudler einen schwarzen Wallach, der hernach sein bestes Pferd im Stall war, Wilhelm Hendrischko, der niemals ein Pferd besaß, schleppte einen Armeesattel heim, den er später gegen Gebühr verlieh, wenn sich die Bauern von Gulitzscha bei ihren Landbundfesten beritten machten, und Fritzko Lehnigk brachte sich eben einen russischen Waisenjungen mit. Bei dir klapperts woll im Koppe? begrüßte ihn seine Frau, was soll uns der welsche Junge?

Das sullde sich moal heite jemand traun – een Russen verschleppen, sagen die Bossdomer nach dem Weltkrieg römisch zwei, wenn die Rede auf Fritzko Lehnigk und sein damaliges Frontmitbringsel kommt.

Anton Katschurek war kein Kind mehr. Wie alt er war, wußte er selber nicht. Dürr und ausgehungert rannte er bis tief in den Winter barfuß umher. Das standen bei uns nur die Schornsteinfeger durch, denen es die Zunft abverlangte.

Fritzko Lehnigk brachte dem jungen Russenmenschen das Fleischern bei. Nach einem Jahr ersetzte Anton seinem *Wohltäter* den Gesellen, ging in die *Breete*, wie man auf der Heide sagt, und glich in seiner Stabilität seinem Landsmann Saturski, der jeden Winter mit einer Ringkämpfertruppe nach Grodk kam.

Als Fleischer Lehnigk die Gastwirtschaft der alten Bubnerka übernahm, zog Anton mit, betrieb die Fleischerei weiterhin, machte sich überdies bei Tanzmusiken hinter dem Schenkstock nützlich und war auf dem Parkett ein flotter Zwei-Tritt-Tänzer. Zum Zweetritt gehörn *wendsche*, noch besser, russische Beene, hieß es in Bossdom. Die Einheimischen betrachteten Anton als einen der ihrigen. Eines Tages verliebte er sich in die Tochter eines Zigarrenhändlers aus der Stadt, und das Mädchen, eine zärtliche Kleine mit einem Gesicht voller Sommersprossen, verliebte sich in den flotten Zwei-Tritt-Tänzer.

Am nächsten Sonntag belagerte Anton das Haus des Zigarrenhändlers und machte Zeichen zum Fenster hinauf, hinter dem er sein Mädchen wohnen wußte. Straßenpassanten hielten ihn für einen Verwirrten, und der Zigarrenhändler ließ ihn von der Stadtpolizei abführen. Die wulln mir das Mädel nich geben, weil ich keen Deitscher nich bin, erklärte Anton im reinen halbsorbischen Ponaschemu auf der Polizei und fing an zu weinen. Man ließ ihn laufen, doch er wurde nicht wieder froh.

An der linken Ecke der Gasthausfront stand ein Pissoir, eigentlich nur ein Winkel aus algengrünen Brettern mit einer Holzrinne im Innern, ein Werk von Stellmacher Schestawitscha, keine Zierde für die Gasthausfront, doch das algengrüne Eck half die Hauswände schonen. In schönen Nächten konnte, wer sich dort erleichterte, die Sterne bestaunen.

Neben diesem Pissoir sahen die Schuljungen am Montagmorgen Antons Holzpantinen stehen, daneben dessen Füße. Sie standen merkwürdigerweise auf den Fersen, die Zehen in die *Höchte* gereckt, der rechte Großzeh hatte sich durch das Strumpfgestrick ins Freie gebohrt. Und als die Schuljungen in den Bretterschlag lugten, sahen sie den Strick.

Lehrer Rumposch trappte als Amtsvorsteher auf den Schauplatz und verjagte die neugierigen Dorfbewohner: Drei Schritte zurücktreten! Der bäuchige Amtsvorsteher zwängte sich in den Verschlag, kam nach einer Weile heraus und sagte: Tot! Er verlangte Pfähle und eine Wäscheleine, ließ eine Absperrung anfertigen und befahl Nachtwächter Schätzikan, Posten zu fassen. Um das Pißhäuschen herum entstand eine schaurige Heiligkeit.

Der Landjäger, auf der Heide Schandarm genannt, übernahm den Fall gegen Mittag und stellte fest: Erdrosselung! Unvorstellbar, wie sich ein Mensch erfolgreich an einem nirgendwo befestigten Strick aufhängen kann.

Er woar een Russe, mussen Se bedenken! sagt Mannweib Pauline.

Aber weshalb hat er sich umgebracht?

Aus Liebeskummer, sagten die einen.

Aus Heimweh, sagten andere.

Aus Jammer, weil er keen Deitscher nich werden kunnde, sagte Schestawitscha.

Der *einbildsche* Zigarrenhändler habe Anton in den Tod getrieben, behauptete Paule Nagorkan.

Meine Mutter sprach verächtlich von die *Fleescherne*, der Fleischersfrau mit den tiefliegenden Augen, die bei ihr im beständigen Verdacht stand, die Männer anzuschärfen, meinen Vater nicht ausgenommen. Mit ungestoppte Strimpe hat se ihren Pflegesohn lassen sterben, sagte sie.

Nun also Karlchen Woitke, der unter der ausladenden Dicken Linde wie unter dem Rock einer Riesin liegt. Seine Gesichtshaut ist grau-weiß wie die zerschlegelte Haut einer Trommel. Um seinen Mund hat der Tod ein fuchslistiges Lächeln eingefroren. Blut, das aus einer Verletzung seiner rechten Schläfe sickerte, ist zwischen den Bartstoppeln eingetrocknet.

Ich wage nicht zu befehlen, man möge mir Pfähle und Stricke für eine Absperrung herbeischaffen, sondern bewache, bis der Polizist Klauschke eintrifft, die Leiche selber.

Der Polizist bleibt abständig stehen und konstatiert, Karl-

395

chen sei erst nach Eintritt des Todes am Lindenbaum herabgerutscht – man sähe es am zusammengeschobenen Rückenteil seiner Jacke. Das sei kein Fall für ihn, hier müssen die *Kriminaler* ran!

Am Nachmittag kommen zwei Männer auf Fahrrädern aus Grodk herangeträmpelt – die Kriminalisten. Sie scheinen übereingekommen zu sein, daß sie in einem Film aus der Unterwelt mitspielen, der eine runzelt unausgesetzt die Stirn, der andere spricht gewollt durch die Nase. Sie vernehmen Leute und versuchen zu ermitteln, wann und wo Karlchen Woitke das letzte Mal lebend gesehen wurde und wer dieser Tote eigentlich war.

Karlchen war Fleischer und Viehhändler. In Friedensrain ließ er von seiner Frau ein Ladengeschäft betreiben, im Schlachthaus arbeiteten Gesellen, und er war unterwegs, immer unterwegs, kaufte und verkaufte Schlachtvieh und verlieh Geld gegen Wucherzinsen. Lodenanzug, Hut mit Gamsbart, unterm Kinn das karierte Fleischerhalstuch, zipfelig und herausfordernd gebunden, händlerte er duch die Dörfer. Obwohl er vor Geld stank, wie die Bossdomer sagten, fuhr er nicht im Auto, sondern auf einem Fahrrad. Ein Fahrrad war nicht empfindlich, ließ sich zur Not von einem Betrunken lenken und konnte stehengelassen werden, wenn die Umstände es erforderten. Wo du hinspuckst, triffste Karlchen Woitke, hieß es, und der handelte vor allem solchen Bauern Vieh zu minderen Preisen ab, bei denen die Not, beim Schornstein hineingrinste.

Dann kamen die Arier über Deutschland. Sie hatten etwas gegen Wucherei und *Zinsknechtschaft* und steckten Karlchen ins Konzentrationslager.

Aber nun waren andere Zeiten. Karlchen trug den Ehrentitel *Kazetler*. Er war abgemagert, aber noch rungsiger und anmaßender als früher. Einem Bauernsohn aus Wadelow nahm er das Fahrrad weg. Das habt ihr Nazilumpen in Holland geklaut!

Karlchen nannte, was er tat, eine notwendige Konfiskation zugunsten des Neuaufbaus. Ich traf ihn einige Male mit dem holländischen Fahrrad und grüßte ihn. Schließlich war er im Lager, und jeder, der im Lager gesteckt hatte, hatte ein Anrecht, mit Respekt behandelt zu werden, besonders von einem wie ich, der in den vergangenen Jahren aufs Überleben aus war, aufs Überleben fürs Schreiben.

Das tote Karlchen hockte nach der Seite verrutscht am Lindenstamm. Sein Leben schien wie ein sanfter Blitz den Stamm hinunter durch die Lindenwurzeln ins Erdreich gedrungen zu sein.

Ein Ausgedinger bezeugt, Karlchen sei vorichten Abend betrunken in der Schenke von Groß-Loie eingekehrt und habe wieder einmal geprahlt, Kazetler gewesen zu sein. Einer der Gäste habe angedeutet, es hätte politische und kriminelle Kazetler gegeben. Karlchen habe sich die Jacke angezogen, habe aufgemuckt und gedroht, er werde jeden, der behauptet, daß *unsereiner* ein Krimineller ist, nach Sibirien verfrachten lassen, habe eine Pistole gezogen und hart an der Lampe vorbei in die Decke der Schankstube geschossen. Nach dem Schuß war es sekundenlang still wie nach dem Hauptdonnerschlag eines Sommergewitters, und danach wäre Karlchen verschwunden gewesen.

Mit welchem Recht hatte die Leiche eine Pistole? fragt der Kriminalpolizeier, der seine Stimme durch die Nase filtert. Ein Zivilist, der von den Russen mit einer Waffe betroffen wird, habe doch ausgespielt.

Schön, aber wo ist die Pistole, mit der sich *die Leiche erschoß?* fragt der näselnde Kriminalist.

Jemand wird sie ihm weggenommen haben, sagt der unrasierte Ausgedinger aus Groß-Loie.

Aber dann hat der Pistolendieb sich mit einem Zeitzünder versehen, und es wird ihm baldigst blühen, was der Leiche geblüht hätte, sagt der zweite Kriminalist, runzelt, seiner Rolle gemäß, die Stirn und findet es nicht aus der Welt, daß *die Leiche sich erschossen* und die Waffe mit letzter Kraft nahbei ins Kornfeld geworfen habe.

Der näselnde Kriminalist klopft sich mit der flachen Hand vor die Stirn. Nicht zu erdeuten, ob er mit diesem Stirnklatsch seine Begriff-Stutzigkeit oder die Einfalt seines Kollegen meint.

Wie auch immer – es ist schon dunkel, man muß die Leiche wegschaffen. Der zweite Kriminalist besteht darauf, daß man am nächsten Morgen nach der Waffe sucht.

Die Nacht vergeht. Die Kriminalisten kommen nicht wieder. Sie beauftragen mich telefonisch, das Getreidefeld neben der Dicken Linde abzusuchen.

Ich suche redlich, aber ich finde nichts.

Wenn in meinem Amtsbezirk wer stirbt, ob vom Alter zermürbt, ob von Krankheit zerstört oder von eigener Hand, so ist er erst tot, wenn ich es bescheinige, sonst kann er nicht beerbt werden, wird sein Weib keine Witwe, werden seine Kinder keine Halbwaisen.

Der Antrieb zu Karlchens Tod bleibt so unerkannt wie der dennmals von Anton Katschurek.

Hinter die Heede hängt eene Wolke, in die sind die Geheimnisse der Toten gesackt, sagt alter Nickel.

Aber Paule Nagorkan anerkennt den Wolkensack nicht. Für Proahlhänse, wie Karlchen eener woar, woar in die Tscheka keen Platz mehr, sagt er.

Von Erich Schinko ist in der letzten Zeit wenig zu hören und zu spüren. Doch eines Tages kommt er und will wissen, ob ich ihm böse sei, weil er mir Reformland versprach, aber keines gab. Ich reflektiere nicht mehr auf Land. Er atmet auf. Es geht mir schon schlecht genug, sagt er, nennt mich *seinen alten Kumpel* und fängt ungedrungen an zu erzählen wie früher, wenn er als Vorstand des Radfahrervereins mir, seinem Schriftführer, den geplanten Ablauf eines Vereinstheater-Abends einsehbar machte: Als Vorsitzender der Bodenkommission hat er oft in Grodk zu tun, und er ließ sich dort auch barbieren. Einmal jedoch gings ihm mit der Zeit nicht aus, aber sein Haar war lang und stauchte sich am Rockkragen, und da ließ er sich in Bossdom barbieren, und Elvira schnipperte ihm behutsam die Haare aus Nasen- und Ohrlöchern, berührte ihn sanft wie eine Katze, die die Krallen eingezogen hat, und wusch ihm nach dem Rasieren den Seifenschaum sanft aus dem Gesicht, so daß er sich in seine Kindertage versetzt fühlte, wenn die Mutter ihn zärtlich besäuberte. Zuletzt hätte ihm Elvira mit einem Wattebausch wohlriechenden Puder ins Gesicht getupft. Das wäre alles so scheene kribbelig gewesen, man ist doch kein lascher Plumpenschwengel, deshalb ließ er sich nach einigen Wochen wieder von Elvira barbieren und redete sich ein, es sei richtiger, die einheimischen Handwerker zu unterstützen, zudem sei Tinko Parteimitglied, und wenn er auch eine Weile den Ariern nachgelaufen ist, man kann einem Menschen nicht ewig nachtragen, daß er einen Fehler machte. Wieder barbierte Elvira ihn mit Hingabe; und am Schluß der Schur fuhr sie ihm mit dem Enthaarungspinsel hinters Hemd und weit den Rücken hinunter. So kam eins zum andern.

Mir fällt ein, daß Schinko auch früher in seiner Ehe nicht *linientreu* war. Einmal hatte er für einen Vereinstheater-Abend ein Couplet vorgeschlagen. Es hieß: Nimm dein Mädel gleich beim Schädel, küsse es voll Liebesglut ..., Schinko hatte das Couplet irgendwo gehört und auswendig gelernt. Er schrieb uns den Text in seiner Kaufmannsschrift, die er sich als ewiger Vereinsvorstand einstudiert hatte, auf kariertes Papier, aber keiner von uns Jungen wollte es singen! Mir war es zu platt und zu rammelig.

Da sang Schinko das Couplet am Vereinstheater-Abend zu Silvester *eigenhändig*, sang es in seinem damals noch fast neuen Smoking, dem ersten, der in Bossdom gesichtet wurde. Er krächzte wie die ungeschmierte Rolle einer Seilbahnlore, aber mit aller Inbrunst, zu der er fähig war: Was du heute kannst besorgen, das verschiebe nicht auf morgen, weil es sonst ein andrer für dich tut.

Was fürn Gehoabe von een verheiroaten Mann, munkelten die Frauen, Schinko kummt in zweeten Trieb!

Schinko scheint zu erraten, woran ich denke, und sagt: Du weeßt, ich woar nie eener, der rot wurde, wenn sich eene anbot. Bissel Liebsterei muß sein! Mit seiner Emmka sei es nicht mehr so, wie es sein müßte. Vielleicht hätte er ihr das Reformland nicht aufbürden sollen. Kurzum, sie hätten sich mit Elvira aufeinander eingespielt, das aber habe Konsky ausspioniert. Konsky ist ewig hinter Schinko her, seit der damals mit dem russischen Kreiskommandanten über eine gewisse schwarze Uniform verhandelte. Schon einmal hatte er Elvira und Schinko beim Wickel. Damals wäre Gelegenheit gewesen, den Kreiskommandanten zu veranlassen, die Zusammenarbeit mit Konsky einzustellen, aber dann hätte er, Schinko, die Beziehungen zu Elvira aufgeben müssen, und das wollte sich ihm nicht. Ich hatte mir schont reene verfressen in Elvira, und die hat sich in mir verbissen. Sie fühlte sich von mir beschenkt, soagte se.

Wer vermag die Drehpunkte menschlicher Gefühle zu erkennen? Vielleicht strömte der gesetzte Bergmann für Elvira erotische Verläßlichkeit aus. Das Bettgehabe von Bruder Tinko, dem um zehn Jahre Jüngeren, ist vielleicht fahrig und sprengselhaft. Schinkos Männlichkeit scheint in Elvira eine gewisse Lust auszulösen, sich unterzuordnen. Verfüge über mir, soagte se. Kinndest du doa widerstehen?

Ich antworte nicht.

Wenn Tinko den Ochsen einspannte, erspitzte Elvira, ob er lange draußen bleiben würde. Fährt er Mist, ist er nach einer Stunde wieder im Hof, ackert und eggt er, bleibt er in der Regel bis über die Mittagszeit draußen. Am Tage, an dem geschah, was geschah, fuhr er zum Pflügen und Eggen hinaus. Elvira schickte ihren Liebeswink zu Schinko, doch weder Einzelpersonen noch Regierungsmannschaften sollten sicher sein, daß sich das Leben nach ihren Wünschen und Plänen richtet. Ein mürber Strang am Ochsengeschirr verhinderte, daß Tinko so lange, wie gedacht, auf dem Felde blieb. Der Strang riß, weil sich der Pflug hinter einem größeren Stein verhakte, hinter einem Stein aus einer Endmoräne, hinter einem Gruß aus der Eiszeit. Tinko wird nach Hause, um das Ochsengeschirr zu flicken. Den Wagen läßt er auf dem Feld. Er kommt ohne Geklapper auf den Hof, geht ins Haus, sucht nach Sattlergarn und findet sein Weib mit Schinko im Bett, und das Weib springt ihm wie eine Löwin entgegen: Kusch dir! Du bist nich doa, du bist überhaupt nich doa!

Tinko erkennt, worauf Elvira anspielt. Er würde nicht

mehr leben, wenn sie ihn nicht aus der Neißefront ge-
schleust hätte. Schinko setzt zu einer Entschuldigung an,
doch Elvira legt ihm die Hand auf den Mund: Verkleenere
dir nich!

Tinko speit aus. Das läßt er sich nicht nehmen, und er
läßt sich nicht nehmen, zu Schinkos Emmka hinüberzuren-
nen: Kumm schnell, kumm!

Is am schlecht geworn beim Barbiern?

Es geht am gut, er besteigt fremde Weiber.

Für Öffentlichkeit ist gesorgt.

Tinko ist schon dabei, den Sündenfall zu vergessen. Er
hat Schlimmeres erlebt, damals an der Neiße, als er zusehen
und warten mußte, bis der Russe mit den breiten Schul-
terstücken mit Elvira in Fahrt war. Dann erst konnte er
sich davonstehlen und war gerettet. Leider hat er nicht mit
Konsky gerechnet, dem er ins Netz ging, ohne daß der ihn
hineinlocken mußte. Konsky saß wie eine Spinne in ihrer
gewebten Höhle neben dem ausgespannten Netz. Jetzt hatte
er diesen Schinko, der versucht hatte, seine Stellung beim
Kommandanten zu untergraben, der ihn mit den Sauergurken von Elvira lächerlich gemacht hat.

Er geht zu Bruder Tinko und schwänzt den auf, er müsse
ein Parteiverfahren *wegen Fremdfuckerei, nicht waahr*, gegen
Schinko beantragen. Was hat die Partei mit solches zu
tun? fragt Tinko. Er habe sich mit Schinko versöhnt, alles
vergeben und vergessen. Wieso ein Verfahren? Wie hätte
Konsky es gefunden, wenn er, Tinko, ein Verfahren gegen
ihn eingeleitet hätte, damals, als der sich mit Elviras Unterwäsche beschäftigen wollte?

Tinko, ach Tinko! Er kennt die schwarzen Charakterflecke
Konskys nicht. Aber Konsky kennt den Fragebogen, den
Tinko beim Eintritt in die Partei ausfüllte. Hast du da man-
ches bißchen väbessät, nicht waahr?

Tinko verstummt. Er hat seine Vergangenheit, Elvira riet
es ihm an, ein wenig geschminkt. Der Deiwel solls holen!
Tinko weiß, was die meisten Bossdomer wissen, daß Konsky
Hitlers schwarzer Garde angehörte. Wütend fragt er ihn:
Wie kommst gerade du dazu, mir zu belehren?

401

Geh zum Kommandanten und frag däm, nicht waahr! sagt Konsky und verfolgt sein Ziel ungerührt.

Engelbert Weinrich ist froh, daß nicht er das Verfahren gegen seinen Paritäter einleiten muß. Er war ihm ein guter Kumpan. Ritten sie nicht anfangs auf demselben Pferd zur Arbeit?

Mich interessiert, woher Schinko weiß, was sich hinter seinem Rücken abspielte. Tinko habe es ihm erzählt, als er den um Verzeihung für die abgezapfte Eheliebe gebeten habe. Anschließend habe Tinko ihn für das Verfahren, das er eingeleitet habe, um Verzeihung gebeten. Auch von Weinrich habe er dies und das erfahren.

Gegen Schinko wird im Kreisbüro verhandelt. Man tut es, *pomalo*, nicht so streng, wie er erwartete. Der Vorsitzende Zwirner räumt ein, daß sich *een Mann manchesmoal moralisch valoofen kann*. Aber ein zweiter Mann in der Dorfleitung, wie Schinko einer sei, *müsse schont bissel Schnurmoaß halten*. Zwirner wäre aber dafür, daß *keen Uffsehn aus dem Fremdfucken* gemacht werde. Man werde Schinko auf Kommandierung ins Erzgebirge schicken. Kommandierowka! Schinko wird hierorts eine Weile nicht mehr zu sehen sein, das werde allen Beteiligten, auch seiner Frau, zupaß kommen. Möglich, du kummst zugoar als Steiger wieder.

Schinko still und blaß: Kumm ich vor Steenkohle zu liegen?

Vor Wismut, sagt Zwirner, und das hört sich an wie vor Schneeberger Niespulver.

Schon den nächsten Tag soll Schinko abreisen. Ist das nich een Roman für dir? fragt er, und ich weiß mit eins, weshalb er mir alles erzählte. Es ging nicht nur um die alte Kumpelei. Ihm scheint aufgegangen zu sein, wozu meine Schriftstellerei gut sein könnte. Mein Selbstvertrauen rappelt sich. Ein Mann wie Schinko, der leise lächelte, als er erfuhr, daß sein früherer Schriftführer sich zum Schriftsteller ernannte, übergibt mir sein vertracktes Schicksal zur Pflege. Später werde ich das oft erleben, fast jeden Monat wird mir jemand sein Leben zur *edlen Verwertung* anbieten.

Schinko empfiehlt mir, das Protokoll von der Sauergurken-Affäre zu Rate zu ziehen. Es müsse in der Schiedsrichterei vorliegen. Ich sage ihm nicht, daß ich es kenne.

Bossdom verliert einen Mann, ohne den das gesellschaftliche Leben, vor allem das Vereinsleben, wenn es wieder eines geben sollte, wie cin Muskessel ohne Quirl sein wird.

Warum muß heutzutage eener fort werden, weil er im fremden Bette gelegen hat? fragt man in Bossdom.

Was den Aufbau behindert, muß beiseite, antwortet der Redner aus Grodk. Und was is mit Duschkans Fritzko, der es schont, wer weeß wie lange, mit die Lehnigkinne treibt?

Der Genannte ist kein Funktionär, ist der Bescheid des Redners. Laßt eich nich verscheußern, sagt Paule Nagorkan, der gründlichste Grund ist für *die*, Schinko woar Espede-Mann.

Ich suche im Amtszimmer nach dem Protokoll von der Sauergurken-Verhandlung. Es ist verschwunden.

Bald nach seiner Einlieferung ins Krankenhaus ließ mich Kurte Schimang rufen. Er hättte mir was Wichtiges mitzuteilen. Die Wichtigkeit war: Ich soll mein Vertretergehalt gegen Quittung der Amtskasse entnehmen. Ich müsse trachten, die Kasse mit Strafgeldern flüssig zu halten, die vom Landrats-Amt würden nur in äußersten Fällen nachfüllen. Strafen verhängen, um mich zu bezahlen, sage ich, das läge mir nicht, dazu sei ich nicht gebaut.

Schimang tröstet mich, noch sei für einige Monate Geld in der Kasse. Bald werde *er* wieder amtieren, es gehe aufwärts mit ihm. Seine Gesundheit sei zwar noch dünn wie Hauchpapier, aber in einigen Wochen werde er wieder *Schnieten* essen und käme *uff die Beene*.

Hauchpapier – so nannten wir in der Dorfschulzeit Lesezeichen aus dünner Gelatine. Meine Mutter verkaufte sie im Laden, Schmetterlinge, Blumen und Schwalben. Um den Schulkindern die Lesezeichen anzupreisen, legte sich die Mutter eine Schwalbe auf die Handfläche, und die fing an, von der Körperwärme getrieben, die Flügel zu bewegen. Ein Wunder!

Hörschte denn noch zu? fragt Schimang.

Ich tu, als wäre es so.

Laß die Maul- und Klauenseuche nich in unsern Amtsbezirk!

Eine Frau mit grindigem Gesicht, die Maul- und Klauenseuche, umschleicht den Amtsbezirk, als läge der hinter einem Bretterzaun. Mir ist, als sollte ich darüber wachen, daß alle, die aus- und eingehen, die Türen sorgfältig schließen. Die Unmöglichkeit, das zu leisten, schiebt sich wie die Last in einem Fiebertraum heran. Dazu trifft mich wieder ein Schwall Messinggeruch von Schimangs Krankenbett her.

Mir scheint, du tust schont wieder tichten? sagt Schimang leis unwillig. Geh man lieber, geh, geh! Ich will mir so und so jetzt bissel von innen bekucken. Er gähnt. Er will schlafen.

Zwei, drei Wochen vergehn. Schimang läßt mich ein zweites Mal rufen. Er ist noch magerer als vor Wochen. Seine Nase ist spitz geworden. Nichts mit *Schnieten* essen, sie bekommen ihm nicht. Mir scheint, ich loof uff die letzten Beene, sagt er. Gar zuviel Schmerzen, und die Spritzen würden nicht mehr lang genug vorhalten. Er will wissen, was sie mit Schinko gemacht haben. Ich erzähle es ihm.

Doa damit wern se nich weit kumm, sagt er, die Mitglieder danach beurteiln, was sie im Bette treiben. Er spricht von *die da*. Ich soll ein gewisses Protokoll in der Schiedsrichterei lesen und sehn, wer da was betreibt! Ich sage ihm nicht, daß das Protokoll nicht mehr vorhanden ist, daß ich es auch nach gründlichem Suchen nicht fand. Er bittet mich, Schinko zu ihm zu schicken. Ich sag ihm nicht, daß Schinko schon davon ist.

Stille. Ein schwarzer Engel schwebt durchs Krankenzimmer, seine Schleppe ist aus Lärm geflochten, der von der Straße kommt. Schimang will wissen, wie ich über den Tod denke. Ich versuche ihn zu trösten. Manchmal kehre der Tod im letzten Augenblick um. Ich erzähle ihm, wie ich kurz nach dem Kriege erschossen werden sollte, und wie es dann doch nicht geschah, obwohl ich schon vor der Grabgrube stand, die ich mir selber hatte ausheben müssen.

Schimang sagt, das sei ein Tod gewesen, der von außen auf mich zugekommen und noch lenkbar gewesen wäre, seiner säße schon zu tief in ihm. Eine Krankenschwester kommt und geht mit angelerntem Berufsgejubel auf Schimang zu. Es ist das letzte Lächeln, das ich von ihm sehe.

Eine Woche später ist er tot. Der Verstorbene war eine Säule unseres Dorflebens, heißt es zuweilen in Nachrufen. Ich möchte nicht in Verdacht geraten, aber in den zwanziger Jahren war Schimang Kreistagsmitglied und stand in der Wertschätzung der Bossdomer höher als der Gutsbezirks-Verwalter, Baron von Leesen, oder Amtsvorsteher Lehrer Rumposch.

Niemand weiß, wie der Krebs in Schimangs Magen kam. Eine Zelle im Menschenkörper wird übermütig und vermehrt sich wie verrückt. Es entsteht eine Geschwulst, und wenn die Geschwulst nicht rechtzeitig herausgeschnitten wird, werden weitere Zellen von der Lust, sich zu vermehren, angesteckt, erklärt der beliebte Doktor Schmutzler den Bossdomern.

Und von wo hat die verrückte Zelle ihren Vermehrungsrappel her? will Paule Nagorkan wissen.

Doktor Schmutzler baut unbekannte Viren in seine Erklärung ein. Aber in die Virusse, heere ich, steckt der Teibel, sagt Paule. Wenn sie uff die eene Seite kastriert wern, kumm se uff die andere Seite mit neie Eierchen wieder zum Vorschein.

All diese Klugklaubereien trösten Kurte Schimangs Witwe nicht. Sie hat ihre Not mit der Aufbahrung. Die Leichenhalle wurde von einem russischen Volltreffer zerkleinert, weil sie sich für die Artilleriebeobachter von der Neiße her als Dorf-Anfang aufspielte. Bisher konnte sie nicht wieder aufgebaut werden. Wenn Zement und Kalk bis nach Bossdom vordrangen, wurden sie dringender fürs Ausbessern von Wohnhäusern als für den Wiederaufbau des Toten-Häuschens benötigt.

Also läßt die Schimangkinne ihren Kurte neben meiner

405

Amtsstube aufbahren. Das Dringlichste an *Schriftlichkeiten*, das ich erledige, wird von ihrem Schluchzen begleitet, und schon am zweiten Tag dringt der Leichengeruch in die Amtsvorsteherei und in das Register der Neugeborenen, in das ich ein weiteres Krummau-Kind einzutragen habe.

Schimang wird mit Musik begraben. *Kein Aug im Zuge, das tränenleer* ... die Gedichtzeile aus dem Schullesebuch fällt mir ein. Drei Musikanten auf ausgeworfenem Heidesand: Der Klang des Tenorhorns von Hermann Petruschka, Stabsmusiker aus dem Weltkrieg römisch eins, treibt mir Tränen in die Augen: Erinnerungen an die Jugend, an die Zeit, da Hermann und ich die einzigen Bossdomer waren, die von den Hitleristen mit einer Schutzhaft bewirtet wurden. Neben Hermann Petruschka der Gärtner und Freizeit-Musikant Erich Kollatzsch mit seiner Trompete, die es in meiner Tanzzeit schwer hatte, sich an Tangos zu gewöhnen. Neben Erich Sastupeits Alfredko mit seinem Saxophon von der Schicken-Laß-Firma Meinel und Herold. Es war neu und für manche Bossdomer unerhört, das Lied von der nach Heimat suchenden Seele aus dem silbern glänzenden Trichter eines Saxophons zittern zu hören. Ich, im Trauergefolge noch immer ohne den obligaten Heimkehreranzug, habe mir zur Abdämpfung meiner weißen Windbluse und der hellen Knickerbocker, trotz der Hundstagshitze, den schwarz eingefärbten Soldatenmantel, den mir die Mutter vermachte, übergetan.

Schimang wird kirchlich begraben. Das ist nicht nur der Wille seiner Frau, sondern es wäre auch sein Wille gewesen. Das war üblich bei den alten Mitgliedern der Bossdomer Espede: Gründonnerstag, zu Weihnachten und zum Erntedankfest gingen sie in die Kirche, und sie ließen ihre und die Hochzeiten ihrer Kinder kirchlich absegnen. Ganz wollten sie es mit dem Gott ihrer Kindheit nicht verderben.

Pastor Kockosch ist gealtert. Seine Habichtshackerei gegen *die Roten* scheint sich vermildert zu haben. Vielleicht sieht er schlechter, oder seine Brillengläser sind nicht dick genug. Auch meine Abneigung gegen ihn, die ich vom Großvater übernahm, ist eingewelkt. Was er in jungen Jahren mit der vollblütigen Hauslehrerin Sägebock auch getrieben haben mag, wir treiben es, wenns angeht, alle. Soll er menschlicher sein als ein Mensch?

Aber wie mild ich auch von Kockosch denke, er versetzt mir in seiner Grabrede einen Nadelstich: Was für einen Amtmann wir am Verblichenen hatten, wissen wir, gerecht und konziliant, bieder und seßhaft, sagt er und dann hebt er die scharfe Schnabelnase und spricht über die Grube hinweg: Kaum zu erwarten, daß ihm ein anderer an Bürgerfreundlichkeit gleichkommen wird! Aber was auf mich gemünzt ist, sagt der Pastor zu Hermann Petruschka, vielleicht, weil dessen blankes Tenorhorn seine Brille überglitzert.

Nach der Predigt von Kockosch geschieht etwas durch und durch Überraschendes für die Bossdomer: Otto Gartmann, der zweite Paritäter vom Kreisbüro, drängt zur Grabgrube vor und nimmt, wie man so sagt, das Wort: Verehrte Trauernde, Sie haben sich hier zahlreich versammelt ...

Wer spricht da? fragt Pastor Kockosch und beweist entgültig, daß seine Sicht sich mehr als verkürzt hat. Seine Anfrage wird leise niedergezischt, auch das ist neu für ein Bossdomer Begräbnis.

Gartmanns Worte rühren indes niemand. Er spricht vom Frieden, der nun *gesichert* sei, nachdem die Parteiungen zusammenfanden, und er rühmt Kurte Schimang als einen, der schon in der Kriegszeit eingesehen habe, daß sie sich zusammenschließen müßten.

Ich fürchte, es stimmt nicht. Vielleicht weiß es auch Gartmann, daß es nicht stimmt, aber dem Kreisvorstand wurde signalisiert, so heißt es jetzt, wenn wer heimlich Nachrichten überbringt, daß in Bossdom ein Mitglied christlich begraben wird, und Gartmann wurde beauftragt, dagegenzuhalten.

Pastor Kockosch verläßt den Sandhaufen, auf dem er stand, und trippelt zur Friedhofspforte. Die Hälfte des Bossdomer Leichengefolges schließt sich ihm an, allen voran Schestawitscha, der protestierend dreimal ausspeit.

Obwohl der Adressat nicht mehr vorhanden ist, geht Gartmann, um seinen parteilichen Auftrag zu erfüllen und damit er in Grodk berichten kann, er habe es dem Pastor *gegeben*, auf dessen versteckte Anspielung ein: Sei unbesorgt, tröstet er den Toten, das Amt wird in deinem Sinne fortgeführt werden.

Nicht ein Keim von Genugtuung in mir. Es liegt mir fern, die Vorsteherei zu übernehmen, die der teure Tote, wie ihn Gartmann nennt, vielleicht schweren Herzens aufgab.

Die Schimangkinne schluchzt laut und immer lauter. Zur Hälfte über die unwürdige Begräbnisfeier. Kein letztes Lebwohl aus dem Munde des Geistlichen, keine Sand- und Blumengrüße für ihren Kurte.

Hermann Petruschka rettet, was zu retten ist. Er bläst wütend in sein Tenorhorn: Wo findet die Seele die Heimat, die Ruh … Über dem Dorf flimmert die Hitze der Hundstage.

Ein Mann, etwa fünf Jahre jünger als ich, betritt meine Amtsstube und entschuldigt sich gelackt für die Störung. Er trägt einen für die Nachkriegszeit ungewöhlich flotten großkarierten Anzug. Sein Habichtsgesicht ist von Koteletten besäumt, die wir auf der Heide *Backpfeifenschoner* nennen. Er bittet um eine Veranstaltungserlaubnis, bezeichnet sich als Telepathist und schlägt ein Diarium auf, in das Zeitungsnotizen über seine Auftritte eingeklebt sind. Auftritte in aller Welt. Ich begnüge mich mit den Auftritts-Orten in der Umgebung: Gallinchen, Jämlitz, Zelz-Bahren, Muskau, Forschte und andere verschlafene Orte. Der bürgerliche Name des Telepathisten ist Benno Klappmeier. Ich schreibe ihm eine Auftrittserlaubnis aus und kassiere für die Amtskasse. Höflich wie ein gelernter Österreicher schenkt er mir zwei Freikarten.

Vor ihm sind andere *Künstler* im Gasthaus *Zu den vier Linden* aufgetreten. Einer, der einen ausgestopften Hund sprechen ließ, enttäuschte die Bossdomer, Knurren erzeugten sie selber in ihren Bäuchen, wenn sie Schrotbrot und Rübensirup gegessen hatten. Auch das Paar mit der Vorführung

Der Tanz im Wandel der Zeiten war nicht erregend. Der Tänzer hinkte und entschuldigte sich im voraus für seine Kriegsverletzung. Aber da waren die Dörfler gnadenlos, *Schieber mit Knicks* tanzten sie selber. Beim Auftritt des Telepathisten ist der Saal voll wie der Dorfteich nach dem Regen. Die beiden auswechselbaren Bühnendekorationen sind heil über den Krieg gekommen: Salon mit Mitteltür und Parklandschaft mit Fichtensofitten. Sirius, wie er sich auf den Plakaten nennt, benutzt für seinen Auftritt den Salon mit Mitteltür. Er wird von einem mausflinken Helfer in umgeschneiderter Soldatenuniform unterstützt, den er Pluto nennt. Als Einstimmung auf seine Hellseherei bewirtet Sirius seine Zuschauer mit Illusionistenkunststücken. Er läßt Pluto leere Briefumschläge im Saal verteilen. Die Zuschauer möchten bitte, wenn ich bitten darf, einen kleinen Gegenstand, den sie bei sich tragen, in den Umschlag stecken und ihn dann fest verschließen. Gehilfe Pluto bringt die verschlossenen Briefumschläge auf einem Tablett zur Bühne. Sirius nimmt einen Umschlag nach dem anderen, reibt sie zwischen Daumen und Zeigefinger und bittet die Absender, intensiv an das zu denken, was sie einkuvertierten. Mit Eleganz errät er einen Bleistiftstummel, eine Münze, einen Knopf. Die flachen Umschläge hat Gehilfe Pluto beiseite gelegt. Sie werden nicht entzaubert.

Die Überschriften von Abhandlungen marxistisch eingefärbter Literaturwissenschaftler lauteten, damit man ihnen nicht nachsagen konnte, etwas Umfassendes gesagt zu haben: *Zu einigen Fragen* des inneren Monologs oder *Zu einigen Fragen* des Konjunktivs in Zeitungsberichten und so weiter. Später lauteten die Überschriften: *Eine Annäherung an Hemingway* oder *Eine Annäherung* an August Null. Dichter, die bei den Modernen Mode waren, wurden hochgezogen und in die Ferne gerückt, als seien sie der Fudschijama oder der Kilimandscharo, denen man sich mühselig im Staub kriechend zu nähern hätte. Sirius betreibt die *Annäherung* an seine Haupt-Attraktion, die Hellseherei. Er läßt handgroße Zettel im Saal verteilen und bittet, sie mit einem kurzen Satz oder mit einem Sprichwort zu beschriften. Um zu demonstrieren, daß sie nicht gezinkt sind, läßt er sie Pluto mit der Mütze des *Skeptikers* Paule Nagorkan einsammeln. Er hält sich einen zusammengefalteten Zettel an die Stirn, verdreht die Augen und entziffert die erste Zeile des Abendliedes von Matthias Claudius: Der Mond ist aufgegangen …

Leises Stöhnen im Publikum. Sirius preßt das zweite Zettelchen gegen seine Stirn und liest: Ich fresse gerne Semmeln. Gelächter im Saal wie das Rascheln von grobem Kies.

Der Telepathist arbeitet mit einem Trick, den ich schon als *höcherer Schüler* aus einem Bändchen der Miniaturbibliothek kenne.

Genug davon! sonst prügelt ihr mich Naturalismusses wegen, wie man sich zu einer gewissen Zeit auszudrücken pflegte.

Muß ich mich von Amts wegen einschalten und unterbinden, daß die Bossdomer verdummt werden? Die Erwägung wird von einer anderen abgelöst. Sie beweist, daß ich den Laden meiner Mutter noch nicht in mir überwand. Sirius hat einen Erlaubnisschein in meinem *Laden* gekauft, wenn ich ihn auffliegen lasse, ruiniere ich sein und mein Geschäft.

Inzwischen betritt Sirius eine andere Abteilung seines Programms. Wünscht jemand etwas über seine Zukunft zu wissen? Ist jemand da, der auf eine Nachricht von lieben Angehörigen wartet?

Meiner Mutter hat der Krieg, wie wir wissen, die Gier nach Besonderem und Geheimnisvollem nicht zuschanden gemacht. Sie ließ sich von Bruder Tinko mit dem Ochsengespann zum Hellseher fahren. Natürlich sitzt sie ganz vorn. Ich täte gerne moal was weisgesoagt kriegen! ruft sie zur Bühne hinauf. Wenns was Gutes is, könnse die fünf Mark behalten.

Es stellt sich heraus, die Mutter hat fünf Mark in ihren Briefumschlag gelegt, den Sirius durchschauen sollte. Der Umschlag gehörte zu den flachen, die Helfer Pluto beiseite brachte.

Ehe sich die Mutter weiter über ihre fünf Mark auslassen kann, gibt Pluto sie ihr zurück, und Sirius kommt höchst eigen von der Bühne, tituliert die Mutter Gnädigste und nimmt ihre Wünsche entgegen.

Was meine Mutter hellgesehen haben möchte, höre ich im Abgehen. Sie will etwas über meinen Bruder Frede erfahren, der immer noch aussteht. Mir ist, als müßte ich ihr ein wenig übelnehmen, daß sie sich mit den Auskünften der von mir hypnotisierten Schwester nicht zufriedengibt.

Wochen später erfahre ich, wie viele meiner lieben Bossdomer sich bei Sirius Auskünfte (heute Infos genannt) über ihre Zukunft holten, sich mit Glücksaussichten und Hoffnungen ausstatten ließen, und daß Sirius aus *Menschenfreundlichkeit* auf jederlei Bezahlung verzichtete, aber nichts dagegen hatte, wenn man ihm mit Butter-Viertelpfündchen, einem Streifen Speck oder einem Schrötchen Schinken beisprang, auch Eier wurden gern gesehen. So sehr die Dörfler vorher voreinander verbargen, daß sie sich wahrsagen ließen, später verband sie die gemeinsame Enttäuschung. Da kam und kam die zukünftige Erbschaft nicht, der lange Brief, den ein gefangener Sohn geschrieben haben sollte, traf nicht ein, und der in der Voraussage freigelassene Ehemann, der bereits an der Grenze eingetroffen sein sollte, kriegte es wohl mit nie bedachten Schwierigkeiten zu tun, nur die vorausgesagte Schwangerschaft der Elfi Krummau bewahrheitete sich. Ich kann ne kloagen, sagte Emil Krummau, der Sudete, mir hoat a die dritte Voaterschaft ausgeguckt.

Es kam niemand zu mir und führte Klage über Sirius. Nicht leicht zu verstehen, daß die Bossdomer sich nach dem Mordskrieg schon wieder betrügen lassen mochten. Ach, ihre Gläubigkeit war wohl unausrottbar: Wer ihnen versprach, was sie sich wünschten, von dem ließen sie sich irrführen, bis sie es gewahr wurden, und alsdann wieder von vorn.

Es wird mir auferlegt, im Amtsbezirk gebrauchsfähige Feuerwehren aufzustellen. Ich hüte mich, Sachverstand vorzutäuschen. Die veraltete Feuerspritze der Bossdomer ist heil über das Kriegsdurcheinander gekommen, jedoch der

411

frühere Feuerwehrhauptmann ist noch in Kriegsgefangenschaft. Ich bitte Fritzko Duschkan, das Kommando zu übernehmen. Fritzko ist nur zu gern *Mann an der Spritze*. Es fehlen dreißig Meter Schlauch, meldet er, einige Bossdomer wandeln auf Spritzen-Schlauch-Teilen unter ihren Schuhen durchs Leben. Um Zeit zu sparen und immer das Gedeihen meiner Schreib-Arbeit im Kopf, bitte ich Fritzko, das *Überkommando* für alle Wehren im Amtsbezirk zu übernehmen. Die Leute aus Gulitzscha protestieren aus Gewohnheit. Wo gabs das je, daß ein Bossdomer über ihre Feuerwehr bestimmte? Ich muß meine Anordnung zurücknehmen und bin heute froh, daß ich nicht ein Pionier des vielgeschmähten *Zentralismusses* wurde.

Aber woher die dreißig Meter fehlenden Schlauch nehmen? Ich frage die Zuständigen in Grodk. Feuerspritzenschläuche werden derzeit noch nicht hergestellt. Die Amtlinge schieben mich ab. Vielleicht ergibt sich zufällig etwas. Sie versprechen, in der *Täglichen Rundschau* zu inserieren. Das ist, als ob man um einen Sack Zucker inserieren würde, von dem man hofft, daß er zufällig irgendwo herumstehe.

Wie auch immer, ich genieße ein Gefühl tiefer Beamtenzufriedenheit, da ich mein Mögliches tat und gedeckt bin.

Ich war dabei, als in den zwanziger Jahren Elektromonteure in Bossdom einzogen, Leitungen legten, installierten, als wir den Sieg über Petroleum- und Karbid-Lampen feierten. Nun wären wir der Zivilisation angeschlossen, sagte damals Lehrer Rumposch. Ihm brachte der Elektrostrom zu seinen vielen einträglichen Posten einen neuen ein, er wurde der sogenannte Verrechner, las die Anzahl der Kilowattstunden von den Zählern ab und kassierte das Stromgeld.

Nun sind wir wieder von der Zivilisation abgeklemmt. Während der Sperrstunden feiern Karbidlampen und Kerzen ihr Auferstehen. Wir hatten uns an den Elektrostrom gewöhnt. Jetzt fehlt er uns.

Es gibt ein Kraftwerk hinter Grodk, *unser* Kraftwerk. Als Dorfschuljungen waren wir stolz, daß es *Kraft* nach Berlin lieferte. Wir hatten Berlin in der Hand. Im Krieg wurde dieses Kraftwerk angeschossen, man wird es reparieren, und ich soll mit dreißig Leuten aus dem Amtsbezirk dort aufräumen. Es stünde mir ein Lastkraftwagen zum Antransport der Arbeitskräfte zur Verfügung, wird mir mitgeteilt, Datum und Zeit, mit sozialistischem Gruß, gezeichnet, Unterschrift.

Vor zwee, drei Joahren sollten wir mit *deutschem Gruß* unterschreiben, jetzt solln wa mit *sozialistischem Gruß*, sagt die Mutter, doa hat sich nich groß was verändert. Ich für meinen Teil soage jedenfalls weiter gun Tag!

Dreißig Leute – ich muß niemand überreden, alle möchten, daß es wieder hell in den Häusern wird. An der Baustelle treffen wir auf Leute aus anderen Amtsbezirken. Man begrüßt sich, umarmt sich sogar, eine lange Strecke Krieg liegt zwischen der jetzigen und der letzten Begegnung.

Ein Unbekannter weist uns an, die Granatenlöcher an der Stirnwand des Maschinenhauses zu erweitern, schließlich die ganze Wand herauszureißen. Wir arbeiten, als würden wir ein Fest feiern, tragen Soldatenuniformen mit eingetrockneten Blutflecken, die bei Kriegs-Ende in der Feldmark gefunden wurden, dazu Militärstiefel, die bis auf die Brandsohlen zerschlissen sind.

Die Mittagsstunde wird mit einem Bahnwärter-Signalhorn eingeblasen. Wir sitzen auf Mauersteinstapeln, essen Marmeladebrote, trinken Malzkaffee aus emaillierten Henkelflaschen, und unsere Nachspeise ist der Pfeifenrauch von Eigenbau-Tabak.

Weshalb mußte die ganze Maschinenhaus-Wand herausgerissen werden? – Weil die Maschinen beschädigt sind, wird geantwortet.

Der Kreiskommandant fährt in einem Jeep vor und erkundigt sich beim Natschalnik, dem Vorarbeiter, wieviel Zugkräfte nötig sein werden, um die Maschinen aus der Halle zu zerren. Für uns hat er kein Wort. Es ist nicht seine Sache, uns zu loben oder zu tadeln, sagt jemand, es ist *unser* Kraftwerk, an dem wir arbeiten!

Eine Woche später werde ich wieder mit dreißig Männern

angefordert. Die Männer, die zuvor mit mir waren, sind dieses Mal weniger geneigt, reden sich aus: auch andere müßten mal an der Reihe sein.

Ich versuche andere Männer anzuwerben, auch die sind wenig gewillt. Jemand flüstert mir die Gründe für seine Weigerung ins Ohr: Kriegsgefangene, die heimzu fuhren, wollen auf Güterbahnhöfen, sogar auf freier Strecke, demontierte Maschinen aus deutschen Fabriken gesehen haben, sie lägen dort unter dem Himmel und rosteten, und ein Heimkehrer aus Grodk soll eine Maschine aus *unserem* Kraftwerk erkannt haben.

Ein Parteiischer spricht von Reparationen. Nichts Neues unter der Sonne! Von allen Kriegsverlierern werden seit je Reparationen verlangt. Ich weiß nicht, ob es die Wahrheit oder ein Gerücht ist, denn vor einiger Zeit hieß es: Versteckt eure Nähmaschinen, bevor die Polen kommen und sie sich holen, allwie die Russen eure Rundfunkgeräte holten. Das mit den Nähmaschinen war ein Gerücht, stellte sich heraus, trotzdem liegen viele Nähmaschinen mit Öllappen umwickelt in den Bauerngärten vergraben.

Mit eins ist Konsky an meiner Seite und geht auf die Männer los, die sich mitzufahren weigern. Es sei Sowjethetze, daß die von den Russen abtransportierten Maschinen verkommen.

Sowjethetze, ein Wort, über das ich mich die ganze Zeit ärgern muß. Hetzen die Sowjets gegen uns oder unsere Leute gegen die Sowjets! Ihr habt euch lassen aufhätzän, Kindä, sagt Konsky zu den Männern. Natürlich müssen die Maschinän nach Rußland rübä zur Reparatur. Wer nich auf den Lastä kriechen tut, müsse den nächsten Monat ohne Lebensmittelkarte auskommän. Nur einige Männer lassen sich von Konsky einschüchtern.

Auch aus anderen Amtsbezirken sind weniger *Zertrümmerer* am Kraftwerk eingetroffen. Die Bossdomer, also meine Gruppe ist die schwächste. Der unbekannte Techniker weist uns an, weiteres Mauerwerk niederzureißen und andere Maschinen freizulegen. Verbittert hacken die Leute weiter, Kalkstaub steigt auf. Russische Lastwagen rumpeln.

In der Mittagspause fährt ein Jeep auf unsere Gruppe zu. Zwei russische Soldaten steigen aus, packen mich bei den Armen, reißen mich vom Steinstoß und schleifen mich zum Auto. Die Leute meiner Mannschaft beißen in ihre Marmeladenbrote. Keiner protestiert. In den vergangenen Monaten haben viele Kommunisten berichtet, unter welchen Umständen sie von der Geheimen Staatspolizei Hitlers abgeholt wurden und wie verlassen sie sich vorkamen, da niemand versuchte, es zu verhindern. Ists möglich, daß sich nach kurzer Zeit Gleiches unter anderen Vorzeichen wiederholt und daß wieder geschieht, was soeben noch mit Abscheu bedacht wurde?

Sie fahren mit mir durch Grodk. Die schnelle Fahrt verwirrt mich. Mir ist, als hätten sich die zertrümmerten Häuser nur hingelegt, um auszuruhen. Die Wände meines Geburtshauses sind noch zur Hälfte erhalten. Durch die Fensterlöcher erhasche ich einen Blick auf kleine Birken, Weidenröschen und Schöllkraut.

Sie rasen mit mir den Georgenberg hinauf, vorüber am Friedhofstor mit seiner Inschrift: Was ihr seid, das waren wir / Was wir sind, das werdet ihr – Ich höre die Stimme des Großvaters: Das mußte dir moal merken, Jungatzko!

Die Russen bringen mich zu den ehemaligen Wehrmachtskasernen, in denen sie jetzt hausen. Ich bin in Sorge, daß sie mich für längere Zeit von meiner Schreib-Arbeit trennen könnten. Sie führen mich in eine Bucht mit vergitterten Fenstern. Knoblauchgeruch gaukelt mir einen Zipfel Wurst vor. Nichts mit Knoblauchwurst! Der Geruch scheint den in die Wände gekritzelten kyrillischen Buchstaben zu entströmen.

Auf Abend gibt es säuerliches Schwarzbrot mit Tee. Daheim werden sie inzwischen wissen, daß ich abgeholt wurde. Ich feiere Wiedersehn mit Wanzen, kann nicht schlafen und denke über den Fortgang meines Romans nach.

Am nächsten Mittag werde ich in eine Schreibstube geführt. Der Knoblauchgeruch der Zelle wird von Heuduft abgelöst. Später werde ich wissen, daß ihn eines der billigsten Moskauer Parfums, Marke *Chypre*, verströmt, und noch später wird dieses Parfum nicht mehr hergestellt werden, weil es den russischen Trinkern nach der Alkoholrationierung den Wodka ersetzt.

Ein junger Offizier aus Leningrad vernimmt mich. Deutschsprechende Leningrader erkennt man am Rachen-R, das ins Land kam, als der russische Adel Französisch sprach.

Das rasierte Gesicht des Offiziers schimmert blau, seine Augen sind schwarz und glänzen feurig. Ich kann mir vorstellen, daß es Mädchen gibt, die er nicht vergewaltigen muß.

Zuerst die üblichen Fragen, die ich schon von meiner ersten Verhaftung in Grottenstadt her kenne: Ob Soldat bei Gitler, ob an der russischen Front, ob Nazipartei, ob braune Essaa, ob schwarze Essess?

Dann die Anklage: Ich sei mit der geringsten Zahl von Leuten auf der Baustelle angetreten. *Aller Leut* in Bossdom seien Sozialdemokraten. Das ist übertrieben, aber ich widerspreche nicht. Auch ich wäre früher Sozialdemokrat gewesen. Aber mein Selbsterhaltungstrieb treibt mich, mich in dieser Angelegenheit etwas günstiger auszuweisen. Ich gebe an, daß ich vier Mal bei Gitler in Schutzhaft gesessen hätte. Das vierte Mal, ich gestehe es, lüge ich halb und halb dazu, denn da verbrachte ich nur eine Nacht in Haft und war gerade zu der Erkenntnis gekommen, ein junger Mensch, der davon träume, Dichter zu werden, sollte sich keinesfalls, um einer Ideologie zu genügen, gefangensetzen oder gar töten lassen. Kurzum, die Hitlerleute behielten mich damals beim vierten Mal nur für eine Nacht, weil eine Verfügung herauskam, die besagte, daß mit den willkürlichen Verhaftungen, mit denen sich die Ess-A-Leute beschäftigten, Schluß wäre und daß jede Festnahme von nun ab dem Reichsmarschall mit den dicken Waden persönlich gemeldet werden müsse.

Das alles vor dem russischen Offizier auszubreiten, erscheint mir zu umständlich, deshalb ziehe ich den Vorgang zu einem vierten Mal Schutzhaft zusammen; Gott verzeih mir die Sünde.

Die Bossdomer Sozialdemokraten würden, wirft mir der

Offizier vor, aus alter Kommunistenfeindlichkeit das Neu-
aufbau boykottieren. Ich sage (woher hab ich den Mut?),
daß es sich beim Kraftwerk mehr um Abriß als um Aufbau
handele.

Den Offizier scheinen einige Zörner zugleich zu schütteln. Er knurrt etwas zu den Wachsoldaten bei der Tür.
Sie packen mich und bringen mich wieder in den Karzer.

So verlockend das Schwarzbrot auch riecht, mir ist der
Hunger vergangen. Ich habe die Nacht lang Zeit, mir die
Folgen meiner vorlauten Bemerkung auszumalen, sogar mei-
nen Roman vergesse ich.

Auf dem Ostbahnhof pfeift die Lokomotive eines Zuges,
der von Berlin kam und nach Görlitz fährt. Dann fangen
die Russen an zu singen; sie singen ihr *Von der Maas bis an
die Memel –*, nur daß es bei ihnen *von der Taiga bis zum
Kaukasus* heißt. Der Schall ihrer kräftigen Stimmen bricht
sich am Kasernengemäuer.

Ihr habt es alle schon einmal erlebt, daß etwas Schlimmes,
was ihr befürchtetet, sich über Nacht in etwas Angenehmes
verwandelte. Ein Teufel verwandelte sich in einen Engel
oder so. Ihr habt das eine Fügung genannt, einen Zufall,
kurz, ihr habt das so hingeredet und habt euch nicht ein-
zugestehen gewagt, daß auch der Zufall Gesetzen unterliegt.

Der Dienst in den russischen Kasernen fängt spät an,
weil er erst bei halber Nacht aufhört. Sie marschieren bis
spät zwischen den Kasernentrakten umher und singen ihre
Lieder: Partisanen vom Amur... Sie singen schwärmerisch,
so scheene wehmütig, sagt meine Muter, wenn sie Russen-
gesang hört. Der Gesang der Russen zieht ihre slawische
Seele in Mitleidenschaft.

Einer von den beiden Wachsoldaten, die mich abführten,
kommt in meine Zelle, legt die rechte Hand flach auf seine
Brust und verneigt sich. Nemezki pissatel, koroscho, sagt
er und übergibt mir einen wild eingewickelten Klumpen
Etwas. Dann drängt er mich aus der Zelle, und gleich heißt
es wieder: dawei, dawei! Ich kann gehen, wohin ich will,
nur schnell muß es geschehen.

Ich frage Konsky, weshalb die Russen mich *pissatel* nannten und laufen ließen.

Ich hätte mäh Massel als Västand gehabt, sagt er. Die sowjetischen Freunde wären kindisch, Schriftsteller seien Königä bei ihnen, kleine Königä, västehst?

Ihr wißt, ich hatte mich auf dem Arbeits-Amt in Grottenstadt selber zum Schriftsteller ernannt, und ich hatte damit gerechnet, ein Jahr später wirklich einer zu sein. Schriftsteller war man aber doch wohl erst, wenn man auf ein Buch verweisen konnte, das unter den Mitmenschen umging. Was mich auswies, ein Schriftsteller zu sein, war bisher eine Lebensmittelkarte für Intelligenzler. Woher aber mochten die Russen wissen, daß ich jemand war, der sich für einen Schriftsteller hielt? Wer hatte da meinen geheimen Wunsch bestätigt, als wäre er etwas Wirkliches? Sollte sich mein früherer Mitschüler Heinrich Rübe alias Peter Persipan, wie er sich jetzt nannte, für mich eingesetzt haben? Kurte Schimang konnte es nicht gewesen sein, er war tot. Zuletzt fällt mir Edwin Schupank ein. Ich nehme mir vor, ihn zu fragen. Wenn er es gewesen ist, der mich diesmal vor einem Marsch in die Kälte bewahrte, so soll er bedankt und umarmt sein.

Bürgermeister Weinrich aber lasse ich wissen, daß ich es nunmehr leid sei, als Parteiloser den Amtsvorsteher zu vertreten. Es sei richtiger, wenn sich die Parteileute von ihren Freunden einsperren ließen.

Tatsächlich bringt Weinrich den nächsten Schub Abriß-Arbeiter zum Kraftwerk, während er mich nochmals um vierzehn Tage Geduld bittet. Man werde mich entsetzen, und man werde, was ich als Parteiloser für die Gemeinde tat, in *ehrendem Gedenken* behalten. Als ob ich vierzehn Tage später eingeäschert werden sollte! Dieses *ewige Angedenken*, wie ich es hasse, als ob einer von den Quatschköpfen ewig leben würde.

Man kann es Nona nicht absprechen, sie ist froh, daß ich wieder da bin. Jarne und der kleine Gustav freuen sich, der Vater hat etwas aus *Rußland* mitgebracht. Das wild eingewickelte Etwas, das mir der russische Gefängniswärter unter den Arm schob, ist ein Klumpen Butter, eine Dauerwurst und eine flache Blechdose, deren Inhalt wir als schwarz gefärbten Heringsrogen verzehren.

Ich lebe mich wieder in meinen Roman ein. Mir ists, als ob ich nach der Bescheinigung der Russen, daß ich ein Schriftsteller sei, leichter schreibe.

Aber noch am gleichen Tag reißt es mich wieder in die Amtsvorsteherfunktion hinein. Ein barhäuptiger Mann mit kastanienrotem Haar und einem kontrastierenden weißen Vollbart steht in der Stubentür, eine Mannsschecke, die mich um Hilfe bittet. Es handelt sich um einen einspännigen Umsiedler, der in Klein-Loie in einer Dachkammer unterkroch. Er heißt Hackelberg. Ich war mit meinen Fragebögen auch bei ihm und erinnere mich, daß er Ostpreuße ist. Er wurde auf der Flucht vor den Russen von seiner Familie getrennt.

Was für eine Hilfe erwartet er von mir?

Er tritt näher und stippt mit dem Zeigefinger gegen seinen weißen Bart. Ich erkenne, daß es sich um Kleister handelt, von dem von Zeit zu Zeit Kleckse auf die Dielen fallen.

Unterm Kläster is alles verrbrieht und verbrennt, sagt er.

Wie kam das Zeug in sein Gesicht?

Se hat de Supp, de Mittagssupp, uff mir gejossen.

Die ehemalige Gutsarbeiterin Rathey hat äm so zujerichtet.

Hackelberg und die Rathey haben sich zusammenjeschmissen, einander das Alleinsein zu vertreiben. Aber nun will Hackelberg die Rathey anzägen oderr belangen.

Das Gesicht des Alten sieht schlimm aus. Ich schicke ihn zunächst mit einem Brief zu Schwester Christine, bitte sie, den Umsiedler von seinem Kleisterbart zu befreien, die Brandwunden zu behandeln, und benütze den Brief, Christine vertrauliche Worte zu übermitteln.

Zwei Tage später stellt sich Hackelberg wieder ein. Seine Brandwunden sind leicht verschorft. Er bringt mir einen Brief von Schwester Christine, die mir mitteilt, daß Hackelberg vernehmungsfähig ist, und erwidert meine vertraulichen Worte. Amtlich garnierter Tausch von Liebesbriefen.

Hackelberg besteht darauf, die Rathey müsse bestraft werden. Ich lade die Rathey hinzu. Die Verzweiten beschießen sich mit feindseligen Blicken und gehn dann mit Beschuldigungen aufeinander los. Es dauert seine Zeit, bis ich sie so weit habe, daß ein jedes vernehmlich aussagt. Hackelberg sei ungebeten gekommen, sagt die Rathey, um ihr bei der Bestellung ihres Reformlandes zu helfen, und da die Öberen *Pauer* Bleschka untersagt hätten, ihren Grund und Boden anzurühren, hätte sie nichts gegen die Hilfe einzuwenden gehabt.

Und Hackelberg hat nichts verlangt für seine Arbeit?

Zuerst nicht.

Und zu zweit?

Er wollte nachts bei der Rathey liegen.

Durfte er?

Auch ältere Mensch möcht noch bissel was wissen. Hab ich ihn laßt liegen bei mir.

Und wie kam es zum Streit?

Er wollt auch in Mittagsstund bei mir liegen. Ich hab nicht gewollt, und er hat mir beleidigen, hat Russenhure auf mir gesagt, hat er. Doa hoab ich am die Mehlsupp, hoab ich am ...

Hackelberg mischt sich ein: Was häßt Belädigung? Es wäß doch jeder, wie es ihr jeschmeckt hat, wo die Russen über ihr wechjezogen sind.

Ich rate den beiden, sich zu einigen. Hackelberg möge seine rüde Beschimpfung zurücknehmen. Und wie wird sie die häße Mehlsupp zurücknehmen? fragt Hackelberg. Er besteht auf Bestrafung.

Dann müsse ich den Fall an das große Gericht in Grodk weitergeben, weil es sich ja nicht nur um Beleidigung, sondern auch um Körperverletzung handele, erkläre ich beiden.

Am nächsten Tag kommen sie wieder und erklären, sie lägen wieder beieinander und bitten mich, ihren Streit nicht nach Grodk weiterzugeben, sie kämen sonst zu sehr unter die Leute.

Derweil zieht ein großer Sommer übers Land, und die Schwalben füttern im Pferdestall ihre zweite Brut, aber in mir ist eine Stimmung, die man heutzutage Depression nennt. Es würde mir gut tun, *Unter Eechen* im Schatten zu liegen.

Der Laden der Matts ist zusamengebrochen. Der Laden, der uns alle, wie mühsam auch immer, durchs Leben treckte. Es drängt sich mir ein Vergleich mit einem zusammengebrochenen Ochsen unseres verarmten Gutsbesitzers von dennmals auf. Ochsenkutscherin war die *Schwarze Hanne*, unsere spätere Dorfhure. Sie prügelte mit *hüe* und *hoite* auf das liegende Tier ein, dessen Hinterteil nur noch von angetrocknetem Kuhmist zusammengehalten zu sein schien. Unter den Stockhieben erhob sich der Ochse noch einmal stöhnend, wankte, fiel wieder und stand nicht mehr auf. Fritzko Lehnigk stach das Tier an Ort und Stelle ab. Das Ochsenblut sickerte in den Wegsand, zwei Bauernpferde schleiften das tote Tier zum kleinen Schlachthaus in Lehnigks Garten.

Nun wird das, was die Mutter bisher *mein Loaden* nannte, geschleift. Ihre Freigebigkeit, ihre Naivität, ihr verquastes Gewinnstreben und ihre abenteuerlichen Kalkulationen erzeugten ein Manko nach dem anderen, und die Unhaltbarkeit steigerte sich mit jedem Monat.

Nischt mehr zu machen! sagt Bruder Heinjak.

Gerichtsverfahren, womöglich Gefängnishaft drohen.

Wie nimmt es die Mutter hin, ist sie schon tot geworden?

Zweemoal schont, sagt der Bruder, aber dasmoal nutzt es nischt. Der Vater räsoniert, holt die Vergangenheit aus dem Kasten. Schon einmal hätte er der Mutter wegen ins Gefängnis sollen, doamoals wegen die Poststelle. Diesmoal mag sich loaßt einsperrn, wer doa will, er nicht.

Die Mutter unterbricht ihren Ohmachtsanfall: Erschtens hoam se dir doamoals nich eingesperrt, und zweetens hast du den Loaden schont immer nich konnt leiden.

Ooch noch nich, sagt der Vater. Er ist Bauer, wenn auch mit Ach und Krach. Mit dem Laden will er nichts mehr zu tun haben. Die Mutter hat mit ihrer Brotwährung alles überschüssige Getreide, das er erntete, dem Laden geopfert.

Die Rettung: Der Laden muß zu einer Verkaufsstelle der

Konsum-Genossenschaft umgeschustert werden. Man kommt beim Landrats-Amt auf ein früheres Angebot zurück: Alles Manko wird getilgt, wird gestrichen. Die Konsumgenossenschaft zahlt Miete und pachtet die Alte Backstube und den Mehlboden dazu. Die Bäckerei wird eingestellt, Backwaren werden von der Konsumbäckerei in Grodk angeliefert. Mein Bruder wird Leiter der Verkaufsstelle.

Die Mutter ist wieder kurz vor dem Totwerden: Nee, wenn man das so hört! jammert sie, könn die doa denn goar nich noachfiehln, daß man selber een Sticke Loaden is?

Bruder Heinjak versucht zu trösten: Er wird Verkaufsstellenleiter sein, wird der Mutter den Laden nicht ganz entfremden. Sie könne bei der Seitentür hereinkommen und nachsehn, wie alles laufe.

Wie ne Fremde durch die Seitentiere? Nee! Und überhaupt wird sie sich nicht dran gewöhnen können, abends nicht mehr Kasse zu machen. Und soll sie jetzt *ganzes* Konsumgebackenes essen? Das ist ihr nicht gesungen geworden. Ihr wert Sprechstunden einführn wie een Dokter, und was wern die Kunden soagen, die sich dran gewöhnt hoam, nach Loadenschluß und ooch moal sonntags einzukoofen?

Ich versuche, mich auf nichts einzulassen, doch nachts beuteln mich Erinnerungen und zerfleddern meinen Schlaf. Ich denke an die reisenden Kaufleute. Jeder brachte für mich, den Dorfschuljungen, einen Schwall städtischen Lebens in den engen Laden. Ich denke an die vielen Geschichten, die die Bier trinkenden Bergarbeiter heranschleppten, an die belehrende Baronin mit der langen schwarzen Ledertasche, an die kurzsichtige Frau des Obersteigers, die sich vor dem Ladentisch hinhockte, um den Gleichstand der Waagenschnäbel zu kontrollieren.

Aber ich muß alles gehen lassen. Hier arbeitet das eigenwillige Leben. Ich kann auch in meinen jetzigen Tagen nicht aufhalten, daß die Konsumverkaufsstelle in dem Dorf geschleift wird, in dem ich aufs Sterben warte. Irgendwo wurde festgestellt, daß sich diese Verkaufsstelle nicht rentiert. Wir müssen es hinnehmen, und wir nehmen immer mehr von dem hin, was wir nicht wünschen. Irgendwann, irgendwo hat die Illusion des äußerlichen Fortschritts die Menschheit ergriffen, und nun schreitet sie über uns hinweg.

Als die Übergabe des Ladens besiegelt ist, wird der Vater milder: Nu kannste endlich, Lenchen, deine kaputten Beene schonen, sagt er.

Sind das deine oder meine Beene? sagt die Mutter trotzig. Sie glaubt noch immer an die Rückkehr meines jüngsten Bruders. Wie wern wir doastehn, wenn Frede zurückkummt, und wir hoam den Loaden weggegeben? Bruder Heinjak hört schon nicht mehr hin. Dem Leiter der Konsumverkaufsstelle steht eine Verkäuferin zur Verfügung, und die scheint ihm zu gefallen.

Ein Brief trifft ein. Der Umschlag ist, wie in dieser Zeit üblich, aus einem alten Plakat *handgezimmert.* Die Absenderin ist Schupanks Frau Emma. Sie schreibt mit gotischen Buchstaben auf herausgerissenen Seiten eines Rechenbuches für Grundschüler. Die Buchstaben springen zwischen den Karos hin und her: Edwin ist zusammengebrochen. Ich weiß nicht, an wem ich mir sonst wenden soll, schreibt sie. Ich möge nach Schupank sehen kommen.

Ich werde nach Grodk. Frau Emma hockt verweint in der Küche. Aus dem Spülstein strömt ordinärer Kriegsseifengeruch. Im Ahornbaum vor dem Fenster zanken sich die Spatzen. Schupank läge im Krankenhaus, sagt Frau Emma und erzählt mir, wie *alles lang ging:* Es war schon sehr Abend, halber elf wohl, da klopfte es beim Fenster. Jemand war im Vorgarten. Drei kurze Klopfer. Das hört sich an wie unser Günter, denkt die Schupank. Noch ehe sie sich sicher ist, fängt sie an zu jubeln, reißt das Fenster auf, draußen steht der Junge. Große Freude. Ich habe genatscht, sagt sie, es schwemrnte mir die Brille runter, großes Tränenfest. Edwin kommt im Nachthemde angeplatscht und fängt, hast du nicht gesehn, breitbeinig an zu tanzen. Der Junge ist nicht verwahrlost, auch Hunger-Wassersucht hat er nicht. Weshalb haben ihn die Russen laufen lassen? Hat er innerlich was, was wir nicht erkennen, Knochenkrebs oder so?

Glück gehabt! sagte der Junge.

Edwin behauptet, Günter wäre ihm ähnlicher geworden. Nanu, denk ich, hat er vielleicht Plattbeine wie der Vater, ist er nicht zwei Köpfe größer als der und schlank wie die Mutter?

Bei Tische kommt die Rede auf unsere Clara, die abgeschworen hat und nicht zahause kommt. Für Edwin ist sie verloren, aber sie ist doch unses Kind geblieben.

Günter läßt sich nicht über seine Schwester aus. Edwin macht ihm Vorwürfe. Wieso bist du nicht zu die Russen rüber, wie ausgemacht war? Der Junge hebt die Schultern und pickt nischt. Edwin läßt nicht nach. Warum hat der Junge den Russen nicht beigebracht, daß er der Sohn eines deutschen Kommunisten ist?

Der Junge hebt die Schultern und pickt nischt.

Die Russen hätten doch können hierher an die Kreisleitung schreiben und sich erkundigen, so Edwin und immer weiter so, und ob Günter wenigstens durch Moskau gekommen wäre, und ob er dort die Leute gesehen hätte, die sich vor dem Mausoleum drängeln, um Leeenins Leichnam zu sehen?

Das langte mir, so Frau Emma, ich frag Edwin, ob er denn schon zur Leichenschau in Moskau gewesen wäre. Er hat das alles bloß in der Zeitung gelesen, sag ich zu unserem Günter, und der stund auf und umarmte Edwin, küßte ihm sogar die Stirn. Dann hat er mir abgedrückt, und wie! Und dann hat er gesagt: Verzeiht mir! Es ist ganz stille in der Küche gewesen, und wir haben nicht gewußt, was wir dem Jungen verzeihen sollen, und er hat gesagt, er muß sein Gepäck aus dem Vorgarten holen und hat im Flur seine Mütze aufgesetzt und ist raus, und die Haustür klappte. Denn war nichts mehr.

Edwin wäre mehrmals im Nachthemd im Vorgarten gewesen. Nischt! Kein Günter. Nun sei es schon drei Tage her. Sie hätten in der Stadt bei seinen Freunden und bei Bekannten herumgefragt: Kein Günter. Erstaunen, Mitgefühl, aber auch Schadenfreude sei bei Bekannten aufgekommen. Alois Zwirner soll sich ausgelassen haben, die Kinder vom *dichtigen* Genossen Schupank wären ideologisch mächtig baufällig. Vielleicht nur Gerede, aber Edwin brachte es auf. Er suchte und suchte nach Güntern bis in die Nacht, übermühte seine Plattbeine, wollte um Mitternacht in sein Büro, stritt sich mit dem Pförtner und brach zusammen.

Ich besuche Schupank im Krankenhaus. Er liegt in einem Einzelzimmer. Sein Haar ist zerzaust, tiefe Stirnfurchen, traurige Augen, ungeweinte Tränen, ein Mann vor dem Tor zum Greisenreich. Schon einmal sah ich ihn traurig, wenn auch nicht so zerkummert wie jetzt. Das war, als wir uns um Tolstoi stritten. Er ließ nur Lenins Ansichten über Tolstoi gelten. Ich hielt ihm Tolstois Ausspruch entgegen, es sei eine Fiktion, eine Täuschung, wenn man glaube, irgendeine Regierung sei das Volk. Da wurde er nachdenklich, und ich sah ihn zum ersten Male von dieser Greisentrauer befallen. Auch bei meinem Großvater sah ich sie, als ich ihm erklärte, daß es sich bei der Murava, der Nachthexe, von der er behauptete, sie suche ihn zuweilen auf und peinige ihn, um einen Alptraum handele, den man sich durch zu ausgiebiges Essen am Abend zuzöge. Später, viel später sah ich diese Trauer im Gesicht des *listigen Augsburgers*, als sein Sohn behauptete, Trotzki, nicht Stalin, wäre der richtige Mann gewesen.

Von der Straße dringt der Lärm einer russischen Kraftwagenkolonne ins Krankenzimmer. Die Autos kommen von der Kraftwerkdemontage her und sind mit Maschinenteilen beladen.

Schupank hebt die Hand. Er will reden. Seine Stimme ist belegt. Er hustet ab und flüstert, er habe schwere Träume, und einer von ihnen wiederhole sich: Ein Kerl mit einem Stehbart wie Hindenburg, aber glotzäugig wie Ludendorff, käme auf ihn zu und wölle ihm weismachen, daß aller Kampf für die Katz gewesen sei. Es sähe so aus, als hätten die Russen gesiegt, aber er müsse doch erkennen, daß seine eigenen Kinder der Lehre nicht folgen. Schupank versucht sich im Bett aufzurichten und fällt zitternd zurück. Man

kann uns doch nich verbraucht ham für nischt und nee!
Nach einer Weile sagt er, die Schmerzen in seinem Kopfe
wären so dick, daß er sie anpacken könne. Ich versuche
ihn zu beruhigen: Erreg dich nicht, Edwin!

Er sieht mich mit den starren Augen einer Statue an und
flüstert: Nich mal Vater sagst du mehr auf mich? Er hält
mich für seinen Sohn.

Ich ziehe mich Schritt bei Schritt zurück und schließe
die Tür so vorsichtig, als wäre die Krankenstube voll Dau-
nenfedern, die nicht auffliegen sollen.

Kurte Schimangs Enkel, der sich für meinen Amtsboten
hält, schreit unterm Fenster: Feier, Feier, Onkel Matt!

Ich springe hinaus und sehe die Rauchgarbe hinterm Dorf.
Es fällt mir ein, daß ich nach den Instruktionen, die mir
Kurte Schimang hinterließ, die Lösch-Arbeiten leiten muß.
Ich fühle mich hilflos. Weshalb schüttelte ich mir dieses
Amt nicht energischer ab?

In jedem Wald schläft ein Feuer. Häufig wird es von
einem Menschen geweckt, seltener von einem Blitz oder
von chemischen Vorgängen im Waldboden. Niemand weiß
bis heute, wie das Feuer zwischen der Bergmannssiedlung
und der alten Grubenförsterei entstand.

Ich höre die Töne des Feuerhorns, mal laut, mal leis. Es
wird mir leichter. Fritzko Duschkan fährt auf einem Fahrrad
durchs Dorf und alarmiert. Es setzen sich Mechanismen in
Gang, die hinwiederum das Feuer weckte.

Ich renne in meinen Holzschuhen durchs Dorf und aus
dem Dorf hinaus auf die immer dicker werdende Rauchgarbe
zu, um, wie es meine Instruktion verlangt, an Ort und Stelle
zu sein. Ich muß etwas sein, was ich nicht bin, ein mit seinen
Obliegenheiten vertrauter Amtsvorsteher. Aber bald schon
muß ich nicht mehr mit nachgeäffter Feldwebelstimme Anweisungen hinausschreien. Die Dorfleute, die herzueilen, sind
mit Schaufeln, Hacken und Patschen ausgerüstet. Sie wissen,
was zu tun ist. Es gibt in Bossdom einen geflügelten Satz:
Loofe, Mensch, loofe, die Heede brennt!

Wie froh bin ich, als mein Bruder Heinjak neben mir

426

steht! Heinjak, der Zupacker, der gelernte Feldwebel. Er bezweifelt, daß die Waldparzelle, aus der jetzt schon die Flammen in die Wipfel der Kiefern kriechen, noch zu retten ist, und befiehlt mit wohltuender Bestimmtheit: Die Schneisen bewachen. Das Feuer darf unten nicht weiterkriechen und oben nicht weiterspringen. Er schickt mich nachsehen, ob an allen vier Seiten der Parzelle Leute stehen, die mit ihren Geräten aufs Feuer losgehen. Brennende Rindenstücke fliegen wie Feuerschmetterlinge empor. Ich verfolge sie und bin erleichtert, wenn sie verlöschen, ehe sie die Nebenparzelle erreichen. Ein Fasanenhahn fliegt mit brennendem Gefieder auf die Schneise, ein angesengter Hase rennt quäkend auf die Brandlöscher zu. Die Tiere werden mit Patschen erschlagen. Fleisch ist knapp, so knapp, daß der alte Nakonz sich wieder Igel brät wie nach dem Weltkrieg römisch eins.

Die Hitze nimmt zu. Man kann nur einige Spatenstiche lang an der Feuerlinie bleiben, dann muß man zurück, sich kühlen und wieder zur Linie und in die Hitze hinein.

Haltet aus, haltet aus, Leute, denke ich, aber auszusprechen wage ich es nicht, ich bin kein Feldherr.

Eine halbe Stunde vergeht. Das Feuer kriegt die Stimme eines jungen Donners, die Parzelle ist nicht zu retten.

Mir fällt ein, daß ein wenig seitab der Klärteich der alten Kohlengrube liegen muß, auf dem wir als Kinder schlitterten. Könnten wir nicht die Feuerspritze dorthin bringen und den Hochwald an der Nordseite des Brandherdes besprühen?

Ich renne den Klärteich suchen. Rauch fährt mir in die gehetzte Lunge. Ich huste und renne, renne und huste, aber vom Klärteich ist nur noch eine wasserlose Mulde vorhanden. Binsenhalme und trockene Schilfstengel rascheln dort im Brandwind. Vergangen der Teich wie die Kindheit.

Enttäuscht presche ich zur Brandstelle zurück und prelle auf Konsky. Du wolltest stieften gähn, nicht wahrr, behauptet er und grinst ungut. Nun weiß ich, daß er auch mich bespitzelt.

Eine Stunde vergeht. Der Brand fällt zusammen. Der

Rauch wird sachter. Nirgendwo mehr Flammen. Holzstücke glimmen und glosen unter weißer Asche. Das Feuer ist uns nicht entkommen. Ich möchte hinknien und dem Gott meiner Kindheit danken.

Es wird Abend. Die Kühle tut gut. Berußte Frauen und Männer versammeln sich. Mannweib Pauline hatte ihren Rock als Patsche benutzt. Jetzt zieht sie ihn wieder an und weist die Männer zurecht: Hoabt ihr noch keene Frau nich in Unterhosen gesehn? Gelächter. Es hallt im geretteten Wald der Schneise wider.

Feuerwehrhauptmann Fritzko Duschkan stellt Brandwachen für die Nacht auf. Um ein gutes Beispiel zu geben, lasse auch ich mich dazu einteilen. Dann überfällt mich ein Schüttelfrost. Ich haste ins Dorf und schreibe den Brandbericht, der mir in den Amtsvorsteher-Instruktionen abgefordert wird. Ich muß Konsky zuvorkommen.

Von zehn Uhr bis Mitternacht ziehe ich auf Brandwache. Mein verfluchtes Pflichtgefühl, das mir manchen Streich im Leben spielte, hat mich beim Wickel.

Fiebernd komme ich heim. Nona steckt mir des Fieberthermometer, das sie als Heiratsgut in die Ehe einbrachte, unter die Achsel. Ich fange an zu schlottern.

Fast vierzig Fieber! Nona sieht mich an wie an jenem Sonntag, da wir das erste Mal durch den Spandauer Wald schlenderten und uns gegenseitig abprüften. Schon damals fiel mir auf, daß das Blau ihrer Pupillen ins Hellblaue wechselt, wenn sie etwas fürchtet.

Sie säubert mich, flößt mir Lindenblütentee ein und zieht mich aus. Eine Erinnerung an meine früheste Kindheit streift mich.

Ich liege im Bett. Es geht auf den Morgen zu. Im Garten der Wirtsleute wetzt eine Elster. Mir fällt das Atmen schwer. Ich richte mich auf, wähne, mich damit der Luft zu nähern, die ich nötig habe. Nona legt ihre Wange wie schmeichelnd an meinen entblößten Rücken. Sie belauscht meine Lunge, jenes Organ, das hauptsächlich aus zwei Flügeln besteht. Ich fühle Nonas langes Haar. Es rieselt an meinem Rücken herab.

Dann traktiert sie mich mit feuchten Umschlägen. Die Nässe behagt mir nicht, aber ich habe keine Kraft, mich zu widersetzen, dafür spüre ich Nonas Kraft, wenn sie mich mit dem linken Arm unterfährt und anhebt, um mir ein feuchtes Handtuch unterzulegen.

Ich lasse mich zurückfallen, und von da ab verbringe ich meine Tage fast ohne Bewußtsein. Meine Umwelt zeigt sich mir nur noch in Momentaufnahmen! Mehrmals will ich aus dem Fenster in den Hof springen. Luftmangel treibt mich aus dem Bett. Nona reißt mich zurück. Ich entschuldige mich und verspreche, niemand mehr zu änstigen, niemand in der Welt.

Nona liegt angekleidet neben mir. An der Wand steht das weiße Kinderbett. Der kleine Gustav erwacht. Er weiß nicht zu deuten, was um ihn her vorgeht.

Mein Schlaf ist bei Nacht und auch am Tage zerstückelt. Vor mir liegt ein Berg Kohle. Es ist mir auferlegt (von wem weiß ich nicht), ihn beiseite zu schaffen. Ich schaufele, doch der Berg wächst. Ich werde ihn in meinem Leben nicht beseitigen. Ich erwache.

Vor mir ein Stoß leerer Papierseiten. Ich soll sie voll-schreiben. Beim Fenster fliegen indes neue Papierseiten herein, weiß und blank, auch die soll ich mit meiner Hand-schrift besprenkeln. Ich stöhne und erwache für einen Au-genblick.

Wohin soll ich die Milch schütten, die mir die Bauern-frauen bringen? Die großen glitzernden Transportkannen sind gefüllt. Wohin, wohin mit der Milch? Ich erwache, sinke wieder in Dämmernis, bis der nächste Fieberschwall heran ist.

Man sagt mir, Edwin Schupank habe mir einen Brief geschrieben. Nona bringt mir den Brief. Ich öffne ihn und kann nicht erkennen, was da geschrieben steht. Ich versuche, den Brief durch meine geschlossenen Augdeckel hindurch zu entziffern. Immer neue Briefseiten quellen aus dem Um-schlag. Dieses erbärmliche Gefühl, nicht leisten zu können, was man mir abverlangt!

Ich bin wieder Rekrut, soll robben, robben – um den

Kasernenhof herum. Ich weiß, daß es nirgendwo einen Menschen gibt, der sich freuen würde, wenn ich nach Hause käme. Ich muß robben, robben. Ein scharfer Stich in den Oberschenkel läßt mich für Augenblicke erwachen. Ein fremder Mann, ein Arzt aus Grodk, erfahre ich später, bringt mir den Stich bei. Er macht mir eine Strophantin-Injektion. Injektionen sind kostbar um diese Zeit. Glück, wenn einem eine verabreicht wird!

Der Mann flüstert mit Nona. Besorgnis in seinem Gesicht. Mein Weiterleben hängt von Innenkräften ab, falls mir noch welche verblieben sind. Es kümmert mich nicht. Ich muß schlafen, schlafen und zwischendrein mit den Schwierigkeiten kämpfen, hinter denen sich das Fieber versteckt, und ich muß immer wieder aufwachen, weil ich diese Schwierigkeiten nicht besiegen kann.

Später werde ich erfahren, unter welchen widrigen Umständen der Arzt dazu kam, mir die kostbare Injektion zu verabreichen. Wieder einmal ist es mein Schutzengel, die *kleene Kräte*, die Anderthalbmeter-Großmutter, die den Anstoß gibt. Sie sitzt manchen Tag an meinem Bett und barmt, es sei zum Weenen, daß ihre älteste Schwester, und damit ist Großtante Maika gemeint, nicht mehr *uff die Erde* ist. Die hätte mir kunnt helfen. Ach ja, Großtante Maika, sie hatte sich im Krieg beim Ortsgruppenleiter unbeliebt gemacht.

Eine Kumpanka, der sie einen Schluckauf geheilt hatte, wollte nebenbei wissen, wie der Krieg ausgehen würde. Sobald Kriege angefangen sind, habe Großtante Maika der schwatzhaften Kumpanka gesagt, wären sie schon verloren. Auch der Gewinner habe verloren, weil man ihm später wieder abnähme, was er gewann.

Der Ortsgruppenleiter sagte, Großtante Maika wäre eine Defätistin.

Was man noch for Zeigs? sagte Großtante Maika, aber von der Kreisleitung sei eine Anweisung gekommen, Maika zur Vernehmung abzuholen. Als die Abführer gekommen wären, sei Maikas Haus leer gewesen, nur eine alte schwarze Stute habe in der Koppel hinter dem Hause gegrast.

Maika wurde nie gefunden. Es gibt Leute, die behaupten, sie wäre zu den Unterirdischen gegangen und hätte sich in einen ausgekohlten Grubenschacht gestürzt, andere behaupten, sie hätte sich mit ihrer Hexenkunst in die alte Rappstute verwandelt, die hinterm Hause graste.

Die Kaschwallan greift ab und zu nach meiner Hand und pischpert verstümmelte Hexensprüche, die sie ihrer Schwester abgelauscht hat: Vaschnitt, vaschnatt, vaschnäa – kupferschnitt, kupferschnatt, kupferschnäa! Ich erkenne meinen Schutz-Engel nicht. Die Anderthalbmeter-Großmutter humpelt nach Gulitzscha und erzählt Schwester Christine, es sei fast kein Leben mehr in mir. Christine weiß es. Sie hat sich schon vor Tagen erboten, Nona die Nachtwachen abzunehmen, aber Nona hat sie nicht einmal in die Küche gebeten. Sie besorge das allein und fertig!

Da war nun zu erkennen, wie das ist, wenn man sich in eine verliebt, während man eine andere, die man mit einem Kind belastete, geheiratet hat. Schwester Christine schickt den Arzt aus Grodk an mein Krankenbett. Sie ist die amtliche Gemeindeschwester, sie hat die Möglichkeit, und während der Arzt mich behandelt, steht sie mit ihrem Fahrrad auf der Dorfstraße und wartet, bis der Doktor kommt und ihr sagt, wie es um mich steht.

Im Garten begleitet die Elster meine Krankheit. In den Fieberträumen hört sich ihr Gesang an, als ob jemand eine Sense wetzt. Hinter der Sense steht der Tod. Ich seh ihn nicht gerippt, nicht grausam, ich seh ihn als eine lockende Gestalt. Er steht eine Armeslänge von mir entfernt. Er will dort bleiben. Aus seinen Augenhöhlen zwinkert es zuweilen.

Das Haus ist von einem dünnen Nebel umstellt. Auf der Straße brüllt ein Rind. Tagsüber war ich leidlich fieberfrei, aber jetzt gehts wieder an, nicht mehr so herrisch und gewaltig wie an vergangenen Tagen, sondern wie mildes Sonnenlicht.

In dieser Dämmerstunde kommt meine Mutter. Tatsächlich! Sie war gewiß lange mit den Strapazen vorbeschäftigt, zu denen sie sich entschloß. Sie beklopft mit ihrem Gehstock die unterste Stufe der Haustreppe. Mein Gott, was die Leite daß jetzt for schmale Treppen hoam! Sie beleidigt mit ihrem Gequengel unsere Wirtsleute. Die kräftige Nona ist ihr beim Treppensteigen behilflich.

Die Mutter mißbilligt den roten Vollbart, der mir während der Krankheit wuchs. Ich sähe aus wie mein amerikanischer Großvater. Sie kennt ihn nur von Fotografien, und als Jungverheiratete schwärmte sie für diesen Schwiegervater. Er sähe aus wie ein weiser Inder. Als sie erfuhr, daß dieser Großvater nicht natürlich gestorben war, sondern sich einer rothaarigen Klavierschülerin wegen erschoß, stampfte sie ihre Verehrung für den Verblichenen ein. Sie legt mir ein Sechspfundbrot und ein Viertel Butter aufs Deckbett, empfiehlt mir, *orntlich* zuzulangen, und weist Nona an, wie oft sie mir davon abzuschneiden habe. Gern hätte sie mir bissel Marmelade mitgebracht ooch, aber du weeßt ja, daß unser Loaden nich mehr is.

Es ist Fremdheit zwischen mir und der Mutter. Sie hat mich vor zwei Jahren heimgelockt, jetzt aber ist sie enttäuscht von mir, weil ich ihr nicht willfährig genug war, ihr nicht zeigte, was ich schreibe, vor allem aber, weil ich es ablehnte, mich weiterhin mit der Buchführung für den Laden zu befassen. Nach ihrer Meinung bin ich schuld, daß sie ihren Laden abgeben mußte.

Zwischen der Mutter der Kindheit und der Mutter von jetzt stehen Menschen, die mich ihr wegnahmen. Ich habe mich an fremde Frauen ausgeteilt.

Mit eins erscheinen Frauen in meiner Fieberwelt. Ich bedanke mich bei jenen, die im Leben gut zu mir waren, und verabschiede mich.

Dann treibts mich aus der Traumtiefe wieder nach oben. Ich spüre, die Mutter verlangt etwas von mir, wogegen ich mich sträuben muß. Und da hallt auch das Rinderblöken wieder von der Straße herauf. Die Mutter bringt mir bei, sie habe sich von Tinko mit dem Ochsengespann zum Krankenbett *chauffieren* lassen, verlangt, erst vorsichtig, dann bestimmter, ich solle mich mit dem Bruder, der unten warte, versöhnen.

Weshalb das jetzt?

Man weeß nich, manchesmoal stirbt eener, eh man sichs versieht.

Ich spüre mein Blut aufwallen und wie es in mir einen Zorn zusammenspült, und ich höre mich sagen: Ich wer eich zum Possen nich sterben! Ich spüre, daß ich weiterleben werde. Mein Instinkt hat mich oft richtig geleitet, aber zuweilen schob ich ihn zugunsten des zappelnden Intellekts beiseite. Ich ahnte, daß Bruder Tinko meine Schwäche ausnutzen wollte, um *billig* zu einer Versöhnung zu kommen.

Später werde ich wissen, daß mein Bruder bei allen Merkwürdigkeiten, die er heraussteckte, bei allem Geschäftsgeist, den er zuweilen entwickelte, ein unglücklicher Mensch war, der von einer geistigen Karriere träumte, daß er ein Mensch gespaltenen Geschlechts war und häufiger, als seine Umwelt erkennen konnte, an Depressionen litt. Eine dieser Depressionen wurde, wie ich erwähnte, von dem Umstand ausgelöst, daß er keine Nachkommen hatte. Seine Elvira war nach dem Vorleben, das sie geführt hatte, unfruchtbar. Das war der Grund, weshalb er sich von ihr befreite, eine Gastwirtin heiratete, zwei Kinder mit ihr zeugte und als *Mann hinter der Theke* nicht vergaß, sich selber reichlich mit Getränken zu bedenken. Sein Sohn Tinko sollte ihm den Traum von der geistigen Karriere erfüllen, aber es fiel dem Jungen schwer, die Oberschule zu absolvieren. Der Alte traktierte ihn, ließ ihm Nachhilfestunden geben, versuchte in seiner Art, die Lehrer zu spicken. Der Junge flüchtete, blieb tagelang aus, wurde eingefangen. Er weinte und bat um Gnade. Ich schaff es nicht, Vater, ich schaff es nicht! Eines Abends führte er den Schäferhund aus und kam nicht zurück. Man fand ihn in einem Wäldchen an der Hundeleine erhängt. Tags drauf erhängte sich der alte Tinko. Auf einer Zigarettenschachtel hinterließ er sentimentale Grüße und teilte mit, er müsse jetzt dorthin, wo sich sein Sohn befände.

Soviel über meinen Bruder Tinko, ehe wir das Buch schließen. Er gehört zu den Menschen, für deren Dasein man nur eine Erklärung findet, wenn man ein Anhänger der Wiedergeburtslehre ist und daran glaubt, daß sie Schulden aus einem früheren Leben abzutragen hatten.

Zeitchen vergeht. Ich erwache morgens, und mir ist feierlich zumut. Bis zu diesem Morgen gabs für mich nur eine mit Schmerzen gespickte Zeit. Jeder Atemzug schien meiner Lunge einen Riß beizubringen, die Rippen waren wie ein Korsett aus Schmerzen, aber nun erkundige ich mich bei Nona, welchen Wochentag wir haben. Das Zeitgefühl ist wieder in mich eingezogen.

Der Vormittag ist halb herum, da kommt Besuch. Erich Schinko kommt. Er steht in der Tür, sieht mich an und fängt an zu weinen. Ich muß erbärmlich aussehen.

Das Fernsein hat Schinko wenig verändert. Er ist etwas voller im Gesicht, aber seine Hosenbeinlinge zeichnen wie früher die Krümmung seiner Beine nach. Er zieht Gebringe aus einem Säckchen. Zwischendrein wischt er sich die Tränen mit dem Handrücken und versucht aufmunternd zu lächeln. Auf den Nachttisch kommen Weißbrot, Speck und Schinken zu liegen, Obst in Gläsern und ein Schächtelchen Kaviar, den wir vor Wochen als schwarz gefärbten Heringsrogen aßen.

Ich bedanke mich. Mein Atem ist immer noch knapp. Nona bringt Schinko einen Stuhl. Ich bitte ihn, von seiner Arbeit im südlichen Kleingebirge zu erzählen. Er tut es bereitwillig. Vielleicht rechnet er noch immer damit, daß seine Erlebnisse in mir zu einem Roman gerinnen. Es sei schwer gewesen, sich an die erzgebirgischen Leute und deren Art zu gewöhnen, unter Tage hinwiederum gäbe es ein Gewirr von Dialekten. Leute aus allen Gegenden der *Zone*: Umsiedler und entlassene Kriegsgefangene. Bezahlung gut, das Essen gut, viele Vergünstigungen, Schnaps und nochmals Schnaps. Übrigens sei er schon Steiger. Hin und wieder habe er Heimweh und trotzdem nicht Lust zurückzukommen. Für uns beede is keen Platz mehr in Bossdom. Du weeßt, wem ich meene. Solange die Russen die Hand über Konsky halten, gäbe es, wie zu sehen sei, keine Möglichkeit, ihn für seine Spitzeleien, Lügen und Fälschungen zu belangen und aus Bossdom abzuschieben.

Und doch geschah das eines Tages, aber das wissen wir an diesem Sonntagvormittag noch nicht: Einige Jahre vergingen. Weinrich war nicht mehr Bürgermeister. Sein Nachfolger ist der ehemalige Maurer Hantschik. Der fährt eines Tages auf einem Leichtmotorrad nach Grodk und holt die Gelder für die Rentner ab. Auf dem Berg hinter Groß-Loie setzen zwei vermummte Kerle an, ihn auf einem etwas schwereren Motorrad zu überholen. Als sie auf gleicher Höhe mit ihm sind, schlagen sie ihn mit einem eisernen Gestänge nieder, rauben ihm das Rentnergeld und flüchten.

Die Räuber werden rasch gefaßt. Beide sind aus Bossdom. Einer ist der älteste Sohn von Konsky. Bürgermeister Hantschik liegt lange im Krankenhaus und bleibt nach der Entlassung sein Leben lang Invalide.

Ob die Russen Konsky nach diesem Ereignis fallenlassen, weiß man nicht. Aber die Abneigung der Bossdomer gegen ihn wird so stark, daß seine Abgebrühtheit nicht ausreicht. Hab ich den Hantschik niedägeschlagän? versucht er sich zu verteidigen. Die Bossdomer antworten ihm nicht, aber er kriegt zu spüren, was sie denken. Jedenfalls wird Konsky fort von Bossdom und läßt sich zwichen Däben und Dubraucke nieder.

Als ich es erfahre, bin ich schon nicht mehr Zeitungsredakteur, sondern schreibe meinen zweiten Roman, und ich stelle fest, daß mit dem Fall Konsky die Abhandlungen des amerikanischen Philosophen Emerson über *Ausgleichungen* nach wie vor gelten, daß sie zwar merkwürdige Umwege nehmen, daß man aber mit ihnen rechnen darf.

Ich wähne noch immer, der Vertreter eines Amtsvorstehers zu sein und ein Recht zu haben, Schinko zu fragen, ob er sich damals bei Schwägerin Elvira angesteckt habe.

Nein, er hat sich nichts weggeholt.

Nona verläßt angewidert die Krankenstube.

Nein, Schinko treffe sich nicht mehr mit den Tinkos. Sie leben in einer Dauerzänkerei miteinander. Sie *triezt* ihn, weil er das Neubauernhaus baut, sie aber will nicht in Bossdom bleiben, will, sobald als möglich, nach Grodk oder nach Chozebuse.

Ich mag nichts von den Tinkos hören, aber ich würde gern wissen, wie das Zeug aussieht, das sie in Johanngeorgenstadt fördern, das Zeug, das sie Wismut nennen.

Schinko legt seinen zerschrundenen Zeigefinger auf die Lippen. Er wisse nur, man käme, als Lohn für den Umgang mit dem Zeug, nicht nur rischer zu einem neuen Fahrrad, sondern auch früher als *gewehnigliche* Menschen zu Tode.

Meine Kräfte sind aufgebraucht. Ich schlafe ein. Als ich erschreckt erwache, steht Schinko schon in der Tür und winkt mir zu: Halt dir groade! Wir hätten uns nich ausliefern solln.

Ich kann nur ahnen, was er meint.

Gegen Abend bitte ich Nona um einen Spiegel. Sie bringt ihn mir zögernd. War ich je so mager, war ich je so lederig und so gelb im Gesicht? Bei meinen Irrfahrten in der Ägäis sah ich auf einer der Inseln eine Mumie. Das Fieber schleicht wieder an. Viel zu früh am Tage. Im Garten wetzt die Elster die Sense.

Der nächste, der an meiner *Bahre* erscheint, ist Bürgermeister Weinrich. Er bringt einen Sack Preßkohlen. Wir wern unseren Kranken doch nich frieren lassen, sagt er familiär. Er sieht nicht aus, als ob ihn die Freude Tag und Nacht beschäftigt. Auch mit einer Sekretärin ist nicht zu schaffen, was er auf sich nahm: die Arbeit im Schacht, den Ortsgruppenvorsitz, die Bürgermeisterei, die Sitzungen in Grodk. Nicht einmal, wenn er im Schacht vor Kohle liegt und keucht, darf ihn sein Bewußtsein verlassen. Er muß es festhalten und immer bei sich haben. Freilich, es gibt verschiedene Arten von Bewußtsein. Wenn du dir zum Beispiel das Rauchen abgewöhnen willst, mußt du dir bewußt sein, daß die erste Zigarette, die du wieder rauchst, dich zu Fall bringt. Dein Bewußtsein muß sich strämmen, sobald dir Tabaksqualm in die Nase fährt. Das von Weinrich verlangte Bewußtsein ist ideologischer Art, hat er auf der Parteischule gelernt: Wenn sich ein Kumpel in deiner Gegenwart positiv über vergangene Zeiten äußert, mußt du dagegenreden. Es gab keine besseren Zeiten! Wenn jemand erzählt, eine Frau sei da oder dort von Russen vergewaltigt worden, darf es dein ideologisches Bewußtsein nicht zulassen. Hast du es gesehen? mußt du den fragen, der so etwas erzählt. Wenn er verneint, mußt du ihn warnen. Wer Gerüchte verbreitet, macht sich strafbar, mußt du ihm sagen.

Weinrich fürchtet, die Oberen zu enttäuschen, die ihn zum Ortsgruppenvorsitzenden und zum Bürgermeister bestimmten. Eigentlich könnte er denen sagen: Leckt mich am Ursch, ich fahre ein, hau meine Kohle und pfeife auf Bewußtsein und Ideologie, aber das ist ihm nicht gegeben, vielleicht ist da noch ein Rest religiöser Furcht aus der Zeit in ihm, als er noch kirchlich katholisch war, die Furcht, daß Gott ihn strafen könnte, wenn er gegen dessen Gebote verstößt. Den Kirchengott hat er niemals gesehen, aber Eingeweihten soll er erschienen sein und seine Wünsche offenbart haben. Später, als Weinrich junger Bergmann war, nahmen ihn bolschewistisch Verklärte in die Mache: Über das Leben im Himmelreich gäbe es noch keine praktischen Erfahrungen, sagten sie, deshalb sei das bolschewistische Reich realer, das von Menschenhänden erbaut und nach einem gewissen Zeitchen sichtbar werden würde.

Vorsichtig löste sich Weinrich von der Kirche, hielt den Atem an und erwartete Gottes Rache.

Sie kommt schon noch, sagten ihm damals die Gottgläubigen. Sollte die Rache ihn jetzt erreicht haben, da er sich abplagen muß, sich jederzeit bewußt zu sein, daß den Armen ein auskömmliches Leben werden müsse und daß die Reichen nicht berechtigt sind, sich von den Armen ernähren zu lassen?

Freilich, wenn Weinrich an Schinko dachte, so waren die bolschewistischen Gottheiten nicht weniger streng. Hatten sie den nicht aus dem Dorf getrieben, weil er sein ideologisches Bewußtsein nicht so konsequent bei sich führte wie sein Taschenmesser und sich als kleiner Leut zwei Frauen leistete?

Ich nutze die Gelegenheit, Weinrich zu sagen, daß ich

die Geschäfte des Amtsvorstehers nicht wieder anpacken werde.

Gut, schon gut! Weinrich tut großzügig. Alles geregelt. Ersatz ist gefunden. Kein Wort weiter! Ich möge in Ruhe gesund werden. Er legt mir eine politische Broschüre auf den Nachttisch und geht.

Ich werde die Broschüre lesen, wenn ich älter geworden bin.

Wieso älter?

Weil mein zweites Leben noch jung ist.

Ist das Fieber wieder da? Weshalb hats so ausdauernd auf mich abgesehen? Besingen die Stare im Garten ihre Ankunft oder ihre Abreise?

Keine Antwort aus der Küche. Nona verhandelt nebenan in meiner Schreibstube mit Weinrich. Mir ists, als läge ich in einem Schiffsbauch. Ein Wunder, daß einer wie ich, der nicht schwimmen konnte, südliche und nördliche Meere befuhr und nicht zu Tode kam, sondern in einem Knäuel von Tauen wie eine Ratte überlebte, als das Schiff bombardiert wurde!

Und dann verliert sich das Fieberflimmern endgültig. Meine alte Leselust stellt sich ein. Als ich das letzte Mal vor meiner Krankheit in der Stadt war, lieh ich mir ein *chinesisches Buch* aus. Der Buchhändler namens Stechschritt ist ein Berliner, der nach Grodk auswich, als man die Hauptstadt bombardierte, ein älterer Mann, ein Herr muß ich schon sagen, mit einem Brillengestell aus Golddraht, weißhaarig, weißbärtig, groß, steil und ironisch. Als ich mich zum ersten Male in seinem Laden umtat, behandelte er mich herablassend. Mein *outfit*, wie ich wohl sagen müßte, um ein Mann von Welt zu sein, schien ihm nicht zu gefallen. In seinem schmalen dunklen Laden sammelt der Herr Bücher aus den Schlössern der geflohenen Gutsherren ringsum. Die Leihbücherei betreibt er mit linker Hand, doch sie ernährt ihn. Er prüfte mich ähnlich, wie weiland mein ehemaliger Schulkollege Heinrich Rübe, bevor der mir die Brotkarte für *Intelligenzler* verlieh. Stechschritt erkundete, was alles ich

schon gelesen hatte. Die Überprüfung schien günstig aus-
zufallen. Der Herr ließ seinen Dünkel herunter und bot
mir an, auch Bücher aus seinem Antiquariat auszuleihen.
Ich griff zu.

Auf diese Weise las ich den ganzen Flaubert. Vor allem
dessen Briefe taten es mir an, in ihnen spricht er von seiner
Arbeit und wie er zuweilen um einzelne Wörter ringt.
Wenn ich ein Buch aus dem Antiquariat zurückbrachte,
wollte Stechschritt wissen, wie es auf mich gewirkt hätte.
Wir sprachen über den Inhalt von Büchern wie zwei Kränzchenschwestern über ihre Zeitungsromane. Vielleicht war
die Ebene, auf der wir von unseren Büchern sprachen,
zwei Zoll höher als die von Kränzchenschwestern, aber
Stechschritt war erfüllt davon, erließ mir die Leihgebühr
und vertraute mir an, daß er Kommunist sei, schon seit
er in den zwanziger Jahren Gorki gelesen habe, und Thomas
Mann habe ihn mit seinem Ausspruch über die *Grundtorheit*
bestärkt, Parteikommunist sei er aber erst seit kurzem.

Verflucht und zugenäht, wieviel Kommunisten es jetzt
gab! Und es wurden derer immer mehr.

Vor meiner Krankheit gab mir Stechschritt jenes chinesische Buch. Der Verfasser hieß Lao-tse, das Buch *Tao-te-
king*. Ich bin neugierig, sagte er, was Sie dazu zu sagen
haben werden.

Mein Pflichteifer ist erwacht und treibt mich, das Buch
zu lesen, um Stechschritt auskünftig sein zu können, wenn
ich das Krankenbett verlasse. Eine Weile verstehe ich nichts
von dem, was da geschrieben steht, doch dann find ich
eine Stelle, die sich mir aufschließt, und dann wieder seitenlang nichts, und schließlich die Stelle:

> Wahre Worte sind nicht wohlklingend.
> Wohlklingende Worte sind nicht wahr ...
> Der Weise weiß nicht vieles;
> wer vieles weiß, ist nicht weise ...

Mein Instinkt übermittelt mir, daß ich das, was ich im
Buch jetzt nicht verstehe, später verstehen werde, daß mich
noch Erlebnisse erwarten, die mich werden verstehen lassen.

Aber ich darf das Buch nicht behalten. Ich würde es kaufen, doch Stechschritt kalkuliert in seine Preise den Seltenheitswert ein. Ich wollte seinerzeit wenigstens einen Briefband von Flaubert kaufen, doch Stechschritt kam mir in diesem Falle nicht entgegen. Ich stand mit eins einem unerbittlichen Rechner gegenüber. Ich müsse bedenken, sagte er, daß die Gesamtausgabe an Wert verlöre, wenn er einen Einzelband abgäbe. Nein, in dieser Hinsicht war er hinreißend kleinlich. Schließlich räumte er ein, ich dürfte den Flaubert-Band jeweils für acht Tage ausleihen, ihn dann zurückbringen und ihn nach acht Tagen wieder für acht Tage ausleihen. Das Angebot ließ meine Sympathie für Stechschritt schrumpfen. Nach dem Preis für das *Tao-te-king* mit dem Überseltenheitswert, den ich ihm beimaß, brauchte ich gar nicht erst zu fragen.

Drei Tage später sitze ich im Bett auf und stenographiere das Buch ab. Es zahlt sich aus, daß ich als *hocher* Schüler ein Mal in der Woche zum freiwilligen Stenographie-Unterricht zu Lehrer Lehmann ging. Wie stolz ich war, als ich Sätze schreiben und lesen lernte, die er uns diktierte: *Er nahm mehrere Namen an*, sogar *Idiosynkrasie* und *Psyche*. Lehmann war pensionierter Volksschullehrer und besserte seine Pension mit dem Lehren von Stenographie und mit der Vertretung einer Lebensversicherung auf. Mein Großvater war bei ihm versichert, und wenn er seine Beiträge bei Lehmann bezahlte, erkundigte er sich nach meinen Leistungen. Die waren nach Lehmanns Auskünften gut, sehr gut. Es wäre ja wohl auch unklug von Lehmann gewesen, einen Versicherungskunden mit schlechten Stenographie-Leistungen seines Enkels abzustoßen. Mein Großvater war stolz. Mache dichtig weiter! riet er. Eine Schrift, die kaum einer lesen könne, würde mir im Geschäftlichen, vor allem im Gerichtlichen zunutze sein. Großvater konnte nicht ahnen, daß mir die Stenographie vor allem im Kriege zum Druckposten eines Bataillonsschreibers verhalf, der mich vor manchen Kriegsfährnissen bewahrte.

Ich schreibe das *Tao-te-king* langsam und mit der Zeit rascher ab, schreibe auf die Rückseite von veralteten Strafbescheidsformularen aus der Amtsvorsteherei. Nicht nur meine Schreibgewandtheit verbessert sich, sondern auch meine Fähigkeit, mehr und mehr vom Text aufzuschließen. Zuweilen denke ich an meinen halbfertigen Roman, aber wieder Anschluß an ihn zu finden erscheint mir wie Schwer-Arbeit, an die ich mich noch nicht heranwage. Jedenfalls empfinde ich es als wohltuend, trotzdem etwas Nützliches für die Zukunft zu tun. Bereits am nächsten Tag werde ich von Lao-tse gewarnt: Der Weise kennt keine Vergangenheit, kennt keine Zukunft – oder so.

Das *Tao-te-king* wird mir ein Trostbuch. Ich sehe für Augenblicke die Welt aus dem Gesichtswinkel von Lao-tse, aber ich bin noch nicht stark genug, meinen Intuitionen zu vertrauen. An manchen Stellen des Buches frage ich mich: Hast du das nicht schon gewußt, aber nicht gewagt, es auszusprechen? Ich ahne nicht, daß ich einen langen Umweg machen werde, um zu meinen damaligen Ahnungen zurückzukehren und zu *wissen*, woran ich mit Vorbehalt *glaubte.*

Um mich zu erproben, verlasse ich jeden Tag für ein Zeitchen das Bett und verhalte mich wie ein junger Vogel, der seine Flügel erprobt. Einmal mache ich einen *Flugversuch* in Nonas Abwesenheit, knicke ab und kann nicht wieder hoch. Nona findet mich und macht mir Vorwürfe.

Ich bin unterernährt, erkenne es, auch Nona erkennt es, doch wir sprechen es nicht aus, um diese Zeit sind viele Menschen unterernährt. Dann aber kommt ein Paket mit Essereien von Nonas Eltern. Nona hat ihnen heimlich geschrieben. Die reparaturbedürftigen Dachrinnen thüringischer Bauern helfen indirekt, daß es mit mir aufwärtsgeht.

Ich schwanke das erste Mal treppab, über den Hof und aufs Klosett. Das heißt soviel als, ich bin wieder gesund. Nona hält mich für gekräftigt genug, mir nach und nach zu erzählen, was während der Zeit meiner *Abwesenheit* im Dorf und in der Welt geschah. Es geht nicht an, mich im Zustande der *Neugeburt* zu belassen. Die erste Weltveränderung teilt sie mir mit, als ich mich anschicke, in die Amtsstube zu den Schimangs zu gehen: Meine Nachfolgerin ist sie. Ja, ihr habt richtig gehört – Nona. Die erste Amtsvorsteherin weit und breit. In Bossdom hoam se schont immer Extrawürschte gebroaten, heißt es im Nachbardorf Gulitzscha. Hat sich Lehnigks Fritzko nicht einen jungen Russen als Andenken aus dem Weltkrieg römisch eins mitgebracht? War Rumposch nicht der erste Lehrer des Kreises, der sich ein Auto zulegte?

Haben die Bossdomer nicht ihr eegenes Gespenst, die weiße Frau an der Dicken Linde?

Hoam die Bossdomer nicht die Meesterschaft im Fahrrad-Langsam-Fahren?

Gibts in Bossdom nicht een Mann, der das Realienbuch auswendig kann?

Hatte Bossdom nicht die hundertunddreijährige Babka Schätzikan?

Und war der Schwiegersohn der Babka nicht Barbier, Leichenwäscher, Hilfspostbote, Fleischbeschauer, Ziegenbockhalter, Kellner und Witwentröster?

Nun also hat Bossdom die erste Amtsvorsteherin und Standesbeamtin, und das is die Frau von Esau Matt, dem Wunderling.

Mich befremdet es. Ich vergaß für ein, zwei Tage die Aussicht, nun wieder ungehindert an meinem Roman schreiben zu können.

Bei einer ihrer Amtsfahrten in die Stadt läßt sich Nona ihr wunderlanges Haar abschneiden und geht umher, als trüge sie ein Gesträuch auf den Schultern.

Wie versponnen ich war! Wie wenig ich von meiner Frau wußte, und wie wenig mitteilsam sie andererseits war, wie verschwiegen, wie fern!

Jetzt offenbart sie sich mir. Sie glaube nicht mehr an Gott, nicht mehr an die Jungfrau Maria, bete nicht mehr, will nicht mehr katholisch sein.

Wollte Nona vielleicht mit ihrem *Eintritt* den Frauen im Dorf, die sie nicht anerkannten, einen Trumpf hinspielen?

Sie verneint es. Sie sei ihrem Vater seit langem insgeheim

gram gewesen, weil der zugunsten seines Klempnergeschäftes von der *Sache* gelassen habe. Ja, Nona spricht wie die Funktionäre, wenn sie den Kommunismus meinen, von der *gemeinsamen Sache*. Sie fühle sich gedrungen, die Kapitulation ihres Vaters wettzumachen.

Ich will wissen, wie Nona ihren Eintritt bewerkstelligte. Sie sei zu Weinrich gegangen, habe die Druckschriften, die er ihr gab, innig gelesen wie früher das Brevier und habe sich die Hierarchie der *Kapede* zusammenbuchstabiert, und es wäre ihr so vorgekommen, als ob sie der katholischen Hierarchie gleiche, doch sie habe sich nicht denken können, daß die Kommunisten, die von sich behaupten, die fortschrittlichste Bewegung der Welt zu sein, etwas von der konservativen katholischen Kirche übernommen hätten. Weinrich habe ihr nichts dazu sagen können. Hierarchie sei auf der Kreisparteischule nicht vorgekommen, er habe sie zu Edwin Schupank geschickt, der ein Tüftler sei und sich in so verzwickten Sachen auskenne.

Geh du nun aber nicht auf Schupank los, weil er alles geheimhielt, sagt Nona. Ich habe ihn darum gebeten.

Sieh, sieh, der kleene Schupank, von dem es hieß, er suche sich in der Regel für seine leise Agitation Leute aus, die ihm gefallen. Hat er versucht, sich einen Ersatz für seine *abgesprungene* Tochter zu schaffen?

Und dann sagt Nona wie in einer Versammlung unter dem Tagesordnungspunkt *Verschiedenes*: Schupank ist verschwunden. Amtlich! Sie suchen ihn und finden ihn nicht. Interne Information! Es wird vermutet, er ist seinem Sohn hinterher über die Elbe.

Mir ist, als spräche eine neue, eine ausgewechselte Nona zu mir.

Als ich mich am nächsten Morgen aufmache, nach Grodk zu werden, will Nona es nicht zulassen und zetert mit mir. Schließlich bringt sie mich nach Gulitzscha und setzt mit ihrem Dienstausweis durch, daß man mich im Omnibus mitnimmt.

Danke, Frau Amtsvorsteherin!

443

Emma Schupank treffe ich in der Friedrichstraße. Sie taumelt wie eine Betrunkene, eine kladderige Haarsträhne fällt ihr ins Gesicht. Sie kommt vom Sekretariat des Kreisvorstands. Sie habe dort Radau gemacht. Sie sollen Edwin suchen.

Sie suchen, sagen sie.

Sie sollen schneller suchen!

Sie suchen schnell genug, zugoar die Polizei suche mit.

Schupank ist seit sechs Tagen verschwunden.

Daheim in ihrer Küche sagt Emma Schupank, was sie für die Wahrheit hält: Sie wolln ihn nicht wiederhaben. Das ist es, was es ist! Er stinkt ihnen, weil er kleene, aber groade is. Sie hätten Edwin bei jeder Gelegenheit vorgehalten, daß er sich zu späte von der *Espede* fortgemacht hätte und erst neinzehnhundertvierundzwanzig in die *Kapede* rein wäre. Bei den Bürgern und im Stadtparlament wäre Edwin beliebt gewesen. Das hat dem gestunken. Sie nennt keinen Namen. Fur den (wieder kein Name) wäre die Länge der Zugehörigkeit zur *Kapede* ausschlaggebend gewesen, der hat die Dienstjahre gezählt wie bei der Eisenbahn. In allem, was Edwin sagte, hätte jener Bewußte nach sozialdemokratischen Trichinen gesucht.

Freilich sei Edwin manchmal zu weit gegangen. Seine Quertreiberei gegen das Partei-Rittergut und die Pajoks zum Beispiel. Da hat er es auch mit die Russen verschössen. Wär doch keen Beenbruch gewesen, wenn er sich hätte bissel besser verpflegen lassen, oder? Nee, sie wolln ihn nich wiederhaben, laß dirs sagen! Nun sei er schon den sechsten Tag verschwunden. Er habe sich eingebildet, unser Günter wäre bei die Fremdenlegion hingemacht. Denkst du, ich habe was bemerkt, wie der Kleene mitten in der Nacht abgeschlichen is? Er hat sich die breetgelatschten Schuhe angezogen, in die er am besten loofen konnte. Dazu den kleenen Rucksack mit een Kanten Brot drin. Er war wirklich bissel wie koppvarrickt die letzte Zeit. Er hat sich keenmal mehr mit mir gezankt!

Daheim fragt mich Nona: Was hat er dir geschrieben damals?

Wer?

Schupank hat dir doch geschrieben, als du krank lagst.

Also war er keine Fiebergaukelei, jener Brief, den ich mit geschlossenen Augen lesen wollte.

Gab ich ihn nicht dir?

Nein, sagt Nona, du wolltest ihn behalten.

Wir suchen. Ich werde an die Stöbereien bei den Prautermanns erinnert. Nona sucht zwischen den Spielsachen von Klein-Gustav. Wir durchwühlen den Schrank, rücken ihn von der Wand ab, schieben mein Bett weg, suchen zwischen der Wäsche, räumen das Bett aus. Das Keilkissen hat einen Schlitz. Es hatte ihn schon, als man uns das Bett schenkte. Wer rechnet mit der Hinterlist eines Keilkissens? Im Schlitz steckt Schupanks Brief. Um ein kleines, und er wäre im Keilkissen verschwunden. Nona wundert sich nicht, sie hat im Elternhaus größere Such-Ängste und Find-Wunder erlebt.

Ich reiße den Brief auf. Schupanks Buchstaben sind voll Eigensinn und Krötigkeit. Die Anrede ohne jedwede Verzierung, kein *lieber*, kein *teurer*, nicht einmal das politgraue Wörtchen *werter*, an dem man bis heute alle erkennt, die in oder in der Nähe der Partei lebten.

Amtsvorsteher ist nichts für Dich, sie machen Dich zum Büttel, schreibt Schupank. Wußmann sucht einen Kreisredakteur für die *Volksstimme.* Ich habe Dich empfohlen. Stell Dich bei ihm in Friedrichsdamm in der Hauptredaktion vor. Eine Weile Zeitungs-Arbeit muß für einen Schriftsteller nicht schlecht sein. Grüß Wußmann! Er ist einer von den Verläßlichen.

Zwei Tage gehe ich umher, überlege und erwäge. Der Name der Zeitung heimelt mich an. Vor Jahren brachte ich sie als Expreßbote zu den Austrägern in die Dörfer. Als Redakteur würde mir vielleicht Gelegenheit werden, eigene *Poetereien* zwischenzuschieben und sie alsbald gedruckt vor mir zu haben.

Nona verfolgt mit Neugier, wie ich mich entscheiden werde, aber sie sagt nichts, und sie fragt nicht. Zwischendrein erkundige ich mich nach Schupank. Schließlich bringt die

Amtsvorsteherin Nachricht vom Kreisbüro. Danach scheint, nach den Auskünften von Frau Elvira Matt, als gesichert anzusehen zu sein, daß Schupank ins Westland *rübergemacht* ist. Elvira traf ihn auf einer ihrer Westfahrten. Sie reiste mit ihm in einem Waggon. Er kannte sie nicht, aber sie kannte ihn. Jedes Grodker Kind kennt den *kleenen Schupank*, und Elvira ist, wenn auch etwas angegangen vom Herumtreiben, immerhin ein Grodker Kind.

Der kleine Schupank hockte verscheucht zwischen Hamsterern, Glücksrittern und Paschern, war nachdenklich und kaute trockenes Brot. Am liebsten hätte ihm Elvira ihre *Putterschnieten* gegeben. Sie weiß, daß Schupank Funktionär ist. Muß er wohl eine besondere Genehmigung haben, wenn er rübermacht, denkt sie. Sie hat von *Agenten* gehört, die hinübergehen und herüberkommmen. Vielleicht ist Schupank einer. Er is kleene und braucht keene großen Löcher zum Durchkriechen. Ihr kann es engal sein. Er muß wissen, was er macht.

Elvira ist jedenfalls die Person, die Edwin zuletzt gesehen hat, und sie bürgt dafür, daß er *rübergemacht* ist.

Meine Krankheit scheint mich nachsichtiger, wohl auch nachgiebiger gemacht zu haben. Ich eifere nicht mehr gegen Elvira. Sie ist mir weder sympathisch noch unsympathisch. Sie ist so, wie das Leben sie sich einrichtete. Wer von uns kann behaupten, daß er seinen Charakter auf immer veränderte? Zeigt sich nicht, wenn wir zurückblicken, daß länderumspannende Gemeinschaften versagten, die sich so sicher waren, mit ihren Ideologien und ihrem Getu die Menschen moralisch anzuheben?

Es ist ein voreiliger Maitag im April. Grüne Flämmchen durchstoßen den grauen Wulst des Vorjahrgrases. Nona hat mir neue Holzschuhe besorgt, die alten haben sich zersetzt, die Holzsohlen waren verschliffen. Wohin treiben ihre Teilchen, wenn die Dinge ihre Formen wechseln? Noch bin ich kraftlos. Die neuen Holzschuhe machen mich stolpern, aber ich habe mich entschlossen, mit Wußmann zu telefonieren. Auf der Bürgermeisterei streiten sich Weinrich und Konsky. Trudchen Balko, die Sekretärin, weint in ihr Taschentuch, ein besäumtes Stück Barchent aus der abgelegten Nachtjacke ihrer Großmutter. Die Stülpnase der Sekretärin ist gerötet und liegt wie ein Eiland zwischen zwei Rinnsalen aus Tränen. Ich leg ihr beschwichtigend meine Hand auf die Schulter. Ihr Weinen schlägt in Schluchzen um, in dunkle Klarinettentöne.

Konsky wirft Weinrich vor, er habe nicht drauf gedrungen, daß der im Winter beschlossene Anbauplan von den Bauern eingehalten wurde. Statt Weizen, Zuckerrüben und Mais anzubauen, wie der Kommandant befahl, hätten sie ihre Äcker mit Roggen und Kartoffeln bestellt wie früher.

Weinrich versucht sich zu verteidigen: Auch er halte es nicht für unvernünftig, Feldfrüchte anzubauen, die auf den Heideböden die höchsten Erträge brächten. Vielleicht ermutigt ihn meine Gegenwart herauszuplautzen: Was geht das dir überhaupt an? Pause. Stärkere Klarinettenschluchzer der Sekretärin Trudchen. Konsky: Also is unvänünftig, was dä Kommandant befohlen hat? Weinrich antwortet nicht. Vielleicht erinnert er sich, daß er den Bossdomern sagte, solche Männer werden eben gebraucht, als sie sich über Spitzeleien des Wechselbalges Konsky beschwerten. Möglich auch, daß Weinrich sich in diesem Augenblick entschließt, seine Funktion aufzugeben, denn bald nachdem ich Bossdom verließ, tat er es.

Ich telefoniere mit Wußmann. Weinrich meint, ich werde dem über die unrealistischen Anbaupläne berichten, und nickt mir einverständig zu. Wußmann bittet mich, unverzüglich zu ihm in die Chefredaktion nach Friedrichsdamm zu kommen.

Hauptredakteur Wußmann hat ein Altvatergesicht. Sein Kinn ist im Begriff, sich ein Doppel zuzulegen. Er redet ruhig, fast sanft. Sein alter Freund Schupank habe ihm mitgeteilt, daß ich Schriftsteller sei. Wirschte ne Weile Redakteur bei uns machen! sagt er mit Bestimmtheit. Jetzt müsse mancher manches machen, woran er früher nicht gedacht habe. Auch er sei kein gelernter Chefredakteur.

Sie würden mich, sagt er, für ein Zeitchen in eine Lokalredaktion schicken, dann aber müßte ich eine Kreisredaktion *in unserer Ecke* aufmachen.

Aber du bist noch nicht ... eintreten wirst du freilich müssen.

Unser Gespräch wird unterbrochen. Das Telefon klingelt. Jemand will etwas wissen. Suchanzeigen nach Vermißten sind doch üblich, sagt Wußmann und hängt auf. Ein wenig später klopft die Sekretärin und erinnert ihn an einen Termin. Er steht auf, zieht mich in eine Ecke seines Büros und drückt auf einen Knopf. Über uns fängt der Lüftungsapparat an zu sausen. Du weißt, Edwin ist verschwunden, sagt Wußmann. Wieder klingelt das Telefon. Wußmann macht mit jemand einen Termin aus, dann geht er wieder mit mir unter den Exhaustor. Kann sein, daß sie mich belangen, sagt er.

Wer?

Wer wohl? Die Hausherrn! Er hätte bei der Suche nach Schupank behilflich sein und einen Aufruf veröffentlichen wollen. Der Aufruf sei in der Setzerei verschwunden. Pause. Wieder klopft jemand an die Tür. Wußmann stellt den Exhaustor ab und sagt: Überleg dir, ob du Redakteur machen willst, aber überleg nicht zu lange!

Die Amsel singt auf dem Birnbaum im Garten; manchmal ein Semikolon, manchmal nur ein Komma nach den Strophen. Ein Maikäfer verfehlt das Weinlaub am Giebel und prallt gegen mein Fenster. Drüben unter den Dachsparren der alten Bauernscheune warten die Fledermäuse aufs Abendschummern. Vor mir liegt ein Formular mit vielen gedruckten Fragen. In den nächsten Jahren werde ich schmerzlich lernen, daß der Gemeinschaft, der ich angehören werde, trotz aller entgegengesetzten Behauptungen ihrer Öberen, Abstrakta wichtiger sind als Menschen.

Als ich mir von Weinrich die Vordrucke holte, klopfte er mit dem Zeigefingerknöchel auf den Fragebogen und sagte: Doa drinne wirschte befroagt, ob dir kloar is, warum du eintreten tust. Ich will dir nich abschrecken, aber manche Anfänger befragen sich nich gründlich genung.

Nun sitze ich vor jener Spalte des Fragebogens und befrag mich, weshalb ich parteiisch werden will.

Tu ich es, um mich den Leuten beizugesellen, die einen künftigen Krieg verhindern wollen?

Tue ich es, weil ich mein Zuhause, das ich in der sogenannten Fremde, auch in der Kriegszeit für einen idealen Platz hielt, verloren habe?

Tue ich es, weil mich ein allgemeiner Sog unter das Dach einer Art Kirche treibt, in der sichs die meisten meiner alten Genossen schon eingerichtet haben?

Tu ich es aus Kumpanei mit dem *kleenen Schupank*?

Ich prüfe alle Gründe, die ich in Verdacht habe, und der triftigste ist und bleibt die Aussicht, unangefochten von meiner Umgebung, schreiben zu dürfen.

Mit der Möglichkeit, neben der Zeitungs-Arbeit meinen ersten Roman fertigzuschreiben, rechne ich, ohne mich darüber auszulassen.

Einige Jahre später werde ich wissen, daß ich mit diesem Entschluß den unparteiischen Kerl, der ich war, für einige Zeit verkaufte, und doch bereue ich es nicht, weil ich in dieser Zeit die Lust an der Macht bis in ihr Myzelgeflecht kennen und verabscheuen lernte.

Was mich an jenem Abend am meisten bewegte, ist, wie ich mein wirres Leben in einen schriftlichen Lebenslauf und in die Spalten eines Fragebogens pressen könnte, ohne zu vereinfachen. Du lieber Himmel, jenes Leben, das später den Inhalt mehrerer Romane ausmachte.

Ich gebe Fragebogen und Lebenslauf bei Weinrich ab. Die Bossdomer nehmen mich in ihrer nächsten Versammlung ohne Einwände auf. Frau Nona hebt beide Hände, als abgestimmt wird. Spaß muß sein! Das wird so dahingesagt, aber durchwühlen wir nicht alle, wie die Trüffelsucher, unser Leben nach ein wenig Spaß? Acht Tage später werde ich auf das Büro des Kreisvorstandes bestellt. Am Eingang muß ich mich bei einem Volkspolizisten ausweisen. Er sieht in seiner ausgeblichenen blaugrauen Uniform aus wie ein Museumsdiener. Eintritt muß ich nicht bezahlen.

Der sogenannte Kaderleiter, ein Mann mit einer Hinterkopfglatze, ein kommunistisch gepanzerter Mönch, hat eine Stimme wie ein gregorianischer Baßsänger. Er redet mich mit *Kollege* an, ein Zeichen, daß er mich als Mitglied nicht anerkennt. Er hat meinen Fragebogen vor sich, liest drin, spannt mich auf die Folter und erklärt endlich, eine solche Begründung für einen Partei-Eintritt hätte er bisher nicht gelesen. Sein Grodkisch ist niederrheinisch eingefärbt: Woll, woll! Wenn ich dat durchjehn laß, jeht es bei de Bezirksleitung nich durch, woll? Aber ein Lokalredakteur werde dringend gebraucht. Man habe Erkundigungen über mich eingeholt. Von einer Stelle werde mir Arbeitsscheu nachgesagt; von einer anderen Stelle energisch betont, daß ich das Zeug für einen Lokalredakteur hätte.

Der Alte läßt mir keine Zeit, mich über den Vorwurf zu erbosen. Er macht mir einen Vorschlag für die Begründung meines Eintritts: ...und verpflichte ich mich, mit meinem Schreibtalent linientreu den Weltfrieden und die soziale Gerechtigkeit sichern zu helfen.

Das Wort *sichern* mochte ich nicht. Es war mir zu abgenutzt. Nach vielem Hin und Her kam es zu der Formulierung: Ich hoffe, mit meinem Schreibtalent dem Bestreben der Menschheit nach Weltfrieden und sozialer Gerechtigkeit nützlich sein zu können.

Dabei blieb es. Ich bildete mir ein, meine Neutralität mit dieser Formulierung nicht aufgegeben zu haben.

Wie naiv! Einige Zeit später machten mein Ehrgeiz, ein guter Redakteur zu sein, und die parteiliche Disziplin, der ich mich langsam fügte, die Neutralität, mit der ich durchs Leben gehen wollte, zum Nichts. Ich wurde nicht gewahr, daß ich mich in die Politik hineinzwang, ohne eine Neigung zu ihr zu haben. Mir war zu wenig bewußt, daß ich vor allem der Poesie zuneigte, der ich denn auch durch meinen Partei-Eintritt einige Jahre lang nur halbherzig diente.

Von da an sehe ich Bossdom nur noch als Besucher, und es ist fast so wie während der Krankheit, die ich hinter mir habe und an der ich fast gestorben wäre: Das Heimatdorf ist die Wirklichkeit, in die ich zurückfalle, wenn ich dort bin, und alsdann falle ich wieder in die Fiebrigkeit der Zeitungsarbeit zurück und leide unter dem Alpdruck der Parteibürokratie, der kleinlichen Parteidiplomatie und der Nacht-Arbeit an meinem Roman, der mich zwar, als er nach zwei Jahren erscheint, von der zweckoptimistischen Zeitungsschreiberei befreit, aber ich werde durch ihn in die Hauptstadt geworfen, und auch dort läßt das Fiebern zunächst nicht nach, nur, wie gesagt, wenn ich das Heimatdorf besuche, erlebe ich das, was die Wirklichkeit genannt wird.

Die Nachricht vom Tode der Anderthalbmeter-Großmutter, dem Familiendetektiv Kaschwalla, erreicht mich. Ich fahre nicht zum Begräbnis, denn ich schreibe an meinem zweiten Roman, außerdem werden an einem Berliner Theater Szenen aus dem Bauernleben, die ich schrieb, einstudiert. Ich bin bei den Proben, heißt es, unentbehrlich. Der *listige Augsburger*, der inszeniert, ist für mich noch eine Richtfigur. Er verhält sich zur Familienklüngelei wie sein großer Kollege in Weimar, den er einen *Säuferrr* nennt und mit dem er nur in dem Prinzip einig ist, niemals an Begräbnissen von Großmüttern teilzunehmen.

Die Anderthalbmeter-Großmutter fährt in dem *Bette aus Bossdom furt*, in dem auch Großvater starb. Ihr Sterben macht sie sich mit Zuckerstücken, auf der Heide *Bongse* genannt, angenehm. Sie hat keinen Todeskampf zu bestehen, die *Bongsenschachtel* steht unerschüttert auf der Brust der Toten. Die verbliebenen Bongse läßt sich die Leichenwäscherin zukommen, als sie die *Kräte* wäscht und ihr das Leichenhemd für die Weiterreise anzieht.

Mein Vater prahlt, die Kaschwallan sei die erste, die die wiederhergestellte Leichenhalle benutze. Er bringt den vielbeschäftigten Arzt, der erst nachts kommt, in die Halle, damit der den *Tod der Leiche* feststellen kann. Arzt und Vater leuchten die Tote mit einer Taschenlampe ab, und dem Vater kommt vor, als ob die kleene Stänkerin noch bißchen kleener geworden wäre. Wie eene *Backutschka* (Backbirne) soah se aus und hat mir bissel wie leed getoan.

Mir aber ists bis heute so, als hätte man die Großmutter mit ihren Holzpantoffeln, Kindergröße fünfundzwanzig, begraben. Jedes Jahr schliff sie ein Paar auf ihren Hin- und Herwegen ab. Innen nahmen diese Pantoffel die Farbe von Kastanien an, und am Jahresende waren sie dünn und biegsam wie Pappe. Ich glaube nicht, daß der Arzt und der Vater unter dem Leichentuch nachgesehen haben, für mich läßt sich die Anderthalbmeter-Großmutter ohne Holzpantoffeln auch als Leiche nicht denken.

Als ich das nächste Mal in der Bossdomer Wirklichkeit auftauchte, fand ich dort die Kleinbauern, die Kossäten und die Bodenreformer, halb freiwillig und halb mit Druck zu einer Genossenschaft, zu einer *Elpege*, zusammengeschlossen. Sie nannten ihre Genossenschaft *Frohe Zukunft* und verhielten sich in ihr wie früher in ihren Vereinen: Wer keine Lust hatte, erschien nicht zur Gemeinschafts-Arbeit. Niemand fühlte sich verantwortlich für die zu Schlägen bürokratisch vereinigten Felderchen. Zuvor standen sie bis nachts auf ihren Beeten und bekratzten und bezupften sie, jetzt zankten sie miteinander, jeder wollte bestimmen, und die *Frohe Zukunft*, die sie mit ihrem Genossenschaftsnamen beschworen, ließ auf sich warten.

Ich nehme meine sorbische Mutter zu einem Besuch mit nach Berlin. Sie sieht das Ortsausgangs-Schild und darauf steht der Name unseres Dorfes ein Mal auf Deutsch und ein Mal auf Sorbisch. Die Mutter, die zwar Sorbisch spricht, aber nicht Sorbisch lesen kann, sagt: Mein Gott, daß sich die Russen nu ooch noch uff unsre Wegsweiser ruff gesetzt hoaben, paßt mir nich.

Der ehemalige Laden der Mutter läuft indessen weiter. Man hört die Ladenglocke wie früher. Bruder Heinjak wird Verkaufsstellenleiter genannt. Die Verkäuferin verbringt ihre Mittagspausen bei der Mutter und redet sie mit *Mama* an.

Kaum zu bemerken, daß sich etwas veränderte. Was tuts den Waren, wenn die Leute, die sie verkaufen, ausgewechselt werden?

Die Mutter *verhört* die Verkäuferin heemlich bißchen und erfährt am Abend, wieviel Kasse sie gemacht hat, und erfährt, wie hoch der Gesamtumsatz ist, und ist reene bißchen neidisch, daß die Mankos, die sie in der Konsumverkaufsstelle machen, nicht wie bei ihr als Verbrechen gegen den Staat ausgelegt werden.

Eines Tages kommt ein Telefon-Anruf vom Vater: Nach das Gerede von die Ärztin gehts woll zu Ende mit unse Mamman. Kummt schnell, wenn ihr sie noch moal sehn wollt!

Ein Alterskrebs treibt der Mutter das Blut aus dem Unterleib. Ich spür ihre letzte Umarmung noch. Die Mutter ist beschwingt von einer Morphium-Injektion. Ich fürchte, sie könnte einen zweideutigen Witz herauslassen, einen von der Art, die sie liebte und die ich nicht mochte. In dieser Stunde schon gar nicht, denn ich, der niederschlesische Neurotiker, vernehme mit meiner empfindlichen Nase den Geruch des Todes, und ich renne hinaus in den Krankenhausgarten, während meine liebe Gefährtin bei der Mutter bleibt und ihr auskünftig ist.

Der Begräbnistag: Schwatzende Verwandte und Bekannte sind in der Wohnstube versammelt. Eine der alten Kumpankas der Mutter hat sich schon deren Pelzweste übergezogen. Draußen fährt das Auto des Begräbnis-Instituts mit der eingesargten Mutter vor. Der Fahrer bittet um den Schlüssel für die Leichenhalle. Keiner von uns geht vor die Tür. Die eingesargte Mutter zwischen Laden- und Haustür. Keine Heimat mehr für sie in diesem Hause. Endlich ermannt sich wer, nimmt den Schlüssel, der mit einer verspeckten Schnur an einer schmutzigen Garnrolle hängt, und übergibt ihn.

Vor dem Begräbnis überwinden wir uns dann doch, heben den Sargdeckel ab und sehn uns die Mutter noch einmal an. Das zurückgekämmte Haar hat ihre großen Ohren freigelegt, die Kulka-Ohren, am rechten die Narbe von der elektrisch weggebrannten großen Warze. Das Gesicht des *Weisels*, wie sie mein Bruder Heinjak nennt, ist teilnahmslos und so, als ob sie keinen von uns gekannt hätte.

Und dann sehe ich etwas, was mir nachgehen wird bis zum eigenen Tode: Man hat der Mutter nach der Obduktion die Finger gebrochen, die beweglichen Finger, von denen ich euch erzählte, damit man sie uns als *fromme Leiche* anliefern konnte.

Ich kann nicht weinen, aber als ich von ihrem Tod erfuhr, ritt ich in den Wald zu den Voßkuhlen und schrie eine Viertelstunde, und die Schreie umfaßten meine Liebe und meine Vorbehalte zugleich.

Jahre später eine Mitteilung von Bruder Heinjak, der schon nicht mehr Verkaufsstellenleiter, sondern Leiter einer Gastwirtschaft auf dem Vorwerk ist. Unse *Unter Eechen* wern müssen verschwinden, teilt er mit. Der Laden der Mutter genügt den Leuten von der Konsumgenossenschaft nicht mehr als Lokalität. *Unter Eechen* soll eine neue Konsum-Verkaufsstelle gebaut werden. Der Bruder scheint nicht viel dagegen zu haben. Er steckt in einer gärtnerischen Phase. Die alten, alten Eichen, die Gefährten vieler Generationen von Bossdomern, versperren dem Bruder Licht und Sonne, die er für sein Gärtchen und die Gewächshäuser mit den Kakteen aus lachenden Ländern benötigt, und er läßt zu, daß die Eichen bis auf eine und auch die alten Pappeln am Schwarzen Weg erschlagen werden.

Ich rase empört ins Heimatdorf. Es gibt so viele freie Stellen im Dorfe, so viele unausgenutzte Plätze, weshalb muß die neue Konsum-Verkaufsstelle ausgerechnet *Unter Eechen* hingelümmelt werden?

Ich komme zu spät. Die gewaltigen Baumleiber liegen schon hingestreckt. Die hellen Schnittstellen starren wie Riesengesichter, in denen sich Fassungslosigkeit spiegelt. Selten habe ich mich so hilflos gefühlt. Ich erkenne, daß das Hauptmotiv fürs Eichensterben Geldgier des Bürgermeisters und des Gemeinderates war. Sie benutzten den

454

Bau der Verkaufsstelle als willkommenen Anlaß, *Unter Ee-chen* gegen Geld niederzuholzen. Schande über sie! Wie viele Bossdomer, lebende und nicht mehr lebende, haben sich *Unter Eechen* beschatten und beschirmen lassen. Von der einen der alten Baumgefährtinnen hing ein altes Gru-benseil herunter, und das war unsere Schaukel, und wir saßen auf einem Querholz und flogen bis in den Kinder-himmel. Unter einer anderen fanden wir, wenns herbstlich wurde, regelmäßig Steinpilze. Wie viele Liebespaare haben *Unter Eechen* gelagert, wie viele Kinder sind nach den Dorf-tanzmusiken *Unter Eechen* gezeugt worden, wie viele hundert Zentner Eichelfrüchte lasen wir im Herbst ein, entbitterten sie und machten Viehfutter aus ihnen.

Ich fahre mit meinem jüngsten Sohn an diese *Richtstätte*, und siehe, ihm verhelfen die liegenden Eichenleiber zu einem Entzücken. Er balanciert mit ausgebreiteten Armen über sie hin, und es weht Trost zu mir herüber: Der Sohn hat *Unter Eechen* kaum gekannt, und den Kindern, die nach ihm geboren werden, werden die Eichen überhaupt nicht fehlen, sie werden wie nicht dagewesen sein. Für sie wird jene Welt gelten, die sie vorfinden, erst im Alter werden sie bejammern oder bedauern, was sie glauben verloren zu haben. Sei still, mein Herz! Aber das eine weiß ich, meine Mutter, wenn sie noch gelebt hätte, hätte um *Unter Eechen* gekämpft und hätte den Männern, die ihre *Eechen* niederschlugen, zu schaf-fen gemacht.

Dann steht sie da, die im Barackstil gebaute *neue* Kon-sum-Verkaufsstelle, mit einer Anfahrt für Lieferwagen und einer Rampe. Im Ladenraum drei Verkäuferinnen. Was wünschen Sie? Was wolln Se hoaben? Na, Babka, was wern ma heite kochen?

Alles, was sonst noch in Bossdom geschieht, streife ich beim Erzählen nur. Verzeiht, es ist späte, und bei mir gehts uff zwelwe zu.

Die Bauern werden mit ihrer Elpege nicht ärmer und nicht reicher. Heidesand bleibt Heidesand, nur die Zänke-reien wachsen an, einer redet hier, der andere da entlang, und sie bangen um ihre Auszahlung am Jahres-Ende. Es war, als würde ich die Leute an einen Waldteich erinnern, der einmal da war und nicht mehr da ist, der versickerte. Selbst Emma Schupank wich aus: Dir würde ichs nich soagen, ooch nich, wenn ich was von Edwin wüßte. Du bist jetzt bei die Zeitung. Mir war, als trauere sie ihrem Sohn mehr nach als ihrem Manne. Den Verlautbarungen in den Dienststellen, die sich auf den Augenzeugenbericht von Schwägerin Elvira stützten, wurde hinzugefügt, Edwin Schupank habe die Arbeiterklasse verraten.

Lüge! sagt Clara. Sie raucht eine Zigarette nach der anderen, hustet zwischendrein und erzählt mir, wo ihr Vater abblieb. Sie hätten ihn gegriffen, noch bevor er über die Zonengrenze ging.

Wer?

Die Tscheka.

KGB meinst du.

Tscheka, KGB, Gestapo, Stasi, Secret service, alle Geheimdienste der Welt sind bei Bedarf miteinander verquickt.

Die von der Tscheka hätten den Vater in ein Konzentrationslager gebracht, das sie von der Gestapo übernahmen. Dort wäre er vor Kummer verkümmert und halb verhungert gestorben, und sie verbrannten ihn in einem der Öfen, in denen andere Kommunisten von der Gestapo verbrannt wurden, ihn aber verbrannten die von der Tscheka. Sie hätten den Vater an der Zonengrenze abgefangen, weil er nicht zu seinem Sohn sollte, zu dem es ihn hintrieb, weil er glaubte, daß der abtrünnig geworden wäre. Aber diesen Sohn gab es nicht mehr. Sie hätten einen anderen Menschen aus ihm gemacht, die von der Tscheka. Ihr Bruder sei sehr wohl zu den Russen übergelaufen, wie er es dem Vater versprochen hatte. Sie bildeten ihn für *besondere Zwecke* aus. Clara hätte ihren Bruder im Westland gefunden, hätte ihn tagelang beobachtet, hätte ihn aber nicht angesprochen. Es wäre für sie nicht zu ertragen gewesen, wenn er sie angelogen hätte. Sie habe manches über ihn ausgeforscht, es sei ihr aber rätselhaft geblieben, weshalb der Bruder, bevor er seine Funktion hinter der Zonengrenze aufnahm, in Grodk auftauchte.

Clara raucht, raucht und hustet. Liegt da nicht ein Shakespeare-Stoff vergraben? Sie packt meine Hand: Mir ist, als hätte das so sein müssen, sagt sie, ich mußte die ungehorsame Tochter sein, die sich rechtzeitig gegen die Lehren auflehnte, denen mein Vater naiv anhing. Sie tat wieder einen tiefen Lungenzug und sagte mit erstickter Stimme: Es ist unsinnig, für eine Utopie zu sterben!

Mir ist, als müßte ich ihr zustimmen.

In dem kleinen Bierlokal gehen die Lampen aus, und sie flammen wieder auf, und der Wirt sagt schroff: Polizeistunde!

Mein Vater, der bis dahin den Anschein erweckte, als altere er nicht, sondern verjünge sich mit den Jahren, war doch nicht für die Ewigkeit gemacht; auf einer Besuchsfahrt, zu der ihn einer seiner Enkel einlud, traf ihn der Schlag, und damit wurde er zu einem unerwünschten Besuch, für den niemand die Verantwortung übernehmen wollte.

Von da ab sitzt er halb gelähmt in seinem Lehnstuhl daheim, ich bestalle eine Pflegerin für ihn, und Bruder Heinjak, den es inzwischen in die Stadt verschlagen hat, betreut ihn an den Sonntagen. Trotz allem ist der Alte krägel und unternehmungslustig geblieben. Wenn ich das erschte Moal uffs alte Scheußhaus im Hofe gehen kann, bin ich wieder gesund!

Das Haus aber, in dem der Laden steckt, kränkelt und krümelt. Der Laden wird die Poststelle des Dorfes. Der Briefkasten hängt wieder dort, wo er hing, als ich ein Dorfschuljunge war. Das Hausdach wird undicht, die Schornsteine werden rissig und mürb. Das Auto der Nachkommen ist breiter als die Tür des Pferdestalles, man trümmert sie breit und macht den Stall zur Garage. Das Auto erdrückt die Pferdestall-Träume der Kindheit.

Das alles läßt der Vater geschehen, aber seine Besitzrechte gibt er nicht auf, obwohl er Bruder Heinjak den Hof schon versprochen hat, als der noch ein Junge war. Heinjaks dritte Frau ist dem Vater zuwider. Der Junge ist zu gutmütig, sagt er, ich geb am sein Erbe, und er sieht zu, wie das

459

Weib es versäuft. Ich muß den Vater überreden helfen, daß er den Hof noch rechtzeitig Bruder Heinjak verschreibt.

Der Vater ist müde geworden, und wenn ich ihn unverhofft besuche, schläft er im Lehnsessel. Ich kann lange vor ihm stehen, er fühlt mich nicht, und wenn er endlich aufwacht, staunt er, wie *erwachsen* ich bin, kaum woarschte noch so kleene! Seine Gedanken ordnen sich, und ich muß mich zu ihm beugen, damit er mich umarmen kann. Ich bin nicht mehr der *ungeratene Sohn*, der es zu nischt gebracht hat. Ach, wie scheußlich!

Dann erzählt er mir die *Neiigkeeten* aus dem Dorfe. Er kann selber nicht mehr hinaus, aber er hat seine Zuträger, und er ist ein geschickter Aushorcher wie weiland die Amerikanische, die in ihrer Schenke das Einschenken unterbrach, um den Trinkern die neiesten Neiigkeeten abzuzapfen. Der Vater erzählt vom sogenannten Felix-See, in den du dir moal ersaufen wulldest, jener Tagebaumulde, die sich mit Wasser füllte und zwischen steilen gelben Sandwänden Unergründlichkeit darstellt. Dort, so erzählt der Alte, hätten sich gut verdienende Arbeiter und Funktionäre aus den Städten nahbei kleene Buden hingebaut, die afrikanisch sind und Bunkerlos heißen.

Sie wulln sich doa boaden in die Öljauche. Gnade Gott!

Und jedesmal, wenn ich Bossdom besuche, ist das Elternhaus mehr zerbröckelt, aber das sehe wohl nur ich. Bruder Heinjak tut, was er kann, arbeitet mit Versatzstücken und Kulissen. Die Fußgrube vor dem Back-Ofen wird hinweggezaubert, und der alte Back-Ofen, der mit tausend mal tausend Broten und mit Millionen Semmeln fertig wurde, wird hinter einer Wand versteckt. Die Backstube wird zur Gerümpelkammer, nur die Weizenmehlbeute, auf der wir Semmeln aufwirkten und Kuchenteig zu *Schnecken* formten, nickt mir, wenn sie gerade gerümpelfrei ist, zu: Siehste moal, wie vergänglich alles is.

Und der Vater erzählt mir, wer im Dorfe gestorben ist, und wie sie starben, die da gestorben sind. Schestawitscha ist nicht mehr und mußte ohne Kriegerverein begroaben werden, weil doch eben keene Kriegervereine mehr sein

460

solln. Alten Nickel hoam se erscht gefunden, wo er schont acht Tage tot woar. Das hätte er sich nicht verdient, aber wer sollte ihn finden, ihn in seiner Einsamkeit. Und Paule Nagorkan, der mehr wußte, als daß ein Zentner hundert Pfund hat, wußte ooch keen Roat, als der Tod uff ihn koamte. Ich bin jetzt mit meine eenundneinzig der Älteste in Bossdom. Der Vater sagt es wie ein Sieger, doch bald nach diesem Besuch stirbt auch er im Kreiskrankenhaus an Altersschwäche. Bis zuletzt schwärmt er dem Bruder vor, wie gut es ihm im Krankenhaus geht und daß ihn eine junge hübsche Schwester betreut, die ihm zulacht und die ihn abwäscht, zugoar bis unten und doa hin, wo man es sich nich erwartet. Und er lebt in dem Wahn, daß ich zu ihm unterwegs sei. Und als die Welt nur noch eine Wirrnis für ihn ist, sagt er zum Bruder: Erzählt, was ihr wollt, aber Esau is verunglückt, sonst müßte er schont hier sein. Und daß der Vater nach mir verlangt, wie soll ichs buchen? Solls mich froh machen? Ich schiebe die andrängende Sentimentalität zurück.

Wir sitzen neben dem Sarg in der Leichenhalle und warten auf den Leichredner von der Partei. Aus dem schon geschlossenen Sarg stehen eingeklemmte Papierverzierungen heraus. Ich möchte aufstehen und sie hineinstopfen, damit der Vater nicht in einem unzulänglich verzierten Behältnis dort ankommt, wo wir alle hingehen. Ich weiß nicht, ob der geborene Amerikaner mit seinem allzu schlichten Sarg einverstanden gewesen wäre. Vielleicht doch? Vielleicht hätte er gesagt: Spoart man, spoart, damit was bleibt von dem, was ich eich vererbe!

Der Parteiredner kratzt Krümel für Krümel Ruhm zusammen, von dem er meint, daß er meinem Vater gebührt, daß der zum Beispiel bis kurz vor dem Tode die Eier-Sammelstelle des Dorfes *leitete*. Unter anderem erfahre ich, daß mir der Mattsche Heindrich, wie ihn Großvater nannte, die *Sprichwörter* für meine Romane zuleitete. Diese Nachsage beruht gewiß auf einer Prahlerei des Vaters, aber ich kann nicht aufstehen und kommentieren oder davongehen, ein Begräbnis ist eine *Einmaligkeit im Leben eines Menschen.*

461

Bei meinem Bossdom-Besuch vor einem Jahr wurde mir das Betreten des Elternhauses durch die tobsüchtige Schwägerin verleidet. Schweig still, mein Herz, nur keine Sentimentalitäten!

Aber auch sonst stieß ich auf Merkwürdigkeiten: Die Felder, die Plantagen rings um Bossdom hat ein Ausländer aufgekauft, man hat sie ihm angeliefert. Er ließ die Obstbäume verschrotten und kassierte Prämien für die Vernichtung. Was haben Äpfel in Bossdom verloren? Man bezieht sie aus Neuseeland. Auch Logik und Vernunft sind Utopien, das solltet ihr einsehen lernen.

Überhaupt blüht im Dorfe der Konkurrenzkampf wieder auf, den ich in der Jugend dort erlebte. Ob ihr es glaubt oder nicht: Die Konsum-Verkaufsstelle, für die man die alten Eichen abholzte, unterlag im Konkurrenzkampf. Wie damals, als wir nach dem Weltkrieg römisch eins nach Bossdom zogen, haben Nachkommen der Sastupeiterei einen Kramladen aufgemacht. Ich weiß nicht, wer es jetzt ist, der sich, wie einst meine Eltern, über diese Konkurrenz ärgert.

Glaubt es oder glaubt es nicht: Das Neue ist das Alte, das nur seine Form ein wenig veränderte, damit man es nicht gleich erkennt. Wieder stehen auf dem Dorf-Anger wie zum Ende der zwanziger Jahre Arbeitslose umher und vertreiben sich die Zeit mit ketzerischen Reden gegen die Selbstherrlichkeit der Politiker, und bald wird man nach dem *starken Mann* rufen, der die Krämer aus dem Tempel treibt und einen Arbeitsdienst für die Arbeitslosen *erfindet* und die Räuber und Diebe von den Straßen fegt. Ich lebe schon zu lang und sehe, wie sich dies und das im gesellschaftlichen Leben mit kleinen Abänderungen wiederholt.

Ich fahre zurück in meine Wahlheimat und schreibe nieder, was ihr hier lest. Es ist Mai, und es blüht alles um mich herum. Der Kuckuck ist da, die Grasmücke singt, seit gestern höre ich den Drosselrohrsänger, ich warte eigentlich nur noch auf den Pirol, aber es ist noch nicht Pfingsten.

Ich gehe auch nachts ein wenig umher, sehe mir den

blühenden Himmel an. Stern steht bei Stern, als stünden sie nebeneinander, obwohl einer fünf und ein anderer zehn Lichtjahre von mir entfernt ist. Ich, der hinkende Alte, werde also für einen Beobachter im Kosmos nach fünf oder nach zehn Jahren Gegenwart sein.

Seit ewig versuchen die Menschen auf der Erde reibungslos in Gesellschaft zu leben, aber es gelingt ihnen nicht, doch sie versuchen und versuchen es wieder. Wäre es nicht gut, alles Bedenken beiseite zu schieben und sich dem Kosmos anzuvertrauen?

Ich denke an Edwin Schupank, der mit seinen Tappelbeinen einen imaginären Strich überschreiten wollte, den die Ideologen durchs Land zogen. Ob sie ihm seine breitgetrampelten Schuhe mit ins Feuer gaben? Was für eine Ironie, daß es Leute waren, die aus einem Lande kamen, für dessen Mustergültigkeit er sich verbürgte. Zufall? Zufall leider nicht.

Clara Schupank fällt mir ein, ihr Bekenntnis, das sie mit einem Schwall Zigarettenqualm herausstieß: Unsinnig, für eine Ideologie zu sterben! Als sie mir gegenübersaß, war ich geneigt, ihr zuzustimmen. Hier draußen unterm Sternenhimmel stehe ich davon ab. Wir sind zu voreilig mit unseren Schlüssen. Es ist schwer, die Mitte zu finden. Ists nicht so, daß jeder für das stirbt, was ihn durchs sichtbare Leben trieb? Ahnen wir nicht von Zeit zu Zeit, daß wir unseren Weg zum Tode nicht selber wählen? Glücklich, wer sich dieser Ahnung bewußt bleibt.

Ich stehe am Fuße des Hügels, auf dem sich die Altvorderen unseres Vorwerks einen Friedhof anlegten, einen Friedhof für fünf Familien, alt, sehr alt. Einige Grabsteine hat die Zeit schon zerschmolzen. Ich weiß, daß ich unter einer der großen Tannen, die auf dem Hügel stehen, liegen werde. Ich kenne meinen Grabstein. Er liegt noch im Walde. Ich habe ihn meinen Söhnen gezeigt. Ich weiß, was auf meinem Grabstein stehen wird: Löscht meine Worte aus und seht: der Nebel geht über die Wiesen… Worte aus dem Werk meiner Gefährtin. Aber nichts ist sicher. Ich weiß, daß in dem Augenblick, an dem ich mich verwandle, mir alles gleichgültig sein wird: Stein und Grab-Inschrift, aber noch kann ich nicht verhehlen, daß es mir angenehm ist, zu wissen, wo ich dereinst liegen werde. Auch das vielleicht – eine Utopie. Zunächst muß ich wohl noch etwas über mein Vorwerk und seine Bewohner schreiben, über das Vorwerk, auf dem ich vierzig Jahre meines Lebens zubrachte. Vorwerk – das Wort ist so schön doppeldeutig.

ENDE